아동문학의 이해

신헌재 한국교원대학교 교수, 문학박사.

공저 『독서교육의 이론과 방법』, 『국어교육학개론』, 『초등 국어과 교수 · 학습 방법』 외 다수

논문 「한민족 아동문학의 정체성 탐구」, 「동아시아 아동문학교육의 지향점」 외 다수

권혁준 공주교대 국어교육과 교수, 교육학 박사, 아동문학 평론가.

저서 『문학이론과 시교육』

공저 『독서교육의 이론과 방법』, 『국어과 창의성 신장 방안』, 『초등 국어과 교수 · 학습방법』,
　　　 『살아있는 동화읽기 깊이있는 삶읽기』 외 다수

논문 「목표 중심 단원 체제의 문제점과 개선 방안」 외 다수

곽춘옥 서울덕의초등학교 교사, 한국교원대학교 겸임교수, 교육학 박사.

공저 『학습자 중심의 초등 문학교육 방법』

논문 「심미적 듣기를 통한 문학 교수 · 학습 방안 연구」, 「초등학교 동화 감상 지도 방법에 관한 연구」 외 다수

아동문학의 이해

초판 1쇄 발행 2007년 3월 10일
개정 5쇄 발행 2020년 10월 30일

지은이 신헌재 · 권혁준 · 곽춘옥
펴낸이 박찬익
편집장 한병순
펴낸곳 ㈜박이정 **주소** 경기도 하남시 조정대로45 미사센텀비즈 7층 F749호
전화 031)792-1193, 1195 **팩스** 02)928-4683 **홈페이지** www.pjbook.com
이메일 pijbook@naver.com ┃ **등록** 2014년 8월 22일 제2020-000029호

ISBN 979-89-6292-036-9 93810

아동문학의 이해

신헌재 · 권혁준 · 곽춘옥

도서
출판 박이정

간행사

한국초등국어교육연구소는 초등국어교육의 학문적 기틀을 다지고, 초등학교 국어교육을 실질적으로 지원하는 데 뜻을 둔 모임입니다. 이렇게 이론과 실질을 함께 추구하는 우리 연구소의 정신은 초등교사 경력을 가진 대학원생 이상의 연구자들이 주도하는 본 연구소의 특성을 대변해주는 것이라고도 할 수 있습니다.

본래 이 정신은 1996년부터 전국 초등국어교육전공 대학원생들을 주축으로 초등국어교육학회를 창립할 때부터 지녀온 정신이었습니다. 그리고 이 학회가 교수들 중심의 '한국초등국어교육학회'와 합쳐진 후에도, 이 정신은 한국교원대학교 대학원 초등국어교육전공생들에게 그대로 남아서 한국초등국어교육연구소를 창립하는 기반이 되었던 것입니다. 그리고 이 창립 정신을 바탕으로 하여 전국 교육대학교의 국어과 교수님들을 자문위원으로 모시고 공동연구 활동과 학술 발표 모임을 가져왔습니다. 그리고 여기에서 논의된 내용들을 바탕으로 초등국어교육과 관련된 연구 성과물을 기획하고 발간해 왔습니다. 그동안 국어 수업 방법 관련 연구물이라 할 수 있는 『국어 수업 방법』(1997)을 필두로 하여 『쓰기 수업 방법』(1998), 『읽기 수업 방법』(1999), 『문학 수업 방법』(2000), 『말하기 듣기 수업 방법』(2001) 등이 바로 그 예들이라고 하겠습니다.

그동안 이러한 연구 성과물에 힘입어 초등학교에서도 국어교과 교육에 관한 학문적 담론이 보다 널리 확산되고, 국어교육 이론과 방법에 대한 체계적인 논의가 풍성해졌다는 점은 참으로 고무적이라고 하겠습니다.

진정한 국어교육 이론은 학교 국어교육을 실질적으로 구동하는 힘을 가져야 할 것입니다. 그리고 학교 국어교육에 터하여 얻어진 연구 성과들은 다시

국어교육학 이론을 재창출하는데 기여할 수 있어야 한다고 봅니다.

이에 한국초등국어교육연구소에서는 앞으로도 학교 국어교육에 기여할 수 있는 주제를 중심으로 지속적으로 기획하고 그에 따른 연구를 집중적으로 진행하고자 합니다. 그리고 이 결과물을 엮어 〈기획 총서〉라는 이름으로 꾸준히 속간하고자 합니다.

우리는 이번의 〈기획 총서〉가 나오는 과정에서 보여준 우리 연구소 연구원들의 국어교육에 대한 의욕과 열정을 되새기며, 든든한 마음과 고마움을 느낍니다. 또한 그동안 한국초등국어교육연구소로 하여금 이런 보람된 사업을 펼칠 수 있도록 적극적으로 지원해주신 박이정 출판사의 배려에도 충심으로 감사를 드립니다.

끝으로 한국초등국어교육연구소에서 발간하는 이 〈기획 총서〉가 우리나라 국어교육의 학문적인 발전을 이룩하고, 국어교육을 실질적으로 지원하는데 든든한 초석이 되기를 기원하면서, 이를 위해 독자 제현의 충고와 질정을 바라마지 않는 바입니다.

2007년 2월 20일
한국초등국어교육연구소 소장

머리말

우리 아동문학의 시초를 최남선의 〈少年〉(1908) 이후로 잡는다면 아동문학의 역사는 올해로 꼭 백 년이 되는 셈이니, 서구의 그것에 비한다고 하더라도 이제는 짧다 할 수 없는 세월이지만, 그 동안 우리 아동문학은 제대로 된 대접을 받지 못한 것이 사실이다. 아동문학 작품은 성인 문학에 비하여 문학성이 빈약한 열등한 문학이라고 보는 시각이 있었던 것이다. 이는 아동문학 작가들에게도 책임이 있지만, 아동문학의 특수성을 제대로 인식하지 못하여, 성인 문학을 평가하는 이론에 맞추어 아동문학을 재단하던 이들의 책임도 없다 할 수 없을 것이다.

우리 문학계 전체로 볼 때 지금도 이러한 인식이 완전히 불식되었다고는 할 수 없지만, 아동문학계 내부에서는 이러한 열등감을 지니고 있는 이는 아마 없으리라고 본다. 근래 들어 어린이 책의 꾸준한 수요에 힘입어 우리 아동문학의 작품 수준이 상당히 발전하고 있고, 아동문학 비평과 연구의 역량도 예전에 비하면 많이 충실해져 가고 있기 때문이다. '그림동화'라든가 '판타지동화' 같은 새로운 갈래의 작품이 출현하여 우리 아동문학계를 풍성하게 하고 있으며, '옛이야기' 같은 분야도 아동문학의 한 분야로 새롭게 조명되고 있음은 이를 뒷받침하는 실례로 볼 수 있다.

아동문학계를 둘러싼 이러한 환경의 변화는 학부모의 독서 교육에 대한 뜨거운 열의가 견인한 것이기는 하지만, 창작과 출판을 담당하는 이들의 열정도 긍정적으로 평가할 만하다. 그런데, 창작과 독서계의 이런 열기에 비하여 아동문학을 연구하고 이론을 탐구하는 작업은 저조한 실정에 있는 것이 사실이다. 이론이 비평적 기준을 제시하여 작품 생산과 수용의 방향을 안내하는 역할을 해야 함에도 불구하고 아직 우리나라 아동문학의 이론은 이런 현장의

열기에 미치지 못하고 있다.

이러한 이론의 부재는 대학 교육의 현장에서도 걸림돌이 되고 있다. 근래에는 교사를 양성하는 대학과 문예창작을 전공하는 대학의 교육과정에 '아동문학' 강좌가 속속 개설되고 있음에도 이 강좌에서 사용할 마땅한 교재를 찾기가 어려운 형편이다. 아동문학에 관한 개론서가 없지는 않았지만 어떤 책은 출간된 지 이십여 년이 넘어서 현재의 아동문학계의 요구를 만족시키기 어려웠고, 어떤 책은 추상적인 이론에 치우쳐 작품의 생산과 소통, 수용의 현장을 생생하게 설명하는 데 한계를 지니는 아쉬움이 있었다. 이 책을 기획할때 우리가 주목한 문제의식은 이상과 같은 것이었다.

이 책은 세 부분으로 구성되어 있다. Ⅰ부 '아동과 문학의 세계'에서는 '아동문학의 성격'과 '아동의 문학 선호 경향과 반응 특성', '아동문학의 흐름'등 아동문학과 교육 전반을 이해하기 위한 해설의 성격을 지니고 있고, Ⅱ부는 각론으로 아동문학의 각 갈래를 나누어 기술하였다. 특히 이 부분에서는 각 갈래의 개념과 범주, 특성, 선정 기준, 문학 교육의 의의 등을 설명하였는데, 이 과정에서 실제의 작품을 예로 들면서 기술하려고 노력하였다. 이론은 작품의 생산과 수용의 과정을 설명하고 비평하는 데 그 의의가 있다고 생각하였기 때문이다. Ⅲ부 '학교에서의 문학 프로그램'은 교실 상황에서 아동문학을 어떻게 활용할 것인지 실제 활동방법을 안내하였다.

아동문학의 여러 분야가 빠르게 성장하고 있으며, 연구와 비평 분야도 지속적으로 발전을 하고 있어서 그 연구의 성과를 이 책에 담으려고 노력은 하였지만 우리 학계에서 아직 확실하게 정리되지 않은 부분도 많아서 우리는 이 책을 집필하는 과정에서 수많은 고민을 하였다. 예컨대, 아동문학의 범주

를 어떻게 정할 것이며, 갈래를 어떻게 나눌 것인가, 그 갈래의 개념을 어떻게 규정할 것인가, 어떤 용어를 써야 할 것인가를 놓고 많은 고민과 토론을 하였다.

이러한 고민의 과정에서 우리가 집필의 큰 방향으로 삼은 것은 성인 문학의 이론을 추종하지 말 것과 이론 자체에 얽매이기 보다는 문학 작품이 창작되고 소통되는 현장을 중심으로 기술하자는 것이었다. 아동문학은 '어린이들 독자로 하는 문학'이기에 성인문학을 보는 시각과 동일할 수 없으며, 그 이론은 아동문학의 현장을 잘 설명하고 안내하고, 문제점을 지적하고, 대안을 제시할 수 있어야 한다고 생각했기 때문이다.

예컨대, 기존의 우리 아동문학 개론서에는 '인물이야기(위인전)'를 아동문학의 한 장르로 다루지 않고 있고 있는데 그 이유는, 성인문학에서 통용되던 문학이론(논픽션은 문학이 아니라는)을 기반으로 '문학'의 범주를 먼저 설정해놓고, 거기에 맞추어 아동문학의 갈래를 나누었기 때문이다. 그러나 현실적으로 본다면 초등학교 단계에서 '인물이야기'는 매우 중요한 독서물의 한 분야이고, 그 필요성으로 인하여 수많은 종류의 책이 출판되고 있는 실정이다. 그런데, 이런 갈래에 대한 비평적 안목을 제고해야 할 학계에서조차 이에 대해 침묵한다면, 작가나 출판사, 독자들은 어디에서도 이에 대한 안내를 받을 수 없게 되는 것이다. 현장의 요구에 충실히 대응하자는 이러한 집필 의도로 인하여, '역사 동화'도 한 장을 차지하게 되었으며, 새롭게 등장한 '그림동화'와 '판타지 동화'도 한 갈래로 서술하게 된 것이다.

우리 지은이 셋의 공통점은 일찍부터 우리말과 그것이 빚어내는 문학의 재미와 아름다움에 심취해 있었으며, 이십 대부터 다년 간 초등학교 교사 경력을 갖고 있었다는 점이다. 그래서 우리는 아동문학이 지닌 가치를 체험을 통해 인식하고 있었으며, 어린이들에게 문학의 즐거움을 맛보이게 하고 싶다는

공통된 열망을 지니고 있었다.

우리 중에는 처음 교사생활을 시작할 때, 아이들을 수업에 집중시키려는 유도책으로 옛이야기를 들려 준 이도 있었고, 특별 활동 시간에 동시를 낭송하고 암송하게 하여 어린들을 문학의 기쁨에 참여케 함으로써 교사가 된 보람과 낙을 삼은 이도 있었다. 또, 우리 중에 한 사람은 일찍이 빈민촌 지역에 첫 발령을 받은 덕분에, 부모가 맞벌이하러 간 텅 빈 집에 가기 싫어하는 여러 어린이를 발견하고, '방과 후 동화교실'을 열어 연속 동화로 '장발장'을 읽어주어 아이들을 눈물 젖게 한 경험도 있었다.

아동문학이 어린이들 앞에 펼쳐내는 그 휘황찬란한 세계가 얼마나 아름다우며, 어린이들 평생에 얼마나 오랫동안 큰 영향을 끼치는지 직간접으로 체험할 수 있었던 것이다. 아마, 이때부터 이 아동문학이 도대체 어떤 마력이 있기에 우리 어린이들을 이렇게 홀리게 하는지, 만일 좀더 공부할 기회를 가지면 이를 탐구하고 싶다는 호기심이 생겼을 것이다. 그리고 '뜻이 있는 곳에 길이 있다'고, 고맙게도 우리에게도 공부할 수 있는 기회가 생겼고, 앞서거니 뒤서거니 석박사과정을 이수하는 과정에서, 우리는 선후배로, 또는 사제관계로 만나 함께 문학과 교육에 대해 공부하게 된 것이다.

이 책을 쓰기까지 많은 이들의 도움을 받았다. 그 가운데에서도 특히, 기획 초기부터 우리와 고민을 같이 하고 많은 도움을 준 전주교대 최경희 교수와 공주교대 한명숙 교수의 고마움을 잊지 못한다. 또, 우리는 초등사범교육기관인 대학에서 아동문학 강의시간에 여러 번 이 책의 초고를 가지고 가르치며 첨삭을 가했으며, 현직 교사이면서 대학원에서 초등국어교육전공을 이수하는 석박사과정생들의 모니터도 받아보았다. 앞에서 적었듯이 이 책에는 수많은 작품이 실제의 사례로 언급되는데, 우리들이 이 책을 빠짐없이 읽고 설명하기란 물리적으로 너무도 어려운 일이었다. 이 과정에서 현장 교사이며,

이 분야를 깊이 공부한 대학원생들의 노고는 절대적인 힘이 되었으니 여기 그들의 이름을 적어 고마운 마음을 표하고자 한다. '그림동화' 부분에서는 최은희 선생이 폭넓은 독서 체험을 제공해 주었으며, '인물이야기' 부분에서는 박미옥 선생의 오랜 독서 교육 경험이 크게 도움을 주었다. 그리고 '옛이야기' 부분에서는 서민정, 김지영, 황은주, 김미라 선생이 수많은 자료를 수집하고, 정리하여 우리의 작업에 큰 힘이 되었다.

이 책은 이처럼 아동문학을 사랑하고 가르쳐온 많은 이들의 손길로 빚어져 왔으며, 아동문학이라는 보고를 파헤쳐, 문학의 기쁨을 어린이에게 맛보이게 하고 싶은 꿈을 지닌 이는 모두, 이 책이 열어놓은 길을 계속 갈고 다듬어 키워내야 할 장래의 공동 저자들이기도 한 셈이다.

머리말을 쓰면서 다시 한 번 원고를 살펴보니 아쉬운 부분이 많이 눈에 띈다. 앞으로 더 연구하고 고민하여 수정, 보완할 것을 약속하며, 아동문학을 공부하는 동지들의 질정을 기대한다. 부족한대로 이 책이, 장차 우리 어린이와 아동문학을 사랑하는 모든 이들이 좀더 멋지고 훌륭한 일을 해내는 데 작은 밑거름이라도 된다면 우리 저자들에게는 큰 보람이 되겠다. 끝으로 이 책을 정성껏 펴내준 박이정 출판사 관계자 여러분에게 깊은 감사를 드린다.

2007년 2월 26일
저자들 씀

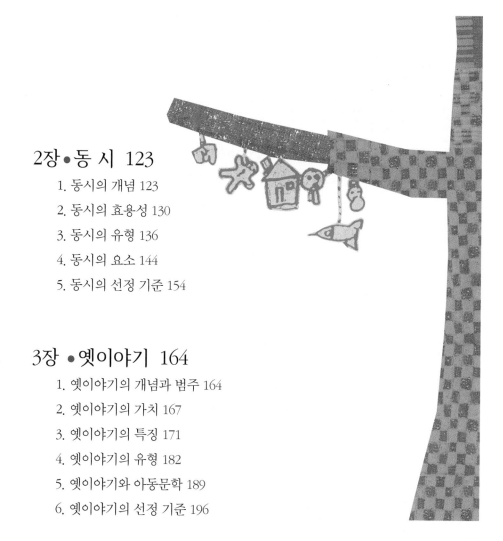

PART 3 학교에서의 문학 프로그램

PART **1**

어린이와
문학의 세계

제1장 아동문학의 성격

　　아동문학의 성격은 아동문학을 보는 입장과 관점에 따라 여러 가지로 말할 수 있다. 교육자는 아동문학을 주로 교육 목표에 기여할 독서자료로 보고, 그에 합당한 적서(摘書) 규명에만 관심을 두기 마련이다. 그에 비하여 문학가는 아동문학이 지닌 문학적 가치를 존중하여, 문학성이 풍부한 양서(良書) 규명에 더 관심을 두는 경향이다. 그런가 하면 도서관 사서는 아동문학이 어린이와 가족, 학교, 사회와의 상호 관계 속에서 끼칠 효용성을 다각도로 살펴서, 아동 도서들을 분석 · 분류하여 개개 어린이에게 적서와 양서를 제공하는데 도움을 줄 준거틀을 찾는 데 관심을 두기도 한다. 이런 교육적, 문학적, 실용적 관점에 따라 아동문학의 성격 규명도 다양할 수 있다.

　이 장에서는 이런 여러 관점들을 고려하면서, 아동문학에 대한 개념과 범주 및, 그 의의와 가치에 대해 기술해보고자 한다.

1. 아동문학의 개념과 범주

　아동문학이 지닌 개념과 그 뜻을 새삼 정의하려는 이유는 무엇인가? 그것은 일반 문학 속에 아동문학이 차지하는 위상을 명시해보이자는 것이다. 그리고 좀더 구체적으로는 여러 아동도서들 가운데 아동문학에 부응할 만한 좀더 가치로운 것을 선별하는 안목과 기준을 찾자는 뜻도 있다. 이 두 동기를 만족시킬 만한 아동문학의 정의야말로 아동문학 자체의 학문적 독자성을 세우게 할 뿐아니라, 아동문학의 효용성을 기하는 데 기틀의 몫을 할 수 있다고 본다.

가. 아동문학의 개념

아동문학을 독자적인 문학 영역으로 대접하게된 것은 그리 오래지 않다. 서구는 18, 19세기 들어서부터이고, 우리나라는 20세기 들어서부터이다. 따라서 아동문학을 학문의 대상으로 삼기 시작한 역사도 짧을 수밖에 없다.

우리나라에서 이런 아동문학을 본격 문학으로 대접하면서 그 학문적인 정립을 처음으로 진지하게 추구한 이재철은, 아동문학을 그 주체와 소재, 기능상의 특징을 들어 특수문학으로 자리 매김하고 있다. 곧, 아동문학이란 '동심을 지닌 작가가 어린이를 위해 동심의 세계를 그린 문학'이라는 것이다.[1]

여기서 아동문학의 작가와 독자에 관해 논의한 부분은 바로, 아동문학이 어린이를 대상으로 한다는 측면에서 일반 문학과 대비하여 볼 때, 발신자와 수신자가 동일하지 않다는 면을 들어 보인 것이라고 할 수 있다. 다시 말해서 아동문학은 수신자인 어린이와 같은 그룹에 있는 사람이 작품을 쓰지 않고 어른이 창작한다는 점을 밝히고 있다는 것이다. 물론 어린이가 쓴 작품도 아동문학에 포함시킬 수 있다고 주장하는 의견이 없지는 않으나[2], 본격적인 아동문학 작품은 성인 작가에 의한 것이 될 수 밖에 없다는 것이다. 왜냐하면 본격적인 아동문학이란 본디 기본적인 작가의식을 가지고 소정의 수준에 부응하는 작품 미학에 도달하도록 한 것이라고 볼 때, 작가로서의 전문성을 지닌 성인 작가 외에, 미성숙한 어린이 작가를 끌어들일 수는 없는 노릇이라고 보기 때문이다. 따라서 아동문학은 성인문학과 달리 발신자와 수신자가 성인과 어린이로 나뉘어져서, 언제나 서로 다른 두 사회에 속해있다고 할 수 있다.

위 글에서 또 하나 살펴볼 점은 아동문학의 정체성에 관련된 논의이다. 곧, 논자는 일반 문학과 차별성을 두기 위해 '동심(童心)'이라는 다소 추상적인 말을 아동문학의 중심에 두었다. 그리고 아동문학의 규범에 대해서도 문학 고유의 교훈성과 예술성을 조화시켜야 한다는 문학 일반론에 맞춰 진술하다가도 아동 발달 단계에 걸맞게 조화시켜야 한다는 단서를 반드시 붙이고 있다. 그런데 문제는 우리나라 아동 발달 단계에 관한 정밀한 기초연구가 아직 미흡하다는 점이다. 이와같이 아동문학의 연구가 처음부터 추상적인 용어와 미흡한 기초 연구에 터를 두다보니, 아동문학 연구는 그 개념 정의부터 아직 학문적인 논리에 걸맞는 확연함을 보이지도 못한 채 흘러온 실정이다.

[1] 이재철(1984), 『아동문학의 이론』, 형설출판사, 11-13쪽.

[2] 작품 가운데 문학성만 있다면 비록 어린이가 지은 것이라도 아동문학으로 취급할 수 있다면서 어린이도 작가로 인정할 수 있는 길을 열어놓은 김동리가 그 대표가 된다. Cf. 김동리(1962), '아동문학이란 무엇인가', 〈아동문학〉 Vol.1 서울 : 배영사, 6쪽. 그러나 미성숙한 어린이가 작가의식도 없이 쓴 습작을 아동문학 작품 범주에 넣을 수 있다는 견해는 아직 학계의 공론이 되지는 못하고 있다.

그러나, 이러한 논의는 최초로 아동문학의 정체성을 추구한 점에서 그 의의와 권위를 인정받을 만하다. 그리고 나름대로의 설득력을 갖고, 석용원(1986), 박춘식(1987), 이상현(1987), 유창근(1989), 박화목(1993), 김경중(1994), 박민수(1998)

【표 1】우리나라 주요 아동문학 개론서에 나타난 아동문학의 개념 규정 사례

저자 및 저술명	아동문학에 관한 개념 규정
이재철(1984), 『아동문학개론』, 서문당.	아동문학은 작가가 어린이나 동심을 가진 어린이다운 성인에게 읽히기 위해 쓴 모든 저작으로 문학의 본질에 바탕을 두면서 어린이를 위해, 어린이가 함께 갖는(공유), 어린이가 골라 읽어온 또는 골라 읽어갈(선택 · 계승) 특수문학으로서, 동요 · 동시 · 동화 · 아동소설 · 아동극 등의 장르를 통틀어 일컫는 명칭이다.
석용원(1986), 『아동문학 원론』, 학연사.	아동문학이란 작가가 어린이나 동심의 고향으로 돌아가고자 하는 어른에게 읽힐 것을 목적으로 창조한 시, 동화, 소설, 희곡의 총칭이라 할 것이다.
박춘식(1987), 『아동문학의 이론과 실제』, 학문사.	(1) 광의의 아동문학 : 어린이들을 위주로 하여 이루어진 모든 문학 작품으로서, 창작 작품은 물론 개작과 번안 그리고 전래되어 온 작품까지 다 포함하는 범위를 말한다. (2) 협의의 아동문학 : 성인 작가가 어린이를 깊이 의식하면서 동심을 바탕으로 창작한 모든 문학 작품을 말한다.
이상현(1987), 『아동문학 강의』 일지사.	(1) 광의의 아동문학 : 성장기 어린이의 정서와 심성의 순화에 영향을 미치는 인성(人性)의 문학 (1) 협의의 아동문학 : 작가가 동심을 가지거나 이를 의식하면서 어린이가 이해할 문장으로 동심의 세계를 조명, 묘파하는 문학, 동심을 회복시켜 동심적 충격을 주기 위해 쓰는 문학
유창근(1989), 『현대아동문학론』, 동문사.	(1) 광의의 아동문학 : 어린이를 대상으로 씌어진 모든 문학 작품 (2) 협의의 아동문학 : 성인 아동문학 작가가 어린이를 대상으로 창작한 모든 문학 작품
박화목(1993), 『아동문학개론』, 민문고.	아동문학은 문학 작가가 일차적으로 어린이를 독자 대상으로 창조한 동심의 문학이다.
김경중(1994), 『아동문학론』, 신아출판사.	아동문학을 어린이란 특정한 대상의 문학이란 입장에서가 아니라 어린이의 본질과 문학이란 차원에서 정의하려고 한다. 어린이의 본질은 동심이란 말로 잘 표현된다. 그래서 아동문학은 바로 동심 세계의 문학이라고 정의한다. 동심 세계의 문학이란, 어린이의 마음 자체를 느끼고, 생각하고, 표현하는 문학이다.
박민수(1998), 『아동문학의 시학』, 양서원.	아동문학은 성인 작가가 어린이 또는 동심을 그리는 성인을 독자 대상으로 전제하여 미적 가치 판단과 예술성을 기초로 창작해 낸 모든 문학 작품이다.

에 이어지는 아동문학 개론 저자들에게도 영향을 주어서 모두 그 범주를 아직 크게 벗어나지 못하고 있다.

하지만 이들도 아동문학을 보는 관점에 따라 조금씩 다르게 개념을 규정하고 있는데, 지금까지 아동문학의 개념을 규정한 이들의 논의를 요약·정리해보면 【표 1】과 같다.

【표 1】을 보면 다음 세 가지 관점 곧, 성인문학과 대비된 아동문학의 차별성을 담보할 첫 시도로서 독자 대상을 어린이에게 두었다는 대상 중심의 관점, 성인 작가가 동심 구현을 위한 일정한 목적을 가지고 썼다는 목적 중심의 관점, 그리고 아동문학도 원래 문학 고유의 보편성과 가치를 지녔다는 본질 중심의 관점으로 나눌 수 있다.

이번에는 서구의 아동문학론자들이 말하는 개념 규정 관련 사항들을 살펴보면서, 앞서 논의한 아동문학의 개념을 좀더 정련시킬 만한 보완점을 찾아보고자 한다.

브라운(Carol Lynch-Brown)과 톰린슨(Carl M. Tomlinson)은 아동문학을 다음과 같이 규정하고 있다.

> 아동문학이란 출생에서부터 청소년기까지의 어린이를 대상으로 산문과 시, 소설과 논픽션을 통해 그 또래 어린이에게 적절한 화제와 흥미를 제공해 주는 양질(良質)의 보급판 도서(trade books)를 말한다.[3]

3) Carol Lynch-Brown & Carl M. Tomlinson(1999), 『Essential of Children's Literature』, Allyn & Bacon.

이어서 힐먼(Judith Hillman)은 수많은 아동도서 가운데 가치로운 문학 도서를 선별해내는 일을 하는 과정에서, 비록 추상적이라 하더라도 아동문학의 개념과 위상을 규명하는 일이야말로, 도서선정에 필수적인 기반을 준다고 그 의의를 언명한다. 그리고 아동문학의 개념을 형성하는 내용의 핵심을 한마디로 말하면 유아, 어린이, 청소년을 위해 쓴 쉬운 글이라고 하면서 그 개념을 이루는 주요소들을 다음과 같이 들고 있다.

－어린이의 조망(眺望)에서 나온 것과 전형적인 어린이 경험들을 주요 소재로 삼음.

4) Judith Hillman(1999), Discovering Children's Literature, 2: Nj; Prentice-Hall,Inc.

5) Nodelman, P.(1996), The Pleasures of Children's Literature, 2nd; New York: Longman.

－어린이나 어린이다운 인물이 나옴.
－행동에 초점을 맞춘 단순하고 직선적인 플롯으로 짜여짐.
－행복한 결말로 귀결됨에서 보듯이, 낙천적 정서와 순수무구한 분위기를 지님.
－사실성과 환상성을 겸하는 경향을 보임.[4]

여기에 노들먼(Perry Nodelman)은 한 가지 덧붙여, 어린이들에게 어른이 되는 방법을 가르치도록 고안된 강한 문화적 메시지를 지닌 교훈적인 요소가 있다는 점을 들기도 한다.[5] 그의 말처럼, 아동문학은 그 시대의 가치와 규범을 다음 세대에 전하는 방편으로 여겨온 일면도 없지 않다. 결국 아동문학은 이와 같은 교훈적인 점과 함께 새로운 조망과 낙천적인 정서로 독자들을 이끌며, 사실성과 환상성을 넘나듦에서 오는 흥미와 위안을 주는 문학으로 그 개념상의 범위를 규명해 볼 수 있다.

이와 같은 아동문학의 개념 규명에 있어, 그 질적인 면은 다소 주관적인 것이라 그 구체상을 규명하기가 쉽지 않다. 이런 질적인 면은 아동도서의 글이 좋은지 나쁜지를 가려내는 기준도 되는데, 예컨대 그 글이 결함을 지닌 것이라면 이는 온전한 문학이 되지 못한다는 뜻이겠다. 이때 아동도서의 글에서 결함 여부를 가려내는 기준이 자칫 교훈성 일면에 치우치는 경향이 있는데, 힐먼(Judith Hillman)은 이와는 다른 면을 들고 있다. 곧, 진부한 서술, 너무 뻔하거나 비논리적인 플롯, 그리고 그를 뒷받침하기에는 빈약한 이야기들을 결함으로 드는데, 책의 내용과 형식이 균형을 이루게 하는 면에서 참고할 만한 지적이라고 하겠다.

결국, 아동도서가 이런 결함을 극복한 수준으로 인정받았을 때, 비로소 이를 아동문학의 범주에 넣을 수 있을 것이다. 그리고 어린 독자들을 만족시키고, 새로운 것들을 설명하며, 매혹시키는 영향력을 드러낼 만한 진정한 아동문학의 몫을 감당할 수 있을 것이다. 브라운(Carol Lynch-Brown) 등은 아동문학의 개념 규정에서 이런 질적 수준에 대해 좀더 구체적으로 언급한 바가 있는데[6], 이들이 제시하는 아동문학이 지향할 작품성과 그 수준을 열거해보면 다음과 같다.

6) Carol Lynch-Brown, Carol M. Tomlinson, op. cit., p. 3

―어린 독자에게 지성과 더불어 강한 정서를 불러 일으키는 작품이다.

―작품이 추구하는 바가 독자를 공감시켜 그들 삶 속에서도 그에 따르도록 만든다.

―문체는 어린이의 언어지만 작품 속에 진지한 사고와 남다른 창의성이 담겨있고, 상상적인 언어 사용과 참신한 문학적, 예술적 스타일의 미(美)를 갖춘 작품이다.

―독자에게 기억할만한 주인공과 상황을 제공해줄 뿐 아니라, 인간의 심오하고 미묘한 동기를 잘 드러내주어, 인간 조건에 대한 가치의 통찰과 흥미거리를 제공해준다.

이런 정도의 문학 고유의 가치를 지녔을 때, 그리고 이만큼의 영향력을 독자에게 줄 만한 글이 되었을 때에야 비로소 그 작품은 아동문학의 개념에 부응할 수 있다는 것이다. 그리고 나아가 시공을 초월한 아동문학의 고전(古典)으로서 그 위상을 인정받을 수도 있게 된다는 것이다.

결국 아동문학의 개념은 성인 작가가 어린이를 독자로 하여 감동과 교훈을 주고자 창작한 모든 문학작품이라고 정의할 수 있다.

아동문학의 개념을 좀더 구체적으로 분석해서 그 갈래상의 특징을 체계적으로 상술해내는 일은 다음 '아동문학의 특성' 절에서 다루기로 한다.

나. 아동문학의 범주와 갈래

아동문학 역시 문학의 본질에 바탕을 두면서 동심을 주제로, 어린이를 대상으로 한 '특수 문학' 답게 아동문학의 세부 갈래도 일반 문학의 기본 3대 갈래인 서정, 서사, 희곡 갈래 별로 대입시켜 선정, 구분해 놓고 있음을 알 수 있다. 이렇게 아동문학을 보는 관점은 문학이론가들 사이에서 흔히 발견된다. 그에 반해 서구에서처럼 아동도서 사서나, 아동교육자들의 관점에서는 도서 내용의 다양성에 근거하여 구분하고, 여기에 그림책, 동물이야기, 모험담과 과학적 정보를 주는 논픽션까지 포괄시키는 경향이 있다. 또는 산문과 운문으로 나누고, 산문은 다시 허구(fiction)와 비허구(nonfiction)로 나눠서 내용에 따라 다양하게 나누는 예를 보이기도 한다.

7) Carol Lynch-Brown &
Carl M. Tomlinson(1999),
Essentials of Children's
Literature, Allyn & Bacon.
p.39.

【표 2】 아동문학의 범주와 갈래 [7]

산문	허구(fiction)	사실동화	·가족 ·친구 ·청소년기의 이슈 ·서바이벌이나 모험 ·무능력자 ·문화적 다양성 ·스포츠 이야기 ·미스터리 ·동물 이야기	역사동화
		환상동화 전통환상동화	·신화 ·서사시적 작품 ·전설 ·민간설화 ·우화 ·종교적 이야기	
		현대환상동화	·현대민간설화 ·동물 환상동화 ·역사 환상동화 ·비범한 등장인물이나 상황 ·난장이들의 세계 ·의인화된 인형과 물건 ·초현실적 사건/미스터리 ·탐험 이야기 ·과학동화/환상동화	
	비허구(nonfiction)		·전기문학 ·생물학 ·물리학 ·사회과학 ·응용과학 ·인문과학	
운문	·동요(nursery rhymes) ·서정시 ·서사시			

위 【표 2】에서 보듯이 구미에서는 산문을 허구와 비허구로 나눠서 아동문학의 영역을 전기문학으로부터 기타 과학 분야로까지 확대시키는 대신, 분류과정에서 희곡 분야는 제외하고 있다. 그리고 허구(fiction) 분야도 다시 글의 대상과 주제별로 다양한 구분을 해놓고 있음을 알 수 있다. 이것은 문학의 기본 장르보다는 다양한 도서를 그 형식과 내용에 따라 분류·정리하는 데 관심을 두는 도서 사서의 실용적인 관점이 더 크게 작용한 때문이라고 볼 수 있다.

우리는 이런 서구의 분류 방식도 부분적으로 참고하지만, 그동안 우리나라 아동 문학의 전통과 현상을 좀더 중시하는 입장에서, 일반 문학의 기본 3대 갈래인 서정, 서사, 희곡 갈래 별로 아동문학 범주를 다음과 같이 제한하여 구성하고자 한다.

【표 3】 아동문학 갈래

서정문학	전래동요, 동시
서사문학	옛이야기, 그림동화, 판타지동화, 사실동화, 인물이야기, 역사동화
희곡문학	동극

【표 3】에서 보듯이, 아동문학 갈래는 문학의 3대 기본 갈래를 토대로 아홉 가

지로 분류된다. 곧, 아동을 대상으로 한 서정문학은 전래동요와 동시만을 제시한다. 이 중에 '전래동요'는 구전 민요 가운데 어린이를 대상으로 한 정형시이고, '동시'는 현대인들이 지은 창작시이다. 그리고, 희곡문학은 어린이를 대상으로 일반화된 갈래가 '동극' 뿐이라 그것 하나만을 들 수밖에 없다. 그러나 서사문학은 실제 소통되는 유형들이 많으므로 여럿으로 분류할 수 있는데, 전해오는 민담, 전설, 옛날 이야기 중, 아동에게 알맞게 개작한 동화류로 제한해서 이를 '옛이야기'로 명명하기로 한다. 또 책 내용 제시 과정에서 글 못지 않게 그림도 큰 몫을 하는 그림책을 '그림동화'로 명명한다. 그리고 그동안 동화를 판타지와 리얼리티의 비중 차이에 따라 순수동화/사실동화, 판타지 동화/아동소설 등, 여러 방식으로 나누었는데, 본고에서는 '판타지동화'와 '사실동화'로 명명한다. 이때 '사실동화' 가운데는 '아동소설' 개념도 포함함은 물론이다. 끝으로 비허구(Nonfiction)로 전기(傳記)와 역사동화도 첨부시켰는데, 이 중 '인물이야기'는 그동안 써온 '위인전기'에 해당하는 전기문학의 갈래이다. 다만 이것을 굳이 '인물이야기'로 갈래명을 다소 범박하게 고친 것은 '위인전기'라는 명칭에 담겨있는 비민주적인 냄새도 없애고, 좀더 아동문학 갈래다운 이름을 붙인다는 뜻에서이다.

이상의 갈래들은 2부에서 장을 나누어, 각 갈래에 따라 차례로 그 특성들을 살펴보고, 해당 갈래별 선정기준 및 감상의 방법을 중심으로 논의하고자 한다.

2. 아동문학의 특성

아동문학의 특성은 이와 대별되는 성인문학과 비교하면 더 잘 드러난다. 아동문학은 문학이라는 보편성을 지니며, 아동을 대상으로 한다는 특수성도 함께 가진다. 성인문학과의 가장 큰 차이는 대상이 어린이라는 점이다. 곧 주대상을 어린이로 삼는다는 점이 아동문학의 특성을 담보하는 것인데, 이것이 자칫 아동문학으로 하여금 성인문학의 아류라는 오해를 낳게 할 빌미도 준다. 때로는 어린이를 보는 관점에만 함몰되어, 문학의 보편성을 잃어버릴 위험도 있다.

여기서는 일반 문학과 대비되는 아동문학의 특수성을 형식과 서술상의 특성과 내용상의 특성으로 나누어 살펴보고자 한다.

가. 형식과 서술상의 특성

1) 쉬운 어휘와 간결한 문장

아동문학이 일반 문학과 다른 점 가운데 가장 두드러진 특성은 어린이가 사용하는 어휘에서 나타난다. 아동문학의 대상인 어린이들은 한정된 경험과 지식으로 인해 이해하는 어휘 범주도 한계가 있기 마련이다. 따라서 아동문학은 어린이의 어휘 범주를 넘어설 수가 없어 어린이가 주로 사용하는 쉽고 단순한 어휘, 그리고 어린이가 삶 속에서 자주 접촉하는 사물과 내용을 담은 생활용어를 주요 어휘로 사용할 수 밖에 없다.

아울러 어린이가 생각하고 느끼는 바가 비교적 단순하고 그 호흡이 짧기 때문에 이를 표현한 글도 성인을 대상으로 한 글보다 짧고 간결해지지 않을 수 없다. 따라서 간결체 문장은 어린이를 대상으로 한 아동문학의 주요 특성으로 삼을 수밖에 없다.

2) 단순한 플롯 구조

아동문학은 일반 문학에 비해 작품의 줄거리와 플롯 구조가 단순하다. 본래 플롯은 작가가 이야기를 서술할 때, 사건의 전개과정에서 치밀한 계산 아래 복선을 깔면서 인과관계에 의한 논리적인 구조를 해놓음으로 서술의 묘미를 이뤄내는 기법의 하나이다. 그런데 아직 논리적 사고와 이해력이 미흡한 어린이가 그런 플롯의 묘미를 제대로 맛보기에는 아무래도 한계가 있기 때문에, 아동문학의 플롯은 비교적 단순한 구조를 지닐 수밖에 없다. 따라서 아동문학이 다루는 사건도 복잡하지 않고, 플롯을 포함한 내용 서술 형식 일체도 모두 단순명쾌한 것을 선호할 수밖에 없기 마련이다.

3) 예상 독자와 실제 독자의 불일치

예상 독자란 작가가 처음 작품을 쓸 때, 읽어주기를 기대하는 독자를 뜻한다. 아동문학 작가는 대체로 어린이를 예상 독자로 삼고 작품을 쓰는 경우가 일반적이다. 그러나 실제 독자는 어린이뿐 아니라 어른이 될 수도 있다. 소위 동심을 지닌 성인이거나 어린이를 지도하고 보살피는 교사와 부모가 바로 그들이다.

이처럼 아동문학은 언제나 두 가지 체제를 가지고 있다. 아동문학은 어린이를 대상으로 하고 있지만, 단순히 어린이들만 읽는 문학이 아니며 실제 독자는 어린이뿐만 아니라 성인이 될 수도 있다. 마리아 니콜라예바(Maria Nikolajeva, 1996)도 커뮤니케이션 측면에서 아동문학은 어린이와 어른이라는 두 다른 수신자를 가지고 있다고 밝혔다. 결국 아동문학의 하나는 어린이를 향하고, 다른 하나는 종종 어린이의 옆이나 뒤에 있는 어른을 무의식적으로 향한다고 볼 수 있다. 아동문학의 이런 모습을 일컬어, 두 가지 다른 문학적 시스템에 참여하는 텍스트라는 뜻으로 '양가적(兩價的) 텍스트' 라는 용어를 사용하기도 한다. 이것은 아동문학이 어떤 면에서는 성인문학보다 훨씬 복잡하다는 것을 의미하기도 한다. 반면 어린이 중에는 성인을 고려하여 쓴 성인문학을 읽고, 즐거움을 느끼며 나름대로 무언가를 깨닫는 경우도 있다. 이와 같이 작가가 기대하는 예상 독자와 실제 독자가 불일치하는 현상이 아동문학 분야에서는 특히 많이 나타난다.

나. 내용적 특성

1) 교육성

문학의 기본 기능 가운데 하나로 교훈성을 든다. 그러나, 아동문학에서는 교훈성 대신 교육성을 드는 것이 더 합당하다고 본다. 왜냐하면 아동문학은 단순한 교훈성을 넘어서 여러모로 미숙한 어린이를 계도하여, 이상적인 인간상으로 끌어올리고자 하는 좀더 폭넓은 잠재적 목적을 갖기 마련이기 때문이다.

우선 아동문학이 대상으로 하는 어린이는 지적으로나 도덕적으로나 아직 미성숙한 단계에 있다. 그리고 이렇게 자라나는 어린이라는 대상 독자의 특성에 비춰볼 때, 자연히 아동문학 작가는 독자들 앞에 교육자적인 위상으로 서지 않을 수 없게 된다. 그러다보니 비록 현실을 그대로 반영하여 도덕심 고양 효과를 노리거나, 문학적 핍진성의 효과를 도모하기 위한 경우라도, 작가는 참혹한 인간행위나 악한 결과를 그대로 드러낼 수 없는 노릇이다. 왜냐하면 이를 받아들일 대상 어린이가 아직 현실의 어두운 죄악을 보고 미적 효과를 이해하거나 자기 삶에 경각심을 불러일으킬 만한 고차원적 이해심을 갖기는 커녕, 도리어 세상을 부정적으로 인식함으로 불신과 절망감을 줄 소지가 있기 때문이다.

이와같이 아동문학 작가는 어린이의 발달 단계를 감안하여 거기에 맞추면서, 어린이의 사상과 도덕성과 미적 감수성이 풍요로와지도록 함으로써 어린이의 삶을 윤택하게 만들고자하는 교육적인 이상을 도모하기 마련이다. 따라서 아동문학은 어린이를 이상적으로 성장시키고자하는 교육 이념을 잠재적으로 품고 있다는 점을 그 내용상의 첫 번째 특성으로 꼽을 수 있다.

2) 환상성

아동문학의 또 하나의 특성은 일반문학에 비해 비현실적인 판타지적 요소를 많이 갖고 있다는 점이다. 본디 아동은 객관적, 논리적 사고보다는 물활론(物論 : animatism)적이고 정령(精靈 : animism)적인 경향을 띤 사고방식과 개념을 갖고 있다. 그래서 이들에게는 동식물들이 사람처럼 생각하고, 말하고, 움직이는 것이 자연스럽게 받아들여진다. 모든 사물마다 요정들이 숨어있어서 그들이 노래하고 장난치는 장면이 나와도 어린이는 전혀 이상하게 생각하지 않는다. 이렇게 어린이는 신비의 세계, 몽환적 세계에 쉽게 빠져드는 경향을 띠기 마련이다.

따라서 이들이 선호하는 아동문학도 이런 환상성을 지니기 마련이다. 그리고, 그 환상성을 통해 현실의 논리와 법칙을 초월한 이상 세계가 펼쳐짐과 더불어, 각박한 현실의 어두움을 온정과 정의의 이상이 항상 이기는 이상적 세계, 낭만적 세계가 펼쳐지기 마련이다.

이상으로 아동문학의 형식적, 내용적 특성을 정리해보았는데, 여기서 눈여겨볼 점은, 그 문학적인 수준면에서 아동문학과 일반 문학이 별 차이가 없다는 점이다. 아동문학이 단지 쉬운 어휘, 짧은 문장, 단순한 플롯 등으로 어린이를 위하여 쓴 특수한 문학임을 외적으로 드러내고 있지만, 질적인 수준에서는 다를 바 없다는 것이다. 정서의 깊이와 범주는 물론 언어의 상징에 나타난 아이디어의 심오한 면 등에서도 말이다. 단지 그 언어가 어린이들의 언어라는 제한점에서만 차이가 있을 뿐이다.

한편, 이 아동문학의 특성과 수준의 제고를 위한 판단은, 항상 독자의 인식도에 따라 조절되어야한다는 살롯 혹(Charlotte S. Huck, 2001) 등의 논의도 음미할 만하다.[8] 그는 문학의 경험은 항상 책과 독자 사이에 관계하는 것이므로, 문학의 질적 수준에 대한 객관적인 판단기준을 정하려면 반드시 독자의 경험과 정서 및 인식도를 고려해야한다고 하였다. 그렇게 볼 때, 향수적인 것이나, 로맨틱한 것들은 어른에게는 몰라도 어린이의 정서와 인식도면에서는 맞지 않다는 것이다.

8) Charlotte S. Huck etc(2001) , Children' s Literature in the Elementary School, 7ed; McGraw-Hill, p.3~4

아동기를 달콤하게 그린 것이나 센티멘탈한 것도 어울리지 않을 뿐더러, 특히 냉소적이고 절망적인 것들은 어린이 정서에 부합하지 않다는 것이다. 비록 이들이 불우한 환경에서 살고 현실의 허식과 환멸을 맛볼 때가 있다 하더라도 어린이이기 때문에 이들은 희망을 잃을 수가 없다는 것이다. 따라서 아동문학은 어린이에게 바로 이런 희망의 문을 열어놔야지, 이마저 닫아 놓는다면 어린이의 성향에 합당하지 않은 것이 되므로 아동문학의 영역을 벗어나게 하고 말 뿐이라는 것이다.

이로 보아, 여기서도 아동문학을 제한하는 유일한 요소로 어린이의 경험과 정서 및 인식도를 들고 있다. 그러면서 아동문학은 그 중심에 어린이의 눈을 갖고 있어야 한다는 것이다. 이때 '어린이의 눈'이 곧, 우리나라에서 방정환 이후 거론해 온 '동심(童心)'과 상관되는 것이므로, 우리나라 아동문학에 관한 정외적인 요소와 일치점을 보이기도 한다.

3. 아동문학의 가치와 효용성

어린이가 성인과 다른 점은 몸과 마음이 하루가 다르게 성장 발달한다는 것이다. 그리고 그 삶의 영역은 어른에 비해 비교적 단순해서 크게 가정 생활과 학교 생활로 나눌 수 있다. 여기서는 아동문학이 어린이의 생활 영역에서 어떤 의미를 지니며, 어린이가 성장 발달하는 특성에 따라 아동문학이 어떤 의의와 가치를 지니는지 살펴보고자 한다.

가. 아동문학의 가치

아동문학의 가치는 여러 모로 들 수 있는데, 가정에서 개인적 성장에 도움을 주는 면과 학교에서 교육적 증진을 이끌어주는 면으로 나눠서 기술하는 방법이 있다. 이는 아동문학이 끼치는 효용성을 되도록 아동의 가정 생활과 학교 생활을 두루 포괄하고 그에 기반을 둠으로써 어린이 생활 전반에 실질적인 도움을 주는 면에 초점을 둔다는 점에서 의미가 있다. 또한 그동안 아동문학의 가치를 어린이의 인성 계발에 기여하는 면만을 주로 논의해 오던 경향을 벗어나서 학교 교육과

정의 운영에 미치는 효과까지 아울러 논의할 수 있는 여지를 준다는 점에서도 가치가 있다. 그리하여 아동문학의 효용성을 좀더 구체적이면서 다각도로 다루게 하는 장점도 있다. 그러므로 아동문학의 가치를 가정에서의 어린이 개인적인 가치와 학교에서의 교육과정적 가치로 나눠 기술하여 보고자 한다.

1) 아동문학의 개인적 가치

어린이를 위한 문학이 개인의 정서적, 지적인 생활을 풍요롭게 한다는 점에서 가치로운 것은 예전부터 널리 논의되어 온 바이다. 아동문학은 입증된 교육적 공헌뿐만 아니라 어린이의 개인적 생활에 주는 풍요로 인해서 집이나, 학교에서 가치가 있다. 우리는 좀더 명백한 교육적인 것을 논의하기에 앞서 아동문학이 지니는 어린이 개인의 정서적인 가치를 숙고해 보고자 한다.

가) 즐거움을 누림

아동문학이 어린이에게 주는 분명한 이득으로 첫 번째 들 것은 즐거움을 준다는 점이다. 우리나라 교육의 내면에 흐르는 엄정주의로 인해 어린이를 둘러싼 교육적인 책과 자료 중, 어린이에게 즐거움을 갖게 하는 것은 드물다. 다만 문학만이 어린이를 즐겁게 하면서 교육적 효과를 줄 수 있는 요소를 지닌다. 왜냐하면 문학 속에서 어린이의 흥취를 돋구는 시적 운율을 맛볼 수 있고, 어린이들이 쉽게 공감하고 자기 동일시(同一視)하여 상상의 세계에 유영할 수 있는 또 다른 세계를 발견할 수 있기 때문이다. 그러나 주위에 도와줄 교사와 부모 없이는 이 즐거움을 찾을 수 없는 어린이들도 있다. 이런 어린이들에게 문학 세계에 빠져들게 하는 독서애호와 문학의 취미를 길러주는 것은 가장 멋진 선물이라고 하겠다. 왜냐하면 문학이야 말로 어린이로 하여금 책과 더불어 즐거운 삶의 길을 걷게 해주기 때문이다. 그리고 어린 시절 문학 책에서 얻은 이 초기 경험이야말로 일생 동안 독서 취미의 삶을 이끄는 계기도 만들어주기 때문이다.

나) 상상력과 영감을 얻음

인생과 세계를 잘 그린 문학작품은 마치 잘 된 그림이 어린이의 관심과 사고를 자극하듯이, 어린이의 호기심을 자극하여 상상력을 고무시켜줄 수 있다. 그리하여 어린이들의 생각의 폭을 넓혀서, 경험 밖의 많은 생각과 개념들을 지니도록 도와준다. 문학은 또한 어린 독자들이 책을 읽어가는 동안, '만일 그렇다면? 이라는 질문들을 자꾸 하게 만든다. 그리하여 여러 가지 가능성을 예상하고, 탐구하게 만들어주기도 한다. 특히 동화의 환상적 세계는 어린이의 상상력을 더욱 키워준다. 과연 현실세계에서 호랑이가 말하고, 호박이 마차로, 쥐가 말로 바뀌는 것을 상상할 사람이 누가 있겠는가! 그러나 우리 어린이들은『호랑이 이야기』와『콩쥐팥쥐』의 세계 속에서 이 모든 이야기들을 쉽게 받아들인다. 이와 같이 아동문학은 어린이가 스스로는 발견하기 힘든 새로운 세계를 제공해주므로 어린이의 상상력 계발에 큰 가치를 지닌다. 이에 비해, 텔레비전이나 비디오와 같은 영상 매체는 상상의 세계와 사물을 너무 명백히 제시해주기 때문에 어린이의 상상력 계발에 큰 효과를 보이지 못한다고 하겠다. 어린이들이 이러한 상상력을 발휘하도록 하려면, 어린이들로 하여금 새로운 방식으로 주변의 세계를 보고, 현재와는 다른 세계로 들어가는 대리적 경험을 갖게 함으로써, 다른 사람의 삶의 방식을 새로운 관점과 조망을 가지고 생각하게 해보는 기회를 주어야할 것이다. 그런데 아동문학이야말로 이런 계기를 줌으로써, 어린이의 상상력을 계발시키는 데 큰 도움을 주는 것이라고 하겠다.

다) 대리적 경험을 통해 새로운 조망(眺望)을 얻음

어떤 책의 이야기가 아주 핍진하게 쓰여져서 독자로 하여금 그 이야기의 시공에 실제 있는 듯한 느낌을 준다면, 그것은 독자에게 대리 경험을 주는 것이라고 하겠다. 좋은 아동문학 작품일수록 어린이에게 이런 대리적 경험을 갖게 하여 그 문학세계와 상황 속에 빠져들게 하면서 새로운 세계와 연결되는 느낌을 갖게 만든다. 이 대리경험은 어린이에게 좋은 정신적 훈련(exercise)이요, 체험이 된다고 할 수 있다. 왜냐하면 어린이 자신의 것과는 다른 조망으로 그 국면들을 볼 수 있도록 하기 때문이다.

문학은 인생 전부를 담아내지는 못하지만 인간의 경험을 효과적으로 형상화하고 일관성을 주는 힘을 갖고 있다. 이를 위해서 때로는 인생의 한 면에, 또는 개인적인 삶의 한 시기에 초점을 맞추기도 하고, 독자가 한 번도 숙고해보지 못한 관계성에 주목하기도 한다. 이와 같이 아동문학은 어린이들에게 시공을 달리한 사람들이 어떻게 살고, 무엇이 되며, 어떤 갈등과 모험을 겪는지 그 삶의 요체가 되는 면들을 다양하게 보여준다.

어린이들은 바로 이렇게 문학이 보여주는 다양한 삶에 대하여 자기 동일시(同

一視)를 통한 대리적 경험을 함으로써, 이웃의 삶에 대한 이해의 폭을 넓히고 세상을 보는 새로운 관점과 조망을 갖기에 이른다.

라) 감정이입(感情移入)을 통해 시대와 문화를 초월한 이해력과 공감을 얻음

앞서의 대리적 경험은 마치 어린이들로 하여금 남의 신발을 신고 걸어보게 하는 것과 같아서 남의 입장이 되어보고, 그에 감정이입(感情移入)하는 능력을 길러준다. 이로써 어린이들은 역사적 인물과 사건에 친근하게 관련을 맺게 되고, 특정 시대의 상황이나 여건에 의해 제한된 사람들을 이해할 수 있게도 된다. 곧 그들의 삶이 문화성, 지역성 때문에 어떻게 서로 달라지는가를 이해하고 시대를 초월한 공감을 얻게 된다는 것이다.

이처럼, 문학은 어린이를 도와서 역사를 초월하여 보편적 인간의 삶에 대한 이해와 공감을 지니게 한다. 또한, 문학은 여러 시대와 나라와 문화로부터 온 이야기들을 어린이들에게 소개해줌으로써, 그들에게 다문화적이고 국제적인 이해를 위한 기초를 쌓아주기도 한다.

마) 우리 민족의 얼과 정서를 수용

과거 대가족사회에서는 할머니가 화롯가에서 또는 이부자리를 깔고 누워서 어린 손자에게 옛날이야기를 해주던 풍속이 있었다. 그러나 대부분 핵가족화된 오늘날에는, 할머니 대신 전문 작가들이 그 전통 문학유산들을 전래동요나 동화로 개작하여, 인쇄물이나 시청각자료를 통해 어린이에게 전달하는 방식으로 바뀌었다.

전달 방식이 달라졌다 하더라도, 옛부터 전해오던 민요와 전설과 민담들은 우리 문화의 유산이요, 민족 문화의 저장고라고 할 만하다. 그리고 이 문화적 유산들은 이렇게 세대와 세대로 이어지며 전래 동요·동화로 정착되면서 어린이들로 하여금 그 속에 담긴, 과거 민족의 얼과 정서의 시원(始原)에 접맥시켜주는 구실을 해왔다. 그리하여 우리 민족의 특유한 문화와 그 속에 담긴 민족의 얼과 정서를 받아들여 공감하고 친숙하게 만드는 계기를 가져오고 있다.

바) 도덕적인 이해와 도덕적 판단 능력 함양

흔히 이야기 주인공은 도덕적 결단을 내리도록 요구하는 국면에 놓인다. 주인공에 감정이입된 어린 독자는 이런 국면에서 그들이 주인공과 함께 스스로 옳고 그름을 분별하게 되고 나아가 어떻게 할지를 숙고하면서 자연스럽게 주인공의 선택과 결단에 동참하게 된다. 그리고 독자는 이야기가 전개되고 그 선택의 결말이 드러나면서, 자신의 결정 여부가 어떤 궁극적인 결과를 가져오는지를 간접 체험하게 된다.

대체로 기존의 옛이야기들은 권선징악적인 단순한 내용들로 이뤄져서 주인공의 정의가 곧 행복한 결말을 만든다는 인과관계를 명료하게 드러낸다. 현대 사실적인 아동소설에서도 사건 전개 과정에서 갈등을 극복하고 난관을 해결하는 데 주인공의 정의로운 도덕적 결단과 행동이 중요한 몫을 차지하는 것은 다를 바 없다. 이런 사필귀정의 결과들은 자연히 그에 몰입하는 어린이들에게 정의로운 행위를 선택하도록 동기부여하는 요소들을 풍부하게 주기 마련이다.

어린이들은 독서를 통해 이런 유형의 이야기들을 지속적으로 경험해 나가면서 차츰 옳고 그름에 대한 개념을 스스로 형성하게 되고, 도덕적인 판단 능력과 더불어 선과 정의를 지향하는 동기부여도 받게 된다.

사) 문학적 스타일에 대한 감지와 자기 개성에 대한 인식

독서를 통해 문학과 상호작용하는 어린이에게 또 다른 가치로운 결과는 여러 작가들의 문학적, 예술적 스타일을 스스로 감별할 수 있게 된다는 것이다. 곧, 작가들마다 스타일이 서로 다르다는 것과 그 작품들마다 독자적인 매력을 갖고 있다는 것을 인식하는 것이다. 이는 어린이들의 문학적 인식을 깊게 하는 중요한 첫 단계이기도 하다.

다양한 아동문학 작품을 널리 규칙적으로 읽는 어린이는 또한 개인적으로 선호하는 유형의 책들을 차츰 갖게 되고, 선호하는 작가도 갖게 된다. 그동안 어린이 독서에 관심있는 교사들은 어린이들이 스스로 책을 선택하는 데서 나타내는 이런 개인적인 관심과 선호에 잠재적 동기가 있다는 점을 인식해왔다. 그리고 이에 따라 어린이가 좀더 많이, 그리고 다양하게 문학을 접하면서 점차 통찰력있는 독자로 성장해가는 점을 보아왔던 것이다.

이렇게 어린이는 문학의 독자적 세계와 그 스타일의 다양성을 감지하고 성장해가면서 차츰 그 다양한 작품 가운데 선호 대상도 갖기 시작하는데, 이와 더불어 어린이들은 자기 스스로의 개성에 대한 인식을 하기에 이른다. 곧, 자기는 누구이고, 무슨 가치를 갖고 있으며, 무엇을 좋아하는지를 통찰해내는 계기를 갖게 된다는 것이다. 이와 같은 작품의 스타일에 대한 감지 및 호불호(好不好)로 작용하는 자신의 개성에 대한 인식이야말로, 문학이 어린이에게 주는 또 하나의 의미 있는 가치라고 볼 수 있다.

이상으로 미뤄 볼 때, 좋은 문학작품을 읽는 일이야말로, 가정과 학교에서 어린이가 할 수 있는 모든 경험 가운데 가장 본질적인 부분이요, 가치로운 일이라고 할 수 있다.

2) 학교 교육과정 운영상의 가치

문학의 내면적 가치는 교육과정의 중요한 위치를 차지하기에 충분하다. 그러나 불행하게도 우리 사회는 그동안 측정 가능한 논리적 지식이나 실용적 기능에 비해, 문학을 통한 미학적 경험을 소홀히 취급해왔다. 그리고 문학이 이런 지식과 기능의 계발에 기여하고 그 기반이 된다는 점을 보여줄 때에만 비로소 학교교육에서 관심을 가졌던 것이다. 다행히 그동안 여러 연구에서 어린이들의 읽기와 쓰기 능력 학습에 기여하는 문학의 기본적인 가치가 입증되기 시작하고 있다.

어린이들이 학교에서 문학 경험을 갖는 것은 분명히 여러 면에서 유익하다. 그러면, 문학이 학교 교육과정의 중심에 놓일 때, 어린이들이 얻을 이익은 무엇일까? 여기서는 주로 문학이 초등학교의 주요 관심사인 읽기와 쓰기 능력 함양에 어떤 효과를 보이는가 하는 점에 초점을 두고 살펴보려고 한다.

가) 읽기 능력과 문학

어린이는 좋은 문학작품을 지속적으로 읽음으로써 읽기 능력을 향상시키고 언어발달을 기하는 데 도움을 받는다. 대부분의 교사들도 어린이에게 적절하고 좋은 문학작품을 지속적으로 읽게 하는 것이 어린이의 언어 발달을 돕고, 특히 읽기 학습에 도움을 준다고 믿는다. 이를 위해서는 우선 어린이에게 유용하게 쓰일 책을 만드는 사람이 필요하다. 또 그 적절한 책을 골라서 적당한 때에 어린이에게 읽어줄 사람도 필요하다. 그리하여 어린이로 하여금 문학을 즐기도록 하는 첫 경험을 만들어 줄 사람이 필요하다. 아울러 어린이의 사고를 촉발시키는 질문을 함으로써 상호작용적인 경험을 하게 할 능력을 가진 이도 필요하다. 이처럼, 우리 어린이들을 책으로 안내해주는 데 필요한 지식과 능력과 의지와 또 인내를 가진 사람이 필요한 것이다. 일부 특수 환경의 어린이는 이런 일들을 부모가 가정에서 해주지만, 대부분의 어린이는 학교에서 선생님이 해주기 마련이다.

교사가 어린이에게 책을 읽어 들려주는 일은 우선, 읽기 학습을 시작하기 위한 강력한 동기가 된다. 어린이는 읽기가 즐거움을 제공한다는 것을 알고서, 스스로 읽기를 배우고 싶어한다. 또한 어린이는 실제로 가치 있는 책이야말로 중요한 내용을 담고 있다는 점도 체득하게 된다. 우리는 이렇게 직접 책을 읽어주는 행동으로, 어린이에게 읽기의 가치를 본보일 필요가 있다.

또한 학령기 어린이에 대한 서구의 연구에서도, 이런 책 읽어주기가 읽기학습에 기여하며 읽기 성취도의 증진을 가져온다는 점을 많이 보여주고 있다.[9] 서구의 전문 학회지와 전문서적에 발표된 글들을 보면, 교사들이 읽기 교육 프로그램에서 시중 보급판 문고들을 사용하여 성공을 거둔 이야기들로 가득 차 있다.[10]

이 연구보고들은 문학작품을 어린이에게 규칙적으로 꾸준히 읽어줌으로써, 어린이의 읽기에 대한 관심과 즐거움을 증진시켜주는 성과를 가져온다면서, 문학이 읽기 학습을 성공으로 이끄는 주요 도구임을 확인시켜주고 있다.

어린이에게 흥취감을 줄만한 동요나 전래 동요를 들려주면 어린이는 그 후렴 구절을 반복하기 좋아한다. 동요를 즐겨 반복하는 과정에서 어린이들은 언어의 패턴을 익히고, 어휘력과 의미의 이해도를 넓힐 수 있다.

또, 이야기를 많이 들려주면 어린이는 이야기의 구조를 알고 특정 인물이 무엇을 할지 예상할 수 있는 단서를 얻게 된다. 그러면서 자기가 읽은 이야기에서 일어날 행위의 전개과정을 예상하고 그 의미를 확인하는 데 도움을 받는다. 예컨대 아이들은 대부분의 옛이야기에 등장하는 세 번이라는 규칙을 쉽게 배운다. 그래서 만일 첫 번째 염소가 다리 위에서 올무에 걸리고, 뒤따르던 두 번째 염소도 올무에 걸리면, 어린 독자는 곧, 세 번째의 염소도 그렇게 되리라고 예상하기 마련이다. 또, 여우에게 홀린 소년의 이야기를 읽거나 들을 때에, 옛날이야기를 많이 들어본 어린이는 곧, 그가 이미 들어서 아는 이야기 속의 여우의 특성을 감안해서, '여우는 영리해서 그 소년은 결국 피하지 못할걸!' 하고 이야기의 결말을 예상하게 될 것이다.

이렇게 문장의 패턴을 이해함으로 얻는 유익은 동화나 소설 감상에서뿐 아니라 설명적인 글을 이해하는 데까지도 미친다. 크리스틴(Christine C. Pappas)의 연구에 따르면 어린이들은 서사적인 글뿐 아니라 설명적인 글의 특성도 똑같이 잘 다룬다고 한다.[11] 더 나아가, 그녀는 유치원생들도 때로는 이야기책보다 정보적

9) Cf.) Elizabeth Sulzby(1990), "The Development of the Young Child and the Emergence of Literacy" 「Handbook of Research on Teaching the English Language Arts」, J.Flod etc. ed. N.Y.: Macmillian.

10) Cf.) Sussan I. McMahon & Taffy E. Raphael(1997), 「The Book Club Connections: Literacy and Learning and Classroom Talk」, N.Y.: Teacher College Press.

11) Christine C. Papas(1993), "Is Narrative 'Primary' ? Some Insights from Kindergartners' Pretend Readings of Stories and Information Books", ⟨Journal of Reading Behavior⟩ 25, p. 97~129.

인 책을 더 선호한다는 점을 발견하게 되었다. 그래서 그녀는 다음과 같이 제언한다.

> 어린이가 글을 읽을 줄 알게 되면, 음성언어와 문자언어 사이에 일관된 체계와 내부의 질적인 면에서 서로 다른 주요 특징들이 있음을 알고 익힐 것이다. 또한 어린이는 문장들이 문화의 다양한 사회적 목적에 부합하기 위해서 문장의 관습, 리듬, 구조면에서 서로 다른 갈래들로 기술되기 마련이란 점을 이해하게 될 것이다.[12]

12) Ibid., p. 126.

어린이들이 소설, 민담, 시가류, 전기 및 넌픽션류와 같은 다양한 책들을 접하면 접할수록 책의 의미를 더 잘 파악하고, 또 작가가 말하는 방식을 이해하는 능력도 더 연마될 것이다. 이렇게 다양한 갈래를 두루 읽게 하는 것이야말로 어린이를 성공적인 독자로 만드는 데 도움을 주는 길이라고 하겠다.

그 다음, 숙련된 독자를 만드는 데 있어 책을 많이 읽도록 하는 것은 기본이 되는 방법이다. 그간 문학중심 프로그램으로 어린이 읽기 행위에 관해 연구해온 수산 헤플러(Susan Hepler)의 보고에 따르면 5, 6학년 어린이들은 일 년에 1인당 25권에서 122권의 범주로, 일년 평균 45권의 책을 읽는다고 한다. 이 보고는 전형적인 기초독본 프로그램의 경우, 한 어린이가 일년에 두 권의 교과서만 읽는 데 비해볼 때, 책을 널리 읽게 함으로써 독해의 유창성을 길러주는 효과적인 방법임을 가정하고 있는 것이다.

이처럼 책을 널리, 많이 읽힘으로써 독해의 유창성을 길러준다는 가정은 다양한 읽기 경험을 읽기 숙련도와 이해도에 연관시킨 여러 연구들에 의해 지지된다. 많은 연구자들이 결론을 내려온 것은, 어린이가 읽은 양이 어린이의 읽기 능력을 개발하는데 중요한 공헌자였다는 것이다. NAEP도 널리 읽게 하기와 읽기 능력 간의 분명한 관련성을 발견하면서 학교에서 스스로 선택한 책을 읽고 학교 밖에서도 즐기기 위해 독서하는 것이 읽기 성장에 중요하다는 것을 제시했다.[13]

13) Patricia L. Donahue, Kristin Voelkl, Jay R. Campbell, and John Mazzeo(1999), NAEP 1998 〈Reading Report Card for the Nation and States〉, U.S. Dept. of Education.

그래서 어린이가 매일 집에서 스스로 책을 가지고 시간을 보낼 수 있도록 하는 것이 중요하다. 만일 학교에서 널리 책을 읽을 동기부여를 하지 못한다면, 그리고 가정에서 책을 읽을 여건과 기회를 갖게 하지 않는다면, 아이들은 결국 유창한 독자가 되기 어려울 것이다.

나) 쓰기 능력과 문학

읽기학습이 추구하는 것과 쓰기학습이 추구하는 것이 서로 관련이 있다는 생각은 많은 교사들의 경험에서 우러나온 것이고, 여러 연구들에 의해 입증되어왔다. 이와 함께 문학작품을 읽고 감상하는 일이 쓰기 능력과 불가분의 관계에 있다는 것에 역시 교사들은 대체로 수긍한다. 그러나 어느 정도, 어떻게 관련성이 있는지를 아직 세세히 규명해내지는 못했지만 대체로 몇 가지는 언급할 수 있다.

우선 어린이의 쓰기 내용들을 살펴보면 자기가 읽은 문학작품을 많이 반영하고 있다는 점을 들 수 있다. 어린이들이 쓰기 활동을 할 때 그 활동을 원활하게 하는 정도는 주로 얼마나 많은 쓸거리를 갖고 있는가 하는 점이다. 그런데 어린이들이 가진 쓸거리는 직접 경험한 것과 책을 통해서 본 간접 경험으로 나눌 수 있다. 이 때 어린이의 한정된 직접 경험을 보완하는 점에서 간접 경험이 소중한데, 이 간접 경험의 소산물들 중에는 어린이들이 문학작품을 읽으며 자유롭게 유영하던 환상적인 요소들이 큰 몫을 차지한다. 이 환상적 요소들은 특히 자유로운 글쓰기나 상상하며 쓰기 활동에 크게 유입된 면을 보이고 있다.

두 번째로 생각할 것은 문학작품에 연출된 어떤 문학적 관습들이 또한 쓰기에 반영된다는 점이다. 예컨대, 어린이의 쓰기 작품 서두나 말미를 살펴보면 대체로 문학작품의 관습적인 초두나 말미의 형식을 따르는 경우가 많다.

세 번째로 생각할 점은 어린이들이 즐겨 읽는 문학작품들 가운데 보이는 단어, 구는 물론, 문장 구조에 이르기까지, 의식적이든 무의식적이든 어린이들이 글쓰기를 할 때에 이것들을 대부분 본뜬다는 점이다. 이 점을 긍정적으로 받아들일 때에는, 좋은 문학작품을 듣거나 읽음으로 해서 어린이들의 쓰기 능력을 신장시킬 수 있으며, 특히 어휘와 우수한 쓰기 문체가 풍부해진다고 말할 수 있다.

이상에서 본 문학과 쓰기 사이의 관련성에 관한 기본적인 내용들을 토대로, 좀더 그 관련성의 규모와 정도를 구체적으로 규명해내는 일은 앞으로 연구자와 더불어 현장 교사들이 해낼 몫이다.

다) 범교육과정 운영과 문학

옛부터 책을 널리 읽는 사람을 박식하다고 했다. 그만큼 책 속에는 인생과 세계에 대한 다양한 지식과 체험에서 온 지혜들이 풍부하게 담겨 있으므로, 독자들을 그렇게 만들 수밖에 없다고 본 것이다. 어린이를 대상으로 한 문학작품도 그러한 다양한 지식과 지혜들이 풍부하게 담겨있는 보고이다. 아동문학의 이런 점을 중시하는 교사는 아동문학 작품을 학교에서 범교과적으로 운영하고자 한다. 예컨대, 시중에 나온 위인전기나 탐험기 등, 어린이용 보급판 도서들은 학교에서 공부하는 사회과나 과학과목 같은 내용교과의 일부 단원과 관련된 정보들을 지니고 있다. 게다가 이 문학작품 속에 담겨진 정보는 매혹적이고 때로 아름답게 삽화가 그려진 서사체로 표현되어서 어린이들에게 좀더 이해하기 쉽고 기억하기 좋게 만든다.

아동문학 작품을 초등학교에서 사용하는 이점 중 하나는 각 교과에서 요구하는 논리적 사고력을 효과적으로 보강시킬 수 있다는 점이다. 이들은 논리적으로 만든 연습문제지보다 오히려 더 자연스런 방식으로 비평적이고 창의적인 사고를 촉진시켜준다고 본다. 주요 아이디어를 추론하고, 비교하고, 요약하고, 발견하는 일은 대체로 비평적 사고의 구성요소로 인정된다.

이처럼 문학자료들을 범교과적으로 사용할 때, 비로소 교사와 학생은 단 하나의 자료원으로서 교과서에만 갇히는 편협됨을 벗어날 수 있다. 그리고 교육과정의 모든 교과목들은 문학을 통해 풍부해질 수 있다. 어린이는 이야기와 함께 출발해서 사실을 탐사할 수 있으며, 사실과 함께 출발해서 그 사실을 둘러싼 이야기에서 참된 의미를 발견할 수도 있다. 문학은 특히 이성과 감정 양쪽을 통합적으로 계도하는 힘을 지닌다. 그리하여 교육과정 운영을 인성교육으로 한 차원 높이는 계기를 준다는 점에서 의미있다고 본다.

나. 아동문학의 효용성

1) 언어 능력 발달

아동문학은 언어로 된 예술이다. 문학 작품은 작가들이 풍부한 어휘와 능숙한 문장력으로, 탁월한 지성과 감성을 가지고 짜놓은 예술품이다. 오곡백과가 풍요로운 햇볕을 받는 양에 비례하여 성장하듯이, 어린이들의 언어 능력도 이런 좋은 문학작품을 많이 감상하면 할수록 성장 발전할 것이다.

문학작품은 우선 그 속에 잘 닦여진 풍부한 어휘를 통해 어린이들의 어휘력 발달에 기여한다. 그리고 문학작품에 담긴 잘 다듬어진 표현미와 함축적인 기법을 가지고 어린이들의 언어 사용 능력을 키워낸다.

어린이의 언어 발달은 본디 다양한 단어들을 만나고 그에 반응해나가면서 자연스럽게 이뤄진다. 문학작품을 들려주거나 읽히는 일은 문학작품의 풍요로운 어휘 창고를 열어서 멋지고 다양한 언어세계를 만나 익히게 함으로 어린이의 어휘 사용의 양과 질을 높이는 구실을 한다. 그리하여 아동문학은 어린이들이 실제 생활 경험을 통해 배운 말보다 훨씬 많은 어휘를 접해 이해할 수 있게 하고, 비록 직접 경험하지 못한 추상적인 것들일지라도 그 기본적인 의미를 추론해내는 능력을 터득하게도 해준다. 나아가 문학은 어린이들에게 설득력 있는 언어를 이해하고 표현하는 능력도 길러주며, 비유적인 언어에 대해서는 사물들 간의 외적 유사성을 통해 해석하는 능력과 표현 기법도 기를 수 있는 기회를 준다.

특히 유능한 작가들에 의해 쓰여진 글들은 하나하나가 어린이들의 글쓰기에 좋은 모델이 된다. 잘 다듬어진 글들로 이뤄진 문학작품들은 어린이의 어휘력을 키울 뿐 아니라, 글에 대한 민감성과 글쓰기 문체의 감각을 세련되게 만드는 효과를 지닌다.

2) 인지 능력 발달

피아제(Piaget)가 『지능심리(知能心理)』라는 책에서 인간의 인지발달 단계를 4기[14]로 나눠 설명한 것에 기댄다면, 아동문학의 주 독자들은 전조작적 사고기에서 구체적 조작기와 형식적 조작 전기의 범주에 해당한다. 그렇다면, 이 전조작적 사고기와 구체적 조작기에 놓인 어린이들에게 동시와 동화 작품들은 과연 어떤 역할을 할 수 있을까? 우선, 아동문학 작품들은 그 속에 담긴 풍부한 어휘로 어린이의 언어세계를 풍요롭게 할 뿐 아니라, 어린이의 즉물적인 단순한 사고를 논리적 사고로 키워내며, 문학 작품의 환상적 세계 속에서 자유롭게 유영하며 활용하는 여지를 갖게 할 것이다. 그리고 나아가, 어린이들은 문학 작품에 형상화된 형이상학적인 여러 개념과 이상들을 수용 이해하고 적용해감으로써, 개인에 따라서는 인지 능력을 초보적인 형식적 조작기로까지 진일보시키는 계기를 갖기에 이를 것이라고 본다.

무엇보다도 문학 작품들은 자기중심적인 사고 방식에서 크게 벗어나지 못하는 어린이들에게, 자기와 다른 세계를 형상화하여 펼쳐 보이고, 또 다른 삶을 사

14) 감각·운동지능기(0~2세) : 이 시기는 근본적으로 운동적이다. 비록 얼마간 인지발달이 보인다 할지라도 개념적으로 사고하지는 못한다.
전조작적 사고기(2~7세) : 이 시기에는 언어활동이 활발하며 개념이 급속도로 발달한다.
구체적 조작기(7~11세) : 논리적, 언어적 사고를 구체적 문제에 적용할 능력으로 발달시킨다.
형식적 조작기(11~15세) : 인지구조가 발달의 최고수준에 오르는 때이며 논리를 모든 유형의 문제에 적용시킬 수 있는 능력을 지니게 된다.

는 주인공을 드러내 보임으로써 어린이들로 하여금 자기중심성을 벗어나 새로운 안목을 갖게 하고, 사고의 폭을 넓힐 수 있는 계기를 줄 수 있다. 곧, 아동문학은 어린이들에게 환상적인 세계를 경험시킴으로, 제한된 경험 세계에 갇힌 어린이의 사고활동을 활성화시켜줄 뿐 아니라, 추상적인 개념도 이해할 수 있는 인지력을 갖게 할 수 있다고 하겠다.

3) 정서 발달

아동문학 작품은 어린이들에게 감성지능(emotional intelligence)을 길러주고, 정서적으로 안정감과 흥취감을 주는 데 기여한다. 감수성이 예민한 어린이들은 우선, 아동문학 작품을 듣거나 읽으면서 그 속에 다듬어진 언어의 울림과 반복되는 언어의 리듬으로부터 흥취감을 느끼고, 그 조화로움 속에서 안정감을 얻는다. 또 동화의 사건 전개 과정의 반복 효과와 인과관계의 긴밀한 짜임으로부터 묘미와 쾌감을 맛보고, 갈등 해소의 전개 과정에서 기쁨과 만족을 누리기도 한다.

또 아동문학 작품이 어린이으로 하여금 그 안에 담긴 희노애락의 정서를 맛보게 하면서 길러내는 것이 감성지능인데, 이는 곧 나와 이웃의 감정을 평가하고 표현하는 능력이요, 조절하는 능력이며, 추론하고 문제 해결하는 과정에서 적절히 활용하는 능력을 일컫는다.[15] 이 감성지능은 사회지능(social intelligence)에 속하기도 하기 때문에 어린이가 사회의 구성원으로 바람직한 사회생활을 하게 하는 사회 적응력을 갖도록 한다. 그리고 어린이의 정신 건강에도 관련되어서 자신의 감정을 잘 조절하여 안정된 정서상태를 유지할 수 있고, 자신감을 갖고 힘든 일도 잘 극복할 수 있는 내적 동기를 지니게도 한다.

이런 감성지능을 길러 정서적으로 건강한 어린이를 기르는 데 아동문학 작품 읽기가 지닌 몫 또한 크지 않을 수 없다. 예컨대, 어린이들은 동화를 읽으면서 그 속의 주인공에 감정이입(感情移入)이 되는데, 어린이들은 주인공과 함께 여러 구체적인 상황 속에서 희로애락을 느낀다. 그리고 그 과정에서 어린이들은 과연 무엇이 주인공으로 하여금 그런 감정을 느끼게 했나, 그 상황에 대응하기 위해 주인공이 행한 행동 가운데는 어떤 감정이 담겨져 있나 하고 관찰하면서 학습한다. 그와 함께 어린이들은 또한, 주인공이 행동을 통해 보인 그 감정이 과연 주인공의 특성과 처한 여건에 비춰 적절하고 타당한 것인가를 판단하면서 학습하게

15) Salovey,P.(1996), 『새로운 지능의 개념: 감성지능』, 삼성생명정신건강연구소, 서울대학교 교육연구소. pp.157~182

된다. 이와 같이 어린이들은 아동문학 작품 읽기를 통한 학습을 활성화시킴으로써, 감성 지능의 수준을 높여 보다 정서적으로 안정되고 풍요로운 삶을 살아갈 수 있게 될 것이다.

4) 사회성 · 도덕성 발달

문학은 작품을 통해 다른 사람들의 살아가는 모습을 보고 간접적으로 체험하도록 도와준다. 어린이들은 이런 간접 체험을 통해서 보다 폭넓은 사회의 세태를 배우고, 사람의 살아가는 도리를 터득하게 된다.

예컨대, 전래 동요 · 동화와 인물이야기를 통해서 옛 조상이 살던 시대의 삶과 이념을 엿볼 수 있고, 사실동화를 통해 이 시대의 다양한 삶과 문제의식을 보여준다. 그리고 판타지동화를 통해서는 동심이 꿈꾸는 세계와 비전을 보여준다. 어린이들은 이와 같이 아동문학 작품의 다양한 세계를 간접 체험함으로서, 세계에 대한 폭넓은 지식을 가지고 삶의 도리와 더불어 이상과 비전을 갖게 된다.

문학작품에는 여러 가치관을 지닌 주인공들이 등장하는데, 어린이들은 대부분 선(善)에 속한 주인공에 동일시(同一視) 되어, 작중 인물들 간의 행위의 동기를 이해하고, 선악 갈등과정에서 선이 이기는 결말에서 만족과 편안함을 느낀다. 그리고 이런 과정에서 어린이들은 작중 인물의 행위와 태도에 나타나는 가치관을 비교 분석함으로써 삶의 바른 가치관과 도덕적 기준을 터득하는 데 도움을 얻는다.

그 밖에 어린이들은 문학작품 속에 등장하는 다양한 특성을 지닌 작중인물들을 통해서 자기중심적 사고를 극복하고, 자신과 다른 이웃의 삶의 모습을 보고 공감하는 이해의 폭을 넓히기도 한다.

참 고 문 헌

김경중(1994), 『아동문학론』, 신아출판사.

박민수(1993), 『아동문학의 시학』, 양서원.

박춘식(1987), 『아동문학의 이론과 실제』, 학문사.

박화목(1993), 『아동문학개론』, 민문고.

석용원(1986), 『아동문학원론』, 학연사.

유창근(1989), 『현대아동문학론』, 동문사.

이상현(1987), 『아동문학강의』, 일지사.

이재철(1983), 『아동문학개론』, 개문사.

이재철(1984), 『아동문학의 이론』, 형설출판사.

Salovey. P.(1996) 『새로운 지능의 개념; 감성지능』, 삼성생명정신건강연구소, 서울대학교
        교육연구소.

Carol Lynch-Brown & Carl M. Tomlinson(1999), Essential of Children's Literature, Allyn &
        Bacon.

Charlotte S. Huck etc(2001), Children's Literature in the Elementary School, 7ed; McGraw-
        Hill.

Christine C. Papas(1993), "Is Narrative 'Primary'? Some Insights from Kindergartners'
        Pretend Readings of Stories and Information Books", 〈Journal of Reading
        Behavior〉.

Elizabeth Sulzby(1991), "The Development of the Young Child and the Emergence of
        Literacy"〈Handbook of Research on Teaching the English Language Arts〉 J.Flod
        etc. ed. (N.Y.: Macmillian)

Patricia L. Donahue, Kristin Voelkl, Jay R. Campbell, and John Mazzeo, NAEP(1998)
        〈Reading Report Card for the Nation and States〉, NAEP U.S. Dept. of Education.

Sussan I. McMahon & Taffy E. Raphael(1997), 〈The Book Club Connections: Literacy and
        Learning and Classroom Talk〉, N.Y.: Teacher College Press.

제2장 어린이의 문학 선호 경향과 반응 특성

이 장에서는 어린이들이 아동문학에 대해 어떤 관심과 반응을 보이는 지 고찰함으로써 아동문학 작품 선정을 위한 기틀을 제공하고자 한다.

제1절에서는 연령, 성별, 갈래에 따른 어린이들의 독서 선호 경향을 살펴보고, 제2절에서는 어린이를 저(초등학교1, 2학년)·중(3, 4학년)·고(5, 6학년)로 나눠, 각각의 발달 단계에 따른 반응의 특성을 기술하되, 언어 능력 발달, 인지 능력 발달, 정서 발달, 사회·도덕성 발달, 신체 발달 별 어린이들의 반응 양상을 살펴 본 뒤, 그에 따른 아동문학 선정을 위한 기준을 짚어보고자 한다.

1. 어린이의 문학작품 선호 경향

아이들은 유아기 요람 속에서부터 단어의 소리와 리듬을 가지고 놀면서 문학 적인 관심과 재능을 보인다고 한다. 겨우 2세 되는 영아기 때부터 비유법을 구사 할 줄 알고 허구 세계를 꾸밀 줄도 안다는 것이다.[16] 이런 어린이들이 자라면서 아동문학 작품에 대해 다양한 선호 경향을 갖게 되는데, 이런 흥미 경향과 선호 도야말로 부모, 교사, 사서, 출판업자와 책 판매자들에게는 주요한 관심거리가 될 수 밖에 없다. 그것을 알아야만 과연 어떤 책이 어린이에게 호소력이 있는지, 또 아이들에게 장려할 만한 적절한 입문서들은 어떠해야할지를 가늠할 수 있기 때문이다. 교사들은 어린이들 개개인의 독특한 개인적 취향도 살펴서 배려해야 겠지만, 연령별 발달 단계상 공통된 독서 경향과 선호도를 가늠하고, 그에 따라

16) ELLEN Winner, 이모영·이 재준 역(2004), 『예술심리학』, 학지사, pp.461~462.

대처할 수도 있어야 하리라고 본다.

가. 어린이의 연령에 따른 독서 선호 경향

17) Carol Lynch, Carl M Tomlinsion(1999), Essentials of Children's Literature(3판), Allyn & Bacon, 15~21쪽.

캐롤 린치(Carol Lynch)와 칼 톰린슨(Carl M. Tomlinsion)[17]은 어린이들이 도서를 선택하는 데 있어, 그들의 신체적, 인지적, 언어적, 그리고 도덕적 발달이 중요한 몫을 차지한다고 한다. 어린이에게 가장 유용한 책은 바로 어린이 자신의 흥미와 즐거움에 따라 스스로 선택한 것이다. 그러면서 어린이들이 연령에 따라 선호하는 책과 관련된 어린이의 반응 특징을 정리하면 다음 【표 4】와 같다.

【표 4】학년 단계별 어린이 독서 선호 경향

단계(연령)	내　　용
유치원 ｜ 저학년 (만4~7세)	이 단계 어린이들에게 알맞은 문학 경험의 대상은 바로 그림책이다. 부모나 교사가 그림책을 소리내어 읽어주면, 어린이들은 이를 들으면서 차츰 그 중 좋아하는 작품을 기억하고, 그것을 반복해 듣기를 즐기게 된다. 또한, 친구들과 역할 읽기 등을 하며, 스스로 책 읽기를 할 줄도 알게 된다. 곧, 이 시기에 읽기의 기초를 습득해가는 어린이들은 그림책을 통해 새 세계를 발견하는 즐거움을 누리면서 그에 대한 관심과 의욕이 일어나기 시작하는데, 이런 성향은 이 시기 초보 독자를 위한 정보 도서 읽기를 통해 충족시킬 수 있다.
중학년 (만7~9세)	이 시기 어린이들은 대체로 풍부한 문학 경험의 이로움을 맛본, 비교적 유창하고 능동적인 독자들이다. 이 시기에는 혼자서 그림책을 읽을 줄 아는데, 비교적 단순한 플롯과 문체를 지닌 책들이 선호의 대상이 된다. 그리고 책이 한번 마음에 들면, 여러 번 반복해서 읽는 경향이 있다. 또한, 그밖의 많은 새로운 유형의 이야기를 즐겨 감상하려는 경향도 있다.
고학년 (만9~12세)	이 시기의 어린이들은 신체적, 정신적 능력이 급속하게 발달하는 특성이 있고, 그에 따라 다양한 문학 작품을 접할 준비도 되어 있다. 이 시기 어린이들이 즐기는 동화는 단순한 플롯으로부터 차츰 회상적인 과거사나 상징하고자 하는 바를 표현한 복잡한 플롯의 특성으로 발전한다. 그리고, 담화 유형도 다양해지고, 그 속에는 다른 문화의 잔재와 방언이 담기기도 한다. 또한 먼 과거를 다룬 역사동화나 먼 미래를 배경으로 한 과학동화도 즐길 수 있게 된다. 특히 이 시기 어린이는 자신과 같은 성장 배경을 지닌 작중 인물들 이야기와, 독립심을 지닌 도전적인 인물의 이야기에 흥미를 지닌다. 따라서 생존 이야기, 동료 이야기, 사실적인 동물 이야기 등이 이들에게 인기가 있다. 이 중, 현재의 대안적 관점이나 도덕적 딜레마를 다룬 이야기는 자신과 다른 관습, 생활방식들을 인식하게 하고, 남의 견해의 타당성 여부를 가리게 함으로, 이들의 도덕성 발달에 기여한다. 그 밖에도 이 시기 어린이들은 미스터리, 판타지, 과학 판타지 모험과 같은 종류의 연작동화도 즐겨 읽는다.

또한 킬쉬(Kirsch), 페르손(Pehrsson)과 로빈슨(Robinson)의 연구[18]에 따르면 초등학교 입학 전후 어린이는 이야기 내용 자체보다는 삽화에 관심이 더 많고, 반복되는 것을 좋아해서 같은 내용의 이야기도 반복해서 듣거나 읽고 싶어한다고 한다. 그러나 대체로 그들의 독서 흥미는 스스로 읽을 수 있을 때까지는 유동적인 편이라고 한다. 그리고 저학년 어린이들은 꾸민 이야기와 동물, 어린이가 나오는 생활이야기에 큰 관심을 갖는데, 공상적인 이야기에 대한 관심도 8~9세까지 높아지다가 그 이후는 점차 감소하는 경향을 보인다고 한다. 또한 대부분의 저학년 이하의 어린이는 유머러스한 동시를 좋아하고, 그 후의 어린이는 동물이나 자기 생활에 관한 시를 좋아한다고 한다.

어린이의 읽기 흥미와 독서 선호도에 있어서, 연령이야말로 가장 뚜렷한 변화를 보이는 요인이다. 그리하여 같은 주제라 해도 연령(학년)에 따라 선호하는 책이 다를 수 있다. 아이들은 대체로 어릴 때는 실제 이야기보다 꾸며진 이야기에 더 큰 관심과 흥미를 보인다. 그리고, 점차 연령대가 중학년 이상으로 높아가면서 실제 있었거나 있음직한 현실 세계 이야기와 현실적 주제를 다룬 작품들을 선호하는 경향으로 바뀐다. 또, 서사문학 작품의 경우, 중학년기의 어린이들은 모험이야기를 좋아하고, 고학년기 어린이들부터는 모험, 미스터리와 더불어, 현대의 실제 이야기를 더 좋아하는 것으로 바뀌는 경향도 쉽게 살펴볼 수 있다.

나. 어린이의 성별에 따른 독서 선호 경향

그동안 어린이의 성별에 따른 독서 선호 경향 관련 연구로 의미 있는 것은 별로 눈에 띄지 않았다. 다만, 소녀는 소년보다 성인 로맨틱 소설에 일찍 관심을 가지는 반면에, 소년들은 일찍부터 실화를 선호하는 경향이 있다는 점을 감지하는 정도다. 그리고 보편적으로 소년은 소녀보다 독서를 덜 하는 편이지만, 소녀보다 좀 더 넓은 흥미 범위를 갖기 때문에 그만큼 더 다양한 책을 읽는다는 특성도 흔히 지적되고 있다. 이런 특성은 성별에 따른 외적인 요인들로서, 어린이들이 성별에 따라 접하는 사회적, 교육적 환경의 차이에 의해 나온 것이라고 본다. 특히 어린이를 둘러싼 문화 환경으로서 성별에 따라 생기는 차이, 예컨대 성별에 따라 방안에서 책과 자주 접할 수 있는 곳에 있기를 좋아하는 안정적인 편인가, 아니면 같은 또래들과 자주 어울리는 분위기를 더 좋아하는 동적인 편인가에 따른 차이

18) Kirsch, D., Pehrsson, R., & Robinson, H. A.(1976). "Expressed reading interests of young children: An international study", In J. E. Merritt(Ed)(1976), New Horizons in Reading. (Newark, Delaware : International Reading Association), 45~56쪽

는 문학도서에 대한 흥미도와 선호도에 적지 않은 영향을 끼친다고 볼 수 있다.

다. 갈래에 따른 독서 선호 경향

아동문학을 갈래에 따라 구분한다면 크게 동화와 동시로 나눌 수 있다. 그 형식상의 차이로 인해 어린이들이 동화와 동시를 읽을 때 나타나는 선호 경향도 다르다고 여겨진다. 여기에서는 어린이들이 단계(연령)에 따라 어떤 독서 선호 경향을 보이는지를 살펴보도록 하겠다.

1) 동화

로버트 화이트헤드(Robert Whitehead)는 어린이 발달 단계에 따라 이야기의 주제, 형태, 구성상의 특성을 중심으로 이야기 선정 기준을 제시하였다.[19] 이 중 이야기의 주제에 따른 내용은 다음【표 5】와 같다.

【표 5】 연령 단계별 도서 주제 선정 기준

단계(연령)	내 용
6~8세	① 동물(애완동물이나 야생동물) ② 단순한 동화 ③ 익숙한 환경(가족 · 놀이터 · 학교) ④ 공상적인 이야기 ⑤ 유머나 넌센스(희극) ⑥ 자동차 및 기계 ⑦ 실생활 이야기
9~11세	① 모험 ② 동물 ③ 전기 ④ 다른 나라와 다른 민족 ⑤ 역사 이야기 ⑥ 발명, 과학 ⑦ 스포츠와 게임 ⑧ 과장된 이야기
12~14세	① 모험과 신비 ② 한국인의 생활 ③ 전기 ④ 직업 ⑤ 환상 ⑥ 역사 ⑦ 유머 ⑧ 신화 · 전설 · 영웅 이야기 ⑨ 다른 민족 이야기 ⑩ 낭만 ⑪ 과학 ⑫ 스포츠 ⑬ 세계 여러 곳에서 일어난 일

이재철은 그의 개론서에서 阪本一郎 의 견해를 토대로 하여 독서 능력을 독서 흥미 발달에 따라 다음과 같이 나누었다.[20]

자장얘기기(4세경까지)　　　옛이야기기(4~6세경까지)

우화기(6~8세경까지)　　　　동화기(8~10세경까지)

소설기(10~12세경까지)　　　전기기(12~15세경까지)

로버트 화이트헤드(Robat whitehead)는 연령별로 발달 단계에 적절한 주제를 비교적 소상하게 제시하고 있고, 이재철은 유아기부터 청소년기까지 발달 단계를 여섯 가지로 세분하여, 각 시기마다 대표적으로 선호하는 갈래 명을 따서 해당 단계명을 지어놓고 있다. 본고에서는 이 둘을 조합하되, 초등학교 학령기에 해당하는 우화기, 동화기, 소설기를 중심으로, 각 시기별 독서 선호 경향을 다음 【표 6】과 같이 정리해보기로 한다.

【표 6】 연령 단계별 독서 선호 경향

단계(연령)	내 용
우화기 (만4~7세)	'옛날 이야기기'의 심성이 아직 나타나나, 어린이의 실생활이 점차 사회적으로 확대되면서, 새로운 생활 장면에서의 행동 규범에 관심을 가지게 되는 단계이다. 따라서 선악이 뚜렷한 단순한 가치 판단을 요하는, 그런 권선징악적인 도덕성을 내포한 설화를 좋아하게 된다. 이 시기는 글을 스스로 읽기 시작하나, 아직 그림이 있는 책들을 선호한다.
동화기 (만7~9세)	이 시기는 자기중심적 심성에서 조금씩 벗어나, 설화에 의한 현실의 재구성을 즐기게 되는 단계이다. 또한, 동화 세계에서 자기생활의 단순한 재확인에 그치지 않고, 타인의 경험을 통해 새로운 현실을 배우기를 좋아하는 시기이기도 하다. 그래서 자기 생활의 공간을 확대하면서, 차츰 새로운 것을 자기 주도적으로 대하며 스스로 가치 적용도 해보는 힘을 길러가는 시기이기도 하다.
소설기 (만9~12세)	논리적 사고력이 점차 발달하고, 새로운 행동의 영역도 적극적으로 개발해가기 시작하는 단계이다. 어린이에게 일상 행동의 장벽을 극복하는 장치로서 즐거움을 주는 판타지도 황당무계한 것보다 얼마간 합리성과 과학성을 바탕에 둔, 좀 더 그럴 듯한 것을 선호한다. 또한 사회적 지각도 생겨서, 인간관계에서 일어나는 갈등에 대하여 비록 표피적인 수준의 것이라도 흥미를 갖게 된다.

위의 내용을 종합하고 그 밖의 사항들을 첨가하여, 저·중·고 학년별[21]로 그 특성을 정리해 보면 다음과 같다. 저학년기의 어린이들은 글과 그림이 함께 있는 그림책을 선호하고, 판타지적 요소를 지닌 내용과, 선과 악이 뚜렷하게 구별되는 내용을 즐겨 읽는다. 중학년기의 어린이들은 현실을 바탕으로 한 판타지적 요소를 지닌 내용을 좋아한다. 또한 타인을 배려하고 자신의 행동에 본보기가 될 수 있는 인물에 대해 관심을 갖게 된다. 고학년기의 어린이들은 자신의 삶과 비슷한

21) 위의 선행 연구들을 바탕으로 하되, 우리나라 학제 편성을 고려해서 저학년은 만6~7세, 중학년은 만8~9세, 그리고 고학년은 만10~11세로 한정하여 체계화한 것인데, 운영상, 한두 해 정도의 융통성을 두고자 한다.

현실을 바탕으로 한 내용을 선호한다. 특히 과학, 모험, 추리 소설 등 논리적이고 과학적인 내용을 즐겨 읽으며 연작 동화에도 관심을 갖는다.

2) 동시

초등학생들의 시 선호도에 대한 연구는 테리(Terry)로부터 시작되었는데, 그에 따르면 어린이는 은유, 직유, 의인화로 이루어지는 시를 싫어한다고 한다. 또 다른 연구에서 어린이는 유머 있는 시를 좋아하고, 이야기체 시를 더욱 좋아한다는 결과를 보이기도 한다.

우리나라 초등학생을 대상으로 시에 대한 선호도를 조사 연구한 진선희는 2학년부터 학년별로 시 선호도를 다음【표 7】과 같이 정리하고 있다.[22]

22) 진선희(2004), '시텍스트에 대한 초등학생들의 학년별 인식 및 선호 양상 연구', 〈학습자중심교과교육연구 제8집〉, 학습자중심교과교육학회.

【표 7】학년별 시 선호도

학년	내 용
2학년	시의 음악성에 더 많이 주목하면서 시적 즐거움을 느끼지만, 텍스트가 간단하고 쉬우면서도 자신들의 경험과 밀접한 소재나 어휘를 바탕으로 한 시일 것을 전제한다.
3학년	이 시기는 2학년과 거의 유사하나, 이미지나 쉬운 비유 등이 제시하는 즐거움에 좀 더 눈뜨기 시작한다.
4학년	경험과 결부된 내용을 바탕으로 하는 주제 요소에 적극적 관심을 보이는 시기이다.
5학년	이 시기에는 시가 감추고 있는 의미를 구성해내는 능력이 급격히 높아지며, 비유적 표현과 이미지, 리듬, 주제 등 시의 특징적 요소들을 골고루 즐기는 경향을 드러낸다.
6학년	이 시기 어린이는 텍스트가 드러내지 않는 부분을 세밀하게 읽어낼 수 있는 능력을 갖추기 시작하고, 시적 체험이 자신의 삶을 반추하는 계기가 되는 수준에 이르는 과정에서 점차 주제 의식에 몰두하는 반응을 보인다.

진선희의 연구 결과를 바탕으로 저 · 중 · 고 학년별로 특성을 재정리하면 다음과 같다. 저학년기의 어린이는 동시에서 운율과 리듬 같은 음악적인 요소를 즐

기며, 자신의 경험과 유사한 내용을 좋아한다. 중학년기 어린이는 시의 이미지나 언어적인 면에 흥미를 느끼며 또한 시의 주제에 대해서도 생각하게 된다. 고학년기 어린이는 시의 함축적인 의미에 관심을 갖고, 시의 비유적 표현, 시의 이미지나 리듬 등을 스스로 선택하여 즐길 수 있게 되며, 시에서 느낀 체험을 자신의 경험과 비교하여 내면화하게 된다.

2. 어린이 발달 단계에 따른 반응 특성

어린이들이 책을 선택하고 그에 대한 반응을 보이는 데 있어서 영향을 주는 학습자의 발달 특징 요인들로는 언어적 발달, 인지적 발달, 정서 발달, 사회·도덕성 발달, 신체적 발달 등을 들 수 있다. 이제 각 요인별로 대체적인 발달 경향을 기술하되, 저학년(만6~7세)과 중학년(만8~9세), 그리고 고학년(만10~11)의 단계로 나눠서 학습자의 독서 흥미도의 특징까지 곁들여서 변화 양상을 정리해보고자 한다. 그리하여 초등학교 아이들이 문학작품에 대하여 보여주는 일반적인 반응을 살펴보기로 한다. 그럼으로써, 어린이 발달의 각 단계에 적절한 책들은 과연 무엇일지를 개략적으로나마 가늠해보는 데 시사점을 주고자 한다.

가. 저학년(만6~7세)
1) 언어적 발달
이 시기 어린이의 언어 능력은 급격한 발달을 보인다. 그러한 발달에 맞추어, 이들은 단어에 대한 관심을 갖고 각운(脚韻)과 반복어의 운율을 즐기고, 사건이 누적되어가는 이야기를 즐기며, 간단한 이야기를 다시 이야기하기와 글자 없이 그림으로만 된 동화 읽기를 좋아한다. 이렇게 자주 이야기를 듣고, 읽고, 말하는 활동은 아이들에게 풍부하고 다양한 문학 언어를 익히는 기회를 제공하므로, 이들의 지속적인 언어의 확장과 발달에 기여한다고 할 수 있다. 이 시기는 또 유머에 민감한 반응을 보이기 시작하는 때라, 순수 유머가 담긴 책을 즐기기 시작한다. 그리하여 예상하지 못한 결말, 말재주를 부리는 어울리지 않는 상황 등의 활극적인 코미디에 관한 책과 시를 좋아한다.

이 시기 어린이의 특징은 리듬 있는 운율만 있다면 비록 무의미한 구절의 반복이라도 그런 시를 좋아하고 그에 자연스럽게 반응한다는 점이다. 이 시기 어린이는 또한 활동지향적(moter-oriented)이라서, 수동적인 청자일 경우라도 후렴구에 맞장구를 치거나 들은 이야기에 대답을 함으로써 몸 전체로 반응하기를 좋아한다. 그들은 책에 가까이 다가가서 그림을 가리키고, 박수를 치기도 한다. 또 이야기에 나오는 동작을 표현하려고 신체 활동도 한다. 2학년 아이들 가운데는 '오세암' 애니메이션을 보다가, 감이의 맹인 흉내를 낸다고 갑자기 교실을 한 바퀴 돌아다니는 어린이도 나타난다.

이러한 반응은 성장하면서 점차 사라지는데, 그 대신 감정과 태도의 미묘한 변화를 통해 자신의 감정을 드러낸다. 이 또래의 어린이들은 자발적으로 극적인 연극 속에서 문학 텍스트 속의 행동과 역할, 대화를 사용하여 이야기를 실행에 옮긴다. 이 시기 어린이들은 때로 반응의 표현으로써 비언어적인 행동도 취한다. 예를 들어 어린 아이들은 곤란하거나 잘 이해가 안될 때면, 흔히 몸짓과 얼굴 표정으로 그것을 드러낸다.

이 시기 어린이들은 되도록 책을 자주 읽어주거나 스스로 읽게 할 기회를 많이 줄 때, 책에 관심과 흥미를 갖게 된다. 그러기 위해서 유치원 시기와 저학년 때는 하루에 두세 번씩 이야기를 들을 수 있는 기회를 갖도록 하는 것이 좋다.

2) 인지 발달

이 시기의 인지적 발달 특징은 피아제의 인지발달 이론 가운데, 감각 운동기(태어나면서 2세까지)를 지나서, 전조작기(만2~7세)와 구체적 조작기(만7~9세) 일부에서 찾아볼 수 있다.

전조작기, 즉 유치원 시기의 어린이들은 어떤 현상을 언어와 놀이와 그림을 통하여 상징적으로 표현하는 것을 좋아하는 편이다. 이들은 비록 직접 경험을 통해야만 개념을 얻어낼 수 있고, 그 형태나 모양이 변화할 때에는 그에 대한 이미지를 마음 속에 구상하기 힘들어 하는 시기지만, 이들에게 그림책은 개념을 넓히고 강화시키는 데 한 몫을 한다. 예컨대 다양한 정보 관련 책들이 유용한데, 만일 돼지나 올챙이 등에 대한 책을 어린이에게 읽어주려 한다면, 읽기 전에 먼저 그것들을 직접 보여주고 들려주는 것이 더 효과적이다.

이 시기는 매우 활동적이라 주의 집중할 수 있는 시간이 짧아서, 한 자리에서 끝낼 수 있는 짧은 이야기가 알맞다. 매일 이야기를 수 차례 들으면서 그 이야기와 관련된 이름 짓기, 노래 부르기, 숨은 그림 찾기와 같은 활동에 참여하기를 즐긴다. 그리고 주의집중 시간이 조금씩 늘어가면 이야기 각 장마다 별개의 이야기를 이루면서 이어지는 아라비안 나이트식 이야기도 좋아한다.

이 시기는 또한 어린이를 위한 서사문학의 특성인 판타지의 세계가 가장 폭 넓고도 활발하게 허용될 수 있는 시기이다. 모든 사물을 자기와 같은 생명체요, 의인체로 받아 들이는 시기이기 때문에 모든 것을 의인화시켜내도 무리가 없고 오히려 그것을 재미있게 받아들인다. 작품 속에 의인화되어 나오는 어떤 무생물에도 어렵지 않게 동일시(同一視)할 수 있다. 의인화 대상이 어린이의 생활 범주에서 친숙하게 볼 수 있는 사물, 동식물이면 더욱 좋을 것이다. 또한 꿈과 현실을 대등하게 봄으로써 두 세계를 자유롭게 왕래할 수 있다. 결국 웬만한 몽환적 작품을 통해서도 미분적 상상에 가까운 서사문학의 판타지적 세계를 어느 때보다 자유롭고도 화려하게 펼칠 수 있는 때이다.

이들은 동물과 장난감을 의인화한 이야기를 좋아하고 상상력이 풍부한 책과 연극을 통해 많은 것을 배우는데, 이들은 아무리 환상적 세계라해도 공상과 현실을 구분할 줄 안다. 그러면서도, 판타지동화를 즐기며, 짧은 이야기를 극으로 만들거나 꼭두각시를 활용하는 것을 매우 좋아한다.

다만, 이들은 시간에 대한 개념이 부족하여, 단지 이전과 지금 그리고 이후 정도로 분간할 따름이라, 시간 순서로 진행되는 서사적인 문학작품은 이 또래에게 시간 개념을 이해시키고 시간과 날짜를 분간하고 표현하는 기초를 익히는 데 기여한다. 예컨대 간단한 인물이야기나 역사적인 동화는 과거에 대한 감각을 형성시켜 준다. 하지만 사건의 연대기적 순서배열에 대한 정확한 이해는 이 시기 어린이들에게 좀 힘들다.

이 시기에는 자기 세계에 대한 지속적인 흥미를 가질 뿐 아니라, 보다 더 넓은 범위에 대한 호기심도 갖기 시작하는데, 그런 중에도 여전히 자기 중심적인 관점에서 세계를 보는 경향을 벗어나지 못하고 있다. 그래서 가정과 학교를 넘어서 보다 넓은 범위로 흥미를 확장시키도록 다양한 책들을 읽힐 필요가 있다. 그리고 이 시기 어린이들에게는 각 페이지마다 반복적인 구조를 띤 사건과 행동이 점철

되는 그런 이야기 책들이 적합하다고 하겠다.

3) 정서 발달

이 시기 어린이들은 자신만의 세계를 중심으로 모든 것을 생각하고 느끼는 특성을 갖고 있다. 이들의 흥미와 행동, 사고의 특성은 한마디로 자기 중심적이라는 점이다. 그래서 어린이들은 자기 나름대로 이해하기 쉬운 작품 주인공을 좋아하고 보통 한 가지 관점에만 중심을 두고 생각하고 느끼는 경향을 지니고 있다.

그래도 이 시기의 어린이들은 처음으로 타인에 대한 감정이입이 발달하기 시작해서, 어른들이 "너는 거기서 무엇을 느꼈니?", "너라면 어떻게 했겠니?"와 같이 물을 때, 어린이들 나름대로 대답할 수 있게 된다. 그리고 어린이들은 책 속의 가족 관계를 통해서 따뜻한 분위기와 온정을 감득하고, 인간의 보편적이고 긍정적인 세계를 감지할 줄도 알게 된다. 그런 한편, 이 시기 어린이들은 작가가 작품 속에 자기 의견과 주제를 드러내듯이, 어린이 스스로도 독립된 의견을 내세우며 자기 의견과 주장을 내세우고, 자기 성취를 즐기는 면을 보이는 경우도 있다.

무엇보다 이 시기 어린이들은 작품이 그려낸 정서 속에 깊이 빠져 들어갈 수 있어서, 책이야말로 감동을 나타낼 수 있는 효과적인 도구라는 경험을 잘 받아들일 수 있다고 본다.

4) 사회 · 도덕성 발달

이 시기는 아직 서사문학의 주인공과 그가 처한 세태에 대하여 자기 중심적으로 이해하는 단계이다. 그러나 등장인물의 사고와 반응 양상이 좀 더 다양하게 나타나도 그것을 포용할 수 있고, 나아가 그 반응 속에 숨은 의도를 남도 감지하리라는 생각과 더불어 스스로 개인 행동 간의 연관성을 조금이라도 파악하기 시작하는 단계이다. 그러므로 이 시기 어린이의 생활 세계와 사고 범주에서 크게 벗어나지 않은 한도 내에서 등장인물의 다양한 반응이 제시되어야 할 것이다. 그리고 등장인물 구현 속에 다양한 반응의 근거나 단서를 어느 정도 내비치고 있는 작품이 바람직하다고 본다.

그리고 이 시기는 아직 도덕적 개념이 없는 전도덕 단계이므로, 도덕적 사고와 판단을 요구하는 이야기보다 상벌에 따라 도덕적 행위가 규제되는 내용이 적절하다. 예컨대, 권선징악을 모토로 한 대부분의 옛이야기식의 주제와 분위기가 이 시기에 걸맞다. 주인공도 선악이 이분법적 구분으로 되어서 단순 명료한 평면적 인물 유형이 적절하다. 이런 유형의 인물들이 등장하여 나쁜 행위는 처벌받고 올바른 행동은 보상받는다는 기대를 충족시켜주는 과정에서 이 시기 어린이들은 옳고 그름에 대한 절대적인 판단력을 기른다고 할 수 있다.

아울러 이들은 또 가족과 그 외 사람들 간의 관계에서 따뜻함과 보호받음을 확인하는 내용의 이야기를 잠자기 전에 듣기 좋아하는데, 이런 이야기의 따뜻한 정감과 행복한 결말과 그 속에 담긴 시적 정의를 통해서 어린이들은 일생동안 오래 기억할 만한 가치 있고 긍정적인 문학경험을 얻어낼 수 있다.

5) 신체적 발달

우선, 이 시기 어린이들의 신체적 발달 특징부터 살펴보기로 한다. 여기서는 주로 시지각(視知覺)의 발달과 집중력 지속 기간의 증가 정도가 중심이 된다. 그밖에 신체의 변화에 따라 어린이가 갖는 흥미의 변화 양상이 관심의 대상이 될 만하다.

시지각의 발달을 보면, 태어나 첫 한 달간 아기들은 선과 각, 그리고 바로 옆에 있는 아주 상반된 모양만을 지각할 수 있다. 색채도 두 달까지는 흰색과 검은색에만 반응을 보이는데, 거기에서 점차 형태, 색깔과 같은 단순한 평면을 보는 것으로 발전해간다. 그러다가 6개월이 되기까지 복잡한 양상의 형태와 밝은 색깔들을 총체적으로 지각할 수 있기에 이른다. 그래서 이 시기의 어린이들은 주로 명확한 윤곽과 선명한 배경 그리고 밝은 색깔로 간단명료하게 채색된 책을 선호한다. 그리고 차츰 시지각이 발달함에 따라 숨은 그림 찾기 같은 것들에도 관심과 흥미를 느끼기 시작한다.

집중력 지속 기간은 연령에 따라 증가하는데 유아기에는 아직 집중력이 부족하기 때문에 집중력을 요구하는 읽기보다는 짧은 이야기를 반복하여 들려 주는 것이 좋다. 이와 같이 어린이가 신체적으로나 능력 면에서 변화를 겪을 때마다 어린이의 흥미와 관심도 변화를 겪게 되므로, 교사와 보호자는 변화에 걸맞고 그에 적절한 특성을 지닌 작품을 선별해내도록 해야할 것이다.

대체로 이 시기는 신체의 외형적인 성장이 급속히 진행 중이고, 영구치가 생기며, 휘파람을 배우는 등, 다른 섬세한 운동기능이 개발되는 시기이다. 그리고 성의 차이에 대한 호기심도 보이기 시작하는 때이다. 따라서 이 때의 어린이들을 주인공으로 한 문학작품은 이들에게 자기 신체의 물리적 변화 및 다른 아이들과의 차이를 받아들이는 데 도움을 줄 수도 있다.

나. 중학년(만8~9세)

1) 언어적 발달

중학년 어린이들은 언어적 발달면에서 좀 더 폭넓은 언어 능력을 지니게 된다. 그래서 농담, 수수께끼와 같은 언어 유희적 묘미에도 매력을 느끼고, 때로 이야기 책 속에 사용되는 정교한 언어사용에 대해서 흥미를 느끼기도 한다. 또한 이 시기는 친구나 이웃, 유머, 모험에 대해 흥미를 가지며, 복잡하지 않고 쉽게 파악되는 플롯을 좋아한다. 그리고 선악 양면의 특성을 분명히 가진 주인공을 선호하는 경향이 있다.

이 시기의 어린이들은 상향식 과정의 읽기 방법을 적용하는 것이 좋으며, 아직 이들에게는 묵독보다 음독이 더 익숙하고 효율적이다. 또한 읽기보다는 듣기를 통한 이해도가 높은 편이라, 텍스트를 소리내어 읽어주는 편이 문학 감상을 하는 데도 도움을 준다. 따라서 듣기 활동을 통해서 이들에게 여러 번 반복해서 좋아하는 이야기를 들을 수 있는 기회를 줄 필요가 있다.

이 시기 어린이들을 문학 작품 읽기와 관련시켜볼 때, 언어적 발달과정 상, 다음과 같은 반응의 특성을 보인다. 우선 어린이들은 남이 읽어주는 것을 듣는 단순한 청취자로부터 글을 직접 읽어내는 독자로 성장한다. 그리하여 책의 내용과 더불어 책의 편집과 인쇄에 관한 것도 관심거리가 되기 시작한다. 그리고 이들은 책을 읽고 감상을 서로 나눌 청취자나 독서 파트너를 원하고, 동료 친구들의 반응에 많은 영향을 받기도 한다.

또 이 시기 어린이들은 작품의 전체 이야기를 요약할 줄도 알게 되고, 어른들이 하는 방법으로 이야기를 분류하거나 특징을 찾아 정리할 줄도 안다. 그리고 큰 특징 중의 하나로 작품의 문학적 가치나 다른 사람들의 비평은 무시한 채, 오직 자신의 개인적인 반응을 중요시하고 자신의 생각으로 이야기를 평가하는 경향도 보인다.

그리고 중학년 어린이의 언어 발달 정도에 맞춰볼 때, 이 시기에는 문제 해결 및 낱말 놀이에 대한 능력을 향상시킬 수 있는 퍼즐이나 수수께끼에 도전하기, 비밀 코드, 수수께끼 맞추기와 같은 언어 놀이가 가장 잘 어울리고 그들의 높은 관심을 이끌어낼 수 있다.

2) 인지 발달

이 시기의 인지적 발달은 대부분 구체적 조작기(만7세~9세)에 해당하고 있어, 그들 수준에 맞게 사물을 분류하고 배열하는 능력을 구사하면서 이를 통해 좀 더 체계적이고 성숙한 사고를 할 만한 때이다. 아울러 사건을 해결하는 데 도움을 줄 만큼 그들의 사고는 융통성을 보일 줄도 안다. 그래서 이 시기 초등학생들은 신기한 이야기를 좋아하고, 이야기 속의 이야기 같은 좀 더 복잡한 구성도 이해할 수 있으며, 그런 구성에 등장하는 복잡한 인물의 관계도 이해할 수 있는 단계에 들기 시작한다.

이 시기 어린이들의 사고는 저학년에 비해 새로운 면을 보인다. 곧, 꿈이 비실제적이라고 여기면서도 눈으로 볼 수 있는 존재로 인식한다든가, 움직이는 것만 생명체로 여긴다는 점 등이 그것이다. 그래서 서사문학에서 판타지적 세계를 구성하는 일에도 얼마간의 제한을 가져야 한다고 본다. 예컨대, 움직이지 않는 돌멩이 같은 무생물을 의인화한 것은 적절하지 않다. 최소한 자전거나 바람개비 같은 움직이는 사물들 가운데 어린이 세계에 친숙한 것들이어야 한다. 그리고 서서히 현실과 꿈의 세계를 구분해가기 때문에, 판타지적 세계는 어느 정도 리얼리즘적 세계의 바탕 위에 구성된 것이어야 하고, 공감각적 메타포와 시적 분위기가 공들여 구사된 것이 바람직하다.

또한, 이 시기는 시간 개념과 공간 관계를 개발하는 때라, 과거, 현재, 미래의 삶에 대한 흥미를 가지므로, 인물이야기에도 관심을 갖게 되고, 서사문학에서도 전개가 빠르고 흥미있는 이야기를 좋아하는 경향을 보인다. 그리고 사물에 대한 범주와 분류를 탐색하기 좋아하며, 수집에 대한 취미를 보이기도 해서, 한 작가의 책 모음집류나 어떤 주제와 관련된 시리즈 책을 읽기 좋아한다.

때로는 질문에 답하기 위해 특정한 정보자료 찾기를 즐기기도 하고, 더 나아가 답을 찾기 위해 자신의 독서 능력을 넘어서는 책을 살피는 경향도 보인다. 따라서 이 시기 어린이는 사실 모음집이나 정보적인 책을 즐겨 읽으며, 독서 과정에서 또 다른 정보를 알 수 있는 공간, 예컨대 책 속의 색인, 각주 등을 통해 열려있는 다양한 정보 공간에 대한 안내를 요구하는 경향도 보인다.

3) 정서 발달

이 시기는 같은 또래의 어린이와 함께 어울리는 것을 점차 중요한 것으로 어기는 시기이다. 따라서 같은 또래로 구성된 그룹과 함께 어울리는 것을 소중히 여겨서 같은 책을 추천 받고, 그것을 가지고 함께 토론하는 기회를 갖기 좋아한다.

그리고 각자 무엇을 좋아하는지에 대한 선호도가 분명해지고, 좋아하는 대상을 서술한 책을 읽고 이야기하기를 즐기는 경향이 짙어지며, 선호 경향이 비슷한 사람끼리 함께 그룹을 이뤄서 읽고 이야기하는 활동을 즐기는 경우가 많아진다.

4) 사회 · 도덕성 발달

이 시기의 전기는 아직도 전도덕 단계에 머물러 있기 때문에, 주제면에서는 아직 저학년과 크게 다를 바 없다. 다만 중학년 초기에 들어서면서 남을 객관적으로 인식하며 거기에서 자신의 도덕적 행위의 모델을 구하는 면이 강하게 일어나기 시작한다. 그러므로 도덕적 행위의 모델을 대상으로 살펴보면서 그 모델이 과연 보다 적절한 주인공인지 여부를 신중히 고려해야 할 시기이다. 따라서 이 시기는 상식적으로나 관습적으로나, 선인으로 인정되는 인물들이 분명히 드러나는 평면적 인물 유형 위주로 된 서사문학이 적절하다.

이 시기는 또한 등장인물의 다양한 반응과 그 반응의 동인이 되는 의도가 더욱 구체적으로 긴밀하게 드러나는 데 합당한 시기이다. 아울러 등장인물 상호 간에도 각각의 반응과 그 원인인 내면 세계를 살피고, 서로 이해하는 면모가 초보적인 수준에서 나타날 만한 때이다. 또한 등장인물의 행동과 심적 특성 간의 호응 및 행동과 행동 간의 인과관계적 면모를 좀 더 명확히 살펴보게 할 만한 작품들이 적절한 때이기도 하다.

이 시기 어린이는 또한 옳고 그름의 발달 기준을 명확히 할 때라, 여러 가지 경우와 관점에서 선악을 구별하고 판단하는 기회를 제공하는 책이 필요한 시기이기도 하다. 또한 이 시기는 때로 이기심을 압도할 만큼 타인에 대한 동정심이 발달하는 시기라서, 비록 결말이 행복하게 끝나지 않더라도 이웃을 위해 자신을 희생하는 이야기들을 읽고, 이를 대상으로 토론함으로써 타인에 대한 동정심과 이타적 희생정신에 공감하는 일이 가능한 시기이기도 하다.

5) 신체적 발달

이 시기 어린이들은 신체의 세부 힘줄이 제 기능을 발휘하기 시작하고, 신체 운동 신경들 간의 상호 교정 작용이 원활해지는 때이다. 이와 함께 이들은 친구들끼리 하는 스포츠와 게임에 흥미와 관심을 갖는 시기라서, 스포츠에 관한 책, 여러 가지 놀이에 관한 책이 또한 이 또래 어린이의 주관심의 대상이 되기도 한다. 따라서 스포츠에 관한 여러 가지 특별한 지식에 관심을 보이고, 해당 스포츠를 어떻게 하는지, 절차와 유의점을 설명해주는 책을 즐기는 경향이 있다.

다. 고학년(만10~11세)

1) 언어적 발달

이 시기의 어린이는 언어 사용과 추상 개념 이해에 있어 좀 더 숙련된 능력을 드러내기 시작한다. 따라서 단순한 이야기의 분류를 뛰어넘어 좀 더 구체적인 분석적 이해도 할 줄 알게 된다. 예컨대, '이 책의 주인공이 훌륭해서 난 이 책을 좋아해.', '등장인물이 재미있는 말을 하니까 나는 이 책을 좋아해.', '등장인물이 나랑 비슷해서 좋아.'라고 말할 줄 안다. 곧, 이 시기 어린이들은 왜 등장인물들이 이렇게 행동하는지, 어떻게 이 이야기가 연결되는지, 혹은 작가가 무엇을 말하고자 하는지 등에 대한 분석적인 인식까지도 추구할 줄 아는 것이다. 그리고 문학작품의 세계를 실제 삶과 비교하기도 하면서, 이런 분석적 사고를 통해 좀 더 원숙한 이해를 보이기 시작하는 시기이다.

2) 인지 발달

이 시기의 어린이들은 개인적인 읽기를 더욱 선호하게 된다. 이 시기의 어린이들은 좋아하지 않는 책을 거절할 줄 안다. 이 시기의 어린이들 가운데는 특정한 작가, 갈래 혹은 시리즈에 각별한 애착을 보이기도 하며, 자신의 반응에 대해 더 감정적이고 그것을 유지하려는 경향을 보이기도 한다. 따라서 이들과 억지로 감정적 반응을 공유하려고 강요해서도 안 되고, 강요할 수도 없다고 본다.

또 이 시기는 인식력이 발달하면서 그것이 상상력을 키우는 데 도움을 준다. 따라서 공상과학 소설과 추리소설의 어리둥절하게 할만큼 복잡한 줄거리와 판타지에 달려들며, 때로 그 속에 담긴 미묘한 유머를 이해하기도 한다.

이 시기는 서서히 합리적이고 논리적인 사고를 하게 되면서, 미분적인 판타지적 상상의 세계를 어느 정도 벗어나기 시작하는 경향을 보인다. 그래시 움직이지 않는 무생물을 대상으로 하는 무조건적인 활유법적 표현이나 의인화를 도모하는 이야기는 배제되어야 하고, 허구 속에서도 보다 명확한 리얼리티의 뒷받침이 필요하게 된다. 판타지적 세계 구성도 보다 치밀한 리얼리즘적 세계의 뒷받침 아래 이뤄진 것이어야 한다. 나아가 현실적 문제 상황으로 인해 풀리지 못한 욕구의 대리충족적인 면보다, 그로 인한 자아와 세계와의 갈등 양상을 다루는 서사문학의 본질에 들어선 작품이 보다 적절한 것으로 선호되는 시기이기도 하다.

3) 정서 발달

어린이의 남녀 성별 간에 책을 선호하는 경향의 차이는, 대체로 초등학교 3학년이 지나면서부터 점차 나타나기 시작한다. 미스터리, 유머, 모험, 동물 이야기는 남녀 간에 별 차이가 없지만, 남학생은 대체로 액션과 모험, 스포츠 이야기를 좋아한다. 반면 여학생은 판타지와 사람들과 관계된 이야기를 더 좋아하는 경향이 있다. 이처럼 이 시기 어린이들은 성별뿐 아니라 개성에 따라 책의 선호도가 다르므로, 무엇을 읽을지 정할 때는 교사가 일방적으로 하기보다, 반드시 학생과 함께 선정하는 것이 바람직하다.

또 이 시기의 어린이들은 개인보다 동료 집단의 소속감을 중시하기 시작한다. 따라서 책의 선택도 흔히 동료 집단에 의해 좌우되는 경향이 있다. 때로 이 집단의 소속감으로 인해 가족 패턴에 대한 변모도 생길 수 있다. 예컨대, 부모의 권위에 도전하거나 형제들에게 비판적인 정서를 보이기도 한다. 이런 변화 과정에 아동문학 작품은 중요한 식견과 영향력을 제공해 준다.

나아가, 이 시기 어린이는 점차 부모보다 TV, 영화, 운동 및 책을 통해 소개된 여러 모델들을 갖기 시작하고, 미래의 직업에 대해 관심을 갖기 시작한다. 이들에게 인물이야기 작품은 여러 역할 모델을 제공하고, 여러 문학 작품은 어린이의 관심을 촉구하는 다양한 전문분야에 대한 흥미를 돋우고, 유용한 정보를 제공한다.

이 시기는 또한 자기 자신의 기술과 능력을 가지고 자신만의 완전한 독립의 시간을 꿈꾸는 시기이기도 해서, 『로빈슨 크루소』와 같은 생존을 위해 '혼자서 살아가는' 이야기를 즐기기도 한다. 그리고 차츰 스스로 좋아하는 책을 찾아서 지속적으로 읽어가는 자발적인 독서가 가능한 시기이며, 선호하는 책을 읽고 나서 각자 깨닫고 느낀 점을 주제로 여럿이 함께 가치있는 토론을 제대로 벌일 수 있는 시기이기도 하다.

4) 사회 · 도덕성 발달

이 시기 어린이들은 지적, 정서적으로 크게 발달하는 시기이므로, 문학 작품을 즐길 뿐 아니라 좀 더 복잡한 지적, 정서적 감정을 가지고 작품에 반응할 줄도 안다. 그리고 가치관이나 정신적 태도가 같거나 자신들의 삶과 유사한 경험을 갖고 있는 주인공을 좋아한다. 대부분의 학생들은 자신보다 약간 나이가 많으면서 흥미있는 문제를 경험한 주인공의 이야기를 좋아한다.

그리고 이 시기의 어린이들은 좀더 정교한 플롯과 보다 복잡한 문학적 장치에 호감을 갖기 시작한다. 책의 내용으로는 과거나 미래, 다른 지역, 다른 문화권의 주인공 이야기를 다룬 것들도 즐겨 읽는다.

또한 도전을 좋아하고 모험을 즐기는 주인공 이야기를 더 선호하고, 이야기의 전망이나 자신과 다른 삶의 방식에 대해서도 그것을 탐구하고 이해를 해나갈 줄도 알게 된다. 나아가 죽음이나 노화, 편견, 빈곤과 같은 도전적 주제에 대해서도 호기심을 갖는다.

이 시기는 스스로 선인과 악인을 분별할 줄 알고 사회 질서를 유지하는 일이 중요하다는 것을 인식해가는 때이다. 그러나 아직 도덕적 판별력이나 주체적인 도덕 기준을 완전히 획득하지 못한 때이므로, 이야기가 분에 넘친 도덕적 가치갈등을 야기하는 상황에 들어가는 일은 피해야 할 것이다. 대체로 이웃을 위해 희생하고 사회적 질서를 위해 헌신하는 의협심이 강한 주인공들이, 그렇지 못한 사람들 사이에서 두드러져 나타나는 유형의 이야기가 아직도 바람직하다고 본다. 그러나 후기에 이를수록 초보적이나마 도덕적 판단력을 기르기에 적절한 가치갈등 이야기를 읽는 것도 필요하다.

또한 이 시기는 등장인물의 반응과 그의 성품 사이의 긴밀도가 더욱 분명하여지고, 나아가 서사문학을 구성하는 사건과 사건 및 그 안에 깃든 등장인물의 제반 행동들 속에서 인과관계가 보다 명확히 드러난 작품이 합당한 때이다. 그리하여 그런 면에서 리얼리티적 요소가 제대로 자리 잡힌 문학 작품이 요긴한 때이다.

이 시기는 또한 매우 고도로 발전된 정의 감각과 다른 사람들에 대한 우호적 관심이 짙은 때이다. 따라서 고통과 부정에 의해 희생당하는 자에 내한 동정심을 우러나게 하는 슬픈 이야기와, 또 그들을 위한 희생 봉사정신이 드러난 작품들, 그리하여 선악의 과정과 결말에 관한 많은 점을 짚어보고 논의할 만한 작품들이 이 시기에 적절하다.

5) 신체적 발달

이 시기 어린이는 신체적 발달이 매우 빠르고, 이런 빠른 성장과 더불어 사춘기의 시작을 나타내기 시작한다. 여학생들은 발달 면에서 대체로 남학생보다 약 2년 정도 앞서는데, 이 시기는 여자아이든, 남자아이든 모두 성의 모든 면에 대해 호기심이 급증한다. 따라서 이 시기에는 성장 과정의 이해를 안내해야 하고, 어린이들이 개인적으로 부딪히는 문제를 극복할 수 있도록 도와주어야 할 것이다.

이 시기는 또한 남학생과 여학생 사이에 서로 선호하는 도서의 차이가 현저히 드러나기 시작함과 더불어, 남녀 간의 성 역할에 대한 이해가 발달하기 시작하므로 여기에 부응하는 작품을 읽고 토론하는 시간을 갖도록 지원해주는 일이 또한 필요하다.

참고문헌

강문희 · 이혜상(1999), 『아동문학교육』, 학지사.

곽춘옥(2006), "초등학교 동화 감상 지도 방법에 관한 연구", 한국교원대학교 박사학위 논문.

김상욱(2001), "초등학교 아동문학 제재의 위계화 연구", 〈국어교육학연구〉 제12집, 국어교육학회.

신헌재(1995), "아동을 위한 서사문학 작품 선정의 기준 고찰", 〈한국국문학〉 제114집, 한국구문학회.

신헌재(2002), "학교 문학교육의 위상과 지향점", 〈문학교육학〉 제10호, 한국문학교육학회.

이성은(2003), 『아동문학교육』, 교육과학사.

이재철(1983), 『아동문학개론』, 서문당.

이재철(1984), 『아동문학의 이론』, 형설출판사.

진선희(2004), "시텍스트에 대한 초등학생들의 학년별 인식 및 선호 양상 연구", 〈학습자중심교과교육연구〉 제8집, 학습자중심교과교육학회.

진선희(2006), "학습 독자의 시적 체험 특성에 따른 시 읽기 교육 내용 설계 연구", 한국교원대학교 박사학위논문.

최운식 · 김기창(1998), 『전래동화 교육의 이론과 실제』, 집문당.

한명숙(2003), "독자가 구성하는 이야기 구조 교육에 관한 연구", 한국교원대학교 박사학위논문.

한명숙(2003), "문학인지 발달과 이야기 감상 교육", 〈문학교육학〉 제11호, 한국문학교육학회.

Carol Lynch-Brown & Carl M Tomlision(1999), Essentials of Children's Literature, Allyn & Bacon.

Ellen Winner, 이모영 · 이재준 역(2004), 『예술심리학』, 학지사.

Huck, C., Hepler, S., Hickman, J. & Kiefer, B.(1997), Children's Literature in the Elementary School, A Times Mirror Higher Education Group, Inc.

Kirsch, D., Pehrsson, R., &Robinson, H. A.(1976), Expressed reading interests of young children: An international study, In J. E. Merritt(Ed) New Horizons in Reading. Newark, Delaware: International Reading Association.

Robert Whitehead, 신헌재 편역(1992), 『아동문학교육론』, 범우사.

제3장 아동문학의 흐름

1. 세계 아동문학의 흐름

아동문학이 문학의 한 분야로 독립해서 독자적인 발전을 보이기 시작한 것은 17·8세기의 근대 이후가 된다. 그 이전에는 성인문학과 아동문학이 미분화 상태로 융합되어 있었다. 그러므로 아동문학의 역사는 신화, 전설, 민담 등 민간 전승에서 출발했다고 할 수 있다. 이른바 전승문학이 활자화되어 사람들에게 읽히면서부터 아동문학도 본격적으로 시작되었다. 여기에서는 중세, 17·8세기, 19세기, 20세기로 나누어 세계 아동문학의 사적 흐름을 개략적으로 살펴보기로 한다.[23]

가. 중세초기 아동문학

인쇄술이 발달하기 이전에는 이야기가 입에서 입으로 전해졌고, 이후 인쇄술 발달로 종교적·교훈적인 학습용 책이 나오면서 어린이들을 위한 책이 출판되었다.

1) 구전동화 시기

인쇄술이 발달하기 이전, 중세 시대(5C ~ 15C)에는 시골집에서 모닥불에 둘러 앉아 나눈 이야기들이나 궁전의 홀에서 불렀던 노래 등이 전해졌다. 궁전이나 거대한 영주의 저택에서는 중세의 음유시인이나 방랑시인이 8세기 초의 고대 영어 서사시의 주인공이나 아더왕의 영웅적인 설화 등을 이야기했다. 시골 농부나 목수들은 모닥불 주위에 둘러 앉아 설화나 늑대, 여우, 암탉에 대한 우화를 이야기했는데, 대부분 그런 이야기들은 불쌍한 농부를 속이는 영주와 같은 지배자나, 용감한 공적에 의해 대중의 편을 드는 이야기들로 묘사되어 전해져 왔다.

23) 이 부분은 다음과 같은 문헌을 참조하여 정리하였다.
• Huck, C. S., Hepler, S., Hickman, J., Kiefer, B. Z.(2001), (7ed.), Children's Literature in the Elementary School, Mcgraw-Hill.
• 존 로 타운젠드 지음, 강무홍 옮김(1996), 『어린이책의 역사 1·2』, 시공주니어.
• 이재철(1989), 『세계 아동문학사전』, 계몽사.

2) 최초의 원고

초기에 어린이들을 위해 필사본으로 된 것들 대부분은 종교적이거나 교육적으로 사용하기 위해 만들어 졌다. 타자기가 발명되기 전의 최초의 책은 수도사들이 라틴어로 쓴 성경으로, 거기엔 그림이 그려졌다. 필사본은 대부분 부유층이나 수도원, 학교의 교사들이 의도적으로 만든 것으로, 아주 비싸서 책 한권과 집이나 땅이 교환되기도 했다.

초기의 교과서 대부분은 두 가지 유형 중 하나인데, 20세기까지 유행된 교사와 학생의 묻고 답하는 형식의 대화나, 기억하기 쉬운 시의 대구를 이루는 각운이 바로 그것이다. 예를 들어 말메스버리(Malmesbury)의 대수도원장 엘드헬름(Aldhelm)은 운율이 있고 질의 응답 형식을 갖춘 교과서를 만들어 16세기 말까지 널리 쓰이게 하였으며, 자로우(Jarrow) 수도원의 학생들을 위해 45권의 책을 번역하고 썼다.

또 다른 종류의 책 즉, 해설서나 어린 학생들을 위한 일반적인 정보 책들은 20세기동안 캔터베리(Canterbury)의 대주교인 안젤름(Anselm)에 의해 개발되었다. 이 유형의 책들은 어린이의 의무와 예절, 자연과학, 종교적 교훈 등을 주제로 다룬 백과사전이다. 이러한 책들은 어린이의 행동과 신념에 대한 원리를 가르치기 위해 썼는데, 어린이들은 즐겨 읽지 않았다.

중세의 원고로 남겨진 것 중 잘 알려진 유일한 작품의 하나는 초서의 『캔터베리 이야기』이다. 1387년에 어른들을 위해 쓴 것임에도 불구하고, 이 시대의 어른뿐만 아니라 어린이들에게까지 잘 알려진 소문이나 민간 설화로 가득 채워져 있다.

3) 영어로 인쇄되기 시작한 캑스턴판의 책

영국에서 최초로 인쇄를 시작한 윌리엄 캑스턴(Willam Caxton)은 독일에 가서 인쇄 기술을 배운 뒤 영국으로 돌아와, 1476년 웨스트민스터에 출판사를 세웠다.

그 후 1479년 『예절서(The Book of Courtesye)』를 출판했지만, 그가 최초로 출판한 책은 1474년 『트로이 이야기 중에서』이다. 또 『이솝 우화』, 『여

『이솝 우화』(1484)에 실린 「여우와 신포도」의 삽화.

24) 로크(1693)는『교육에 관한 고찰』에서 성서 외에 추천할 만한 책은 『이솝 우화』와 『여우 레이나드』뿐이라고 했다.

캑스턴의 후계자인 윈킨 드 워드(Wynkyn de Worde)는 『로마인 언행록』의 번역물을 출판했다.

이 시기의 아동문학은 어린이나 젊은이를 대상으로 했지만 이야기가 아닌 것과, 이야기지만 특별히 어린이를 대상으로 하지 않은 것으로 나누어졌는데, 캑스턴은 두 분야에 모두 관여했다. 캑스턴은 전통적인 소설, 문학, 민간전설, 교과서, 종교서 등을 포함한 106권의 책을 출판하였으며, 그의 책들은 질이 우수하고 값이 비싸서 어린이들은 거의 읽을 수가 없었고, 오직 부유한 어른들만이 이용할 수 있었다.

인쇄술의 발명으로 달라진 최초의 책은 아이들의 교과서뿐이었다. 어린아이들은 『교습용 글자판 hornbook』을 통해 읽는 법을 배웠다. 『교습용 글자판』은 알파벳, 모음글자, 군주의 기도 등이 인쇄되었다. 그것은 양피지 한 장으로 만든 작은 나무로 된 모양이었다. 『교습용 글자판』에서 점차 『ABC 책』, 『기도서』로 발전해 갔다. 이 책들은 『교습용 글자판』보다 나중에 나왔지만, 여전히 종교적 속성이 남아있었다.

나. 17 ~ 18세기 아동문학

17세기와 18세기의 많은 아동도서들은 재미보다는 교육적인 의도에 초점을 두었다. 그러나 시간이 지나면서 작가, 삽화가, 출판업자들은 내용뿐만 아니라 재미에도 의의를 두기 시작했다.

1) 청교도의 "경건한 신앙 서적(Goodly Godly books)"

17세기의 책들은 청교도의 엄숙한 정신적 믿음에 영향을 받아 종교와 도덕에 중점을 두기 시작했다. 어린이들은 청교도에 의해 어른의 축소형으로 간주되었고, 죄를 지으면 영원히 지옥으로 떨어지고 죄 값을 치른다고 생각했다. 교사의 중요한 교육 목표는 '영혼 구원'이었다. 영아사망률이 높았기 때문에(10세가 될 때까지 절반이상이 살지 못했다.) 신에 대한 두려움 속에서 일찍이 교육이 시작된 것이다.

교리문답집은 1646년 영국에서 처음 발간되어, 미국 식민지의 아이들을 위해

1656년에 개정되었다. 이후의 책들은 교리문답의 방법을 따랐다. 예를 들면 "신이 당신을 어떻게 만들었습니까?"하고 물으면 어린이들은 "저는 죄인이고 부정하게 태어났습니다."라고 대답을 해야 했다. 심지어 알파벳 라임에서 조차도 어린이들에게 인간의 본성은 죄가 있다는 것을 강조했다. 식민지 미국 어린이들에게 가장 중요한 책은 1683년 『뉴잉글랜드 입문서 The New England Primer』였다. 여기에는 기본적으로 알파벳과 교리 문답이 결합되어 있었으며, 시와 그림이 들어 있어 읽을거리가 없던 이 시대 어린이들은 이 책을 몇 시간씩 탐독하여 어느 정도 즐거움을 얻었을 것이 틀림없다.

종교 지도자들은 1687년에 초판된 존 번연(John Bunyon)의 『천로역정』의 윤리적이고 영적인 내용을 인정해 주었다. 이 책은 어린이를 위한 책으로 간주되지만, 그런 의도로 쓴 것은 아니었다. 번연이 어린이를 위해서 『소년 소녀를 위한 책』(1686)을 나중에 『성스러운 상징』으로 제목을 바꾸어 새로이 출판하였는데, 오늘날 어린이들은 별로 읽지 않고 있다. 청교도 작품들은 이 기간 동안 계속 유행하였으나, 청교도 작품보다 덜 격렬하고 덜 열정적인 어조로 쓴 사회적·도덕적인 설교집도 많았다.

2) 가두 판매되는 보급판 책(Chapbooks) : 만화책의 선구자

청교도적인 관심에 변화가 일어나, 1500년대 후반에 만화책이 처음으로 등장하여 인기가 높았다. 단돈 몇 페니(penny)에 팔리는 조잡하게 인쇄된 이 책들은 어른, 아이 모두의 삶에 흥분과 기쁨을 가져다주었다. 청교도들은 만화책을 비난하였지만, 일반 영국인과 미국인들은 읽고 또 읽었다. 이러한 경향은 1700년대 뉴베리(John Newbery, 1713 ~1767)가 어린이들을 위한 책을 펴내는 데 결정적인 역할을 하였다. 만화책은 세금을 큰 폭으로 줄였으며, 조잡한 목판 삽화는 오늘날 만화책의 선구자가 되었다.

3) 옛날이야기와 모험

세련미를 중시하던 17세기 프랑스에서 귀족층, 지식층 인사들은 옛이야기를 천시하였다. 하지만 현대 아동문학의 아버지라 불리는 샤를 페로(Charles Perrault)는 1697년 구전되어 오던 옛날이야기를 문학적으로 손질하여 『교훈을 곁들인 옛이야기』[25]모음집으로 출판하였다. 이 모음집에는 「잠자는 숲 속의 공주」, 「신데렐라」, 「빨간 모자」, 「장화신은 고양이」, 「파랑새」, 「푸른 수염」 등이 포함되었는데, 어린이들의 큰 호응이 있었다. 페로는 이 책의 직접적인 독자를 어린이로 인식하고 썼으며, 그 덕에 세계 최초의 아동문학 작가로 인정받게 되었다.

페로는 단순하고 자연스러운 문체를 쓰면서도 점증적인 효과, 반복을 통한 호기심 유발과 긴박감 조성 등 현대적 구성을 시도하였다. 또한 선과 악의 대립에 근거를 둔 도덕성, 숫자와 이름의 상징성 등 전통적 형식을 간직하며 원전에 충실함으로써 옛이야기의 구전적 효과를 잘 발휘하였다. 그런 까닭에 페로의 작품은 17세기 말 '간결하고 자연스러운 서술'이 돋보이는 문체로 독보적인 자리를 차지했고, 동화를 '듣는 것'에서 '읽는 것'으로 전환하는 데 획기적인 길잡이가 되었다.

18세기 들어서 옛날이야기를 기본으로 『미녀와 야수』를 쓴 보몽(Baumont)부인은 70권에 이르는 저작의 주요 부분을 어린이들을 위해 썼다는 점에서 아동문학의 개척자 중의 한 사람으로 볼 수 있다.

영국의 작가 데포우(Defoe)는 1719년에 어른 독자를 대상으로 『로빈슨 크루소 The Life and Strange and Surprising Adventures of Robinson Crusoe』를 썼다. 그 당시 별로 주목받지 못했지만, 이후 어린이들이 이 작품을 문학의 한 부분으로 만들어 주었으며, 이 작품은 아동문학의 고전이 되었다.

영국의 작가 조나던 스위프트(Jonathan Swift)는 풍부한 상상력으로 예리한 사회 풍자를 하였다. 비록 어린이들이 『걸리버 여행기 Gulliver's Travels』의 사회 풍자를 이해하진 못했지만, 어린이들은 거대하고 작은 민족들의 모험을 통해 재미를 느꼈다. 어린이나 어른 모두 1726년에 초판된 이 모험 소설을 즐기면서 좋아하게 되었다.

25) 우리나라에서는 『교훈을 곁들인 옛이야기』에 수록된 여덟 편의 원문을 완역하여 『샤를 페로가 들려주는 프랑스 옛이야기』로 출간하였다. 「빨간 모자」, 「작은 유리 구두」, 「장화 신은 고양이」, 「잠자는 숲 속의 공주」, 「요정들」, 「푸른 수염」, 「고수머리 리케」, 「엄지동자」가 실려 있다.
샤를 페로 글. 최내경 옮김(2001), 『샤를 페로가 들려주는 프랑스 옛이야기』, 웅진닷컴.

4) 어린이를 위한 뉴베리(John Newbery)의 작품들

아동문학의 개념은 1744년에 등장했는데, 그 해에 영국의 출판업자 뉴베리(John Newbery)는 주머니에 넣을 수 있는 '포켓 북(A Little Pretty Pocket-Book)'을 출판하였다. 뉴베리는 영국의 철학자 존 로크의 '어린이는 읽기를 좋아하므로, 알파벳을 배우자마자 재미있는 읽기로 바로 이끌어가야 한다.' 는 충고를 받아들여 그림을 사용하고 화려한 외양으로 출판하였다. 뉴베리의 책에는 비록 교훈이 있지만, 신의 진노와 처벌보다는 사랑이 강조되었다. 그는 어린이들에게 실질적인 교훈과 지혜를 주고, 독서의 즐거움을 습득시키면서 최종적으로 어린이의 올바른 성장을 기대하였다. 오늘날에는 「구디 투 슈즈 Little Goody Two Shoes, 1766」[26]외에 남아있는 것이 거의 없지만, 뉴베리는 어린이들만의 문학이 있음을 처음으로 인식시켜 주기에 충분했다.

또한 챕북(chapbook)이라는 보급판 책을 만들어 그때까지 특권 계급의 전유물로만 여겨졌던 책을 서민의 어린이들도 읽을 수 있도록 만들었다. 200종이나 되는 그의 출판물 가운데에는 민간 설화, 발라드, 창작 등이 포함되어 있는데, 「포켓 북」, 「플루타크 영웅전」, 「구디 투 슈즈」 등은 잘 알려져 있는 작품이다. 현재 미국에서는 '뉴베리상' 이 제정되어 영국인 뉴베리의 사업을 기념하고 있으며, 권위있는 아동문학상으로 꼽히고 있다.

5) 여류작가들

18세기 후반 영국 어린이 문학의 창작이 상류 부인들의 직업으로 정착되기 시작했다. 여성 작가들은 종교적 온건주의자에서 엄격한 도덕주의자까지 다양했으며, 아동문학 분야에 뛰어들어 어린이의 도덕성 발달에 기여하고자 하였다. 어린이들에게 시시한 즐거움을 약간 섞은 교훈을 주고 거기에서 정직하게 돈을 버는 것도 나쁘진 않다고 생각했다. 여류 작가 중에는 트리머(Trimmer)부인과 셔우드(Sherwood)부인처럼 지난날의 완강한 청교도 정신을 이어받은 사람들도 있었다. 그러나 가장 유명한 사람은 마리아 에지워스(Maria Edgeworth, 1767~1817)로, 그녀는 교훈적이면서도 루소[27]를 신봉했다.

트리머(Sarah Trimmer, 1741~1810)부인은 『울새 이야기 History of the Robins』를 썼으며, 전투적인 도덕가이자 보수적인 사상을 지닌 교육자였다. 다른

26) 「구디 투 슈즈의 역사 Goody Two Shoes」(1765)를 출판한 사람이 뉴베리인지, 올리버 골드스미스(Oliver Goldsmith) 인지 판단할 문서 자료는 없다고 한다. Huck, C. S., Hepler, S., Hickman, J., Kiefer, B. Z.(2001), (7ed.), Children's Literature in the Elementary School, Mcgraw-Hill.

27) 영어권 어린이 문학에 루소(Jean-Jacques Rousseau;1712~1778)가 끼친 영향은 로크에 필적할 만하다. 이와 연관이 있는 루소의 저서는 『에밀(Emile)』(1762)이다. 물론 어린이 책은 아니지만, 어린이 교육에 관련된 것으로 자유로운 방식의 교육을 추구한다. '에밀' 은 책을 읽지 않고 자연스럽게 성장하지만, 10대에 단 한 권의 책 『로빈슨 크루소』를 읽는다.

많은 영국인들처럼 루소주의와 싸우기 위해 『교육의 수호자 The Guardian of Education』라는 잡지를 발행했다.

교훈적인 작가 가운데 만만치 않은 작가인 셔우드(Sherwood, 1775~1851)부인은 『페어차일드가 이야기 History of the Fairchild Family, 1818』로 모든 어린이들의 마음에 지옥 불에 대한 공포를 심어 주려고 했다. 『페어차일드가 이야기』에는 각 장마다 교훈적인 가정 이야기가 들어있다.

6) 시와 그림

이 시기의 어린이를 위한 시 역시 종교와 교훈을 강조하고 있다. 18세기 말엽 대부분의 어린이 이야기는 '어떻게 하면 선한 삶을 살 수 있느냐?'에 관한 것이었다. 이 세계에 대한 정보는 대화 형식으로 예쁘게 포장되어 교훈적인 이야기에 담겨 있었다. 이후 작가와 출판업자는 책에 대한 새로운 시장을 깨닫게 되었고 부모와 교사는 어린이에게 문학이 중요하다는 사실을 인식하기 시작하여 어린이를 위한 문학이 나타났다.

다. 19세기 아동문학

19세기 어린이는 다양한 종류의 이야기를 읽을 수 있었다. 책과 잡지에서 어린이에게 문학 작품을 제시하고 어린이만의 독특한 열정과 특별한 세계를 발견하고 개척하고자 하였다. 세상에 대해 알고 싶어하는 어린이의 욕구를 깨달은 작가와 출판업자는 소수에 불과하였다. 알고자 하는 정보를 얻으려면 이 당시 어린이는 교훈적인 어조로 과장되게 표현된 지루한 대화를 읽어야 했다.

1) 옛이야기

19세기 초인 1812년 독일의 그림형제(Jacop Grimm and Wilhelm Grimm)는 독일의 옛날이야기를 선별해서 『어린이와 가정을 위한 동화집 Kinder und Hausm rchen』을 펴냈다. 이 작품은 독일은 물론 전 세계 아동문학의 고전이 되었으며, 전승문학이 아동문학으로 성립되는 데 큰 공헌을 하였다. 1812년 초판에는 86편이 실렸으나, 1875년 제7판에는 211편의 옛이야기가 실려 있다. 그림 형제는 옛이야기를 수집하고 기록하면서 사람들의 입을 통해 전해 내려온 것을 더하거나 꾸미지 않고 그대로 보여주려고 했다. 그래서 초판에는 잔인하고 끔찍한 장면도 가감없이 그대로 들어가 있다. 그것은 그림 형제가 어른을 염두에 두고 책을 썼기 때문이다. 그런데 막상 주요 독자가 어린이임을 알고 동화집을 펴낼 때마다 교육적인 관점에서 내용에 손질을 가하고 끔찍한 장면은 빼내기도 하였다.

『어린이와 가정을 위한 동화집』의 가장 중요한 것은 어린이가 옛이야기를 문학으로 즐길 수 있도록 동화의 문체를 만들어냈다는 점이다. 두운법을 쓰거나 축소형 어미를 써서 낱말을 귀엽고 사랑스럽게 만들어 옛이야기의 본래 성격을 바꾸지 않고서도 어린이들이 읽기 좋게 만들었다. 이 동화집은 양식과 문체에 있어 옛이야기를 아동문학으로 끌어올린 가장 뛰어난 성과로 평가받고 있다. 지금까지 독일어로 쓰여진 책 중에서 성경 다음으로 가장 많이 번역되고 인쇄되었다. 이 동화집[28] 속에는 「백설공주」, 「개구리 왕자」, 「라푼첼」, 「브레멘의 음악대」, 「헨젤과 그레텔」, 「늑대와 일곱 마리 아기염소」 등이 수록되어 있다.

19세기 조셉 제이콥스(Joseph Jacobs, 1854~1916)는 영국에서 활동한 유대계 민속학자이자 역사학자이다. 유모에게서 들은 이야기, 구전 또는 문헌 설화의 재구성, 옛이야기 채록 등 다양한 방법으로 영국, 아일랜드, 스코틀랜드, 웨일즈, 인도 등의 옛이야기를 정리하여 여섯 권의 모음집을 펴냈다. 『영국 옛이야기』와 『영국 옛이야기 속편』에 실린 이야기는 모두 87편인데, 그동안 많이 알려진 것은 「잭과 콩나무」, 「아기돼지 삼 형제」, 「곰 세 마리」 등이다.[29]

페로나 그림형제의 옛이야기에는 교훈적인 메시지가 많이 있지만, 제이콥스는 어린이들에게 즐거움을 주고자 했다. 어린이의 사고력과 판단력을 신뢰하여 민중들의 정서와 해학, 삶의 방식을 진솔하게 있는 그대로 재화했다. 방언과 속어를 쓰거나, 같은 문장을 반복하여 말에 리듬감과 생동감을 부여해서 구연의 묘미를 살렸다. 제이콥스는 『영국 옛이야기』 서문에 '이 책은 눈으로만 보는 책이 아니라, 큰 소리로 읽는 책이다.' 라고 밝히고 있다. 또한 신데렐라나 백설공주처럼 무기력한 여주인공이 아닌 독립적이고 강인하면서 지혜롭게 역경을 헤쳐 나가는 인물이 등장한다.

2) 가족 이야기

빅토리아 시대의 소녀들은 행동하는 세상을 동경했지만, 소년들은 남자답게,

28) 우리나라에서는 『어린이와 가정을 위한 동화』의 1857년 제7판에 수록된 이야기 중 여덟 편을 선별하여 『그림 형제가 들려주는 독일 옛이야기』가 출간되었다. 「늑대와 일곱 마리 아기 염소」, 「여섯 명의 하인」, 「개구리 왕자」, 「세 개의 깃털」, 「라푼첼」, 「일곱 마리 까마귀」, 「룸펠슈틸츠헨」, 「백설공주」가 실려 있다.
그림 형제 글, 김재혁 외 옮김 (2001), 『그림 형제가 들려주는 독일 옛이야기』, 웅진닷컴.

29) 우리나라에서는 『영국 옛이야기』에 수록된 이야기 중 「아기돼지 삼 형제」, 「나귀, 식탁, 몽둥이」, 「잭과 콩나무」, 「게으름뱅이 잭」, 「거인 사냥꾼 잭」을 『영국 옛이야기 속편』에 수록된 이야기 중 「늙은 마녀」를 선별하여 『제이콥스가 들려주는 영국 옛이야기』로 출간하였다. 네 편의 이야기에 등장하는 주인공 '잭' 은 게으르고, 멍청하고, 부주의하고, 또 영리하고 대담하기도 하다.
제이콥스 글, 서미석 옮김 (2003), 『제이콥스가 들려주는 영국 옛이야기』, 웅진닷컴.

소녀들은 여자답게 행동해야 했다. 19세기 초 여성 작가들은 요정이야기를 경멸하였고 부모와 어린이 사이의 기나긴 대화를 통해 쉴 새 없이 정보를 알려주었다. 소녀들은 19세기가 지나면서 오빠나 남동생이 읽는 모험 이야기와 인기 작가의 작품도 점차 읽게 되었다.

이 시기 영국 소녀 문학 작가로 유명한 샬롯 M. 욘지(Charlotte M. Yonge, 1823~1901)는 많은 읽을거리와 긴 가족 연대기를 썼는데, 그 중에서 『데이지 목걸이 The Daisy Chain, 1856』는 최고의 걸작이다. 이 작품은 메이 박사의 여러 아이들이 마차 사고로 어머니를 잃고 각자 스스로의 능력으로 성장한다는 이야기이다. 여주인공 에델과 그녀의 형제자매들은 모두 살아 움직이며, 『데이지 목걸이』는 『작은 아씨들』에 앞선 중요한 작품이다.

미국의 여류 작가 루이자 메이 올컷(May Alcott, 1832~1888)은 그녀 가족이 겪었던 사건을 바탕으로 『작은 아씨들, 1868』을 썼다. 그녀의 아버지는 세상 물정 모르는 철학자이자 교육자였으며, 불가피하게 현실적일 수밖에 없었던 어머니와 자매들은 그녀 가족의 초상화였다. 건전한 중류 가정을 배경으로 성격이 다른 네 자매의 생활을 그리면서 가족 간의 애정과 바른 생활 방법을 제시하고 있다. 『작은 아씨들』은 눈 깜짝할 사이에 성공하여 1869년에는 『작은 아씨들 2부』가 출판되고, 몇몇 다른 인물들과 그 다음 이야기로 여섯 권이 더 발표되었다. 가정 소설은 억압되거나 위엄이 흐르는 냉랭한 분위기에서 생겨날 수 없다. 가장 핵심적인 특징은 따뜻함에 있다. 이 작품을 성공으로 이끈 특성은 진실, 따뜻함, 소박함, 친근감들이다. 이야기 속의 사람들은 독자들도 알 듯한 실재의 가족이기 때문이다. 『작은 아씨들』에는 약간의 설교가 들어 있지만, 동시에 설교에 대한 인간적인 반발도 들어있다. 이 작품은 어린이들을 선과 악의 표본이 아닌 한 개체로서의 사람으로 보았다는 의미에서 가정 소설을 삶에 근접시켰다.

3) 모험이야기

빅토리아 시대의 영어권 지역은 남성들의 세상이었다. 여성의 자리는 가정에 있었다. 어린이 책에서도 소녀들은 온화하다고 여겨지는 책을 읽고, 소년들은 육지나 바다에서 활동하는 '모험 이야기'를 읽었다. 가족 이야기와 소녀 이야기 시리즈가 부상함에 따라 모험 이야기와 이른바 소년 시리즈의 발전에 더욱 관심을 갖게 되었다. 소년용 책들에서 어린 시절을 묘사하는 부분이 점차 변화되면서 작은 어린이가 실제 소년으로 변화되었다.

영국의 작가 스티븐슨(Robert Louis Stevenson, 1850~)의 『보물섬 Treasure Island, 1883』은 상상의 섬 지도를 그려 정성스레 색칠을 하고 '보물섬'이라 부른 후, 섬에 대한 이야기를 쓴 것이다. 이 책의 가장 두드러진 특징은 엄청난 속도와 색채, 흥미진진함 그리고 생생하게 그려진 등장 인물이다. 『보물섬』은 그때까지 아동문학이 지녀온 흑백을 가리는 틀을 짓밟아 다시는 회복하지 못하게 하였다.

미국의 작가 마크 트웨인(Mark Twain)의 『톰 소여의 모험 The Adventures of Tom Sawyer, 1876』, 『허클베리 핀의 모험 The Adventures of Huckleberry Finn, 1884』도 모험소설로 유명하며 오늘날 어린이들도 많이 읽고 있다.[30] 이 작품들은 작가가 강 상류나 강가에 살았던 어린 시절의 체험을 바탕으로 쓴 것이다. 트웨인의 기질이나 태도는 '서부적', '개척자적'이었고, 유럽풍의 정신과는 달랐다. 이 두 작품을 모험이야기로 언급하는 것은 단순히 제목 때문이 아니라, 모험이란 자기 집 뒤뜰처럼 가까운 곳에 있을 수 있다는 사실을 가르쳐 주었기 때문이다. 모험이란 결코 굴복하지 않는 상류 계급의 영웅들에게서만 일어나는 것이 아니라, 하류 계급인 '허크'나 노예인 '짐' 같이 평범함 사람들한테서도 일어날 수 있다는 것을 보여 주었다.

『보물섬』과 『허클베리 핀의 모험』은 아주 다르지만, 작가가 틀에 박힌 인습적 도덕에는 조금도 관심을 갖지 않았다는 공통점을 갖고 있다.

4) 동물이야기

영국의 여류작가 위이다(Ouida)가 쓴 『플란더즈의 개, 1872』는 근대 최초의 동물 이야기로 인식되어 왔으며, 키플링(Kipling)[31]의 『정글북, 1894』은 밀림의 동물들의 생태가 생생하게 그려져 있는 작품으로 지금도 많은 어린이들이 읽고 있다.

5) 판타지 동화의 출현

판타지 동화가 인정받은 것은 요정 이야기가 인정받았던 것과 똑같은 상황에 달려 있었다. 완전한 사실이 아니고 실제에서는 불가능한 이야기들이 어린이들

30) 『톰 소여의 모험』이 『허클베리 핀의 모험』보다 뒤떨어진다는 통설이 있고, 상을 받은 것도 『허클베리 핀의 모험』이지만, 어린이들은 또래의 이야기인 『톰 소여의 모험』을 더 좋아했다.

31) 키플링(Kipling)은 끝없이 풍부한 상상력에다 인도에서의 경험과 인도 민화 지식을 끌어들여 유아들을 위한 동물 우화, 『바로 그런 이야기 Just So Stories』(1902)를 썼다. 즉 어떻게 코끼리가 긴 코를 갖게 되었으며, 낙타의 혹은 어떻게 갖게 되었는지 등을 묘사하여 어린이들의 상상력을 자극하였다.

에게 아무런 해가 되지 않는다고 인정해주는 분위기가 필요했다.

판타지 동화(Fantasy)의 근원은 메르헨(Märchen)에 있다. 독일에서는 그림형제가 수집한 이야기들을 '메르헨(Märchen)'이라고 불렀다. '메르헨'은 원래 놀랍고 기적적인 사건이 전개되는 것이 특징이다. 이상한 환경에서 자란 주인공들이 요정(우리나라의 도깨비) 같은 초자연적인 존재의 도움을 받아 기적적인 공훈을 세우고 왕자나 공주와 결혼한다는 이야기다. 까마득한 그 옛날에는 이런 이야기를 사실로 여겼을 것이다. 사실로 믿던 것이 시간이 지남에 따라 점차 믿을 수 없는 허황된 이야기가 되었다.

덴마크의 안데르센(Hans C. Andersen)은 전승되는 옛이야기를 수집한 메르헨을 새로운 시대에 맞게 고쳐서 재창작하였다. 메르헨을 재창작한 것을 '창작 메르헨'이라 하는데, 그 덕에 믿을 수 없는 이야기를 그래도 재미있게 들을 수 있게 되었다. 안데르센은 '창작 메르헨'뿐만 아니라, '순수 창작동화' 작품을 많이 썼다. 그렇기 때문에 그를 근대 아동문학의 창시자이며, 새로운 창작동화의 창시자라 할 수 있다. 그는 1835년부터 1870년경까지 약 150여 편의 동화를 창작·출간하였는데, 창작 메르헨보다는 창작동화에 더 주력하였다. 그의 대표적인 작품은 「인어 공주」, 「벌거숭이 임금님」, 「성냥팔이 소녀」, 「빨간 구두」, 「미운 오리 새끼」 등으로 자유로운 공상 속에서 긍정적인 인간성을 환상적으로 잘 묘사하고 있다. 단순한 권선징악에 머물지 않고, 깊은 애정으로 웃음과 슬픔이 공존하고 그 슬픔을 이겨 나가는 인간애가 작품에 녹아있다.

'창작 메르헨'에서 어느 정도 믿을 수 있도록 '있었던 일인지도 모른다.'는 생각을 갖도록 리얼한 이야기로 만들어 놓은 것이 '판타지 동화(Fantasy)'이다.[32] '판타지 동화'는 19세기 후반의 리얼리즘의 영향을 받아 환상 자체가 리얼리즘의 바탕위에서 전개되며, 리얼한 수법으로 묘사되었다.

아동문학이 가장 먼저 발달한 나라가 영국이며, 판타지 동화가 먼저 나온 것도 영국이다. 안데르센에서 시작된 아동문학의 개화는 영국의 루이스 캐롤(Lewis Carroll, 1832~1898)이 쓴 『이상한 나라의 앨리스 Alice's Adventures in wonderland, 1865』에서 절정을 이루었다. 이 작품은 판타지 동화의 금자탑이라 할 수 있으며, 이후에도 많은 작품들이 나왔다. 영국에서 판타지 동화가 발달한 이유는 영국이 세계 각처에 식민지를 가지고 세계를 지배한 역사와 관계가 있어

32) 메르헨과 판타지동화의 차이점은 다음과 같다.
① 메르헨은 초현실을 처음부터 당연한 것으로 여기지만, 판타지 동화는 현실과 초현실을 확실하게 나누어 현실과 초현실을 넘나들 때 필연성이 느껴지도록 구성한다.
② 메르헨의 등장 인물은 유형성을 벗어나지 않지만, 판타지 동화에는 개성적인 인물이 등장한다.
③ 메르헨에는 초자연의 존재가 나오고 이상한 사건이 벌어지지만, 판타지 동화는 통일된 사상과 논리적인 구성을 가진다.

보인다.

영국의 킹즐리(Charles Kingsley, 1819~1875)의 판타지 동화 『물의 아이들 The Water Babies』[33]과 루이스 캐롤의 『이상한 나라의 앨리스』[34]의 시대인 1860년대는 판타지 동화가 활개를 치던 10년이기도 했다. 1860년대의 위대한 두 판타지 동화에는 비슷한 점보다 대립되는 점이 많다. 킹즐리는 열렬한 사회적 목적을 지닌 사람으로, 『물의 아이들』은 강력하기는 하나 불완전한 작품, 결함이 있는 걸작이다.[35] 루이스 캐롤은 세상 물정에 어둡고 완고하고 비뚤어진 사람이지만, 두 편의 『앨리스』[36]는 극히 제한된 규모이기는 하나, 완성된 예술 작품이다. 두 작품은 그 당시 유행하던 도덕적·교훈적 이야기가 아니라, 어린이들에게 기쁨과 즐거움을 주는 내용이었다는 점에서 아동문학사의 전환점을 만들었다고 볼 수 있다.

한편, 프랭크 바움(Frank Baum)의 『오즈의 마법사 The Wizard of Oz, 1899』는 미국의 첫 번째 판타지 동화로 인정받고 있다.

6) 시와 잡지

어린이용 시는 19세기에 번성하기 시작하였다. 이 세기의 초반에는 시도 산문과 마찬가지로 종교와 도덕적인 교훈주의를 반영하였다. 이 세기 말에는 어린이의 사고와 일상생활을 찬미하는 독창적인 시집이 나타나게 되었다.

19세기 후반의 잡지는 아동문학에서 중요한 부분을 차지하였다. 초기의 잡지들은 주일학교 운동에서 파생된 것으로 표면적으로는 종교적인 성격을 띠었다. 영국 어린이를 위한 진정한 첫 번째 어린이 잡지는 1835년 《Charm》이라는 제목으로 나왔다. 이 잡지는 난장이나 요정들 이야기를 위해서 공간을 항상 비워두겠다고 했으며, 이는 그 당시에 받아들일 수 없을 정도로 앞서는 것이어서 결국 2년 후에 폐간되었다.

7) 그림책의 황금시대

책의 삽화와 그림책은 별개의 것이다. 그림책이란 적어도 그림이 글자와 동등한 역할을 맡거나 일반적으로 주역을 맡는 것을 말한다. 근대 그림책은 실제로는 19세기 말엽부터 시작되었고, 이 시기는 초기 그림책의 황금기라 할 수 있다. 19

33) 『물의 아이들』은 1862년에서 1863년까지 '맥밀런' 잡지에 연재되었다가 이듬해인 1864년에 단행본으로 출판되었다. 중심 테마는 구원이며, 상징성이 가장 두드러진 곳은 죄가 깨끗이 씻겨지는 부분이다. 이 책은 명확한 교훈적 색채를 띤 모험과 판타지 동화의 결합이다.

34) 루이스 캐롤은 옥스퍼드 대학 학장 딸들을 위해 1864년에 손으로 쓴 책에 삽화까지 그려넣어 『앨리스의 땅 속 모험』을 완성했다. 『이상한 나라의 앨리스』는 『앨리스의 땅 속 모험』의 결정 증보판으로 존 테니얼(John Tenniel)의 유명한 삽화를 실어 1865년 크리스마스에 출판되었고, 발매는 1866년에 이루어졌다.

35) 꽤 많은 불순물이 포함되어 있던 이 작품을 1961년에 케슬린 라인즈(Kathleen Lines)가 재편집하여 원작보다 뛰어나게 만들었다.

36) 『이상한 나라의 앨리스』와 1871년에 출판된 『거울 나라의 앨리스』를 말한다.

세기에 동화책 삽화가들은 작가들만큼 많은 인정을 받기 시작했다. 이 시기에 뛰어난 예술가들이 아동문학의 삽화가로 등장하기 시작했다. 독일의 하인리히 호프만(Heinrich Hoffmann Donner, 1809~1894)과 영국의 목판업자이자 인쇄업자였던 에드먼드 에반스(Edmund Evans, 1826~1905)로 인해 그림책이 발전하게 되었다. 에반스는 컬러 인쇄를 아름다운 예술로 승화시키고, 게다가 자신의 기술에 걸맞게 그림을 그리는 화가들을 발굴했다. 월터 크레인(Walter Crane, 1845~1915)과 케이트 그린어웨이(Kate Greenaway, 1846~1901), 랜돌프 칼데콧(Randolph Caldecott, 1846~1886)등이 대표적 그림책 작가이며, 칼데콧[37]은 1870년대 말에 에반스의 제의로 그림책 시리즈를 만들어 유명해졌다.

37) 1938년 미국의 칼데콧 상의 제정은 1940년대 이후 미국의 그림책이 세계 최고의 위치로 부상하도록 하는데 기여하였다.

라. 20세기의 아동문학

19세기가 아동문학의 확고한 기반을 다진 시기라면, 20세기는 '어린이의 세기' 라 하여 어린이를 다루는 모든 분야에서 어린이를 위하여 활발한 활동과 연구를 위한 투자들이 많았다. 즉 공공기관에서 아동도서 부분의 성장, 공공기관과 학교 모두에서 모든 아이들에게 제공되는 도서관 서비스의 확대 등 아동도서에 있어서 문학적·예술적 품질의 인식으로 특징 지워질 수 있다. 과학 기술적인 발전은 어린이를 위해 잘 묶인 책, 가격의 저렴화, 대량 생산을 손쉽게 함으로써 아동도서가 아름답게 창조되도록 만들었다.

인류 발달의 이해에 대한 증가는 자연스럽게 아이들이 호기심을 갖고 능동적으로 정보를 찾을 수 있는 인식의 발달을 가져왔다. 아이들은 사실적인 것들을 즐겼으며, 직접적으로 주어지는 정보를 열렬히 받아들였다.

전기문학은 국가적 영웅에 대한 어린이들의 흥미를 만족시키기 위해 등장하였다. 유명한 미국인들의 어린 시절을 소년소녀를 위한 전기문 시리즈의 형태로 출판하는 경향이 처음으로 나타나기 시작했다.

1) 세계의 옛이야기

19세기 초에 그림 형제의 『가정 이야기 Household Tales』 출판은 옛이야기 기록에 흥미를 불러 일으켰다. 그리고 20세기가 되어서 전 세계의 모든 옛이야기가 어린이들에게 다가가게 되었다.

2) 그림동화

이 시대의 뛰어난 작가이자 이야기 그림책 화가는 두말할 것도 없이 베아트릭스 포터(Beatrix Potter, 1866~1943)이다. 1902년 작가 자신이 직접 그린 수채 삽화로 된 『피터 래빗 이야기 The Tale of Peter Rabbit』는 어린이들에게 가장 사랑받는 이야기 중의 하나가 되었으며, 20세기 현대 그림동화의 시작으로 손꼽는다.

포터가 글을 쓰고 그림을 그리던 같은 시기에 레슬리 브로크(Leslie Brooke)는 그의 동요 그림책 『This Little Pig Went to Market』에서 표정이 풍부한 돼지를 익살스럽게 창조하였다. 완다 가그(Wanda Gag, 1893~1946)의 『백만마리의 고양이 Millions of Cats』는 1928년 출판 이래 미국인들이 좋아하는 첫 번째 그림동화가 되었다.

미국 그림책의 황금기라 불리는 1930년대부터 1960년대까지는 그림동화에 대한 전통이 생겨난 시기이다. 루드비히 베멀먼스(Ludwig Bemelmans, 1898~1962)의 『마들린느 Madeline, 1939』, 버지니아 리 버턴(Virginia Lee Burton, 1909~1968)의 『작은 집 이야기 The Little House, 1942』, 닥터 수스(Dr. Seuss, 1904~1991)의 『모자를 쓴 고양이 The Cat in the Hat, 1957, 1985』, 로버트 매클로스키(Robert McClosky, 1914~)의 『아기 오리들한테 길을 비켜 주세요 Make Way For Ducklings, 1941』가 대표적이다.

현대적 그림동화는 1960년대 이후 환상 그림동화의 새로운 전기를 마련한 모리스 샌닥(Maurice Sendak, 1928~)의 『괴물들이 사는 나라 Where the Wild Things Are, 1963』를 출발점으로 본격적으로 발전하였다고 볼 수 있다. 미국의 경우 모리스 샌닥은 절충주의 화가로 그의 작품은 전통적인 양식에 바탕을 두고 있다. 샌닥의 초기(1950년대) 작품은 대부분 흑백 그림이었다. 그의 작품 가운데 『괴물들이 사는 나라』, 『깊은 밤 부엌에서 In the Night Kitchen, 1970』, 『저 너머 밖에서는 Outside Over There, 1981』이 유명한 3부작이다. 3부작의 결말은 최종 기착지를 안전한 집으로 설정하여 어린이들에게 안정감을 주고 있다.

그리고 프랑스인으로서 미국에서 활동하고 있는 토미 웅거러(Tomi Ungerer, 1931~)도 빼놓을 수 없는 작가이다. 『세 강도 Die Drei Rauber, 1961』, 『제랄다와 거인 Zeraldas Riese, 1967』, 『크릭터 Crictor, 1958』, 『달 사람 Der Mondmann, 1966』 등이 대표적이다.

에즈러 잭 키츠(Ezra Jack Keats, 1916~1983)는 인쇄된 글의 도움을 받지 않고도, 그림만으로 충분히 표현하고 발전시킬 수 있는 내용들을 다루었다. 『눈 오는 날 The Snowy Day, 1962』의 작은 주인공 피터는 다른 작품에도 나오는데, 그 가운데 『피터의 의자 Peter' s Chair, 1967』는 뚜렷하고 역동적인 형태와 흰색의 효과적인 사용, 단순하고 시각적인 줄거리를 통해서 큰 성공을 거두었다.

레오 리오니(Leo Lionni, 1910~1999)는 아주 독창적인 『파랑이와 노랑이 Little blue and Little Yellow, 1959』에서 인간관계 이야기들을 색의 조각을 통해 보여 주었다. 『으뜸 헤엄이 Swimmy, 1963』, 『프레드릭 Frederick, 1967』, 『새앙쥐와 태엽쥐 Alexander and Wind~up Mouse, 1969』등이 대표적이다.

『배고픈 애벌레』, 문진미디어

미국 그림동화 작가들 가운데 물리적 장치를 가장 천재적으로 사용한 작가는 에릭 칼(Eric Carle)이다. 그의 가장 인기 있는 작품 『배고픈 애벌레 The Very Hungry Caterpillar, 1969』에서 애벌레는 페이지마다 구멍을 내며 먹어치우고는, 마지막 페이지에서 의기양양하게 화려한 나비로 탄생한다.

윌리엄 스타이그(William Steig, 1907~2003)는 어른은 어린이로부터 많은 것을 배울 수 있다고 믿지만, 어린이에 대해 지나치게 감상적이거나 과장된 표현을 하지는 않는다. 『아모스와 보리스 Amos & Boris, 1971』에서는 의인화된 큰 동물 고래와 작은 동물인 쥐의 대비를 보여 주며, 『멋진 뼈다귀 The Amazing Bone, 1977』로는 칼데콧 상을 받았다. 『슈렉 Shrek, 1990』에서는 의인화된 동물 이상의 괴물 캐릭터를 등장시키고, 세상의 상식을 깨는 남녀간의 사랑을 주제로 하였다. 이 그림책은 영화 〈슈렉〉에 소재와 주제를 제공했다.

최근에 와서는 『쥬만지 Jumanji, 1981』, 『폴라 익스프레스 The Polar Express, 1985』, 『자수라 Zathura, 2002』의 크리스 반 알스버그(Chris Van Allsberg, 1949~), 『이상한 화요일 Tuesday, 1991』의 데이비드 위스너 등이 주목을 받고 있다.

영국에서는 1960년대부터 존 버닝햄(John Burningham, 1936~), 찰스 키핑(Charles Keeping), 브라이언 와일드 스미스(Brian Wildsmith)가 포터 이후의 시기를 이끌어갔다.

존 버닝햄(John Burningham, 1936~)은 1963년 첫 그림동화 『깃털 없는 기러

기 보르카(Borka, 1963)』로 '케이트 그린 어웨이 상'을 받았으며, 7년 후에는『검 피 아저씨의 뱃놀이 Mr. Gumpy's Outing, 1970』로 '케이트 그린 어웨이 상'을 두 번째 수상했다.『장바구니』,『지각대장 존』에서는 환상 세계 속 어린이의 대단한 힘을 잘 보여주고 있다.

브라이언 와일드스미스(Brian Wildsmith, 1930~)는『펠리컨 Pelican, 1982』과『데이지 Daisy, 1984』에서 자기 정체성에 관한 문제를 다루고 있다.『개에게 뼈다 귀를 주세요 Give A Dog A Bone, 1985』는 물리적 장치를 사용하여 재미를 주고 있다.『잭과 못된 나무』는『잭과 콩나무』를 패러디한 그림책이다.

최근에는 앤서니 브라운이 좋은 작품을 출간하고 있다. 앤서니 브라운 (Anthony Browne, 1946~)은 완벽한 구성, 간결하면서도 유머가 넘치는 글, 유연 하면서도 정밀한 그림, 기발한 상상력을 담은 그림동화로 세계적으로 높은 평가를 받고 있다. 사실주의와 초현실주의가 서로 겨루며, 행복한 결말을 맺음으로써 낙관주의를 담고 있다.『고릴라 Gorilla, 1983』와『동물원 Zoo, 1992』으로 '케이트 그린 어웨이 상'을 받았다.

『돼지책 Piggybook, 1986』에서는 가사 노동에 시달리는 여성의 불평등한 현실을 다루고 있으며,『동물원 Zoo』에서는 가부장적인 가정의 불행한 모습을 보여주고 있다.『미술관에 간 윌리 Willy's Pictu-res, 2000』는 세계 명화를 패러디한 그림책이다. 최근의『숲 속으로 Into the Forest, 2004』는 옛이야기『빨간 모자』를 패러디하였다. 여기서 색은 아이의 편안하고 안전한 느낌을 대변하고 있다.

『돼지책』, 웅진닷컴

3) 판타지 동화

아동문학은 20세기 들어서면서 활발한 양상을 보여주며 특히 판타지 동화가 발전하였다. 20세기가 시작되면서 판타지 동화는 어린이들의 상상력을 강하게 유지시켜주었다. 루이스 캐럴, 조오지 맥도날드 등에 이어, 영국의 판타지는 20세기에 들어서면서 베리(James Mathew Barrie, 1860~1937)에 의해 꽃을 피우게 되었다. 영국에서 연극으로 시작되었다가 정교한 삽화와 함께 책으로 출판된『피터 팬(Peter Pan, 1906)』이야기가 바로 그것이다. 유아 때, 가정이라는 구조에서 탈출하여 언제까지나 영원한 어린이로 살아가는 피터 팬의 이야기는 만인의 가슴에 파고드는 동심의 구상화 바로 그것이었다. 이 작품은 어린이의 무한한 가치성을 주장한 동화로, 아동문학뿐 아니라 일반문학에서도 높이 평가되고 있다.

피터 팬의 작가에 이어 20세기 초기의 판타지 동화 작가로 군림한 사람들은 월터 드 라메어(Walter de la Mare, 1873~1956), 케니스 그레이엄(Kenneth Grahame, 1859~1932) 그리고 에디스 네스빗(Edith Nesbit, 1858~1924) 등 3인의 작가라 하겠다.

또한 루이스(C. S. Lewis)의 『사자와 마녀와 옷장 The Lion, the witch and Wardrobe, 1950』[38]은 옳고 그름에 대한 강한 메시지 전달과 신학자로서의 작가의 배경을 반영하였다. 최근에는 영국의 조앤 케이 롤링의 판타지 소설 『해리포터』시리즈가 전 세계 아이들에게 많은 호응을 얻고 있다.

4) 사실동화

사실동화는 당대의 사회문제를 반영한다. 작가들이 우리 사회의 다양한 문제에 대하여 더 많이 쓸수록 아동문학 역시 이러한 관심을 반영한다. 20세기 중반에 어린이의 넓어지는 세계를 위해 출판된 문학은 삶의 변화와 도전이 반영되었다. 더 이상 어린이들은 행복한 가족 이야기로 보호받지 못하게 되었다. 어린이들은 자기와 비슷한 문제에서 살아남은 주인공에 대한 이야기를 읽음으로써 주인공의 행동을 따라하게 되었다.

5) 국제적인 아동문학

뉴베리상이 제정되고 250여년이 지나면서 아동문학은 많은 성장을 하였으며, 세계적으로 인정을 받게 되었다. 제2차 세계대전 이후 아동문학의 약동적인 발전은 아동도서에 대한 국제적인 관심을 불러 일으켰다. 이것은 국가 간의 아동도서의 교환이 증가함으로써 나타나게 되었다. 1950년에 스웨덴의 린드그렌(Lindgren)의 『삐삐 롱 스타킹 Pippi Longstocking, 1945』이 미국에 들어가 성공을 거두었고, 이것이 아동문학의 국제적 교환의 시작이었다.

1950년대 아동문학의 국제적 성장의 또 다른 척도는 세계에서 열린 아동도서의 학술대회, 책 박람회, 전시회의 횟수에 있다. 1953년 국제 어린이 도서 협의회(IBBY)의 첫 총회가 열렸다. 그리고 1967년에는 체코슬로바키아의 바라티슬라바 삽화 비엔날레(BIB)가 첫 전시회를 열었다. 국제 어린이 도서 협의회(IBBY)는

38) 영국 BBC TV에서 시리즈로 방영한 『나니아 연대기 The Chronicles of Narina, 1988』의 DVD가 있으며, 영화는 2005년 12월에 나니아 나라 이야기 2권인 『사자와 마녀와 옷장 The Lion, the witch and Wardrobe, 1950』 이야기 1편이 개봉되었다. 책은 모두 7권이지만, 앞으로 1년에 1편씩 영화화하여 모두 5편의 영화를 제작할 계획이라고 한다.

짝수 년도에, 바라티슬라바 삽화 비엔날레(BIB)는 홀수 년도에 교대로 열린다. 한편 프랑크프루트 책 박람회는 매년 9월에, 볼로냐 아동 도서 박람회는 매년 4월에 해마다 열린다.

2. 한국 아동문학의 역사

한국 아동문학이 본격적으로 싹트고 발전한 것은 대체로 근대 문학 이후부터라고 할 수 있다. 육당 최남선이 '소년문학(少年文學)' [39] 또는 '아동문학(兒童文學)' [40]이란 용어를 사용한 이래, 방정환이 《어린이》라는 잡지를 발간하면서 점차 '아동문학' 이라는 개념이 형성되기 시작했다.

일반적으로 최남선이 1908년 발행한 잡지 《소년》[41]을 아동문학의 출발점으로 삼고 있으며 이를 기점으로 하여 시대별로 아동문학사를 구분하고 있다.[42] 1908년부터 시작된 아동문학을 아동문학의 초창기, 아동문학의 성장기, 아동문학의 발흥기, 해방전후 암흑 수난기, 아동문학의 통속 팽창기, 아동문학의 비평·논쟁기, 아동문학의 발전·중흥기로 나누어 한국 아동문학의 역사와 현황을 개략적으로 살펴보고자 한다.[43]

가. 아동문학의 초창기(1908~1920)

1) 문학의 개관 및 특징

육당 최남선이 발행한 《소년(1908)》지는 우리나라 최초의 아동문학 잡지로, 현대 아동문학의 싹이 트게 하였다. 《소년》지의 아동문학적 성격을 살펴보면, 국가와 민족의 장래를 소년에게 의탁하려는 원대한 포부로 가득 차 있고, 아동교양물이 주였다. 『거인국 표류기』, 『이이솝 이야기』, 『로빈슨 무인절도 표류기』, 『어른과 아이』 등 번역·번안물이 주류를 이루었다.

한국의 아동문학은 최남선·이광수 2인 문단시대를 통하여 아동문학적 신문화운동의 주축으로서 이 나라의 근대적 아동문학 운동에 중요한 기반을 제공하였다. 신소설과 춘원 이광수의 초기 소설은 아동소설과 동화를 낳을 수 있는 계기를 마련해 주었다. 개화가사와 창가가 여전히 고가사의 옛 투를 답습했으나,

39) 《소년》(1908)
40) 《아이들 보이》(1914)
41) 《소년》(1908) 창간호에 실린 육당의 「해(海)에게서 소년에게」가 주제, 소재, 독자 모두 소년에 대한 것이며, 고가사에 비해 구어체에 가깝고 새로운 율조를 보이고 있어 선구적 소년시라 할 수 있어, 이를 아동문학의 태동으로 설정하고 있다. 물론 이때의 소년이란 개념이 오늘날의 청소년을 의미하는 것이지만 순결하고 가능성을 지닌 소년에 대한 기대를 통해 새로운 질서의 창조를 열망하는 의지를 드러내고 있어 아동문학의 효시로 보는 게 일반적이다.
42) 석용원(1982)은 갑오경장을 기점으로 개화기 이전, 개화기(1894~1907), 형성기(1908~1922), 성장기(1923~1939), 수난기(1940~1944), 소생기(1945~1959), 전환기(1960~1969), 팽창기(1970~현재)로 나누고 있다.
이재철(1983)은 크게 아동문화운동 시대(1908~1945)와 아동문학운동 시대(1945~현재)로 나누어 이를 다시 아동문학 태동·초창기(1908~1923), 발흥 성장기(1923~1940), 암흑 수난기(1940~1945), 광복 혼미기(1945~1950), 통속 팽창기(1950~1960), 정리 형성기(1960~1976), 전환 발전기(1976~1988)로 세분화하고 있다.
이상현(1987) 은 설화문학시대와 근대아동문학시대로 나누어 10년 단위로 시대를 구분하고 있다.
43) 이 절을 집필하는 데 참고한 문헌은 다음과 같다.
· 석용원(1982), 『아동문학원론』, 학연사.
· 이상현(1987), 『아동문학강의』, 일지사.
· 이재철(1982), 『한국현대아동문학사』, 일지사, 1978.
· 원종찬(2004), 『동화와 어린이』, 창작과비평사.
· 김상욱(2002), 『숲에서 어린이에게 길을 묻다』, 창작과비평사.
· 이재복(1998), 『우리 동화 바로 읽기』, 한길사.

44) ·《붉은 저고리》(1913년 통권11호) : 동화, 동요, 우화 등을 실었으며 한글을 중심으로 한 동화 문체를 선보임.

《붉은 저고리》창간호

·《아이들 보이》(1913~1914 통권13호) : 순 한글로 쓴 순수 아동잡지로 '글꼬느기' 란을 두어, 독자들의 참가를 요망하고 맨 끝장에 원고지 모양의 글 칸을 만들어 여기에 글을 지어 보내도록 하여 새로운 문체 확립을 위해 노력함. 최초의 근대적 동화요인 「남잡이와 저잡이」가 실림.

《아이들 보이》

·《새별》(1913~1915 통권16호) :《붉은 저고리》와 《아이들 보이》가 아동의 오락과 지식 향상을 위주로 편집된 데 비해, 《새별》은 보다 더 문예란을 충실하게 만들어, 신문예운동에 적극성을 띠었음.

신체시(정형동시)와 변조 창가(동요)를 발생시켜 동시, 동요의 온상이 되도록 하였다. 그러므로 초창기의 아동문학은 그 자체가 독자적 영역을 가지고 태동, 성장했다고 볼 수 없으며, 사회운동 속에서 과도기적 성격을 띠면서 서서히 개화하고 있었다고 볼 수 있다. 이와 같이 태동·초창기는 과도기적 성격을 지닌 계몽주의적 아동문학 운동 기간이라 할 수 있다.

2) 주요 작가와 작품

육당 최남선은 신체시 「해(海)에게서 소년에게」와 창가 가사 「경부 철도가」를 발표하여(7·5조, 6·5조, 8·5조 등의 신시와 창작 동요를 낳는 계기를 마련하였다.) 그 뒤에 《붉은 저고리》, 《아이들 보이》, 《새별》[44]등의 아동 잡지를 발간하여 아동문학의 선구적 역할을 하였다.

춘원 이광수는 최초의 현대적 단편 소설인 『어린 벗에게』(1910)와 『소년의 비애』(1917)를 발표하였다. 의도적으로 소년소설이라는 인상이 강조되도록 제목을 설정하였으며, 봉건적 교육의 모순과 부조리를 지적하고 감정교육과 정서교육을 주장하였다. 춘원은 단순한 문학가로 자처하기보다 『민족개조론』에서 볼 수 있는 바와 같이 민족운동의 한 방편으로 시를 쓰고, 수필을 쓰고, 소설을 썼다.

나. 아동문학의 성장기(1921~1930)

1) 문학의 개관 및 특징

1920년대는 민족 운동의 일환으로 문학을 통한 아동문화 운동기라 할 수 있다. 3·1운동을 전후해서 형성된 일련의 자기 재발견 내지 자아 각성의 과정은 문화운동만이 아니라, 문학운동에도 큰 영향을 주었다.

《어린이》창간호 첫 장

초창기 아동문학은 소파 방정환에 의해 본격적 출발을 하게 되었으며, 《어린이》(1923~1934) 잡지가 출간되면서 동요 황금시대와 아동 잡지의 다양화 시대를 가져왔다. 또한, 젊고 역량 있는 신인들이 문단을 형성하였으며, 아동잡지의 황금기를 맞이하였다. 주목할 만한 사실은 여러 아동 잡지에 등장한 많은 집필가들이 아동문학가보다는 아동문화 운동의 일환으로 몰려든 문학애호인, 종교인, 언론인, 정치인, 사회문화운동가, 독립지사들이 더 많았다는 것이다. 이를 볼 때 이 시대의 아동문학운동은 독립운동적 · 민족적 문화운동이었음을 알 수 있다.

1920년대 아동문학은 강력하게 민족주의적 아동문화운동을 전개하고자 했지만, 과도한 감정 취약과 비이성적 애상의 과잉으로 자기 체험을 정리하여 문학작품으로 승화시키지 못하고 그냥 구호로만 내뱉는 결과를 낳았다.

2) 주요 작가와 작품

가) 동시, 동요

한정동(1894~1976)은 1924년 민요풍의 시 「일편단심」, 「진달래」 등을 발표하였고, 1925년 《동아일보》 신춘문예에 「따오기」가 당선되어 등단하였다. 작품의 문학적인 특성은 간결하게 표현한 정서와 어렴풋한 애상(哀傷)을 주조로 한 낭만적인 경향에 있으며, 1920~1930년대의 동요 황금시대에 특히 왕성한 창작활동을 폈다.

윤극영(1903~1988)은 1923년 "색동회"의 창립동인으로 활약한, 한국 동요 · 동시 선구자의 한 사람이다. 망국의 한을 노래에 실어, 1924년 「반달」, 「설날」, 「까치까치 설날은」, 「할미꽃」, 「고기잡이」, 「옥토끼 노래」 등 창작동요를 발표하였다. 그리하여 어린이에게 희망을 심어 주었으며, 「고드름」, 「따오기」 등의 작곡을 통한 동요보급 운동도 함께 전개하였다.

나) 동화

방정환은 아동문화운동가, 구연동화가, 동요 · 동화 작가로 활동하였으며, 작고할 때까지 아동문화운동을 주도하였다. 창작보다는 서양동화의 번안, 번역이 많으며, 어린이의 감성 해방에 중점을 두었다. 대부분의 작품은 권선징악의 교훈성, 계몽성을 짙게 내포하고 있고, 감상주의적 경향을 보이고 있다. 대표작으로 소년소설 「절영도 섬 너머」(1925), 「동생을 찾으러」(1925), 「칠칠단의 비밀」(1926), 「만년셔츠」(1927) 등이 있다. 특히 「만년셔츠」는 어려운 현실에서도 꿋꿋하게 살아가며 자기보다 더욱 어려운 이웃을 돕는다는 따뜻한 인간애가 돋보이는 작품이다.

마해송은 1923년 어린이 잡지 《샛별》에 우리나라 최초의 창작동화 「바위나리와 아기별」을 발표하였고, 이어 「어머님의 선물」, 「복남이와 네 동무」 등을 발표했다. 총 60여 편의 중편동화와 10여 편의 장편동화, 다수의 수필을 남겼으며, 그의 작품은 대개 우화적 세계를 묘사하고, 풍자성과 간결성, 민족의식을 잘 형상화하고 있다. 1953년 출판된 『떡배 단배』,[45] 는 8년 동안 무려 5판의 기록을 세운 작품으로 민족성의 주제를 잘 나타내고 있다.

이태준은 한국의 현대문학에서 확고한 자리를 차지하는 사람으로서 좋은 작품을 많이 남긴 사람이다.[46] 이태준의 「어린 수문장」, 「불쌍한 소년 미술가」, 「쓸쓸한 밤길」, 「외로운 아이」에서 나타나는 고아의 주인공 유형은 역사의식, 또는 민족현실에 대한 비판과 극복의지로 볼 수 있다.

다) 평론

김태오는 1929년 동아일보에 「동요잡고단상」과 1932년 《아이생활》지에 「현대 동요 연구」를 발표하였다. 종래의 동요 이론과 달리 서구 이론을 우리의 체질에 맞게 흡수시켜 조직적이고 체계적인 논리를 전개시킨 것이 특징이다.

다. 아동문학의 발흥기(1931~1940)

1) 문학의 개관 및 특징

1920년대 후반부터 대두하기 시작한 프로문학의 팽배와 문화적 자각 현상이 1930년에 와서 계몽적 교육성 위주에서 탈피하고 아동문학의 문학성에 대한 관심이 싹트기 시작하였다.

이 시기의 주요 특징은 주관적 동심주의와 사회적 현실주의의 대립 양상이다. 1930년대 좌·우(계급주의와 민족주의 계열) 격돌 속에서의 문학적 자각과 문호의 확대는 아동문단의 형성에 크게 이바지하였다. 1931년 방정환이 세상을 떠나기 전부터 1930년 초 아동문학은 급격하게 카프 작가들이 주도권을 쥐게 되었다. 카프동화는 지금까지 방정환을 중심으로 해서 내려왔던 어린이에 대한 생각을 완전히 바꿔 놓았다. 카프 작가들은 아이들을 수동적이며 보호받아야 하는 나약한 존재가 아닌 스스로 자기의 삶을 만들어가는 존재로 보았다.

또한 이 시기에는 1920년대의 습작적인 창가적 동요가 1930년대 들어서 시적 동요, 정형동요, 자유 동요 순으로 발전하였다. 한정동, 윤석중, 이원수, 윤복진과 같은 기성 시인 외에도, 강소천, 박영종, 김영일 등의 작가가 활발하게 활동하

45) 우리나라 창작동화집으로는 가장 많이 팔린 책 중의 하나라고 한다.

46) 이태준은 아동문학사에서 많이 다루어지지 않으나, 문학사적으로 가치있는 작품을 남겼다. 30년대의 작품에는 유미의식에 차 있고, 천사 같은 어린이가 주인공으로 등장하고 있다.

여 동요 문학의 황금기를 이루었다.

산문문학은 동시, 동화, 아동 소설 갈래의 전형을 제시하였다. 이때 나온 작품으로는 마해송의 『해송 동화집』, 노양근의 아동 소설 「어깨동무」, 이구조의 단편소설집 『까치집』, 윤석중의 「잃어버린 댕기」, 현덕의 「남생이」, 「나비를 잡는 아버지」 등이 있다.

2) 주요 작가와 작품
가) 동시

윤석중은 1925년 동요 「오뚜기」가 《어린이》지에 발표된 이래, 1932년 최초의 창작동요집 『윤석중 동요집』을 출간하였고, 1933년 최초로 동시집이라는 갈래명으로 『잃어버린 댕기』를 간행함으로써 동시를 노래가사의 영역에서 문학적인 영역으로 확대시켰다. 「퐁당퐁당」, 「낮에 나온 반달」, 「어린이날 노래」 등 많은 동요와 동시가 오랫 동안 교과서에 실려 어린이들에게 많은 사랑을 받아왔다.

윤복진의 동시는 4·4조의 우리 전통 가락을 담고 있으며, 어린이의 동심으로 잡아낸 놀이공간이 담겨있다. 즉 시 속에 어린이들의 삶의 모습이 잘 반영되어 있다. 또한 「빨래」, 「가이 두 마리」 등의 작품을 발표하면서 유년 동요, 아기동요라는 용어를 사용하였으며, 서정적이며 자연 친화적인 작품 경향을 보였다.

이원수는 1926년 《어린이》지에 「고향의 봄」이 당선되면서 문단에 등단한 이래, 서민적이며 저항적인 작품 경향을 보였다. 특히 이원수는 현실 속에서 고통받고 있는 어린이의 구체적인 삶에 관심을 갖고, 이들에게 희망과 용기를 주는 작품을 창작하였다.[47]

강소천은 1941년 동요·동시집 『호박꽃 초롱』을 출판하였는데, 이 책을 보면 윤석중이 시도한 시적 동요를 계승하여 동시의 출현에 결정적인 노력을 기울인 동시인 중의 하나임을 알 수 있다. 그의 동요와 동시는 낭만적 기조 위에 자연에 대한 예리한 관찰력을 보여 동시의 한 패턴을 보여 주었다.

목월(木月) 박영종은 본격적 동시 출현(1937년 이후)에 획기적 이정표를 세웠다. 그의 동시는 동화적 환상성과 「물새알 산새알」에 나타난 것처럼 회고적 향토성이 짙으며 이미지 형성이 중시되고 있다. 그의 작품에서 느껴지는 어린이는 향토적·자연적 어린이에서 도회적·생활적 어린이로 점차 변모해 왔으나, 그 중

『잃어버린 댕기』

47) 해방 전에는 주로 동시가, 해방 후에는 주로 동화와 소년 소설이 그의 작품의 중심을 이루고 있다.

심이 되는 것은 역시 소박한 향토적 어린이이다. 그의 시는 목가적인 리리시즘에 기저를 두고 심미적·감각적인 영롱한 빛을 발하며 구조면·대상면에서 많은 변모를 보여 주었다.

김영일은 박영종과 함께 자유시론을 들고 나옴으로써 매너리즘에 빠져있던 동시단에 획기적인 하나의 전환기를 가져 왔다. 그의 동시는 형식의 자유화와 '시심과 동심의 일치점'을 찾는 데 있다. 동시의 구조상의 특징은 집중 조명에 의하여 결구(結句)의 묘(妙)를 노리는 방법과 기발한 아이디어를 살리는 방법의 두 가지로 대표된다.

나) 동화

소파를 비롯한 연성흠, 고한승, 이정호, 정인섭, 김복진 등은 주관적 동심주의 경향을 가지고 있었다. 천사적 아동관을 고수하는 이들의 작품 저변에는 강한 교훈성이 내포되어 있다. 연성흠의 「희망의 꽃」이나, 「은희의 세계」 속의 세계나, 김복진의 「무」, 「매미」, 「몽당연필」 등은 천사주의적 아동상을 묘사한 작품이다.

이주홍은 1924년 《신소년》에 첫 동화 「뱀새끼의 무도」를 발표한 이래, 많은 동화, 동요, 동시, 소년소설 등을 창작하였다. 1930년을 전후하여 카프 동화 운동에 참여하였으며, 1930년 《신소년》에 발표한 「청어뻑다귀」는 소작농의 고통스런 현실을 잘 표현하고 있다. 그의 작품은 강한 주제 의식이 드러나면서도 구수한 입말의 맛이 살아있었다. 또한 다른 카프 작가들과는 달리 아이들을 끌어들일만한 독특한 기지와 해학, 풍자의 맛이 있었다.

현덕은 카프 동화작가들이 요절하고 난 다음에 등장한 신세대 작가이다. 현덕은 1932년 동아일보 신춘문예에 동화 「고무신」이, 1938년 조선일보 신춘문예에 「남생이」가 당선되면서 본격적으로 작품 활동을 시작하여, 암흑기 직전의 시대 상황 속에서도 질적으로 우수한 작품을 창작하였다. 그의 작품 중 특히 「나비를 잡는 아버지」는 현실성과 계몽성, 그리고 낭만성을 조금도 손상시키지 않고 적절하게 작품 속에서 용해해내고 있다.[48] 그는 일제시대 아동문학의 두 가지 큰 흐름이었던 동심 천사주의 문학과 카프의 계급주의 문학 양 쪽에 다 비판적인 시각을 갖고 있었던 것으로 보기도 한다.[49]

48) 김상욱(2002), 『숲에서 어린 이에게 길을 묻다』, 창작과비평 사.

49) 이재복(1995), 『우리동화 바로 읽기』, 한길사.

라. 해방 전후 암흑 수난기(1940~1950)

1) 문학의 개관 및 특징

이 시기의 아동문학은 전대 문학의 피상적 답습의 반복이었다. 좌익작가들의 자가당착적 모순에도 불구하고 권태응, 박은종, 어효선, 김요섭의 활약은 아동문학 생성에 긍정적 영향을 주었다. 인문단의 과열된 좌우익 대립이 아동문단에까지 파급되어, 1920년대에 있었던 국민문학파와 프로문학파의 사상적 대립이 다시 시작되었으며 그 정치성이 더욱 강해졌다.

1940~1945년은 문화 수난기로 1940년《소년조선일보》폐간으로 아동문학은 진공상태가 되었고, 아동문학에 고정지면을 할애하던 일간신문이 없어지자 작품 발표 자체가 불가능해졌다. 그러나 중요한 것은 이같은 문화 말살의 암흑기였지만, 현대문학으로서의 성숙을 가져와 현대아동문학사의 분기점을 이루게 되는 문학사적 평가를 받게 된다는 사실이다.

1945~1950년은 광복 혼미기로 시대적 혼란은 또다시 좌우익 대립에 의한 민족문학 논쟁을 불러일으켰다. 대다수 문인들이 이 극단적 대립의 소용돌이에 끼어들지 않고 싶어 소극적이고 미온적인 태도를 보여 아동문학계는 혼미를 거듭할 수밖에 없었다. 이러한 정치, 사회, 문단의 혼란 속에서도 출판이 활기를 띠어 많은 작품집들이 나온 것은 특기할 만한 일이다. 이는 해방으로 모국어를 되찾은 의욕적인 참여 때문이었다.

이 시기에는 아동문학의 판도가 율문중심에서 산문중심으로 이행되었다. 이러한 율문문학의 위축에도 불구하고 동시단에서는 새로운 시도가 이루어졌는데, 이원수의 시적 의미 기능 확대와, 김영일의 형식 타파에 대한 시도가 바로 그것이다. 이는 시적 토운과 율격의 고조 현상을 가져왔고, 50년대 순수 본격 동시 출현과 60년대 본격 동시 운동에 토대를 마련하였다.

반면 이 시기에는 산문문학이 활발하게 전개되었는데, 성인소설가들에 의해 철저한 소설적 골격을 바탕으로 한 본격 소년소설이 대두되었다. 이는 양적인 풍성만을 가져오고 별다른 문학적 기여는 못했으나, 침체된 동화문학 생성에 자극을 주었고, 산문의 양적 득세를 가져왔다.

2) 주요 작가와 작품

가) 동시

이 시기의 중요한 작가는 박화목, 임인수, 권태응, 박은종, 어효선 등이다. 박화목은 10세때 아동잡지에 「햇님」이라는 4행 동시가 발표된 것을 계기로 동시 습작을 시작하였다. 희곡, 동화, 소년소설도 썼지만, 시에서 출발하였고, 전 작품은 시적 요소에 의하여 지배되고 있다. 그는 기독교적 이상주의의 바탕에서 출발하여 엷은 애수와 허무주의의 유기적 결합으로 이루어지고 있다. 그의 작품에 등장하는 어린이는 대체로 한결같이 유형적인 어린이로만 다루어지고 있다.

임인수는 1940년을 전후하여 동시 「봄바람」을 발표함으로써 문단에 데뷔하였다. 그의 모든 작품에 흐르는 사상은 기독교적 선의를 바탕으로 허무를 극복하려는 의도를 엿볼 수 있다.

권태응은 아동에 대한 애정에서 현실을 살아가는 어린이의 생활 감정과 생각이 드러나 있는 시, 즉 어린이가 공감할 수 있는 작품을 많이 썼다.

나) 동화

김요섭은 1942년, 14세에 매일신보(每日新報) 신춘문예에 「고개 넘어 선생」이 입선되어 문단에 데뷔하였다. 그는 초기 「연」 이후, 「은하수」 등 격조 높은 동화를 줄곧 발표함으로써 1940년대 동화문학의 품격을 높여 주었으며, 판타지의 능숙한 구사는 많은 영향을 주어 동화를 본격 동화로 이끌어 올리는 중추적 구실을 담당했다. 스케일이 큰 환상성은 우리 동화문학의 어떤 가능성을 보여주었다. 또한, 아동문학 이론의 보급을 위한 전문지 발간과 같은 문학 운동은 아동문단의 본격문학 지향에 큰 밑거름이 되었다.

이원수는 일제시대에 주로 동시를 쓰다가 해방 이후에 장편 동화 및 아동소설을 쓰기 시작하였다. 해방 이후 동심천사주의 전통을 이어받아 수동적인 작품을 창작하는 작가가 많지만, 이원수는 치열한 작가 정신을 가지고 어린이들의 건강한 삶을 지켜내었으며, '서민 아동문학론'을 전개하여 항상 가난한 아동의 편에 서서 작품을 쓰려고 하였다. 그의 작품에 나오는 어린이는 불행한 요소를 가진 '현실적인 아동'과 해방을 꿈꾸는 '가공적 아동'으로 대별할 수 있다. 그의 작품에는 독자적인 교육성이 있으며, 그는 예술적 아동문학을 대표하는 작가 중 한 사람이다.

다) 평론

이 시기는 비평의 공백기라 할 수 있다. 신문을 중심으로 개괄적인 시평이나 연평이 발표되는 정도였다. 내용은 아동문학의 통속성과 사이비 작가, 반민족적 과거를 지닌 작가에 대한 지적과 비판들로 강소천, 김상옥, 이원수, 최요안, 마해송, 김요섭 등이 비평적 소감의 글을 발표하였다.

마. 아동문학의 통속 팽창기(1951~1969)

해방의 감격도 잠시, 좌우익 사상의 혼란 속에서 대한민국 정부가 수립되어 이의 정돈 과정에서 6·25 전쟁이 터졌다. 이어 휴전 이후 세력 다툼으로 문학 단체가 분열되는 혼돈의 상황을 가져오게 되었고, 60년대에는 4·19 학생 혁명, 자유당 정권의 붕괴, 5·16 군사혁명 등 격동의 시기를 맞게 되었다. 이러한 사회 역사적 상황과 관련하여 아동문학의 시기별 특성을 50년대와 60년대로 나누어 살펴보기로 한다.

A) 전쟁문학시대(1950년대)

1) 문학의 개관 및 특징

이 시기는 한국전쟁과 그에 따른 혼란이 지속된 때로서, 아동문학의 양상도 통속적 상업주의로 떨어져, 통속적 상업문학이 등장하였다. 내부적 원인으로는 아동문학의 역사적 인과성, 즉 이미 통속화의 가능성을 확실히 내포하여 율문중심에서 산문중심으로 이행된 현상(산문의 흥미성, 교훈성)을 들 수 있고, 외부적 원인으로는 전시문단을 형성한 당시의 상황에서 빚어진 불가피한 소산, 즉 반공 이데올로기와 그에 대한 선동 등을 들 수 있다. 또한 작가 스스로가 아동문학과 어린이에 대한 이해 부족으로 안이한 자세를 취한 점도 아동문학이 통속화로 빠져들게 된 원인이 되었다.

정치·사회·문화적 여러 배경을 받아들인 문단의 일부 타락 풍조는 곧 아동문학의 통속화에 직접적인 영향을 미쳤다. 이러한 통속적 문학이 발달함에 따라 통속적인 대중물이 범람하였다. 1954년 이후 각종 월간지, 일간지의 소년판, 아동 주간지 등 정기간행물이 홍수를 이루었고, 이는 만화의 범람으로 이어져, 심지어 만화만을 전문으로 취급하는 잡지가 등장하였다.

또한, 정비석, 김래성, 박계주 등 주로 성인문학가 다수가 참여하였다. 이들의 작품은 성인소설에서 보여준 작가적 역량이나 문학적 가치에 비하면 아동문학을 너무 안이하게 의식한 탓인지 예술성을 남기지 못하였고, 오히려 아동문학을 의식하지 않고 쓴 황순원의 「산골아이」(1953), 「소나기」(1959) 등이 소년소설로서 성공하였다. 아동문학가들의 활동은 미약했지만, 그래도 그들만이 아동문학성과 순수성을 지켜내고 있었다.

2) 주요 작가와 작품
가) 동시

최계락은 1950년대 초기, 설명적 동요 일변도로 침체된 상태에 빠졌던 동시단에 시의 순수성의 옹호를 부르짖으며 동시 완성의 가교를 마련하였다.

이종기는 자유 동시를 주창하였으며, 그의 상징적 시 처리는 종래의 동시에서 볼 수 없었던 동시 세계의 개척으로 1950년대 순수 본격동시를 출현케 하는 데 상당한 기여를 하였다.

나) 동화

강소천은 본래 동요·동시로 출발하였으나, 1939년 동아일보에 시적 묘사와 함께 상징성이 풍부한 동화 「돌멩이」를 발표함으로써 본격적으로 동화 창작에 몰두하였다. 그의 작품의 특징은 불우한 이 땅의 어린이들에게 용기를 불어넣고, 바른 길로 인도하려는 의식이 강하여 현실 긍정과 교훈성이 두드러지게 나타나 있다.

최태호 작품의 특징은 동화의 교육적 효용성을 강조하여, 낙천적 아동 세계를 그리며 교육적 이상주의를 지향하고 있는 점이다.

다) 평론

50년대 후반부터 아동문학가들이 각종 문학상을 수상함으로써 아동문학 경시 현상을 불식하고, 50년대 후반부터 각종 문학지 및 일간신문 등의 현상모집에 아동문학 갈래가 포함되었다. 이로써 아동문학에 대한 비평 활동의 필요성이 요구되고 서서히 평론 활동이 활기를 띠게 되었다.

B) 아동문학 실험 시대(1960년대)

1) 문학의 개관 및 특징

1960년대는 정치·사회적인 변혁기로서 국민들의 새로운 역사 인식과 함께 문단에도 문학의 주체성에 대한 자성의 바람이 불게 되고, 아동문학계도 본격문학으로서 활발한 움직임을 전개해 나갔다.

아동문학이기에 앞서 문학이어야 한다는 당연한 논리에 입각하여, 아동문학 전반에 대한 검토가 이루어졌고, '아동문학 자체가 지닌 예술성은 성인이 아동문학을 위해 쓰는 아동문학의 목적성과 교육성, 효용성보다 더 기본적인 것으로 인정하지 않으면 안 된다.'고 주장하게 되었다.

1950년대 말기에 형성된 현대적 문단 기풍이 안으로는 4·19와 합세하여 자각과 반성을 불러일으키고, 밖으로는 60년대에 계승되어 더욱 뚜렷한 본격문단을 형성하였다. 또 동인체제 중심의 문학단체(전대에 볼 수 없었던 동지적 의미의 문학단체)가 결성되었다.

문학선집, 개인전집, 외국명작전집 등 출판물에 의한 정리 작업이 이루어져, 문학사의 자료 정리를 통해 문학적 반성과 자각의 장을 제공하였다. 또 일반 문학상 수상은 물론 각종 아동문학상 제정과 발표 무대의 확장으로, 문학적 검토와 상호 비교 대비에서 안이한 창작 풍토가 불식되었다.

1960년대 아동문학사에서 가장 획기적인 평가를 받고 있는 중요한 성과는, '동시도 시'라는 명제를 내걸고 동시의 평면성을 극복하고, 폐쇄적 시어의 개방, 동심세계의 확장, 지시적 전달 기능의 탈피, 도식적 교육성에서의 해방 등 과거 동시관에 대해 재검토를 한 것이다.

동화문학은 동시의 시 운동만큼 적극적이고 뚜렷한 모색이 이루어지지 않았지만, 많은 동화 작가들이 활발한 움직임을 전개해 나갔다. 1960년대 초, 초등교원양성기관인 사범학교를 개편한 교육대학이 설립되어, 아동문학이 문학에서 연구의 대상으로 나타나게 된 계기가 되었고, 아동문학 교재 마련을 위한 연구가 시작되었다.

2) 주요 작가와 작품

가) 동시

박경용의 작품의 특성은 섬세한 서정을 전통적 가락으로 재치있게 표현하며, 직관에 의한 대상 파악을 그 기저로 한다. 유경환은 동요 가사 수준에 머물러 있던 동시의 정형성을 깨고 자유시화 하였으며, 동심을 주제로 한 문학성 우선에 바탕을 둠으로써 60년대 '어린이를 위한 시 운동'을 전개하는 데 앞장섰다.

나) 동화

이영호는 1966년 동화집 『배냇소 누렁이』를 발표한 이후 줄곧 소년소설의 창작만을 고수하여, 1950년대 통속화된 소년소설의 현상에 대한 의식적인 반발로서 1960년대 소년소설의 수준 향상을 위한 모색적인 활동을 전개하였다. 그리고 뛰어난 구성력과 세부적인 묘사를 통해 주로 농촌 어린이의 거짓없는 생활을 설득력있게 작품화했다.

최인학은 주로 기독교적 배경과 현실 저항적인 태도로 고난을 극복하는 의지의 아동상을 작품화하였다.

다) 평론

『아동문학 개론』, 서문당

이원수는 《아동문학지》(1965)에 '아동문학 프롬나이드'라는 글을 발표하였고, 또한 교단 월간지 《교육자료》에 '아동문학 입문'을 거의 1년간(1965~66)에 걸쳐 연재하며 입문적 이론 성격을 띤 아동문학의 기초 이론을 시도하였다.

이재철은 문학 연구의 업적을 바탕으로 학문적 입장과 민족 문학적 이념을 토대로 평론을 전개하였으며, 『아동문학 개론』(1967)을 출간함으로써 아동문학의 이론 정립 및 연구의 지평을 열었다.

김요섭은 1970년 국내 최초의 본격적인 아동문학 비평 연구의 성격을 띤 계간 『아동문학사상』을 창간함으로써 아동문학계는 비평의 활로를 모색하게 되었다.

바. 아동문학의 비평 · 논쟁기(1970~1989)

이 시기는 문학 단체들이 잇달아 창립되어 아동문학 과제에 대해 비평이나 열띤 논쟁으로 발전했고, 이 논쟁을 통해 아동문학의 본질과 시대적인 인식의 재검토, 아동문학 독자에 대한 성격 범위 등이 치열하게 논의되던 시기이다.

A) 순수-참여 논쟁기(1970년대)

1) 문학의 개관 및 특징

문학단체들이 잇달아 창립되어 문단의 파벌화 인상을 주기도 하였으나, 문인들이 친목을 도모하며 나름대로 선의의 경쟁을 통한 기관지 발행과 세미나를 통한 아동문학의 현실 진단과 앞으로의 방향을 활발하게 토의하고 모색했다. 왕성한 작가들의 움직임 속에서 아동문학의 과제들은 비평이나 열띤 논쟁으로 발전했고 논쟁을 통해 아동문학의 본질과 시대적인 재검토, 아동문학 독자에 대한 성격 범위 등이 치열하게 논의되고 점검되는 등 논쟁시대로 특징지을 만한 뜻 깊은 지평을 열었다. 논쟁의 과정에서는 동시에 있어서의 난해성의 문제, 리얼리티의 문제가 직접 간접으로 대두되었고, 일부 작가에 의한 동시의 지나친 리얼리티의 강조로 인해 아동문학의 본질에 따른 반론이 치열하게 제기되었다.

남북대화의 물결과 함께 분단 국가의 비극성과 망향의 아픔이 일부 작가에 의해 새로운 인식으로 작품에 재조명되었다.[50] 이로 인해 분단의 상처와 아픔, 통일에 대한 작가적 의식이 다채롭게 재조명되어 1970년대 동화작가단의 값진 작업으로 평가되었다. 또 아동문학 단체들의 세미나가 활발하게 전개되었고 산업사회에 있어서의 아동문학의 좌표 확인과 진로, 아동문학의 사회적 영향, 역사의식, 아동문학의 서민성의 추구, 새로운 시대의 아동상 탐구 등 폭넓은 과제들이 활기차게 제기되고 검증되었다.

아동문학이론 연구 및 본격적인 평론활동이 활기를 띠어, 아동문학 논쟁이 활발하게 이루어졌다. 이원수 등이 아동문학에 있어서의 문학의 서민성을 제창하여 주목을 끌었다. 이오덕의 「표절 동시론」이 쟁점으로 등장하여 일부 작가들에게 자성의 양식을 촉구하고 비판하였다. 아동문학 비평이 활발하게 이루어짐과 동시에, '한국아동문학가협회', '한국아동문학회' 등 문학 단체의 잇단 발족으로 활발한 활동을 보여 주었다. 또한 70년대는 본격적인 아동문학지가 창간되어 아동문학계에 활력을 불어넣었다.

50) 이에 해당하는 작품으로는 송명호의 장편소년소설 『전쟁과 소년』, 김요섭의 소년소설 『바람이 많은 골목』, 박홍근의 『눈동자는 파래도』, 『할아버지들이 없는 마을』, 정상묵의 동시 『땅뺏기』 등을 들 수 있다.

2) 주요 작가와 작품

가) 동시

신현득의 작품은 교육적 내용을 예술적으로 승화시킴으로써 아동문학의 교육성과 예술성의 갈등적 문제를 해소한 시인으로 평가되었다. 노원호는 주로 자연과의 교감을 통한 시원(始原)으로의 희구와 우리 주위에서 점점 사라져가는 것들에 대한 회고적 정서를 통해 순수한 서정의 세계를 추구하고 있다.

나) 동화

이영희의 작품집 『별님을 사랑한 이야기』는 어른을 위해 창작된 동화로 사랑의 본질을 환상적인 수법으로 파악, 동화문학에 있어서의 새로운 아름다움과 사랑을 승화시킨 동화 세계의 무한한 공간 확대로 크게 주목을 받았다. 손춘익의 작품은 설득력 있는 문장과 강한 휴머니즘 정신, 풍자정신, 지적 서사성을 보여주고 있다.

다) 평론

최지훈은 1977년 『아동문학 평론』을 통하여 아동문학 전문 평론가가 되었다. 이오덕[51]은 분단시대 아동문학의 흐름 속에서 살아 있는 비평정신을 보여주었다. 또 평론집 『시정신과 유희정신』(1977)에서 아동문학과 서민성, 표절 동시론 등 동시의 이상형을 제시하고 있으며, 현실 속의 독자와 유리되는 동시의 난해성과 동심천사주의, 기교주의를 강력하게 비판하고 있다. 이상현은 1975년《한국문학》10월호에서 이오덕의 동시 비판에 대해 〈네가티브적 시론을 추방한다〉는 제목으로 반론을 제기하였다.

B) 정리 형성기(1980년대)

1) 문학의 개관 및 특징

1980년대는 시대 상황과 관련하여 아동문학가들이 어린이의 순수한 꿈을 지켜주기 위하여 끊임없이 긴장하였던 시기였다. 동시에 있어서는 신현득이 이끄는 한국 동요문학회가 중심이 되어 동요시 운동이 새롭게 전개되었다. 70년대 시적 문학성이 우선한 반면, 80년대에는 난해성에 대한 반성 운동이 일어났다. 아울러 연작시가 본격적으로 지어져, 아동문학의 대형화 양상을 초래하였다.

『아동문학 평론』 창간호

51) 『어린이를 지키는 문학』 (1984)을 출간하여 동화에 대한 관심과 비평도 썼다. 이 가운데 「전래동화, 그 전통 계승의 문제」, 「판타지와 리얼리티」 같은 글들은 이 방면에서 제대로 논의된 바가 거의 없었던 만큼 나름대로 귀중한 논의의 실마리를 제공하였다. 원종찬(2001), 『아동문학과 비평정신』, 창작과비평사.

동화에서는 중·단편물이 증대하였으며, 주로 『아동문예』지를 통해서 발표되었고, 유아 문학에 대한 관심이 확대되어, 유아·유년용 동화집이 대량 출판되었다. 또한 1980년대 중반부터 명랑 소설의 회오리바람이 불었으며, 한국 전쟁, 분단, 자연 훼손, 종교, 모성 등 다양한 주제를 다루고 있다.[52] 그리고 아동문학에 대한 비평 활동이 다양하게 지속되었으며, 최지훈은 《아동문학평론》지의 편집장을 맡아 아동문학 평론을 활성화시켰다.

2) 주요 작가와 작품

가) 동시

주요 작가로는 정두리, 박두순, 이준관, 하청호, 노원호, 권영상, 손동연 등이 있다. 정두리의 동시는 동심적 발상을 바탕으로 티없이 맑고 고운 직관력을 동원, 쉬운 언어로 자연과의 교감을 통해 펼쳐지는 것이 특징이다. 박두순은 주로 순수한 자연의 서정을 작품화하고 있다. 이준관의 작품 세계는 순수한 동심과 자연의 아름다움을 어린이들의 일상생활 속에서 아름답게 묘사하고 있다. 하청호의 작품 세계는 동시의 철학적 형상화가 특징이며, 밝고 건강한 정신 속에 생동하는 생명력에 대한 뜨거운 애정과 신념을 나타내고 있다.

나) 동화

권정생의 작품은 짓밟힌 채 고통스러운 삶을 사는 사람들의 현실을 통하여 참 삶의 실체를 보여주고 있다. 세상에서 가장 낮은 곳에 있는 삶의 이야기를 아름다운 목소리로 이야기 하고 있다. 정채봉의 작품은 생의 깊은 의미를 종교적 진리에 비추어 보여주며, 스스로의 종교관과 연결하여 참 생명을 살리는 동화를 썼고, 어른들 세계에서 상실되어 가는 순수함, 인간에 대한 사랑을 일깨우는 작품을 발표했다.

사. 아동문학의 발전·중흥기(1991~2000년대)

한국 아동문학은 1990년대를 경과하면서 가장 빠른 변화를 겪어왔다. 1920년대를 '아동문학의 황금기'라 한다면, 1990년대는 제2의 발전 도약기, 즉 '중흥기'라 할 수 있다. 특히 방정환 탄생 백주년 기념 해인 1999년은 더욱 호황기에 들어섰다.[53]

52) 최지훈은 이를 긍정적으로 평가하였으나 심후섭(아동문학평론, 54호)은 반공문학 서적 등 아동문학을 빙자한 목적문학이 많았다고 지적하였다.

53) 원종찬(2001), 『아동문학과 비평정신』, 창작과 비평사.

A) 아동문학의 발전기(1990년대)

1) 문학의 개관 및 특징

신진 작가들이 다양한 경로를 통하여 작품을 발표하였으며 편집, 출판계 역시 참신한 기획과 아이디어로 아동문학에 새로운 바람을 불어넣었다. 또한 학부모들은 아동문학의 수용으로만 그치는 것이 아니라 직접 창작, 비평의 단계까지 적극적으로 참여하기 시작하였으며, 아동문학이 어린이만을 위한 문학이 아니라는 생각이 어른 독자층에도 확대되어, '어른을 위한 동화', '동화 읽는 어른'이라는 새로운 문학용어를 낳기도 하였다.

1990년대의 아동문학은 이전의 동심 중심의 주제에서 벗어나 다양한 주제를 담아내려 애썼다. 물론, 아동문학의 중심은 여전히 '동심'이다. 그러나 '동심'을 반영하는 작품이되, '동심'으로만 출발하는 작품이 아니라는 것이다. 즉 다양한 주제를 다루면서 그 속에서 보편적으로 '동심'을 발견할 수 있는 작품들이 1990년대에 나오게 된 것이다.

동화나 동시는 각각 그 갈래의 특징을 가지고 있으며 동화 같은 경우에는 옛이야기, 창작동화로 나누어지며, 창작동화에서 다시 환상성이냐, 사실성이냐에 따라서 판타지 동화와 사실동화로 나눠진다. 이런 갈래의 구분은 아동문학이 정착된 이후로 그 구분이 유지되어 왔으나, 60년대 들어서 조심스럽게 시도된 타 갈래의 특성을 도입한 작품들이 90년대 들어서면서 본격적으로 나오기 시작하였는데 그 문학적 가치도 높게 평가되기 시작하였다. 그 외에도 작품의 화소를 옛이야기에서 가져와 판타지 형식으로 표현한 동화 등이 나오기도 하였다. 이런 흐름은 일반문학의 갈래 파괴 현상과 무관하지 않다고 본다.

이 시기 아동문학의 창작은 전문 아동문학가의 전유물이 아니라, 다양한 작가층에 의해 이루어졌으며, 등단 방법도 다변화되었다.

2) 주요 작가와 작품
가) 동시

1990년대 아동문학의 호황은 산문 영역에 국한되며, 시 부문은 갈수록 위축되어 가고 있다. 시인들의 활동은 주로 동인지나 문예지를 통해 근근이 맥을 이어

54) 원종찬(2001), 앞의 책.

가는 형편이다.[54] 김용택, 임길택, 이문구, 이준관, 박두순, 이상교, 서정홍 등이 대표적인 작가이다. 특히 임길택은 탄광마을 아이들, 농촌에서 일하는 부모 밑에서 살아가는 가난한 아이들의 세계를 노래하였다.

나) 동화

공상성이 풍부한 판타지 동화가 강세를 보인 1990년대의 대표적인 판타지 동화작가는 동화집『그 도마뱀 친구가 뜨개질을 하게 된 사연』으로 풍부한 공상성과 유머를 맛보게 해준 채인선, 아이들의 억압받는 심리를 공상의 작용으로 뒤집어 보여주었던 김옥의『학교에 간 개돌이』등이 있다. 또한 장편으로 본격 판타지를 시도한 황선미의『샘마을 몽당깨비』는 판타지 형식을 통해 옛이야기를 수용하여 오늘의 환경생태의 문제를 다룬 작품이다. 박상률의『구멍속 나라』도 환경생태의 문제를 다룬 작품으로 하수도 속의 세계를 판타지로 그려 내었는데 추리기법과 공상과학의 요소를 아울러 지녔다. 또한 아동문학의 원로작가 권정생도 분단 극복과 평화의 메시지를 해학과 익살이 가득한 판타지로 승화시킨『밥데기 죽데기』를 내놓았다. 가장 주목할 만한 판타지 동화는 김진경의『고양이 학교』이다. 태양을 상징하는 수정동굴의 고양이들(양)과 그림자 고양이들(음)의 두 특성을 적나라하게 엮으면서, 고양이의 상반된 특성을 기본 바탕에 깔고 이야기를 진행시킨다.

1990년대 창작동화의 대부분을 차지하고 있는 것이 바로 사실동화이다. 사실동화는 판타지 동화와는 달리 현실에서 가능한, 있음직한 일을 주제로 이야기를 풀어가는 작품이며, 현대사회의 다원화와 함께 그 주제가 경제적인 문제, 입양아, 장애아 문제, 환경문제 등으로 확대되었다. 황선미의『나쁜 어린이표』, 이금이의『너도 하늘말나리야』, 김중미의『괭이부리말 아이들』, 박기범의『문제아』, 채인선의『내 짝꿍 최영대』등이 대표적이다.

다) 평론

1990년대 아동문학의 개괄적인 흐름을 살펴보았을 때 비평의 빈곤, 비평의 부재를 특징으로 말한 것처럼 아동문학 작품이 다양한 작가층, 주제 등을 가지고 팽창한 반면, 아동문학 평론은 그에 맞추어 질적으로나 양적으로나 그 속도를 따라가지 못하였다. 대부분의 문학작품은 각 작품의 서평이 실리기 마련인데, 이는 아동문학도 예외가 아니다. 그러나, 많은 아동문학 평론가들이 한목소리로 말하고 있는 것은 창작의 풍요와 비평의 빈곤이다.

B) 아동문학의 중흥기(2000년대)

1) 문학의 개관

아동문학은 2000년을 고비로 지속과 변화의 두 갈래 흐름이 중첩된 전환기의 모습을 드러내더니, 최근에 이르러 변화의 방향에 대해 뚜렷한 특징을 보여주고 있다. 그것은 단순히 어린이 책 출판의 양적인 문제로 국한할 수 없는 아동문학 영역의 확대라 할 수 있다. 영역의 확대는 과거에는 부재했거나 결핍되었던 부분을 새로 채워내고 만들어가는 현상이다.

최근 5년간 전체 출판물 가운데 어린이 책의 발행량이 일반도서와 비교할 때 월등하게 앞서 있음을 한눈에 파악할 수 있다. 6~70년대까지만 해도 『백설공주』, 『소공자』, 『소공녀』, 『피노키오』 등 세계명작 전집이 주류였으나, 80년에 들어 국내에도 단행본 시장이 서서히 형성되었으며, 90년대 초반에는 그림책 시장이 형성되었으며, 90년대 후반에 이르러 어린이 출판 시장이 폭발적으로 확대되기 시작했다.

2) 주요 작가와 작품
가) 동시

가장 침체된 영역으로, 그 원인은 빠른 속도로 변화하는 경쟁사회의 한복판에서 살고 있는 탓에, 행간에서 머물며 천천히 맛보아야 하는 시는 맞지 않기 때문인 것으로 판단된다. 그 중 동요시에 곡을 붙여 노래하는 백창우의 활동이 주목할 만하다.

김은영, 안학수가 대표적인 작가로 등장하였으며, 기존의 동시로 그림책을 만드는 기획물이 많이 나오고 있다. 김민기의 노래로 권문희가 그림을 그린 『백구』, 제주도 꼬리따기 노래로 권윤덕이 그린 『시리동동 거미동동』, 주동민 어린이가 쓴 시로 조은수가 그림을 그린 『내 동생』, 윤석중의 동시로 이영경이 그린 『넉 점 반』 등이 이런 책들이다.

나) 동화

아동문학의 영역이 확대되고 작가의 양식과 기법이 다양해지면서 분류하는 것이 쉽지 않을 만큼 최근 작품의 성격은 다층적인 모습을 띠고 있다. 대부분 아이들의 생활 속에서 벌어지는 갈등과 해결을 그린 것들이 가장 많은 편수를 차지한다. 단순한 에피소드에 머물고 있다는 비판도 제기되고 있다.

또 현실세계와 구별되는 판타지 세계를 다룬 작품들이 많다. 아이들의 일상사를 넘어 고난의 역사 속에서 삶과 현실에 눈떠가는 이야기를 그린 작품도 있다. 옛이야기의 재화 · 재창작 작품, 해외에 거주하면서 그 나라의 문학상을 받은 동포 작가의 문학을 번역한 작품 등이 있다.

그림 동화는 최근에 가장 빠른 성장세를 보이는 영역이다. 기존의 동화나 옛이야기로 그림책을 만드는 기획물도 많이 나온 편이다. 또한, 청소년 문학이 입시교육의 영향으로 문학고전 읽기에서 성장단계에 걸맞은 동시대 작품 읽기로 옮겨가고 있다. 초등학생 대상의 작품들 중 중등학생에게 소개되는 작품수가 많아지고 있다.

다) 아동문학 평론 및 정기간행물

변화된 시대 환경에 발맞춰 원종찬, 이재복, 김상욱, 김이구, 이지호, 권혁준, 선안나, 정선혜, 김제곤 등이 활동하고 있다. 또한 김서정, 최윤정, 김경연 등과 같은 외국문학 전공자들이 아동문학에 뛰어들면서 아동문학 이론이 더 정치해졌으며, 더 풍성해졌다. 이 시기의 대표적인 아동문학 관련 정기간행물은 『아동문학평론』(이재철), 『아동문예』(박종현), 『어린이문학』(김녹촌), 『창비어린이』(창작과비평사), 『시와 동화』(강정규), 『동시문학』(박두순), 『아침햇살』(이윤희), 『어린이와문학』(서정홍) 등이 있다.

참고 문헌

권혁준(2003), 「아동문학관련 정기간행물의 내용 고찰」, 『문학교육학』 제12호, 한국문학
　　　　교육학회.

김상욱(2002), 『숲에서 어린이에게 길을 묻다』, 창작과 비평사.

김용희(2000), 『동심의 숲에서 길찾기』, 청동거울.

김자연(2003), 『아동문학 이해와 창작의 실제』, 청동거울.

김제곤(2003), 『아동문학의 현실과 꿈』, 창작과 비평사.

김현희 · 홍순정(1993), 『아동문학』, 한국방송통신대학.

박상재(1998), 「한국아동문학 연구의 어제와 오늘」, 『문학교육』 제5호, 문학과 교육연구회.

박화목(1989), 『아동문학개론』, 민문고.

석용원(1982), 『아동문학원론』, 학연사.

원종찬(2000), 『아동문학과 비평정신』, 창작과 비평사.

원종찬(2004), 『동화와 어린이』, 창작과 비평사.

이상현(1987), 『아동문학강의』, 일지사.

이오덕(1983), 『시정신과 유희정신』, 창작과 비평사.

이오덕(1984), 『어린이를 지키는 문학』, 백산서당.

이재복(1995), 『우리동화 바로 읽기』, 한길사.

이재복(2004), 『우리동화 이야기』, 우리교육.

이재복(2004), 『우리동시 이야기』, 우리교육.

이재철(1978), 『한국현대아동문학사』, 일지사.

이재철(1989), 『세계아동문학사전』, 계몽사.

이재철(1983), 『아동문학개론』, 서문당.

이지호(2004), 『동화의 힘, 비평의 힘』, 김영사.

정선혜(2000), 『한국아동문학을 위한 탐색』, 청동거울.

조월례(2003), 「최근어린이 책 출판 경향과 전망」, 『문학교육학』 제12호, 한국문학교육학회.

최지훈(1989), 『아동문학평론』(50호), 한국아동문학연구원.

최지훈(1991), 『한국현대아동문학론』, 아동문예.

존 로 타운젠드 지음, 강무홍 옮김(1996), 『어린이책의 역사 1, 2』, 시공주니어.

페리 노들먼 지음, 김서정 옮김(2003), 『어린이문학의 즐거움 1, 2』, 시공주니어.

Huck, C. S., Hepler. S., Hickman. J., Kiefer. B. Z., (7ed.)(2001), Children's Literature in the
　　　　Elementary School, Mcgraw-Hill.

PART **2**

아동 문학의
갈래

제1장 전래동요

1. 전래동요의 개념과 특성

전래동요란, '옛날부터 전해 내려오는 아이들의 노래'[55]이다. 즉, 옛날의 어린이로부터 오늘날의 어린이에 이르기까지 오랜 세월 구구전승되어, 여러 지역으로 전파되어 온 노래인 것이다. '옛날부터 전해 내려온다' 라는 말에는 공동작, 전승이라는 구비문학적 특징이, '아이들의 노래' 라는 말에는 창작과 향유의 주체가 아이들이었다는 특성이 내재되어 있다. 아이들의 생활과 놀이 가운데 자연스럽게 창작, 전파, 전승되었기 때문에 전래동요 속에는 당시의 사회 현실이 담겨있으며, 아이들의 꿈과 욕망과 솔직한 감정이 반영되어 있다.

전래동요의 특성을 간단히 살펴보면 다음과 같다. 첫째, 전래동요는 교육의 자료이기도 하고, 놀이의 수단이며, 놀이를 더 놀이답게 만드는 촉진제의 기능을 한다. 전래동요를 그 기능별로 분류할 때 가장 많은 비중을 차지하는 노래가 '놀이요' 이다. 아이들은 놀이를 하면서 놀이의 흥을 돋우기 위해 노래를 불렀다. '노래' 라는 말의 어원이 '놀다' 에서 유래했다는 사실만 보아도 전래동요와 놀이가 얼마나 밀접한 관계에 있는지 알 수 있다.

둘째, 노래 부르는 것도 반드시 곡조의 제약을 받지 않고, 노래로 불리우거나, 웅얼거리는 소리로서 구연(口演)되며, 경우에 따라서는 변모, 개작되기도 한다. 전래동요는 오랜 세월 동안 구구전승되어 오던 노래이기 때문에 고장에 따라 시대에 따라 수없이 개작과 변모의 과정을 거친다. 시대가 변함에 따라 없어지는 노래, 새로 생기는 노래도 많을 수밖에 없다.

셋째, 전래동요에는 옛 아이들의 꾸밈없는 삶이 들어있다. 전래동요 가운데는 보기에 우습거나 남다른 행동을 하는 동무나 어른을 놀리는 노래, 새나 동물을 놀리는 노래도 많다. 그런데 어찌 보면 이런 노래들은 너무 상스러운 가사나 비어, 속어가 많아 비교육적인 것으로 보이기도 한다. 그러나 옛 아이들은 이런 노래를 부르며 가슴 속에 쌓인 욕구를 해소시키기도 했을 것이며, 심심하고 지루한 일상에서 해방되기도 하였을 것이다. 이런 노래는 옛 아이들의 솔직한 삶의 모습을 있는 그대로 보여준다는 데 가치가 있다.

넷째, 어린이의 꿈과 의식을 담는 민중사회의 어린이 노래이다.[56] 전래동요의 노랫말을 보면 정치적, 사회적 현실을 비유해서 만들어지거나, 유희적 재미로써 지어지고 전해졌다.

56) 전원범(1995), 『한국전래동요연구』, 바들산, p.28.

> 새야 새야, 파랑새야
> 녹두남에 앉지 마라.
> 녹두꽃이 떨어지면
> 청포 장수 울고 간다.

이 노래는 동학 농민 운동 당시 농민군이 싸움에 지고 녹두장군 전봉준이 잡혀 갔을 때, 그를 슬퍼하며 부른 노래로 아이들에게뿐 아니라 어른들 사이에서도 많이 불려졌다.

다음은 전래동요의 특성을 알기 위해서 전래동요와 민요를 비교[57]해 보기로 한다.

57) 전원범(1995), 앞의 책, pp.326~327. 요약 정리.

【표 8】을 살펴볼 때 전래동요의 특성은 노래를 부르는 주체가 남성, 여성의 구별이 없다는 점과 청유, 명령, 놀림을 주제로 한 노래가 많다는 점이다. 그리고 놀이가 노래의 중심 내용이 된다는 점, 형식은 짧고 음영적(吟詠的) 성격이 짙다는 점, 비인격적인 대상을 인격적으로 표현하는 의인법을 많이 쓴다는 점을 들 수 있다.

【표 8】민요와 전래동요의 비교

기 준	민 요	전래동요
성별	남성요와 여성요가 확연히 구분되며, 여성요가 월등히 많음.	남성, 여성요가 구분되지 않고, 놀이동요, 일동요에서 여성과 관련된 것은 있지만 수는 많지 않음.
주제, 사상	인생무상(人生無常), 이별, 교훈, 효도, 허무의식, 숙명사상, 유교의 도덕적 의식 등이 많음.	청유(請遊), 명령, 비난, 놀림, 풍자, 원망 등이 많음.
중심이 되는 내용	노동요가 핵심.	놀이요, 말놀이요, 놀림동요 등이 대종을 이루지만, 놀이요가 중심.
가성(歌性) 문제	구연(口演)을 전제로 하여 전통적인 가락에 맞춰 노래로 전승됨. 긴 사설, 일정한 가락, 박자에 맞춰짐. 가적(歌的) 성격.	짧은 사설, 중얼거리는 음영적(吟詠的) 특성. 요적(謠的) 성격.
형 식	장단(長短)이 다양함.	비교적 단형(短形)이 많으며, 이것은 어린이의 사고방식이나 감정표현에 적합하기 때문임.
표 현	객관적 서술이나 비유를 많이 씀.	의인법을 많이 씀. - 비인격(非人格)의 인격화(人格化)

2. 전래동요의 유형

전래동요의 분류를 시도한 최초의 학자는 김소운이다. 그는 노래의 소재에 따라 10가지로 나누었는데, 이후의 학자들이 분류한 것을 보아도 분류한 종류의 수가 좀 다를 뿐 소재를 기준으로 한 점에서는 다를바 없다. 지금까지 전래동요를 분류한 주요 학자들의 분류 결과는 【표 9】와 같다.

이렇게 논리적인 체계가 없이 노래의 특징과 소재를 중심으로 분류하던 상황에서 전원범은 분류의 기준을 명확히 하여 체계를 갖추었다. 그는 두 가지 방법으로 전래동요를 분류하였는데 방법은 아래와 같다.

【표 9】 학자별 전래동요 분류

김소운(1933), 『조선동요선』, 암파서점	임동권(1961), 『한국민요집』, 동국문화사	박두진(1962)『한 국전래동요 독본』, 을유문화사	전원범(1995) 『한국전래동요연 구』, 바들산	홍양자(2002), 『전래동요를 찾아서』, 우리교육
1. 천체 · 기상 2. 새노래 3. 고기 · 벌레 4. 식물 5. 부모 · 형제 6. 풍소 · 해학 7. 유희 8. 잡요 9. 동녀 10. 자장가	1. 동물 · 조류 · 짐승 · 곤충 · 어류 2. 식물 · 나무 · 풀 · 채취 3. 연모 4. 애무, 자장 5. 정서 · 가족 · 감상 · 정서 6. 자연 7. 풍소 8. 어희 9. 수 10. 유희 11. 기타	1. 자연 2. 더위 · 추위 3. 나무 4. 풀 5. 나물 6. 꽃 7. 새 8. 곤충 9. 짐승 10. 어류 11. 자장 12. 사랑 13. 가족 14. 유희 15. 놀려주기 16. 기타	1. 기능요 · 놀이동요 시절놀이 일반놀이 조작놀이 · 말놀이 동요 말풀이 말장난 · 놀림동요 사람 신체 동무 동물 · 일동요 자장 가사조력 · 주술동요 동물대상 개선희망 · 예언동요 삼국 고려 조선 근세 2. 비기능요 · 자연현상 동요 · 사물동요 · 동물동요 새 곤충 짐승 물고기 · 식물동요 꽃 풀 · 나무 · 인간동요	1. 어린아이를 어르는 노래 2. 동물을 보고 부르는 노래 3. 식물을 보고 부르는 노래 4. 하늘을 보고 부르는 노래 5. 어깨동무 노래 6. 말놀이 노래 7. 술래 정하기 노래 8. 숨바꼭질 노래 9. 보름달을 보면서 부르는 노래 10. 달넘기 놀이 노래 11. 대문놀이 노래 12. 꼬리따기 노래 13. 설날 놀이 노래 14. 단오 때 그네 타며 부르 는 노래 15. 비는 듯 부르는 노래

가) 전승방법에 의한 분류

1) 기재동요(記載童謠) : 문헌 기록동요(시대상, 여론, 민심 반영), 소설 삽입동요(고대소설이나 판소리에 삽입, 인용된 것)

2) 구전동요(口傳童謠) : 일반 구전동요(동물·식물요, 애무요, 자장가, 유희요 등), 사적(史的) 구전동요(역사적 관련 속에서 이루어짐, 강강술래와 같은 것들)

나) 기능의 유무에 의한 분류

1) 기능요(functional song) : 놀이동요, 말놀이동요, 놀림동요, 일동요(자장요, 가사조력요), 주술동요, 예언동요(서동요).

2) 비기능요(non-functional song) : 자연현상동요, 사물동요, 동물동요, 식물동요, 인간동요(가족 중심의 인간관계가 제재).

전원범의 이 분류 방식은 일반민요의 방식을 따른 것이었다. 그런데 근래에 편해문은 위의 분류 방식을 비판적으로 검토한 후 '기능에 따른 분류 방식' 이 전래동요의 특성을 가장 잘 반영한 방식이라고 주장하였다. 민요에서는 기능요와 비기능요의 설정이 요긴하지만, 아이들 노래에서 노래 부르는 주체를 아이들로 본다면 아이들 노래 모두는 나름대로의 기능을 가지고 있기 때문에 '비기능요' 라는 설정은 있을 수 없다는 것이다. 다시 말하면, '놀이요' 도 기능요라고 할 수 있다는 것이며 그 이유는 아이들에게는 '놀이' 자체가 하나의 기능을 하기 때문이다. 편해문은 기능을 전래동요 분류의 가장 중요한 기준으로 삼으면서도 '노래와 놀이의 관계' 와 '뚜렷한 소재' 를 기준으로 다음과 같은 【표 10】를 제시하였다.

58) 편해문(2002), 『옛 아이들의 노래와 놀이 읽기』, 박이정, 36쪽.

【표 10 】 전래동요의 분류[58]

연행(performance) 상황	노래와 놀이의 관계	뚜렷한 소재
① 혼자나 여럿이 놀이할 때(42편) ② 동무나 새, 곤충 따위를 놀릴 때(17편) ③ 무언가를 바랄 때(31편) ④ 흉내낼 때(5편) ⑤ 말이나 글을 익히며 놀 때(4편)	① 노래만(32편) ② 노래와 함께 놀이까지 (67편)	① 자연물이나 자연 현상 (14편) ② 동물(34편) ③ 식물(20편) ④ 사람(31편)

앞에서 서술한 바와 같이 전래동요는 아이들의 삶과 밀접한 관련이 있다. 놀이를 하면서도 노래를 불렀고, 친구와 싸우거나 친구를 놀릴 때도 노래를 불렀다. 하늘과 땅, 동물과 식물을 보면서 그 신비함과 친근함을 표현할 때도 노래로 자신들의 감정을 표현하였다. 여기서는 아이들이 어떤 연행 상황에서 어떤 노래를 불렀는지 사례를 들어가며 살펴보기로 한다.[59]

59) 여기서는 편해문의 분류대로 기능을 기준으로 나누어 살펴보기로 한다.

가. 놀이하며 부르는 노래

전래동요 중에서 가장 많은 부분을 차지한다. 놀이는 옛날 아이들 생활의 대부분을 차지했다고 해도 과언이 아니었다. 아이들에게 놀이는 놀이로 그치는 것이 아니라 사회생활과 친교의 수단이 되고, 신체발달과 지적인 성장의 계기가 되기도 하였다. 그리고 놀이가 있는 곳에는 언제나 노래가 있었다.

놀이하며 부르는 노래를 더 자세히 살펴보면 동무들과 놀면서 부르는 노래, 곤충이나 풀, 꽃들과 놀며 부르는 노래, 말놀이를 하고 놀며 부르는 노래가 있다. 그리고 동무들과 놀면서 부르는 노래라도, 혼자서 놀며 부르는 노래, 짝을 지어 놀며 부르는 노래, 여럿이 부르는 노래가 각각 존재하였다.

　　뚜껍아 뚜껍아
　　헌집지 내하고
　　새집지 니주마
　　집에 가마
　　죽 끓에 났나
　　밥 끓에 났나
　　펄썩 히지마
　　죽 끓에 났고
　　덩거리 지마
　　밥해 났고
　　니가 가르켜라

이 노래는 흙을 손등에 올려놓고 두드리며 부르는 노래이다. 혼자서 두꺼비집을 지으며 노래를 부를 수도 있고, 친구들과 어울려서 부를 수도 있다.

안반찍게
쪽찍게
안반찍게
쪽찍게

'쪽찍게(족집게)'의 생김새는 두 명의 아이가 놀이하는 모습과 모양이 같다. 두 아이가 등을 맞대고 번갈아 업어주는 행동을 안반과 족집게에 비유한 노래이다. 안반은 떡을 칠 때 밑에 까는 평평한 나무판이다.[60]

60) 편해문, 앞의 책, 53쪽.

나. 놀리며 부르는 노래

노래 전체에서 차지하는 비중이 크다. 놀린다는 행위 자체가 교육적이라거나 바람직한 것은 아니지만, 아이들의 삶을 솔직하게 표현한 것으로 어떤 악의가 있다기 보다는 즐거움을 위한 놀이의 한 가지로 생각하는 것이 좋겠다. 놀림의 대상이 되는 사람은 보기에 우습거나 남다른 행동을 하는 동무나 어른이 될 수도 있고, 미운 짓을 하거나 노는 데 훼방을 놓는 동무가 되기도 한다. 때로는 새, 곤충 같은 동물이 놀림의 대상이 된다.

① 앞니빠진 갈가지
뒷니빠진 덕새기
도랑가에 가지마라
개구리새끼 놀린다
통시가에 가지마라
구데기새끼 놀린다

② 곰보야 곰보야 니얼굴이 왜그로
콩마당에 자빠졌다
곰보야 곰보야 니얼굴이 왜그로
육이오 사변에 따바리총에 맞았다
몇방이나 맞았노
수도없이 맞았다

앞 노래는 이 빠진 동무를 보았을 때 놀리는 노래이고, 뒤 노래는 얼굴에 마마 자국이 있는 동무를 놀리며 부르는 노래이다. 육이오 사변, 따바리총 등이 등장하는 것으로 보아 근래에 생겨난 노래로 보인다.

다. 무언가를 기원하며 부르는 노래

아이들은 노래를 부르면 노래대로 될 것이라고 믿는다. 중요한 것은 아이들의 믿음이지 실제와 논리의 귀결이 아니다. 해, 비, 연기, 바람, 물 따위에 뭔가를 바라며 부르기도 하고, 동물이나 식물에 뭔가를 바라며 부르기도 한다. 추위나 더위가 물러가기를 바란다든지, 신 내리기를 바라며 부르는 노래, 다치거나 해 입지 않기를 바라며 부르는 노래 따위로 무언가를 기원하는 내용의 노래도 많다.

①　내 다리 부러지지 말고
　　황새다리 부러져라

②　비야비야 오는 비야/ 꿩의 길로 가거라
　　토끼길로 가거라/ 까치길로 가거라
　　우리 누나 시집갈 때/ 꽃가마 속에 물이 새면
　　비단치마 얼룩진다.
　　비야비야 오는 비야/ 뱀의 길로 가거라
　　여우길로 가거라/ 두꺼비길로 가거라
　　우리 오빠 장에 가서/ 소금 사서 돌아올 때
　　비 때문에 못 온단다.

①은 어떤 위험한 놀이를 할 때 자기 다리가 안전하기를 바라는 노래이고, ②는 비가 오지 말아주기를 기원하는 노래이다. 옛날의 아이들은 이처럼 자기가 간절히 원하는 것이 있을 때 노래를 부르며 기원하였던 것이다.

라. 흉내 내며 부르는 노래

흉내 내는 행위는 아이들의 즐거운 놀이 가운데 하나이다. 자연물의 소리나 모양을 흉내 내거나 사물의 모습을 흉내 내면서 아이들은 대상의 속성을 깨우치기도 한다. 흉내 내며 부르는 노래 가운데는 소리를 흉내 낸 것이 가장 많다.

부형부형
양석없다 보항
내일모래 장잇다
걱정마라 부형

마. 익히며 부르는 노래

아이들의 놀이나 노래는 단순한 놀이로 그치는 것이 아니라, 그것이 그대로 무엇인가를 배우고 익히는 학습의 기회가 되기도 한다. 이런 유형에는 발음을 익히며, 말 또는 글을 익히며, 수를 익히며 부르는 노래가 많다.

① 선반위에 접시는 깨진 접시냐 안깨진 접시냐
  저 선반위에 접시는 깨진 접시냐 안깨진 접시냐

② 가이갸 가다가
  거이겨 거랑에
  고이교 고기잡아
  구이규 국을낄에
  나이냐 나도 먹고
  너이냐 너도먹고
  다이댜 다먹었다
  어이여 없다

①은 발음을 익히기 위한 노래이고 ②는 한글 차례를 익히기 위한 노래이다. 이런 노래들에서 말놀이를 하면서 즐겁게 공부를 하는 옛사람들의 지혜를 엿볼 수 있다.

3. 전래동요의 교육적 가치

앞에서 살펴본 바와 같이 전래동요는 놀이를 할 때 부르는 노래가 가장 많지만 옛아이들의 놀이는 그 자체가 삶이요, 교육의 현장이기도 하였다. 옛 아이들은 놀면서 사회성과 도덕성을 기르고 말을 배웠다. 그리고 놀이는 인지발달과 신체발달을 촉진하는 계기가 되었으며, 이 놀이와 교육의 현장에 반드시 노래가 존재하였던 것이다. 여기서는 전래동요의 교육적 가치에 대해 살펴보기로 한다.

가. 즐거움을 준다

입에서 입으로 전파되고 전승되는 전래동요는 음악성과 흥미성을 갖추고 있다. 여러 아이들이 어울려 함께 소리를 내어 부르든 혼자 흥얼거리며 부르든 전래동요는 운율이 잘 맞고 재미가 있어야 한다. 전래동요의 운율은 대개 같은 말이 반복되거나 비슷한 음보율로 형성되는 경우가 많은데, 이런 노래들은 기억과 음송을 하기 쉬울 뿐 아니라 되풀이하여 노래하는 가운데 즐거움을 배가시킨다.

> 꼬부랑 할머니가/ 꼬부랑 치마를 입고
> 꼬부랑 댕기를 드리고/ 꼬부랑 지팡이를 짚고
> 꼬부랑 강아지를 데리고/ 꼬부랑 길로 가다가
> 꼬부랑 똥이 마려워/ 꼬부랑 나무에 올라가서
> 꼬부랑 똥을 눴거든/ 꼬부랑 똥을 누니까
> 꼬부랑 강아지가/ 꼬부랑 똥을 날름 먹어 버리니까
> 꼬부랑 할머니가/ 꼬부랑 지팡이로 딱 때려주니까
> 꼬부랑 강아지가/ 꼬부랑 깽깽 꼬부랑 깽깽
> 네 똥 먹고 천 년 사나/ 내 똥 먹고 만 년 살지
> 꼬부랑 깽깽 꼬부랑 깽깽/ 그러면서 달아났다 그러대

이 노래는 상황이 재미있을 뿐만 아니라 '꼬부랑'이라는 말이 계속 반복되면서 형성되는 운율이 재미있다. 텔레비전도 없고, 컴퓨터 게임이 없어도 옛날 아이들은 이런 노래를 부르면서 재미있게 놀았다. 옛날 아이들은 놀이를 하면서 노래를 불렀을 뿐만 아니라, 노래 자체를 하나의 놀이로 여겼기 때문에 현장성이

강하며, 노랫말이 익살스러워서 직접적이고 신속한 반응을 불러온다.

> 엿장사 똥구멍은 쩐덕쩐덕
> 기름장사 똥구멍은 맨들맨들
> 두부장사 똥구멍은 뭉실뭉실

이 동요는 마을을 찾아온 장사꾼들을 놀리며 부르는 노래인데 파는 물건의 속성을 장사꾼의 신체에 갖다붙여 노래한 것이다. 남을 놀리는 행위가 바람직한 것은 아니지만, 악의가 없는 놀림동요는 그 자체가 즐거운 놀이의 하나인 것이다.

나. 언어발달을 돕는다.

놀이동요 가운데 많은 부분을 차지하는 동요가 말놀이동요이다. 말놀이란 장난스런 말투를 사용하여 언어 자체의 유희성을 즐기는 행위인데, 말놀이동요의 종류에는 말장난요와 글자풀이요가 있다. 말장난요는 말의 꼬리를 따 묻는 꼬리따묻기요, 꼬리이어서 말을 엮는 말엮기요, 말장난으로 말을 만드는 말만들기요, 산발적인 문답을 이어가는 문답요 등이 있다.[61]

> 뒷집 영감 나무 하러 가세/ 배 아파 못 가네/
> 무슨 배/ 자라 배/
> 무슨 자라/ 어미 자라/
> 무슨 어미/ 서울 어미/
> 무슨 서울/ 탑 서울/
> 무슨 탑/ 전주 탑/
> 무슨 전주/ 쇠전주/
> 무슨 쇠/ 하늘 쇠/
> 무슨 하늘/ 청 하늘/
> 무슨 청/ 대청/
> 무슨 대/ 왕대/
> 무슨 왕/ 임금 왕/

61) 전원범, 앞의 책, 116쪽.

무슨 임금/ 나라 임금/

무슨 나라/ 되나라/

무슨 되 / 쌀 되/

무슨 쌀/ 보리쌀/

무슨 보리/ 갈보리/

무슨 갈/ 떡갈/

무슨 떡/ 개떡/

무슨 개/ 사냥개/

무슨 사냥/ 꿩 사냥/

무슨 꿩/ 장꿩/

무슨 장 / 고추찍어 먹는 된장이올시다

이 노래는 한 구절씩 화답하는 형식의 말놀이로 앞말의 꼬리를 다시 묻고 대답하는 형식의 노래이다. 앞구절 끝의 말을 따서 묻기 때문에 '말꼬리 잇기', '꽁지 따기' 등으로 불려지기도 하였다. 아이들은 이런 노래를 부르면서 어휘 학습을 하기도 하고, 재치있게 말을 만들어 사용하는 방법을 익혔을 것이다.

나무나무 무슨 나무/ 십리 절반 오리나무

불 밝혀라 등나무/ 푸르러도 단풍나무

가다보니 가닥 나무/ 오다보니 오동나무

죽어도 살구 나무/ 따끔따끔 가시나무

갓난애기 자작나무/ 앵돌아져 앵두나무

벌벌 떠는 사시나무/ 바람 솔솔 솔나무

거짓 없이 참나무/ 입 맞추자 쪽나무

낮에 봐도 밤나무

앞 구절의 음을 뒷구절에서 반복하거나, 음의 유사성을 이용하여 재미있는 말을 만들어내는 방법을 말만들기요라 할 수 있는데, 앞의 노래는 나무의 이름 앞에 적당한 의미를 결합하기도 하고, 비슷한 음을 결합시키기도 하여 재미있는 노래를 만들어내었다. 이런 노래를 부르면 아이들은 말놀이를 즐기면서 나무의 이름을 익힐 수 있을 것이다.

다. 문학 경험 입문의 계기가 된다

전래동요는 다른 문학 갈래에 비하여 가장 옛부터 전해지는 갈래이며, 아기를 잠재우고 다독거리고 걸음마를 시키고 함께 놀이를 하는 가운데 입에서 입으로 전해지고 퍼지는 문학의 형태라고 한다.[62] 또한, 전래동요의 단순성, 소박성이나 인격화 현상은 아동문학이 지니는 본질적 속성과 일치하므로, 어린이들은 전래동요를 통하여 시의 세계로 들어가게 되는 친근한 길을 제공받는다.

다양한 소재는 한정된 공간에서 생활하는 어린이들에게 성인문학처럼 많은 간접경험을 할 수 있도록 도와준다. 전래동요의 흥미 있는 사건과 줄거리의 구성은 옛이야기와 마찬가지로 간접적인 경험을 통하여 기쁨과 즐거움을 갖게 하고 현실에서 불가능한 일을 대리 만족할 수 있게 해준다. 그리고 일상과 관련된 경험을 통해 분별력을 키워 준다. 물활론이 많은 수의 전래동요의 바탕을 이루고 있어[63] 무한한 상상의 세계를 통해 꿈과 이상을 갖게 하고, 익살스러운 표현으로 아름다운 상상의 세계를 통한 즐거움을 맛보게 한다.

62) 이경우 외, 앞의 책, 135쪽.

63) 김세희(1994), "한국 전래동요에 대한 유아의 선호도 분석", 이화여대 대학원 박사학위 논문, 42쪽.

> 달아달아 초승달아/ 어디 갔다 인제 왔니
> 새각시의 눈썹 같고/ 늙은이의 허리 같고
> 달아달아 초승달아/ 어서어서 자라나서
> 거울 같은 네 얼굴로/ 우리 동무한테 가서
> 나와 같이 비춰주고/ 오라버니 자는 창에
> 나와 같이 비춰주고/ 울 어머니 자는 창에
> 나와 같이 비춰주고/ 울 오랍시 자는 방에
> 나와 같이 비춰주고/ 우리 형님 자는 방에
> 나와 같이 비춰주고/ 우리 동생 자는 방에
> 내 간 듯이 비춰주고/ 거울 같은 네 얼굴로
> 온 세상을 비추어라

새각시의 눈썹 같은 달, 늙은이의 허리 같은 달이란 표현은 얼마나 적실한 비유이며, 아름다운 묘사인가. 옛사람들은 환한 달님에게 자신의 소망을 빌면서 온 세상을 비추어 달라고 기원하고 있다. 이렇게 아름다운 노래를 부르다보면 아이들은 저절로 비유법, 열거법, 대조법 같은 수사법을 익히고, 사물에 의탁하여 자신의 감정을 표현하는 방법을 공부하게 된다.

라. 우리의 음악 예술을 체험하는 계기가 된다.

전래동요는 세련된 예술가들이 창조해낸 양식이 아니라, 평범한 민중과 서민의 아이들이 생활 속에서 자연스럽게 자신들의 언어로 토해낸 노래이다. 그래서 전래동요에는 서민의 삶과 리듬과 곡조가 녹아들어 있다. 그리고 그것을 듣고 따라부르다 보면 저절로 조상들이 즐겼던 곡조와 장단이 몸으로 느껴진다. 전래동요 속에는 옛 아이들의 기쁨과 슬픔, 신명과 흐느낌, 해학과 한탄이 녹아있다. 따라서 전래동요를 읊조리다 보면 우리 민족의 선율과 장단을 소화하면서 우리 민족의 음악을 체험하게 된다.

마. 창의성을 계발할 수 있다

전래동요는 하나의 고정된 형태로 존재하는 실체가 아니다. 비슷한 노래라도 지역과 시대에 따라 수많은 변이형이 존재한다. 이것은 전래동요가 노래를 부르는 상황에 따라 수정, 보완, 개작이 자유로움을 말해준다. 다시 말해, 전래동요는 자연적으로 발생되기도 하고, 시대나 장소에 따라 즉흥적으로 창조되기도 하며, 미완성인 상태로 전승되다가 다른 사람이 덧붙여 완성하기도 한다. 그래서 전래동요는 무수히 많은 변이형이 존재할 수 있으며 그러한 성격은 전래동요가 창의성을 필요로 하는 문학 양식임을 보여준다. 그래서 현대의 아이들에게 하나의 전래동요를 가르쳐준다고 해도 아이들은 그것을 고정 불변의 완성된 실체로 받아들이지 않고 아이들 나름대로 창의성을 발휘하여 재미있는 놀이로 만들어버린다. 그러므로 우리 교사들은 옛 노래를 가르쳐줌과 동시에 새로운 구전 동요를 창조하여 부를 수 있도록 격려해야 한다.

바. 우리 민족의 정신 문화를 계승 발전시킬 수 있다

우리의 전래동요에는 옛 아이들의 삶과 체험과 지혜가 녹아들어 있으며, 우리 민족의 정서와 가락이 담겨 있다. 이와 같이 뜻깊은 전래동요를 따라부르는 활동은 우리 어린이들이 옛사람의 정신 문화를 이해하고 조상들의 정서에 공감하게 하며, 우리의 정체성을 확인하게 하는 계기가 된다.

꼭꼭 숨어라 꼭꼭 숨어라
텃밭에도 안 된다 상추 씨앗 밟는다
꽃밭에도 안 된다 꽃모종을 밟는다
울타리도 안 된다 호박순을 밟는다
꼭꼭 숨어라 꼭꼭 숨어라
중중머리 찾았네 장독대에 숨었네
까까머리 찾았네 방앗간에 숨었네
빨간 댕기 찾았네 기둥 뒤에 숨었네

이 노래는 놀이를 하면서도 이웃 사람에게 폐를 끼치면 안 된다는 것과 집 주위에 어떤 농작물이 자라고 있는지 은근하게 가르쳐주는 구실을 한다. 우리는 이런 노래를 보면서 조상들의 삶과 지혜를 엿볼 수 있다.

민족의 소중한 문화 유산인 전래동요는 어린이들에게 문학적인 체험을 하게 해 줄뿐 아니라 문식성 초기 단계에 있는 어린이들의 언어발달을 도와준다. 또 음악적인 경험을 하면서 그들의 욕구를 충족시켜주고 놀이와 결합하여 신체 발달과 사회성 발달에도 지대한 공헌을 한다. 이와 같이 전래동요가 담고 있는 다양한 주제와 운율은 어린이의 발달단계와 흥미에 적합하여 교육적 가치가 매우 높다.

4. 어린이 발달 단계에 따른 전래동요

우리의 전래동요는 놀이와 분리해서 존재할 수 없다고 할 만큼 놀이와 전래동요의 결합은 밀접하다. 어린이의 발달 단계에 따라 서로 다른 놀이가 있었는데 어린이의 발달 수준에 적절하면서도 신체발달에 도움을 주고 놀이의 협조자를 통해 사회성을 기르게도 하였다. 그렇기 때문에 전래동요의 바른 이해와 어린이의 발달단계에 맞는 올바른 지도를 위해서는 놀이와의 통합 측면에서 살펴보아야 한다. 어린이의 발달단계는 감각 및 동작 훈련단계(영아기), 무릎학교 단계(고운 세 살기), 자발적 학습 단계(미운 일곱 살기), 성역할 교육기(역할교육기)의 4단계로 나눈다.[64] 이 네 단계에서의 어린이의 놀이와 결합된 전래동요를 살펴보면 다음과 같다.

64) 유안진(1981), 『한국 고유의 아동 놀이』, 정민사, 23~80쪽. 여기서의 나이는 한국식 나이를 말함.

가. 감각 및 동작 훈련단계 (영아기, 출생~3세)

이 시기는 구강으로 하는 수유와 항문을 통해 배변을 하는 감각적인 경험으로 얻게 되는 신체적인 만족에 의존하는 시기로 놀이는 도리도리, 짝짜꿍, 곤지곤지, 잼잼, 고네고네, 불무불무, 따로따로, 목말타기, 단지팔기 따위가 있다.[65]

65) 유안진, 위의 책, 23~33쪽.

> 잼잼 잼잼
> 곤지곤지 곤지곤지
> 짝짜꿍 짝짜꿍
> 질라래비 훨훨 질라래비 훨훨
> 도리도리 도리도리
> 우리애기 잘도한다

갓난아기는 태어날 때 손을 꼭 쥐고 있다가 몇 달이 지나면 손을 펴기 시작한다. 이때 제일 먼저 가르치는 손운동이 '잼잼'이다. 그러다가 7,8개월 지나면 집게손가락을 세우기 시작하는데 이때 '곤지곤지'를 가르치고, 아기가 서기 시작할 무렵이면 '질라래비 훨훨'을 가르친다. 이 운동은 몸의 균형을 잡는 데 도움이 된다. '도리도리'도 일어서기 전에 신체 균형을 잡기 위한 준비 운동이다.

이러한 놀이들은 어머니나 할머니와 같이 돌보아 주는 사람의 협조가 필요하므로 사회성과 인간에 대한 신뢰감을 갖게 해 준다. 그리고 이 놀이들은 노래 형식의 전래동요를 동반하지 않고 쉽게 알아들을 수 있는 한마디의 반복으로 이루어진다.

나. 무릎학교 단계 (고운 세살기, 3~5세)

이 시기는 이유와 배변훈련의 과업이 부여되는 시기며, 언어 의존으로 전환하는 생활을 시작하는 때이다. 또한 보다 사회적인 행동을 보이면서 집안의 사촌들과 어울려 놀이를 즐기는 시기이다. 이 시기 놀이의 특징으로는 노래가 놀이의 흥을 돋구고 있으며 이유 과정에서 경험하는 불만의 해소 및 승화를 목표로 한 내용과 닭, 강아지, 까치 따위가 등장하고 단독놀이이면서 집단적인 성격을 띠고 있다. 유아의 언어발달을 촉진시키기 위한 다양한 언어가 제시되고 있으며 스토리가 있고 등장인물이 여럿인 이야기 노래가 있다.[66]

66) 유안진, 앞의 책, 33~52쪽.

'자장가(동물이 등장하는)' 와 '꼬부랑 할머니가' 와 같은 놀이노래는 배변 훈련을 통한 신체 발달이 이루어지게 하고, '세강 달강', '부꿍아' 와 같은 놀이노래는 어머니나 할머니와 같은 일대일의 관계에서 여럿이 어울리면서 점차 사회성을 발달시키게 한다. 그리고 '세강 달강', '자장노래', '약손', '까치야 까치야' 따위 노래는 심리요법으로 사용되었고, '이거래 저거래(하네나 두네나)' 는 규칙의 개념을 배우게 한다.

다. 자발적 학습 단계 (미운 일곱살기, 5~7세)

미운 일곱살이란 용어는 일곱살에 가까워지는 미운 짓 많이 하는 나이로 해석하고 있다. 이 시기 어린이들은 점차 주변에서 일어나는 일에 대해 사회적 관심이 확장되고 자발성이 확립되며 타인과의 접촉이 빈번해지고 사회적 행동이 증가된다. 자아 중심적인 사고를 벗어나 객관적인 추리나 판단을 시도하려다 성인들의 일관성 없는 기대와 충돌하여 미운 행동을 보일 수 있다.[67]

67) 유안진, 앞의 책, 52~64쪽.

그러므로 이때는 보다 성숙한 사회성 발달을 하게 되고 규칙을 준수하는 태도를 배우게 된다. 이와 관련된 전래동요의 특징은 놀이와 노래의 분리 현상이 나타난다는 점이다. 점차 놀이는 노래와 분리되어 노래는 동요의 성격으로 나타나는데 그 중 '이거래 저거래' 의 놀이노래는 규칙의 학습과 사회성, 신체 발달을 도와준다. 그리고 '이뽑기(까치야 까치야)' 노래는 일종의 심리요법이며 신체 발달과업을 도와주는 노래이고, '오줌싸개' 는 경각심을 일깨워 주는 노래이다.

라. 성역할 교육 단계 (역할 교육기, 7~13세)

이 시기는 남성, 또는 여성으로서의 성 역할을 학습하는 시기이다. 이 시기에 들어서면 남아는 사랑방과 서당에서 주로 교육을 받게 되며, 교육을 담당하는 사람은 아버지와 할아버지와 같은 남성 가족과 서당의 훈장이 되고, 여아의 경우에는 가정의 안채에서 어머니나 할머니 같은 어른으로부터 여성으로서의 성 역할을 배우게 된다. 이 시기에 들어서면 활동 범위가 집안을 벗어나 마을로 확장되며, 어휘의 수가 늘어나게 되고 놀이가 매우 다양해진다.

이 시기에 주로 부르는 노래는 한글뒤풀이요, 언어유희요, 강강술래, 달풀이, 어깨동무, 어디까지 왔나, 해야해야, 새보는 노래, 고사리 꺾기, 청어엮기, 문지기 따위가 있다.

5. 전래동요의 계승과 발전 방향

우리 전래동요는 일제의 조선어 말살 정책으로 1930년대 창작동요 황금기로 그 자리를 잃게 되었고, 해방 후에는 공교육이 창작동요 중심으로 이루어졌다. 한편, 홍양자에 따르면 현재 우리 아이들이 선호하는 전래동요 대부분이 일본의 와라베우타라는 사실을 고증한 바 있다. 그는 동요를 노랫말, 가락, 수반되는 놀이 세 가지로 분석하였는데, 우리 아이들 사이에 널리 퍼진 '여우야 여우야'는 노랫말, 가락, 놀이 세 가지가 모두 일본의 와라베우타와 같은 것으로 판명되었다.[68] 이 밖에도 '동동 동대문', '꼬마야 꼬마야', '아침바람 찬 바람에', '우리 집에 왜 왔니'와 같은 노래도 왜색동요라는 것을 밝혀냈다. 요즘 아이들이 놀면서 부르는 많은 노래가 왜색동요라는 것은 우리도 모르는 사이에 우리 문화가 얼마나 혼란스러워졌는지를 말해주는 것이다. 그런데 근래에는 어린이들의 입에서도 대중가요가 쉽게 흘러나오는 세상이 되어, 전래동요는 물론 창작동요도 어린이들의 관심 밖으로 사라지고 있는 것처럼 보인다.

이러한 가운데, 우리 교육계에서는 다행스럽게도 새롭게 전래동요를 조명하고 어린이들에게 전래동요를 교육시키고자 노력하고 있다. 그 노력의 흔적은 초등학교 제7차 교육과정에 전래동요를 수용하여 교육 내용을 제시하였으며, 국어 교과서에도 비교적 다양한 전래동요가 수록되었다. 전래동요는 어린이들이 대체로 선호하고 있으며 특히, 어린이들의 발달단계에 여러 측면에서 적합하므로 교육과정에 적극 반영하여 우리의 전래동요를 보다 가깝게 어린이들에게 들려

68) 홍양자(1992), "한국 어린이가 부르고 있는 일본의 와라베우타", 중앙대학교 석사학위 논문.

주어야 할 것이다.

이와 같은 전래동요 교육이 내실 있게 되기 위해서는 다음과 같은 제안들을 수용하는 자세가 필요하다. 첫째, 교사 자신이 전래동요에 흥미와 관심을 가져야 하고, 교사를 위한 전래동요 연수 및 교육이 수시로 이루어져야 한다.

둘째, 전래동요가 수반되었던 전래놀이를 찾아 함께 병행되도록 해야한다. 또한, 전래동요의 놀이요와 서술형태가 이 창작동요에 계승되도록 해야 할 것이다. 아이들의 놀이 가운데는 아래의 사례와 같이 새로 만들어지는 놀이 노래도 있는데 이렇게 자생적으로 생기는 현대판 구전동요도 적극적으로 교육현장에 수용해야 한다.

① 신데렐라는 어려서 부모님을 잃고요
　계모와 언니들에게 구박을 받았드래요
　샤바샤바 알샤바 얼마나 슬펐을까요
　샤바샤바 알샤바 천구백구십팔년

② 짝꿍 짝꿍 내 짝꿍
　돌머리 같은 내 짝꿍
　한 대 때리면 삐치고
　두 대 때리면 울지요
　미안 미안 정말 미안해

셋째, 전래동요를 아름답고 적절한 그림과 함께 재창작하여 그림책으로 정착시키는 새로운 인식이 필요하다. 서구에서는 자장가, 놀이요를 아름다운 그림과 함께 책으로 출판하여 'Mother Goose'나 'Nursery Rhyme'이라는 제목으로 보급하고 있다. 이러한 그림책은 전래동요를 계속 보존하고 발전시키는 데 도움이 되고 있다.

한편, 전래동요를 학생들에게 가르칠 때는 전래동요의 특성을 살릴 수 있도록 해야 한다. 홍양자는 전래동요가 아이들이 놀이를 할 때 자생적으로 생겨난 특성을 지녔다는 점을 염두에 두고 전래동요를 가르칠 때 다음과 같은 원칙을 제시하였다.[69]

69) 홍양자, 앞의 책, 218~220쪽.

첫째, 노랫말의 사투리는 그대로 살린다. 우리말에 담긴 우리 가락과 우리 정서가 전래동요의 생명이다. 사투리의 맛을 제대로 살린 노랫말과 노랫말에 담긴 재미있는 이야기들이 아이들 속으로 들어가 지금 아이들의 정서에 맞게 다시 태어난다.

둘째, 반주를 사용하지 않는다. 전래동요를 음악시간에 배우는 창작동요처럼 생각해서 반주를 사용하게 되면 반주에 휩쓸려서 전래동요의 참맛을 제대로 살릴 수가 없다. 전래동요의 현장성을 생각하면 악보나 반주가 없는 것이 당연하다.

셋째, 악보를 쓰지 않는다. 전래동요는 '말로 전하고 마음으로 가르친다' 는 '구전심수(口傳心授)'의 교수법이 필요하다. 아이들의 음감은 귀로 듣고 입으로 그대로 발성하는 연습을 하면서 발달된다. 그러므로 전래동요를 가르칠 때는 음의 높낮이를 가사에 표시하는 것도 피해야 한다. 교사가 먼저 부르고 아이들이 따라하는 식으로 계속 반복 연습하면, 처음에는 시간이 오래 걸리는 듯해도 전래동요의 음에 익숙해져 금방 따라할 수 있게 된다.

넷째, 놀이와 함께 가르친다. 전래동요를 가르칠 때는 '노래를 가르친다' 는 생각을 버려야 한다. 전래동요는 노는 듯이 가르쳐야 한다. 전래동요에 담겨 있는 이야기를 들려주거나 그 노래가 언제, 어떤 상황에서 불려졌던 노래인지를 들려주면 된다. 특히 놀이가 수반되는 노래의 경우는 반드시 놀이를 하면서 노래를 부르도록 해야 한다.

참고문헌

김맹순(1999), "전통놀이가 유아의 언어 발달에 미치는 영향", 서원대학교 교육대학원 석사학위 논문.

김세희(1994), "한국 전래동요에 대한 유아의 선호도 분석", 이화여대 대학원 박사학위 논문.

김정화(1999), 『유아 전래동요 지도의 이론과 실제』, 양서원.

박민수(1998), 『아동문학의 시학』, 춘천교대 출판부.

신장식(1993), "전래동요 연구", 한국교원대 대학원 석사학위 논문.

유재선(1998), "전래동요 중 놀이동요를 통한 유아 리듬 지도법에 관한 연구", 계명대 교육대학원 석사학위 논문.

이경우 외(1997), 『유아에게 적절한 그림책』, 양서원.

이대균 공저(1995), 『3, 4, 5세 유아를 위한 전통놀이 교육활동』, 양서원.

이원수(2002), 『아동문학 입문』, 소년한길.

정미라(1992), "유치원 교육활동에서의 한국전래동요 활용을 위한 기초 연구", 이화여대 대학원 석사학위 논문.

조향순(1996), "유아교육을 위한 전래동요의 활용에 관한 연구", 전남대 교육대학원 석사학위 논문.

최혜숙(1999), "창작동요의 문학·음악적 경향 고찰", 한국교원대 대학원 석사학위 논문.

편해문(2002), 『옛 아이들의 노래와 놀이 읽기』, 박이정.

한희정(2000), 「초등문학교육과 전래동요」, 『문학수업 방법』, 한국초등국어교육학회, 박이정.

홍영자(1992), "한국 어린이가 부르고 있는 일본의 와라베우타", 중앙대학교 대학원 석사학위 논문.

페리 노들먼(2003), 『어린이 문학의 즐거움 1·2』, 시공주니어.

Huck, C. S., Hepler, S., Hickman. J., Kiefer. B. Z., (7ed.)(2001), Children's Literature in the Elementary School, Mcgraw-Hill.

제2장 동시

1. 동시의 개념

가. 성인시와 동시의 관계

동시는 시의 하나이다. 시를 소박하게 정의하자면 '인간의 체험이나 자연에서 느낀 감정과 생각을 운율 있는 간결한 언어로 나타낸 문학의 한 형태' 라고 할 수 있을 터인데, 동시 역시 시의 한 분야이기 때문에 똑같은 정의가 가능할 것이다. 다만 동시는 독자를 어린이로 한다는 조건 하나를 더 갖추어야 한다는 것이 다를 뿐이다. 즉, 동시는 '어린이와 어른이 함께 읽고 즐길 수 있는 시' 인 것이다.

"동시(童詩)" 라 하면 "童一" 이라는 접두사 때문에 어린이들만 읽는 특수한 시라고 생각하는 경향이 있다. 그렇지만 동시가 반드시 어린이에게만 즐거움과 감동을 주는 것은 아니다. 동시가 어린이를 독자로 하는 특성이 있기는 하지만 본질적으로 동시 또한 시임이 분명하다. 사람들에게 풍부한 감각적 심상과 깊은 정서적 감응을 불러일으키는 힘을 가지며, 개인의 모든 지성, 감각, 정서, 심상을 불러일으키는 총체적인 반응을 요구한다는 점에서 성인시와 동시는 다를 바가 없는 것이다. 그래서 좋은 동시는 어린이에게는 물론 어른에게도 감동을 줄 수 있다.

내동생은 2학년
구구단을 못 외워서
내가 2학년 교실에 끌려갔다.
2학년 아이들이 보는 앞에서
내 동생 선생님이

"야, 니 동생
구구단 좀 외우게 해라."
나는 쥐구멍에 들어갈 듯
고개를 숙였다.
2학년 교실을 나와
동생에게
"야, 집에 가서 모르는 거
있으면 좀 물어 봐."
동생은 한숨을 푸우 쉬고
교실에 들어갔다.
집에 가니 밖에서
동생이 생글생글 웃으며
놀고 있었다.
나는 아무 말도 안 했다.
밥 먹고 자길래
이불을 덮어 주었다.
나는 구구단이 밉다.

　　　　　　　　　　─주동민의 「내 동생」 전문

　　이 시는 초등학교 6학년 어린이가 쓴 아동시[70]이다. 동생의 담임 선생님에게
창피를 당한 오빠가 집에 와서 보니 동생은 공부는 하지 않고 놀기만 하다가 밥
을 먹고 잠이 들고 만다. 이런 여동생에게 이불을 덮어주며 구구단이 밉다고 말
하는 오빠의 마음은 어린이에게는 물론 어른에게도 깊은 감동을 준다.

　　　　열무 삼십 단을 이고
　　　　시장에 간 우리 엄마
　　　　안 오시네, 해는 시든지 오래
　　　　나는 찬밥처럼 방에 담겨
　　　　아무리 천천히 숙제를 해도
　　　　엄마 안 오시네, 배추잎 같은 발소리 타박타박

안 들리네, 어둡고 무서워

금간 창 틈으로 고요히 빗소리

빈 방에 혼자 엎드려 훌쩍거리던

아주 먼 옛날

지금도 내 눈시울을 뜨겁게 하는

그 시절, 내 유년의 윗목

－기형도의「엄마 걱정」전문

이 시는 기형도 시인의 시집 『입 속의 검은 잎』(문학과 지성사) 에 실린 시이므로 분명히 성인시이다. 그러나 어린이들이 읽어도 소년의 외로움과 삶의 고달픔을 충분히 느낄 수 있다. 위의 두 가지 사례로 볼 때, 성인시와 동시의 경계선을 뚜렷이 그을 수 없음을 알 수 있다. 그러므로 이 세상의 모든 시 가운데 어린이들이 읽어서 이해할 수 있고 즐거움을 느낄 수 있으며, 어린이의 가슴을 울리는 시는 모두 동시라고 할 수 있다. 그런데 시인이 자신이 보고 느끼고 생각한 진실을 그저 자기의 언어로 자유롭게 노래하다 보면 어린 독자들이 공감하기 어려운 생각, 이해하기 어려운 표현 기법이 담기기 쉽다. 그래서 시인들은 어린 독자를 염두에 두고 그들이 쉽게 이해할 만한 언어와 표현으로, 그들이 절실하게 공감하고 감동을 느낄 만한 시를 쓰게 되는데 우리는 이런 시를 '동시' 라고 한다.

나. 동시와 동요의 관계

동요라는 말의 사전적 의미는 '어린이들이 즐겨 부르는 노래' 이므로 동요에는 가사와 더불어 멜로디가 필요하다. 그런데, 아동문학에서 '동요' 라고 하면 어린이들이 즐겨 부르는 노래의 '노랫말' 을 뜻하는 것으로 동시의 한 종류라고 할 수 있다. 그렇다면 동시와 동요는 어떻게 다른가? 동시와 동요의 개념적 편차를 이해하기 위해서는 1920년대를 기점으로 시작된 우리 근대 아동문학의 전개 과정을 먼저 살펴볼 필요가 있다. 동요는 우리 근대 아동문학의 특수한 환경에서 태어난 독특한 갈래이기 때문이다. 동요가 등장하기 바로 전 시대에 성행하던 시가 양식이 바로 '신체시(新體詩)' 와 '창가(唱歌)' 인데, 동요는 특히 창가의 후속적 양식이라는 성격을 지니는 갈래라고 할 수 있다.

우리 근대문학의 효시로 인정받고 있는 최남선의 「해(海)에게서 소년에게」 (1908)는 흔히 '신체시'라고 불리는데, 이는 말 그대로 새로운 형태의 시라는 말이다. 신체시는 전 시대의 시가 양식인 가사를 대체했다는 문학사적 의미는 있지만, 새로운 양식으로 민중에게 받아들여지지는 못하였다. 신체시가 나오기 전쯤 (1900년대)에 등장한 또 다른 시가양식이 '창가'인데, 창가는 신문이나 잡지에 활발히 발표되어 당시의 소년과 어린이들에게 많은 영향을 끼쳤다. 창가가 생겨난 초창기에는 애국계몽기의 사회적 분위기를 반영하여 자주독립이나 문명개화 같은 계몽주의의 정신이나, 반일감정을 주제로 한 노래가 많았다. 그러나 일제에게 주권을 빼앗기기 시작하던 1910년부터는 애국적이고 계몽적인 내용은 거의 사라지고 관념적인 자연 예찬이나 목표가 불분명한 향학열을 고취하는 내용이 주를 이루었다. 이는 민중들의 반일감정을 희석시키려는 일제의 의도가 강력하게 반영된 것이었다. 통감부의 지도와 감독 아래 대한제국 학부에서 편찬한 『보통교육창가집』(1910)은 보통학교 학생들이 배우는 음악책이었는데 이 책에 실린 창가들이 바로 일본적인 율격과 정서, 감상 따위를 표현하는 노래였던 것이다.[71]

바로 이와 같은 상황에서 소파 방정환 선생은 우리 어린이들에게 들려주고자 새로운 노래를 만들어 보급하였는데 그 무대가 된 것이 잡지 《어린이》(1923) 였다. 재래의 창가와는 다른 신선하고 서정적이며, 예술성 있는 노래가 생겨나기 시작한 것인데, 이것이 바로 동요의 시작이다.

> 날 저무는 하늘에 별이 삼형제
> 반짝 반짝 정답게 비쳐이더니
>
> 웬일인지 별 하나 보이지 않고
> 남은 별이 둘이서 눈물 흘린다.
>
> ―방정환의 「형제별」 전문[72]

방정환 이후에 활발하게 동요를 발표한 이들은 윤극영, 유지영, 서덕출, 한정동, 이원수, 윤석중인데, 이 무렵에 발표된 '반달'(윤극영), '따오기'(한정동),

71) 김재용 외(1993), 「개화가사와 창가의 애국계몽사상」, 『한국근대민족문학사』, 한길사.

72) 방정환의 창작으로 알려져 왔던 이 작품은 최근의 연구에 의하면 나리타타메조(成田爲三) 가 작곡한 일본노래를 방정환이 번안한 동요일 것으로 추정된다.
(염희경(2008), "소파 방정환 연구", 인하대 박사논문, 230~233쪽 참조.)

'오빠생각' (최순애), '고향의 봄' (이원수) 같은 노래는 지금도 널리 불리고 있다. 또 이 때의 동요는 대부분 애상적이며, 감상적인 경향을 띤 것이 많았는데 이는 일제의 억압하에서 살아가던 당시의 민족적 분위기가 반영된 것이라고 할 수 있다. 이러한 가운데도 '봄편지' (서덕출), '퐁당퐁당' (윤석중) 같은 작품은 어린이들의 건강하고 명랑한 삶을 노래하여 당시 어린이들에게 희망과 즐거움을 주었다. 다음 작품은 이 시대의 분위기를 대표하는 노래이다.

> 보일 듯이 보일 듯이 보이지 않는
> 따옥 따옥 따옥 소리 처량한 소리
> 날아가면 가는 곳이 어디이더뇨
> 내 어머니 가신 나라 해돋는 나라
>
> ─한정동의 「따오기」 부분

> 따르릉 따르릉 비켜 나세요.
> 자전거가 나갑니다 따르르릉.
>
> 앞에 가는 저 영감님 꼬부랑 영감님
> 우물쭈물하다가는 큰일 납니다.
>
> ─목일신의 「자전거」 전문

앞의 사례에서 보았듯이 우리 나라의 동요는 창가의 대안적인 갈래로 출발하였다. 창가가 노래 가사로서의 의미를 지니는 바와 같이 동요 또한 당연히 노래로 부를 것을 전제로 지어진 갈래였다. 다시 말하면 동요는 일반적인 의미의 시로 지어진 것이 아니라 '소리내어 부를 수 있는 시' 라는 성격을 지녔으며, 그 결과 가락에 맞추기 쉬운 언어 형식을 지니게 된 것이다. 따라서 동요는 정형률의 형태를 띠게 되었으며, 깊고 함축적인 의미보다는 단순하고 소박한 의미를 담게 되었다.

이와 같은 동요가 동시로 변화 발전하게 된 것은 동요가 생겨나고 나서도 10여년이 지난 1930년대에 들어서서야 가능하게 되었다. 이원수는 동요의 세계에서 동시의 세계로 변화 발전하게 되는 계기를 다음과 같이 말하고 있다.

동요는 아동의 자기 심화나 성장 발전이나, 그런 본격적인 생활의 응시보다는 우선 사회적으로 무시되었던 아동의 발견과 아동의 애호에 치중된 소년 운동과 마찬가지로 심화된 시의 세계나 아동 생활의 구체적인 표현보다는 자연에서의 미의 발견, 개인적인 애환의 노래, 유희적인 노래 등이 주요 내용을 이루었고 따라서 오랜 구속에서 해방되는 아동들에게 베풀어 주는 즐거운 노래의 화원으로서 정형 동시 즉 동요로서 성황을 이루었다. …(중략)…

이러한 동시는 그 때까지의 동심 존중이나, 아동을 천사와 같은 것으로 보고 현실 사회와는 격리시켜 놓고 노래한 동요나 혹은 개인적인 감상에서 미를 찾으려 한 동요와는 달리 의사를 표명하는 시가 필요했고 또 그러기 위해서는 노래로서가 아닌 자유율의 시를 쓰지 않고서는 그 뜻을 드러내기 어려웠던 것이다.[73]

성인시가 자유시로 발전해 가는 가운데서도 동시가 오랫동안 정형 동시-동요로서의 형태를 가지게 된 것은 어린이 사회의 현대화가 늦었던 때문이다. 아울러 시인들의 아동관 역시 어린이에게는 노래 부를 수 있는 동요로서 그들을 즐겁게 해 주겠다는 비주체성을 벗어나지 못한 까닭[74]이기도 하였다.

정형시로서의 동요의 제약을 벗어나 동요를 동시로 전환시키는 데 큰 기여를 한 시인은 정지용이었다.[75]

바람.
바람.
바람.

늬는 내 귀가 조흐냐?
늬는 내 코가 조흐냐?
늬는 내 손이 조흐냐?

내사 왼통 빩애졌네.
내사 아므치도 안타

73) 이원수(2002), 『아동문학입문』, 소년한길.

74) 이원수(2002), 같은 책.

75) 원종찬(2001), 「한국 아동문학의 기원과 성격 비교」, 『아동문학과 비평정신』, 창작과 비평사.

호. 호. 칩어라. 구보로!

－정지용의 「바람」 전문

4 · 4조, 7 · 5조의 정형율을 보이던 앞 시대의 동요들과 비교해보면 이 작품의
율격은 매우 파격적이다. 1연의 '바람/ 바람/ 바람//' 과 같이 한 단어를 한 행으
로 처리하여 바람이 지속적으로 불어옴을 효과적으로 표현한 기교라든지, 1인칭
화자를 등장시켜 바람과 대화를 나누는 것으로 표현한 기법 또한 아주 신선하다.

정지용 외에도 1930년대에는 훌륭한 동시인들이 많이 등장하였는데, 윤석중,
이원수, 강소천, 윤복진, 신고송이 그들이다. 여기서는 이원수의 「찔레꽃」을 읽
어 보면서 당시의 시인들이 왜 동시라는 자유시의 형식을 쓰지 않으면 안 되었는
지를 알아보기로 하자.

찔레꽃이 하얗게
피었다오.
언니 일 가는 광산 길에
피었다오.
찔레꽃 이파리는
맛도 있지.
배고픈 날 따 먹는
꽃이라오.

광산에서 돌 깨는
언니 보려고
해가 저문 산 길에
나왔다가
찔레꽃 한 잎 두 잎
따먹었다오.
저녁 굶고 찔레꽃을

따 먹었다오.

―이원수의 「찔레꽃」 전문

  이 동시는 1930년대의 우리 민족의 삶과 현실을 절실하게 반영한 작품이다. 시적 화자는 광산에 일 나간 언니(형)를 기다리는 소년이다. 소년의 언니도 소년보다 나이가 그리 많지는 않을 것이다. 광산에서 돌 깨는 노동을 하는 소년과 그 언니를 기다리며 저녁을 굶고, 찔레꽃으로 허기를 채우는 더 어린 소년이 주인공이다. 시공간적 배경은 해가 저문 산길이고 하얀 찔레꽃이 이 외롭고 고달픈 소년을 둘러싸고 있다. 이 동시에는 식민지라는 고단한 삶을 살아가는 우리 민족의 슬픔이 투영되어 있다. 화자는 그저, 자기의 삶과 체험을 나지막한 목소리로 이야기하고 있을 따름인데, 이와 같은 상황과 정서를 표현하기 위해서는 자유시의 형식이 효과적이다. 율격과 형식의 제약이 많은 노랫말로서의 동요로는 화자를 둘러싼 세계와 삶의 관계를 효과적으로 표현하기 어렵다.

  동요는 1920년대를 지나서 1930년대에도 매우 활발히 창작되었던 갈래이며, 당시의 시대적 분위기와 사회적, 문화적 상황에서 볼 때 매우 긍정적 구실을 하였다. 창가가 할 수 없었던 구실을 충실히 수행하였지만 더 복잡하고, 깊이 있는 주제를 형상화하기에는 제약이 많은 갈래였기에 동시에 그 자리를 내어주게 된 것이다. 동요는 1930년대의 자유동시 운동으로 1940년 이후에는 점점 쇠퇴한 갈래가 되었지만, 동요가 완전히 사라졌다든지 불필요하게 된 것은 아니다. 어린이들에게는 여전히 노래 또한 필요한 것이고 이제 동요는 노랫말로서의 역할에 충실할 수 있게 된 것이다.

2. 동시의 효용성

가. 삶과 세상에 대한 통찰력이 자라난다

  문학의 소재는 인간이 살아가는 모습 그 자체이다. 우리 식구들의 걱정과 기쁨, 이웃이나 친구들과의 갈등과 화해, 우리 사회와 민족이 겪는 고통과 환희 같은 것들이 모두 문학의 소재가 되고 주제가 되는 것이다. 어린이를 대상으로 하는 동시의 소재와 주제도 이와 크게 다르지 않다. 어린이도 어른과 더불어 이 세상을 살아가는 한 구성원이기 때문이다. 그래서 좋은 동시는 이 세상을 살아가는 어린이의 참모습을 솔직하게 드러내며, 어린이가 본 이 세상의 모습을 있는 그대로 그려낸다. 어린이들은 이와 같은 동시를 읽는 가운데 자신의 삶을 조용히 들여다볼 수 있게 되며, 타인의 삶을 이해하고 우리가 사는 세상에 대한 통찰력이 자라나게 된다.

> 한낮, 길 건너 고추밭에서
> 콧노래 부르는 사람은 덕산댁 아지매다.
> 해질 무렵, 느티나무 아래서
> 쿨룩쿨룩거리는 사람은 감천댁 할배다.
> 밤늦도록 잠도 안 자고 우는 사람은
> 경운기 사고로 아저씨 돌아가신 지
> 한 달밖에 안 되는 연암댁 아지매다.
> 술만 마시면 온 마을이 떠나가도록
> 큰소리로 노래 부르는 사람은
> 마흔 살이 넘도록 장가 못 간 만식이 아재다.
>
> 늦은 밤, 왕 왕아앙 짖어대는 저 소리는
> 사람 가리지 않고 꼬리를 흔드는
> 이장댁 똥개 멍구다.

—서정홍의 「소리만 들어도 안다」 전문

농촌의 인구가 줄어 한 마을에 사는 사람이 얼마 되지 않는데도 그 가운데는 콧노래 부르는 아지매도 있고, 밤늦도록 잠도 안 자고 우는 사람이 있는가 하면, 마흔 살이 넘도록 장가를 못 가고 술만 마시면 온 마을이 떠나가도록 노래를 부르는 총각도 있다. 이 동시를 읽으면서 어린이들은 경운기 사고로 남편을 잃은 연암댁 아지매의 슬픔을 함께 나누기도 하고, 왜 만식이 아재는 마흔 살이 넘도록 장가를 못 갔는지에 대해 생각해보기도 하면서 이 세상에 다양한 사람이 어울어져 살고 있음을 알게 되고, 농촌의 어려운 살림을 깨닫게 될 것이다.

나. 언어적 감수성을 세련시킨다

문학 작품은 언어로 이루어진 미적 구조물이다. 어린이들은 일상적인 말하기에 필요한 어휘와 문장 생성 능력은 어느 정도 있지만, 좀더 복잡하고 세련된 언어 사용 능력은 아직 부족한 상태이며 한창 성숙되어 가는 과정에 있다. 이와 같은 상태에 있는 어린이들의 언어 학습에 가장 효과적인 교재가 바로 문학 작품이다. 다양한 문학 작품 가운데 언어의 사용 범위나 사용 어휘의 확장을 가장 크게 신장시키는 갈래는 동화와 같은 산문이고, 언어의 미화와 순화에 기여하며, 언어적 감수성을 세련시키는 갈래는 동시라고 할 수 있다. 동시는 비유와 상징을 활용하여 시인이 표현하고자 하는 바를 효과적으로 표현하며, 적절한 어조와 운율, 감각적인 어휘를 사용하여 미적인 언어 사용의 전범을 보여준다.

> 코스모스 마른 가지에
> 바람이 스쳐 간다.
> 깨끗한 소녀의
> 가냘픈 그 모습 다 어디 가고
> 어느 새 겨울-벌써 추위가 다가왔나.
> 간밤엔 나도 떨며 잤단다.
>
> 새까만 네 씨를 받아 가지마.
> (실낱 같은 푸른 잎, 긴 허리,
> 연분홍과 하양의 해맑은 얼굴......)
> 손에 받아 꼬옥 쥐고
> 눈에 선연 그려 본다.
>
> 아! 다시 보고픈 그리움 땜에
> 언제나 세월을 기다리며 사는 게지.
> 으스스 귀 시린

바람받이 언덕에서
코스모스, 까아만 네 씨를 받는다.

－이원수의 「그리움」 전문

가을이 깊어가자 코스모스는 마른 가지로 남아 바람에 몸을 스치고 있다. 시인은 앙상한 코스모스의 마른 가지를 보면서 자신의 쓸쓸한 감정을 코스모스에 이입시키기도 하고 내년에 다시 필 코스모스를 상상하며 그리워하기도 한다. 그런데 이와 같은 주제를 형상화해가는 과정에서 시인이 구사하는 묘사와 비유의 기법은 참으로 자연스러우면서도 효과적이다. 코스모스의 모습을 깨끗한 소녀의 가냘픈 모습이나 연분홍과 하양의 해맑은 얼굴에 비유함으로써 코스모스의 모습을 눈에 보이듯이 그려내고 있다. 이밖에도 코스모스의 씨를 받는 바람받이 언덕을 묘사한 부분이나 끝 행의 도치법과 의인법과 같은 기법이 이 시의 예술성을 한껏 높이고 있다. 어린이들은 이런 동시를 낭송하면서 자연스럽게 언어의 미감을 익히고, 무의식 속에 세련된 표현 기법을 저장시키는 것이다.

다. 심미적 정서를 풍부하게 한다

동시는 감성을 예민하게 해 주는 점에서도 큰 효능을 가지고 있다. 세밀히 느낀다는 것, 심정을 말로 적절히 나타내는 것, 이런 것이 우리들의 국어 생활을 윤택하게 해 주며, 우리가 살아가는 데 있어서 솔직하게 표현하는 버릇을 기를 수 있게 해 주는 것이 아닐까 한다.

바람에 보리피리 냄새가 난다.
약수터 젖은 이끼 냄새가 난다.
소다수 마시는 냄새가 난다.

공중에 연두빛 바람이 분다.
새들이 바람처럼 날려 다닌다.
햇빛이 초록으로 물을 들인다.
날마다 키 자라는 꿈을 꾼다.

걸어가도 깡충깡충 춤이 된다.

동무들이 죄다 예뻐 보인다.

─이원수의 「5월엔」 전문

이 동시는 오월의 바람과 새와 햇빛을 여러가지 사물에 비유하여 아름답게 표현하고 있다. 오월에 부는 부드러운 바람을 후각적 이미지로 바꾸어 표현한 기교라든지, 바람을 연두빛이라고 묘사한 부분은 언어의 미감을 유감없이 보여준다. 아름답고 따뜻한 오월에는 동무들도 모두 예뻐보일 것이다. 이 동시를 읽는 어린이의 마음도 심미적 정서를 흠뻑 느끼게 될 것 같다.

라. 인간과 자연을 사랑하는 마음을 갖게 된다

동시의 주제는 다양하다. 인간의 삶과 자연, 우주가 모두 동시의 주제가 된다. 좋은 시는 사랑과 감동을 노래하게 마련이다. 사람이 어울리고 부딪치며 살아가다보면 갈등과 미움의 감정이 없을 수 없지만, 시를 쓸 때 만큼은 자신의 부정적인 감정을 멀리서 바라보며 객관화하고 걸러내기 마련이다. 그래서 자아를 성찰하며 한 차원 높은 정신 세계를 지향하거나, 동무와 이웃, 가족에 대한 진정한 사랑의 마음을 표현하게 되며 우리는 그런 시를 좋은 시라고 하고, 많이 읽고 배우게 된다.

한편, 자연에서 만나는 벌레와 새, 풀과 나무 같은 동식물, 안개와 비와 눈 등의 기상 현상을 본 신비함과 놀라움도 시의 주제가 되는데, 이 경우에도 그것들을 증오와 원망의 대상으로 노래하는 경우는 거의 없을 것이다. 어디서나 쉽게 눈에 띄는 풀잎이나 나무를 보면서 시인은 우주에 가득 찬 생명의 신비를 느낄수도 있고, 작은 벌레와 새 한 마리를 보면서 무한한 애정을 느낄 수도 있다.

① 공부를 않고
　놀기만 한다고
　아버지한테 매를 맞았다.

잠을 자려는데

아버지가 슬그머니
문을 열고 들어왔다.

자는 척
눈을 감고 있으니
아버지가
내 눈물을 닦아주었다.

미워서
말도 안 할려고 했는데
맘이 자꾸만 흔들렸다.

―임길택의 「흔들리는 마음」 전문

② 바닷물에 발 담그고 있자니
　무언가 간질간질
　발 들어 보면 아무것도 없고
　다시 발 담그면
　간질간질 간지럼을 태우네.
　자세히 들여다보니
　현무암 송송 뚫린 구멍 속에
　갓난 아기 게 한 마리 들었네.
　나보고 어두우니 발 좀 치우래.
　팥알보다 작은 녀석이
　내 눈썹보다 작은 집게발 들어 보이며
　나보고 좀 비키래.
　못 이기는 척 비켜 주었어.

―김희정의 「발 좀 치우래」 전문

①은 아버지를 미워하던 마음이 용서와 감사의 마음으로 변화하려는 순간을

절묘하게 포착한 작품이다. 어린이들은 누구나 어머니나 아버지께 꾸중을 듣고서 부모님을 미워했던 경험이 있을 것이다. 매를 맞거나 꾸중을 들을 때는 한도 없이 밉고 원망스러웠던 아버지가 살그머니 아들 방에 들어와 눈물을 닦아주는 모습은 화자에게는 물론 독자에게도 따뜻한 울림을 준다.

②는 바다에 가서 아기 게 한 마리와 만났던 경험을 노래하고 있다. 바닷물에 발을 담그고 있자니 구멍이 송송 뚫린 현무암에 올려놓았던 발이 간질간질하다. 발을 치워보니 팥알보다 작은 아기 게 한 마리가 집게발로 밀어내고 있었던 것이다. 아기 게의 이 행동을 시인은 '어두우니 발 좀 치우라'는 말로 알아듣는다. 아, 이럴 때 아기 게 한 마리는 얼마나 귀엽고 사랑스러운가. 그리고 못 이기는 척 비켜주는 화자의 마음은 얼마나 넉넉한가. 이 동시를 읽는 독자는 자기도 모르는 사이에 작은 생물에 대한 애정과 생명을 사랑하는 마음이 싹트게 될 것이다.

3. 동시의 유형

시는 일정한 기준에 따라 여러 유형의 작품군으로 나눌 수 있다. 시의 외적 형식에 주목하여 형식적인 관점에서 정형시, 자유시, 산문시로 구분하는 것이 가장 일반화된 방법이다. 인간의 체험과 경험을 전달하는 방법에 따라 서정시, 서사시, 극시로 유형화하는 방식은 갈래 구분의 원칙에 따른 것이다.

가. 형태에 따른 분류

성인시를 형식에 따라 분류할 때 일반적으로 자유시, 정형시, 산문시로 나누는데, 동시도 형태상 분류하면 정형동시와 자유동시, 산문동시로 나눌 수 있다. 그런데 근래에는 몇몇 시인이 이야기동시라는 새로운 형태의 동시를 개척하여 창작하기도 하였다. 여기서는 이야기동시도 산문동시의 하나로 보고 산문동시를 설명할 때 함께 살펴보기로 한다.

1) 정형동시

정형동시란 4 · 4조나 7 · 5조의 일정한 음수율을 지켜가면서 창작된 동시로 지금까지 주로 동요로 불리어 오던 음악성 위주의 시가 가장 많은 부분을 차지한다. 이 밖에도 전통적인 시조 작법에 바탕을 두고 창작된 동시조와 전래동요도 여기에 포함된다.

① 꼭-꼭 숨어라
　머리카락 뵌다
　쥐가 물어두 꼭-꼭

－「술래잡기」(충남지방)

② 연못가에 새로 핀
　버들잎을 따서요
　우표 한 장 붙여서
　강남으로 보내면
　작년에 간 제비가
　푸른 편지 보고요
　대한 봄이 그리워
　다시 찾아 옵니다.

－서덕출의 「편지」 전문

③ 들마다 늦은 가을 찬바람이 일어나네
　벼 이삭, 수수 이삭 오슬오슬 속삭이고,
　발머리 해 그림자도 바쁜 듯이 가누나

－이병기 「가을」 1연

위 예시 가운데 ①은 전래동요이고 ②는 창작동요 ③은 동시조이다. 이로 볼 때 ②와 같은 창작동요는 전래동요의 형식을 이어받고 있음을 알 수 있지만, 최근에는 이와 같은 정형동시는 거의 창작되지 않고 있다. 동시조는 1940년대 동요 갈래의 침체를 만회하려는 대안으로 이구조에 의해 거론되고 1964년 이석현에 의해 재론된 이래 오늘날까지 이어지고 있으며, 최근에는 동시조를 쓰는 '쪽배' 동인들의 활동이 지속적으로 이어지고 있다.

2) 자유동시

정형동시가 지닌 선험적 운율 구조로서의 정형성을 벗어나 자유로운 실험성을 바탕으로 한 일체의 동시 형태를 말한다. 즉, 성인시에서의 자유시의 개념에 해당하는 형태상의 동시를 일컫는다. 다시 말해 자유동시는 자유로운 글자수와 행수, 또는 운율(내재율)을 취하는 시를 말한다. 여기에는 자유시형 동시와 산문 시형 동시가 있다.

자유시형 동시를 감상해 보자.

> 나뭇가지에
> 새 눈이 텄네요.
> 맨몸뚱이로 겨울 난 이 나무에
> 조그만 조그만 연두색 눈이 텄네요.
> 새 눈은 아기 눈, 봄이 오나 보네요.
>
> 나무 속에서
> 한겨울 보내고
> 껍질을 뚫고 뾰족이 내다보는
> 조그만 꽃봉오리 아기 잎사귀
> 먼 데 있는 해님을 보고 있네요.

> —이원수의 「새 눈」 전문

이 동시는 1연과 2연이 대응하고 있어서 표면적으로는 비슷한 운율구조를 지니고 있는 것으로 보인다. 그러나 자세히 읽어보면 두연은 각기 시적 필요에 알맞는 율격의 구조를 띠고 있음을 알 수 있다. 여기에서 이들 표면적 형태는 자유시에서 자유로운 형태 선택의 일부로 이용된 것일 뿐, 어떤 전제된 정형적 운율의 틀에 대입한 것이 아님을 알 수 있다. 이러한 운율 구조를 내재율이라고 한다.

산문시형 동시는 산문적 어조에 기초함으로써 자유시형이 지닌 그 자유로운 운율 구조마저도 벗어나 산문에 가까운 율조를 갖는 동시를 말한다. 산문적 어조이면서도 산문이 지닌 지시적 의미 전달의 틀을 벗어나 함축적 의미 작용의 내면 구조를 갖는 것을 말한다. 따라서 시적 의미 작용의 본질인 상징성, 다의성, 모호성, 함축성에 의해 그 성격이 규정될 수 있다.

> 수풀은 포근한 눈 속에 파묻혀서 깊이 잠이 들었습니다. 이따금 새그락거리며 가지 끝에 쌓인 눈더미가 제풀에 쏟아졌습니다. 어두운 구름이 하늘을 가리고 — 아무래도 또 한차례 눈이 내릴 것만 같았습니다.
> 상수리나무 나무굴 속에는 아기 다람쥐가 혼자서 살고 있었습니다. 아기 다람쥐는 잠만 깨면 나무굴 문틈으로 바깥을 내다보았습니다. 엄마 다람쥐가 오시기를 기다렸습니다.

— 정원식의 「달님과 호두」 中에서 —

한편 자유동시는 내용상으로 또 다른 분류가 가능하다. 가장 기초가 되는 것이 서정적인 것이지만 생활적인 것, 관념적인 것, 비판적인 것으로 관점에 따라 여러 가지의 갈래 나눔이 가능하다.

나. 내용에 따른 분류

성인시를 내용에 따라 분류할 때 서정시, 서사시, 극시로 분류하는 것이 보통인데, 동시의 경우 극시는 거의 창작되지 않으므로 동시를 분류할 때 극시를 포함시킬 필요는 없으리라 본다. 그리고 성인문학의 서사시에 해당하는 갈래의 명칭은 '이야기시'로 하는 것이 타당하다고 본다. 이것은 동시단에서 '이야기시'라는 이름으로 시가 발표되고 있으며, 이 '이야기시'는 성인문학에서의 '서사시'와는 그 성격을 달리하기 때문이다. 따라서 여기서는 서정시와 이야기시(동화시)로 나누어 살펴보기로 하겠다.

1) 서정시(lyric)

서정시를 뜻하는 리릭(lyric)의 어원은 리라(lyra)라는 현악기의 이름이다. 그러므로 서정시는 본래 악기에 맞추어 부르는 노래 가사를 뜻했음을 알 수 있다. 그러나 후에는 말의 짜임이나 노래의 리듬이나 선율을 암시하지만 주로 읽기 위해 씌어진, 개인적인 감정을 표현하는 짧은 시를 뜻하게 되었다.

노래시가 문자로 정착되어 눈으로 읽혀질 수 있게 되면서 그 노래스러움보다 말스러움에 독자들의 관심이 가기 시작하였다. 이것은 노래시의 전통이 끊겼다는 것이 아니라 또 다른 전통이 발생하였다는 말이다. 음악적 선율과 박자의 도움 없이 말은 그 스스로 소리의 아름다움을 잘 나타낼 수 있을 뿐 아니라 그것과 의미가 적절히 어울리면 음악적 효과 이상의 정서적 감흥을 불러일으킨다. 이리하여 노래와는 직접적 관련이 없는 근대적 서정시가 생겨난 것이다.[76]

슈타이거는 『시학의 근본 개념』에서 서정시의 특질을 다음과 같이 말하고 있다.

첫째, 서정시는 음악성을 추구한다.

둘째, 서정시는 시인의 독백을 통해 자신의 감정이나 생각을 진술하는 것이다.

셋째, 서정시의 세계는 자족적인 고독의 공간이다.

넷째, 서정시는 회감(回減)의 상태를 지향한다. 시인은 자신을 둘러싼 세계를 단절적으로 인식하지 않고 자신의 내부 정서와 상호 화합, 곧 동일화하려는 태도를 취한다. 서정시가 대상으로 하는 외부의 현상이나 외적 존재들은 시인의 내부에서 만나 서로 불꽃처럼 타오르며 합일된다.

다섯째, 서정시는 공감적(共感的)이다. 서정시는 일관된 통일적 원리에 의해 세계를 새롭게 구성하여 경이의 세계를 눈앞에 제시하지만, 인과적이거나 논리적인 체계에 의하지 않고 감각적이고 구체적인 형상화를 통해 이를 추구하는 것이다.[77]

어린이들이 비교적 쉽게 읽을 수 있는 정형동시, 자유동시, 산문동시는 주로 서정동시에 속한다.

아카시아 잎을 물고
호물호물.
두 눈이 말똥말똥
잘도 먹지요.

76) 이상섭(2001), 『문학비평용어사전』, 민음사, pp.171~172.

77) 서울대학교 국어교육연구소(1999), 『국어교육학사전』, 대교출판, pp.465~466.

클로버 잎을 물고
사각사각.

두 귀가 쫑긋쫑긋
잘도 먹지요.

　　　　　　　　－이진호의 「토끼」전문

　이 동시는 토끼가 풀 먹는 모습을 보여 주고 설명하기 위해 쓴 글이 아니라,
묘사를 하여 자연으로서의 토끼가 지닌 놀라운 순수성을 다만 '느끼게' 만들고
자 한 것이다. 이 느낌 속에 시적 감동이 있고, 이처럼 무엇을 느끼도록 시적 직관
의 내용을 형상화하여 펼쳐 나가는 것이 시적 상상력의 방식이다.[78]

2)이야기시(동화시)

　'이야기시' (동화시)는 '이야기' 를 운문의 형식에 담아낸 특수한 갈래이다. 이
야기시는 '이야기' 를 가지고 있다는 관점에서 보면, 동화의 성격을 가지고 있기
도 하지만, 운율과 길이 같은 형식적 관점에서 보면 동시라고 볼 수 있다. 또 이야
기시를 창작한 시인들도 동시의 한 종류로 생각하고 창작하였기 때문에 여기서
는 동시 속에 포함시켜 서술하고자 한다.

　이 이야기시는 신(神)이나 영웅들 일화를 운문체로 장중하고 웅대하게 서술한
성인 대상의 서사시와는 그 성격이 다르다. 성인 대상의 서사시는 객관적인 사건
이나 집단적인 사상과 감정을 주로 다루고 있으며, 주인공은 대개 그 시대 그 민
족의 운명을 대표하는 중요한 인물이다. 아울러, 공간과 시대의 운명이 그려지고
있는 사건이 있어야 하는 특징을 지니는 반면에 이야기시는 민담에서 많이 보던
내용이거나, 작가의 상상력과 체험으로 창작한 짤막하고 재미있는 동화같은 이
야기가 많다.

　이야기시의 최초 작품은 윤석중의 『잃어버린 댕기』라고 생각된다. 그리고 교
훈성과 흥미성을 고루 갖춘 이야기시를 창작한 시인으로 백석을 들 수 있다. 백
석은 1936년에 평안도 방언으로 민담과 토속적인 세계를 독특하게 시화한 시집

78) 박민수(1998), 『아동문학의
시학』, 춘천교대출판부, pp,130
~131.

『사슴』을 출간하여 당시의 시단에 충격을 준 시인인데, 그는 아동문학에도 관심을 갖고 작품 활동을 하였다. 그리고 해방후 동화시집이라는 이름으로 『집게네네 형제』를 출간하였다. 백석의 시를 보면 유년 체험의 이야기를 시 속에 도입한 작품이 많은데 이런 형식의 시들이 후에 이야기시로 발전한 것으로 보인다. 초기의 이야기시들은 단지 이야기가 시 속에 액자처럼 끼어 있었지만, 후의 이야기시는 그야말로 이야기가 중심이 되는 시이다. 최근에 그의 이야기시는 『귀머거리 너구리와 백석 동화나라』와 같은 시집, 『개구리네 한 솥밥』과 같은 그림책의 형태로 출판되었다.

『개구리네 한 솥밥』, 보림

『개구리네 한 솥밥』은 쌀 한말을 얻으러 이웃 마을에 가던 개구리가 어려움에 처한 동물들을 차례로 구해주고, 돌아오는 길에 위기를 만났으나 이번에는 그들의 도움으로 위기를 벗어나 한 식구처럼 한 솥밥을 해 먹는다는 이야기를 뼈대로 하고 있다. 그리고 이런 기본 뼈대에 시어와 문장을 되풀이하여 흥겨운 시의 운율을 빚어내고 있으며, 의성어와 의태어의 적절한 사용, 생생한 묘사로 이야기에 생기와 재미를 주는 작품이다.

백석이 시도한 이야기시는 1960년대에 들어와서 여러 시인들이 실험한 바 있는데, 이에 해당하는 작품으로는 이석현의 「메아리의 집」, 이종기의 「하늘과 땅의 사랑」, 신현득의 「고구려의 아이」가 있다.

고구려의 엄마는
아이가 말을 배울 때면
맨 먼저
'고구려' 라는 말을 가르쳤다.
다음으로는
'송화강' 이란 말을 가르쳤다.

아이가 꾀를 들어
이야기를 조르면
고구려의 엄마는
세상의 온갖 이야기 중에서
살수 싸움 이야기를 들려주었다.

세상의 많은 장수 중에서

을지문덕 이야기를 들려 주었다.

세상의 여러 임금 중에서

광개토왕 이야기를 들려 주었다.

아이가 커서

골목을 뜀박질하게 되면

고구려의 엄마는 요동성의 이야기를 해 주었다.

고구려 사람은

겁내지 않고

물러서지 않는다는 걸 가르쳐 주었다.

그리고 엄마는

요동성을 지키다 목숨을 잃은

아버지의 이야기를 들려주었다.

―신현득의 「고구려의 아이」 中에서―

이 이야기시는 최근에 들어와 젊은 시인들이 다시 이어받아 창작하기 시작했는데, 그 대표적인 작품집으로 위기철의 『신발 속에 사는 악어』, 권영상의 『신발코 안에는 새앙쥐가 산다』, 신형건의 『거인들의 나라』가 있다.

사물함을 열어보곤 깜짝 놀랐어. 연필이랑 책이랑 다 없어진 거야. 크레파스랑 삼각자까지도. 알고 봤더니 악어가 먹어치운 거야. 글쎄, 그 녀석이 책상이며 의자며 칠판이며 선생님 출석부까지 다 먹어치운 거야. 우리 반만이 아니야. 옆반까지 먹어치우는 거야. 교장실의 소파도, 운동장의 국기봉도, 국기봉 위의 국기까지도,

우리교실을 먹고 있어요! 악어가!

일학년 애들이 파래가지고 소리쳤어.

그 날 그 일을 다른 학교 친구들한테 말했더니 뭐라는지 알아? 그 악어 즈네 학교로 좀 보내달래. 글쎄 말이나 되는 소리니? 왜? 악어가 우리 학교를 아직 덜 먹었잖아.

―권영상의 「악어가 왔어」 전문

위 작품은 발랄한 상상력으로 판타지 동화 같은 이야기 한 편을 들려준다. 전통적인 동시와는 전혀 다르지만 어린이들에게 색다른 즐거움을 준다.

4. 동시의 요소

한 편의 좋은 시를 이루기 위해서는 말의 뜻(주제), 운율, 어조, 비유, 이미지 같은 여러 요소들이 필요하며, 이것들이 서로 잘 어울려야 가치 있는 작품이 된다. 동시도 당연히 시이기 때문에 이와 같은 요소들이 필요하지만 어린이가 독자라는 동시의 특성에 비추어 성인시에 비해서는 어느 정도의 제약도 있고, 조금 다른 점도 있다. 여기서는 동시가 갖추어야 할 요소별 특성과 독자의 입장에서 즐기기 위해서는 어떤 점에 주의를 기울여야 하는지 요소별로 하나씩 살펴보기로 하겠다.

가. 주제와 소재

동시의 주제와 소재는 어떤 것이 좋은가? 동시의 주제와 소재는 성인시에 비해 별로 큰 제약은 없다. 무엇이든 주제가 될 수 있다. 동시라고 해서 교훈적인 주제, 아름다운 자연을 예찬하는 시, 긍정적인 관점만이 주제가 될 수 있다고 생각하는 것은 오해에 불과하다.

시가 비유나 이미지, 어조 등 다른 요소에 의존하는 바가 크지만 그래도 시의 가장 중요한 요소는 시의 내용이며, 메시지이다. 알맹이 없이 기교만 화려한 시는 처음에는 쾌감을 줄 수 있지만 오래 가지 않으며 보편적 공감을 이끌어 내기 어렵다. 진실한 삶의 체험, 사물에 대한 새로운 관점, 인생에 대한 새로운 깨달음과 같이 시의 내용이 좋으면 기교가 조금 미숙하더라도 좋은 시로 평가받을 수 있다.

① 날씨가 좋아 뜰에 나가니
　개미가 있었다.
　호주머니에서 볼록렌즈를 꺼내어

개미한테 빛을 쬐었다.

개미는 끝없이 달아났다.

왜 그럴까?

빛에다 손을 대니 뜨거웠다.

미안 미안

난 몰랐단다.

—오오바 야쓰시의 「개미야, 미안하다」 전문[79]

② 차를 타고 집에 오는데

어떤 할머니께서

손을 들며

"세워 주소!" 해도

운전사 아저씨는

못 본 체 지나간다.

할머니께서는

할머니라서

차비를 안 내서

그냥 지나치나 보다.

옷에는 친절 봉사

모범 운전사

주렁주렁 달려 있다.

—장동천의 「모범 운전사」 전문[80]

위의 두 작품은 모두 어린이가 쓴 동시이다. ①은 개미와 같은 작은 동물에 대해 미안해하는 순수한 마음이 주제가 되었고, ②는 약자에 대한 동정심과 나쁜 어른에 대한 분노를 주제로 하고 있다. 위의 두 작품은 시적 기교나 표현은 평범하다고 할 수 있지만 말하고자 하는 주제가 뚜렷하여 독자의 공감을 불러일으킨다. 어떤 사람들은 '동시'라고 하면 예쁘고, 귀엽고, 어리고, 착한 내용을 연상하는 경향이 있다. 이런 생각은 편견에 불과하다. 부모나 친구에 대한 사랑, 아름다

79) 김녹촌 역(2000), 『개미야, 미안하다』, 온누리, p54.

80) 김녹촌(1999), 『어린이 시쓰기와 시 감상 지도는 이렇게』, 온누리, 279쪽.

운 자연에 대한 놀라움, 혼자 있을 때의 외로움과 쓸쓸함, 이 모든 것들이 동시의 주제가 될 수 있다. 성인시와 마찬가지로 동시의 가장 중요한 미덕은 '진정성'이라 할 것이다.

나. 운율(리듬)

어린이들은 본성적으로 리드미컬한 특성이 있다. 어린이들이 친구들과 노는 모습을 유심히 관찰하면 어린이들은 스스로 의식하지 못하면서 리듬을 놀이의 재미로 익혀버리고 있는 광경을 볼 수 있다. 예컨대, 같이 놀 친구를 부를 때도 아이들은 말로 부르지 않고 노래로 부른다. 어떤 아이가 영이라는 동무를 부른다고 가정해보면 그 아이는 말하듯이 "영이야, 놀자"라고 하지는 않는다. 그는 이 말에도 곡조와 리듬을 실어서 노래하듯이 "영이야, 노올자"라고 외치는데 이 말소리의 박자를 분석해 보면, "영이야 - - 노올자 - - (♪ ♪ ♩ ▰ │ ♪ ♪ ♩ ▰)"가 된다. 아이들의 이러한 특성은 놀이를 하면서 부르는 전래동요에 특히 잘 드러난다. '두껍아, 두껍아/ 헌 집 줄게/새 집 다오. //' 와 같은 동요를 보더라도 아이들이 본성적으로 얼마나 노래를 좋아하며, 리듬을 몸으로 체득하는지를 잘 이해할 수 있다.

시가 산문과 다른 중요한 요소가 바로 운율인데, 동시에서 운율을 효과적으로 구사하면 어린이들의 감흥을 이끌어 내기 쉽다. 운율을 만들어 내는 방법으로 쉽게 떠오르는 것이 정형율(외형율)인데 이는 각 행의 글자 수를 일정하게 하는 음수율로 3·4조, 4·4조, 7·5조가 있다. 그런데 이런 음수율은 조선 시대의 시조, 가사에서 유래한 것으로 애국계몽기의 창가, 일제강점기의 동요 일부에서 나타났는데, 운율을 형성하는 주류적인 방법은 아니다.

> 푸른 하늘 은하수
> 하얀 쪽배에
> 계수나무 한 나무
> 토끼 한 마리
> 가기도 잘도 간다
> 서쪽 나라로

가기도 잘도 간다

서쪽 나라로

－윤극영의 「반달」 전문

이 동요는 정확한 7 · 5조의 율격으로 이루어져 있는데, 사실 이 7 · 5조의 음수율은 일본 시가의 영향이었던 것으로 밝혀졌다. 그리고 위와 같은 음수율로 이루어진 동시는 동시의 자유시화 운동의 영향으로 1930년대 이후에는 거의 나타나지 않기 때문에 근래에는 음수율에 맞추어 동시를 짓는 시인은 찾아보기 어려워졌다. 이후 학자들은 3 · 4조나 4 · 4조, 7 · 5조 같은 음수율보다는 3음보율, 4음보율 같은 음보율이라는 용어가 우리 시가의 운율적 특성을 더 잘 설명해 줄 수 있음을 밝혔기 때문에[81] 이제 음수율을 맞춘 동요, 동시는 지난 한 시대의 박제로나 남게 되었다.

1930년대 이후 동시의 자유시 운동으로 정형율에 의거하여 시를 짓는 사례는 거의 사라졌으며 근대에는 거의가 내재율에 의해 리듬을 형성하는 경우가 많다.

내재율이란 자연스럽게 소리를 내어 읽어보면 저절로 느껴지는 규칙적인 호흡을 말하는 것이다. 리듬을 형성하는 방법은 다양하다. 가장 보편적인 방법은 음보율의 이용이다.

말의 규칙적인 반복이나 소리의 반복도 운율을 형성하는 방법의 하나이다.

우락부락한 산적들이

모락모락 모닥불 앞에서

붉으락푸르락 술을 먹다가

오락가락 정신이 나가서

엎치락뒤치락 싸움을 했는데

보일락말락 작은 벼룩이

수염 위로 오르락내리락

콧구멍 속으로 들락날락

－위기철의 「산적과 벼룩」 전문

81) 이 몸/ 삼기실 제/ 니믈 조차 /삼기시니//천생/ 연분이며/ 하날 모를/ 일이런가//(정철의 「사미인곡」 첫 부분) 가사를 흔히 4 · 4조의 율격을 가진 양식이라고 말하지만, 가사를 4 · 4조라고 설명하면 위의 짧은 글 가운데 자수율에서 벗어난 부분이 두 부분(이 몸, 천생)이나 된다. 그러므로 이 가사는 4음보의 율격을 가지는 양식이라고 설명하는 것이 더 적절하다.

이 작품은 '-(으)락, -(으)락' 이라는 소리를 규칙적으로 배열하여 운율을 형성하고 있다. 어린이들은 이렇게 같은 소리의 반복으로 시를 읽는 즐거움을 느끼게 되는데 이와 같은 기법은 말놀이의 일종이라고 할 수 있다. 이런 기법은 전래동요에서 자주 볼 수 있는 방법으로, 이 동시는 전래동요의 말놀이 전통을 잇고 있다.

한편, 동시에는 의성어나 의태어의 반복적 사용으로 운율을 형성하는 사례가 많다. 이런 기법도 어린이들이 매우 좋아하는 방식이다.

가시랑 가시랑
가시랑비
간질간질 소물소물
가시랑비

뒷동산 살구꽃도
참다 못해 하하하
앞마을 복사꽃도
견디다 못해 호호호

가시랑 가시랑
가시랑비
간질간질 소물소물
가시랑비

－이동운의 「가시랑비」 전문

이 시는 가시랑가시랑, 간질간질, 소물소물 같은 의태어를 효과적으로 구사하여 재미있는 시를 만들어 냈다. 이 의태어는 가늘게 내리는 봄비의 모습을 묘사하면서 살구꽃, 복사꽃이 간지러워 하는 모습을 효과적으로 표현하고 있다. 또한 같은 '가시랑비' 라는 명사와 '가시랑가시랑' 이라는 의태어가 잘 어울리며, 여기에 간질간질, 소물소물이라는 의태어를 되풀이함으로써 시의 리듬을 성공적으로 형성하고 있다.

안녕?, 잘 가!
안녕?, 잘 가!
그네를 탈 때
낮아졌다가 높아지고,
땅아 잘 가!
하늘아 안녕!

비야 안녕?
해야 잘 가!
비가 그치면
다시 해에게 안녕?
겨울 바람 속에서
새들은 항상 날고,
잘 가! 안녕?
안녕? 잘 가!

—메리 앤 호버맨의 「안녕? 잘 가!」 전문

이 동시는 날씨와 계절의 양상을 아이의 그네 타는 모습과 연결지음으로써 운율을 형성하고 있다. 그네를 타고 올라갔다 내려갔다 하면서 아이는 땅과는 헤어지며 하늘을 만나 인사한다. 그런데 이 만남과 헤어짐은 비 내리다가 맑아지는 날씨의 변화를 연상하게 되고, 계절의 순환(겨울 바람 속에 새들은 항상 날고)까지 암시하고 있다. 그네의 왕복 운동은 날씨와 계절의 변화와 순환이라는 대자연의 질서와 연결되는데, "안녕?, 잘 가!"라는 짧은 인사말의 반복은 그네의 리드미컬한 왕복 운동과 아주 자연스럽게 어울리며 시의 운율을 형성한다.

다. 비유

시가 산문과 다른 점은 단어의 함축적 사용이다. 시인은 자기가 표현하려고 하는 생각이나 대상을 짧은 언어로 나타내려하며 짧은 말 속에 많은 내용이 들어 있는 시가 독자의 마음에 호소력 있게 다가갈 수 있다. 시인이 자기의 생각을 짧은 말로 효과적으로 나타내는 방법이 바로 표현하려고 하는 사물을 다른 사물에 빗대어 표현하는 비유의 방법이다. 비유는 시 쓰기의 가장 기본적인 방법이며, 동시에서 가장 자주 쓰이는 비유법은 직유와 은유이다. 특히 직유는 비유법의 가장 초보적인 방법이므로 저학년 어린이를 독자로 하는 시에서 더 자주 쓰이게 된다.

"달달 무슨 달/ 쟁반 같이 둥근 달" 과 같은 직유는 초보적이며 익숙한 비유 방법이다. 그런데 직유법의 사용에서 주의할 점은 너무 흔한 비유, 진부한 비유를 빈번하게 사용할 수 있다는 점이다. 이런 안일한 비유는 독자의 시적 즐거움을 주기 어렵다. 그러나 참신한 비유는 시의 미적 가치를 높이고 독자에게 즐거움을 준다.

아침에 백로가 다섯 마리
날아갔다.
뒤에 한 마리 뒤떨어져 쫓아간다.
늦잠을 잔 것일까?
"너, 빨리 달려라. 학교 늦을라."
㉠새하얀 종이 붙인 것처럼
날개 반짝이며 날았다.
㉡빛의 나라 학교의
빛의 숙제
손에 들고 날았다.

—야마구찌 야스오의 「백로」

이 작품에서 ㉠은 아침 햇살에 반짝이는 백로의 하얀 날개를 '새하얀 종이 붙인 것' 에 비유하였는데 참으로 빛나는 직유라고 할 수 있고, ㉡은 은유법을 사용한 것으로, 백로가 가는 학교를 '빛의 나라 학교' 에, 하얀 종이 붙인 것 같은 백로의 날개를 '빛의 숙제' 에 비유하여 참으로 효과적인 표현이 되었다. 김녹촌은 이것을 "이상세계(理想世界)와도 같은 하늘 빛의 나라에서 벌어지고 있는 성스러운 광경을 상징적으로 보여주는 아주 비약적인 빛나는 표현"[82]이라 평한 바 있다.

82) 김녹촌, 앞의 책, 247쪽.

라. 이미지

훌륭한 시인은 언어를 마술적으로 구사한다. 시각, 청각, 촉각, 후각, 미각과 같은 감각적 표현은 독자들을 시의 즐거움에 빠지게 하는 중요한 방법이다. 감각적인 언어를 효과적으로 구사하면 독자는 시인이 말하고자 하는 구체적인 세계를 보고, 듣고, 만지고, 냄새 맡을 수 있게 된다. '강아지 털의 부드러운 감촉, 여름날 모깃불의 매캐한 냄새, 푸른 강물을 날고 있는 하얀 물새, 세찬 바람 소리와 뼛속까지 시린 겨울날의 동치미 국물……' 좋은 시는 이와 같은 감각을 생생하게 재현시켜 독자의 미적 쾌감을 자극한다.

그러나 시는 실제에서 겪어 볼 수 있는 감각적 경험의 대체물이 될 수는 없다. 어린이는 시를 듣거나 나무의 거친 껍질을 그린 그림을 보는 것으로 그 느낌을 체험할 수 없는 것이다. 어린이들은 먼저 나무껍질을 만져 보아야하고, 나뭇잎 더미에 구르고, 모닥불의 연기에서 가을 냄새를 맡아 보아야 한다. 그런 다음에야 시인의 이러한 경험에 동의할 수 있으며, 경험을 확장하거나 새로운 방식으로 경험하도록 도와 줄 수 있을 따름이다.

> 물새는
> 물새라서 바닷가 모래밭에
> 알을 낳는다
> 보얗게 하얀 물새알.
>
> 산새는
> 산새라서 수풀 둥지 안에
> 알을 낳는다
> 알락달락 얼룩진 산새알
>
> 물새알은

간간하고 짭조름한

미역 냄새

바람 냄새

산새알은

달콤하고 향긋한

풀꽃 냄새

이슬 냄새

물새알은

물새알이라서

아아, 날갯죽지 하얀

물새가 된다.

산새알은

산새알이라서

머리꼭지에 빨강 댕기를 드린

산새가 된다.

—박목월의 「물새알 산새알」 전문

이 동시는 시각적 이미지와 후각적 이미지를 잘 살려 썼다. '보얗게 하얀 물새
알'의 하얀 색과 '머리꼭지에 빨강 댕기를 드린 산새'의 선명한 빨간 색이 환기
하는 시각적 이미지와 '간간하고 짭조름한 미역 냄새'와 '달콤하고 향긋한 풀꽃
냄새'가 환기하는 후각적 이미지가 이 시의 느낌을 생생하게 한다. 이 동시를 읽
으면 독자는 새파란 바다와 하얀 모래밭을 배경으로 날고 있는 날개 죽지 하얀
물새와 초록 색 수풀 위를 날고 있는 머리꼭지가 빨간 산새의 영상이 떠오를 것
이다. 여기서 바다의 푸른색과 물새의 하얀색, 수풀의 초록색과 산새의 빨간색은
선명한 대비를 이루어 산뜻하고 청결한 느낌을 준다. 어린이들은 이렇게 아름다
운 동시를 읽으면서 심미감을 발달시키고, 시를 읽는 즐거움을 풍부하게 맛볼 수

있을 것이다.

마. 어조(말투와 목소리)

시를 이루는 요소 가운데 하나는 어조이다. 우리 일상 생활에서도 어떤 때는 말의 뜻보다 어조가 인간 관계에 더 큰 영향을 준다. 같은 말이라도 퉁명스러운 말투와 상냥하고 정다운 말투는 상대방에게 전혀 다른 느낌을 준다. 말이란 이처럼 기본적인 뜻만이 아니라 그것을 담아 전하는 말투와 미묘한 느낌의 차이도 중요하다. 시는 말을 재료로 해서 이루어지는 예술이기 때문에 이러한 어조를 섬세하게 활용해야 한다.

동시에서의 어조는 정답고, 상냥하고, 예절바른 어조가 대부분인데, 그것은 어린이를 독자로 하는 특성 때문이다. 그런데 동시라고 해서 언제든지 그처럼 부드럽고, 여성적이며, 상냥한 어조 일색이라면 별로 바람직하지 않다. 동시의 꽃밭도 저마다 다른 개성적인 꽃들이 필요하기 때문이다.

얼음 얼은 강물이
춥지도 않니?
동동동 떠 다니는
물오리들아.

얼음장 위에서도
맨발로 노는
아장아장 물오리
귀여운 새야.

나도 이젠 찬 바람
무섭지 않다.
오리들아, 이 강에서
같이 살자.

―이원수의 「겨울 물오리」 전문

얼음 얼은 강물을 동동동 떠다니는 물오리들, 얼음장 위를 아장아장 맨발로 걷는 아기 오리들, 이들을 바라보는 시적 화자의 마음은 연민과 애정으로 가득하다. 작고 귀여운 물오리를 바라보며, 저 물오리들과 같이 찬 바람과 의연히 맞서겠다고 다짐하는 화자의 마음을 적절하게 표현하는 기법이 바로 화자의 어조이다. 다정한 목소리로 물오리를 부르면서 묻고 대답하는 대화의 기법과 물오리에게 '이 강에서 같이 살자.' 라는 청유형 어조는 시적 화자와 물오리의 동지적 유대감을 더욱 효과적으로 강조하고 있다.

5. 동시의 선정 기준

동시의 특성은 독자가 어린이라는 데서 출발한다. 어린이는 어른에 비해 신체적, 인지적, 사회적, 도덕적 발달 단계로 볼 때 아직 미숙한 상태에 있으며, 정서적으로 미분화된 상태에 있다. 또한 아직 어른들의 이해타산적인 사고에 물들지 않아 순수한 마음을 간직하고 있으며, 감수성이 예민하고, 자연과 사물의 자극에 민감하게 반응하는 특성이 있다. 동시는 이러한 독자를 대상으로 하는 문학 양식이기 때문에 그만큼 제약 조건이 많을 수밖에 없고, 성인시와는 다른 여러 가지특성을 가지고 있다. 여기서는 동시가 지니는 여러 특성을 바탕으로 동시의 선정 기준을 살펴보기로 한다.

가. 어린이의 생활 체험과 감정 표현

동시의 독자인 어린이가 곱고 아름답고 착한 존재라는 '어린이관' 을 갖고 있는 경우 동심천사주의의 관점이 드러난다. 이 관점에 따라 동시를 창작하거나 교육하려 하면 어린이에게는 밝고, 곱고, 예쁜 시를 주로 읽혀야 한다는 생각으로 이어진다. 그러나 동시의 주독자인 어린이에게 반드시 그런 시만 읽혀야 한다는 생각은 편견에 불과하다. 왜냐하면 어린이들도 어른이 느끼는 감정과 욕구를 모두 가지고 있기 때문이다. 어린이들도 기쁨, 즐거움, 사랑과 같은 좋은 감정뿐 아니라 슬픔, 노여움, 미움, 욕심과 같은 부정적인 감정도 똑같이 가지고 있다.

다만 어른과 어린이가 기쁨과 슬픔, 외로움과 노여움의 감정을 똑같이 지니고 있다 하더라도 그런 감정을 느끼는 상황과 정도는 아주 다르다. 그러므로 어린이들의 삶의 체험과 감정을 절실하게 반영하여 쓴 동시가 오히려 어린이의 공감과 감동을 불러일으켜야 한다. 동시를 쓰는 시인은 성인이지만 동시를 쓰는 그 순간만큼은 감정과 욕망의 정도에서 어린이와 동일해져야 한다. 어린이의 욕망을 이해해야 할 뿐 아니라, 보통의 어린이가 느끼는 것보다 더 민감하고 절실하게 어린이의 상태가 되어야 한다.

> 운동화를
> 햇발 바른 곳에
> 키대로 세웠습니다.
>
> 엄마가 헌 칫솔로
> 삭삭 박박 문질러 씻은
> 내 운동화
>
> 놀이터에서
> 친구 다리 걸어
> 넘어뜨린 일
> 떡볶이 가게에서
> 흘렸던 고추장 국물
> 뿅뿅 게임방에서
> 놀고 왔던 흔적이 지워지고
>
> 운동화는 한나절
> 느긋하게 낮잠을 잡니다.
> 꿈까지 꿉니다.
>
> ―정두리의 「운동화 말리는 날」 전문

이 동시에는 아이의 삶이 잘 드러나 있다. 동시를 쓴 시인은 어린이의 삶과 욕망과 감정을 잘 이해하고 있다. 시인 자신이 그들의 마음이 되어버린 것 같다. 이와 같이 어린이들의 체험을 절실하게 묘사한 동시는 어린이들의 공감을 이끌어내기가 쉽고, 다양하고 활발한 반응을 이끌어내는데 효과적이다.

그러나 때로는 어린이를 그저 아름답게만 쓴 동시, 어른이 자신의 어린 시절을 아름답게 회고하는 동시, 아기의 귀여움을 묘사하거나 경탄하는 동시가 좋은 동시라고 오해받는 경우가 있다.

첫눈이 내리고 있다
지난날의 수많은 얘기들이 내리고 있다
기쁨과 슬픔의 얘기들이
그리움되어 하얗게 내리고 있다.
얘기들이 쌓인 만큼 추억도 하얗게 쌓이고 있다
그 얘기들을 밟으며 지난날로 되돌아가는
기쁜 어깨도 보인다.

―하청호의 「눈이 내리네」 부분

하얗게 내리는 첫눈을 바라보면서 기쁘고, 슬픈 추억을 떠올리며 옛날을 그리워하는 아름다운 동시이다. 그런데, 가만히 생각해 보면 '지난날의 수많은 얘기'라든지 '그리움', '추억'과 같은 시어는 일반적인 어린이의 삶에 비추어보면 그리 절실한 공감을 받을 수 있을 것 같지 않다. 어린이도 때로는 과거의 일을 그리워할 수 있지만, 이런 행위는 노인이나 어른에게서 더 많이 볼 수 있다. 어린이들은 미래의 희망에 마음 설레는 것이 보통이기 때문이다.

나. 어린이의 이해의 범주에 있는 주제와 사상

동시는 주로 어린이의 생활과 감정에서 그 소재를 취하는 수가 많으며, 경우에 따라서는 성인인 시인이 어린 시절의 체험이나 감정을 소재로 취하는 경우도 있다. 그러나 어린이의 생활이나 어린 시절의 체험만이 동시의 소재가 되는 것은 아니다. 성인시의 주제가 인생의 온갖 측면을 모두 다루고 있으며, 소재가 천차만별이고, 표현 기법이 다양한 것과 마찬가지로 동시의 주제와 소재, 기법도 다양한 것이 좋다. 예컨대, 자연에서 느끼는 아름다움과 놀라움, 사회의 모순과 부조리의 고발, 인생의 고통과 고뇌, 발랄한 상상력의 표현, 외로움과 슬픔, 사물에 대한 새로운 인식들이 모두 동시의 주제가 될 수 있다.

그런데, 이런 주제와 사상은 어린이의 이해의 범주에 있어야 하며, 어린이의 생각, 어린이의 관점으로 본 내용이어야 한다. 너무 철학적인 내용이나 어른들이나 공감할 수 있을 만한 인생 문제를 주제로 하여 성인시인지 동시인지 구분이 가지 않는 시를 동시라고 할 수는 없다.

다. 소박한 표현 기교와 어린이가 즐거워할 만한 표현 기법

동시의 독자는 어린이이므로 당연히 쉬운 말을 써야 하며, 비유나 상징 같은 표현 기법도 어린이가 이해할 만한 수준에 있어야 한다. 성인시에서 주로 쓰이는 이미지 위주의 시, 지나치게 어려운 은유나 풍자 같은 표현을 사용한 작품은 어린이가 이해하기 어려워 동시에서 멀어지게 한다. 또한 같은 사물을 보더라도 어른의 느낌과 어린이의 느낌은 사뭇 다를 수 있으며, 그것을 표현하는 언어도 매우 다르다. 동시는 어린이의 감각과 어린이가 평소에 사용하는 언어를 효과적으로 사용해야 한다.

> 사포의 키스
> 볼과 턱을 핥아대네.
> 나는 하루를
> 그렇게 시작하지요.
> 사포의 키스
> 꼭 안아주기, 가르렁 소리
> 내겐 부드러운 털로 감싸인
> 알람시계가 있어요.
>
> ―보비 캐츠의 「고양이의 키스」 전문[83]

83) Bobbi Katz(1974), "Cat Kiss," from Tomie de Paola's Book of Poems.

고양이 혀의 까칠까칠한 느낌을 사포가 키스하는 것으로, 고양이의 역할을 알람시계로 비유한 것은 아이들이 즐거워할 만한 은유이다. 이런 은유는 "유치한"

것이 아니라 "어린이다운" 것이다. 위의 시는 고양이와 어린 아이의 친밀한 모습을 어린이다운 언어로 묘사하였으면서도 감각적 심상과 정서적 울림을 함께 불러일으킨다.

콩타작을 하였다
콩들이 마당으로 콩콩 뛰어나와
또르르또르르 굴러간다
콩 잡아라 콩 잡아라
굴러가는 저 콩 잡아라
콩 잡으러 가는데
어, 어, 저 콩 좀 봐라
쥐구멍으로 쏙 들어가네

콩, 너는 죽었다.

─김용택의 「콩, 너는 죽었다」 전문

콩타작 마당의 신나는 풍경이 어린이의 쉬운 언어로 재미있게 묘사되어 있다. 이 동시에서 가장 재미있는 부분은 끝 연이다. 이리저리 튀는 콩과 콩을 잡으러 다니는 아이, 지금 아이는 일을 하는 것이 아니라 일종의 놀이를 하고 있다. 쥐구멍 속으로 들어가는 콩은 아이의 약을 올리는 것 같다. 이때 어린이의 입에서 자기도 모르게 터져 나오는 말이 바로 "콩, 너는 죽었다."라는 구절이다. 생생한 어린이의 언어가 동시를 살아있게 만든다. 따라서 시인은 어린이의 생활을 세심하게 관찰하고, 어린이가 평소에 사용하는 언어 하나라도 주의 깊게 들어두어야 한다.

한때 우리나라에 '동시도 시가 되어야 한다'고 주장하면서 동시도 성인시와 비슷한 예술성을 지녀야 한다고 생각했던 적이 있었다. 그래서 동시에도 모더니즘에서 주로 쓰는 기법을 쓰려하고 성인시의 시적 기교를 적용하려 노력했던 시인들이 있었다.

창에 기대어

파초잎이

손을 흔든다.

흔드는 손길에

남은 몇 가닥 햇살이 감겼다가,

핏자국 같은

놀이 빨갛게 눈부시다가,

흔드는 손길에

이제는 엷은 어둠이 희부옇게 흔들린다.

ㅡ박경용의 「저무는 창에」 부분

어둠을 꿰어 뚫은

조명탑의 드센 불빛이

검푸른 수평선 위로

줄기줄기 뻗으며

오색의 빛을 뿌린다.

ㅡ남길수의 「환상의 바다」 부분

권오삼은 위의 두 작품에 대하여 "사물을 인식하는 방법이나 시점이 이미 '동'에서 비켜나 있기에 동시가 아닌 '비동시'라 할 수 있다."고 평가한 바 있다.[84] 이 시들이 비록 이미지를 중시하는 모더니즘의 시적 기교를 성공적으로 구사하였다고 하더라도 동시로는 실패한 것으로 평가할 수밖에 없다. 앞의 시는 저물어 가는 창문에 비친 자연의 모습을 시간적 순서로 묘사한 시인데, 시의 분위기와 주제가 어린이들의 정서에 비추어 볼 때 공감하기 어렵다. 또 이 시에서 구사한 비유나 이미지 또한 어린이들이 이해하기에는 무리가 따르기 때문이다. 뒤의 작품도 시인 자신은 밤바다의 환상적인 풍경을 묘사하고 싶었는지 모르지만, 이 시를 동시로 보기는 어렵다. 이 시가 구사하는 언어나 표현 기법이 어린이들이 이해하고 공감하기에는 거리가 너무 멀기 때문이다.

84 권오삼(2003), 「동시와 비동시」, 『창비어린이』, 제1호, 52~59쪽

동시 또한 시의 하나이며, 언어 예술임은 분명하다. 그러나 동시는 어린이들을 독자로 한다는 특수성 때문에 어린이들이 이해하기 어려운 은유나 상징적 표현은 삼가야 하며, 어린이들이 감흥을 느끼기 어려운 기교 위주의 작품은 바람직하지 않다.

라. 어른의 주관적인 교훈을 삼갈 것

동시는 성인인 시인이 어린이에게 읽힐 목적으로 쓰는 시이다. 그러므로 알게 모르게 동시에는 성인이 어린이에게 들려주고 싶은 목소리가 드러나기 쉽고, 교육적 목적이 스며들기 쉽다. 물론 넓은 범위에서 동시는 교육의 자료가 되어야 한다. 여기에서의 교육이란 정서 교육일 수도 있고, 인성 교육, 도덕 교육일 수도 있다. 어린이들은 동시를 읽고, 언어의 아름다움을 깨달아야 하고, 미적 감각을 세련시켜야 하며, 인생을 사랑하는 태도와 약한 자를 불쌍하게 여기는 인간성과 불의에 대해 분노하는 마음을 길러야 한다. 그것이 어른이 어린이에게 동시를 읽히는 목적이 될 것이다. 그런데 이런 목적이나 의도를 지나치게 노골적으로 드러내거나 어른의 주관적 감정을 강요해서는 안 된다.

① 선생님 옷에서는
　엄마 냄새가 납니다.

　옷깃에 분필 가루
　털어드리면
　하얗게 웃으십니다.
　교실 꽉 찬
　선생님의 향기
　피어나는 웃음

　즐거움만으로
　가득 찬 무지개 교실

－「선생님」 부분[85]

85) 김녹촌(1996) 「동시감상(암송) 지도의 문제점」, 『한국어린이문학협의회 회보』 제28호, 37-38면에서 재인용.

ⓒ 달려가며 선생님을 부르면
뒤돌아 서 있다가
우리를 꼬옥 안아줍니다.

땟국물 흐르는 손
따뜻이 쥐어주시고
눈 맑다 웃으시며
등 두드려 줍니다.

그럴 때면
선생님 고운 옷에
폭 나를 묻고서
선생님 냄새를 맡아봅니다.

선생님을
선생님을
우리 엄마라고도 생각해 봅니다.

— 임길택의 「김옥춘 선생님」 전문

ⓛ과 ⓒ는 같은 소재로, 같은 주제를 노래하고 있지만 문학적 완성도를 비교하면 그 차이가 분명하다. ⓛ은 어린이들을 개성과 인격을 가진 한 사람의 인격체로 본 것이 아니라 교육과 훈육의 대상으로 볼 때 가능한 작품이다. 언뜻 보면 아름답고 긍정적인 작품인 것 같지만 시인이 말하고자 하는 바를 너무 직설적으로 강조하여 독자의 자발적인 감동을 이끌어 내는 데는 실패하고 있다. 이런 시는 시를 계몽과 교육의 도구로 삼았다는 점에서 비판을 받을 수 있을 것이다. 한편 ⓒ를 읽으면 잔잔한 감동이 느껴진다. 그것은 이 시가 가지는 진정성의 힘이다. 앞의 작품이 관념적인 '선생님'을 그렸다면, 뒤의 작품은 구체적인 인물인 '김옥춘' 선생님을 그린 것이다. 그래서 앞의 작품에서는 그냥 해보는 허황한 말잔치로 끝났지만 뒤의 작품은 진정성이 살아있는 고백으로 읽히는 것이다. 이런 차

이는 결국 동시로 성공했느냐, 실패했느냐의 차이를 판가름한다.

공자가 말한 바와 같이 '모든 시는 생각함에 사특함이 없'[86]기 때문에 좋은 시를 읽으면 읽는 것 자체로 정서가 순화되고, 도덕성이 고양될 것은 틀림없지만, 시가 곧바로 도덕 교육의 도구가 되어서는 안 된다. 이와 같은 어른들의 성규한 의도는 어린이들에게도 부정적 결과만을 초래하기 쉽다.

참고 문헌

권오삼(2003), 「비동시를 버리고 참된 동시로」, 『창비어린이』 1호.

권혁준(2003), 「우리 시대 아홉 시인의 표정」, 『어린이문학』.

권혁준(2003), 「어린이문학 관련 정기간행물의 내용 고찰」 『문학교육학』 제12호, 한국문
　　　　학교육학회.

김녹촌(1999), 『시쓰기와 시 감상 지도는 이렇게』, 온누리.

김녹촌 역(2000), 『개미야, 미안하다』, 온누리.

김녹촌(1996), 「동시감상(암송) 지도의 문제점」, 『한국어린이문학협의회 회보』 제28호
　　　　(1996년 1월호).

김재용 외(1993), 『한국 근대 민족 문학사』, 한길사.

박민수(1998), 『아동문학의 시학』, 춘천교대 출판부.

원종찬(2001), 『아동문학과 비평정신』, 창작과 비평사.

이상섭(2001), 『문학비평용어사전』, 민음사.

이원수(2002), 『아동문학 입문』, 소년한길.

페리 노들먼(2003), 『어린이 문학의 즐거움 1 · 2』, 시공주니어.

Huck, C. S., Hepler, S., Hickman. J., Kiefer. B. Z. (2001), Children' s Literature in the
　　　　Elementary School, Mcgraw-Hill (7ed.).

제3장 옛이야기

1. 옛이야기의 개념과 범주

가. 옛이야기의 개념

옛이야기는 언제, 어디서, 누구에 의해 이야기되고 시작되었는지 알 수 없지만, 서민들이 소유하고 사용하며 소중히 여겨온 이야기이다. 따라서 옛이야기는 아이들의 전유물이 아니며, 어른과 아이가 함께 즐기는 옛날부터 전해오는 이야기이다.

그동안 우리 아동문학에서는 이런 옛이야기를 전래동화라고 불러왔다. 전래동화란 옛이야기 가운데 어린이들에게 읽힐 만한 이야기를 골라서 현대 동화의 어법과 문체로 다시 쓴 이야기를 말한다. 원래 옛이야기의 주된 향수자는 어른인데, 그런 옛이야기 가운데 어린이에게 맞게 사건을 재구성한 것이 전래동화이다. 아동문학의 범주에서 본다면 '전래동화' 라는 용어가 적합하지만, 최근에는 '전래동화' 라는 용어보다는 '옛이야기' 라는 용어가 폭넓게 사용되고 있다. 왜냐하면 기존의 전래동화는 원전이 되는 옛이야기의 내용을 축소, 생략, 수정한 것이 많으며 문체도 구어에서 문어로 재구성하여 옛이야기의 본질적인 성격에서 멀어진 것이 많기 때문이다.

아동문학의 하위갈래로서 '전래동화' 라는 용어보다 '옛이야기' 라는 용어가 더 적절한 이유는 다음과 같다. 첫째, 전래동화로 한정하면 어린이들이 향유할 수 있는 옛이야기가 있음에도 불구하고 그런 이야기를 포함할 수 없다. 둘째, 책으로 출판된 것만 포함하기 때문에 입에서 입으로 전해오는 옛이야기를 다룰 수 없게 된다. 셋째, 전래동화에는 지나치게 교훈성이 스며들 여지가 많다. 옛이야기가 전래동화로 개작되면서 어른이 아이에게 주고자 하는 교훈이 노골적으로 반영된 사례가 많았다. 그것은 순화된 전래동화가 어린이들에게 더 유익하다고 믿었기 때문이다. 넷째, 현대에 들어와서 옛이야기는 주로 어린이들의 차지가 되었기 때문에 전래동화보다는 옛이야기라는 용어를 사용하는 것에 별 무리가 없다고 본다.

옛이야기는 전승문학의 한 유형으로 입에서 입으로 전승된 것도 있고, 문헌으로 기록되어 정착된 것도 있다. 문헌으로 기록되었다는 것은 입에서 입으로 전해지면서 개작과 첨삭이 되는 옛이야기의 특성이 사라지고 내용이 고정되었음을 뜻한다.

최근의 옛이야기는 어린이를 대상으로 옛이야기를 재구성하여 문자로 기록하고 전달 방식도 입에서 입으로가 아닌, 책의 형태로 전승된다. 현대 작가들이 전해 내려오는 이야기나 검증된 이야기를 정리하여 옛이야기로 내고 있는 추세이다. 비록 책에 작가의 이름이 명시되어 있지만,[87] 그것은 창작의 의미가 아닌 정리 · 문자화한 것이라고 보아야 한다.

나. 옛이야기의 범주

옛이야기는 옛날부터 전해오는 이야기로 신화, 전설, 민담을 모두 이르는 말이다. 모든 민족은 자기들의 옛날이야기를 가지고 있기 마련인데 이러한 원초적인 옛이야기를 독일은 '메르헨(märchen)', 영국은 '마법 이야기' 또는 '요술 이야기'로 번역되는 '요정이야기(fairy tale)', 그리고 북구에서는 '에반뛰레(eventyre)'라고 칭한다.

옛이야기는 줄거리 중심으로 되어 있고 사건이 단순 · 명쾌한 말로 전달, 전승되는 구비문학이다. 한국문학에서의 옛이야기의 위치는 다음과 같다.

【그림 1】 옛이야기의 구비문학상의 위치

87) 권정생(2003), 『훨훨 간다』, 국민서관.
강우현(2000), 『양초귀신』, 다림.
이경혜(1997), 『이래서 그렇대요』, 보림.
김장성(1998), 『어찌하여 그리 된 이야기』, 사계절.
조대인(1996), 『땅속나라 도둑 괴물』, 보림.

위의 표에서 보는 것처럼 옛이야기의 구비문학상의 명칭은 설화인데, 설화는 신화, 전설, 민담을 아울러 이르는 말이다. 여기에서는 신화, 전설, 민담의 의미와 성격을 간단히 서술해 보기로 한다.

신화(神話)는 '신에 관한 이야기' 또는 '영웅의 이야기'로 '신성한 이야기'이다. 신화는 인간을 초월하는 저 높은 곳의 힘이나 섭리, 또는 신성을 내재한 인간의 이야기로 표명될 수 있다. 신화의 미적 특성으로는 '일체화(Embodiment)' 즉 '동화 체험'을 지향한다. 신화는 '나 이상의 나'로서의 신령한 주인공에 자신을 합치시키는 과정에서 자아의 한계를 넘어서 삶의 승격과 완전성을 실현하는 것이다. 신화는 공동체적 질서가 살아 있던, 자아와 세계가 동질적인 시대의 산물로 최초의 서사문학이라고 할 수 있다. 역사상 신화의 시대는 고대이다. 신화시대에는 철학, 종교, 정치가 독립되어 있지 않고 신화가 이 모든 역할을 다 수행하였다. 새로운 나라를 이루고 고난을 극복하려던 고대인들은 신화를 필요로 했고, 이는 고대인들의 정신적, 물리적 구심점이었다.[88] 신화는 일상적 담화 외에도 '서사시'의 형태로 전승되었고, 고대 건국시 외에 구비서사시로 전승되어 온 창조신화, 무속신화 등이 있다.

전설(傳說)은 '세속에서 전해지는 이야기'로, 믿기 힘든 기이한 내용을 담고 있다. 증거물과 결부되어 실제 있었던 것처럼 전해지는 이야기로, 학문적으로 '규명지향적 특성'을 지닌다. 전설은 대개 특정 지역을 중심으로 지역의 공동체적 유산으로서의 성격을 지닌다.[89] 전설은 신화시대에서 자아와 세계의 동질성을 보장해주는 공동체적 유대가 무너지기 시작하고 자아와 세계 사이에 이질적인 대립이 생기면서 발생되었다. 종교적 질서가 신화적 질서를 대신하면서 인간은 세계의 괴이한 모습 앞에서 좌절을 경험하고 세계의 괴이한 모습을 용납하지 않고 자아를 찾아가려는 형태로 발견된다. 전설은 보통 지역적 전설, 전국적으로 널리 퍼진 전설, 역사적 인물에 관한 전설로 대별되며 인물 전설이 흥미 위주로 재편되면 민담의 영역으로 들어간다.[90]

민담(民譚)은 '재미나게 꾸며진 상상의 이야기'이다. 사실의 여부에 구애받지 않고 흥미진진하게 엮어나가는 이야기 중의 이야기이다. 비현실적인 환상이나 상식을 넘어선 과장도 많다. 민담은 전설과는 달리 '개인적 이야기' 측면이 강하다. 예전부터 있었던 이야기지만 선택의 자유뿐만 아니라, 표현의 첨삭은 물론

88) 신동흔(2006), 「설화와 소설 그리고 어린이 문학」, 『어린이와 문학』, 4월호.

89) 조동일(2004), 『한국소설의 이론』, 지식산업사.

90) 조동일(2004), 앞의 책.

스토리의 재편도 얼마든지 가능하며 더 재미나게 이야기를 만들 수 있다.[91]

민담이 만들어진 시기도 전설이 만들어진 시기와 거의 일치한다. 신화시대가 종말을 고하면서 자아와 세계의 동질적인 관계가 무너지고, 자아와 세계는 세계의 우위에 입각하거나 자아의 우위에 입각하여 대결하게 된다. 즉 민담의 주인공은 신화적 능력을 타고난 자가 아니며, 자기에게 닥친 난관을 신화적 능력으로 극복하지 않고 일상적 인간의 지혜와 우연한 행운으로 극복해야만 한다. 이야기도 하늘과 땅의 대립 같은 것이 아니고 빈부귀천의 문제이다. 가난하고 미천한 자는 자기를 인정하지 않으려는 세계와 싸워야 하고 세계의 장벽을 무너뜨려야 한다. 자아의 가능성을 믿고 세계에 대한 자아의 우위를 발견한 사람만 세계의 장벽을 무너뜨릴 수 있었다. 그래서 민담은 사회적 대립에서 이긴 자의 것이며, 약자의 승리를 말해준다.[92] 민담은 범위가 넓어서 이야기 종류가 아주 많다. 한국의 경우, 보고된 민담의 유형이 수천가지에 이르며 크게 '환상적 민담', '희극적 민담', '사실적 민담' 으로 나누어진다.

신화, 전설, 민담을 아우르는 옛이야기는 개인의 창작물이 아니라 민족적 집단의 공동생활 속에서 공동 심성에 의해 자연발생적으로 형성된 일정한 구조를 가진 꾸며낸 이야기이다.

2. 옛이야기의 가치

창작동화보다 옛이야기가 아이들의 마음을 훨씬 많이 끌어당긴다고 한다. 그것은 창작동화가 기교는 뛰어나고 문장은 아름답지만, 너무나 합리적이어서 삶의 근원적 진실에 뿌리를 내리지 못하기 때문이다. 옛이야기는 사람들의 마음 속에 알 수 없는 심적 요소, 근원을 알 수 없는 인간 의식의 원형을 가지고 있다. 베텔하임(Bruno Bettelheim)은 '옛이야기는 무의식적 진실의 상징적 표현' 이라고 하면서, 옛이야기 속의 상징을 통해 아이들에게 어떻게 진실을 전할까를 생각해 보아야 한다고 했다.[93] 이와 같이 옛이야기는 하나의 기호로 어린이들의 원형적 심상 속에 녹아 무의식중에 진실된 삶을 선택하는 지표가 된다.

옛이야기는 한국의 근대교육이 시작되기 전 가정에서 어른들이 어린이들에게

91) 신동흔(2006), 앞의 글.

92) 조동일(2004), 앞의 책.

93) 브루노베텔하임(1998), 『옛이야기의 매력』, 시공주니어, 13~25쪽.

좋은 내용의 이야기를 들려줄 때, 가치관과 정서교육을 대신하여 사용되었다. 나아가 우리 민족의 고유한 정서와 전통을 일깨워 주는 정서교육을 위한 기본교육이기도 했다. 독일의 시인 쉴러가 '내가 실제 인생에서 배운 것보다 어릴 때 들은 옛이야기 속에서 더 깊은 의미를 찾았다.' 고 한 것처럼 인간의 삶에 있어서 아동기에 처음 만나는 문학인 옛이야기는 어린이의 성장에 많은 영향을 미친다. 옛이야기는 이야기 교재이다. 또, 시적인 산문문학인 동시에 조상의 문화를 체득할 수 있고 도덕적인 교훈성을 갖는 이야기로, 어린이들 스스로 구연할 수 있어 언어 사용 기능 신장에 도움을 준다. 옛이야기의 가치를 구체적으로 살펴보면 다음과 같다.

가. 언어적 가치

옛이야기는 구비전승된 문학이므로 우리 말의 묘미가 전승자들의 입말의 리듬을 타고 재미나게 표현된다. 간결하게 사건을 이끌어나가야 하고 구성이 전승자집단의 의식과 잘 맞아야 한다. 옛이야기의 언어적 가치는 전승자 집단의 전승 방식에 해당되며, 세대를 거듭하면서 이어져오는 가치로 그 내용은 다음과 같다.

첫째, 옛이야기는 사람의 입말을 통해 구비전승되어 오던 문학 작품으로 전승자들의 재화와 각색을 통해 재구성되어온 집단적 창작품으로서 가치가 있다. 말하자면, 옛이야기는 이야기하는 사람과 청중이 공유하고 공감하는 구조와 내용을 가지고 있어야 하고, 이야기판의 성격이나 분위기, 이야기꾼의 기억력과 가치관, 미의식, 청중의 수준이나 반응 등에 따라 변주되어 형성된 것이므로, 전승자집단의 총체적 서술 방식들이 어우러져 녹아 있는 집단 창작품으로서 가치가 있다.

둘째, 옛이야기는 말로 표현된 것이므로, 청자와 독자는 이를 통해 언어능력을 기를 수 있다. 특히 이야기하는 사람이 구연을 통해 청자에게 들려 주고 다시 청자가 이야기꾼이 되는 경우가 많으므로 전승자들의 구연 능력 신장에 중요한 몫을 한다. 다만, 과거 구비문학 시절에는 옛이야기가 생산되는 과정에서 이야기꾼과 청중의 비중이 같았는데, 오늘날에는 기록문학이 되어 청중의 비중은 작아지고 이야기꾼과 판의 비중이 커졌음을 알 수 있다.

나. 교육적 가치

어린이들을 키우는 데 가장 중요한 일은 자기 삶의 의미를 찾아내게 하는 일이다. 삶의 의미를 발견하려면 어린이는 성장과정에서 많은 경험을 할 필요가 있다. 그래야 어린이는 자신을 잘 이해하고 타인도 잘 이해하여 서로 만족스럽고 의미 있는 관계를 맺게 된다. 옛이야기는 어린이들에게 간접적으로 삶의 의미를 가르쳐 주는데, 그 가치는 다음과 같다.

첫째, 옛이야기는 인간의 내면 문제들에 대해서 많은 가르침을 준다. 어른들은 어린이들에게 인간은 본질적으로 착하다고만 가르친다. 그러나 어린이들은 자신이 착하지 않고, 착한 행동을 해도 마음 속은 착하지 않음을 알기에 자신을 괴물처럼 여길 수 있다. 그러나, 옛이야기 속에는 어린이들에게 삶의 부정적 본질을 자연스럽게 받아들일 수 있도록 다양한 형태로 전달되는 메시지가 있다.

둘째, 옛이야기는 어린이가 처한 난관에 알맞은 해결책을 제시한다. 어린이들은 성장하면서 많은 어려움을 겪는다, 자아도취에서 비롯된 실망, 오이디푸스적 갈등, 형제간의 경쟁심, 소아적 의타심 등 버려야 할 것과 자신감과 자긍심, 윤리적인 감각을 익히기 위해서는 자기의 내면을 이해할 수 있어야 한다. 어린이는 옛이야기를 통해 무의식적 내용을 환상으로 이해하게 되는데, 이 환상으로 무의식적 억압에 대처하여 어린이 스스로 발견하지 못한 어린이의 상상력을 불러 일으켜 문제를 해결한다.

셋째, 옛이야기는 미묘하고 암시적인 방식으로 도덕적 행위의 이로움을 알려 도덕 교육에 도움이 된다. 옛이야기에서 어린이는 악한이 벌을 받는 결말 부분에서 도덕적 교훈을 얻는 것이 아니다. 악행으로 결코 승리할 수 없다는 확신이 바로 효과적인 악행 억제 수단이 된다. 어린이는 악한이 마지막에 모든 것을 잃고 선이 승리한다는 사실보다는 주인공이 너무나 매력적이라는 사실에 도덕성을 키우게 된다. 이것은 어린이가 주인공과 동일시되어 온갖 시련과 고통을 겪다가 마지막에 승리하면 자기도 함께 승리하였다고 상상하는 도덕률을 새기는 것과 같다.[94]

넷째, 옛이야기 속에는 우리 조상들이 겪어 온 삶의 다양한 체험, 사상, 감정, 지혜, 용기, 가치관 등이 녹아 있다. 그래서 어린이들은 옛이야기를 통해 한국인다운 삶의 여러 방식을 배우며, 한국적 정서와 가치관을 함양하고 심화시켜 나간다.

94) 브루노베텔하임(1998), 『옛이야기의 매력』, 시공주니어.

다. 심리적 가치

옛이야기는 수 천년동안 전승되면서 표면적 의미와 심층적 의미를 함께 지닌다. 그래서 인간의 모든 심리적인 측면에 호소할 수 있게 되고, 어른은 물론 순진한 어린이의 마음에 닿을 수 있다. 심층심리학적 측면에서 보면 옛이야기는 의식, 전의식, 무의식 등 모든 정신 층위에 작용하여 중요한 메시지를 전달하며, 삶의 보편적인 문제들, 특히 어린이들의 머릿속에 자리 잡고 있는 모든 문제들을 다룸으로써 이제 싹트기 시작하는 자아의 발달을 자극한다. 베텔하임(Bruno Bettelheim)은 옛이야기의 가치를 주로 정신분석학적 관점에서 보았는데, 그의 견해를 중심으로 옛이야기의 심리학적 가치를 살펴보면 다음과 같다.[95]

95) 브루노베텔하임(1998), 앞의 책.

첫째, 옛이야기는 어린이들의 심리와 감정에 대해 깊은 이해를 가진다. 옛이야기는 어린이들이 무의식적으로 겪는 심각한 내면적 억압을 이해하며, 그들이 성장하면서 겪게 되는 심각한 내적 갈등에 대해 영구적인 해결책을 준다. 즉, 옛이야기가 주는 무의식적 내용을 환상의 형태로 인식하여 이 환상으로 무의식적 억압에 대처한다.

둘째, 옛이야기는 인간의 존재론적인 문제를 해결한다. 좋은 창작동화라 할지라도 존재의 한계인 죽음이나 늙음, 또 영원한 삶을 얻으려는 소망에 대해서는 거의 언급을 회피한다. 옛이야기 속에 흔히 등장하는 부모의 죽음과 살아남은 자식들의 존재방식은 어린이들에게 존재의 복잡함을 간단명료하게 보여주는 예가된다.

셋째, 옛이야기는 원초적 충동과 폭력적 감정에서 비롯되는 깊은 내면적 갈등을 해소시킨다. 고독감, 소외감 등과 같은 존재의 불안과 삶의 애착, 죽음의 공포 등을 옛이야기 속의 주인공들을 통해 대리 체험함으로써 해결책을 제시받는다. 옛이야기의 마지막에 제시되는 "그 후 그들은 영원히 행복하게 살았습니다."라는 표현은 혼자 살면 세상이 고통스럽지만 타인과 진실하게 만족스러운 관계로 살면 고통이 사라진다는 것과, 진실하고 성숙한 삶을 발견한 사람은 영원한 삶을 바랄 필요가 없다는 것을 발견하게 된다.

넷째, 옛이야기는 참된 인간관계를 통해 어린이를 괴롭히는 분리불안을 해소시킨다. '헨젤과 그레텔' 같이 엄마에게 매달리면 매정하게 내쫓기게 될 것이라는 사실과 옛이야기의 주인공은 바깥세상에 뛰어들었기 때문에 자신을 발견하고, 행복하게 함께 살 사람도 만나고, 더 이상 분리불안을 겪을 필요가 없다는 것을 알게 되고 의타심을 버리고 만족스런 존재로 독립한다.

3. 옛이야기의 특징

가. 내용 특징

옛이야기는 그 특성상 구비 전승되고 개인에 의해 재화·각색된 예가 수없이 많으며, 우리 인간의 모든 삶의 문제를 다루고 있기 때문에 일률적으로 몇 개의 내용과 주제로 범주화하는 것이 불가능하다. 그러나 여기서는 우리의 옛이야기에 보편적으로 드러나는 주제와 내용상의 특징을 중심으로 다음과 같이 범주화하였다.

1) 민중들의 꿈과 소망, 한(恨)

옛이야기의 내용은 대부분 크게 민중성을 벗어나지 않는다. 민중성이란 '민중들의 욕망'을 충족시키는 방향으로 이야기가 만들어진다. 주로 가진 자보다 가지지 못한 자가 더 꾀바르게 묘사되어 있어 민중들의 '한풀이' 역할을 하였다. 옛이야기를 만든 사람들은 대개 땀 흘려 일하면서 살아가는 백성이었다. 그들은 돈도, 권력도, 힘도 없이 험한 세상을 헤쳐 나가는 약한 사람들이었다. 약한 사람들은 언제나 힘센 사람에게 억눌려 지내게 마련이다. 억눌려 지내다 보면 한이 맺히고 한을 풀 수 없으면 좌절에 빠진다. 이들이 잠시나마 세상 시름을 잊고 마음의 구원과 즐거움을 얻는 길은 상상력에 기대는 길이었다. 이 상상력이 꿈을 낳고 꿈이 이야기를 낳았다. 이들은 주인공을 내세워 자기가 하고 싶은 말이나 행동을 마음껏 해보는 '대리 체험'의 즐거움을 누렸다.

2) 운명에 대한 믿음

옛이야기 속에는 민중의 '운명'론이 주로 묘사되어 있다. 한편, 이러한 이야기를 들으면서 자신의 현실을 운명으로 받아들였다. 사람의 운명은 신이 정해 놓은 것이지만, 민중은 신이 만들어 놓은 운명을 헤치고 극복해 나가 '행운'을 성취한다는 이야기도 있다. 옛이야기 속의 주인공이 뜻밖의 행운을 얻는 이야기로는 길을 가다가 구해준 잉어로 인해 바우가 행운을 얻는다는 「바우와 잉어 이야기」와 「떡보의 수수께끼 맞추기」, 「우렁이 색시」 등이 있는데, 이러한 이야기는 고단한 삶에 지친 민중에게 위안을 주기도 하였다. 옛이야기의 주인공은 대부분 탄생부터 고통스럽고, 갈등과 심각한 고난을 겪지만 결말에 이르면 마침내 행복한 삶을 성취한다. 모든 이야기가 통과의례의 과정을 거치는 것은 아니나, 대부분의 인물들은 통과의례를 거친다. 통과의례는 주인공의 가출, 시련의 경험, 귀환, 혹은 행복한 결혼의 이야기 구조를 이루게 한다.[96] 어떤 이유로 주인공이 집을 떠나고, 도중에 신령스런 존재자, 혹은 협조자에 의해 어려움을 이겨내고 퇴치하여, 재물을 획득하거나 행복한 결혼을 하는 이야기다. 「거타지 설화」나 「구렁덩덩 신선비」 같은 이야기가 바로 통과의례의 구조로 이루어져 있는데, 주인공이 곤경에 닥치거나, 신령스런 존재자에게 구원을 받는 일은 모두 운명에 예정되어 있던 일로 그려진다. 옛이야기를 구연하고 향수하던 옛 민중들은 이러한 이야기를 들으면서 자신의 현실을 운명으로 받아들였다.

3) 유교적 교훈성

옛이야기의 또 하나의 내용은 윤리의식이 잘 드러나 선을 포상하고 악을 징치하는데, 선은 도덕관념이 아니라, 약자가 사회적 대립에서 이겨 세상에서 승리하는 것을 의미한다. 옛이야기의 주제는 '착한 사람은 복을 받고, 나쁜 사람은 벌을 받는다.' 는 것이다. 많은 옛이야기는 권선징악, 약한 편을 돕는 내용이 다수에 해당된다. 이는 약한 자의 억눌린 마음과 한의 표출이라고 할 수 있다. 아무리 힘겹고 고통스럽게 살아가는 사람도 착한 마음을 잃지 않고 꿋꿋이 살아가면 언젠가는 복을 받는다는 것으로 현실의 어려움을 이겨내는 데 큰 힘을 준다.

우리나라의 「은혜갚은 두꺼비」, 「놀부와 흥부」도 모두 권선징악을 강조한 이야기라고 볼 수 있다. 외국의 옛이야기로는 「백설공주」, 「신데렐라」 등이 이에 속한다. 패트리샤 폴라코의 「바바야가 할머니」는 러시아의 옛이야기를 재구성한 것으로, 마녀 바바야가는 러시아의 전설적 인물인데 사람을 해치기도 하지만 어려움을 겪는 사람을 도와주기도 한다. 이 책은 겉모습이 아닌 마음으로 남을 판단해야 한다는 교훈을 전하고 있다.

4) 슬기와 재치

옛이야기의 주인공 가운데에는 자신의 슬기와 재치로 삶을 헤쳐나가는 경우가 많다. 옛이야기에서는 힘이 약한 주인공은 꾀가 많고 상대는 어리석게 그려진다. 이 둘이 맞서면 힘이 약한 편이 끝내 이기고, 어리석고 힘센 상대는 제 욕심과 꾀에 넘어가서 놀림감이 되거나 쫓겨나는 수가 많다. 즉, 강자는 힘을 가지고 있지만, 그 힘을 믿고 나쁜 짓을 일삼다가 끝내 약자의 슬기로움에 무너진다는 내용을 담고 있다.[97] 착한 약자인 주인공은 반드시 나쁜 강자인 상대와 겨루게 되고, 재치를 발휘해 강자에게 승리하는 것으로 이야기는 끝난다.

도깨비 도움으로 「부자가 된 나무꾼」이나, 「쫓겨난 임금」, 「원님과 내기하여 이긴 소년」 등은 모두 강자와의 싸움에서 지혜와 슬기를 발휘하여 난관을 해결하는 구성을 취하고 있다.

5) 풍자와 해학

옛이야기는 땀흘려 일하는 백성들 사이에서 창조되고 전승되었기에 강한 민중성을 띤다. 이는 이야기 속에서 흔히 약자 편들기, 인습과 도덕의 굴레 벗어나기, 현실 바로 비추기와 뒤집기, 권력에 대한 매서운 풍자, 거침없는 해학들로 표현된다.[98] 풍자는 권세와 힘에 대한 것으로, 옛이야기 속에는 권력자나 부자, 또는 힘센 장사가 대개 놀림과 비웃음의 대상으로 그려지는데, 이는 정당하지 못한 권력을 가졌기 때문이다.

백성들은 스스로 허물을 경계하거나 서로를 깨우칠 때도 해학을 통해 정색하기보다 웃음에 버무리기를 즐겼고, 삶의 고달픔을 잠깐 잊고자 할 때도 웃음을 동원했다. 우스운 이야기는 일상에 지친 백성들에게 좋은 위안거리였다. 「병 속에서 나온 거인」에서 거인은 강자, 어부는 약자를 대변하지만, 결국 어부의 슬기로 거인은 다시 병 속으로 들어가게 되고, 「힘센 농부 힘자랑하려다 혼난 이야기」는 힘을 믿고 으스대는 사람을 풍자한 이야기이다.

나. 형식 특징

말로 구연되던 옛이야기는 기억과 구연을 쉽게 하기 위하여 관습적으로 일정한 형식을 사용하는 경우가 많다. 여기서는 옛이야기의 관용적 표현과 형식적 특

97) 서정오(2001), 「옛이야기, 어떻게 이어받을 것인가」, 『인문연구』 Vol-No, 40~41(2001), 영남대학교 인문과학연구소.

98) 서정오(2001), 앞의 글.

징을 살펴 보기로 한다.

1) 옛이야기의 관용적 표현

옛이야기에서 주로 쓰이는 관용적 표현은 서두부분, 전개부분, 결말부분, 증거부분 등으로 나누어 살펴 볼 수 있다. 서두의 관용적 표현으로 '옛날에, 그전에, 옛날 옛날 오랜 옛날에, 옛날 옛적 갓날 갓적 호랑이담배 먹던 시절에' 등이 있다. 이야기를 전개할 때는 '그러던 어느 날'이라는 관용적 표현이 자주 사용된다. 결말 부분에서는 '그래서'라는 관용어를 사용하여 '끝났음을 나타내는 말, 행복한 결말을 나타내는 말, 이야기의 출처를 밝히는 말, 이야기의 신빙성에 대한 부정적 태도, 해학적으로 이끄는 말'로 끝맺는다. 전설의 경우에는 꼭 증거를 나타내는 '지금도, 아직도' 등의 관용적 표현이 사용되며, 이와 같은 관용적 표현은 민담의 경우에도 쓰인다. 이러한 서두와 결말의 관용적 표현은 이야기가 서사적 과거 시제로 전개됨을 명백히 하고 끝나면 현재로 되돌아오게 해주며, 이야기가 허구임을 나타내고 흥미를 돋구어준다.

2) 대립과 반복의 형식

대립과 반복의 형식은 인물이나 상황을 창조할 때 흔히 쓰인다. 대립은 자세한 묘사를 하지 않고도 현실의 문제를 선명하게 반영하는 방식으로 선·악, 힘·꾀, 미·추의 대립이 있다. 「혹부리 영감」은 선·악 대립의 형식으로 되어 있다. 처음에는 선이 궁지에 몰리지만, 마침내는 승리한다. 힘과 꾀의 대립은 「호랑이와 토끼」, 미와 추의 대립은 「콩쥐팥쥐」가 대표적이다.

반복은 비슷한 내용을 되풀이하는 것으로 자세한 묘사나 서술을 생략하고서도 효과를 올릴 수 있는 강조의 수단이다. 선악과 결부된 반복은 보통 두 번으로 이루어지며 그밖에는 세 번이 흔한데, 세 가지 소원, 세 가지 시련, 세 가지 과업, 세 가지 보물, 삼형제 등이 그것이다. 대립과 반복의 형식이 갖는 또 하나의 역할은 옛이야기의 기억과 구연을 쉽게 해주는 것이다.

3) 진행 형식

① 단선적 형식

옛이야기 진행의 가장 큰 특징은 작중 시간의 진행에 따라 이야기가 전개된다는 점이다. 그래야만 이야기의 기억과 이해가 쉬워지기 때문이다. 창작동화나 소설에서처럼 작중시간을 잘라서 건너뛰거나 다시 되돌아가거나 한다면 화자나 청자는 다 혼란에 빠질 염려가 있다. 「혹부리 영감」에서처럼 두 인물이 대립되어 있을 때는 먼저 한 인물의 행동을 따라 이야기하고, 다음에 다른 인물의 행동을 따라 이야기하는 형식을 취한다. 여러 인물이 행동하는 경우에는 한 사람만이 능동적이며 다른 사람은 움직이지 않는다.

② 누적적 형식

유사한 사건들의 반복으로 이루어지되 한 행위가 원인이 되어 다음 행위가 생기는 결과가 계속되는 것이다. 「새끼 서 발」에서는 앞의 행위가 원인이 되어 뒤의 행위가 생기는 결과가 여러 번 반복되는데, 더 큰 기대를 실현시키는 방향으로 누적시키는 것이 예사이고 중간의 어느 사건을 빼면 이야기가 성립되지 않는다.

③ 연쇄적 형식

연쇄적 형식은 반복되는 사건들이 서로 인과관계가 없는 경우이다. 「팥죽할멈과 호랑이」와 같은 연쇄적 형식에서는 중간의 어느 사건을 빼더라도 사건 진행에 큰 지장이 없다.

④ 회귀적 형식

회귀적 형식은 유사한 사건들이 반복되다가 다시 제자리로 돌아가는 이야기이다. 외동딸을 둔 두더지 내외가 세상에서 가장 훌륭한 사위를 얻기 위하여 하늘, 해, 구름, 바람, 벽 등 여러 높은 곳에서 혼처를 구하다가 결국은 동족인 두더지 사위를 보았다는 「두더지 혼인」이 대표적인 예이다.

다. 구성요소의 특징

1) 사건

옛이야기는 사건에 치중되어 있다. 옛이야기의 사건은 어린이를 중심으로 구성되지 않고 성인 중심으로 구성되어 있는 경우가 많다. 이것은 옛이야기가 설화의 분신으로 어린이들만을 위하여 만들어진 것이 아니라, 성인들과 공유하기 위하여 만들어진 것이고 옛이야기의 제작자들이 성인들이었기 때문이다.

사건은 시간에 따라 단선으로 펼쳐진다. 시간은 언제나 앞으로 흐른다. 뒤로 돌아가는 경우는 없다. 사건은 시간의 흐름에 따라 순리대로 펼쳐지고 이는 필연으로 단순하고 간결한 형식미를 얻는다. 서술 형식이 단순할수록 쉽게 기억된다. 시간의 흐름이 왔다 갔다 하면 복잡해지고 복잡해진 이야기는 전승력을 잃게 된다.

앞뒤 사건의 인과관계나 합리성을 설명하는 일은 군더더기에 속한다. 심리 묘사와 장면 묘사는 더더욱 필요치 않다. 오로지 사건을 따라 성큼성큼 앞으로 나아갈 뿐이다. 앞뒤 상황을 짐작하거나, 인물의 심리를 헤아리거나 장면을 떠올리는 것은 독자의 몫이다.

2) 인물

인물은 일차원적이고, 선하든지 악하든지 분명하게 성격지어진다. 그리고 서술을 통해서 인물의 특징을 보이는 경향이 있다. 우리는 인물이 왜 선한지 또는 왜 행동이 사악한지에 대한 정보를 많이 얻고자 하지 않는다. 옛이야기에서 인물은 사건만큼 중요시되지 않는다. 그래서 생김새, 나이, 성격 등도 필수적이지 않으면 말하지 않고 인물의 개성도 나타나지 않으며 선, 악, 미, 추 등의 개념이 상징적으로 함축된 단순하고 분명한 전형적인 인물이다. 등장인물의 전형성 문제는 내면의 갈등을 외면적 대립 관계로 파악하여 보여주고 있는 옛이야기의 특성이라 할 만하다.

옛이야기의 구성요소들은 때때로 서로 상대편의 성질을 더 뚜렷이 하려고 그에 맞서는 자의 성질을 과장하는데, 사람일 경우 이 성질은 더 뚜렷하다. 「흥부와 놀부」에 나오는 형은 나쁘고 동생은 착하다. 「콩쥐팥쥐」의 계모는 모질고 의붓딸 콩쥐는 온순하다. 이미 착한 인물로 설정된 콩쥐는 구태여 착한 일을 하지 않아도 늘 착하고, 이미 나쁜 인물로 설정된 팥쥐는 구태여 나쁜 짓을 안 해도 여전히 나쁘다. 여기에 망설임이나 고뇌는 없다. 이러한 특성은 옛이야기를 매우 단순하게 정형화한다. 인물의 성격은 처음부터 고정되어 있어서 주위 환경의 변화에도 전혀 영향을 받지 않는다.

옛이야기의 인물은 고뇌할 줄도 모르고 아픔을 느낄 줄도 모른다. 「해님 달님」에서 호랑이에게 팔다리를 떼어 먹힌 어머니는 슬퍼하거나 우는 대신, 바쁘다는 듯이 다음 고개를 향해 가고, 「꽁지 닷 발 주둥이 닷 발」에서 어머니를 잃은 아들은 분노하는 대신 당연한 것처럼 어머니를 찾으러 나선다.

대결구조를 가진 이야기에서는 항상 약자 편에 선다. 주인공들은 대체로 약자이며 물리적인 것 뿐 아니라 권력, 세력도 갖고 있지 않다. 이들과 맞서 겨루는 상대는 벼슬아치, 부자, 괴물, 힘센 사람 같은 강자다. 따라서 힘으로 맞겨룸을 하면 반드시 그 인물이 지게 되어 있다. 약자인 주인공이 이길 수 있는 방법은 단 하나 꾀를 쓰는 방법 뿐이다. 그래서 대결 구조를 가진 이야기의 대부분이 지략담이다.

옛이야기 속의 주인공은 힘없고 어려운 처지에 있는 것이 보통이다. 호랑이에게 쫓기는 토끼, 괴물에게 자식을 빼앗긴 농부, 부자 등쌀에 시달리는 가난뱅이, 힘없는 어린아이 등 옛이야기를 듣는 사람들은 모두 약한 편이 힘센 편을 이기기를 바라며 주인공과 한 마음이 된다.[99]

3) 배경

옛이야기에서 배경은 시간적 배경과 공간적 배경으로 나눌 수 있다. 옛이야기의 시간적 배경은 구체적인 시대가 나타나지 않고 막연하게 옛날로 표현되는 것이 대부분이다. 다만 신화는 '태초'로, 전설적인 이야기는 '신라', '조선시대'처럼 왕조명이 나타나거나, '지금으로부터 500년 전' 등으로 나타나는 것이 보통이다. 민담은 '옛날 옛날에'처럼 막연하게 나타난다.

옛이야기의 공간은 비현실계와 현실계로 나누어진다. 비현실계는 천상계, 지하계, 수중계 등으로 나타나고 현실계는 산중이나 농촌이 대부분이고 도시는 그리 많지 않다. 현실에서 이룰 수 없는 것을 꿈꾸는 사람들이 이야기 속에서 상상력의 힘을 빌려 그 꿈을 실현시켜 줄 초현실 세계를 만든 것이다. 현실에 대한 관념은 비극적이고 염세적인데 비하여 천상이나 지하 등 초현실의 세계는 화려하고 풍요로운 살기 좋은 곳으로 묘사된다. 이야기의 주인공들은 현실계와 비현실계를 자유롭게 왕래하고 신이자(神異者)와 만나서 함께 행동한다. 옛이야기의 세계는 현실세계와 환상세계가 구분되어 있지 않고, 그 두 세계는 서로 자유롭게 드나들 수 있도록 열려 있다.

4) 서술 관점

서술 관점은 언제나 주인공에게 머물러 있다. 이야기를 향유하는 사람들은 이

99) 서정오(1995), 『옛이야기 들려주기』, 보리출판사.

야기가 진행되는 동안 주인공의 눈으로 세상을 본다. 날개옷을 되찾은 선녀가 아이들과 함께 하늘로 올라간 뒤에도 이야기의 관심은 나무꾼과 함께 땅에 머물러 있다. 또한 「우렁이 색시」이야기에서도 우렁이 색시가 사또에게 잡혀간 뒤에도 이야기는 색시의 안위보다 주인공인 남편의 애절함에 관심을 갖는다. 이야기 향유자들은 이야기를 들으면서 주인공과 자기 자신을 동일시하기 때문에 만약 시점이 다른 인물로 옮아간다면 그 순간 동일시는 깨진다. 주인공과 함께 태어나 주인공의 눈으로 세상을 보고 주인공과 함께 사라지는 것이 옛이야기이다.

5) 화소

화소(話素, motif)는 이야기의 최소 단위로 이야기를 이루는 핵이며 특이하고 인상적인 내용을 말한다. 옛이야기의 내용이 문학적으로 형상화되는 과정에서 필요한 화소가 선택되고, 이 화소를 핵으로 하여 플롯이 작용하여 하나의 유형이 되는 것이다. 옛이야기에서 화소는 반복되는 등장인물을 통해 알 수 있는데, 학대받는 소녀, 악독한 계모, 꾀 많은 소년, 신선, 무서운 괴물, 초자연적인 힘과 도구 등이 옛이야기의 대표적인 화소들이다.

가) 마법적인 힘

마법적인 힘(Magical Power)은 옛이야기 속의 사람이나 동물 등에게 자주 주어진다. 옛이야기에서 일반적인 화소는 마법의 재능을 가지고 도움을 주는 인물의 존재이다. 프롭은 이를 '증여자(le donateur)'라고 칭했으며, 옛이야기 속의 증여자는 '노파', '할머니', '늙은 아낙네' 등으로 나타난다. 또 때로는 이 역할이 짐승들(곰)이나 노인에게 맡겨지기도 하는데, 이들을 '야가(Jargar)'라고 한다. 인어공주는 왕자나 영원의 혼을 잊어버릴 수가 없어서 용기를 내어 성을 빠져나가 물고기 꼬리를 인간과 같은 발로 바꾸기 위해 마법사 할멈에게 간다. 이 할멈은 여신이나 천사가 아니고 마법사 할멈으로, 이 마법사 할멈의 모습에서 인어 공주의 운명에 어떤 불길한 예감을 느낄 수 있다. 신데렐라에게 마법의 힘을 준 선녀와는 대조적이다.

나) 마술도구

마술도구(Magical Objects)는 선한 주인공의 용기와 현명함을 증대시키고, 어려움을 극복하는 데 사용되며, 부와 행복의 원천이 되기도 한다. 그러나 욕심을 지나치게 부리는 인물이나, 악한 인물에게는 재앙을 가져오기도 한다. 옛이야기 「파란구슬」의 구슬이나 도깨비방망이, 감투, 맷돌, 부채, 옥피리, 주머니, 보자기, 샘물 등이 마술도구로 등장한다. 마술도구들이 현실에서 초현실적인 상황을 가능하게 한다. 「파란구슬」의 마술적인 구슬이나, 「흥부와 놀부」의 박, 「빨간 부채 파란 부채」의 부채를 이용해 부자가 된다. 또는 「이상한 옥피리」에서는 피리를 이용해 위험을 피하기도 하고, 「젊어지는 샘물」에서는 물을 마시고 젊어지기도 한다.

다) 변신

사람이 동물로 변하거나 동물이 사람으로 변하는 이야기들이 있다. 「반쪽이」, 「박씨전」, 「소가 된 게으름뱅이」, 「구렁덩덩 신선비」, 「미녀와 야수」, 「개구리 왕자」 등은 마법에 걸려 동물로 변한 사람이 다시 사람으로 되돌아온다는 이야기로 잘 알려져 있다. 우리나라의 경우, 나쁜 사람이 벌을 받아 뱀이나 두더지로 변한 이야기들도 있으나, 변신(Transformation) 화소(話素)를 가진 이야기는 유럽의 경우보다 적은 것으로 보인다.

변신 화소를 핵으로 하여 형상화 된 「소가 된 게으름뱅이」는 많은 변이형을 가지고 있다. 이 이야기는 사람이 소로 변했다가 다시 사람으로 변신하는 변신 화소가 핵을 이루고 있다. 이 변신 화소가 이야기 속에서 어떻게 활용되어 어느 방향으로 구성되느냐에 따라 이야기의 흐름이나 주제가 다양하게 변하게 된다. 대부분의 이야기에서 변신 화소는 일하기 싫어하는 게으름뱅이를 깨우치는 쪽으로 구성되었다. 그런데 다른 이야기에서는 이 변신 화소가 욕심쟁이나 곡식을 소중히 여기지 않는 중, 토색질하는 대감을 깨우치거나 징벌하는 쪽으로 구성되기도 하였다.

이러한 변신 이야기는 순환 구조를 이루고 있는데, 변신을 통하여 하나의 현실을 폐기하고 새로운 현실을 맞이하는 재생적 순환의 의미를 가지고 있다. 이것을 통과제의의 관점에서 본다면 소로의 변신은 보다 나은 상태로의 전환을 위한 시련과정이라 볼 수 있다. 게을렀기 때문에 집에서 나와야 했던 주인공은 소로의 변신이라고 하는 시련과정을 거쳐서 부지런한 사람으로서의 새 삶을 시작할 수 있었던 것이다. 이것은 사람이 일생을 살아가면서 수없이 겪어야 하는 삶의 과정이기도 한 것이다.

사람이 동물로 변신하는 일에 대해 살펴보면 고대부터 형성되어 전해오는 민간인의 전통적 사고에서는 동·식물의 생명을 인간의 생명과 같이 존엄한 것이라 생각하였으며, 일부의 동·식물을 신성시하거나 영물시한 흔적으로 보인다. 그리고 영육분리의 이원적 사고와 모든 상황은 서로 바뀌어 순환한다고 믿는 순환 사고를 가지고 있었음도 알 수 있다.

라) 소원

현명하지 못하게, 또는 악한 사람이 탐욕을 목적으로 하는 소원(Wishes)들은 옛이야기 속에서 유명무실해지거나 벌을 받게 된다. 유럽의 이야기 「세 가지 소원」에서 나무꾼과 부인은 소원을 쓸모없이 사용하고 만다. 꿈에 나타난 산신령이 세 가지 소원을 들어주겠다고 했지만, 당장 배가 고파진 나무꾼은 바나나를 소망했고, 헛 소원을 하는 남편에게 욕설을 퍼붓는 아내의 코에 그는 '바나나나 붙어 버려라.' 라고 고함을 질렀다. 그리고 세 번째 소원은 어쩔 수 없이 바나나를 떼 주는 데 써버리고 만다. 또, 「욕심 많은 어부의 아내」에서는 세 가지 소망의 가능성을 얻은 당사자의 주변인에 의해 소망이 깨지고 부부는 이혼에 이른다. 소원 화소의 희화화 또는 비극은 우연히 얻은 이익이나 탐욕을 경계하는 화소로 작용한다. 이런 '소원' 화소는 우리나라에서는 「혹부리 영감」, 전 세계적으로는 「이상한 맷돌」, 「요술 냄비」 등의 이야기에서 드러난다.

마) 속임수

옛이야기에서 사람과 동물은 친구나 이웃, 악한 사람들을 속인다. 거북이는 토끼를 속이지만, 토끼는 용왕과 거북이, 사냥꾼, 독수리 등을 속인다. 또한 사람이 도깨비나 호랑이를 속이기도 한다. 그러나 「혹부리 영감」에서처럼 탐욕스러운 인물들은 상대방을 속이려다 오히려 당하고 만다. 「석탈해 신화」에서 어린 탈해가 숫돌과 숯을 마당에 묻어 놓고, 대장간하던 자신의 조상의 집이라며 호공의 집을 빼앗았다가 '鵲(작)' 에서 '鳥(조)' 를 떼고 '昔(석)' 씨 성을 가지게 된 유래라든가, 「헨젤과 그레텔」에서 눈이 먼 마법사 할머니에게 통통하게 살찐 손가락을 내미는 대신, 말라 비틀어진 나뭇가지를 내보이는 것들이 속임수(Trickery) 화소의 주요 예들이다.

바) 탐색

'탐색' 이란 '결여된 사물을 찾기 위해 갖가지 시련을 극복해야만 하는 여행'

을 가리키는 설화학의 용어이다. 탐색담은 일반적으로 보통 '영웅이 결실물을 찾아 여행하는 도중 시련을 겪게 되나 원조자의 도움으로 성공하는 것'으로 진행되며 '출발─입문─귀환'의 화소를 가진다.

'출발'은 모험의 소명을 받은 한 영웅이나 인간이 소명을 거부하거나 신으로부터 어리석게 도주하려고 하나, 초자연적인 조력 혹은 높은 수준의 모험에 도전한 사람의 우연한 도움을 받아 첫 관문을 통과하고 고래의 배로 상징되는 위험이나, 새로운 괴물과의 싸움을 겪는 단계이다. '입문'은 영웅이 몇 차례의 위험한 장애물을 넘고 승리하여 일시적으로 무아의 경지를 체험하며, 여신의 선물, 여성의 유혹을 견디고 승리하는 단계로, 이제 주인공은 궁극적인 선물을 가지고 '귀환'하는 단계에 이른다. 헤라클레스, 페르세우스, 오딧세이 등 그리스·로마의 영웅 신화는 대부분 '탐색' 화소를 가지며, 여자로서 '탐색'의 과정을 가지는 신화 속 인물로는 명부여행을 떠난 '프쉬케·바리공주', 괴물로 싸워 이긴 '브룬힐데' 등을 찾을 수 있다.

신화 외에도 어린이들이 좋아하는 옛이야기 속에 '탐색' 화소는 주로 사용되는데, 탐색의 과제로 주인공이 열의 세 곱절째 있는 왕국에 가서 온갖 시련을 물리치고 황금으로 빛나는 요술적인 물건(열쇠)을 찾아 돌아와, 왕의 딸과 결혼하는 얘기가 전 세계 옛이야기의 주요 화소가 되고 있다.

사) 금기

'금기'는 보통 신적 존재나 비범한 인간이 평범한 인간에게 '하지 말라.'는 명령이나 권고를 나타낸다. 옛이야기 속의 '금기' 화소는 수도 없이 나타나는데, 특히 「선녀와 나무꾼」, 「돌이 된 며느리」에서는 착한 인간일지라도 금기를 깨뜨렸을 때 나타날 수 있는 비극을 묘사했다. '저승 문을 떠날 때까지 아내를 보지 말라.'는 금기를 어겼던 '오르페우스', 자신을 보지 말라던 에로스의 얼굴에 촛농을 떨어뜨려 미쳐 버린 '프시케' 등 신화 속의 이야기는 '금기'가 얼마나 강력한 것인지를 말해 준다. '금기' 화소는 신적 존재와의 약속이 얼마나 중요한 것인가를 알려 주는 것으로, 외부세계의 경이감에 대한 인간의 두려움이 잘 드러난다. '금기' 화소는 옛이야기 속뿐만 아니라 사람들의 삶에도 영향을 미쳐 관혼상제나 인간의 태어남에서 죽음까지 삶을 규정한다.

4. 옛이야기의 유형

옛이야기는 이야기의 사건에 따라 크게 환상적인 옛이야기, 우의적인 옛이야기, 사실적인 옛이야기로 나누어진다. 여기서는 각각의 세계에 해당되는 주제나 이야기 내용을 하위 범주화하여 다시 구분하고자 한다.

가. 환상적인 옛이야기

환상적인 옛이야기는 인물, 사건, 배경 가운데 한 가지라도 비현실적인 요소를 가진 이야기를 말한다.

1) 건국 이야기

건국 이야기에는 주로 비현실적인 인물이 등장하고 비현실적 사건이 일어난다. 건국 신화의 중요한 특징은 주인공의 탄생 화소(話素)에서 천손(天孫)과 난생(卵生)이 중심을 이루며, 일반 시조 신화에서는 인간과 동물 혹은 인간과 신의 교합에서 출생하는 신이(神異) 화소가 많다는 점을 지적할 수 있다. 건국시조들의 신화는 유목민과 농경민 문화가 복합된 양상으로 나타난다.[100] 구전으로 전하는 신화들은 일부 신화(神話) 화소가 전설에 수용되어 전해지고 있으며, 나머지는 신화의 신성성이 영락하면서 민담화의 길을 걸었다. 그렇기에 한국 민담에는 신화 화소를 지닌 것들이 매우 많다. '바다 위에 까치 떼들이 모여 짖고 있어 가보니 배가 한 척 있었고, 배에는 상자가 하나 있었다. 열어보니, 한 남자가 있었다. 그는 용성국의 왕자인데 부왕이 왕자가 없어 기도를 7년이나 하자 마침내 왕비가 큰 알 한 개를 낳았지만, 왕은 불길한 징조라 하여 알을 상자에 넣어 바다에 띄워 보내게 된다. 신라의 남해왕은 그를 사위로 삼게 되는데, 후에 그가 탈해왕이 되었다.'는 「석탈해 신화」도 난생(卵生) 화소를 가지고 있다. 이러한 건국 신화에는 「김수로 신화」나 「주몽신화」, 「단군신화」 등이 있다.

2) 지명 전설 이야기

한국 전설은 외국과 비교하여 지명전설이 전체의 14%를 차지하여 으뜸이고 그 다음으로 풍수신앙 전설이 있다. 한국의 전통적 지명은 지역의 발생, 지역의

100) 최인학(1994), 『구전설화 연구』, 새문사.

역사적 사건을 의미하거나 상징하는 용어로 되어 있기에 지명 전설이 가장 많다.[101] 「은혜 갚은 꿩」은 치악산의 전설에 해당하며, 「연오랑 세오녀」는 영일현의 지명이 만들어진 전설이다. 『도솔산 선운사』는 선운사 절에 얽힌 전설 그림책으로서 마을을 약탈하러 온 해적과 마을사람이 합심해서 지은 선운사의 내력을 전해주고 있다. 외국의 전설이야기인 『신발나무의 전설』은 샤그린 마을의 신발나무에 얽힌 전설을 소개하고 있다.

101) 최인학(1994), 앞의 책.

3) 산신령 이야기

산신령은 민속에서 산을 맡아 수호한다는 신령을 일컫는 말로서 우리나라 옛이야기에 많이 등장하는 인물이다. 이는 피지배 계층의 억눌린 마음을 대변하는 존재로 설정한 것으로 볼 수 있다. 「금도끼 은도끼」, 「불씨를 지켜 얻은 금」, 「꿀꿀돼지 이야기」는 모두 착한 이를 도와주는 산신령이 등장하여 복을 받는다는 이야기로 요약된다.

4) 도깨비 이야기

옛이야기에는 도깨비가 종종 나온다. 하지만 도깨비는 사람을 잘 해치지 않는다. 도깨비는 대개 어수룩하고 엉뚱한 모습으로 그려지며, 사람을 속이기도, 사람에게 속기도 하며, 때때로 사람들과 아주 친하게 지낸다. 도깨비의 겉모습도 사람과 별로 다르지 않다. 흔히 도깨비가 외눈박이에 뿔이 달린 것으로 그려지기도 하는 데 이는 일본 도깨비의 모습이다. 이는 동화작가들이 옛이야기를 글로 고쳐 쓰면서 우리 도깨비를 일본도깨비로 둔갑시켰다고 할 수 있다.[102] 우리 옛이야기의 도깨비는 허점도 많고, 순박하며 가끔 심술도 부리는 우리의 이웃이다. 아이들의 동화에 등장하는 도깨비는 신출귀몰의 성격이 조금 있으며 심술 많고 까다로운 성격이 있으나 악을 징벌하는 요괴로 아이들에게 친숙한 존재이다. 「어리석은 도깨비 이야기」, 「혹부리 영감」, 「도깨비 도움으로 부자가 된 나무꾼의 이야기」가 전해진다.

102) 서정오(1995), 『옛이야기 들려주기』, 보리출판사.

5) 귀신 이야기

옛이야기에 나오는 귀신은 한을 품고 나오지만, 한이 풀어지면 자기 세상으로 돌아간다. 때로 귀신은 사람을 도와주는 존재로 설정되기도 한다. 그렇기에 서양에서처럼 사람을 못살게 굴거나, 무서움, 공포의 존재이기보다는 우리에게 친숙한 존재로 등장하거나, 소원을 성취시키는 존재로 등장한다. 정월 보름의 「야광귀 이야기」에서도 귀신은 약간 엉뚱하고, 인간과 비슷한 속성을 지니고 있으며, 「장화홍련 이야기」에서는 한을 품은 귀신이 등장하여, 이 한이 풀리면 돌아간다. 옛이야기에 나오는 귀신은 서양과는 달리 매우 친숙한 존재로 나온다는 것을 알수 있다.

6) 괴물 이야기

평화롭게 살고 있는 마을을 공격하는 존재로 형상화된 괴물은 우리에게 많은 해를 주게 되나, 어린아이나 비천한 신분의 사람에게 징벌을 당한다. 이는 지배-피지배 계층의 이분법으로도 이야기 할 수 있으며, 우리 옛이야기에 줄곧 표면화된, 악의 징벌과 권선징악의 한 예라고도 볼 수 있다. 「땅속나라 도둑괴물」, 몽골의 사람을 먹는 「미하친 이야기」, 몽골의 「요괴할멈 이야기」는 우리나라의 「팥죽할멈과 호랑이」와 유사한 내용을 이루고 있어, 같은 아시아권에서 괴물 퇴치의 유사한 이야기가 많이 전래된 것으로 보인다.

7) 변신 이야기

동물이 사람으로 변신하거나, 사람이 동물로 변신하는 것은 설화에서 많이 등장하는 화소 중의 하나이다. 「소가 된 게으름뱅이」도 변신 화소를 수용하고 있으며, 「여우누이 이야기」 역시 여우가 변신한 여동생 이야기로서 몽골의 「미하친 이야기」 설화와 유사한데, 몽골의 「미하친 이야기」는 여우가 누이가 아닌 노모로 대치되는 점만이 다르게 나타나 있다. 이 둘은 '광포(廣布) 설화' 로서 유목민족 문화를 배경으로 생성되었다. 유럽, 중동을 비롯, 중국, 한국, 일본에까지 널리 유포되고 있는 이야기 유형 중의 하나로서, 핵심 화소는 마술에 의한 구조와 탈출로 볼 수 있다.[103]

보몽(Mme. de Beaumont) 부인의 『미녀와 야수』, 그림 형제의 『개구리 왕자』는 마법에 걸려 동물로 변한 인간이 사랑의 힘에 의해 다시 사람으로 돌아온다는 이야기로 우리에게 익히 잘 알려져 있다. 일본 설화를 다시 쓴 Odds Bodkin의

103) 최인학(1994), 앞의 책.

『두루미 부인』도 두루미에서 여인으로 변신한 주인공이 남편의 배신으로 다시 두루미로 되돌아가는 내용으로 이루어져 있다.[104]

104) Huck, C., Hepler, S., Hickman, J. & Kiefer, B.(1997), Children's Literature in the Elementary School, Mcgraw-Hill.

8) 마술 이야기

요정 이야기라고 하는 민담이 여기 속한다. 초능력에 기대어 현실의 논리로는 해결되지 않는 일을 상상하는 이야기이므로 환상적 이야기라고 할 수 있다. 마술 이야기에는 마술도구가 필요하다. 마술도구로는 지갑, 하프, 황금알을 낳는 거위, 탁자, 막대기 부싯돌 등이 있다. 마술도구는 선한 주인공의 용기와 현명함을 증대시키기도 하지만, 마술도구를 잘못 사용하여 악한 인물의 재앙을 가져오기도 한다.

9) 저승 세계 이야기

옛이야기 속의 옛날 세계는 분명 환상 세계이다. 밥나무에 밥이 열리고, 짐승이 말을 하고 사람이 도깨비와 어울려 함께 산다. 옛날 세계가 인간이 주역으로 활동하는 세계라면 그 세계의 모든 영역은 인간이 자유로이 넘나들 수 있는 곳이어야 한다. 그렇기에 인간은 저승 세계로 갔다가 다시 돌아오기도 하고, 저승 세계로 가는 시간 동안, 현실의 시간이 멈춰있기도 하다.[105] 이는 우리 옛이야기가 저승 세계와 인간 세계와의 구분보다는 저승과 인간 세계를 하나로 연결하는 생각이 많았음을 짐작하게 한다. 순환적 사고의 일종으로서 죽음을 공포로 받아들이기보다, 생의 연장으로 받아들인 사고를 읽을 수 있게 한다. 저승사자의 실수로 박경래가 아닌 박영래가 저승에 오자, 박영래는 여덟 달 후에 다시 오라는 염라대왕의 말을 듣고 세상에 내려가고, 그날 박경래는 저승길에 오르게 된다는 「저승 갔다 온 사람 이야기」, 저승에 갔다 염라대왕에게 뇌물을 주고 돌아왔다는 환혼부활의 전설을 지닌 전남 영암의 「덕진교 전설」은 모두 생(生)과 사(死)가 연결되었음을 나타내준다.

옛이야기 속의 옛날 세계는 크게 삶의 세계와 죽음의 세계로 나누어진다. 이러한 구분은 삶과 죽음의 경계가 분명한 인간을 기준으로 한 것이다. 삶과 죽음을 자유롭게 넘나들 수 있는 신적 존재로서는 삶의 세계와 죽음의 세계를 굳이 나눌 필요가 없는 것이다. 삶의 세계는 다시 인간이 직접 경험하는 영역과 그렇지 않

105) 이지호(2006), 『옛이야기와 어린이문학』, 집문당.

은 영역으로 나누어진다. 전자가 땅위라면 후자는 하늘 위, 바다 속, 산 속이다. 물론 공간의 제약을 전혀 받지 않는 신에게는 이러한 영역 구분조차 아무런 의미가 없는 것이다. 그런데 신적 존재는 마치 인간의 영역 구분에 따르기로 약속이나 한 듯이 각자 자신의 고유 영역을 지킨다. 하늘 위는 옥황상제가, 바다 속은 용왕이, 산속은 산신령이 그리고 저승은 염라대왕이 각각 지배한다. 이는 옛날 세계의 주역이 신적 존재를 포함한 초인적 존재가 아니라 평범한 인간임을 말해주는 것이다.¹⁰⁶⁾ 삶의 세계와 죽음의 세계는 공적 개념으로 이해되는 것이 아니라, 서로 연관되는 삶과 죽음의 선형적 세계관이 아닌 원형적 세계관이 투영되었다고 볼 수 있다.

106) 이지호(2006), 앞의 책.

10) 용궁 세계 이야기

초인적 존재가 자신에게 큰 은혜를 베푼 인간을 자신의 영역인 바다로 초대하여 귀한 보물을 선사하는 화소가 주를 이루는 용궁 세계 이야기는 지하 세계의 연장이나 하늘 세계의 연장이라 보여진다. 「용두연 전설」이나, 「토끼의 간」(우리가 익히 아는 토끼와 자라 이야기)이 여기에 해당된다.

11) 상상의 동물 이야기

옛부터 전해져 오는 상상의 동물 이야기에는 정의와 소망, 무한한 상상력이 담겨 있다. 우리민족의 상상의 동물인 해치는 성품이 바르고 곧아 옳고 그름을 정확하게 가려내는 신성한 동물로서 「해치와 괴물 사형제」 이야기는 땅속 나라의 괴물 사형제가 해를 훔쳐 불장난을 하자, 화가 난 해치는 괴물 사형제를 물리치고 해를 찾아온다는 내용을 이루고 있다. 「쇠를 먹는 불가사리 이야기」에서 불가사리는 고려가 망해 갈 즈음에 고려의 서울이었던 송도에 나타나, 온갖 쇠를 다 먹어치우고 다니다가 조선이 세워지면서 사라졌다는 상상의 동물이다. 이외에 「재미있는 상상동물 이야기」에는 악어처럼 딱딱한 비늘로 덮여 있고 배는 불룩해서 뱃가죽을 두들겨 북소리를 낸 '저파룡', 몸뚱이 하나에 말, 원숭이, 개, 소 등 백 마리 동물의 머리가 달린 '백두동물' 등 여러 상상의 동물이 소개되어 있어, 괴물의 모습을 통해 옛 사람들이 가졌던 두려움, 기발한 상상력을 엿볼 수 있다

나. 우의적인 옛이야기

우화는 교훈과 도덕을 담은 간략한 동물 이야기라고 정의할 수 있다. 물활론이 바탕이며 동물이나 무생물에게 인간의 성격을 부여하고, 교훈성을 중심으로 인간성을 풍자하거나 교화한다. 하나의 줄거리가 있고 인간의 특징을 상징화하는 동물과 인물이 등장하여 도덕을 명확히 서술한다.[107]

1) 동물 이야기

옛이야기에는 삼라만상이 모두 의인화되어 말을 하고 생각한다. 그 중에서 동물이 사람의 이성과 감정을 갖는데, 이것은 이야기를 흥미롭게 하는 중요한 요소이다. 『일곱마리 눈먼 생쥐』는 눈먼 생쥐들이 연못가에서 발견한 코끼리를 두고 무엇인지 몰라 서로 옥신각신하다가 드디어 전체를 꼼꼼히 관찰한 하얀 생쥐가 무엇인지를 알아맞힌다는 이야기이다. 가장 널리 알려진 것으로는 『이솝 이야기』가 있다.

2) 인격화 사물 이야기

무생물인 사물을 사람처럼 의인화한 이야기로서 동물이야기의 한 유형을 차지하는 이야기라고 할 수 있다. 『옹고집전』이나 아니카 에스테를의 『설탕으로 만든 사람 이야기』 등이 있다.

다. 사실적인 옛이야기

현실세계에서 펼쳐지는 이야기가 여기에 속한다. 서민들의 생활 공간을 주축으로 하기 때문에 주로 농촌을 배경으로 한 가난한 오두막집과 고래등 같은 기와집이 등장하는 이야기가 많다. 그 외에도 산골, 바다, 강 등을 배경으로 한다.

1) 풍자와 해학 이야기

억눌리고 빼앗기며 살아가는 사람들의 한을 풀어주는 시원한 이야기로, 여기에는 준엄한 진실이 드러나 있다. 그 진실은 삶을 꿰뚫어보는 슬기이고, 억눌러 살아가는 백성이 설자리를 찾는 깨침이기도 하다.[108] 독자는 이야기 속의 주인공을 통해 자신이 겪고 싶은 일을 겪게 하고, 그를 통해 독자 혹은 청자는 즐거움

107) 현은자 · 김세희(2005), 『그림책의 이해 II』, 사계절.

108) 서정오(2001), 앞의 글.

을 맛보게 되면서, 스스로의 울분을 치유하게 된다. 「옹기장이 이야기」, 경문왕 설화로 알려진 「임금님 귀는 당나귀 귀」 등이 있다.

2) 고난 극복 이야기

주인공의 고난 극복을 통해 독자나 청자는 현실의 절망에서 희망을 얻게 된다. 이는 레비스트로스가 말한 신화의 기능, 곧 현실적으로 해결할 길이 없는 모순에 대한 상상적 해결의 발견과도 상통되는 주제라고 할 수 있다. 곧 현실에서의 강한 긍정성을 얻게 해주는 이야기로서 우리민족의 강인함을 느낄 수 있다.

3) 효행 이야기

'효' 사상은 한국 민족의 행동규범의 핵심을 이룬다. 유교를 국가 사상으로 수용하던 조선시대에 이르러 형식화되고 보다 엄격해진 한국의 효사상은 고대로부터 전승된 오래된 풍습이다. 「효녀 지은」, 「효자와 산삼」, 「고려장 이야기」는 모두 효를 강조한 이야기로 볼 수 있다.

4) 우애 이야기

우애는 형제 간의 우애, 또는 친구간의 우애 이야기로 나누어지는데, 효, 우애, 신의, 협동 등은 옛이야기 자체가 가진 교훈성의 예라고 볼 수 있다. 우물에서 금덩이를 발견한 형과 동생은 서로 금덩이를 양보하느라고 실랑이를 벌이게 된다. 동생은 금덩이가 우리 형제에게 불화를 가져다 줄 것이라 말하며, 금덩이를 다시 우물에 넣자고 한다. 형제가 우물에 금덩이를 넣으려고 하자, 우물 속에 똑같이 생긴 금덩이가 하나 더 들어있었다는 「두 개의 금덩이」와 「흥부놀부」는 형제간의 우애를 강조한 이야기이고, 「세 친구 이야기」는 친구간의 우정을 강조한 이야기라고 할 수 있다.

5) 애정 이야기

남녀의 사랑을 주요 테마로 한 이야기로서 결혼을 약속하나, 주위의 반대로 결혼을 하지 못하게 되는 이야기와 결혼 후 두 주인공이 겪는 시련을 위주로 한 이야기로 분류된다. 백제의 왕이 도미의 아내가 현숙하다는 말을 듣고 도미의 아내에게 신하를 보내어 정절을 시험하게 하였는데, 정절을 지키고 고구려로 도망하여 남편과 살았다는 「도미 설화」와 「탑돌이 설화」는 우리나라의 애정이야기로 볼 수 있다.

5. 옛이야기와 아동문학

발생론적으로만 보면 옛이야기는 말 그대로 옛날이야기이다. 그러나 옛이야기는 현재진행형이다. 현대를 살아가는 어린이들과 어른들에게 여전히 생명력을 지닌 이야기로 들려지고 읽혀지고 있기 때문이다. 시대를 초월하여 끊임없이 새로운 모습으로 다시 태어나는 옛이야기의 생명력은 아동문학이 탄생하는 자리에서 중요한 토양이 되었을 뿐 아니라, 아동문학이 나아갈 길에도 식지 않는 숨결을 불어넣어 줄 것이다.

여기에서는 옛이야기와 아동문학의 관련성을 살피고, 옛이야기를 창조적으로 이어받기 위해 활용되는 방식들을 정리해보겠다. 또 옛이야기를 이어받고 있는 작품들의 실제를 살펴보면서 옛이야기 이어받기의 유의점을 알아보기로 한다.

가. 옛이야기와 아동문학의 관계

이지호(2006)는 옛이야기와 아동문학의 관계를 주근문학으로서 옛이야기, 이야기의 실험장으로서 옛이야기, 어린이 삶의 구조를 투영한 사건으로서 옛이야기로 분류한 바 있다.[109]

1) 주근문학으로서 옛이야기

동서양을 막론하고 창작동화의 뿌리를 더듬어 가보면 옛이야기에 닿아 있다. 서양에서는 일찍이 샤를 페로(Charles Perrault, 1628~1703), 그림(Jacop and Wilhelm Grimm, 1786~1856) 형제, 한스 크리스찬 안데르센(Hans Christian Andersen, 1805~1875), 조셉 제이콥스(Joseph Jacobs, 1854~1916) 등이 옛이야기를 수집하고 다듬어 쓰면서 나름대로 독특한 이야기의 성격을 밝혀냈는데, 이는 이후 동화 창작의 바탕이 되었다. 우리나라의 경우, 방정환(1899~1931) · 이

109) 이지호(2006), 『옛이야기와 어린이문학』, 집문당.

원수(1911~1981)·권정생과 최근의 서정오와 김회경 등이 옛이야기를 다듬어 쓰거나 고쳐 쓰는 일에 관심을 기울인 바 있다.

이와 같이 아직 글자가 대중화되어 있지 않았던 때, 어린이들이 향유할 수 있는 거의 유일한 산문문학은 구비 전승되는 옛이야기였다. 그런데 글자가 대중화되면서 옛이야기는 글자로 기록되기 시작했고, 이것이 창작 동화의 뿌리가 된 것이다.[110] 그리고 아동문학이 본격적으로 창작되고 발전해오는 동안 옛이야기는 이야기 구조, 화소, 특징에 있어 다양한 원형과 활용 요소를 제공하는 주근(主根) 문학의 기능을 하였다.

2) 이야기의 실험장으로서 옛이야기

문화라는 큰 틀의 범위 안에서 옛이야기의 가치는 누구나 꺼내 쓸 수 있는 풍성한 이야기의 곳간이라 할 수 있다. 또, 풍성한 이야기의 세계는 어린이들이 세계를 학습하는 곳간이기도 하다.[111] 오늘날 아동문학은 고유의 문학성을 확보하기 위해 다양한 이야기의 세계를 탐색하고 재구성해내야 할 과제를 안고 있다. 이 때 옛이야기가 지닌 탄탄한 문학성은 풍부한 참고 자료가 된다.

옛이야기의 문학성은 오랜 세월 수많은 사람의 시행착오를 거쳐 확보되었다. 우리가 알고 있는 특정의 옛이야기는 어느 한 유형에 속하는 한 각편(Version)일 뿐인 것이다. 그리고 그 각편은 그 유형의 옛이야기 가운데 가장 세련된 옛이야기로 평가받은 것일 가능성이 꽤 높다. 이처럼 옛이야기는 가히 이야기의 실험장이라 할 만하다.[112] 이 실험장에서 인류가 구성할 수 있는 이야기의 총체를 만날 수 있으며 현대의 아동문학가들은 이야기를 실험하고 재구성하는 학습 공간으로 삼을 수 있는 것이다.

이와 같이 옛이야기가 제공하고 있는 방대한 이야기의 실험장 안에서 현재의 아동문학은 각 이야기의 각편들이 획득하고 있는 문학성을 깊이 있게 탐구하고 그 본질을 이루는 요소들을 캐내어 창조적으로 이어 나가야 할 과제를 부여받고 있다.

3) 어린이 삶의 구조를 투영한 사건으로서 옛이야기

아동문학은 그 향유 주체인 어린이들의 삶과 욕망, 인지적·정서적 발달의 특

110) 서정오(2001), 「옛이야기, 어떻게 이어받을 것인가」, 『인문연구』 Vol- No. 40~41, 영남대학교 인문과학연구소.

111) 정하섭(2005), 「어린이가 세계를 학습하는 이야기의 곳간」, 『창비어린이』 4호, 창작과비평사.

112) 이지호(2006), 앞의 책.

【표 11】 옛이야기 구조와 어린이 삶의 구조의 친연성

옛이야기의 구조	어린이의 삶의 구조
• 옛이야기는 사건을 통해 인물을 형상화한다. • 인물과 배경의 개별적 속성에 크게 구애받지 않는 사건을 이야깃거리로 삼고 있다.	• 어린이는 사건을 통해서 인물과 배경을 이해하는 경향이 있다. • 출생과 함께 어린이가 제일 먼저 마주치는 것은 사건이다. 끊임없는 사건의 경험을 통해 인물도 알아차리고 배경도 눈여겨보게 된다.
• 옛이야기의 사건은 누구든지, 언제든지, 그렇게 할 수 밖에 없는 인간 행위의 한 유형을 보여주는 사건이다. • 배경에 크게 구애받지 않는 전형적 인물이 이끌어가는 유형적 사건이다.	• 어린이들이 경험하는 사건은 어떤 방식으로 유형화할 수 있는 사건이다. • 어린이들이 삶에서 겪는 각각의 사건은 한정된 몇 가지 유형으로 전개된다.

성에 대한 이해를 기초로 하는 문학이다. 옛이야기와 현대의 아동문학의 관련성을 파악할 때 어린이들이 귀로 듣는 옛이야기뿐만 아니라 글을 통해 읽어야 하는 이야기까지도 좋아하는 이유를 생각해보는 것은 중요한 과제이다. 아동문학이 옛이야기를 돌아보고 탐구해야 하는 중요한 까닭이 거기에 있기 때문이다.

아동문학과의 관계를 고려하여 어린이들이 옛이야기를 좋아하는 까닭을 꼽아보면 크게 두 가지로 볼 수 있다.[113]

113) 이지호(2006), 앞의 책.

첫째, 어린이 자신이 영위하는 삶의 구조가 옛이야기의 구조와 두드러지게 친연성을 띠는 까닭이다.

둘째, 어린이들이 옛이야기를 좋아하는 까닭은 옛이야기의 사건 그 자체에 있기도 하다. 오늘날 우리가 접할 수 있는 옛이야기는 전승에 관여한 수많은 사람의 노력으로 만들어진 것이다. 구비문학의 방대한 이야기 속에는 옛어른들이 다양한 방법으로 짜놓은 사건들의 얼개가 담겨 있다. 그 가운데에서 정수라 할 만한 것만 가려 뽑은 것이 옛이야기이다. 따라서 어린이들이 좋아하는 것이다.

이와 같이 아동문학은 어린이 삶의 구조를 투영한 사건으로서의 옛이야기와 긴밀한 관련성 아래 독자적인 문학성을 추구해나가야 한다.

나. 옛이야기 이어받기의 방식

옛이야기를 '듣는 문학'에서 '읽는 문학'으로 그 꼴을 바꾸어 이어받으려면 반드시 글로 옮겨 쓰는 작업을 거쳐야 한다. 이와 같은 이어받기의 방식은 옛이야기의 여러 요소들을 어느 정도로 어떻게 활용하는지에 따라 다양해 질 수 있다. 서정오(1995)는 옛이야기를 글로 옮겨 쓰는 방법을 다섯 가지로 정리한 바 있다. 이는 옛이야기를 글로 옮기는 '쓰기의 방식'에 초점을 맞춘 유형들이다. 여기에서 더 나아가 이지호(2006)는 옛이야기에 기대어 '동화를 창작하는 방식'에 초점을 두어 네 가지로 유형화하였다. 이는 옛이야기의 계승이 화소 차용이나 기법의 모방에 그치는 것에 대한 비판적 대안으로서 옛이야기에 기대어 창작 동화의 지평을 넓히려는 관점에서 제시된 것이다.

각각의 유형[114]들을 실제 작품의 사례와 함께 살펴보기로 한다.

1) 받아쓰기 : 이야기하는 사람의 말을 그대로 받아 적는 방식이다.
- 틀린 말, 사투리도 고치지 않고 그대로 적는다.
- 이야기꾼의 신상과 때와 장소, 분위기 등 참고 사항을 모두 기록한다.
- 사진 찍듯이 이야기를 그대로 잡아 갈무리하는 방식이다.

2) 떠올려 쓰기 : 들은 이야기를 머릿속에 떠올려서 글로 나타내는 방식이다.
- 들은 이야기를 그대로 떠올려 쓰는 것이라 받아쓰기와 비슷하지만, 글을 쓰는 사람의 생각이 많이 들어가게 된다.

3) 다시 쓰기 : 이야기를 듣고 말투나 곁가지를 조금 손질해서 글로 쓰는 방식이다.
- 큰 줄거리는 손대지 않고 틀린 말, 사투리 등을 고쳐서 쓴다.
- 이야기의 길이를 조금 줄이거나, 늘이는 것, 곁가지를 보태는 것도 해당된다.
- 이야기 본래의 모습은 다치지 않도록 한다.

4) 고쳐 쓰기 : 들은 이야기의 줄거리를 군데군데 고쳐서 쓰는 방식이다.

114) 각 유형이 의미하는 바에 따라 아래와 같이 두 가지의 견해를 서로 비교해 볼 수도 있겠다.
- 서정오(1995), 앞의 글.
- 이지호(2006), 앞의 책.

[서정오] 옛이야기를 글로 옮겨 쓰는 방식

① 받아쓰기	② 떠올려쓰기	③ 다시쓰기	④ 고쳐쓰기	⑤ 새로쓰기

[이지호] 옛이야기에 기대어 동화를 창작하는 방식

① 옛이야기의 말 표현방식 따르기	② 다듬어쓰기	③ 뒤집어쓰기	④ 녹여 쓰기

- 이야기의 몇 부분을 빼거나 고치거나 더 집어넣어 본래의 모습과 다르게 쓴다.
- 이야기에 들어 있는 주제를 허물거나 뒤트는 것에 신중해야 한다.
- 본래의 이야기와 같은 유형으로 보기 어렵다.

고쳐 쓰기의 방법 중 하나로 우리의 흥미를 끄는 것이 패러디 동화이다. 패러디 동화는 특정 옛이야기를 독자가 이미 알고 있다는 전제 하에 줄거리를 일부러 익살스럽게 비틀어 보임으로써 발상의 전환을 꾀한다. 예를 들어 이현주의 『바보 온달』에서 온달은 평강공주를 만나 똑똑하고 훌륭한 사람이 되는 것이 아니라 오히려 난폭함과 허영심에 찌든 속물이 되는 것으로 그려지고 있다. 또 외국의 작품 가운데에도 리처드 가드너(Richard A. Gardner)가 쓴 『신데렐마 Cinderelma, Dr. Gardner'Fairy Tales for Today's Children』를 보면 원전과는 달리 해방된 여성이 그려지고 있다.[115] 이와 같이 고쳐 쓰기의 하나인 패러디 동화는 고정관념을 철저히 깨뜨림으로써 독자에게 전혀 다른 방식으로 생각할 것을 요구한다. 어느 정도 독서력을 갖춘 어린이들에게는 신선한 충격이 될 것이다.

5) 새로 쓰기 : 이야깃거리나 분위기만 빌려서 전혀 새로운 이야기를 만들어 내는 방식이다.
- 옛이야기라기보다는 지은 이야기(창작동화)라고 볼 수 있다.
- 다른 꼴의 이야기로는 도저히 새로운 생각을 나타내기 어려울 때 옛이야기 꼴로 표현하게 된다.

옛이야기 새로 쓰기는 최근 몇몇 작가들에 의해 활발히 시도되고 있다. 최근 윤태규, 김회경의 몇 몇 작품에서 이러한 본보기를 찾아볼 수 있다. 윤태규의 『이상한 나라』는 연작동화의 형식으로 옛이야기 새로 쓰기의 방법을 동원하여 현대 문명을 신랄하게 비판하였으며, 김회경의 『똥벼락』은 현대감각에 맞는 옛이야기 새로 쓰기의 새로운 가능성을 보여주고 있다.

옛이야기를 새로 쓸 때는 인물, 분위기, 사건, 형식미, 초현실성 같은 옛이야기 고유의 특성과 미덕을 잘 살려 써야 하며 받아들일 것과 경계해야 할 것을 가려 내는 혜안도 필요하다. 옛이야기와 관련 없는 순수 창작동화의 경우에도 위에서 말한 옛이야기의 특성과 미덕은 충분히 창작에 응용될 수 있다. 특히 간결하고

115) 페리 노들먼 지음, 김서정 역(2002), 『어린이문학의 즐거움』, 시공사.

발랄한, 노래하듯 구성진 말투는 오늘날의 창작동화에 빛나는 감성의 날개를 달아 줄 것이다.

다. 옛이야기 이어받기의 유의점

옛이야기는 마땅히 보존해야 하나 지키기만 할 것이 아니라 알맞은 손질도 필요하다. 그러나 어디까지를 굳건히 지키고 어디까지 바꾸고 손질할 지를 판단하고 선택하는 일에 매우 신중해야 한다. 여기서는 옛이야기를 이어받기 위해 지켜야 할 요소와 경계해야 할 요소를 중심으로 살펴보겠다.

1) 옛이야기에서 지키고 살려야 할 요소

가) 민중성 이어받기

옛이야기는 약자 편들기로 시작해서 약자의 승리를 확인하는 것으로 끝난다. 민중성을 온전히 이어받는 일은, 일부 인물이야기 같은 읽을거리가 주인공을 처음부터 남보다 뛰어난 인물로 설정해 두고 시종 강자의 편에서 이야기를 이끌어 나가는 데서 어린이들이 느낄 수 있는 거부감을 상당 부분 중화시켜 줄 수도 있다.

나) 교훈성 이어받기

아동문학은 어린이라는 한정된 독자층을 갖고 있다는 점 때문에 교훈 또는 교육의 기능을 완전히 배제하기 어렵다. 그런데 이 교훈성 또는 교육성은 종종 문학성 또는 예술성과 맞부딪침으로써 작가를 난처하게 한다. 동화의 경우 이 둘을 아우르기란 매우 어렵다. 그러나 옛이야기는 이 문제에 대한 해답을 암시해 준다. 작가는 독자인 어린이를 가르침의 대상으로 볼 것이 아니라 위험과 만족을 함께 느끼는 '동네 사람들'로 보아야 한다. 그들의 마음이 되어 그들의 말로 이야기해야 한다. 그렇지 않으면 아무리 교묘한 교훈의 포장도 다만 술수에 지나지 않는다.

다) 초현실성 이어받기

옛이야기는 현실의 모순과 부조리를 깨뜨리는 방편으로 초현실 공간을 마련했다. 현실의 개조만이 꿈을 이룰 수 있을 때 초현실은 당당하게 이야기 속에 자리를 차지하게 된다. 그리고 이 때 초현실 세계는 현실과 동떨어진, 통과의례를 거쳐야 비로소 닿을 수 있는 먼 곳에 있는 것보다 현실처럼, 마음만 먹으면 갈 수 있는 가까운 곳에 있는 것이 이롭다. 초현실 세계는 현실의 시공간을 공유할 때 더 큰 힘을 가질 것이다.

라) 형식미 이어받기

옛이야기의 서술에 보이는 독특한 형식미는 오랜 세월 입에서 입으로 전승되는 과정에서 저절로 굳어진 성질로 보인다. 동화작가들은 일체의 상황 설명이나 장면, 심리 묘사를 멀리하는 옛이야기 특유의 간결한 형식미를 오늘날 동화 창작에 응용함으로써 독자인 어린이들에게 더 가까이 다가갈 수 있을 것이다.

2) 옛이야기에서 경계해야 할 요소

옛이야기는 원래 옛어른들이 즐겼던 이야기이므로 옛어른들의 욕망인 성 · 돈 · 힘을 이야깃거리로 다룰 수밖에 없었다.[116] 그 결과 음란성, 폭력성, 위계성, 아동학대성의 혐의 등 이어받을 수 없는 내용 요소를 포함하게 되었으므로 이를 경계할 필요가 있다. 그런데 이러한 요소들은 향유 주체가 어린이로 바뀌면서 이미 많이 걸러지고 다듬어진 상태라 할 수 있다. 그러나 우리 옛이야기의 본바탕에 여전히 뿌리 깊게 남아있어 신중히 경계하고 과감히 거부해야 할 요소들이 있는데 그것을 크게 다음의 두 가지로 들어볼 수 있다.[117]

첫째, 경직된 충효와 공경, 정절과 복종 같은 전통 이념

부모를 위해 자식의 목숨을 버리는 것을 옹호한다든지, 식구들이 가장의 말에 무조건 복종하는 행위를 칭송한다든지, 과부 형수를 죽이고 자살로 꾸며 열녀문을 세운 짓을 지혜로운 일로 떠받드는 이야기들은 편협한 유교 이념을 매우 난폭한 태도로 강요하는 것이다. 이것이 옛이야기에 알게 모르게 스며들어 하나의 전형을 이루기도 했다. 이런 이야기는 대개 그 이념이 재미나 감동 속에 숨어 있기보다 재미나 감동을 무시하거나 억누르고 돌출하는 모양을 취하고 있어서 문학성도 상당히 떨어진다. 오늘날 아동문학이 매우 조심스럽게 다루고 비판해야 할 부분이라 할 수 있다.

둘째, 옛이야기에 뿌리 깊이 자리 잡은 성차별 의식

이야기는 당시의 사회상을 반영하지 않을 수 없으므로 남녀에 대한 편견이 드러나는 것은 당연한 일처럼 보일 수도 있다. 그런데 문제는 이야기의 이어받기 과정에서 이를 옹호 조장하느냐 비판 항의하느냐 하는 관점의 문제이다. 예를 들

116) 이지호(2006), 『옛이야기와 어린이문학』, 집문당.

117) 서정오(2001), 앞의 글.

어 「사나운 색시 길들이기」에서 여자는 단지 성질이 사납다는 까닭으로 매도되는 반면, 그 사나운 성미를 온순하게 길들인 남자의 기지는 칭송된다. 심지어 「여자가 비밀 누설해서 망하기」와 같은 이야기는 한 가족일지라도 여자를 믿지 말라는 충고를 하고 있다. 이러한 이야기들은 남녀에 대한 편견을 옹호하거나 조장하는 태도를 취하고 있어 오늘날의 관점에 맞지 않으므로 신중히 경계를 해야 하는 것이다.

옛이야기는 이 땅에서 오랜 세월 그 생명력을 이어오며 공동체의 뜻과 힘으로 창조되고 전승되면서 많은 사람들의 생각을 한데 묶어 담는 구실을 했다. 이야기가 곧 사람들 삶의 반영이고, 그러한 이야기에 대해 오늘날 아동문학에 관심을 갖고 공부하는 이들은 옛이야기의 미덕을 온전하게 이어받아 현재의 이야기문학을 더욱 풍성하게 가꾸어 나갈 의무를 지고 있다.

앞서 언급한 옛이야기의 긍정적 특성들이 간결하고 발랄한 서술 형식에 담겨 전승된다. 따라서 오늘날의 동화작가들은 옛이야기가 가진 미덕을 잘 살피고 이어받아 창작의 자양분으로 삼아야 할 것이다. 다시 쓰기와 고쳐 쓰기, 새로 쓰기, 혹은 다듬어 쓰기, 뒤집어 쓰기, 녹여 쓰기 등의 방법으로 옛이야기의 틀을 다치지 않고 작가의 할 말과 상상력을 어느 정도 담아내는 데 기여할 수 있다. 뿐만 아니라 겉으로 드러나지 않는 옛이야기의 내용상, 형식상 미학과 특징을 이어받아 어린이 삶의 구조와 친연성을 이루면서 한층 세련된 작품으로 얼마든지 거듭날 수 있게 된다.

이처럼 옛이야기의 세계를 깊이 탐구하고 창조적으로 이어받아 오늘날 동화 창작에 응용하는 일은 전승과 창작의 행복한 만남이라 할 수 있다.[118]

118) 서정오(2001), 앞의 책.

6. 옛이야기 선정 기준

어린이들은 가정에서, 학교에서 많은 종류의 옛이야기를 만나고 읽는다. 옛이야기를 통해 오랜 세월 이어져 내려온 우리 조상들의 삶의 지혜를 배우고, 또한 각 나라의 옛이야기를 통해 그 민족의 독특한 특성을 알게 된다. 어린 시절 읽었던 옛이야기 한 편이 어떤 이에게는 평생 동안 삶의 지표가 되기도 한다. 그러므로 옛이야기가 지닌 효과를 최대한 살려 어린이들에게 감동과 교훈을 주는 좋은 옛이야기를 소개하고 읽힐 필요가 있다. 여기서는 앞에서 말한 점을 고려하여 옛이야기 작품을 고르고 선택할 때에 고려해야 할 사항을 살펴 선정 기준을 마련하고, 그 선정 기준에 따른 구체적인 작품을 소개하고자 한다.

가. 옛이야기 선정 기준

어린이를 위한 도서가 많이 출판되고 있다. 이들 중 옥석을 가려 어린이들에게 가장 적절한 책을 선정하는 일은 책을 읽는 일 만큼이나 중요하다. 옛이야기를 선정하는 기준은 책마다, 나누는 사람에 따라 다양하게 제시되고 있다. 여기에서는 옛이야기 선정에 따른 연구물을 살펴보고 옛이야기의 새로운 선정 기준을 마련하고자 한다. 옛이야기에 대한 선정 기준이 좋은 옛이야기의 요건, 옛이야기의 선택 기준, 옛이야기의 평가 준거 등을 중심으로 제시되고 있다. 이 중에서 최운식 · 김기창(1998), 이지호(2006)와 이경우 외(1997), 톰린슨(Tomlinson, 1999)의 의견을 살펴 보도록 하겠다.

최운식 · 김기창(1998)은 좋은 옛이야기의 요건을 다음과 같이 제시하였다.[119] 주로 주제와 관련된 요건으로 이는 옛이야기를 선정하는 근거로 삼을 수 있다고 본다.

- 우리 조상들의 생활의 멋과 지혜, 꿈과 소망, 웃음과 재치, 해학과 풍자가 잘 드러나는 것
- 어려움을 극복하는 의지와 용기를 이야기한 것
- 효도, 우애, 신의, 협동 등을 이야기한 것

또한 최운식 · 김기창은 좋은 옛이야기의 요건과 더불어, 작품 선정에서 피해야 할 조건을 제시하였는데, 나쁜 일을 하고도 벌 받지 않은 인물을 다룬 것, 난폭 · 살인 · 방화, 기타 포악한 내용을 다룬 것, 거짓말이나 속임수에 의한 출세나 처세를 그린 것, 안일한 감상에 젖게 하는 것, 계급 의식을 지나치게 강조한 것 등 주로 어린이들에게 부정적인 영향을 줄 수 있는 요소들을 들고 있다.

이지호(2006)[120]는 옛이야기의 선택 준거를 교훈성과 흥미성에 두고 다음과

119) 최운식 · 김기창(1998), 『전래동화 교육의 이론과 실제』, 집문당. 99~100쪽

120) 재미 지향의 옛이야기는 어린이들 수준에서 이해 할 수 있어야 하고, 음란하거나 잔인한 이야기, 정신적, 신체적으로 결함이 있는 사람을 희화화한 이야기가 있다고 비판하고, 교훈 지향의 옛이야기는 교훈을 직접적으로 강조하다 보니 이야기 논리 구조가 허술해지고, 어른에게 교훈적으로 느껴지는 내용이 요즘 아이들에게도 그렇게 느껴지는 지에 대해 다시 한 번 생각해 보아야 한다고 했다. 따라서 재미있는 교훈 지향의 옛이야기에서는 위의 두 가지 이야기 방식의 단점을 보완하여 서사 구조의 질적인 변화를 통해 교훈성과 흥미성을 모두 갖추어야 한다고 하였다.

같이 분류하였다. 흥미성을 위주로 한 '재미 지향의 옛이야기', 옛이야기가 지닌 교훈성을 중심으로 한 '교훈 지향의 옛이야기', 흥미성과 교훈성을 모두 갖춘 '재미있는 교훈 지향의 옛이야기'로 나누었다. 이지호는 교훈성과 흥미성을 어느 한 쪽만을 강조한 옛이야기보다는 두 가지 모두를 고루 갖춘 이야기가 아이들에게 효과적이라고 하면서 작품을 들어 설명하고 있다. 하지만 '재미있는 교훈 지향의 옛이야기'가 지녀야 할 요건 등에 관해서 구체적인 요건이 무엇인지, 기준이 무엇인지에 대한 언급이 없어 예로 들은 작품의 선정 기준이 무엇인지 궁금하다.

이경우 외(1997)는 옛이야기 그림책의 문학적 평가 준거를 문학적 요소, 예술적 요소, 교육적 요소로 나누어 살펴보았다. 그림책의 문학적 평가 준거이지만 여기에는 옛이야기가 지닌 특성을 포함하고 있으므로 이 중에서 옛이야기로서의 그림동화와, 동화의 평가 기준과 관련된 부분인 문학적 요소와 교육적 요소를 정리하면 다음과 같다.

문학적 요소
- 단순하면서도 시대를 초월한 진리를 담고 있는가?
- 희노애락 등 어린이의 정서가 이야기 속에서 나타나고 있는가?
- 줄거리가 단순하고 명쾌한가?
- 어린이가 쉽게 공감할 수 있는 내용인가?
- 안정된 구성을 갖는가?
- 어린이에게 친숙한 소재를 다루고 있는가?
- 주인공을 통하여 어린이가 성취감이나 만족감을 얻을 수 있는가?
- 단순하고 재미있는 대화체의 문장인가?
- 쉽고 반복적이며 리듬감이 있는 언어로 구성되었는가?
- 민족 고유의 생활상을 담고 있는가?

교육적 요소
- 어린이의 생각, 가치관, 분별력, 세계관 등에 긍정적인 영향을 미치는가?
- 어린이뿐만 아니라 책을 읽어줄 부모나 교사에게도 흥미로운 내용인가?

- 책을 통하여 어린이가 우리 전통사회의 생활모습이나 관습 등을 경험해 볼 수 있는가?
- 외국 옛이야기의 경우, 책을 통하여 어린이가 외국의 전통사회의 생활 모습이나 관습 등을 경험해 볼 수 있는가?
- 옛이야기의 맛을 살려주는 고어(古語) 등이 적절히 쓰이고 있는가?
- 책이 견고하고 내용이 충실하게 만들어졌는가?
- 원작에 근거하여 충실하게 재화되었는가?
- 번역서일 경우, 원본과 비교하여 번역이 올바르게 되었는가?

이경우 외(1997)는 옛이야기의 평가 준거를 문학적인 요소와 교육적인 요소를 구분하여 제시하였다.[121] 하지만 각각의 요소에 해당하는 하위 내용들이 요소들이 지닌 특성을 잘 드러내고 있는 것으로 분류되고 있는가에 의문이 제기된다. 특히 문학적인 요소와 교육적인 요소 속에는 형식적인 요소가 여러 가지 포함되어 있는데 이를 모아 범주화해야 하지 않을까 싶다.

톰린슨(Tomlinson, 1999)은 옛이야기 선택 시, 고려해야 하는 사항을 내용적인 면, 형식적인 면을 중심으로 다음과 같이 제시하고 있다.[122]

- 옛이야기의 원래의 내용이 잘 보존되어 있고, 또한 그 내용들이 오늘날 어린이들에게도 흥미와 관심을 갖게 하는가?
- 옛이야기에 그 문화의 특유한 풍취나 양식 등이 잘 보존되어 있는가?
- 옛이야기에 그림이 첨가된 변이형들의 경우, 텍스트의 삽화는 높은 수준의 질을 유지하며 삽화는 텍스트의 어조를 잘 나타내고, 이야기가 발생된 문화의 본질을 잘 반영하고 있는가?
- 옛이야기는 간단하면서도 풍부한 문학 양식을 포함하고 있다. 어린 아이들도 능숙하게 들려주는 이야기에 담겨 있는 노래나 화려하고 풍성한 문체, 다채로운 어휘로 표현되어 있는가?

톰린슨의 기준은 내용적인 면과 형식적인 면을 중심으로 제시하였다고 했는데 과연 어느 것이 내용 관련 질문이고, 형식 관련 질문인지 그것을 구분하는 기준이 명확하게 드러나 있지 않다.

121) 이경우 외(1997), 『유아에게 적절한 그림책』, 양서원.

122) Carol Lynch-Brown & Carl M.Tomlinson(3판,1999), Essentials of Children's Literature, Allyn & Bacon.

옛이야기를 선택할 때, 위의 기준들은 좋은 참고 자료가 된다. 하지만 이 선정 기준들은 옛이야기가 지니는 특성 중, 문학적인 면, 교육적인 면, 내용적인 면, 형식적인 면 중에서 한두 가지 요소만을 다루고 있다는 아쉬움이 남고 각각의 기준에 따른 하위 요소들 또한 적절한지에 대해 전체적으로 재검토가 필요하리라 본다.

따라서 여기에서는 위의 선정기준을 참고로 하여 '내용의 효용성', '표현의 명료성', '정서적 가치'를 중심으로 선정 기준을 제시하고자 한다. '내용의 효용성'은 옛이야기가 지닌 교훈적인 가치를 중심으로 교육적인 면과 내용적인 면을 살펴보고, '표현의 명료성'은 옛이야기라는 장르상의 특성을 그 대상으로 형식적인 면을 알아보고자 한다. 마지막으로 '정서적 가치'는 정의적인 면에서 옛이야기가 갖는 가치가 무엇인지를 중심으로 옛이야기가 지닌 문학적인 효용성을 중심으로 살펴보도록 한다. 각각의 선정 기준에 대한 구체적인 내용은 다음과 같다.

1) 내용의 효용성

어린이들에게 자신감을 주는가?

어린이들에게 어려움을 극복하는 의지와 용기를 심어주는가?

어린이들에게 효도, 우애, 우정 등의 가치를 깨닫게 하는가?

어린이들에게 바른 생활 습관을 길러 주는가?

조상들의 삶의 모습, 생활의 지혜를 해학과 풍자를 통해 드러내고 있는가?

2) 표현의 명료성

말의 재미를 알고 흥미를 느낄 수 있는 언어로 되어 있는가?

구어체나 대화체의 문장으로 되어 있는가?

옛이야기 구성이 단순하고 명쾌한가?

옛이야기의 원형을 충실하게 재구성하였는가?

개성있고 다양한 문체로 구성되었는가?

3) 정서적 가치

어린이들에게 즐거움을 주는가?

어린이들의 상상력과 창의성을 길러주는가?

어린이들에게 따뜻한 마음과 인성을 갖게 해 주는가?

나. 옛이야기 작품 선정의 실제

1) 내용의 효용성

가) 어린이들에게 자신감을 주는가?

이야기 속의 주인공을 통해서 아이들은 자신의 존재감을 다시 확인하게 된다. 현재는 자신이 힘없고 아무 것도 할 수 없는 나약한 존재라고 생각하지만, 언젠가는 자신도 비상할거라는 기대와 자신감을 갖게 되도록 하는 힘을 옛이야기를 통해 얻도록 해야 한다.

나) 어린이들에게 어려움을 극복하는 의지와 용기를 심어주는가?

옛이야기 속의 인물들은 어린이들에게 어려운 상황을 극복하는 의지와 용기를 보여 주어야 한다. 어린이들은 고난을 헤쳐 나가는 인물을 통해서 세상과 불의로부터 자신이 승리하는 듯한 쾌감을 간접 경험하고 인물의 행동과 재치 있는 생각에 자신을 동일시하게 된다.

『반쪽이』는 태어날 때부터 얼굴이 반쪽인 주인공이 두 형의 모략을 극복하고, 딸과 결혼을 시켜주겠다는 부자집 영감과의 내기에서 이겼으나 부자집 영감이 약속을 어기자 꾀를 내어 딸과 결혼한다는 이야기다. 반쪽이는 선천적으로 타고난 외모 콤플렉스와 두 형, 부자집 영감의 반쪽이를 함정에 빠뜨리는 행동에 대해서도 부정적인 생각보다는 이를 지혜롭게 해결하려는 의지를 보여 주고 있다.

다) 어린이들에게 효도, 우애, 우정 등의 가치를 깨닫게 하는가?

옛이야기는 어린이들에게 귀감이 되는 교훈을 담고 있다. 효도, 우애, 우정 등 어린이들의 삶에 직접적인 영향을 주는 주제를 다루고 있다. 아이들에게 가장 가까운 사람은 부모님과 형제, 자매들이다. 또한 가정을 넘어서는 친구가 아이들에게는 소중한 존재가 된다. 이 사람들과의 관계를 어떻게 이끌어 가야 할지에 대해 부모님께 효도하고, 형제나 친구들과 사이좋게 지내야 한다는 교훈적인 말보다는 이야기를 통해 아이들 스스로 다른 사람에 대해 어떻게 대해야 하는지를 직접 느끼고 깨닫게 해야 한다.

『세상에서 가장 우애 깊은 형제 자매 이야기』는 세상에서 가장 우애 깊은 형제, 자매의 이야기 7편을 모아 놓은 책이다. 「헨젤과 그레텔」처럼 친근한 이야기부터 「일곱 오빠를 쫓아버린 소녀(모로코)」, 「마귀를 짓밟은 소년(일본)」 등 여러 나라의 이야기를 만날 수 있다.

『반쪽이』, 보림

라) 어린이들에게 바른 생활 습관을 길러 주는가?

옛이야기를 통해서 어린이들은 왜 바른 행동을 해야 하는지에 대한 근거를 찾게 된다. 어린이들은 생활을 통해 어른들로부터 착한 어린이, 정직한 어린이가 되라는 요구를 듣지만 왜 착하고 정직하게 살아야 하는지에 대해 말해 주는 사람은 없다. 옛이야기는 거짓말이나 지나친 욕심을 부리면 그에 대한 벌을 받는다는 교훈을 이야기 속의 인물을 통해 알려 줄 것이다.

「소금을 내는 맷돌」은 가난한 농사꾼이 어느 날, 욕심 많은 부잣집 담 밑에 쓰러져 있는 노인을 집으로 데려와 간호를 해 준다. 이에 대한 보답으로 노인은 농사꾼에게 맷돌을 주고, 그 맷돌에서는 무엇이든지 나와 결국 큰 부자가 되었다. 이 소식을 들은 욕심 많은 부자집 주인은 맷돌을 훔쳐 배에 싣고 바다 한 복판에 가서 소금이 나오게 해 달라고 하지만 멈추는 방법을 몰라 결국 배와 함께 바다에 가라앉고 만다. 이와 비슷한 이야기로 『마술 맷돌』이 있다.

마) 조상들의 삶의 모습, 생활의 지혜를 해학과 풍자를 통해 드러내고 있는가?

옛이야기에는 삶의 지혜, 옛사람들의 세상을 살아가는 방법이 담겨져 있다. 특히 우리나라 옛이야기에는 양반이나 힘 있는 자들의 어리석음을 해학과 풍자를 통해 보여주고 있다. 옛이야기는 우리 조상들의 생활 모습을 담고 있다. 옛이야기가 지닌 효용성 중의 하나는 옛이야기를 통해 조상들의 문화와 사고방식, 생활 양식을 알게 된다는 점이다. 특히 그림책 형태의 옛이야기는 옛 사람들의 생활 모습을 재현하여 어린이들에게 옛날 사람들의 모습을 실감나게 보여준다.

『양초귀신』은 양초를 처음보는 마을 사람들에게 잘난 척하는 글방선생이, 착하고 순진한 마을 사람들을 우습게 여기다가 망신을 당하는 이야기로 글방 선생으로 대표되는 양반의 행태를 풍자하고 있다.

『떼굴떼굴 떡 먹기』에서는 두꺼비, 토끼, 호랑이가 떡을 먹기 위해 내기를 한다. 여기에는 떡의 재료, 떡을 만드는 방법, 또 술이 재료로 사건을 해결하는 주요 소재로 제시되고 있다. 어린이들은 이야기를 읽으며 옛 조상들이 떡과 술을 만들었던 것에 대해 알게 된다.

『떼굴떼굴 떡 먹기』, 보리

2) 표현의 명료성
가) 말의 재미를 알고 흥미를 느낄 수 있는 언어로 되어 있는가?

옛이야기에서는 말의 재미와 흥미를 느낄 수 있도록 의성어, 의태어, 반복적인 표현 등을 주로 사용한다. 옛이야기를 읽는 대상이 주로 유치원생에서부터 초등학생이라면 아이들의 수준에 맞는 언어로 된 표현을 통해 말에 대한 흥미를 갖게 된다.

『팥죽 할멈과 호랑이』에서 팥 밭 매는 할머니와 호랑이가 대화하는 장면이나, 할머니를 도와주는 자라, 개똥, 송곳 등의 사물들 모습과 행동을 표현한 장면 등을 보면 때로는 말을 생략하여 간결하게 묘사하였으며 때로는 비슷한 말을 반복하여 운율감이 느껴지도록 표현하여 이야기가 한 층 더 흥미롭게 여겨진다.

『방귀시합』은 두 방귀쟁이가 절구통 주고 받기 시합을 하는 내용으로 빠앙빠앙, 뿌웅뿌웅, 후두두두, 뽀오옹 등 방구소리를 표현하는 의성어가 이야기의 재미를 한 층 높여 주고 있다. 이러한 언어적인 표현의 반복과 의성어는 아이들에게 옛이야기를 읽는 즐거움과 더불어 우리 말에 흥미와 관심을 갖도록 이끌 것이다.

『팥죽 할멈과 호랑이』, 보리

나) 구어체나 대화체의 문장으로 되어 있는가?

어린이들은 문어체의 문장보다 입말체의 문장에 친근함을 느낀다. 특히 옛이야기는 구전되어 오던 특징이 있어, 어린이들은 할머니나 엄마로부터 들었던 옛이야기를 구어체의 글로 읽으면 훨씬 친밀감이 높아진다. 옛이야기에서 구어체와 대화체의 문장은 아이들이 이야기를 이해하고 즐기는 데 효과적인 표현 방법이다.

서정오의 『옛이야기 백가지 1, 2』, 『옛이야기 보따리 1~10』 등의 출판물과 『이주홍 할아버지가 들려주는 팔도 옛이야기 1, 2』, 『김용택 선생님이 들려 주는 옛이야기 1~3』, 『이 세상 첫 이야기 1~6』, 『최하림 시인이 들려주는 구수한 옛날이야기 1~12』, 『에리히 캐스트너가 들려주는 옛이야기 1, 2』, 『태양으로 날아간 화살』 등은 작가가 이야기를 들려주는 듯한 구어체를 쓰고 있어 어린이들에게 이야기가 더 정겹게 느껴지도록 하고 있다.

다) 옛이야기 구성이 단순하고 명쾌한가?

옛이야기의 표현상의 특징 중 하나는 이야기의 구성이 단순하다는 점이다. 어린이를 대상으로 구전되어 오는 이야기가 많기 때문에 이야기의 구조는 대체적으로 짧고 한 가지 이야기를 다루는 단선 구조로 되어 있다. 어린이들은 이야기의 구조나 구성이 복잡해지면 이야기에 대한 흥미를 잃게 된다. 물론 요즘 새로 재구성된 이야기나 옛이야기의 원형에 다른 내용이 덧붙여진 이본 형태의 경우 이야기의 복선 구조를 지닐 수도 있지만, 대부분의 이야기는 단순하고 명쾌한 구조를 지닌다. 특히 저학년 어린이들를 위해 옛이야기를 재구성한 책이나 그림책 형태의 옛이야기에서는 한 가지 이야기가 단순하게 표현한 옛이야기 구조가 주로 나타난다.

「빨간 부채 파란 부채」나 『혹부리 영감』, 『도깨비 방망이』 등 주로 권선징악을 주제로 다룬 이야기를 그 예로 들 수 있다. 권선징악은 선과 악이 대비되고 선한 행동에 대한 대가로 좋은 것을 얻게 되면 악한 행동을 하는 사람이 욕심을 부려 그와 같은 행동을 하다 결국 자기 꾀에 자기가 넘어가는 구조를 그리고 있다. 이런 단순하고 누구나 아는 이야기 구조가 아이들에게는 이야기를 이해하기 쉽게 할 것이다.

라) 옛이야기의 원형을 충실하게 재구성하였는가?

옛이야기 그대로 전해지는 경우보다 작가가 이야기의 구조, 인물들을 화소로 하여 재구성한 옛이야기가 많이 등장하고 있다. 이때 옛이야기의 원형에 충실해야하며 원형을 왜곡해서는 안된다. 『끝지』의 경우, 옛이야기 「여우누이」를 화소로 하여 재구성한 이야기이다. 기본적인 이야기 구조는 여우가 집안 사람들을 모두 죽이고 결국 막내 오라비가 그 요물을 물리쳤다는 옛이야기 「여우누이」와 같지만 이에 얽힌 사연이 제외된 『여우누이』와는 달리, 『끝지』에서는 순돌이와 끝지가 남매라는 인연과 자신의 핏줄을 죽였다는 '업보'로 묶여 있다. 사랑하는 누이 동생을 죽이지도 살리지도 못하는 순돌이와 어미를 죽인 원수의 아들인 오빠를 죽일 수 없는 끝지, 두 사람은 결국 '죽음'으로 험난한 업보를 끝내고 운명과 화해를 한다. 정신을 잃은 순돌이에게 '죽으면 안돼, 꼬랑이 오빠'라는 끝지의 속삭임을 듣고 깨어나는 순돌이에게 끝지는 보이지 않고 여우의 울음 소리만 들려 온다는 마지막 장면이 인상 깊게 그려진다. 이 이야기는 원형이 되는 「여우누이」의 원래의 이야기 구조를 잘 살리면서도 그것에 새로운 의미를 덧붙이는 작업이 잘 어우러진 작품으로 평가받고 있다.

마) 개성 있고 다양한 문체로 구성되어 있는가?

개성 있고 다양한 문체는 옛이야기 책을 읽는 어린이들에게 새로운 즐거움을 줄 것이다. 같은 내용을 담고 있는 책이라도 어린이들 수준에 맞고 재미난 문체로 되어 있다면 어린이 스스로 그러한 책에 대해 관심을 갖고 찾아 읽게 될 것이다. 웅진주니어에서 출간된 『내가 처음 읽는 세계 명작』 시리즈는 바로 이러한 개성 있고 다양한 문체를 보여주는 좋은 예라 하겠다. 제목 그대로 내가 세상에서 처음 읽게 되는 세계 명작이므로 어린이들에게 부담없는 문체와 그림으로 엮여 있다. 여기에는 단지 그림과 글이 따로 존재하는 것이 아니라 글 속에 필요한 부분을 나타내고 있다.

3) 정서적 가치

가) 어린이들에게 즐거움을 주는가?

옛이야기는 어린이들에게 교훈과 더불어 즐거움을 주어야 한다. 책을 읽는 즐거움을 느끼는 것 자체가 아이들에게 또 다른 독서를 위한 동기유발이 되기도 한다. 어린이들의 수준에 맞고 즐거움을 줄 수 있는 이야기를 찾아 읽도록 하는 기회를 제공해야 한다.

『신기한 그림족자』, 비룡소

『신기한 그림족자』는 고전으로 전해오는 「전우치전」의 일화를 어린이들이 읽기 적당하게 재구성해 놓은 책이다. 족자를 매개로 공간을 넘나드는 이야기가 신비스럽기도 하거니와 쓰이고 있는 의성어, 의태어가 재미있다. 탐관오리를 혼내주고 백성들의 억울함을 풀어 주는 데 자신의 신통력을 썼던 조선 시대 도인 전우치, 도포 자락을 휘날리며 하늘을 날고, 순간 이동하는 신통한 힘을 가진 전우치라는 인물은 아이들에게 이야기 속의 즐거움을 느끼게 해 준다.

『요술콩』은 제이콥스의 「잭과 콩나무」와 그 구성면에서 비슷한 면을 보이고 있다. 피기와 토마스와 카네기는 형제이다. 어느 날 피기가 소를 팔러 나갔다가 할머니에게 콩 세 알과 소를 바꾸게 된다. 그 콩을 땅에 심었던 콩나무가 하늘 높이까지 닿게 된다. 이를 타고 피기와 토마스와 카네기가 하늘에 올라가 거인의 보물인 금화와 황금알을 낳는 닭과 노래하는 하프를 가지고 달아나는 이야기이다. 이 이야기를 통해 아이들은 하늘까지 자라는 콩나무, 거기에 사는 거인, 거인의 신기한 물건들을 통해 현실과는 다른 새로운 이야기 속의 경험을 하게 되며 이는 아이들에게 옛이야기만의 즐거움을 제공하게 된다.

나) 어린이들에게 상상력과 창의성을 길러주는가?

옛이야기는 현실에는 존재하지 않을 것 같은 판타지적인 요소를 이야기 속에

녹여내고 있다. 따라서 아이들은 옛이야기를 통해 상상력과 다양한 세계에 대한 창의적인 생각을 할 수 있게 된다. 이런 판타지적인 요소는 거의 모든 옛이야기에 나타나며, 중요한 교육적 효용을 지닌다.

『재주 많은 다섯 친구』, 보림

『재주 많은 다섯 친구』는 단지 속에서 태어난 단지손이를 비롯한 다섯 장사의 모험담을 그리고 있다. 맨 손으로 바위를 던지는 장사, 콧김으로 파도를 일으키는 장사, 오줌으로 바다를 만드는 장사, 배를 이고 다니는 장사, 무쇠신을 신고 다니는 장사는 각자의 재주를 살려 호랑이를 물리친다. 이 이야기에서 어린이들은 장사들이 갖고 있는 재주를 어떻게 활용하여 호랑이를 잡을 것인지에 대해 궁금해 하며, 미리 이야기의 전개를 예상해 보기도 한다.

『말하는 남생이』는 욕심 많은 형과 착한 동생의 이야기이다. 남생이가 말을 하고 거기에다가 남생이의 무덤에서 황금나무가 자란다는 이야기는 현실적으로는 불가능한 이야기이다. 하지만 옛이야기를 통해서 어린이들에게 전달될 때에는 '옛날에는 그랬을 거야.' 라는 실현 가능성을 심어 줄 수 있을 것이다. 이것이 옛이야기가 지닌 상상력을 실현하는 힘이다.

다) 어린이들에게 따뜻한 마음과 인성을 갖게 해 주는가?

옛이야기를 읽으면서 어린이들은 긍정적인 사고 방식과 세상과 다른 사람을 바라보는 따뜻한 마음이 무엇보다 필요하다는 것을 알게 된다. 따라서 행복한 결말이나 통쾌하게 문제를 해결하는 결말은 어린이들의 따뜻하고, 긍정적인 인성 발달을 이루는 중요한 요인이 된다.

우리에게 잘 알려진 행복한 결말의 옛이야기로는 『신데렐라』, 『콩쥐팥쥐』, 『미녀와 야수』가 있다. 세 이야기의 공통점은 착한 여자 주인공이 시련을 겪지만 귀인을 만나 행복을 찾게 된다는 이야기이다. 어린이들뿐만 아니라 어른 또한 이러한 이야기를 읽으면서 따뜻한 마음을 느끼게 된다. 요즘 나오는 신데렐라 계열의 드라마가 성공하는 이유 또한 이런 고난을 극복하고 행복을 추구하는 이야기에 대한 동경에서 오는 현상이 아닐까 싶다. 또한 문제를 해결하는 통쾌한 결말의 옛이야기로는 『'봉이 김선달' 이란 이름에 깃든 이야기』를 들 수 있다.

참고문헌

1. 작품

강우현(2000), 『양초귀신』, 다림.

그림형제, 김재혁 역(2004), 『그림형제가 들려주는 영국 옛이야기』, 웅진닷컴.

김장성(1998), 『가슴 뭉클한 옛날 이야기』, 사계절.

김장성(1998), 『어찌하여 그리된 이야기』, 사계절.

김창희(2003), 『감로수를 구해 온 바리』, 마루벌.

김환희(2004), 「옛 실로 짠 새 양탄자」, 『창비어린이』 4호, 창작과 비평사.

김희경(1994), 『명작동화의 매력』, 교문사.

메리 호프먼(2002), 『세상에서 가장 우애 깊은 형제 자매 이야기』, 두산동아.

박종익(2000), 『한국구전 설화집』 3, 민속원.

서아프리카 옛이야기(2003), 『모기는 왜 귓가에서 앵앵거릴까?』, 보림.

서정오(1995), 『옛이야기 들려주기』, 보리.

송영규 편저(1992), 『프랑스 민담』, 중앙대 출판부.

아니카 에스테를 글(2000), 『설탕으로 만든 사람』, 비룡소.

에드 영(1999), 『일곱마리 눈먼 생쥐』, 시공주니어.

이경혜(1997), 『구렁덩덩 신선비』, 보림.

이경혜(1997), 『이래서 그렇대요』, 보림.

이미애(1997), 『반쪽이』, 보림.

이상희 글(2001), 『도솔산 선운사』, 한림출판사.

이솝(2006), 『이솝 이야기』, 지경사.

정하섭(1998), 『해치와 괴물 사형제』, 길벗어린이.

제이콥스, 서미석 역(2005), 『제이콥스가 들려주는 영국 옛이야기』, 웅진미디어.

조호상(1997), 『재치가 배꼽잡는 이야기』, 사계절.

존 패트릭 루이스(2005), 『신발나무의 전설』, 마루벌.

진경환(2004), 『이야기의 세계 Ⅰ』, 보고사.

최래옥((1994), 『천냥짜리 입담』, 동아출판사.

최운식(2002), 『한국구전설화집』, 민속원.

2. 단행본과 논문

강문희 · 이혜상(1999), 『아동문학교육』, 학지사.

브루노 베텔하임(1998), 『옛이야기의 매력』, 시공주니어.

서정오(2001), 「옛이야기, 어떻게 이어받을 것인가」, 『인문연구』 Vol- No. 40-41(2001), 영
       남대학교 인문과학연구소.

신동흔(2006), 「설화와 소설, 그리고 어린이 문학」, 『어린이와 문학』 4월.

유소영(2003), 『아동문학 어떻게 이용할까』, 건국대출판부.

유영진(2005), 「옛이야기를 통해 현실과 맞서고 미래를 말하라」, 『우리어린이문학』 2호,
       우리교육.

정하섭(2004), 「어린이가 세계를 학습하는 이야기의 곳간」, 『창비어린이』 4호, 창작과 비
       평사.

이지호(2006), 『옛이야기와 어린이문학』, 집문당.

조동일(2004), 『한국소설의 이론』, 지식산업사.

최인학(1994), 『구전설화연구』, 새문사.

페리 노들먼, 김서정 역(2002), 「해방된 전래동화」, 『어린이문학의 즐거움 2』, 시공사.

현은자 · 김세희(2005), 『그림책의 이해』, 사계절.

Charoltte, S. Huck(1997), Children's Literature in the Elementary school, Mcgraw-Hill.

부록 : 옛이야기 참고 자료

가. 옛이야기 관련 이론서

건국대학교 동화와 번역연구소 편(2000),『동화와 설화』, 새미.

나카지와 신이치 저, 김옥희 역(2003),『신화, 인류 최고의 철학』, 동아시아.

브루노 베텔하임(1998),『옛이야기의 매력 1, 2』, 시공주니어.

서정오(1995),『옛이야기 들려주기』, 보리.

신동흔(2004),『살아있는 우리 신화』, 한겨레신문사.

이종란(2006),『전래동화 속의 철학 1~4』, 철학과 현실사.

이지호(2006),『옛이야기와 어린이문학』, 집문당.

존 로 타운젠드(1996),『어린이 책의 역사 1, 2』, 시공사.

최운식 김기창 공저(1998a),『전래동화의 이론과 실제』, 집문당.

최운식 김기창 공저(1998b),『전래동화 교육론』, 집문당.

페리 노들먼(2002),『어린이 문학의 즐거움 1, 2』, 시공주니어.

한선아 지음(2005),『한국 전래동화에 대한 해석학적 이해』, 한국학술정보.

현은자, 김세희(2005),『그림책의 이해 1, 2』, 사계절.

나. 옛이야기

1) 형태상의 분류

가) 모음집 형태의 옛이야기

그림형제 글, 김재혁 옮김(2001),『그림형제가 들려주는 독일 옛이야기』, 웅진닷컴.

김중철 엮음, 이형진 외 그림(1998),『두껍아 두껍아 옛날 옛적에 1~5』, 웅진출판.

문명식 외 글, 한창수 외 그림(1999~2004),『한겨레 옛이야기 1~25』, 한겨레신문사.

민윤식 저(2005),『우리 할머니가 들려주는 재미있는 옛이야기 100가지』, 자유문학사.

샤를 페로 글, 최내경 옮김(2001),『샤를 페로가 들려주는 프랑스 옛이야기』, 웅진닷컴.

서정오 글, 김성민 외 그림(1996~1999),『우리 옛이야기 백가지 1, 2』, 현암사.

서정오 글, 김성민 외 그림(1999),『옛이야기 보따리 1~10』, 보리.

손동인 엮음(1990),『한국전래동화집』, 창작과비평사.

신경림 편(2005),『우리 겨레의 옛날 이야기』, 한길사.

신현배 편(2005),『홍진 옛이야기 시리즈 1~4』, 홍진 P&M.

어린이도서연구회 편(1999),『장난꾸러기 코피트코 : 세계 옛이야기 모음집』, 우리교육.

어린이도서연구회 편(1999),『토끼 불알을 만진 노루 : 우리 옛이야기 모음집』, 우리교육.

조셉 제이콥스 글, 서미석 옮김(2003),『제이콥스가 들려주는 영국 옛이야기』, 웅진닷컴.

최인학 외 편(2003),『옛날이야기꾸러미 1~5』, 집문당.

츠보타 죠우지 지음, 박소현 옮김(2002),『일본의 옛날 이야기집 1~3』, 제이엔씨.

북한 옛이야기 모음집

손동인 외 엮음 (1991),『남북 어린이가 함께 보는 전래동화 1~10』, 사계절.

신정숙, 이영선 공저, 무지개 일러스트회 그림(2001),『한 권으로 읽는 남북한 옛이야기』, 현암사.

이상배 저, 한선금 그림(2001),『똥진 너구리-북한전래동화 1』, 파랑새어린이.

이상배 저, 한선금 그림(2001),『영리한 꾀동이-북한전래동화 2』, 파랑새어린이.

세계 민화(민담)

김기태 편역(2001),『쩌우 까우 이야기 : 베트남 민화집』, 창작과 비평사.

김영연 편역(1993),『무하메드 왕자와 사과 아가씨, 페르시아 민화집 2』, 창작과비평사.

김인한 편역(2000),『함지박을 쓴 소녀, 일본민화집 1』, 창작과비평사.

김인한 편역(2001),『꿈꾸는 동자 : 일본민화집 2』, 창작과비평사.

김정위 편역(2002),『왕과 정원사 : 페르시아 1 민화집』, 창작과비평사.

민 영 편역(2000),『원숭이 재판관 : 중국민화집 3』, 창작과비평사.

민 영 편역(2002),『호리병박에서 나온 아가씨 : 중국민화집 2』, 창작과 비평사.

민 영 편저(2001),『어머니를 그리는 모래섬 : 중국민화집 1』, 창작과 비평사.

송미루 편역(2001),『바보 마을의 영웅, 아프리카 민화집』, 창작과 비평사.

아파나쎄프 저, 김녹양 역(2001),『이반 왕자와 불새 : 러시아 민화집 1』, 창작과비평사.

연점숙 편역(1999),『쥬앙과 대나무 사다리 : 필리핀 민화집』, 창작과비평사.

이정호 편역(2000),『가수 당나귀 : 인도민화집』, 창작과비평사.

정영림 편역(2002),『꾀보 살람 : 인도네시아 민화집』, 창작과비평사.

정영림 편역(2003),『반쪽이 삼파파스 : 말레이지아 민화집』, 창작과비평사.

최영수, 이지만, 권태선 편역(2000),『마법에 걸린 거인 : 유럽민화집 1』, 창작과비평사.

홍충옥, 최승자 편역(2001),『물고기 소년의 용기 : 유럽민화집 2』, 창작과비평사.

특정 지역 옛이야기 모음집

가린 미하릴롭스키, 김녹양 저(2002), 『백두산 민담 1, 2』, 창작과비평사.

강효진(1996), 『백두산 이야기 2』, 산하.

권정생, 이현주 편(2001), 『금강산 이야기』, 사계절.

김광호 저, 황성혜 그림(2002), 『옛날 옛적 금강산에』, 대교출판.

라천록, 최룡관 엮음(2001), 『천지 속의 용궁 : 백두산 전설』, 창작과 비평사.

박 송(1997), 『옛날 이야기 : 충청도 전래동화』, 청솔출판사.

박상률 글, 이광익 그림(2001), 『백두산 천지와 생겨난 이야기』, 한겨레신문사.

박재형(1998), 『제주도 전래동화』, 대교출판.

손춘익 편(1998), 『힘센 할망과 꾀 많은 하르방』, 우리교육.

송명호(1996), 『옛날 이야기 : 경기도 전래동화』, 청솔출판사.

우리교육출판부 편(1999), 『호랑이 등에 걸터앉은 소년』, 우리교육.

우리교육출판부(1997), 『금덩어리에 깔린 욕심쟁이』, 우리교육.

이야기 동네(1995), 『백두산 이야기 1』, 산하.

최범서(1999), 『옛날 이야기 : 전라도 전래동화』, 청솔출판사.

최성수(2000), 『옛날 이야기 : 경상도 전래동화』, 청솔출판사.

현길언 저, 강요배 그림(2000), 『제주도 이야기 1, 2』, 창작과 비평사.

나) 그림책 형태의 옛이야기

우리나라 옛이야기

강무홍 글, 김달성 그림(1998), 『호랑이 잡은 피리』, 보림.

권문희 글·그림(2005), 『줄줄이 꿴 호랑이』, 사계절.

김해원 글, 심은숙 그림(2003), 『청개구리야, 왜 울어?』, 삼성출판사.

서정오 글, 박경진 그림(1997), 『팥죽 할멈과 호랑이』, 보리.

서정오 글, 이영경 그림(2005), 『주먹이』, 삼성출판사.

서정오 글, 한지희 그림(1997), 『임금님 귀는 당나귀 귀』, 보리.

송재찬 글, 이종미 그림(2004), 『해님달님』, 국민서관.

양혜정 글, 이광익 그림(2005), 『토끼와 호랑이』, 삼성출판사.

위기철 글, 김환영 그림(2001), 『호랑이와 곶감』, 국민서관.

이경혜 글, 신가영 그림(1997), 『이래서 그렇대요!』, 보림.

이규희 글, 심미아 그림(1996), 『해와 달이 된 오누이』, 보림.

이미애 외 글, 이억배 외 그림(1997~1998), 『옛이야기 그림책 까치와 호랑이 1~18』, 보림.

이상교 글, 주경호 그림(1996), 『좁쌀 한 톨로 장가 든 총각』, 보림.

정하섭 글, 한병호 그림(1998), 『해치와 괴물 사 형제』, 길벗어린이.

정해왕 글, 전병준 그림(2005), 『호랑이와 곶감』, 삼성출판사.

중국 조선족 설화, 홍성찬 그림(1999), 『재미네골』, 재미마주.

김성민 글·그림(2005), 『여우누이』, 사계절.

김장성 글, 이수진 그림(2006), 『가시내』, 사계절.

김중철 엮음, 권문희 그림(1998), 『까치와 호랑이와 토끼』, 웅진출판.

김중철 엮음, 유승하·최호철 그림(1999), 『개와 고양이』, 웅진출판.

김중철 엮음, 최민오 그림(1999), 『꿀꿀돼지』, 웅진출판.

김창희 글, 그림(1998), 『감로수를 구해온 바리』, 마루벌.

류재수 글, 그림(1998), 『백두산 이야기』, 통나무.

박영란 글, 김원희 그림(2005), 『도깨비 옷에 구멍이 뿡!』, 삼성출판사.

서정오 글, 박철민 그림(2005), 『도깨비가 준 보물』, 삼성출판사.

이경애 글, 한병호 그림(1992), 『도깨비와 범벅장수』, 국민서관.

이경혜 글, 한유민 그림(1997), 『구렁덩덩 새 선비』, 보림.

이나미 글·그림(1998), 『나무꾼과 호랑이 형님』, 한림출판사.

이미애 글, 이억배 그림(1997), 『반쪽이』, 보림.

이상희 글, 한태희 그림(2001), 『도솔산 선운사』, 한림출판사.

이영경(2002), 『신기한 그림족자』, 비룡소.

이형구 글, 홍서찬 그림(1995), 『단군신화』, 보림.

이형진(2003), 『끝지』, 느림보.

정 근 글, 조선경 그림(1995), 『마고할미』, 보림.

정차준 글, 한병호 그림(1996), 『도깨비 방망이』, 보림.

외국의 옛이야기

게일 헤일리 글·그림, 엄혜숙 역(1996), 『이야기 이야기』, 보림.

그림 형제 글, 펠렉스 호프만 그림, 김재혁 역(2000), 『일곱 마리 까마귀』, 비룡소.

그림 형제 글, 베네뎃 와츠 그림, 우순교 역(1996), 『빨간 모자』, 시공주니어.

그림 형제 글, 카트린 브란트 그림, 김재혁 역(2000), 『구두장이 꼬마 요정』, 보림.

그림형제 글, 수잔네 얀젠 그림, 장순란(2004), 『빨간 모자와 늑대』, 마루벌.

그림형제 글, 펠렉스 호프만 그림, 김재혁 역(2000), 『늑대와 일곱 마리 아기 염소』, 비룡소.

그림형제 글, 펠렉스 호프만 그림, 한미희 역(2000), 『찔레꽃 공주』, 비룡소.

그림형제 글, 앤터니 브라운 그림, 장미란 옮김(2005), 『헨젤과 그레텔』, 비룡소.

그림형제 외 글, 펠렉스 호프만 그림(2000~2004), 『세계의 옛이야기 1~13』, 비룡소.

그림형제 글, 비네테 슈뢰더 그림, 김경미 역 (1995), 『개구리왕자』, 시공주니어.

그림형제 글, 폴 오 젤린스키 그림, 이지연 역(2001), 『룸펠슈틸츠헨』, 베틀북.

노니 호그로지안 글 · 그림, 홍수아 역(2001), 『꼬리를 돌려주세요』, 시공주니어.

라 퐁테느 글, 브라이언 와일드 스미스 그림, 우순교 역 (1996), 『바람과 해님』, 보림.

마샤 브라운 그림, 엄혜숙 역(2004), 『옛날에 생쥐 한 마리가 있었는데 : 인도의 옛 이야기』,
　　　　열린 어린이.

메네라오스 스테파니데스 글, 야니스 스테파니데스 그림, 김세희 외 역(2001), 『동화로 읽
　　　　는 그리스 신화 1~24』, 파랑새어린이.

메일로 소 글 · 그림, 허은미 옮김(2005), 『아구 아구 쩝쩝, 꿀커덩!』, 삼성출판사.

브라이언 와일드 스미스 글 · 그림, 조은수 역(1996), 『팔려 가는 당나귀』, 비룡소.

샤를 페로 글, 프레드 마르셀리노 그림, 홍연미 역(1995), 『장화 신은 고양이』, 시공주니어.

샤를 페로 글, 필립 뒤마 그림, 조현실 역(2003), 『요정의 선물』, 파랑새어린이.

샤를로트 크래프트 글, 키누코 크래프트 그림, 문우일 역(2003), 『미다스왕과 황금손길』,
　　　　미래 M&B.

에드 영 글 · 그림, 김윤태 역(1996), 『론포포』, 보림.

에드 영 글, 최순희 역(1999), 『일곱 마리 눈먼 생쥐』, 시공주니어.

에드거 파린 돌레르 글, 인그리 돌레르 그림(2002), 『신과 거인의 이야기 : 북유럽 신화』,
　　　　시공주니어.

에우게니 M. 라쵸프(1950), 김중철 역(1994), 『장갑 : 우크라이나 민화』, 한림출판사.

임은경 외 지음(1955), 『세계의 옛날 이야기 1-8』, 글동산.

제럴드 맥더멋 저, 김세희 역(2001), 『하늘과 땅을 만든 이야기』, 봄봄출판사.

제럴드 멕더멋 저, 김명숙 역(1996), 『태양으로 날아간 화살』, 시공주니어.

제럴딘 맥코린 글, 에마 치체스터 클락 그림, 송영희 역(2004), 『그리스 신화』, 마루벌.

존 패트릭 루이스, 크리스 쉬밴 그림, 차미례 역(2005), 『신발나무의 전설』, 마루벌.

토미 드 파올라 저, 김경태 역(2004), 『인디언붓꽃의 전설』, 물구나무.

패트리샤 폴라코 글 · 그림, 최순희 역(2003), 『바바야가 할머니』, 시공주니어.

다) 다양한 형태로 만들어진 옛이야기

만화책으로 보는 옛이야기

강주현 편, 신영미 그림(2003-2004), 『만화로 보는 북유럽 신화 1~16』, 청해.

김수한(2002), 『만화로 보는 한국의 신화 1~4』, 범우사.

이 근(2001), 『만화로 보는 한국설화 1~4』, 계림.

임웅순 저(2001), 『팔방이 만화 이솝이야기 1, 2』, 파랑새어린이.

지성훈(1999), 『까불이와 혹부리영감이 들려주는 옛날이야기 1, 2』, 파랑새어린이,

최창록, 갈휘 공저, 권영승 그림(2004~2006), 『만화로 보는 중국신화 1~9』, 가나출판사.

토머스 불핀치 저(2002), 『만화로 보는 중세 신화와 전설 1~4』, 영교출판.

토머스 불핀치 저, 이광진 편, 서영 외 그림(2003~2005), 『만화로 보는 그리스 로마 신화 1~20』, 가나출판사.

홍승우 저 (2005), 『만화로 보는 우리신화 1-3』, 한겨레아이들.

소리로 듣는 옛이야기

김수미 지음(2001), 『옛날이야기 3분 동화』, 예림당.

색동어머니회(2006), 『이야기 해 주세요』, 보림.

윤선 저, 강선경 그림(2004), 『뮤동이의 뮤지컬 동화나라』, 유미디어드림.

『옛날 옛적에-어린이들을 위한 전래동화』(서울음반, 2000)

『웃음가득 지혜가득 전래동화』(뮤직밸코리아, 2003)

『전래동화-엄마와 듣는 이야기』(서울음반, 2000)

영상으로 보는 옛이야기

『그리스 로마 신화 : 전설의 수호자들』(비엠코리아, 2003)

『그리스로마신화 올림포스 가디언』(이기석, 박병순, SCM, 2005)

『동화나라 ABC』(동서엔터테인먼트, 2005)

『레오 리오니의 동물우화』(배네딕도 미디어, 1986)

『미녀와 야수』(리차드 화이트, 브에나비스타, 2002)

『백설공주와 일곱난쟁이』(아드리아나 케슬롯티, 브에나비스타, 2001)

『신데렐라』(월트디즈니, 브에나비스타, 2005)

『애니메이션 세계전래동화 1, 2』(썬미디어, 2005)

『은비까비의 옛날옛적에』(DVD엔터, 2006)

『조이북 전래동화-조이북 한영동화 시리즈』(조이북닷컴, 2002)

2) 내용 구성 상의 분류

가) 글쓴이가 전하는 옛이야기

김열규 저, 김상섭 그림(2003), 『장군별이 지켜준 인어 장수 : 김열규 할아버지가 들려주는 우리신화』, 한길사.

김용택 저(2000~2001), 『김용택 선생님이 들려 주는 옛이야기 1~3』, 푸른숲.

류재수 글·그림(1999), 『백두산 이야기』, 통나무.

에리히 캐스트너 저, 호르스트 렘케 외 그림, 문성원 역(2001~2003), 『에리히 캐스트너가 들려주는 옛이야기 1, 2』, 시공주니어.

이미륵 글, 윤문영 그림, 정규화 역(2002), 『이미륵의 이야기 1, 2』, 계수나무.

이청준(1997), 『이청준 선생님의 한국전래동화 1, 2』, 파랑새어린이.

이혜숙 외 글, 김성민 외 그림(2003~2005), 『재미있다! 우리 고전 1~12』, 창작과비평사.

이주홍 글, 한상언 그림(2002), 『이주홍 할아버지가 들려주는 팔도 옛이야기 1, 2』, 웅진닷컴.

조대인 외 글, 최숙희 외 그림(1997~1998), 『옛이야기 그림책 까치호랑이 1~18』, 보림.

조혜란 외 그림(1999~2001), 『이 세상 첫 이야기 1~6』, 창작과 비평사.

최하림 지음(2004), 『최하림 시인이 들려주는 구수한 옛날이야기 1~12』, 가교.

나) 옛이야기를 재구성한 이야기

그두룬 헬가도티어 저, 김승의 역(2005), 『사랑에 빠진 거인 : 북유럽 아이슬란드 민담』, 비룡소.

데이비드 비스니에프스키 저, 김석희 역(2005), 『진흙 거인 골렘』, 비룡소.

루드밀라 제만 글, 정영목 역(2005), 『위대한 왕 길가메시』, 비룡소.

루드밀라 제만 글, 정영목 역(2005), 『이슈타르의 복수』, 비룡소.

루드밀라 제만 글, 정영목 역(2005), 『길가메시의 마지막 모험』, 비룡소.

바버리 쿠니, 루스 소여 저, 이진영 역(1996), 『신기료 장수 아이들의 멋진 크리스마스』, 시

　　　공주니어.

에리히 캐스트너 저, 발터 트리어 그림, 문성원 역(2005), 『에리히 캐스트너가 다시 쓴 옛
　　　이야기 1~5』, 시공주니어.

버나 알디마 저, 리오 딜런 · 다이앤 딜런 그림, 김서정 역(2003), 『모기는 왜 귓가에서 앵
　　　앵거릴까?』, 보림.

신현득 저, 허정은 그림(2005), 『우리 옛이야기 바리공주』, 현암사.

이춘희 글, 강동훈 그림(2003), 『쌈닭』, 언어세상.

이춘희 글, 박지훈 그림(2003), 『똥떡』, 언어세상.

이춘희 글, 이웅기 그림(2005), 『달구와 손톱』, 언어세상.

이춘희 글, 이태호 그림(2004), 『숯 달고 고추 달고』, 언어세상.

이춘희 글, 한병호 그림(2004), 『야광귀신』, 언어세상.

제럴드 맥더멋 글, 김세희 역(2004), 『하늘과 땅을 만든 이야기』, 봄봄출판사.

제럴드 맥더멋 글, 윤인웅 역(2005), 『거미 아난시 : 아샨티 옛이야기』, 열린어린이.

제럴드 맥더멋 저, 김명숙 역(2001), 『태양으로 날아간 화살』, 시공주니어.

다) 옛이야기를 화소로 다시 쓴 이야기

강숙인(2003), 『뢰제의 나라』, 푸른책들.

강을순(2002), 『당글공주』, 우리교육.

권정생(2000), 『팔푼돌이네 삼형제』, 현암사,

김기정(2002), 『바나나가 뭐예유?』, 시공사.

김기정(2004), 『해를 삼킨 아이들』, 창비.

김명희 글, 에우게니 팟콜친 그림(1999), 『유니콘과 소녀』, 길벗어린이.

김진경(2001), 『고양이 학교』, 문학동네.

김희경(2001), 『똥벼락』, 사계절.

마고 제마크 글 · 그림, 이미영 옮김(2006), 『우리집은 너무 좁아』, 비룡소.

서광현, 박승걸 공저(2002), 『상어를 사랑한 인어공주』, 여름솔.

선자은 글, 이고르 올레니코프 그림(1999), 『영원한 황금 지킴이 그리핀』, 길벗어린이.

신자은(2001), 『우물에 빠진 아이들』, 아이세움.

이상교 저, 한병호 그림(2005), 『도깨비와 범벅 장수』, 국민서관.

이영경(2002), 『신기한 그림족자』, 비룡소.

이형진 글 · 그림(2003), 『끝지』, 느림보.

임정자(2005), 『물이, 길 떠나는 아이』, 문학동네어린이.

임정자(2004),『어두운 계단에서 도깨비가』, 창작과 비평사.

정 근 글, 조선경 그림(1995),『마고할미』, 보림.

정하섭 글, 이강 그림(1999),『청룡과 흑룡』, 길벗어린이.

정하섭 글, 임연기 그림(1999),『쇠를 먹는 불가사리』, 길벗어린이.

정하섭 글, 한병호 그림(1998),『해치와 괴물 사형제』, 길벗어린이,

존 셰스카 글, 레인 스미스 그림, 황의방 옮김(1996),『늑대가 들려주는 아기돼지 삼형제
　　　　이야기』, 보림.

프레데릭 스테르 글 · 그림, 최윤정 옮김(2001),『아기돼지 세 자매』, 파랑새어린이.

한창훈(2005),『검은 섬의 전설』, 사계절.

라) 외국어로 번역된 옛이야기

『팥죽할머니와 호랑이(Red Bean Granny And The Tiger, 영문판)』(보림, 1997)

『팥죽할머니와 호랑이(일문판)』(보림, 1997)

『팥죽할머니와 호랑이(중국어판)』(보림, 1997)

『팥죽할머니와 호랑이(러시아판)』(보림, 1997)

『팥죽할머니와 호랑이(불어판)』(보림, 1997)

『해와 달이 된 오누이(The Brother and Sister Who Became The Sun & The Moon, 영문판)』
　　　　(보림, 1997)

『해와 달이 된 오누이(일문판)』(보림, 1997)

『해와 달이 된 오누이(중국어판)』(보림, 1997)

『해와 달이 된 오누이(러시아판)』(보림, 1997)

『해와 달이 된 오누이(불어판)』(보림, 1997)

『재주 많은 다섯 친구(Five Wonderful Superhero Friends, 영문판)』(보림, 1997)

『재주 많은 다섯 친구(일문판)』(보림, 1997)

『재주 많은 다섯 친구(중국어판)』(보림, 1997)

『재주 많은 다섯 친구(러시아판)』(보림, 1997)

『재주 많은 다섯 친구(불어판)』(보림, 1997)

『견우·직녀(The Two Love Stars, 영문판)』(보림, 1997)

『견우·직녀(일문판)』(보림, 1997)

『견우·직녀(중국어판)』(보림, 1997)

『견우·직녀(러시아판)』(보림, 1997)

『견우·직녀(불어판)』(보림, 1997)

『반쪽이(Half a Loaf, 영문판)』(보림, 1997)

『반쪽이(일문판)』(보림, 1997)

『반쪽이(중국어판)』(보림, 1997)

『반쪽이(러시아판)』(보림, 1997)

『반쪽이(불어판)』(보림, 1997)

『도깨비 방망이(The Magic Stick of Plenty, 영문판)』(보림, 1997)

『도깨비 방망이(일문판)』(보림, 1997)

『도깨비 방망이(중국어판)』(보림, 1997)

『도깨비 방망이(러시아판)』(보림, 1997)

『도깨비 방망이(불어판)』(보림, 1997)

제4장 그림동화

1. 그림동화의 개념과 가치

가. 그림동화의 개념

그림은 어린이에게뿐만 아니라 어른에게도 시각적 각성의 효과가 뛰어나고 글자라는 기호를 해독하는 데 필요한 노력을 줄여주기 때문에 정보를 전달하거나 정서적 울림을 주려는 목적을 달성하기 위해 널리 사용되고 있다. 따라서 글자를 익히기 전의 어린이들에게는 그림이 어느 매체보다 친근하고 중요하게 받아들여지고 있다. 동화책, 글자 익히기 책, 동물이나 식물을 설명하는 책과 같은 어린이책에서 그림은 중요한 구실을 하기 때문에 어린이책이라 하면 사람들은 책 지면의 대부분을 화려한 그림으로 채운 그림책을 떠올릴 것이다. 이렇게 그림의 비중이 크고 글이 비교적 적은 글로 구성된 책, 혹은 글이 전혀 없고, 그림만으로 정보나 이야기를 구성하는 책을 통틀어 그림책(picture book)이라 한다.

그러므로 그림책의 종류를 내용별로 분류하자면 너무도 다양한 하위구분이 필요할 것이다. 현재 출판되는 그림책의 종류는 대체로 '이야기 그림책', 생물도감이나 사물의 이름, 개념 등을 설명하는 '정보그림책', '숫자 공부 책', 한글이나 알파벳을 익히기 위한 '글자 익히기 책', '장난감 책'(토이 북) 따위를 들 수 있다. 이 가운데 '이야기 그림책'을 제외한 다른 그림책은 문학 작품으로 볼 수 없기 때문에 아동문학의 갈래에 포함시킬 수 없다. 그러므로 이런 다양한 그림책 가운데 아동문학의 범주에 포함시킬 수 있는 것만을 구분해 내어 따로 이름을 붙여줄 필요가 있다.

우선 문학으로 성립하기 위해서는 문학성을 갖추어야 하는데, 그림책 가운데

'이야기 그림책'은 서사성과 픽션을 갖추고 있기 때문에 아동문학의 범주에 포함시킬 수 있다. 이렇게 그림만으로 또는 글과 그림이 상호작용을 하면서 서사 구조를 형성하는 이야기 그림책을 "그림동화"라 한다. 즉, 그림동화는 동화와는 다른 특성과 독자성을 지니고 있는 아동문학의 독립된 한 갈래로 인정해야 한다.

여기서 그림동화의 그림과 일반 동화책의 삽화를 구별할 필요가 있다. 그림동화는 글과 그림이 함께 어울려 이야기를 펼쳐 나가는 아동문학의 독자적인 한 갈래이다. 때문에 글이 독자적으로 서사 구조를 진전시켜 나가면서, 그림은 글이 펼쳐나가는 이야기를 도와주는 역할에 그친다면 여기서의 그림은 삽화에 지나지 않는다. 즉, '삽화'는 글의 이해를 돕거나, 글에서 서술된 내용을 반복 제시하는 부차적인 기능만을 하는 그림을 가리키는 것이다. 그러나 그림동화에서의 그림은 글의 보조 장치가 아니라 독자적인 풍부함과 구체성을 지니고 서사를 진행하거나 장면을 제시하는 기능을 하는 것이다.

그러므로 그림동화는 글이 쓰인 다음 거기에 그림이 삽입되는 형태가 아니라 처음부터 글과 그림이 함께 창작된다. 그런 점에서 최근에 출판된 『나비를 잡는 아버지』는 그림동화라 할 수 없다. 현덕이 처음 발표할 당시의 동화는 글만으로도 이야기가 충분히 완성된 것이며, 세월이 흐른 다음 글의 내용에 아무런 변화가 없이 좋은 그림이 덧입혀져 그림책의 형태로 새롭게 출판되었지만 그림이 서사 전개에 아무런 영향을 끼치지 못하기 때문이다.

한편 『강아지똥』(권정생, 1996)은 처음에 창작동화로 발표되었지만 그림동화에 맞게 글을 줄여 다듬었다. 아울러 글로 제시되었던 장면이나 분위기가 화가의 풍부한 상상력과 표현력에 힘입어 훨씬 생동감 있고 풍부한 그림으로 제시됨으로써 새로운 느낌을 주는 이야기가 되었기 때문에 그림동화로 거듭났다고 할 수 있다.

『강아지똥』, 길벗어린이

나. 그림동화의 교육적 가치

문학은 언어 예술이다. 아동문학도 문학의 한 갈래인지라 당연히 언어가 가장 중요한 전달 수단이 된다. 그러나 아직 글을 읽는 데 부담을 느끼는 어린이들에게 그림은 어린이들이 세상의 아름다움과 이야기의 흥미를 만나게 하는 매개체가 될 수 있다. 그림동화를 읽으면서 어린이들은 세상의 아름다움이 무엇인지를 본다. 그러므로 그들이 깨우친 어휘와 좋은 그림이 만나 이야기를 풀어준다면 어린이들은 쉽게 또 다른 세상과 만날 수 있게 된다.

어린이들은 그림동화를 읽으면서 그림을 정지된 한 폭의 그림으로 보지 않는다. 그림동화 속의 그림은 또 다른 글로 어린이들의 마음속에 끊임없이 속삭이는 이야기가 된다.

그림동화는 일러스트레이션을 담고 있기 때문에 글로만 제시되는 창작동화의 스토리텔링 형식과는 다른 즐거움을 준다. 글과 그림이라는 매체가 지니는 차이는 【표 12】와 같다.

【표 12】 글과 그림의 차이

글	그림
• 선조적인 순서로 배열됨. • 순차적, 시간적 순서를 따라 읽어야 하므로 의미를 논리적으로 이해함. • 원인과 결과, 주류적인 것과 종속적인 것, 가능성과 실재성 사이의 관계를 표현하므로 복잡한 의미를 표현할 수 있음.	• 공간을 차지함. • 한 번에 면을 전체적으로 보고 직관적으로 의미를 이해함. • 물질적 대상의 외양에 대한 정보, 간단한 캐리커처만으로 전체 비주얼의 의미를 전달함.

그림동화의 교육적 효과와 가치를 살펴보면 다음과 같다.

1) 책과 문자의 세계로 안내하는 길잡이가 된다

엘렌은 "2세부터 8세 정도의 글자를 익히기 시작한 어린이는 그림의 안내로 책과 문자의 세계로 나아가는 데 크게 용기를 얻을 수 있다."고 말했으며, 화이트 여사는 "그림책은 어린이가 처음으로 만나는 책이므로, 평생의 독서 생활을 결정짓는 계기가 된다. 따라서 그림책은 책 가운데 가장 소중한 책이며, 가장 아름다운 책이어야 한다."고 말했다. 그림동화의 그림은 어린이에게 읽고 싶은 욕망을 갖게 하는 계기가 되며 실제 글 읽기를 도와준다. 그림은 어린이의 독서 의욕을 자극하는 동시에 글 읽기의 부담감을 덜어주며 안도감을 준다. 어린이는 그림의 도움으로 큰 부담 없이 이야기를 충분히 즐길 수 있게 되는 것이며, 이 시기의 긍정적인 경험이 한평생 책을 좋아하는 사람으로 만드는 계기가 될 수 있다.

2) 즐거움과 호기심을 충족시켜준다

그림동화는 아름다운 색채와 형상으로 흥미진진한 세상일을 담아내고 어린이들은 그림동화를 읽으며 자신을 둘러싼 신기한 세상과 만나게 된다. 특히 유아나 저학년 어린이들은 이 세상에 대한 호기심으로 가득 차 있으며, 그림동화는 이러한 아이들의 호기심을 잘 포착하여 대리만족과 간접 경험을 제공한다. 아이들은 그림동화를 읽으면서 무엇이 아름답고 소중한지를 깨닫게 되며, 아름다움을 느끼고 즐길 줄 알게 된다.

3) 듣기 태도와 능력을 길러준다

공부를 잘 하기 위해서는 선생님의 말씀이나 다른 사람의 말을 주의 깊게 듣는 태도가 그 바탕이 된다. 그러므로 어릴 때부터 다른 사람의 말을 잘 듣는 태도와 듣기 능력을 길러주어야 한다. 그림동화는 어른이 아이에게 읽어주기에 가장 적당한 갈래이다. 눈으로 아름답고 생생한 그림을 보면서 귀로는 그림에서 받은 이미지를 문장으로 재현하여 듣게 되면 어린이는 한층 더 문장의 언어에 귀를 기울이고 이야기를 깊이 받아들이게 된다. 그림동화의 내용이 아이들의 마음을 빼앗을 만큼 흥미 있거나, 정서에 맞는 것이라면 그 효과는 더욱 커진다. 이때 아이들은 자기도 모르게 이야기에 몰입하여 무슨 말을 하는지 귀 기울여 듣게 될 것이며, 다양한 어휘를 익히게 되고, 세련되고 정돈된 문장을 머릿속에 입력시킬 수 있게 될 것이다.

그런데 이와 같은 듣기 능력 신장에는 학교의 교사보다는 부모의 역할이 더 중요하다. 듣기 태도는 학교에 입학하기 이전에 대부분 형성되며, 정서적으로 아이와 더 가까운 사람이 부모이기 때문이다. 따라서 어린이가 혼자서 글을 읽을 수 있게 되어도, 어른이 계속해서 이야기를 읽어주는 것이 어린이의 언어 발달과 정서 발달에 유익하다.

4) 자연스럽게 바른 인성을 기를 수 있다

그림동화가 다루는 다양한 소재와 주제를 통해 어린이는 자신을 둘러싸고 있는 세상을 자연스럽게 배우게 되며, 무의식중에 삶의 소중한 가치를 깨닫게 된다. 선과 악이 분명하거나, 착하게 사는 사람들이 행복해지는 이야기를 읽으며 어린이들은 자신도 그런 사람이 되기를 원하며, 성 문제를 다룬 『나는 여자, 내 동생은 남자』(정지영·정혜영, 1997), 『엄마가 알을 낳았대 Mommy Laid An Egg』

(배빗 콜 Babette Cole, 1996) 같은 책을 읽으며 성에 따른 역할이나 아기가 생기는 신비함을 알게 된다. 또 부모의 이혼 문제를 다룬 『따로 따로 행복하게 The Un-Wedding』(배빗 콜, 1999) , 『아빠는 지금 하인리히 거리에 산다 Papa wohnt jetzt in der Heinrichstraße』(네레 마어 Nele Maar, 2001) 등을 읽으며, 어른의 고민을 이해하게 될 수도 있다. 어린이들은 이와 같이 다양한 주제의 그림동화를 읽으며 세상을 밝고 긍정적으로 바라보게 됨으로써 그림동화가 인성교육에 중요한 역할을 한다.

5) 언어와 인지 발달에 효과적이다

글과 그림이 엮어 가는 그림동화는 글만으로 표현할 수 없는 내용을 어린이들에게 알려주고 이해시키면서 언어와 인지의 발달에도 더욱 효과적으로 작용한다. 어린이들은 그림동화를 읽으며 사물의 이름을 배우고, 되풀이되는 듣기를 거쳐 글자 하나하나가 소리와 어떤 관련이 있는지 배우며, 글자가 의미를 가지고 있음을 알게 된다. 그리고 글과 그림이 제시하는 상황을 경험하며 어휘들이 사용되는 실제의 상황을 알게 된다. 또한 간략한 문장으로 이루어진 글 속에서 더 많은 내용을 상상하게 되고, 표현하고 싶은 욕구를 느끼며 사고의 세계를 넓혀 나간다. 이는 궁극적으로 어린이들의 어휘력과 언어 사용 능력을 기르고 문학적 표현 능력을 향상시키는 효과를 가져온다.

6) 예술적 심미안을 길러준다

그림동화의 좋은 그림은 예술적 안목을 키워주고 예술을 감상하는 능력을 길러준다. 그림은 정서와 감성을 풍부하게 하기 때문에 어려서부터 좋은 그림을 보며 아름다움을 발견하고 그림 속에서 이야기를 만난 어린이들은 미술, 음악과 같은 예술의 아름다움을 풍부하게 즐길 줄 알게 된다. 좋은 그림동화는 문학성과 예술성이 조화를 이루고 있어서 이런 작품을 반복적으로 읽은 어린이들은 예술 양식의 다양성을 체험으로써 시각적인 성숙을 꾀하고 예술을 감상하는 능력을 발달시킬 수 있게 된다.

7) 상상력의 발달을 돕는다

그림동화의 그림이 글로 묘사하는 내용을 구체적인 형상으로 제시함으로써 독자의 상상력을 제한할 것이라고 염려하는 사람들이 있다. 이런 견해는 부분적으로 옳다. 우리가 어떤 영화를 보고 나서 같은 내용의 소설을 읽으면 영화에서 보았던 배우의 얼굴이나 풍경이 우리의 상상력을 고정시켜버려 자기 나름대로의 상상을 방해하는 체험을 한 경험이 있을 것이다. 반대로 우리가 어떤 소설을 읽고 나서 영화를 보았을 때 소설을 읽으면서 상상한 이미지와 너무 달라서 실망한 적이 있을 것이다.

그런데 이렇게 글을 읽으면서 글의 내용을 떠올리는 과정은 "상상"이라기보다는 "구체화"라고 표현하는 것이 옳다. 독서의 과정은 글을 읽어나가면서 글이 표현하지 못한 빈자리를 채워나가는 과정이며 그것을 "구체화"라고 한다. 그런데 그런 "구체화"하는 능력이 어떤 독자에게나 처음부터 주어지는 것이 아니다. 어떤 장면을 구체화하기 위해서는 배경지식이 필요한데 유아나 입문기의 독자들은 아직 그런 배경지식이 풍부하지 못해서 글만 읽을 경우 머리에 떠올리는 영상이 매우 제한적일 염려가 있다. 이때 그림동화의 그림은 글만으로 표현하기 어려운 공간과 이미지의 형상을 제공해주어 상상력을 풍부하게 해주며, 현실적으로 존재하지 않는 사물이나 시간을 마음 속에 구체화하는 데 도움을 준다. 특히 상상의 세계를 풍부하게 하는 상상 속의 동물이나 판타지의 세계를 그린 그림은 그들 나름의 세계를 창조하는 밑거름이 될 수 있다.

한편, 글 없는 그림동화는 어린이들이 그림만 보면서 본문을 창안해 보게 하는 경험을 제공해 줄 수 있다. 글 없는 그림동화는 그림 자체가 이야기의 주제, 줄거리, 등장인물, 장면 같은 문학적 요소를 갖추고 있기 때문에 아이들은 그림을 보면서 그림에 제시된 인물의 이미지에 어울리도록 등장인물의 이름을 지어볼 수도 있다. 또 앞뒤로 이어지는 그림을 전체적으로 조망하면서 스스로 사건을 만들어가야 하기 때문에 독자의 확산적 사고를 자극하고 그 과정을 거치면서 창의성의 증진을 기대할 수 있다.

2. 그림동화의 유형

그림동화는 글과 그림이 공존하는 동화이다. 형식적인 측면에서, 그림이 차지하는 비중에 따른 유형, 글과 그림의 관계에 따른 유형, 창작 방법에 따른 유형으로 나누어 볼 수 있다.

가. 그림의 비중별 유형

1) 글 없는 그림동화

글없이 그림만으로 이야기를 펼쳐나가는 그림동화이다. 그림만으로 이야기가 진행되기 때문에 독자의 상상력을 자극한다. 글없는 그림책은 글을 모르는 유아들에게 적절하나 그림동화에서 다루는 주체에 따라 독자는 달라질 수 있다. 작가가 책을 쓸 때 글자를 쓰지 않기 때문에 표현상의 제한점이 있지만 그림의 효과를 최대한 살릴 수 있는 장점도 있다.

『노란우산』(류재수, 2001)은 글이 전혀 없이 그림만으로 서사적인 흐름을 이끌어 가고 있는 그림동화이다. 색깔과 형태, 선으로 이야기를 만들어 가는 그림의 특성으로 볼 때, 칙칙하고 어두운 날을 배경으로 하고 시각적 효과가 뛰어난 노란우산을 중심으로 구성되어지는 이야기가 독특한 책이다.

아울러 이 책은 글을 대신하여 음악이라는 예술이 그림과 결합하여 비 오는 날 우산을 쓰고 학교 가는 과정을 새롭고 풍성한 이야기 ―소리를 활용하여 이야기를 형성하는 힘― 로 구성하는 새로운 시도가 돋보인다. 또한 표현된 비 역시 선으로 보여주기 보다는 색을 이용하여 비의 양이나 대기의 습한 정도를 느낄 수 있게 하여 읽는 이로 하여금 세련된 미적 감각을 구성할 수 있게 한다.

『노란우산』, 재미마주

여러 색깔의 우산 속에서 유독 눈에 띄는 노란우산을 따라 이야기를 만들어 가다보면, 비 오는 날 즐거워하는 아이들의 웃음소리가 들리는 듯하다. 비 오는 날의 분위기와 노란우산에 떨어지는 물방울 소리를 묘사한 피아노 음악을 들으면서 책을 읽으면 경쾌하고도 재미있는 느낌을 맛볼 수 있다. 또한 색색깔의 우산 숫자가 늘어날 때마다 아이들의 조잘거림이 들리는 듯한 생각을 불러오는 재미도 이 책이 갖는 특징이다.

아이들은 새로운 세계에 대한 동경으로 잠을 이루지 못하는 때가 있다. 현실에서 억압 받고 소외되는 아이들일 수록 낯선 세계로 떠나는 꿈을 자주 꾸는데, 글

없이 그림만 펼쳐지는 그림동화는 이러한 자유를 만끽할 수 있는 여지를 제공한다. 『눈사람 아저씨 The Snowman』(레이먼드 브릭스 Raymond Briggs, 1997)를 보면 글없는 그림동화가 아이들에게 얼마나 많은 자유로움을 갖게 하는지 알게 된다.

『눈사람 아저씨 The Snowman』는 눈사람 아저씨와 밤새 즐거운 여행을 하는 한 소년의 이야기를, 만화처럼 배열하여 꾸며낸 동화이다. 만화라는 형식은 늘 아이들에게 호기심과 관심의 대상이다. 아이들에게 친밀감 있는 형식을 택한 것은 읽는 이를 책에 쉽게 끌어들이기 위한 방법으로 보인다. 둥글고 부드러운 곡선과 파스텔 톤의 은은한 색조를 사용하여 소년과 눈사람의 따뜻한 우정을 효과적으로 표현하고 있다. 어린이 스스로 상상의 날개를 펼쳐서 이야기를 만들어내기 알맞은 책이다.

글없는 그림동화 가운데 아이들에게 인기있는 동물을 주인공으로 한 작품이 있다. 아이들은 자기보다 약한 존재에게 호감을 갖고 있는데, 이 작품은 그 가운데 개구리와 생쥐를 택했다. 『왜? Why?』(니콜라이 포포프 Nicolai Popov, 1997)는 들판에 핀 꽃 한송이를 들고 있는 개구리와 우산을 들고 땅 속에서 나타난 생쥐가 주인공인데, 생쥐는 개구리가 가진 꽃을 힘으로 빼앗으려 하여 싸움이 시작된다. 그러나 빼앗긴 꽃을 되찾기 위해 어른 개구리들이 싸움에 끼어들어, 생쥐의 우산까지 빼앗아 간다. 그러자 무기를 앞세워 생쥐가 다시 공격하며 개인의 다툼이 집단의 싸움으로 번져 나가는 장면이 다양하고 기발한 그림(무기를 형상화한 모습과 개구리와 생쥐의 표정)으로 재미있게 펼쳐진다. 전쟁의 시작과 끝을 갈색과 연두색의 낮은 채도로 표현하고 있어 전쟁이 가져다주는 상처를 효과적으로 암시하고 있다. 그림을 읽는 독자가 이야기를 만들어 나가면서 자신의 생각과 느낌으로 책을 읽어 나갈 수 있어 무척 흥미롭다.

그림을 통해 서사적인 흐름을 읽는 독자는 그림에서 사건의 흐름과 정서적 흐름을 함께 만들어 나간다. 대부분 어린이를 독자로 겨냥한 그림책은 어린이에게 익숙한 색이나 형태, 주인공을 선택한다. 그러나 가브리엘 뱅상의 그림은 그런 나름의 공식에서 벗어나 있다.

『떠돌이 개 Un Jour, un chien』(가브리엘 뱅상 Gabrielle Vincent, 2003)는 목탄으로 그린 흑백 그림의 전체적인 분위기가 버림받고 떠도는 개의 심정을 그대로 묘사하고 있다. 간결한 선 몇 개로 떠돌이 개의 심리와 분위기를 묘사하는 화가의

『왜』, 현암사

솜씨가 놀랍다. 사람에게 버림받은 떠돌이 개의 마음을 표현한 개의 눈빛이나, 텅 빈 공간으로 남겨진 여백은 슬픔과 배신감, 쓸쓸함을 느끼게 하는 데 충분하다. 아이들은 그림 속의 인물의 눈빛이나 행동을 보며 이야기를 구성해 나가는 힘을 기를 수 있으며, 함께 사는 동물과 인간과의 관계에 대해 고민하게 된다. 주인공 개 역시 아이들 일상과 아주 가까운 관계에 놓여있기 때문에 감정 몰입을 하는 데 훨씬 자연스럽다.

아이들이 관심과 흥미를 많이 갖고 있는 동물을 주인공으로 삼은 또 하나의 작품으로 『이상한 자연사 박물관 Time Files』(에릭 로만 Eric Rohmann, 2001)이 있다.

『이상한 자연사 박물관』
미래M&B

비바람을 피해 자연사 박물관으로 날아든 새 한 마리가 공룡 화석 사이에서 놀고 있는데 천둥 번개가 치면서 공룡 화석은 서서히 살아있는 공룡으로 변하고 주변은 풀과 나무가 살아나는 판타지 세계가 된다. 새는 무시무시한 공룡 사이를 날아다니다가 공룡에게 잡아먹히는 모험을 겪기도 하는데, 이때 역동적인 모습으로 화면을 가득 채운 공룡 —그것도 공룡의 머리 부분이나 일부분만이 드러난—과 작은 새의 크기에서 새가 겪는 공포심이 극대화된다. 그림을 보는 독자는 새의 움직임을 따라 이야기 속의 여행을 즐기게 되는데, 작은 새가 공룡의 배 속에서 깃털을 떨어뜨리는 장면 같은 곳에서는 작은 새의 공포와 두려움을 함께 경험한다. 그래서 어린 독자들은 새가 위험한 상황을 벗어나 다시 현실의 세계로 돌아올 때 '휴' 하며 안도의 숨을 내쉬게 된다. 글 하나 없이 긴박한 사건을 펼쳐 나가는 작가의 솜씨가 놀랍다. 독자는 새와 함께 공룡이 사는 판타지 세계를 경험하게 된다.

이처럼 글없는 그림동화는 대부분 읽는 이로 하여금 자신의 체험을 배경지식으로 삼아 자유로운 상상력을 펼치게 하는 구실을 한다. 다만 그림이 그림의 논리를 잘 만들어 나가는 작품이어야 아이들에게 창의적인 공간을 만들어 줄 수 있으므로 그림의 서사적 흐름을 면밀하게 살펴보는 데 주의를 해야 한다.

2) 그림의 비중이 큰 동화

대부분의 그림동화는 글에 비해 그림의 비중이 훨씬 크다. 글과 그림이 상호작용을 하면서 서사구조를 펼쳐나가는 그림동화의 본질을 가장 잘 구현하는 형식으로 독자는 글과 그림을 왕래하면서 서사성과 예술성을 충분히 맛볼 수 있다.

글을 깨우치기는 했지만 긴 글을 읽어내기에 부담을 가지고 있는 어린이들이 읽으면 그 효과가 훨씬 크다. 그러나 글과 그림의 비중이 책을 읽는 독자의 연령을 구분 짓는 절대적인 잣대는 아니다. 그림동화를 읽을 때 이야기하는 주제에 따라, 또는 체험의 깊이를 고려하여 독자의 연령을 가늠해야 한다. 따라서 그림동화에서 글과 그림의 비중으로 독자의 연령을 구분 짓는 일은 무모하거나 위험할 수 있다.

모리스 샌닥은 그림동화라는 갈래에서 매우 의미있는 사람이다. 또한 그가 그린 『괴물들이 사는 나라 Where the Wild Things Are』(모리스 샌닥 Maurice Sendak, 1994)는 그림동화의 고전이며 교과서로 꼽히는 작품이다. 글은 최소한의 정보만 제공하고 있으며, 인물의 성격, 사건이 펼쳐지는 시·공간적 배경, 사건 전개의 복선 따위가 모두 그림으로 제시되어 있다.

『괴물들이 사는 나라』는 어린이의 내면 세계를 현실 세계와 판타지 세계를 통해 실감나게 보여주며, 어린이의 심리를 이해하고 또 읽는 이가 자아동일화를 이룰 수 있도록 하는 작품이다. 사람은 누구나 현실에서 외롭고 힘들 때, 소통이 단절될 때 판타지의 세계로 들어가지 않는가. 주인공 맥스의 여정은 어른의 통제나 억압, 그리고 놀이의 상대가 없는 고독한 어린이가 판타지 세계로 떠나, 내면 여행을 충분히 즐긴 뒤 마음에 쌓인 갈등을 극복하고 다시 현실 세계로 돌아오는 장면을 담고 있다. 결국 주인공 맥스가 겪는 체험은 어린이의 삶을 보여주는 거울과 같다.

글과 그림이 상호보완의 관계를 형성하며 화면 크기의 변화와 여백 처리를 통해 보여주는 세계에 대한 차별성 —현실 세계와 판타지 세계를 나타낼 때 작가는 화면의 크기와 위치 변화, 여백의 변화를 통해 보여준다.— 과 맥스의 얼굴 표정이나 행동을 통해 내면 세계의 변화를 섬세하고 치밀하게 보여준다. 판타지 세계로 떠나기 시작할 때 맥스가 눈을 감은 장면은 현실 세계로부터 떠나 내면 세계로 몰입해 가는 인물의 상황을 잘 보여주고 있지 않은가. 우리는 어떤 일을 골똘히 생각하거나 마음에 떠오르는 형상을 찾고 싶을 때 흔히 눈을 감는다. 맥스 역시 눈에 보이는 현상으로부터 시선을 거두고 내면 세계로 여행을 떠나기 위해 판타지 세계로 몰입해 들어가는 장면에서는 눈을 감고 있다.

한 권의 책에서 어린이의 심리, 판타지 문학의 본질, 그림의 서사적 흐름, 글과 그림의 이상적인 관계를 보여주는 『괴물들이 사는 나라』는 그래서 전 세계 많은 이들에게 사랑을 받고 있다.

어린이는 늘 행복하기만 할 것이라는 편견을 가진 사람은 많지 않지만, 어린이가 외롭고 고독한 존재라는 사실을 알고 있는 사람 역시 많지 않다. 어린이가 외롭고 고독한 존재임을 가장 효과적으로 드러낼 수 있는 예술 매체 가운데 하나가 그림이다. 외로운 어린이의 눈빛, 공허한 얼굴 표정은 때론 글보다 훨씬 절실한 공감을 주기 때문이다. 『휘파람을 불어요 Whistle for Willie』(에즈라 잭 키츠 Ezra Jack Keats, 1999)나 『동강의 아이들』(김재홍 글·그림, 2000)은 글보다 그림이 많은 비중을 차지하며 작품에서 말하고자 하는 서사적인 흐름을 이끌어가는 그림동화이다.

『휘파람을 불어요』는 몬드리안의 그림을 연상시키듯 면 분할을 통해 고립되고 소외된 아이의 마음을 구체적인 상황을 제시하며 드러내고 있다. 같이 놀 동무가 없어 심심해하는 아이, 동무를 얻기 위해 휘파람을 불고자 간절히 원하는 모습을 통해 감춰진 아이들 심리를 낱낱이 보여준다.

작가는 그림책에서 처음으로 흑인을 주인공으로 삼아 아동문학 작품에서 공공연하게 이루어지고 있던 인종 차별에 대한 생각을 과감하게 깨뜨리는 역할을 하고 있다. 한 권의 그림책으로 아이들에게 낯선 세계의 지평을 열어주는 일은 무척 바람직한 일이라 할 수 있다. 기우뚱하게 기울어진 신호등, 거기에 기대 선 소년 역시 기울어져 있는데, 이 장면은 휘파람을 불고 싶어하는 아이의 간절한 바람이 현실에서 이루어지지 못하는 불만족스런 상황을 그림으로 잘 표현하고 있다. 휘파람을 불려고 애를 쓰는 아이의 입 모양이나 표정이 무척 재미있고, 행동을 통해 드러나는 아이의 심리 묘사가 뛰어나다. 심심하고 무료한 아이의 마음을 글과 그림이 서로 잘 어울려 표현하고 있다.

또 『동강의 아이들』 역시 산골에 살고 있는 두 남매가 장에 나간 엄마가 오기를 기다리며 하루 종일 강가에서 노는 모습을 담고 있다. 이야기 자체는 매우 단순해서 클라이맥스라 할 것도 없는데, 대자연 속에서 아이들도 자연의 일부가 된 것 같은 동강 연안의 그림이 시원하다. 강물에 비친 산과 바위, 물가의 모래밭을 자세히 보면 그림 속에 또 다른 그림이 숨어 있는 것을 발견하는 놀라운 경험을 할 수 있는데, 숨겨진 그림은 외롭고 고독한 어린이의 내면세계를 효과적으로 보여

버스 터미널은 발써 많은 사람들로 꽉 차 있었어요.

"자, 이제 출발!"

그런데 도대체 차가 움직이질 않아요.

『솔이의 추석 이야기』
길벗어린이

주는 구실을 하고 있다. 그림을 읽는 데 예리하지 못하던 독자들이 작품을 보면서 숨겨진 그림을 찾고 그것이 의미하는 것을 발견하면서 그림동화를 읽는 안목을 높여가는 것도 이 동화에서 누릴 수 있는 즐거움 가운데 하나이다.

그림동화 가운데 그림 작가가 속한 민족의 풍습이나 화풍이 잘 드러난 작품이 있다. 『솔이의 추석이야기』(이억배, 1995)가 그 예이다. 이 작품은 도시에 사는 솔이네 가족이 추석 명절을 지내며 일어나는 이야기를 담은 그림동화이다. 추석 전날 거리의 풍경, 차가 밀리는 고속도로의 모습, 차례와 성묘 행렬 따위의 우리 명절 풍경을 사실적으로 재현해 내어 독자들은 그림을 찬찬히 읽으며 자기의 경험과 관련된 많은 이야기 거리를 찾아낼 수 있다. 그림을 옆으로 길게 —마치 고구러 안학 3호분 행렬도와 같은 구도— 그려 그림 한 폭에 많은 사람의 표정과 행동을 담고 있다. 이것은 그림동화에 우리의 옛그림 방식을 도입하여 한국적 풍습에 한국적 미의 세계를 담고자 한 작가의 노력이 돋보이는 부분이다. 다만 아쉬운 점은 글이나 그림이 극적 긴장감을 형성하지 못하고 일이 일어난 차례를 물 흐르듯 보여주어 읽는 이에게 감동의 지점을 만들어주지 못한다는 점이다.

글보다 그림의 비중이 큰 그림동화는 서사적 흐름을 형성하는 데 글보다는 그림이 차지하는 역할이 크며, 그림이 자체의 진실성과 논리성을 확보하는 정도에 따라 작품의 성패가 좌우된다. 아울러 이런 형식의 그림동화는 글과 그림이 서로 보완적인 역할을 하며 이야기를 이끌어 나가는 특징이 있다.

3) 글의 비중이 큰 동화

거의 모든 지면에 그림이 풍부히 제시되어 있지만 글도 상당한 정도의 비중을 차지하고 있는 그림동화를 말한다. 문장의 길이도 더 길어지고, 서사구조도 더 풍부해지며, 이야기가 비교적 길어지는 특징이 있다. 글 읽기가 어느 정도 능숙해진 독자는 글의 비중이 큰 그림동화를 읽으면서 독해력을 기를 수 있다. 또한 글의 비중이 큰 작품은 작가가 어른을 겨냥하여 주제가 비교적 심오하거나 체험의 깊이가 어린이의 세계를 뛰어넘는 것을 다루고 있기도 하다.

윌리엄 스타이그의 작품 대부분은 그림에 견주어 글의 비중이 크다. 그 가운데 『아모스와 보리스 Amos & Boris』(윌리엄 스타이그 william Steig, 1996)를 살펴보면 육지 동물인 쥐와 바다 동물인 고래의 애절한 사랑과 우정 이야기가 펼쳐진다. 화면을 위, 아래로 분할하여 위에는 글을 쓰고 아래는 그림을 그리는 구도로 구성하여 바다의 이미지를 위치를 통해 효과적으로 보여주고 있다. 그림을 읽는 사람은 아래쪽으로 펼쳐진 바다가 책의 가장자리에서 끝나는 것이 아니라 지속되고 있다는 생각을 하기에 충분한 구도다. 그래서 바다의 넓이나 깊이가 매우 넓고 깊다는 이미지를 형성하게 되고, 그 때문에 생쥐의 크기는 더욱 왜소해 보이는 효과를 가져온다. 이것은 큰 것과 작은 것의 비교가 글과 그림의 위치에 따라 효과적으로 드러나도록 한 작가의 치밀한 계산 덕분이다. 크고 작은 것끼리 서로의 다름을 인정하고 받아 들이며 상대를 가장 사랑하는 방법이 무엇인지를 깨달아가는 과정이 감동적이다. 아울러 진정한 사랑은 시간이 지나도 잊혀지는 것이 아니며 서로의 생명을 구원하는 더 큰 사랑으로 승화되는 모습은 감동적이다. 단순한 선과 수채물감의 담백함, 주인공의 표정으로 상대의 다름을 오히려 사랑으로 만들어 나가는 모습이 잔잔한 감동으로 다가온다.

어린이들에게 친근한 캐릭터인『피터 래빗 이야기 The Tale of Peter Rabbit』 (비아트릭스 포터 Beatrix Potter, 1999)의 는 1901년에 출판된 작품이지만, 훌륭한 그림동화의 전형으로 오늘날의 어린이들에게까지 사랑을 받고 있다. 이 작품은 원래 병을 앓고 있던 옛 가정교사의 아들을 위로하는 편지글이 모태라고 한다. 작가는 스코틀랜드의 호수 지방에서 동물과 꽃을 세세히 관찰하여 그려냈기 때문에 생태학적으로 정확하고 사실적인 그림을 그릴 수 있었다. 호기심 많고 장난꾸러기이며, 자신의 세계를 찾겠다며 엄마의 말도 잘 듣지 않는 아기 토끼 피터의 모습은 어린이들의 전형적인 모습이어서 독자에게 사랑을 받고 흥미를 불러일으킨다.

『인디언의 선물 The Long March : The Choctaw's Gift to Irish Famine Relief』 (마리-루이스 피츠 패트릭 Marie-Louise Fitzpatrick, 2004)은 1847년 촉토 인디언의 일상 생활을 보여주며 그들이 추구하는 진정한 삶이 무엇이고 인간다움이 무엇인가에 대한 진지한 성찰을 거듭하게 하는 이야기이다. 인디언 소년 추나와 증조할머니가 나누는 이야기로 세상을 살아가는 법을 말하고 억압과 고통에 맞서는 방법을 잔잔하게 들려준다. 꼼꼼한 자료 수집과 분석으로 그 시대 촉토 인디언의 생김새나 장신구를 사실적으로 그린 연필 그림도 이 책에서 얻을 수 있는 귀중한 경험이다.

안데르센(Andersen)의 동화「돼지치기 소년」을 페미니즘 시각에서 현대적으로 뒤집은『종이 봉지 공주 The Paper Bag Princess』(로버트 먼치 Robert Munsch, 1998)는 건강하고 아름다운 성에 대해 탐색하고 있다. 현대 자본주의 사회에서 불변의 가치로 자리잡은 여성의 아름다움―외적인 아름다움―이 과연 올바른가 이 작품은 묻고 있다.

결혼을 약속한 왕자가 어느 날 못된 용에게 붙잡혀 가자 공주는 온갖 역경을 뚫고 왕자를 구해낸다. 그 과정에서 공주의 옷이나 얼굴은 엉망진창이 되었다. 그런데 용에게서 풀려난 왕자는 종이봉지를 옷으로 만들어 입은 남루한 공주와는 결혼할 수 없다며 돌아선다. 사랑하는 사람의 진정성을 보기 보다는 겉치레를 중요하게 여기는 현대 자본주의 사회의 미적 가치를 꼬집는 대목이다. 사랑과 아름다움의 본질이 허상에 가려 묻히는 것을 작가는 왕자와 공주를 통해 말하고 있는 것이다. 결국 공주는 상대의 진실이 무엇인지를 파악하고 진실된 사랑을 찾기 위해 자기 삶의 주인공은 바로 자기임을 선언하며 새로운 세상을 향해 당당하게 걸음을 옮긴다.

『100만 번 산 고양이』, 비룡소

인물을 그림의 가장 중심에 두고 대부분을 여백으로 처리한 『100만 번 산 고양이 100万回生きたねこ』(사노 요코 さのようこ, 2002)의 는 일본 전국 학교 도서관 선정 도서로, 「Hom Book」은 "불교의 환생과 서구풍의 낭만적인 사랑의 혼성곡, 수채화 기법으로 유머러스하게 고양이를 그려내고 있다"고 평하고 있다. 100만 번이나 죽고 다시 100만 번이나 태어난 고양이가 누군가의 사랑을 받기만 하던 수동적인 존재가 아닌 자기 자신의 삶을 인식하고 누군가를 사랑하게 되면서 진정 아름답고 가치 있는 삶이 무엇인가를 깨닫는 과정이 감동적으로 그려져 있다. 즉 100만 번이나 죽는 동안 한 번도 눈물을 흘리지 않던 주인공이 사랑하는 고양이가 죽자 눈물을 흘리고, 존재의 이유를 알게 되는 모습은 인생이란 자기가 주인이 되어 살아나갈 때 행복하다는 것을 조심스럽게 보여주는 것이다.

이 작품은 그림동화의 전형적인 글과 그림 구도를 따라 대부분 글은 왼쪽에, 그림은 오른쪽에 배치하였다. 이런 배치 구도는 읽는 이의 시선을 가장 자연스럽게 하는 방법이다. 가장 중요한 이야기의 핵심을 간추려 그리고, 나머지 배경을 거의 생략한 기법은 동양의 그림 방식과 맥을 같이 하고 있다.

나. 글과 그림의 관계에 따른 유형

그림동화에서 글과 그림은 서로 상호작용을 하면서 서사구조를 펼쳐 가는데 이때 두 매체의 관계를 살펴보면 협응과 보완의 관계, 구체화와 확장의 관계, 대위법적인 아이러니의 관계와 같은 양상으로 나누어 볼 수 있다.

1) 협응과 보완의 관계

글과 그림이 대등한 자격으로 협응하거나 서로를 보완하는 관계에 있는 그림동화를 말한다. 그림은 글로 제시된 내용을 다시 보여주거나 설명하지 않고, 이 둘이 각자의 독자적인 역할을 하면서 이야기를 진행시켜 나간다.

그날 밤에 맥스는 늑대 옷을 입고 이런 장난을 했지.

『괴물들이 사는 나라』
시공주니어

모리스 샌닥(Maurice Sendak)의 『괴물들이 사는 나라 Where the Wild Things Are』는 첫 페이지를 펼치면 왼쪽 면에는 아무 그림도 없이 "그 날 밤에 맥스는 늑대 옷을 입고 이런 장난을 했지."라는 글만 제시된다. 독자는 글만 읽고 맥스가 어떤 장난을 했는지 알 수 없다. 시선을 오른쪽 면으로 옮기면 심술궂은 표정을 한 맥스가 늑대 옷을 입고 오른 손에 커다란 망치를 들고 방에 빨랫줄을 걸쳐놓은 그림이 보인다. 줄에는 곰인형이 매달려 있고, 줄 위에는 담요가 텐트처럼 걸쳐있다. 모리스 샌닥은 이렇게 글과 그림을 번갈아 사용하면서 이야기를 펼쳐 나간다.

『지각대장 존 John Patric Norman McHennessy: The Boy Who was Always Late』(존 버닝햄 John Burning-ham, 1999)의 첫 페이지를 펼치면, "존은 학교에 가려고 길을 나섰습니다."라는 지문이 제시된다. 글이 제공하는 정보는 아주 제한적이다. 독자는 지문 위에 제시되어 있는 그림을 보고서야 존이 어떤 기분으로 학교에 가는지, 존이 집과 학교 사이의 거리를 얼마나 멀게 느끼는지, 그 날의 날씨는 어떤지를 알 수 있다.

위 두 사례를 보면 그림동화에서 글과 그림이 각각 어떤 역할을 하면서 이야기를 펼쳐나가는지 알 수 있다. 글과 그림은 서로 대등한 자격을 가지고 협응을 하면서 서사를 펼쳐나가며, 이야기를 풍부하게 한다.

존 패트릭 노먼 맥헤너시는 학교에 가려고 집을 나섰습니다.

『지각대장 존』
비룡소

2) 구체화와 확장의 관계

그림은 글이 펼쳐나가는 내용을 시각적으로 다시 보여주거나, 조금 변형해서 보여준다. 이런 책으로 『작은 집 이야기 Little House』(버지니아 리 버튼 Virginia Lee Burton, 1993)를 들 수 있다. 이 작품은 글과 그림 사이의 거리가 그리 멀지 않아서 글만 읽어도 전체적인 이야기 줄거리를 구성하는 데 큰 어려움은 없다. 그러나 이 책에서의 그림은 단순히 이야기의 내용을 되풀이해 보여주는 것이 아니라 작가가 전하고자 하는 메시지와 정서적 울림을 글과는 다른 방식으로 제시하고 있으므로 그림을 함께 보아야만 작가가 전하려는 메시지를 온전히 감상할 수 있다. 글과 그림이 어울려 작품의 예술성을 얼마나 풍부하게 하는지 알 수 있게 하는 책이다.

한편, 그림이 보여주는 이야기를 글이 구체화하는 경우는 『리디아의 정원 The Gardner』(사라 스튜어트 Sarah Stewart 글·데이비드 스몰 David Small 그림,1998)의 을 들 수 있다. 이 작품에서 글이라고는 리디아가 쓴 열 두 통의 편지가 전부이다. 리디아는 1930년대, 경제공황으로 심한 어려움을 겪던 미국의 시골 마을에 사는 조그만 소녀이다. 아버지가 실직을 하고, 삯바느질을 하던 어머니도 일감이 떨어지자 부모는 리디아를 도시에서 빵집을 하는 외삼촌에게 보냈던 것이다. 이 작품에서 독자들은 꽃 가꾸기와 빵 만들기에 대해서만 쓴 리디아의 편지를 읽으면서 앞뒤 상황을 짐작할 수 있을 뿐이다. 그러므로 독자는 이 이야기에서 작품의 배경이 된 시대 상황, 등장인물의 성격이나 심리 상태 같이 스토리를 연결시킬 수 있는 정보를 글보다는 그림에서 더 많이 찾아내게 된다.

우리나라의 그림동화는 글이 들려주는 이야기를 그림이 구체화하는 경우가 대부분이다. 권정생의 『강아지똥』 같은 작품도 서사를 진행하는 역할은 주로 글이 맡고 있다.

3) 대위법적인 아이러니의 관계

글로 서술되는 이야기와 그림으로 제시되는 이미지의 거리가 아주 멀다든가, 거의 다른 이야기를 들려줌으로써 아이러니컬한, 혹은 유머러스한 의미를 생성해내는 형식의 그림동화이다. 『제이크와 허니번치 천국으로 가다 Jake and Heneybunch Go to Heaven』(마곳 지마크 Margot Zemach)에는 "사방에 천사가 있었다."라는 말이 있는데 그림을 보면 천사들이란 모두 아프리카계 미국인들로 1930년대의 현란한 의상을 입은 장면이 제시된다. 그리고 천국이라는 것도 열정적인 재즈 음악가들로 가득 찬 나이트클럽이다. 즉 작가는 흑인을 "천사"에, 나이트클럽을 "천국"에 비유함으로써 흑인과 나이트클럽에 새로운 의미를 부여하고 있다.

한편, 책의 중간 부분에 글로 하나의 이야기가 펼쳐 나가고 그 위와 아래에 각각 배경이 다른 그림을 제시하여 글이 전달하는 스토리와는 또다른 스토리를 표현하는 형식의 책도 있다. 『머나먼 나라 A Country Far Away』(나이젤 그레이 Nigel Gray, 1999)는 한 아이가 자신의 일상 생활을 묘사하는 글이지만, 필립 뒤파스키 외(Philippe Dupasquir)의 그림은 다른 두 소년(둘은 서로를 의식하지 못한다)이 동시에 말하는 것으로 글을 표현해서 풍자적인 대위법을 만들어낸다. 둘 다 글을 정확하게 재현하지만, 한 세트는 호화로운 물건에 둘러싸인 도시 소년을 묘사하고, 다른 하나는 아프리카의 한 부족 마을에 사는 소년을 묘사한다. 그 결과 서로 다른 생활 방식의 아이러니컬한 충돌이 생겨난다.[123]

123) 페리 노들먼, 김서정 역 (2002), 『어린이 문학의 즐거움』, 시공주니어, 468쪽.

『로지의 산책 Rosie's Walk』(허친스 Pat Hutchins, 2005)도 글이 전개하는 이야기와 그림이 보여주는 이야기가 서로 달라 책읽기를 더욱 풍부하게 해 준다. 글이 구성하는 이야기는 간단하다. 암탉 로지는 뜰을 건너, 연못을 넘고, 건초더미를 지나, 물방앗간을 돌아, 울타리를 따라, 벌집 아래로 산책을 하다가 저녁 시간이 되어 돌아온다. 그런데 그림은 여유롭고, 평화스러운 로지의 산책길을 덮치려는 탐욕스러운 여우의 시도를 보여준다. 호시탐탐 로지를 노리던 여우는 결국 벌집을 잘못 건드려 호되게 혼나는 이야기로 결말을 맺게 되는데 물론 로지는 지금까지 자기 뒤에서 어떤 일이 벌어졌는지를 전혀 모른다. 독자는 글이 구성하는 이야기와 그림이 보여주는 두 가지 이야기를 즐길 수 있다.

『로지의 산책』, 더큰

마른풀 더미를 넘고

다. 창작 주체에 따른 유형

그림동화의 갈래적 독자성은 그림과 글로 내용을 구성하는 방법의 독자성과 관련된다. 그림동화를 창작하는 과정을 보면, 먼저 이야기의 뼈대를 구성하고 글과 그림으로 세부 내용을 구체화해 가는 과정으로 진행된다. 그림동화가 글로만 이루어진 동화와 특히 다른 점은 표현의 도구가 그림과 글이기 때문에 화가의 역할이 매우 중요하다는 점이다. 이와 같은 특성 때문에 그림동화는 그 창작 주체가 누구인가에 따라, 글과 그림을 한 작가가 창작할 수도 있고, 글 작가와 그림 작가가 공동으로 창작할 수도 있으며, 기존의 동화를 고치고 다듬어 그림동화로 재구성하는 방법도 있다.

1) 글과 그림을 한 작가가 창작한 그림동화

그림과 글을 한 사람의 작가가 창작한 경우로 글 없는 그림동화나 그림의 비중이 큰 동화가 대부분 이 유형에 해당한다. 그림과 글을 한 사람이 창작하였기 때문에 글과 그림이 어울리면서 이야기를 펼쳐가야 한다는 그림동화의 장점을 가장 잘 살릴 수 있다. 글과 그림이라는 두 예술 양식을 전문적으로 창작하기 위해서는 대단한 능력과 노력이 요구된다.

『지각 대장 존』을 지은 존 버닝햄이나 『괴물들이 사는 나라』를 창작한 모리스 샌닥, 『프레드릭 Frederick』(1999)을 지은 레오 리오니, 『치과 의사 드소토 선생님

『세상에서 제일 힘센 수탉』
재미마주

동네의 다른 수탉들은 세상에서 제일 힘센 수탉을
몹시 부러워했지.
젊은 암탉들도 그 수탉을 졸졸 따라다녔단다.

Doctor De Soto』(1995), 『엉망진창 섬 Rotten Island』(2002)을 만든 윌리엄 스타이그, 그리고『고릴라 Gorilla』(1998)와『동물원 Zoo』(2002)의 앤서니 브라운은 이야기와 그림을 완벽하게 조화시킨 훌륭한 그림동화 작가이다.

최근에 창작된 우리나라 그림동화의 경우에는 화가가 글 작업을 같이 하였기 때문에 그림은 매우 좋지만 서사 구조가 탄탄하지 못하거나 문장이 그림에 못 미치는 경우가 있다는 지적을 받는다.『세상에서 제일 힘센 수탉』(이억배, 1997)은 화려한 그림이 인상적이며, 민화풍으로 그려진 수탉의 모습이 매우 생생하게 표현되었지만 서사 구조가 허술하다는 지적을 받고 있다. 또,『동강의 아이들』(김재홍, 2000),『솔이의 추석 이야기』,『만희네 집』(권윤덕, 1995)이나『시리동동 거미동동』(권윤덕, 2003) 같은 경우도 그림에 견주어 이야기의 서사 구조나 문장이 그림에 못 미친다는 평가를 받는다.

2) 글 작가와 그림 작가가 공동 창작한 그림동화

그림동화를 기획할 때부터 글 작가와 그림 작가가 협동 작업을 하여 작품을 만들어 가는 형태이다. 서로의 분야에서 예술적 성취가 뛰어난 글 작가와 그림 작가가 결합하여 작품을 제작하기 때문에 글의 서사적 구조와 그림의 미적 완성도가 높은 작품을 만들 수 있는 장점이 있지만 두 사람 사이에는 충분한 사전 교감이 필요하다. 글 작가와 그림 작가가 서로의 예술 세계를 충분히 이해하고 하나의 작품이 완성되기까지 구상에서부터 창작 그리고 수정 보완의 전 과정을 함께 하는 것은 그림동화의 예술적 성취를 드높이는 데 큰 역할을 한다.『두 섬 이야기 Die Menschen im Meer』(요르크 슈타이너 Jörg Steiner 글·요르크 뮐러 Jörg Müller , 2003)의 ,『난 곰인 채로 있고 싶은데... Der Bär, der ein Bär bleiben wollte』(요르크 슈타이너 Jörg Steiner, 1997)는 형제가 만든 그림동화이다. 이들은 서로의 세계관이나 사상에서 동지일 뿐만 아니라 일상적인 삶의 경험을 함께 공유했기 때문에, 글이나 그림에서 무엇을 구현하고자 하는지에 대한 이해가 완벽할 정도이다. 이 작품은 그림 작가와 글 작가가 어떤 그림동화를 만들 것인가에 대한 생각을 공유하고 보여주는 좋은 본보기이다. 글 작가와 그림 작가가 협동 작업을 할 때 무엇보다 중요한 것은 서로의 세계관에 대한 완벽한 이해이며, 표현하고자 하는 대상에 대한 정서적 공감이다.

3) 기존의 동화를 재구성한 그림동화

옛이야기나 기존의 좋은 동화의 글을 줄이거나 다듬고 그림을 덧입혀 내용을 풍요롭게 하는 경우이다. 기존의 동화를 그대로 두고 여기에 그림을 덧입히는 정도로는 그림동화의 장점을 충분히 살릴 수 없으므로 이런 그림은 삽화의 기능을 할 뿐이다. 그림동화는 형식적 제약이 매우 큰 편인데 그 중 최대의 제약은 원고의 분량이다. 그림동화의 기본적인 쪽 수는 32쪽 정도이고 그 중 문장이 인쇄되어 있는 것은 25쪽 전후로 그 문장도 한 쪽의 반 정도를 차지하고 나머지 절반은 그림이다. 이런 상황을 생각한다면 기존의 동화를 예술성 높은 그림동화로 다시 탄생시킨다는 것이 매우 어려운 일이라는 것을 알 수 있다.

권정생의 『강아지똥』은 기존에 발표되었던 동화를 그림동화로 재구성한 성공적인 사례이다. 글로 표현되었던 부분을 줄이거나 생략하고 그 부분을 그림으로 표현하는 방법을 쓰기도 하였고, 간결하게 제시되었던 장면을 훨씬 풍부하고 아름다운 그림으로 제시하여 그림동화로 다시 태어나게 하였다. 또, 『과자』(현덕 글, 이형진 그림, 2004), 『뽐내는 걸음으로』(현덕 글, 이형진 그림, 2004), 『엄마 마중』(이태준 글, 김동성 그림, 2004)같은 작품도 이미 창작되었던 글에 그림을 통한 재해석을 하여 예술적 성취를 높이는 데 성공한 작품이다. 『엄마 마중』은 그림을 통해 기존의 글이 훨씬 더 풍요롭게 다가오며, 한지에 먹의 번짐을 활용한 수묵채색화의 맛은 민족적 아름다움을 느끼게 하는 데 충분하다.

한편, 『까막나라에서 온 삽사리』(정승각 글·그림, 1994)는 옛이야기를 그림동화에 어울리는 운율 있는 문장으로 다시 쓰고, 민화의 기법으로 그림을 그려 한국의 전통적인 아름다움을 잘 표현하여 성공을 거둔 그림동화이다.

3. 그림동화의 주제와 소재

그림동화는 어린이들에게 아직 보지 못하고 알지 못하는 이야기를 들려주는 이야기 주머니다. 사람처럼 말을 하고 행동하는 동물들, 꿈속에서 보던 괴물들, 내가 사랑하는 가족들, 하얀 눈, 푸른 숲, 고운 꽃들이 들려주는 자연의 세계, 그리고 아름다운 요정들의 이야기, 판타지 세계가 들려주는 이야기는 어린이들에게 진정한 아름다움을 발견하고 세상에 대해 또 다른 궁금증을 갖게 한다. 이러한 어릴 적 경험은 자라면서 주변에서 일어나는 현상을 주의 깊게 관찰하고 해결하는 지혜를 갖게 하고 상상력을 기르는 데 도움을 준다.

가. 가족사이의 문제

부모와 자녀 사이에 벌어지는 갈등과 화해, 할아버지와 손자의 관계, 형제의 갈등 문제 따위는 그림동화에서 흔히 다루어지는 주제이다. 어린이들의 생활 공간 중 가정은 가장 중요하고 기본적인 장소이며, 부모, 형제는 아이들이 최초로 마주치는 사회이다. 우리의 일상을 들여다보면 가족이라고 해서 언제나 사랑과 이해의 관계만 지속되는 것은 아니다. 어린이들은 그림동화를 읽으면서 자기 가족의 문제를 바라보는 좀 더 넓은 시야를 얻게 될 것이다.

가족 가운데 할아버지나 할머니가 병에 걸려 고생하는 모습을 보며 가족의 소중함을 깨닫는 그림동화로는 『오른발 왼발 Now One Foot, Now The Other』(토미 드 파올라 Tomi de Paola, 1999)과 우리 창작 그림동화 『우리 가족입니다』(이혜란 글·그림, 2005)가 있다. 『오른발 왼발』은 자상하고 인자하던 할아버지가 갑자기 뇌졸중으로 쓰러져 다시 회복되기 어려운 상황에서 손자 보비의 헌신적인 도움으로 완쾌되어가는 과정을 가슴 뭉클하게 그린 감동적인 작품이다. 『우리 가족입니다』는 치매에 걸린 아버지의 의붓어머니와 함께 생활하면서 겪는 가족의 갈등을 보여주면서 진정한 가족애가 무엇인지 깨닫게 한다.

아이들은 가족과 사소한 갈등을 겪으며 가족의 소중한 사랑이 무엇인지를 체득해 나가는 과정을 거친다. 가족을 미워하며 소외와 고독으로 고민하기도 하지만 결국 자신을 가장 사랑해주는 사람은 가족임을 깨닫게 되는 과정에서 어린이들을 내적 성장을 하게된다. 『언제까지나 너를 사랑해 Love You Forever』(로버트 먼치 Robert Munsch 글·안토니 루이스 그림, 2000)는 한 어머니가 사내아이를 낳고, 유년기, 소년기, 청년기를 거쳐 한 아이의 아빠로 길러내는 과정에서 어머니가 겪는 여러가지 고통과 사랑을 감동적으로 그린 작품이다. 작품 속에서 어머니가 되풀이해 부르는 사랑의 노래를 읽다보면 어머니의 사랑이 얼마나 진실하고 큰 것인지를 새삼 깨닫게 된다.

가족은 사회생활을 축소한 공간임에 분명하다. 부모의 역할을 통해 건강한 성

『언제까지나 너를 사랑해』
북뱅크

(性)역할을 배우게 되며 잠재적 교육이 이루어진다. 따라서 가정에서 부모의 역할은 아이들의 세계관 형성에 대단히 중요한 구실을 한다.

현대사회는 맞벌이 가정이 대부분이다. 맞벌이 가정에서 어머니와 아버지의 모습을 사실적으로 보여주는 『돼지책 Piggybook』(앤서니 브라운 Anthony Browne 글·그림, 2001)은 그래서 무척 의미 있는 작품이다. 이 작품에는 맞벌이를 하면서 엄마가 겪는 어려움이 아주 간결한 문장과 재미있는 그림으로 묘사되어 있다. 이 동화를 읽는 어린이들은 분명 자기 어머니가 집에서 무슨 일을 하고 있는지 되돌아보면서, 어머니를 도와드리고 싶어질 것이다.

이 책은 글의 흐름에 따라 시시각각 변하는 그림의 의미 또한 무척 흥미롭다. 마치 숨은 그림 찾듯 구석구석에 작가는 글에서 하지 않은 또 다른 이야기를 그림으로 표현하고 있다. 가사 노동을 어머니(여자)에게만 맡겨 놓은 채 돼지처럼 구는 아버지 피콧씨와 두 아들의 모습을 점차 돼지 모양으로 그려 놓는다든가, 어머니가 집을 나간 뒤 거실 벽에 걸린 그림에서 여자 모습이 사라진다든가, 남겨진 세 남자를 중심으로 둘레의 모든 물건이 돼지의 형상을 띄고 있는 모습은 글보다 훨씬 풍성한 이야기를 만들어 주는데 부족함이 없다.

이 밖에도 가정은 서로 다른 문화가 만나 새로운 문화를 만들어 나가는 공간임을 보여주는 작품도 있다. 『이모의 결혼식』(선현경 글·그림, 2004)이 그 예이다. 이 그림동화는 이모가 그리스 남자와 결혼하는 과정에서, 이모부에게 낯설음과 묘한 거리감을 두었던 소녀가 마음의 벽을 넘어서서 서로 다른 문화를 이해하고 받아들이는 이야기이다. 어린아이의 그림처럼 등장인물의 형상이 단순하게 표현되어 있는 것이 그림동화의 흐름을 이끌어 가는 목소리(열 살 안팎의 어린 여자 아이)와 잘 어울린다. 그리고, 인물의 둘레에 있는 소품이나 풍경, 등장인물들의 다양한 움직임이나 표정 묘사가 무척 세밀하고 정교하게 배치되어 있어 결혼식이라는 분위기, 그리고 여행과 낯선 나라라는 새로운 체험을 풍성하고 즐겁게 만들어 준다.

한편, 몇 년 사이 아동문학에서 새롭게 나타나기 시작한 주제는 '이혼' 가정과 관련된 것이다. 이런 작품에서는 자신들의 선택과는 무관한 사건이 벌어지고 그 가운데 가치관의 혼란을 일으키며 힘들어하는 어린이의 모습이 종종 묘사되곤 한다. 그러나 배빗 콜(Babette Cole)의 『따로 따로 행복하게 The Un-Wedding』는 좀더 다른 관점에서 이혼의 문제를 바라보고 있다. 아빠가 엄마의 목욕물에 시멘트 가루를 뿌리고, 엄마는 아빠의 모자 속에 쇠똥을 숨겨 놓는 일은 부모의 갈등을 코믹한 글과 그림으로 담아 부모의 갈등이 무엇인지 이해하도록 도와준다. 부부의 갈등 사이에서 괴로움을 느끼고 마음에 상처를 입은 아이들에게 작가는 마음의 짐을 덜도록 도와주며, 자칫 무거울 수 있는 이야기에서 중력을 걷어내는 그림 또한 이 그림동화에서 맛볼 수 있는 즐거움이다. 그러나 우리와는 문화적 차이가 다소 있고 어른들의 갈등을 지나치게 희화적으로 바라보는 점은 고려해 볼 필요가 있다.

가족 구성원 사이에 소통이 이루어지지 않아 고립된 어린이들이 판타지를 통해 쓸쓸함과 고독을 견뎌내려는 작품 가운데 눈에 띄는 작품은 앤서니 브라운(Anthony Browne)의 『고릴라 Gorilla』가 있다. 영국 그림동화 『고릴라』는 극사실적인 그림에 초현실적인 내용을 담은 판타지 그림동화이다. 고릴라를 무척 좋아하는 한나는 아빠와 동물원에 가고 싶어 하는데, 늘 바쁘기만 한 아빠는 딸과 눈을 마주칠 시간도 이야기를 할 시간도 없다. 동물원에 가는 대신 고릴라 인형을 생일 선물로 받은 한나는 꿈 속에서 아빠만큼 큰 고릴라를 만난다. 고릴라는 한나와 함께 동물원에 가서 수많은 고릴라와 오랑우탄을 구경하며 즐거운 시간을 보낸다. 여기서 고릴라는 한나가 바라는 아버지의 모습이다. 꿈 속에서 한나가 고릴라와 손을 잡고 동물원으로 날아가는 장면은 소외감과 답답한 마음을 시원하게 날려준다. 독자들이 친근감을 느끼기 쉬운 고릴라를 소재로 하여 정신의 일탈을 도와주고 다시 가족의 따뜻함 속으로 데려다주는 서사 구조 또한 그림동화의 모범 답안이다.

어린이들에게 가장 큰 고통 가운데 하나가 사랑하는 사람의 뜻하지 않은 사고나 그로 인해 발생하는 문제를 견뎌야 하는 것이다. 물론 이런 점은 어른이나 아이 모두에게 큰 시련이지만 결국 그런 일을 겪으면서 삶에 대한 애정과 가족에 대한 진정한 사랑을 깨닫는 결과를 가져온다.

『그래도 우리 누나야』(오가사와라 다이스케 글·우메다 슈사쿠 그림, 2003)는 갑작스런 교통사고로 장애가 된 누나에 대한 그리움과 사랑을 감동적으로 보여주는 이야기이다. 누구에게나 닥칠 수 있는 교통사고라는 소재를 가지고 어려움을 극복해 가는 가족의 모습을 담담하게 보여주며, 진정한 가족의 사랑이 무엇인가를 잘 표현하고 있다. 누나가 교통사고를 당하는 장면은 붉은 색과 흰색의 절묘한 대조로 극적인 긴장감을 조성하며, 병원에서 의식을 회복하지 못해 절망하는 가족의 모습 또한 앞으로 흰 등만을 보여줌으로써 심미적 체험을 가능하게 한다. 소란스럽지 않은 글과 단순하면서도 내면의 심리를 효과적으로 드러낸 그림이 절묘한 조화를 이루고 있는 그림동화이다.

나. 어린이의 욕구와 성장 이야기

어린이는 성장을 거듭하면서 신체적, 정서적 변화를 겪게 된다. 유아기는 스스로 자립하는 과정을 거치면서 사물을 인식하고 주변 사람과의 관계를 형성해 나가는 시기이다. 아울러 타인에게 의지하기보다는 정서적으로 독립하려는 욕구가 강한 시기이다. 어린이의 욕구와 성장을 그린 작품들은 그 과정에서 겪는 여러 가지 갈등과 어려움을 하나씩 극복하는 과정을 보여준다. 따라서 이런 작품을 읽으면서 어린이는 내적 충만감과 자신감을 획득할 수 있다.

『까불지 마』(강무홍 글 · 한수임 그림, 2002) 는 소심하고 겁이 많은 어린이가 엄마의 권유로 용기를 내보는 과정에서 유머러스한 일이 벌어진다. 주인공이 큰 소리로 '까불지 마' 하고 외쳐 이웃집의 고양이와 골목길의 무서운 개를 쫓아내는 장면에서 어린 독자들도 같은 심정이 되어 용기를 내게 될 것이다. 주위의 낯선 동물이나 새로운 환경에서 두려움을 느끼기 쉬운 초등학교 저학년 아이들의 마음을 꼭 집어내어 시원하게 풀어주는 책이다.

『누가 내머리에 똥 쌌어?』
사계절

아울러 배변에 얽힌 상황에 유난히 관심이 많은 어린이의 욕구를 충족시켜 주는 작품으로 『누가 내 머리에 똥 쌌어? Vom Kleinen Maulwurf, der wissen wollte, wer ihm auf den Kopf gemacht hat』(베르너 홀츠바르트 Werner Holzwarth 글 · 볼프 에를브루흐 Wolf Erlbruch 그림, 1993)가 있다. 어느 날 자신의 머리에 똥을 싼 인물을 찾아 떠나는 두더지, 두더지가 만나는 각 동물의 똥을 과학적으로 보여주며 반복되는 문장으로 이야기가 재미있게 펼쳐진다. 그리고 우여곡절 끝에 자기가 할 수 있는 최선의 방법으로 복수를 한 후 즐거워하는 두더지의 모습은 갈등을 해결하는 심리를 재미있게 묘사하고 있다. 똥이라는 소재와 자기 머리에 똥을 싼 주인공을 꼭 찾고 말겠다는 주인공의 호기심은 어린이의 심리뿐만 아니라 어린이들이 어디에서 즐거움을 느끼는지 정확하게 알고 있다는 증거이다. 또한 똥의 주인공을 찾을 때마다 동물이 누는 똥의 특징이나 생김새를 의성어와 의태어를 사용하여 사실적으로 표현하거나, 글씨의 크기에 변화를 주어 읽는이의 관심을 지속시킨다. 똥의 주인을 찾을 때 자신의 둘레에서 먼 곳에 있는 동물부터 가까운 곳으로 차츰차츰 좁혀져 오는 방식 또한 아슬아슬한 즐거움을 느끼게 하는 데 한몫을 한다.

어린이의 성장은 눈에 보이는 변화뿐만 아니라 지적, 정서적으로 성숙하는 모습 또한 포함하고 있다. 배움에 대한 욕구, 지적 호기심은 어린이의 내적 성장을 돕는 데 중요한 구실을 하기 때문이다. 『도서관 The Library』(사라 스튜어트 Sarah Stewart 글 · 데이비드 스몰 David Small 그림, 1998)은 책을 너무도 좋아하는 엘리자베스 브라운의 이야기가 그림 가득 쌓인 책과 함께 펼쳐진다. 또 자신이 좋아하고 아끼던 책을 여러 사람에게 기증하면서 자신이 가장 좋아하고 또 능력에 맞는 일로 사회를 아름답게 만드는 엘리자베스의 모습이 감동적으로 그려지고 있다.

신체적 성장을 거듭하면서 아이들은 종종 자기가 속한 사회의 구조나 어른의 권위에 억압을 느껴 탈출을 꿈꾸곤 한다. 어린 존재의 숨을 막히게 하는 사회 구조나 일방적인 어른의 권위는 그래서 어린이들이 파괴하고 싶어하는 대상이 되곤 한다. 존 버닝햄의 『지각대장 존』과 모리스 샌닥의 『괴물들이 사는 나라』가 그 대표적인 작품이다.

『지각대장 존』에서는 늘 지각만 하는 존과 존의 말을 절대로 이해하지 못하는 권위적이고 틀에 박힌 선생님을 내세워 학교 교육에 대한 문제를 제기하고 있다. 자유롭고 활달한 상상력을 간직한 한 어린이가 권위적이기만 하고 아이의 마음을 이해할 줄 모르는 교사 때문에 얼마나 상처를 받게 되는지, 그리고 상상력이 메말라 가는지를 가슴 아프게 그려낸 문제작이다. 아이가 즐거운 상상을 하면서 판타지를 경험할 때의 밝고 화려한 색상과 엄격하고 불친절한 교사가 등장하는 장면의 검고 우울한 색상의 대비는 학교라는 억압적 제도 속에서 성장해가는 아이들의 심리적 갈등을 효과적으로 표현하고 있다.

또한 『괴물들이 사는 나라』는 혼자 크는 아이가 엄마로부터 자신의 놀이가 억압 당하고 외로운 마음을 읽어 주지 못하는 어른 중심의 힘에 대항하는 이야기다. 같이 놀 형제나 동무가 없이 혼자 놀이를 할 수 밖에 없던 맥스는 엄마에게 '괴물딱지 같은 녀석'이라는 말을 듣자 "그럼 내가 엄마를 잡아먹을 거야!" 하고 외친다. 아이가 왜 저런 놀이를 하는가? 한 번도 아이의 입장이 되지 못한 어른은 자신의 방식대로 아이를 억압한다. 그것도 경제적으로 약자인 어린이에게 먹을 것을 주지 않겠다는 협박을 하며.

이 동화가 처음 출판되었을 때 부모와 교사들은 경악을 금치 못하였으며, 사서들은 책을 대출해주지 않으려 하기까지 했다고 한다. 어린이들을 순종적이고 착하며, 어른의 질서를 따르도록 가르치고 싶은 어른들이 이 책을 보여주고 싶지 않은 것은 당연할 수도 있다. 그러나 맥스가 보여주는 행동은 모든 인간의 무의식 속에 잠재해 있는 야수성일 수도 있으며, 현실에서 느끼는 욕구불만이나 분노의 감정일 수도 있기 때문에 어린이라고 해서 이런 부정적 정서가 존재하지 않는다고 볼 수는 없다. 맥스는 괴물들이 사는 세계로 여행을 떠나 괴물 세계를 체험함으로써 욕구를 해소하게 되는데, 이 책을 읽는 어린이들은 자신과 닮은 맥스와 자아동일을 이루며 주인공과 함께 판타지 공간으로 떠나서 욕구와 불만을 해소하는 체험을 하게 된다.

다. 전통 문화와 역사 체험

'가장 한국적인 것이 가장 세계적이다.' 라는 말이 있다. 이 말은 우리 문화의 주체성과 세계문화에 대한 보편적 접근 방식을 제시하는 말이다. 결국 우리의 것을 안다는 것은 우리라는 틀을 넘어서서 세계인의 삶 속에서 당당한 정체성을 확보하려는 몸짓이다. 이 때 우리의 전통 문화는 한국성이 아니라 다른 나라 사람에게도 보편적 관심을 끌 수 있는 방향을 모색해야 한다는 과제를 안고 있다.

우리의 전통 문화를 계승하고 발전시키려는 노력은 최근 무척 활발하게 진행되고 있다. 이런 노력은 방법적 관점이나 우리 민족의 정체성, 문화적 풍습이나 관습 따위를 통해 효과적으로 나타나고 있다. 재료로 한지나 모필, 한국화 물감를 이용하거나, 기법에서는 여백의 미를 한껏 살려 동양화의 전통 기법을 고수하기도 한다. 또 고분벽화의 구도를 따오거나 탱화에서 사용하였던 금니기법을 현대적 감각에 맞게 재구성하는 방식을 사용하기도 한다. 이것은 보편성과 특수성을 겸비하여 한국적인 것이 세계적인 것으로 나아가는 데 매우 큰 구실을 한다.

우리의 전통문화를 가장 잘 살려내는 것은 무엇보다 소재의 활용이다. 정승각의 『까막나라에서 온 삽사리』는 우리 민족의 토종개인 삽사리를 소재로 한 그림 동화이다. 단청과 전통 자수를 보는 듯한 치밀한 그림, 우리 민족 특유의 정서를 녹여낸 탄탄한 이야기, 화가의 그림을 섬세하게 살려낸 인쇄까지 세계 어느 나라의 작품과 견주어도 손색이 없다. 전통적인 옻칠의 느낌을 살린 짙은 검은 색과 모시와 금니를 활용하여 화려하면서도 기품있는 전통적인 우리 그림의 맥을 현대적인 감각으로 되살려 놓은 작가의 그림 또한 돋보이는 작품이다.

한편 고전소설을 어린이의 눈높이에 맞춰 재화한 『아씨방 일곱 동무』(이영경 글·그림, 1998)와 같은 작품도 눈에 띈다. 작자 미상의 가전체 소설 『규중칠우쟁론기』를 어린이 그림동화로 다시 만든 『아씨방 일곱 동무』는 요즘 아이들에게는 낯선 바느질과 바느질 도구를 소재로 삼고 있다. 원작과 주제는 조금 다르게 창작되었지만 바느질 도구의 쓰임새를 통해 옷을 지어 입고 노동의 귀중함에 대한 조상들의 삶에 한걸음 다가가게 하는 구실을 한다. 또 그림이 먼저 나오고 오른쪽 네모 안에 글을 넣어 그림에 대한 상세한 정보를 제공해주는 작가의 섬세한 배려도 돋보이며 운율을 살린 글도 재미를 주는 요소로 한 몫을 한다.

우리 문화에 대한 친근감과 고유 정서를 함유하게 하는 일 가운데 어린이에게 가장 호소력 있는 주제는 '놀이'이다. 자연을 벗하며 놀던 전래놀이는 어린이에게 자연친화적 감수성을 상기시켜줄 뿐만 아니라, 어른 세대의 삶을 이해하는 데 매우 효과가 크다. 이러한 전래놀이 및 전통 문화, 예술에 대한 접근을 지속적으로 추구하고 있는 작품에는 〈잃어버린 자투리 문화를 찾아서〉라는 컨셉을 내걸고 창작된 『꼴 따먹기』(이춘희 글·김품창 그림, 2006), 『똥떡』(이춘희 글·박지훈 그림, 2003), 『싸개싸개 오줌싸개』(서정오 글·박경진 그림, 1997) 외 여러 편이 있다. 이 시리즈는 아이들 고유의 풍요로운 삶과, 자연이 사라져 가는 것을 안타깝게 여기고 창작한 그림동화가 옛 아이들과 오늘의 아이를 이어주는 징검다리가 되기를 간절히 바라고 있다.

『꼴 따먹기』를 살펴보면 '꼴 따먹기'란 각자 한 줌씩 꼴을 내어 한 곳에 쌓아두고 금을 그은 뒤, 일정한 위치에서 금을 향해 낫을 던져서 이긴 사람이 꼴을 몽땅 차지하는 놀이이다. 지금의 부모들에게도 아스라한 옛날의 놀이 모습이 그림책으로 되살아난다.

또한 『똥떡』은 수세식 화장실이 일반화된 요즘 아이들에게는 생소한 재래식 화장실 문화를 구수하게 들려주며 어린이들에게 우리나라 옛 문화를 간접 체험할 수 있게 해 주고 있다.

잃어버린 자투리 문화를 찾기 위한 전통문화 그림동화와는 지향점이 조금 다른 것으로 보림출판사의 『솔거나라』 시리즈나 『전통과학』 시리즈가 있다. 그러나 이 시리즈 가운데 『전통과학』 시리즈는 과학적 사실을 바탕으로 하여 '전통과학'의 우수성을 알리고 우리문화의 정체성을 찾아나가는 데 힘을 쏟고 있다. 그러다보니 지식그림책의 영역에 가깝고 문학적 서사구조나 예술성, 즉 '이야기'가 없는 점이 아쉬움으로 남는다.

　　옛이야기는 그 민족의 문화나 정서, 역사를 가장 풍성하게 담고 있는 문화유산의 보고이다. 입에서 입으로 전해져 오면서 서사성이 더욱 풍성해지고, 구전되는 시대의 정신을 반영한 옛이야기를 글과 그림으로 재화한 작품 가운데 『팥죽 할멈과 호랑이』(서정오 글·박경진 그림, 1997)가 있다. 또 옛이야기를 패러디한 작품도 점점 증가하고 있는 데 『끝지』(김성민 글·이형진 그림, 1997), 『비단 치마』(이형진 글·그림, 2003), 『여우 누이』(김성민 글·그림, 2005)가 옛이야기에 대한 새로운 접근법으로 시선을 끌고 있다.

　　『팥죽 할멈과 호랑이』는 우리 옛이야기를 반복적이고 리듬감 있는 구수한 입말체로 들려준다. 배경이 되는 산골의 오두막과 집 주변의 풍경, 이야기의 각 장면에 등장하는 자라, 밤톨, 맷돌, 쇠똥, 지게, 멍석 따위를 치밀하고 섬세하게 재생하여 어린이에게 우리의 전통적 생활 모습을 잘 보여주고 있다. 아울러, 호랑이의 표정과 털의 색깔, 할멈의 걱정스런 표정이 생생하게 표현되어 있다.

　　『끝지』와 『여우 누이』는 여우로 변신한 어린 누이가 식구들을 차례로 잡아먹는다는 우리의 옛이야기를 기본 골격으로 하고 있다. 『끝지』는 민담을 기본 소재로 하여 등장인물에 이름을 붙이고, 이야기의 전체적인 구성도 달리하여 옛이야기의 기본 골격에서는 좀 멀어졌지만, 동물에 대한 인간의 살생이 결국 인간에 대한 재앙으로 귀결된다는 인과응보적 구성이 설득력을 얻고 있다. 검은색 밀랍으로 그린 그림은 흑백 영화를 보는 듯하여 죽음이 오가는 극한 상황에서도 꼬랑지 오빠 순돌이와 오누이의 정을 나눈다는 주제와 살생과 복수라는 이야기의 어두운 화소와도 잘 어울린다.

　　『여우 누이』는 아들을 셋이나 둔 어느 부자가 딸 두기를 소원하여 날마다 서낭에게 비는 장면으로 시작된다. 여기서 '아들 셋을 둔 부자'라는 설정은 모자랄 것이 없는 완전한 상태를 상징한다. '아들'은 남성중심의 사회에서 가장 소중한 존재이고, '셋' 이라는 수는 완전함의 상징이며, 거기에다 재물까지 갖추었으니 부족할 것이 무엇이란 말인가. 그런데 이 부자는 딸을 하나 더 소원하였고 그 탐욕스런 마음이 재앙을 초래하게 되는 것이다.

『여우 누이』는 목판화라는 독특한 기법으로 표현하여 옛이야기의 섬뜩한 분위기를 잘 표현하고 있다. 감정이 모두 증발된 듯한 무표정한 캐릭터, 하나씩 하나씩 죽어가는 가축과 식구들, 이런 상황에서도 진실이 받아들여지지 않는 막막한 분위기와 공포를 표현하는 데는 목판화의 경직된 선과 거친 질감이 아주 효과적인 것으로 보인다.

전통문화의 이해를 우리 민족에 관한 것으로 한정짓는 것은 자칫 국수주의적 관점으로 치우칠 수 있다. 따라서 다른 민족이나 나라의 문화를 이해하는 것은 문화에 대해 폭넓은 가치관과 세계관을 형성하는 데 도움을 줄 수 있다. 다른 나라의 문화에 접근할 때 보편성과 특수성의 관점을 유지하고 있는 작품을 읽는 것이 효과적인데 신화나 옛이야기에는 전통 문화를 엿볼 수 있는 요소가 많이 포함되어 있다.

『태양으로 날아간 화살 Arrow to The Sun』(푸에블로 인디언 설화 · 제럴드 맥더멋 Gerald McDermott 그림, 1996)은 푸에블로 인디언의 민담을 화려한 그림과 독특한 문양으로 표현한 그림동화이다. 주인공인 아이는 자신이 태양신의 아들임을 증명하기 위해 시련을 이겨내야 한다. 주인공은 네 개의 방인 키바를 통과해 가야 하는데 이 책은 주인공이 겪는 모험의 여정을 인디언 문양을 바탕으로 한 기하학적 무늬와 화려한 색감으로 시각화하고 있다.

라. 옛이야기와 명작 패러디

'패러디' 란 '문학 작품의 한 형식으로, 어떤 저명 작가의 시구나 문체를 모방하여 풍자적으로 꾸민 익살스런 시문(詩文)' 을 가리키며, 어떤 학자는 패러디가 나타나는 양상을 모방적 패러디, 비판적 패러디, 혼성모방적 패러디로 분류하기도 하였다.[124] 그림동화 작가들은 옛이야기나 널리 알려진 문학 작품을 원작의 주제, 인물, 플롯을 이용하거나 변형시켜 새로운 의미를 부여한 작품으로 재창조하는 경우가 있다.

패러디 작품 가운데 『아기 돼지 삼 형제 The Three Pigs』(조셉 제이콥스 Joseph

124) 정끝별(1997), 『패러디의 시학』, 문화세계사.

Jacobs 글, 김현좌 옮김, 2005)의 를 모방의 원천으로 삼은 작품이 여러 편 있다. 그런데 패러디 작품 모두가 패러디의 여러 형태를 보여주기 때문에 작품 하나 하나를 살펴보는 것은 의미있는 활동이다.

먼저 『아기 돼지 세 자매 Les Trois Petitcs Cochonnes』(프레데릭 스테르 Frederic Stehr 글·그림, 1999)를 살펴보면, 이 작품은 『아기 돼지 삼 형제 The Three Pigs』를 페미니즘의 관점으로 재해석하여 패러디한 작품이다. 결혼할 나이가 되어 집을 떠난 돼지 세 자매가 각각 남편으로 생각하는 이상형을 보여준다. 첫째는 예의와 돈 있는 남자를 남편으로 맞이하고자 하는데, 사회적 성공을 배우자의 중요한 잣대로 삼는 여성의 심리를 풍자하고 있다. 결국 첫째는 사회적 성공을 한 것처럼 변장한 늑대에게 잡아먹히고 만다. 둘째는 잘 생기고 힘세 보이는 남자, 즉 내면보다는 외모와 왜곡된 남성다움을 배우자의 조건으로 꼽는데 역시 그렇게 변장한 늑대에게 잡아먹힌다. 그러나 셋째는 지혜와 슬기를 발휘하여 자신의 목숨을 노리는 늑대를 물리치고, 자신이 가진 장점을 드러내며 스스로 자기에게 알맞은 배우자를 고르게 된다. 지혜와 슬기를 발휘하여 스스로의 삶을 완성해가는 막내 돼지의 모습에서 여성의 자아 완성과 배우자에 대한 관점을 되짚어 보는 데 그 맛이 있다.

다음으로 『아기 늑대 삼 형제와 못된 돼지 The Three Little Wolves and the Big Bad Pig』(에예니오스 트리비자스 글·헬린 옥슨버리 Helen Oxenbury 그림, 2001)가 있다. 이 작품은 아기 돼지 삼 형제를 '아기 늑대 삼 형제'로 바꾸며, 주인공뿐만 아니라 인물의 성격이나 행동까지 완전히 바꾸어 작가의 세계관을 바탕으로 이야기의 흐름이나 주제를 바꾸어 놓았다. 인물의 성격을 바꾸는 것은 일반적인 고정 관념의 틀을 벗어나 새로운 눈으로 인물을 만나는 기회를 제공해 주고 있다. 아울러 동물들의 변화하는 표정과 배경을 생생하게 살려낸 그림을 보는 재미 또한 크다. 또 그림 속에 숨겨진 작가의 의도를 찾아 나가는 즐거움도 느낄 수 있다.

『아기 돼지 삼 형제 The Three Pigs』를 패러디한 또 다른 작품으로 『늑대가 들려주는 아기 돼지 삼 형제 이야기 The True Story of the 3 Little Pig』(존 세스카 Jon Schieszka 글·레인 스미스 Lane Smith 그림, 1996)가 있다. 이 작품은 늑대가 화자로 등장하여 기존에 알려진 자신의 이야기는 사실과 다르다는 것을 주장한다. 자신이 돼지들의 집을 날려 버리고 그 돼지를 잡아먹게 된 것은 순전히 할머니 생일

『늑대가 들려주는 아기 돼지 삼 형제 이야기』, 보림

케이크에 넣을 설탕을 얻으러 갔다가 감기에 걸려 요란한 재채기를 하면서 빚어진 실수라는 것이다. "무너진 짚더미 속에 먹음직스런 햄이 있는데, 그냥 가는 건 어리석은 일 같았어."라며 자신은 죄가 없으며, 무척 선량한 동물임을 주장하는 늑대의 말은 폭소를 터뜨리게 한다. 무섭기는 커녕 안경을 쓴데다 아주 단정한 옷차림에 선량한 표정을 짓고 있는 늑대의 모습은 기존의 이미지를 바꾸게 하는 데 큰 구실을 한다. 오히려 설탕 한 조각조차 선선히 나누어주지 않는 옹졸하고 욕심 많은 돼지는 인상조차 매우 혐악스럽다. 전혀 예상하지 못한 사건으로 이야기를 끌어나가면서 독자의 궁금증과 호기심을 자극하는 작품으로 패러디의 또 다른 전형을 보여주는 데 손색이 없는 작품이다.

패러디 가운데 형식이나 서사구조가 완전히 뒤바뀐 작품으로는 『아기 돼지 세 마리 The Three Pigs』(데이비스 와즈너 David Wiesner 글 · 그림, 2002)가 있다. 이 작품은 그림동화 속 세계와 판타지 세계를 넘나들면서 초현실주의적 기법으로 이야기를 풀어 나간다. 늑대가 입으로 '후훅~' 바람을 불자 책 바깥으로 날아가 버린 돼지 세 마리가 책 바깥 세계에서 판타지 여행을 하며 겪는 이야기를 다루고 있다.

패러디 작품의 기본 텍스트로 활용되는 것 가운데 가장 빈번한 작품이 바로 '~공주나 왕자' 시리즈이다. 『백설 공주』나 『개구리 왕자』와 같은 작품을 토대로 하여 새로운 주제나 관점을 제공하는 작품으로는 『긴 머리 공주』(안너마리 반 해링언 Annemarie van Haeringen 글 · 그림, 2001), 로버트 먼치(Robert Munsch)의 『종이 봉지 공주』, 『개구리 왕자 그 뒷 이야기 The frog prince continued』(존 셰스카 Jon Schieszka 글 · 스티브 존슨 Steve Johnson 그림, 1996)들이 있다.

『종이 봉지 공주』는 서양의 '용 이야기'를 페미니즘 시각에서 현대적으로 뒤집어 읽은 동화이다. 왕자가 못된 용에게 붙잡힌 공주를 구하여 결혼에 이른다는 민담의 양식을 뒤집어, 공주가 왕자를 구해주지만 여성의 외모만을 중시하는 왕자의 고정관념에 분개한 공주가 왕자를 버리고 떠난다는 이야기이다. 여성의 주체적인 삶을 강조하는 현대판 공주 이야기가 흥미롭다.

옛이야기 『개구리 왕자』(그림 형제 Brother Grimm 글 · 비네테 슈뢰더 Binette Schreoder 그림, 1996)는 어느 공주가 가지고 놀다가 잃어버린 금공을 찾아주는 개구리 이야기로 시작된다. 공주는 금공을 찾기 위해 세 가지 약속을 하고서 금공을 찾게 되자 어쩔 수 없이 세 가지 약속을 지키고 결과적으로는 왕자에게 걸렸던 마법을 풀고 결혼에 이르게 된다. 그러나 존 셰스카의 『개구리 왕자 그 뒷 이야기』는 왕자와 공주의 결혼 이후부터 시작된다. 왕자는 겉모습은 멋진 왕자의 모습을 하고 있지만 개구리 시절의 버릇을 버리지 못하고 있다. 혀 내밀기, 연못에서 놀기, 팔짝팔짝 뛰기……. 공주는 개구리 시절의 버릇이 못마땅해 사사건건 잔소리를 퍼부어 댄다. 왕자는 차라리 개구리 시절로 되돌아가기 위해 숲속의 마녀를 찾아간다. 이들은 상대편을 있는 그대로 인정하고 사랑할 수 있을까. 결혼 생활과 남녀간의 사랑에서 중요한 것이 무엇인지를 깨닫게 해주는 작품이다.

마. 자연과 환경 문제

어린이를 둘러싸고 있는 내외적 환경은 인간의 성장에 매우 중요한 구실을 한다. 인간은 모든 것을 자연에서 모방하여 창조하며, 인간 본성을 찾아나가는 데 자연만큼 좋은 구실을 하는 것이 없다. 아이들이 건강한 판타지 세계를 구현하기 위해서 또는 인간에게 상처받은 마음을 치료하고 회복하는 데 자연을 활용하는 것을 여러 작품에서 볼 수 있다. 자연 속에서 인간이 얼마나 건강한 상상력을 가질 수 있으며 잃어버린 인간의 본성을 회복시켜주는 데 얼마나 결정적인 구실을 하는지 다음 작품은 잘 보여주고 있다.

『소로우의 오두막 Henry David's House』(헨리 데이빗 소로우 Henry David Threau 글, 피터 피오레 Peter Fiore 그림, 2003)은 글을 쓴 작가 헨리 데이빗 소로우(Henry David Thoreau)가 자연 속에서 살면서 겪은 이야기를 일기로 담아 놓은 것을 그림동화로 엮은 책으로, 어린이들에게 자연 속에서 소박한 삶을 살아가며 기쁨을 느끼는 인간의 삶을 경험할 수 있는 기회를 주고 있다.

『고향으로』(김은하 글·김재홍 그림, 2003)는 새장에서 나와 고향을 찾아가는 흑두루미의 모험을 사실적인 자료를 근거로 하여 써 나갔다. 넓은 화면 가득 펼쳐지는 쓸쓸한 겨울 들판 가운데 홀로 서있는 흑두루미의 슬픈 표정이 가장 먼저 시선을 잡아끈다. 십삼 년 동안 우리에서 살았던 두리는 이제 철새로서의 본능을 깨워 고향으로 날아가야 한다. 두리가 인간의 손에서 자연의 품으로 돌아와 다시 고향으로 돌아가는 여정이 펼쳐진다. 스스로 먹이를 구하고, 무리에 동화되고, 날기 연습을 하고, 마침내 오랫동안 사용하지 않았던 날개를 펴고 고향으로 돌아가기까지가 지극히 정적인 화면으로 이어진다. 탁 트인 하늘을 바라보다 두리는 마침내 긴 여정을 위해 날개를 펼친다. 아주 옛날부터, 두리의 조상들이 나침판도 시계도 없이 본능이 이끄는 대로 갔던 그 고향 땅으로 날아간 두리의 뒷모습은 기나긴 여운을 남긴다. 갈대가 무성한 순천만에서 '본능'을 찾아가는 두리의 모습이 아름답고도 슬프다.

고릴라의 생태에 대해 사실적이고 과학적으로 다루고 있는 지식 그림책인 『나야, 고릴라』(조은수 글·그림, 2004)는 지식의 풍부함과 생생함 뿐만 아니라 문학적인 완성도 역시 매우 뛰어난 작품이다. 인간의 이기적인 욕망 때문에 가족이 몰살당한 채 아기고릴라가 잡혀서 인간 세계에 오는 과정에서 인간의 탐욕에 대해 몸서리를 치게 되며, 고릴라의 슬픔과 좌절에 대해 눈물을 흘리게 된다. 동물원에서 흔히 볼 수 있는 고릴라가 어떤 과정을 거쳐 우리 앞에 있으며, 인간이 저지른 행위가 얼마나 엄청난 죄인지 무표정한 고릴라 그림을 보면서 반성하게 한다.

검은 색과 붉은 색을 활용하여 공포와 두려움에 떠는 고릴라의 모습을 극대화시키고 있으며, 상황마다 적절하게 묘사된 고릴라의 표정이 마치 살아 있는 것처럼 느껴진다. 나열식의 지식만을 이야기하기보다는 고릴라의 생태와 습성에 대한 완벽한 이해가 작품을 이해하고, 심미적인 체험을 풍부하게 하는 데 도움을 주는 구실을 한다.

『아툭 Der Eskimojunge』(미샤 다이안 Mischa Damjan 글·요셉 빌콘 Jozef Wilkon 그림, 1995)은 에스키모 소년을 주인공으로 펼쳐지는 이야기이다. 에스키모 소년 아툭은 늑대 사냥에 나갔다가 가장 사랑하는 타룩이 늑대에게 물려 죽는 일을 겪는다. 아툭은 늑대를 죽이기 위해 활쏘기, 창던지기, 헤엄치기, 썰매타기로 자신을 단련시키는 데 전념한다. 드디어 증오의 대상이었던 늑대를 죽였지만 마음은 평화로워지지 않는다. 이름난 사냥꾼이 된 아툭은 주변에 살고 있는 모든 동물들의 두려움의 대상일 뿐이기 때문이다. 그러던 어느 날 들판에 핀 꽃 한 송이를 보며 진정한 사랑에 눈을 뜨게 된다. 증오와 복수심은 사람을 외롭게 만들 뿐이지만, 진정으로 아끼고 함께 살아가는 존재로 둘레의 것을 받아들이는 것이 참된 용기이며 가치롭고 소중한 삶이라는 것이다. 회색과 청색이 조화를 이룬 그림에서 아름다운 삶에 대한 눈뜸이 잘 드러나 있다.

『아툭』, 보물창고

바. 성 문제

우리나라의 그림동화에서는 아직 많이 다루어지지 않았지만 외국의 작품에는 임신과 출산, 성에 따른 역할을 솔직한 시각으로 다룬 것이 있다. 아울러 이런 작품은 어린이 내면의 상처나 갈등을 비교적 섬세하게 그려 보이기도 한다. 다만 아쉬운 점은 성문제를 다루는데 생물학적인 성으로의 접근이 대다수를 이루고 있다는 것이다. 성문제를 폭넓게 다루지 못하고 편협되게 다루어 '성폭력 문제'로 접근하는 것도 아쉽다. 이런 편향된 작품의 공급은 자칫 어린이에게 왜곡된 성의식을 심어줄 우려가 있기 때문이다. '건강하고 아름다운 성'의 세계관이 형성될 수 있는 작품의 창작이 고대되는 까닭이 여기에 있다.

성문제를 생물학적 지식을 학습시키는 관점으로 바라 본 작품으로 『엄마가 알을 낳았대 Mommy Laid An Egg』(배빗 콜 Babette Cole 글·그림, 2001)와 『아가야 안녕 Hello Baby』(제니 오버렌드 Jenni Overend 글·줄리 비바스 Julie Vivas 그림, 2000)이 있다. 『엄마가 알을 낳았대』는 아기가 어떻게 생겨나느냐는 어른을 곤혹스럽게 하는 질문을 주제로 한다. 어린이가 이런 질문을 할 때 아이가 어떻게 생기는지를 유머러스하고 솔직하게 그려낸 이 그림동화를 같이 읽기만 해도 아이의 궁금증은 말끔히 풀릴 것이다.

『아가야 안녕』은 책 속의 오빠, 언니들이 동생이 태어나는 과정을 관찰하는 형식으로 짜여진 그림동화이다. 만삭이 된 엄마의 모습, 진통하는 장면, 아기가 엄마의 양 다리 사이에서 나오는 장면들을 사실적이고도 따뜻하게 표현하여 생명의 신비와 아름다움을 느끼게 해 준다.

성문제를 주제로 다룬 것 가운데 또다른 관점으로 접근한 작품으로는, 성폭력의 문제로 내면세계에 상처를 받고 극복해 나가는 이야기를 다룬 『슬픈 란돌린 Des Kummervolle Kuscheltier』(카트린 마이어 Katrin Meier 글·아테네 블라이 Anette Bley 그림, 2003)과 『가족앨범 Das Familienalbum』(실비아 다이네르트 Sylvia Deinert & 티네 크리그 Tine Kreig 글·울리케 볼얀 Ulrike Boljahn 그림, 2004)을 들 수 있다.

『슬픈 란돌린』은 어린이 성폭력의 문제를 사실적으로 보여주는 작품이다. 주인공 브리트는 어머니와 결혼을 하게 될 아저씨에게 성폭행을 당하는데 두려움과 공포에 떨며 혼자 가슴앓이를 한다. 어머니도 브리트의 비밀을 모르고 다만 말 못하는 인형 란돌린에게만 그 슬픔을 털어 놓는다. 보다 못한 란돌린이 "넌 아

『슬픈 란돌린』
문학동네어린이

저씨의 장난감이 아냐! 나쁜 비밀은 털어 놓아야 해. 그런 고통을 당하는 사람은 도움이 필요해."라고 외치는 부분은 독자에게 깊은 공감을 준다. 공포와 두려움 그리고 혼자 감당해야 하는 아픔 때문에 힘들어하는 브리트의 내면은 짙은 감색과 청색, 보랏빛으로 표현되어 있어 더욱 절실하게 다가온다.

진실을 말하지 못하던 브리트는 란돌린의 외침에 용기를 얻어 그들이 가장 신뢰하는 이웃에 사는 프레리히 아줌마에게 비밀을 털어 놓게 되고, 아줌마의 도움으로 브리트는 고통의 긴 터널에서 빠져 나오게 된다. 브리트가 아저씨에게 성폭행 당하는 장면이 무척 사실적으로 그려져 있어서 독자를 당혹스럽게 하기도 하지만 문제를 비껴가지 않고 그대로 드러내놓는 작가의 솔직함이 오히려 이 책이 갖고 있는 미덕이다. 은유나 상징만이 감동을 주는 것은 아니기 때문이다. 현실에서 일어나고 있는 일은 은유나 상징으로 드러나지 않으며 또 주인공 브리트처럼 아픔을 간직하고 있는 어린 독자에게 용기를 주는데 고개를 돌리고 싶을 정도의 사실적인 그림이 도움이 되기 때문이다.

『가족앨범』은 가족 내 성폭력을 다룬 작품으로 주인공 생쥐 단비가 막둥이 삼촌에게 성폭행을 당하며 협박과 공포에 두려워하는 모습을 그리고 있다. 막둥이 삼촌은 둘만이 아는 비밀이어야 한다며 단비를 다그치고 단비가 좋아하는 인형을 선물로 주며 가족들 몰래 성폭행을 한다. 늘 얼굴을 마주쳐야 하는 삼촌을 보는 고통으로 단비는 괴로워하는데 더욱 비밀을 털어 놓지 못하는 것은 삼촌의 협박 때문이다. 만약 둘만의 비밀을 털어 놓으면 가족앨범이 찢어진다며 가족의 불행을 암시하기 때문이다.

우연히 생쥐네 집에 머물게 된 고양이 덕분에 막둥이 삼촌의 행동이 탄로나고, 단비는 어머니의 품에 안긴다. 불안한 단비의 심리와 나쁜 마음을 먹은 막둥이 삼촌의 마음이 표정과 행동으로 생생하게 전달된다. 또 썩은 핏빛 색깔의 옷을 입은 등장인물 막둥이 삼촌을 통해, 글에서 얻기 어려운 새로운 경험을 하게 한다. 즉 등장인물이 어떤 마음을 갖고 있는지, 그리고 추하고 불결한 성에 대한 느낌을 검붉은 핏빛의 옷을 통해 섬뜩한 느낌을 갖도록 하는 것이다.

사. 현실 및 사회 문제

대부분의 어른들은 어린이는 불행이나 슬픔, 좌절이 어른에 견주어 적을 것이라고 생각하기도 하는데, 이는 어린이의 세계를 지나치게 안이하게 바라보기 때문이다. 어린이 역시 어른만큼이나 힘들고 어려운 고비를 만나게 된다. 어린이를 힘들게 하는 요소는 어른이 만들어 놓은 사회적 구조에서 오는 빈곤의 문제나 편견, 전쟁이나 폭력 따위와 더불어 또래 관계 형성, 가족사이의 갈등, 앞날에 대한 막연한 두려움 따위가 있다. 이런 요소들로 어린이들은 갈등하고 좌절하지만 스스로의 힘으로 또는 주변 사람의 사랑과 배려로 성장하는 과정을 겪는다. 따라서 어린이 문학작품의 '현실과 사회문제'는 늘 어린이를 중심에 두고 어린이의 마음과 눈으로 이야기를 전개해 나가야 한다. 자칫 어른의 문제의식을 해결하기 위해 어린이를 내세운 작품을 만나기도 하는데 이런 작품은 아동문학의 본질에 어긋난다.

어린이가 성장하면서 겪는 갈등 가운데 하나는 '소외와 고독'이다. 무리에 섞이지 못해 고통 받는 어린이의 내면과 그를 둘러싼 사람들의 관계를 형상화한 작품은 그런 까닭에 많은 어린이의 공감대를 형성하고 있다. 『까마귀 소년 からすたろう』(야시마 타로 やしま たろう 글·그림, 1996)은 고독과 소외로 고통 받는 어린이의 내면세계를 따뜻한 눈으로 그려내고 있다.

『까마귀 소년』의 주인공으로 자신만의 세계에 갇힌 아이는 둘레의 동무들에게 따돌림을 받으며 생활한다. 아무도 그 아이에게 관심을 갖지 않을 뿐더러 놀리고 괴롭힌다. 다만 이소베 선생님만이 그 아이를 존재 자체로 인정하고 따뜻한 눈으로 바라보고 배려해 준다. 학예회 때 까마귀 울음소리로 모두를 놀라게 만든 까마귀 소년은 졸업을 한 뒤에도 여전히 혼자 그러면서도 자기에게 주어진 삶을 성실하게 만들어 나간다.

자기와 조금 다르면 집단에서 소외를 시키고 또 아무런 죄책감조차 느끼지 못하는 아이들이, 다름을 인정하고 살아가는 것이 사회생활에서 얼마나 중요한 일인가를 깨닫게 하는 이야기이다. 거칠고 날카로워 보이는 펜으로 그린 그림이 소외된 주인공과 타인에 대한 배려가 없는 집단의 배타성을 설득력 있게 보여준다.

『하늘에서 떨어진 장화 Ein Stidfel vom Himmel』(코어 블루투겐 Kare Blutgen 글·치아라 카러 Chiara Carrer 그림, 2002)는 현대사회 인간들이 맺고 있는 관계의 진실성과 소통의 문제에 대한 안타까움을 날카로운 눈으로 비틀어 보고 있는 작품이다. 어느 날 하늘에서 지상으로 신발 한 짝을 떨어뜨린 하느님이 인간세상에 신발을 찾으러 내려온다. 하느님은 신발을 찾기 위해 여러 사람에게 자신의 사정을 이야기하지만 아무도 믿지 않고 오히려 화를 내거나 정신 나간 사람 취급을 한다. 목사까지도 자신의 이야기를 진실로 믿어 주지 않는다. 그렇지만 하느님은 장화를 찾기 위한 노력을 그치지 않고 급기야는 경찰서에 갇히는 신세가 된다.

아무도 진실을 믿어주지 않으며 세상일에 관심조차 두지 않는 사람들에게 실망한 하느님은, 우연히 만난 사내아이로부터 떨어진 장화의 주인을 찾기 위해 기다리고 있었다는 감동적인 말을 듣는다. 결국 아이의 마음만이 진실을 보고 들을 수 있음을 말하고 있는 것이다. 우주인이 쓰는 모자처럼 생긴 것을 머리에 쓰고 다니는 천진한 표정의 하느님과, 사진이나 인쇄된 글자로 꼴라쥬 기법을 사용한 그림이 색다른 재미를 준다.

이 밖에도 전쟁의 문제를 다룬 니콜라이 포포프(Nikolai Popov)의 『왜? Why?』, 『여섯 사람 Die Sechs』(데이비드 맥키 David Mckee 글·그림, 1997), 『새똥과 전쟁』(에릭 바튀 Eric Battut, 2001), 『곰인형 오토 Otto』(토미 웅거러 Tomi Ungerer 글·그림, 2001), 그리고 도시화로 삶의 터전을 빼앗겨 버린 베네수엘라 어린이의 실화를 다룬 쿠루사의 『놀이터를 만들어 주세요』는 어린이를 둘러싸고 있는 사회적 구조의 문제와 그 때문에 상처 받고 고통받는 어린이의 삶을 훌륭하게 묘사하고 있다. 어린이들은 이처럼 현실과 사회문제에 관한 그림동화를 읽으면서 자기가 속한 세계에 대해 눈을 뜨는 계기를 갖게 된다.

아. 장애 문제

어린이는 상대의 다름을 인식하고 받아들이는 데 편견이 없는 편이다. 그런데 장애를 다름의 문제로 접근하지 않고, 차별의 관점으로 바라보게 되는 결정적인 구실은 어른의 편협된 시각과 사회적 구조에서부터이다. 따라서 편견과 고정관념이 자리잡지 않은 어린이 시기에 사람에 대한 올바른 가치관을 갖게하고 폭넓은 관계 형성을 할 수 있도록 도와주는 문학 작품이 매우 효과적인 구실을 할 수 있다.

나이가 들고 늙어가면서 집단으로부터 소외되는 삶 역시 다름의 관점으로 바라볼 수 있다. 『부러진 부리 Broken Beaks』(너새니얼 래첸 메이어 Nathaniel Lachenmeyer 글·로버트 잉펜 Robert Ingpen 그림, 2004)를 보면 진정한 다름에 접근하는 사람의 마음이 어떠해야 하는지 공감할 수 있다. 근사하고 멋지던 참새가 어느 날 부리가 부러지면서 먹이도 제대로 먹지 못하고 무리에서 소외를 당한다.

점점 몸이 쇠약해져 가던 참새는 자기와 비슷한 신세의 떠돌이 아저씨를 만나 동질감을 느낀다. 자신도 굶주림에 지친 떠돌이 아저씨는 빵 부스러기를 참새에게 나누어 주지만 결국 둘은 세상의 울타리를 빗겨나 죽음을 맞이한다. 그들이 꿈꾸는 세상은 반듯한 부리로 살아가는 것뿐이다.

장애나 가난은 누구에게든 닥쳐올 수 있는 문제이며 또 함께 살아가는 사람들이 그들의 아픔에 따뜻한 눈을 보내며 고통을 나누어야 함을 잔잔한 감동으로 그려내고 있다. 『내게는 소리를 듣지 못하는 여동생이 있습니다 I have a Sister ― My Sister is Deaf』(진 화이트하우스 피터슨 Jeanne Whitehouse Peterson 글·드보라 코건 레이 Deborah Kogan Ray 그림, 2004)는 소리를 듣지 못하는 동생을 둔 언니가 들려주는 이야기이다. 아무 것도 듣지 못한 채 매일 온 세상이 텅 빈 것 같은 기분으로 살아갈 청각 장애인을 마음으로 이해하고 받아들이며 그들도 우리와 같이 삶에 대한 욕구를 가진 존재임을 깨닫게 하는 작품이다. 연필로 잔잔하게 그린 그림이 이야기에 애잔함을 증폭시켜 주는 구실을 하고 있다.

동물을 빗대어 장애를 가진 존재의 이야기를 들려주며 그들이 겪은 좌절과 고통, 그리고 환희를 드러내주는 작품이 있다. 우리나라 세밀화의 아버지로 불리는 이태수가 쓴 『늦어도 괜찮아 막내 황조롱이야』(이태수 글·그림, 2005)가 그것이다. 아파트 화분 받침대에 둥지를 튼 황조롱이 가족의 이야기로 삭막한 도시 환경 속에서도 생명이 태어나고 자라는 모습이 경이롭게 느껴진다. 아울러 다른 형들에 견주어 무엇이든 늦되고 겁이 많았던 막내 황조롱이가 용기를 잃지 않고 스스로의 힘으로 날아가는 과정을 보며, 우리 주변에 있는 조금 늦은 또는 조금 다른 사람의 삶을 이해하고 기다려주는 마음을 갖게 하는 작품이다.

막내 황조롱이가 몇 번의 망설임을 극복하고 하늘로 날아오르는 장면에서는 글이 매우 훌륭한 그림의 구실을 하고 있음을 확인하게 된다. 왼쪽 아래에서부터 오른쪽 위로 45도 각도로 비상하는 듯한 문장은 그림에서 말하고자 하는 것을 효과적으로 표현하는 데 무척 큰 구실을 한다. 문장만 보아도 막내 황조롱이가 날아가는 모습이 매우 실감나게 그려진다. 글과 그림의 완벽한 일치와 합일의 지점이라 할 수 있다.

또한 새를 주인공으로 하여 장애의 문제를 극복하는 장애우의 주체적인 모습을 엿볼 수 있는 작품으로 『깃털없는 기러기 보르카 Borka : The Adventures of a

Goose With No Feathers』(존 버닝햄 John Burning-ham 글 · 그림, 1996)를 들 수 있다. 보르카는 처음부터 남들과 다르게 태어난 기러기이다. 부리도 있고, 날개도 있고, 물갈퀴도 있었지만 깃털이 없었다. 엄마 기러기는 그런 보르카를 위해 포근한 회색 털옷을 짜주지만 털옷 때문에 물에 들어가기도 어려운데다, 다른 기러기들까지 못살게 구는 통에 보르카는 모두가 배워야 할 '날기'와 '헤엄치기' 조차 배우지 못한다. 엄마, 아빠마저 너무 바빠 그런 사실을 모른 채 지나간다. 결국 모든 기러기들이 따뜻한 곳으로 날아갈 때 혼자 남겨져 슬퍼하던 보르카는 여기저기 머물 곳을 찾다가 어떤 배에 올라탄다. 다행히 착한 친구들을 만난 보르카는 긴 여행 끝에 런던에 있는 큐 가든에 도착하고, 보르카를 이상하게 여기지 않는 친절한 기러기들과 행복하게 살게 된다.

존 버닝햄의 이 작품은 장애우에 대한 관심을 환기시키는 책이다. 그러나 사랑으로 감싸 장애를 극복하도록 한 이야기는 아니다. 무조건 희망을 이야기하지 않는다. 더 많은 사랑과 격려를 받아야 할 보르카에게 가족들은 신경 쓰지 않는다. 혼자 뒤처져도 알아차리지 못한다. 그런 보르카를 구원해 주는 것은 오히려 온갖 이상야릇한 새들이 살고 있는 공원이다.

정상적인 기러기 사회에서 적응하지 못하고, 가족에게조차 따뜻한 관심을 받지 못하고, 다양한 새들이 모여 사는 곳에서 비로소 행복을 찾는 보르카의 이야기이다. 결국 장애라는 것은 같은 가족의 힘으로는 극복되기 어려운 문제이고, 모든 사람이 도와야하는 문제이기 때문이다. 결국 그 해결 방법은 남이 나와 다름을 인정하는 다양성이 있는 사회에서 찾을 수 밖에 없다. 책은 희망을 이야기하지 않는다. 다만 희망을 가질 수 있는 길을 제시할 뿐이다.

4. 그림의 역할

그림동화에서의 그림은 이야기를 전개하는 필수적인 요소이다. 등장인물의 표정과 동작, 배경의 제시와 변화 따위로 직접 사건을 진행시켜 간다. 또한 그림 속에 짐짓 소도구를 배치하여 앞으로 전개될 사건의 복선을 마련해두기도 하며 그림의 크기와 여백을 이용하여 작가의 메시지를 드러내기도 한다.

가. 그림은 플롯 전개에 도움을 준다

모리스 샌닥의 『괴물들이 사는 나라』에서는 그림의 크기와 여백을 적절히 사용함으로써 긴장감의 고조를 표현하거나, 소도구를 숨겨둠으로써 앞으로 전개될 사건의 단서를 제공하는 기법을 효과적으로 사용한다.

괴물들이 사는 나라의 주인공 맥스가 욕구가 해소되지 않은 현실 세계에서 짓궂은 장난을 할 때는 그림이 작고 여백이 넓었다가 판타지 세계로 가까이 갈수록 그림이 점점 커지고 여백은 줄어든다. 그리고 판타지 세계에서 괴물들과 소동을 벌일 때는 지면 전체가 그림으로 채워진다. 또 글자 없이 그림만으로 세 장에 걸쳐서 제시되었던 괴물 소동이 끝난 후 맥스가 현실의 자기 방으로 돌아왔을 때도 그림의 크기가 줄어들지 않는데 이것은 환상계를 경험한 맥스의 내면 세계가 이전의 맥스와는 같지 않음을 보여준다.

또 이 책에서는 그림으로 미래에 벌어질 사건의 단서를 제시하기도 한다. 맥스가 현실 세계에서 소동을 벌일 때 우표 딱지만한 크기로 제시된 괴물 그림이나, 빨랫줄 같은 긴 줄에 매달린 인형, 줄에 걸쳐진 텐트 모양의 담요와 텐트 속에 놓여있는 앉은뱅이 의자는 맥스가 환상 세계에서 경험할 괴물 소동의 복선 역할을 한다.

여백이 현실 세계와 판타지 세계의 경계선 역할을 하는 또 다른 작품은 에릭 로만(Eric Rohmann)의 『이상한 자연사 박물관 Time Files』이다. 주인공인 새 한 마리가 현실 세계인 자연사 박물관에 머물 때는 그림을 둘러싼 여백이 있다가 새가 공룡이 사는 판타지 세계로 들어가자 여백이 없어지고 페이지 전체가 그림으로 가득 찬다. 그리고 새가 다시 현실 세계에 가까워지면 점차 여백이 생겨나기 시작하여 완전히 돌아왔을 때는 테두리가 다시 그림을 감싼다.

나. 이야기의 기본 분위기를 조성한다

그림 작가는 선의 모양과 색조, 명암과 채도를 이용하여 이야기의 기본적인 분위기를 형성한다. 『새벽(Dawn)』(유리 슐레비츠 Uri Schulevitz 글·그림, 1994)에서 이른 새벽부터 해가 뜰 때까지 시시각각 변화하는 호수 풍경을 묘사하기 위해 빛과 색을 아주 효과적으로 사용하고 있다. 이야기가 시작되는 순간은 아주 이른 새벽인데 이때는 호수의 시원함과 평화로움을 표현하기 위해 진한 단색의 파란

색이 주조를 이룬다. 시간이 흘러 호숫가의 모든 생물체들이 깨어나서 풍경이 등장할 때 색의 배합은 점차 풍부해져서 일출 무렵에는 마침내 총천연색으로 원경을 드러낸다. 이 책의 그림은 배경의 제시와 변화를 보여줄 뿐 아니라 전체적인 분위기를 조성하는 구실을 하며, 그렇게 아름다운 풍경을 바라보는 할아버지와 손자의 마음 속에 흐르는 정서적 울림과 교감을 표현한다.

다. 공간의 적절한 사용으로 인물의 심리를 표현한다

인물과 인물 사이의 거리 또는 인물과 배경 사이의 공간적 거리는 인물의 친소 관계를 의미한다. 야시마 타로의 『까마귀 소년』에서는 주인공 치비가 교장과 동료 아이들이 무서워 어두운 공간에 숨어 있는 모습이 그려져 있다. 치비가 교실에 있을 때 그의 책상은 다른 친구들로부터 멀리 떨어져 교실의 한 구석에 있으며 교사가 서 있는 교단이나 칠판과도 아주 멀리 떨어져 있다. 이러한 화가의 공간 사용은 소년의 고립감과 외로움을 효과적으로 표현한다.

라. 인물의 성격 묘사와 성격 발전의 형성에 도움을 준다

그림이 표현하는 성격 묘사는 이야기 속의 성격과 일치해야 하며, 인물의 성격은 색채와 표정, 동작으로 표현된다. 모데칼 저스틴(Mordecal Gersten)의 『야성의 소년 Wild boy』은 어린 소년이 인간과 접촉 없이 살다 프랑스 남부 근처의 숲에서 발견되어 전문가들의 연구 대상이 되는데, 한 젊은 의사에 의해 보살펴지면서 문명의 삶을 어느 정도 배울 수 있었지만, 결국 말하기는 배우지 못한다는 이야기이다. 이 책에서 밝은 색채는 소년에게 기쁨을 주는 자연 세계와의 접촉을 나타내는 반면, 어두운 색채는 포로가 된 소년의 모습을 나타내며, 마지막 그림의 전반적인 파랑 계통의 색조는 소년의 순진함과 결국 실현되지 못한 인간으로서의 잠재력을 나타낸다.

『윌리와 악당 벌렁코 Willy The Champ』(앤서니 브라운 Anthony Browne 글·그림, 2003)는 남자 아이지만 정적인 활동을 더 좋아하는 윌리의 이야기이다. 윌리는 친구들과 함께 어울리고 싶어도 축구를 하지 못하는 무척 의기소침한 성격의 아이이다. 축구에 대해 자신이 없는 윌리의 모습은 축구 골대 한 켠에 작고 초라하게 묘사되어 있어, 붉은 색 축구복을 입은 크고 건장한 다른 또래 고릴라들에

월리는 축구를 정말 못했어요.

『월리와 악당 벌렁코』
웅진주니어

견주어 극적인 대비를 이룬다. 자전거 경주를 하는 장면에서도 다른 친구들은 매우 빠르게 달리는 모습이 속도감 있게 묘사된 반면 월리의 자전거는 움직임이 거의 느껴지지 않는다. 소심하고 자신감 없고 무기력한 주인공의 성격이 인물의 크기(다른 등장인물에 견주어서)나 입고 있는 옷 색깔(다른 인물들이 주로 활동적인 붉은 색임에 비해 주인공은 축소되어 보이는 청색이나 녹색의 옷을 입고 있다), 건장함을 상징하는 고릴라의 털(숱의 윤기나 양)로 묘사되어 있다.

반면 악당 벌렁코는 우람한 체구(잘 발달된 가슴 근육과 쇠장식이 박힌 검은 가죽 옷과 검은 선글라스, 아래에서 위를 올려다 본 듯이 그려진 그림(앙각), 요란한 장식, 한껏 벌어진 코와 크고 아래로 처진 입술 모양)로 성격을 표현하고 있다. 그림만 보고도 독자는 악당 벌렁코의 드러나지 않은 성격과 행동을 능히 짐작하고도 남는다. 글에서 보여주지 않는 주인공의 성격과 행동을 그림만으로도 생동감 있게 보여주는 데 성공한 작품이다.

5. 그림동화의 구성 체제와 감상 방법

가. 책의 크기와 모양

어떤 물리적인 특성은 진짜 색다른 표현을 창조하기도 한다. 예를 들면 옆으로 길고 좁은 그림책은 펼쳐 보면, 일러스트레이터에게 광활한 장소를 제공한다. 인간의 몸은 위아래로 길고 가늘기 때문에 사람을 그리고 나더라도 일러스트레이터에게는 빈 공간이 남는다. 그들은 인물들을 아주 세밀한 배경 안에 집어넣어서 그 공간을 채운다. 요링크스(Arthur Yorinks)와 리처드 이질스키(Richard Egielski)의 『브라보, 민스키 Bravo Minski』는 펼치면 길이가 거의 56센티미터나 된다. 민스키가 노래를 부르는 장면에서는 파노라마가 펼쳐진다. 민스키 외에 다른 사람들이 스무 명, 개도 한 마리 있는데 모두들 독자와 동일한 거리를 유지하여 대체로 비슷한 크기로 그려진다.[125]

『솔이의 추석이야기』는 가로로 길게 늘인 판형을 선택하고 있다. 이는 화가 자신이 언급한대로, 고분벽화에서 볼 수 있는 행렬도의 형식을 복원하려고 하였기 때문에 선택된 판형이다. 추석 전날, 기차표를 사려고 줄지어 서 있는 사람들의 행렬이나, 고속도로의 귀향 길에 길게 늘어선 자동차의 모습과 사람들의 표정을 담아내기 위해서는 이와 같은 판형이 가장 효과적이다.

한편, 토미 드 파올라의 『오른발 왼발』은 작은 정사각형의 판형을 선택하고 있다. 이 그림동화의 전반부는 할아버지가 어린 손자에게 걸음마를 가르치고, 후반부는 소년이 된 손자가 뇌졸중으로 쓰러진 할아버지에게 걸음마를 가르치는 구조로 짜여 있다. 이와 같은 대칭적인 이야기 구조는 책의 글씨와 그림의 배치를 통하여 다시 강조된다. 책을 펼쳤을 때의 왼쪽 페이지와 오른쪽 페이지를 다시 접으면 양쪽의 인물이나 배경을 이루는 소도구들, 활자의 위치가 정확히 겹쳐지는 형태를 이루는 장면이 많은데 이런 형태는 그림의 한 기법인 데칼코마니를 연상시킨다. 이 대칭적인 서사 구조와 그림의 배치는 할아버지와 소년이 왼발과 오른발을 번갈아 내딛으면서 걷는 그들의 인생길을 의미하기도 한다. 단단한 정사각형 모양의 판형 또한 균형과 균제의 아름다움을 담아내기에는 더없이 적절한 체제이다.

이와는 반대로 책의 판형을 최대한도로 키운 그림동화가 있는데, 『팥죽 할멈

125) 페리 노들먼 지음, 김서정 옮김(2002), 『어린이문학의 즐거움』, 시공주니어.

할아버지는 보비를 무릎에 앉히고 많은 이야기를
들려 주었습니다.
"할아버지, 나한테 어떻게 걸음마를 가르쳤는지
얘기해 줘요."

에취! 할아버지는 또 재채기를 하셨어요.
"할아버지는 코끼리 블록만 보면 꼭 재채기를 해요."
보비가 말했어요. "우리 다음 번엔 진짜 잘 해 봐요.
어, 이젠 옛날 얘기를 해 주세요."
할아버지는 보비에게 이야기를 재미있게 들려 주었습니다.

『오른발 왼발』, 비룡소

과 호랑이』와 『곰 The Bear』(레이먼드 브릭스 Raymond Briggs 글·그림, 1995)이 바로 그것이다. 『팥죽 할멈과 호랑이』에서 할머니를 잡아먹으려는 호랑이의 커다랗고 무서운 모습과 호랑이에게 잡아먹힐 것을 두려워하는 할머니의 작은 모습을 대조적으로 강조하려면 판형이 클수록 유리하다. 또 커다란 호랑이와 맷돌, 쇠똥, 밤톨 같은 조그만 등장인물의 모습을 한 화면에 충분히 표현하기 위해서는 그림을 담는 화면이 넓은 것이 효과적이다. 『곰』에서도 주인공인 여자 아이의 표정을 충분히 표현하면서 아이의 서너 배쯤 되는 곰을 효과적으로 표현하려면 필연적으로 큰 판형을 선택하지 않을 수 없다.

나. 표지

책을 읽기 전에 제일 먼저 훑어보는 것이 표지이다. 그러므로 표지는 책의 전체적인 주제와 인상을 요약적으로 제시하여 독자의 눈길을 사로잡아야 한다. 표지 그림이나 장정은 이야기의 기본적인 특질을 나타낸다.

『오소리네 집 꽃밭』(권정생 글·정승각 그림, 1997)의 표지에는 개구멍처럼 보이는 원 안에 뒷모습을 보이고 있는 오소리가 그려져 있는데, 표지에 그려진 이 그림을 보면 도대체 무슨 이야기가 펼쳐질까 궁금함을 느끼게 된다. 흔히 꽃밭이라

『오소리네 집 꽃밭』, 길벗어린이

옛날 옛날에
어떤 할머니가 산 밑에서 팥을 심고 있는데,
뒤에서 '어흥'하는 소리가 나.
뒤를 돌아다보니까
황소만한 호랑이가 내려다보고 있잖아.

『팥죽 할멈과 호랑이』
보리

는 제목이 붙으면 표지에 꽃 그림이 나오는 게 일반적인데 이 책의 표지 그림은
전개될 이야기의 내용에 대해서는 시치미를 뚝 떼고 있다. 그러다 보니 독자는
오소리가 도대체 뭘 들여다보고 있을까 일차적인 궁금증을 갖게 되고, 호기심을
잔뜩 갖고 책을 펼치게 된다. 표지가 책의 전체적인 이야기를 압축하거나 상징적
인 것을 드러내는데 비해 이렇게 궁금증을 불러일으키게 하는 경우도 있다. 새로
운 것을 알고 싶어하는 독자의 호기심을 자극하는 장치로 『오소리네 집 꽃밭』의
표지는 매우 성공적이다.

한편, 『삐비이야기』(송진헌 글·그림, 2003)의 표지는 연필 소묘로 그려진 숲의
커다란 나무들 사이에 보일 듯 말 듯 작고 희미하게 한 아이가 그려져 있다. 이 모
습은 친구들 사이에 섞이지 못한 채 혼자 외로움을 간직하고 살아가는 아이의 이
야기를 상징적으로 표현한 것이다. 독자는 이 표지 그림을 보고 앞으로 펼쳐질
이야기의 실마리를 찾게 된다. 그래서 비슷한 생각을 가진 독자는 표지 그림만으
로도 동질감을 느끼게 되고, 책을 읽는 즐거움을 스스로 선택하게 될 것이다.

어떤 작가는 표지에 제목을 넣지 않아 독자의 호기심을 자극하기도 한다. 『장

화 신은 고양이 Puss in Boots 』(샤를 페로 글 · 프레드 마셀리노 그림, 1995)의 표지는 주름진 칼라가 달린 옷을 입고 모자를 쓴 고양이의 커다란 머리를 그려 넣어 유명해졌는데, 책의 표지에는 제목이 없고 책을 넘겨야 비로소 제목이 나온다. 고동색 천으로 된 앞면지와 금갈색의 속지는 책표지의 그림과 잘 어울린다.

다. 책의 앞면지와 뒷면지

그림동화의 본문이 시작되기 전, 표지를 넘기자마자 바로 이어지는 앞면지와 본문이 끝나고 난 뒤에 제시되는 뒷면지도 책의 매력을 풍부하게 하는 데 한 몫을 한다. 전에는 이 부분을 그저 비어있는 채로 두거나, 그림의 색과 조화를 이루는 색으로 처리하는 정도로 그치는 경우가 많았는데 근래에는 이 면지도 본문의 내용을 강조하거나 주제를 암시하는 그림이나 글씨로 처리하여 책의 예술적 가치를 높이고 있다. 제리 핑크니(Jerry Pinkney)가 그린 『미운 오리새끼 The ugly duckling』(안데르센 Andersen, 2005)의 앞면지에는 오리들의 행진을 뒤쫓아가는 못생긴 새 한 마리가 시냇물에 그려져 있으며, 뒷면지에는 성장을 한 우아한 갈색 백조가 같은 배경 속에 그려져 있다. 책의 끝페이지에 그려진 제리 핑크니의 정교한 그림은 이야기의 주제를 전달하기에 충분하다.

우리나라의 옛이야기를 그림동화로 구성한 『팥죽 할멈과 호랑이』의 앞면지에는 호랑이에게 위협을 당하며 무서워하는 할머니의 그림자를 그려놓았다. 한편, 뒷면지에는 자라와 밤톨, 쇠똥들이 친구들과 호랑이를 물리치고 좋아서 춤을 추고 있는 듯한 모습의 그림자를 그려놓아 전체 주제를 암시하고 있다.

교육 문제를 주제로 한 두 권의 그림동화, 존 버닝햄의 『지각대장 존』과 야시마 타로의 『까마귀 소년』의 면지도 주제를 효과적으로 암시하는 그림과 글씨로 꾸며져 있다. 『지각대장 존』의 앞면지와 뒷면지에는 주인공 존이 벌로 100번 쓴 문장이 꾸불꾸불한 어린아이의 글씨체로 씌어있다. "다시는 사자가 나온다는 거 짓말을 하지 않겠습니다. 그리고 장갑을 잃어버리지 않겠습니다. 다시는 사자가 나온다는 ……." 이라고 반복되는 문장은 선생님의 비교육적인 억압과 이런 상황을 무력하게 감당해야 하는 어린이의 처지를 효과적으로 보여주어 읽는 이를 가슴 아프게 한다.

한편, 야시마 타로의 『까마귀 소년』 뒷면지에는 어두운 색조를 배경으로 화려

『지각대장 존』의 앞면지
비룡소

한 꽃과 나비가 보이는데, 이 그림은 어두운 절망에서 밝은 희망으로 변화하는 까마귀 소년의 삶의 여정을 상징적으로 보여주는 것 같다.

라. 책의 본문

그림의 배치와 활자의 위치와 배열, 여백, 서체, 책의 테두리 등은 본문을 구성할 때 그림책 작가가 가장 주의를 기울이는 부분이다.

글자의 배열을 살펴보면 버지니아 리 버턴의 『작은 집 이야기』(버지니아 리 버튼 Virginia Lee Burton, 1993)에서 활자는 마치 길의 곡선처럼 나선형으로 배열되어 있다. 마이라 캘먼(Maira Kalman)이 그린 『백만 달러를 벌어들인 맥스』는 시인인 개 맥스가 펼치는 재미있는 이야기가 나오는데, 맥스가 파리에 가는 꿈을 꾸면 이러한 꿈은 에펠탑 모양으로 인쇄된다.

서체와 글자의 크기에서 서체는 이야기의 분위기와 주제를 효과적으로 표현할 뿐만 아니라, 책 전체의 디자인을 한층 돋보이게 하는 기능을 한다. 오늘날에는 컴퓨터의 발달로 다양한 글자체가 개발되어 서체의 종류만 해도 수백 가지는 될 것이다. 전통적인 서체이든 새로 창안된 서체이든 글씨체는 읽기 쉬우며, 내용을 효과적으로 전달할 수 있어야 한다.

글자의 크기는 그림의 크기나 한 페이지에 들어가는 글자의 분량, 대상 독자의 연령을 고려하여 결정된다. 때로는 글자의 크기에 변화를 주는 기법을 쓰기도 한다. 『곰사냥을 떠나자 We're Going On A Bear Hunt』(마이클 로젠 Michael Rosen 글·헬렌 옥슨버리 Helen Oxenbury 그림, 1994)에서는 의성어와 의태어가 반복될 때마다 글자의 크기를 점점 크게 하여 소리나 동작이 점점 커지는 상황을 표현하여 읽는 즐거움을 배가한다.

『곰사냥을 떠나자』
시공주니어

테두리 부분을 보면 본문에 테두리가 있고 없음에 따라 그림의 느낌은 사뭇 달라진다. 단호히 설정된 테두리 안에서 펼쳐지는 사건은 분리와 객관성을 의미하는데, 초현실 세계를 그리는 많은 일러스트레이터들이 그 디자인을 활용한다. 하얀 테두리는 환상적 사건에 다큐멘터리적 진실의 특성을 부여한다.[126] (여기에 대해서는 『괴물들이 사는 나라』와 『이상한 자연사 박물관』을 예로 들어 앞에서 설명한 바 있다.) 이런 의미 이외에도 테두리는 억압적인 특성으로 집중적인 행동의 긴장감을 보여주기도 하며, 감정을 절제하는 담백함을 표현하기도 한다. 토

126) 페리 노들먼, 김서정 옮김 (2002), 『어린이문학의 즐거움』, 시공주니어. p.438

미 드 파올라의 『오른발 왼발』에는 본문의 모든 페이지에 굵은 선으로 테두리가 둘러쳐져 있는데, 이는 푸른색과 갈색만을 써서 표현한 그림의 단순한 색조, 대칭적인 그림과 정사각형의 판형이 주는 균제미와 어울려 감정의 절제와 담담한 아름다움을 표현하고 있다.

6. 시각적 표현 기법과 그 의미

화가가 이야기에 어떤 그림을 그릴 것인가, 그 그림을 그리기 위한 최선의 방법은 무엇인가를 결정하기 위해서는 선, 모양, 색깔, 공간, 명암과 같은 디자인의 여러 요소를 선택해야 하며, 화가가 표현하고자 하는 의미를 효과적으로 전달하기 위해서는 각각의 요소가 지닌 특성을 잘 활용해야 한다.

가. 선과 모양

선은 그림의 의미를 형성하는 가장 본질적인 부분이다. 수평선은 평안과 평화를 의미하며, 수직선은 안정감을, 대각선은 행동과 움직임을 암시한다. 또, 열린 선은 고정적이지 않고 힘찬 것으로, 닫힌 선은 보다 안정적이고 평화로운 것으로 보는 경향도 있다. 『비오는 날 Rain and Rain Rivers』(유리 슐레비츠 Uri Shulevitz 글·그림, 1994)에서는 대각선을 이용하여 내리는 비의 움직임을 훌륭히 표현하였다. 『바람 부는 날』도 대각선 구도를 효과적으로 사용하여 불어오는 바람의 역동성을 잘 표현하였다. 바람 때문에 연을 날려 버린 아이가 연을 찾아 나가는 과정을 그린 이 이야기는 연필 밑그림이 훤히 들여다보일 정도의 투명 수채화를 사용하여 보이지 않는 바람을 대각선으로 불어오는 것처럼 표현하고 있다. 나부끼는 아이의 머리칼 방향과 바람에 흔들리는 나뭇잎의 방향 그리고 행인의 옷자락을 파고드는 바람이 어느 방향에서 바람이 부는지를 일관성 있게 드러내 주고 있다. 물을 잔뜩 묻힌 붓으로 가볍게 그린 선이 나타내주는 바람의 형상은 그래서 더욱 생동감 있게 느껴진다.

한편, 공간을 에워싸는 선은 모양을 만들고 이 요소는 선과 같이 의미를 전달한다. 즉, 둥근 모양은 부드러움과 유연함으로, 뾰족한 모양은 완고함과 질서 정

Ocean becomes wave

And wave becomes beach

The clean-edged shapes in Richard McGuire's Night
Becomes Day *echo the simple text and create a feeling of
movement throughout the book.*
From *Night Becomes Day* by Richard McGuire, copyright © 1994 by
Richard McGuire. Used by permission of Viking Penguin, a division of
Penguin Putnam Inc.

『밤은 낮이 된다』

127) Huck, C. Hepler., S. J.
Kiefer., B. Z(7ed)(2001),
Children's Literature in the
Elementary school, Mcgraw-
Hill.

연함으로 인식한다.

『밤은 낮이 된다 Night Becomes Day』(리챠드 맥과
이어 Richard NcGuire)에서 대각선과 수평선, 곡선을
효과적으로 사용하여 파도의 역동적인 움직임과 해
안선의 시원한 느낌을 절묘하게 표현하고 있다.[127]

나. 색깔

우리는 관습적으로 특정 색조를 특정한 분위기나
의미와 관련짓는다. 예컨대, 녹색을 보면 시원함과
평화로움을 느끼며, 붉은색을 보면 뜨거움이나 정
열을 떠올린다. 이것은 숲과 불을 본 이전의 체험이
시원함과 뜨거움을 환기하기 때문이다. 그래서 흰
색은 순결을, 푸른색은 냉정한 이성을 상징하는 것
으로 받아들인다.(서양의 문화에서는 푸른색이 우
울함을 뜻한다.) 그래서 화가는 그림동화의 주제에
따라 알맞은 색조를 선택한다. 『지각대장 존』의 책장을 넘기면 검고 어두운 색과
화려하고 밝은 색이 번갈아 나타난다. 존이 지루하고 답답한 현실 세계에 살 때
는 검은 색이 주조를 이루며, 현실을 벗어나 판타지 세계에 있을 때는 노란색과
파란색, 주황색을 사용하여 밝은 분위기를 조성한다. 『오른발 왼발』은 전체적으
로 푸른색과 갈색만을 써서 그림을 그렸는데, 이는 할아버지와 손자의 애정을 바
라보는 독자의 감정을 절제하게 하여 그 감동의 여운을 오래 지속시키게 하려는
의도로 보인다.

색을 효과적으로 사용하여 이야기의 분위기가 변화됨을 보여주기도 한다. 알
렌 새이(Allen Say)의 『엘 치노 El Chino』는 최초의 중국계 미국인 투우사의 생애
를 그린 인물 이야기이다. 주인공 빌리 윙(Billy Wong)은 훌륭한 운동 선수가 되
기를 열망하는 중국계 미국인이다. 그는 고등학교 때 수준급 솜씨를 뽐내는 농구
선수였으나 키가 너무 작아 대학 농구팀에 들어가지 못했다. 공학도로 졸업을 한
그는 스페인에서 휴가를 보내다 투우에 매료된다. 이 책의 전반부의 그림은 옛날
사진을 회상하게 만드는 갈색조의 회색이다. 그러나 빌리 윙이 그의 진정한 직업

을 발견한 후에는 그림이 총천연색으로 바뀐다. 이는 평생의 직업을 찾은 그의 기쁨을 상징하는 것이다.

현대 인쇄 기술로 화려한 천연색으로 된 책을 만들기가 훨씬 쉬워졌지만, 주제에 따라서는 흑백 그림이 훨씬 더 효과적인 경우도 있다. 피터슨(Jeanne Whitehouse Peterson)의 『내게는 소리를 듣지 못하는 여동생이 있습니다』는 종이에 목탄을 가지고 그린 것으로 색채가 없이 흑백으로 처리되어 있다. 저자는 소리를 듣지 못하는 소녀의 내면 세계를 흑백으로 표현한 것이다. 『떠돌이 개』도 처음부터 끝까지 흰 종이에 검은 목탄으로만 그려져 있는데 떠돌이 개의 외로움과 쓸쓸함을 표현하는 데 흑백보다 더 효과적인 색은 없을 것 같다.

『떠돌이 개』, 열린책들

다. 질감

질감은 실제로 만졌을 때 표면의 느낌에 대한 시각적인 인상을 일컫는다. 어떤 재료를 사용하여 그림을 그리느냐에 따라 꺼칠꺼칠한 느낌, 매끄러운 느낌, 보드라운 느낌들이 시각만으로도 마치 만지고 있는 것처럼 느끼게 한다. 질감을 효과적으로 표현하기 위해서 목탄, 아크릴, 먹(화선지), 유화, 꼴라주, 수채화, 조각의 방법을 선택한다.

꼴라주 기법으로 질감의 효과를 살린 그림동화에는 『옛날 옛날에 파리 한 마리를 꿀꺽 삼킨 할머니가 살았는데…… There Was an Old Lady Who Swallowed a Fly』(심스 태백 Simms Taback 글·그림, 2000)와 신문이나 인쇄물을 활용한 조은수의 『나야, 고릴라』가 있다.

라. 명도

밝음과 어두움의 정도이다. 같은 빨강 색이라도 어두운 빨강과 밝은 빨강이 있다. 어두우면 우울한 느낌을, 밝으면 행복하고 명랑한 느낌을 준다.

카트린 마이어의 『슬픈 란돌린』은 주인공 브리트가 성폭행을 당해 혼자 고통과 절망에 괴로워할 때의 분위기를 짙은 청색과 어두운 보라색을 써서 암흑과 공포를 느끼는 주인공의 심리를 효과적으로 표현해 준다. 반면 프레리히 아줌마에게 모든 비밀을 털어놓고 문제가 해결되어 행복해 할 때는 화면 뒷부분에 밝은 주황색과 노란색의 커다란 꽃, 그리고 부엌과 마룻바닥에 칠해진 귤빛의 햇살이 눈부실 정도로 밝은 색으로 표현되어 있다. 명도의 선택이 이야기의 분위기를 대신 말해주는 데 무척 중요한 구실을 하고 있음을 알 수 있다.

앤서니 브라운의 『돼지책』에서도 어머니가 가사 노동과 식구들의 무관심 때문에 우울해하고 힘들어하는 장면은 연한 갈색과 어두운 노란색, 빛바랜 푸른색으로 표현되어 있다. 그러나 어머니가 가족들 사이에서 소중함을 인정받고 삶에 의욕과 활기를 갖고 있는 장면은 열정적인 빨강색과 파랑색의 옷이 보색을 이루어 인물을 생기 있게 보이게 하며 도드라지게 하는 효과를 보여주고 있다.

마. 채도

채도는 맑음의 정도, 즉 색이 본래 가지고 있는 순수성과 투명성의 정도를 가리키는 말이다. 어떤 색에 흰색이 많이 혼합되면 채도는 낮아진다. 채도가 낮아지면 색이 탁해지는 대신 훨씬 부드러워 보인다. 그리고 채도가 높으면, 맑고 활달한 느낌을 준다.

사라 스튜어트(Sarah Stewart)의 『도서관 The Library』은 연필 밑그림이 훤히 들여다보일 정도의 높은 채도로 그려진 그림 덕분에 낙천적이고 경쾌하며 자신의 인생을 긍정적으로 만들어가는 주인공 엘리자베스 브라운의 성격과 행동이 조화를 이루고 있다. 반면에 『꿈꾸는 아이 Dreams』(에즈라 잭 키츠 Ezra Jack Keats 글·그림, 2001)는 무엇인가 새로운 일이 벌어지길 기대하는 아이의 답답하고 갇힌 욕망의 간절함이 짙은 벽돌색 사이에서 때론 몽블랑 기법으로 표현된 진한 붉은 색의 불길로 드러나고 있다. 이 탁한 느낌의 붉은 색은 답답하고 억눌린 욕구의 강도를 느끼게 하는 데 매우 중요한 구실을 하며, 짙은 붉은 색의 불길은 푸른색으로 칠해진 배경 덕분에 강렬한 욕망으로 도드라져 보이게 하는 데 더 큰 효과를 내고 있다.

바. 색의 조화와 부조화

화가는 모든 색을 서로 어울리게 사용하는 것만은 아니다. 침착함, 행복, 만족스러움, 평화로움 같은 정서를 표현하기 위해서는 서로 어울리는 색조와 부드러운 명암의 색조를 사용하는 것이 효과적이지만 흥분과 충격, 불만족의 상태를 표현하기 위해서는 서로 어울리지 않는 색을 사용하는 것이 효과적이다.

엄마가 소리쳤어. "이 괴물딱지 같은 녀석!"
맥스도 소리쳤지. "그럼, 내가 엄마를 잡아먹어 버릴거야!"
그래서 엄마는 저녁밥도 안 주고 맥스를 방에 가둬 버렸대.

그 날 밤에 맥스는 방으로 돌아왔어.
저녁밥이 맥스를 기다리고 있었지.

　작가는 같은 책의 같은 배경에서 색의 조화와 부조화를 이용하여 인물의 심리 변화를 묘사하기도 한다. 『괴물들이 사는 나라』에서 맥스가 엄마에게 갇힌 장면에서는 벽지의 색깔과 침대의 색깔, 방바닥의 색깔이 서로 어울리지 않는다. 같은 침대에서도 이부자리는 분홍색 톤으로 침대 틀은 흑갈색 톤으로 그려져 있어 독자의 마음을 불편하게 한다. 그런데 맥스가 환상 세계를 경험하고 일상의 공간으로 다시 돌아왔을 때 방안에 있는 모든 물건과 벽지, 방바닥이 모두 분홍색의 같은 톤으로 색칠해져 있다. 앞 장면은 괴물 모자를 뒤집어 쓴 맥스의 불만스러운 표정과 어울리며, 뒷장면은 괴물 모자를 벗어버린 행복한 표정의 맥스와 잘 어울린다.
　또, 『그래도 우리 누나야!』(오가사와라 다이스케 글·우메다 슈사쿠 그림, 2003)에서 교통사고가 난 장면을 그린 그림에서 흰색과 붉은 색을 잘 사용하여 매우 충격적인 일이 벌어졌음을 잘 나타내고 있다. 잿빛으로 칠해진 바탕 화면과 흰색의 구급차, 그리고 마치 피가 튀듯 사방으로 번지는 핏빛의 효과는 보는 이로 하여금 벌어진 일의 상황을 짐작하게 하며 온 몸에 소름이 돋게 한다.

사. 시점

우리는 한 사건을 각각 다른 시점에서 보고 각각 다르게 이해한다. 밑에서 위로 올려다보는 캐릭터는 커다랗게 보이고, 그 배경에서 고립되어 있으며 혼자이고 자신을 조절하는 것처럼 보이게 하며, 대상 자체를 매우 권위적으로 보이게 하는 구실을 한다.

『유치원에 간 데이빗』
지경사

반대로 위에서 내려보는 장면은 편안하고 안락해 보인다. 배경이 그들을 압박하기보다는 감싸준다. 『유치원에 간 데이빗 David Goes To School』(데이빗 섀논 David Shannon 글·그림, 2005)의 첫 장면에 등장하는 선생님은 밑에서 위를 올려다 보는 앙각의 기법을 활용하였다. 그래서 선생님의 모습(발부터 가슴 부위까지만 그려져 있으며 팔짱을 끼고 있다)은 다가가기 어려울 정도로 무섭고 권위적으로 표현되어 있어서 앞으로 데이빗과 선생님의 관계가 어떻게 전개될 것인지를 암시하고 있다. 또 데이빗에게 선생님은 어떤 역할을 하는 존재이며, 자신의 얼굴을 드러내지 않은 선생님은 독자에게도 위압적이며 권위적인 존재로 느껴지게 된다.

『노아의 방주 Noah's Ark』(피터 스피어 Peter Spier 글·그림, 2004)는 높은 산 위에서 또는 비행기에서 내려다 본 것처럼 부감법을 활용하여 사물을 형상화한 경우이다. 이 책의 그림은 어떤 전지전능한 자의 시선처럼 안정적이며 편안함을 갖게 만든다. 속표지에는 노아가 포도밭을 가꾸고 전쟁과 살육이 일어나는 인간 세상의 여러 모습을 내려다보고 있는 모습이 그려져 있는데 이 다양한 장면이 한 화면에 배치되어 있음에도 침착하고 안정적인 느낌을 주는 것도 그런 이유이다. 또한 노아의 방주 안을 구석구석 세밀하게 묘사하는데도 복잡해 보이거나 불안한 느낌이 들지 않는 것은 전지적으로 들여다보는 듯한 부감법을 활용했기 때문이다.

아. 초점

초점의 변화는 영화처럼 우리가 어떤 장면에 반응하는 데 영향을 미친다. 환경에 둘러싸인 캐릭터를 보여주는 원거리 숏은 캐릭터와 장소, 다른 사람과의 관계, 그들의 사회적 상황을 강조한다.

『이상한 자연사 박물관』의 캐릭터 얼굴의 클로즈업은 우리가 개인적 감정에 집중하도록 만든다. 그러나 대부분 그림책의 그림은 중간거리 숏이다. 연극 무대 위의 배우를 보여주듯, 캐릭터의 전신을 보여 주기는 하지만 배경도 포함되어 있다. 그 효과는 친밀감과 거리감 사이의 균형이다.

『두 섬 이야기 Die Menschen im Meer』(요르크 슈타이너 Jörg Steiner 글 · 요르크 뮐러 Jörg Müller , 2003)의 첫 장면은 바다 위에 솟아 있는 두 섬을 멀리서 전체적으로 그려주고, 다음 장면에서는 카메라 렌즈를 좀더 가깝게 끌어당긴 것처럼 두 섬의 구석구석을 세밀하고 자세하게 드러내 주고 있다. 이 책에서는 글에서 이야기 하지 않은 것을 그림으로 담아낼 때 원거리 숏과 중간거리 숏을 바꾸어가며 이야기를 전개하여 사건의 극적인 진행을 효과적으로 표현하고 있다.

『이상한 자연사 박물관』
미래M&B

7. 그림의 재료와 효과

그림의 재료와 표현 기법은 책의 분위기와 스토리의 의미에 크게 영향을 미친다. 표현 매체는 그 나름대로 딱딱함, 날카로움, 부드러움, 가벼움, 정교함 따위의 특성을 지니기 때문에 작가는 동화의 주제, 분위기에 따라 그에 어울리는 매체를 선택한다.

가. 펜과 잉크, 연필, 붓, 목탄

화가들은 그림동화의 주제, 소재, 분위기에 따라 어떤 재료를 사용할 것인가를 매우 신중하게 선택한다. 펜과 잉크는 날카롭고 분명한 느낌을 주며, 연필과 목탄은 부드러운 느낌을 준다. 또 붓은 굵은 선을 그리는데 효과적이며 목탄보다도 더 부드러운 느낌을 준다.

『꼬꼬댁 꼬꼬는 무서워!』(한병호, 2001)는 한지에 먹의 번짐 효과를 충분히 살려 우스꽝스런 도깨비의 모습을 회화적이며 생동감 있게 묘사하고 있다. 산수화를 보는 듯한 배경묘사와 심심해서 숲 속을 거니는 도깨비의 어리숙한 모습, 초가와 농가의 살림살이, 눈 내리는 배경들을 한지와 먹의 특성을 살려 조화롭게 표현하고 있다.

『엄마 마중』도 먹과 붓의 효과를 적절하게 살린 작품이다. 전차가 다니던 시대의 거리 묘사나 등장 인물의 옷차림과 배경 묘사를 먹으로 그려 시대적인 상황을 재현하는 데 효과적이다.

한편 가브리엘 뱅상의 『떠돌이 개』는 목탄의 효과를 최대한 살린 작품이다. 처음부터 끝까지 흑백으로 그려진 그림은 생략이 많은 선과 간결한 그림으로 떠돌이 개의 외로움과 쓸쓸함을 절묘하게 표현하고 있다. 『엄마 뽀뽀는 딱 한번만 Kein Kuss Für Mutter』(토미 웅거러 Tomi Ungerer, 2003)은 연필의 효과를 잘 살렸고, 『바리공주/ 강남국 일곱 쌍둥이』(허은미 글 · 이현미 그림, 1999)는 먹과 붓을 이용하여 부드러운 느낌을 준다.

나. 크레용, 크레파스

어린이들은 크레용이나 크레파스를 즐겨 사용하기 때문에 이 재료로 그린 질감에 무척 친숙하다. 베르터 홀츠바르트의 『누가 내 머리에 똥 쌌어?』는 호감 가는 주제로, 재료도 친숙한 재료를 사용하여 더욱 사랑을 받는다. 또, 제니 오버렌드의 『아가야, 안녕?』은 크레파스를 가늘게 여러 번 덧칠하는 방법으로 색의 진함과 연함을 조절하고 인물이나 상황 묘사에서는 색을 덧칠하여 상황의 긴박감을 느끼게 한다. 또 숲에 부는 바람의 세기를 표현할 때는 문지르기 기법으로 느낌을 고조시키는 구실을 한다.

다. 수채화, 아크릴, 파스텔, 유화

일반적으로 그림물감은 두 가지 종류로 구분된다. 수채화 같은 투명한 질감을 가지고 있는 물감과 아크릴, 템페라 물감, 유화 물감과 같은 불투명한 질감의 물감이다. 수채화는 아이들 책 재료로 많이 사용되고 있으며 가볍고 투명하여, 신비스럽고 시간의 무한함을 일깨워주는 느낌을 준다. 마이클 로젠의 『곰사냥을 떠나자』는 산뜻한 자연 풍경을 묘사해 수채화가 얼마나 효과적인가를 잘 보여준다. 한편, 유리 슐레비츠는 『비 오는 날』에서 비 내리는 거리의 풍경, 비가 그친 후 아스팔트길의 물웅덩이에 반사된 인물과 건물의 모습을 투명한 수채화 물감을 이용하여 절묘하게 표현하고 있다.

아크릴, 파스텔, 유화는 그림의 분위기를 잘 살릴 수 있는 재료이다. 아크릴은 유화와 비슷한 느낌을 주나 유화보다 빨리 마르므로 그리는 사람이 편하다. 아크릴로 표현한 동화는 『꼬리를 돌려 주세요 One Fine Day』(노니 호그로지안 Nonny Hogrogian 글 · 그림, 2001)가 있다.

라. 판화

동서양을 막론하고 가장 오래된 기법이다. 강한 선, 대담한 색은 옛이야기에 잘 어울리는 단순함을 표현한다. 뾰족하고 날카로운 인상을 표현하는데도 판화는 잘 어울린다. 『옛날에 생쥐 한 마리가 살았는데……』는 인도의 옛이야기를 바탕으로 창작된 책으로, 판화 기법을 사용하여 수도승의 이미지나 등장하는 동물들의 성격이나 행동을 간결하게 묘사하고 있다. 대부분의 장면에서는 색을 사용하지 않았으나 수도승이 화가 난 장면과 호랑이가 교만하게 구는 장면처럼 극적인 상황에서는 검붉은 색을 활용하여 효과를 높이고 있다. 『모기는 왜 귓가에서 앵앵거릴까? Why Mosquitoes Buzz In People's ears』(버나 알디마 Verna Ardema 글·리오 & 다니앤 딜런 Leo & Diane Dillon 그림, 2003)는 얼핏 보면 색을 칠한 것처럼 보이나 다색판화를 정교하게 활용하였다. 고대 그림을 보는 듯한 그림이 매우 인상적이며 간결하면서도 정교한 판화의 장점을 최대한 살린 작품이다.

마. 꼴라주

꼴라주는 책의 기법으로 가장 최근에 등장하였다. 종이에 종이, 헝겊, 실, 유리, 가죽 나무, 나뭇잎, 꽃과 같은 것을 그림의 선과 색, 모양, 질감을 나타내는 재료를 사용할 때 그 재료를 꼴라주라고 한다.

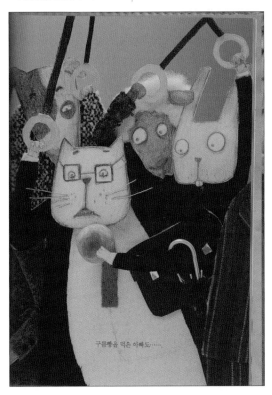

『구름빵』, 한솔수북

『하늘에서 떨어진 장화』(코어 블루투겐 Kare Blutgen 글·치아라 키러 Chiara Carrer 그림, 2002)는 신문이나 사진을 오려 붙여서 생동감을 더하고 있으며, 『요셉의 작고 낡은 오버 코트가… Joseph Had a Little Overcoat』(심스 태백 Simms Taback 글·그림, 2000), 『하느님 뭐 하시는 거죠? Re'-Cre'ation』(샤트로트 레고 글·그림, 2002), 『구름빵』(백희나 글·그림, 2004), 『늑대가 들려주는 아기 돼지 삼형제 이야기』(존 세스카 글·레인 스미스 그림, 1996) 같은 책이 꼴라주의 효과를 잘 이용한 책이다.

꼴라주를 이용하여 그림책을 만든 유명한 작가로 에릭 칼(Eric Carle)이 있다. 에릭 칼은 모든 작품을 다 꼴라주를 이용하여 만들었다. 대표적인 작품으로는 『배고픈 애벌레 The Very Hungry Caterpillar』(에릭 칼 Eric Carle, 2005)와 『갈색 곰아 갈색 곰아 무엇을 보고 있니? Brown Bear, Brown Bear, What Do You See? 』(빌 마틴 주니어 Martin Jr. Bill 글·에릭 칼 Eric Carle 그림, 1967)가 있다.

바. 혼합 재료

여러 가지 그림재료를 혼합하여 그림을 그리기도 하는데 20세기 시각예술의 발전으로 그 기법이 무한히 다양해지고 있다. 데이빗 맥컬리(David Macaulay)상을 수여한 『검은 색과 흰색 Black and White』(끌레망틴 코리네 글·아네스 라꼬르 그림, 2000)은 하나의 이야기처럼 보이지만 사실은 네 개의 이야기라고도 해석할 수 있는데, 각각의 이야기는 투명한 수채화 물감, 찢어진 종이, 불투명한 페인트, 펜, 세피아 잉크와 같은 서로 다른 매체를 사용한다. 매우 창의적인 이 책은 게임이나 퍼즐 같기도 하다. 이 책은 고학년 어린이들이 매우 흥미 있어 할 것이다.

8. 그림 동화의 선정 기준

좋은 그림동화의 선정 원칙을 한 마디로 말하자면 "어린이들 마음을 읽고 그들이 원하는 세계를 재미있게 꾸며 낸 이야기로 어린이들의 성장에 긍정적인 영향을 미치는 것"이다. 그런데 그림동화가 '글과 그림이 상호작용을 하면서 서사 구조를 펼쳐나가는 이야기이며 문학과 미술이 결합한 새로운 갈래'라는 점을 고려하면 그 평가의 준거는 좀더 세분화하여 정리되어야 할 것이다. 즉, 그림동화는 문학성과 그림의 예술성이 모두 갖추어져야 하며, 더 나아가서 이 두 가지가 서로 조화를 이루면서 상승작용을 일으켜야 한다. 또 독자가 어린이라는 점을 고려하면 그림동화는 어린이의 인지·정서·신체 발달 특성에 적합하여야 하며, 교육적 효용성을 갖추어야 한다.

여기서는 그림동화를 선정하는 준거로 문학적 관점, 그림의 예술적 관점, 어린이의 발달 특성에 대한 효용성 관점, 책의 외형적 관점으로 나누어 살펴보고자 한다.

1) 문학적 가치
재미있는가?
줄거리가 단순하고 이야기 구성이 어린이들에게 호소력이 있는가?
어린이에게 친숙하며 쉽게 공감할 수 있는 소재인가?
글은 시처럼 간결하고 리듬감이 있으며, 시와 같은 운을 담고 있는가?
단순하고 재미있는 문장인가?
인물의 성격은 잘 묘사되고 전개되어 가는가?

2) 그림의 예술성과 적합성

자세한 부분까지 그림과 내용이 일치하는가?

그림이 간결하면서도 효과적으로 표현되었는가?

그림이 이야기의 배경, 구성, 분위기를 효과적으로 강조하는가?

그림, 이야기, 글씨체가 서로 조화를 이루고 있는가?

그림이 처음부터 끝까지 연결되어 일관된 세계를 보이고 있는가?

색의 표현이 이야기의 분위기에 적절하게 나타나는가?

그림을 통하여 화가의 풍부한 상상력이 나타나는가?

그림이 인물의 성격을 이해하는 데 도움을 주는가?

그림이 이야기 속에서 균형 있게 잘 구성되었는가?

3) 교육적 효용성

이야기의 내용이 단순하면서도 시대를 초월한 진리를 담고 있는가?

이야기의 주제가 어린이의 정신적 성장을 위해 긍정적인 영향을 미치는가?

이야기의 내용이 세상에 대한 분별력, 세계관에 긍정적 영향을 미치는가?

책의 내용과 그림이 어린이의 연령이나 발달 특성에 적합한가?

책을 읽어줄 부모나 교사에게도 흥미로우며 새로운 깨달음을 주는가?

어린이의 정서와 심리적 욕구를 만족시키는가?

4) 책의 외형과 전체적 구성

책의 크기와 판형이 내용과 잘 어울리는가?

책의 표지가 매력적이며, 작품의 주제와 분위기를 함축적으로 제시하는가?

책의 앞면지와 뒷면지가 책의 주제를 잘 표현하고 있는가?

활자 디자인은 책의 주제와 목적에 맞게 선정되었는가?

같은 이야기 또는 유사한 주제를 다룬 다른 책들과 비교했을 때 우수한가?

그림의 색과 활자 크기가 어린이의 시력을 보호하기에 적절한가?

종이의 질이 적합한가, 책이 견고하게 제본되어 있는가?

번역서일 경우 원작에 근거하여 내용이 충실하게 번역되었는가?

번역서일 경우 원본과 비교하여 글과 그림이 조화롭게 실려 있는가?

참고 문헌

가브리엘 뱅상 그림(2003), 『떠돌이 개』, 열린책들.

강무홍 글, 한수임 그림(2002), 『까불지 마』, 소년한길.

권정생 글, 정승각 그림(1996), 『강아지똥』, 길벗어린이.

김성민 글 · 그림(2005), 『여우 누이』, 사계절.

이형진 글 · 그림(2003), 『끝지』, 느림보.

김은하 글, 김재홍 그림(2003), 『고향으로』, 길벗어린이.

김재홍 글 · 그림(2000), 『동강의 아이들』, 길벗어린이.

너새니얼 래첸 메이어 글, 로버트 잉펜 그림, 이상희 옮김, 『부러진 부리』, 문학과지성사.

네레 마어 글, 베레나 발하우스 그림, 이지연 옮김(2001), 『아빠는 지금 하인리히 거리에
            산다』, 아이세움.

노니 호그로지안 글, 홍수아 옮김(2001), 『꼬리를 돌려 주세요』, 시공주니어.

니콜라이 포포프 그림(1997), 『왜?』, 현암사.

데이비드 맥키 글, 김중철 옮김(1997), 『여섯 사람』, 비룡소.

데이비드 와즈너 글 · 그림, 이용옥 옮김(2002), 『아기돼지 세 마리』, 마루벌.

데이빗 섀논 글 · 그림(2005), 『유치원에 간 데이빗』, 지경사.

레오 리오니 글 · 그림, 최순희 옮김(1999), 『프레드릭』, 시공주니어.

레이먼드 브릭스 글 · 그림, 박상희 옮김(1995), 『곰』, 비룡소.

레이먼드 브릭스 그림(1997), 『눈사람아저씨』, 마루벌.

로버트 먼치 글 · 그림, 김숙 옮김(2000), 『언제까지나 너를 사랑해』, 북뱅크.

로버트 먼치 글 · 그림, 김태희 옮김(1998), 『종이 봉지 공주』, 비룡소.

로빈 자네스 글, 코키 폴 그림, 김중철 옮김(2000), 『샌지와 빵집 주인』, 비룡소.

류재수 그림, 신동일 작곡(2001), 『노란 우산』, 재미마주.

마리-루이스 피츠 패트릭 글 · 그림, 황의방 옮김(2004), 『인디언의 선물』, 두레아이들.

마이클 로젠 글, 헬렌 옥슨버리 그림, 공경희 옮김(1994), 『곰 사냥을 떠나자』, 시공주니어.

모리스 샌닥 글 · 그림, 강무홍 옮김(1994), 『괴물들이 사는 나라』, 시공주니어.

미샤 다미안 글, 요셉 빌콘 그림, 최권행 옮김(1995), 『아톡』, 한마당.

배빗 콜 글 · 그림, 고정아 옮김(1996), 『엄마가 알을 낳았대』, 보림.

배빗 콜 글 · 그림, 고정아 옮김(1999), 『따로 따로 행복하게』, 보림.

버나 알디마 글, 리오 & 다니앤 딜런 그림, 김서정 옮김(2003), 『모기는 왜 귓가에서 앵앵
            거릴까?』, 보림.

버지니아 리 버튼 그림, 홍연미 옮김(1993), 『작은 집 이야기』, 시공주니어.

베르너 홀츠바르트 글, 볼프 에를브루흐 그림(1993), 『누가 내 머리에 똥 쌌어?』, 사계절.

비아트릭스 포터 글・그림(1999), 『피터 래빗 이야기』, 한국 프뢰벨.

빌 마틴 주니어 글, 에릭 칼 그림, 김세실 옮김(2005), 『갈색 곰아 갈색 곰아 무엇을 보고 있니?』, 더큰(몬테소리CM).

사노 요코 글・그림, 김난주 옮김(2002), 『100만 번 산 고양이』, 비룡소.

사라 스튜어트 글, 데이비드 스몰 그림, 이복희 옮김(1998), 『리디아의 정원』, 시공주니어.

사라 스튜어트 글, 데이비드 스몰 그림(1998), 『도서관』, 시공주니어.

샤트로트 레고 글, 강금희 옮김(2002), 『하느님 뭐 하시는 거죠?』, 주니어 파랑새.

서정오 글, 박경진 그림(1997), 『팥죽 할멈과 호랑이』, 보리.

선현경 글・그림(2004), 『이모의 결혼식』, 비룡소.

실비아 다이네르트 & 티네 크리그 글, 울리케 볼얀 그림, 엄혜숙 옮김(2004), 『가족앨범』, 사계절.

심스 태백 글, 김정희 옮김(2000), 『요셉의 작고 낡은 오버 코트가……』, 베틀북.

심스 태백 글, 김정희 옮김(2000), 『옛날 옛날에 파리 한 마리를 꿀꺽 삼킨 할머니가 살았는데……』, 베틀북.

안너마리 반 해링언 글・그림, 이명희 옮김(2001), 『긴 머리 공주』, 마루벌.

앤서니 브라운 글・그림, 허은미 옮김(2001), 『돼지책』, 웅진닷컴.

앤서니 브라운 글・그림, 장미란 옮김(2002), 『동물원』, 논장.

앤서니 브라운 글・그림, 장은수 옮김(1998), 『고릴라』, 비룡소.

앤서니 브라운 글・그림, 허은미 옮김(2003), 『윌리와 악당 벌렁코』, 웅진주니어.

야시마 타로 글・그림, 윤구병 옮김(1996), 『까마귀 소년』, 비룡소.

에릭 로만(2001), 『이상한 자연사 박물관』, 미래M&B.

에릭 바튀 글, 양진희 옮김(2001), 『새똥과 전쟁』, 교학사.

에릭 칼(1999), 『배고픈 애벌레』, 문진미디어.

에예니오스 트리비자스 글, 헬린 옥슨버리 그림, 조은수 옮김(2001), 『아기 늑대 삼 형제와 못된 돼지』, 웅진주니어.

에즈라 잭 키츠 글, 공경희 옮김(2001), 『꿈꾸는 아이』, 랜덤하우스중앙.

에즈러 잭 키츠 글・그림(1999), 『휘파람을 불어요』, 시공주니어.

오가사와라 다이스케 글, 우메다 슌사쿠 그림 김난주 옮김(2003), 『그래도 우리 누나야』, 베틀북

요르크 슈타이너 글, 요르크 뮐러 그림, 고영아 옮김(1997), 『난 곰인 채로 있고 싶은데……』, 비룡소.

요르크 슈타이너 글, 요르크 뮐러 그림, 김라합 옮김(2003), 『두 섬 이야기』, 비룡소.

윌리엄 스타이그 글 · 그림, 조은수 옮김(1995), 『치과 의사 드소토 선생님』, 비룡소.

윌리엄 스타이그 글 · 그림, 오미경 옮김(1996), 『아모스와 보리스』, 시공주니어.

윌리엄 스타이그 글, 조은수 옮김(2002), 『엉망진창 섬』, 비룡소.

유리 슐레비츠 그림, 강무홍 옮김(1994), 『비오는 날』, 시공주니어.

유리 슐레비츠 그림, 강무환 옮김(1994), 『새벽』, 시공주니어.

이억배 글 · 그림(1995), 『솔이의 추석이야기』, 길벗어린이.

이영경 글 · 그림(1998), 『아씨방 일곱 동무』, 비룡소.

이춘희 글, 박지훈 그림(2003), 『똥떡』, 언어세상.

이태수 글 · 그림(2005), 『늦어도 괜찮아 막내 황조롱이야』, 우리교육.

이형진 글 · 그림(2005), 『비단 치마』, 느림보.

이혜란 글 · 그림(2005), 『우리 가족입니다』, 보림.

정승각 글 · 그림(1994), 『까막나라에서 온 삽사리』, 초방책방.

정지영 · 정혜영 글(1997), 『나는 여자, 내 동생은 남자』, 비룡소.

제니 오버렌드 글, 줄리 비바스 그림, 김장성 옮김(2000), 『아가야, 안녕』, 사계절.

제럴드 맥더멋 그림, 푸에블로 인디언 설화, 김명숙 옮김(1996), 『태양으로 날아간 화살』, 시공주니어.

조셉 제이콥스 글, 김현좌 옮김(2005), 『아기돼지 삼 형제』, 베틀북.

조은수 글 · 그림(2004), 『나야, 고릴라』, 아이세움.

존 버닝햄 글 · 그림, 엄혜숙 옮김(1996), 『깃털없는 기러기 보르카』, 비룡소.

존 버닝햄 글 · 그림, 박상희 옮김(1999), 『지각대장 존』, 비룡소.

존 셰스카 글, 레인 스미스 그림, 황의방 옮김(1996), 『늑대가 들려주는 아기 돼지 삼 형제 이야기』, 보림.

존 셰스카 글, 스티브 존슨 그림, 엄혜숙 옮김(1996), 『개구리 왕자 그 뒷이야기』, 보림.

진 화이트하우스 피터슨 글, 드보라 코건 레이 그림, 김서정 옮김(2004), 『내게는 소리를 듣지 못하는 여동생이 있습니다』, 중앙출판사.

카트린 마이어 글, 아테네 블라이 그림, 허수경 옮김(2003), 『슬픈 란돌린』, 문학동네어린이.

코어 블루투겐 글, 치아라 카러 그림, 김라합 옮김(2002), 『하늘에서 떨어진 장화』, 웅진북스.

쿠루사 글, 모니카 도페르트 그림, 최성희 옮김(2004), 『놀이터를 만들어 주세요』, 동쪽나라.

토미 드 파올라 글 · 그림(1999), 『오른발 왼발』, 비룡소.

토미 웅거러 글, 이현정 옮김(2001), 『곰인형 오토』, 비룡소.

프레데릭 스테르 글 · 그림, 최윤정 옮김(1999), 『아기돼지 세 자매』, 파랑새어린이.

피터 스피어 글 · 그림, 김경연 옮김(2004), 『노아의 방주』, 미래M&B.

헨리 데이빗 소로우 글, 피터 피오레 그림, 김철호 옮김(2003), 『소로우의 오두막』, 달리.

현덕 글, 김환영 그림(2001), 『나비를 잡는 아버지』, 길벗어린이.

Hans Christian Andersen 글, Jerry Pinkney 그림(1999), 『미운 오리 새끼 The Ugly Duckling』, Morrow Junior.

Hutchins Pat 글·그림(1999), 『로지의 산책 Rosie's Walk』, BT Bound.

제5장 판타지 동화

1. 판타지 동화의 개념과 특성

판타지(fantasy)란 말은 그리스어로, 글자 그대로 번역하면 '눈에 보이도록 하는 것'이 된다. 이 말은 눈에 보이지 않는 것, 비현실적인 사건이나 현실계 밖의 일을 '눈에 보이도록 하는 것'을 말한다. 옥스퍼드 사전에는 판타지를 '지각의 대상을 심적으로 이해하는 일' 또는 '상상력으로서 현실로 나타나지 않는 것의 모양을 바꿔놓은 활동이나 힘, 또는 그 결과'라고 정의되어 있다. 또 일반 사전에는 '종작없는 상상, 꿈같은 공상, 환상, 환각'으로 풀이하고 있다.

현대에 들어 판타지, 또는 판타지 문학에 대하여 본격적으로 연구하고 정의를 내린 사람은 토도로프이다. 그는 당시까지 이루어진 환상 문학 연구가들의 환상성에 대한 여러 가지 정의를 검토한 후, 환상성은 두 개의 질서 곧 자연적 세계/초자연적 세계로 사건을 이분하면서 두 개의 질서가 교차하는 과정이라고 본다. 기존의 연구를 바탕으로 토도로프는 환상성이란 문제를 경이로움과 기괴함과의 관계 속에서 자기 영역을 구축하고 있는 독자적인 영역으로 파악하는데, 이때 그는 "주저함(망설임)"이라는 동사를 환상 문학 성립의 조건으로 들어 환상 문학의 범주를 설정하였다.

환상 문학이 성립하려면 다음 세 가지 조건이 충족되어야 한다. 첫째, 텍스트가 독자로 하여금 작중 인물들의 세계를 살아 있는 사람들의 세계로 간주하고, 묘사된 사건들에 대해 자연적 또는 초자연적으로 이해할 것인지 주저하도록 만들어야 한다. 둘째, 이러한 주저함은 또한 작중 인물에 의해 경험될 수도 있다. 셋째, 독자는 텍스트와 관련하여 어떤 특정한 태도를 취해야 한다. 말하자면 그는

128) Tzvetan Todorov (1974), Introduccion a la literuatura fantastica (Buenos Aires : Editorial Tiempo Contemporaneo), p.34 고영일, 「환상 문학의 이론적 고찰」, 『이베로 아메리카 연구』 제11집, p.244 에서 재인용.

129) 토도로프에게 있어 순수한 환상적 이야기의 전형은 카조트의 단편 소설 『부도덕한 악마 Le diable amoreux(1772)』이다. 이 이야기에서 주인공 알바로는 후에 악마로 판명되는 비옹데타라는 여자와 사랑에 빠진다. 알바로는 비옹데타가 누구인지- 그녀가 인간인지, 아니면 초인간인지, 또는 인간인 동시에 초인간인지-결정하지 못한다. 그리고 그러한 망설임은 알바로를 미치게 만든다(로즈메리 잭슨ㆍ서강여성문학연구회 옮김 (2001), 『환상성-전복의 문학』, 문학동네, p.44) .

130) 고영일, 「환상문학의 이론적 고찰」, 『이베로 아메리카 연구』 11집 p. 244.

〈시적〉인 것뿐만 아니라 〈알레고리적〉인 해석 태도를 거부해야 한다.[128]

위의 인용에서 알 수 있듯이 토도로프는 환상성을 구성하는 가장 기본적인 요소로 독자 또는 작중 인물의 주저함(혹은 불안감)을 들고 있다. 즉, 작품 속에 서술되고 있는 사건이 살아있는 사람들의 세계에서 일어나는 자연적인 사건인지, 초현실적인 세계에서 일어나는 초자연적인 사건인지 판단 내리기를 주저하는 일이야말로 문학 작품의 환상성을 규정하는 요소가 된다는 것이다. 여기서 '살아있는 사람들의 세계' 란 우리가 살아가는 현실 세계를 말하는 것으로, 고대의 신화나 중세의 로망스와 같이 우리가 살아가는 현실과 차원이 다른 세계를 그린 것은 판타지가 될 수 없다는 뜻이다.

그리고 이어서 토도로프는 자연적 또는 초자연적 설명 사이에서의 망설임을 기준으로 환상의 양극에 '기이' (the uncanny)와 '경이' (the marvelous)라는 갈래를 설정하였다. 이야기에서 서술되는 초자연적 사건이 자연적 방식으로 해결되면 기이문학(미스터리)이고, 초자연적 사건이 초자연적인 방식으로 결말나면 경이문학이라는 것이다. 즉, 이 세계에서 일어날 수 없는 사건인데 알고 보니 잠시 환각을 본 것으로 판별된다든지, 상상력의 산물로 인정된다면 자연적 질서의 법칙을 고수한 것으로 그것은 기이문학이다. 한편 초자연적인 사건이 일어난 것을 인지한 뒤 그것을 초자연적인 것으로 인정하면서 세계는 우리가 인지하지 못하는 법칙에 의해서도 지배될 수 있다고 생각하는 경우는 경이문학이다. 그리고 환상은 그 경계에 위치하며, 사건을 어떻게 이해할 것인가를 망설이는 동안에 일어나는 것이다.[129] 이 두 가지 해결책 중 한 가지를 선택하면 환상성으로부터 기이함, 혹은 경이로움으로 이행하게 된다. 또 토도로프는 독자의 주저함의 길이라는 기준에 입각하여 '기이-환상적 기이-환상-환상적 경이-경이' 라는 다섯 가지 갈래를 구별해 내었다. 환상성은 자연적인 법칙만을 인지하고 있는 존재가 현저히 초자연적인 사건에 직면할 때 경험하게 되는 동요라는 것이다.[130]

토도로프의 이 정의는 환상과 유사 환상의 특성을 섬세하게 구분해 내어 현대 환상 문학의 이론적 바탕을 마련한 것으로 인정받고 있다. 그러나 이후의 연구자들은 토도로프의 정의는 그 외연이 너무 협소하여 이 정의에 따를 경우 환상 문학에 포함될 수 있는 작품이 극히 적어질 수밖에 없다고 비판한다. 실제로 토도로프는 자신의 이론에 적합한 작품의 예로 서너 작품밖에 들 수 없었다. 토도로프의 정의에서 또 하나의 문제점은 갈래 구분을 독자와의 관계 속에서 규정함으로써 발생하는 혼란이다. 작품을 끝까지 읽기 전에는 그것이 어떤 하위 장르에 속한 것인지를 결정할 수 없다는 점, 사건의 성격을 독자가 어떻게 이해하고 설명하는가에 따라 하위 갈래가 결정된다는 점은 독자의 자의적 판단에 따른 장르 규정이라는 점에서 논란의 여지가 있다.[131]

이 밖에도 토도로프 이론에서의 문제점은 알레고리와 시가 과연 판타지의 범주에서 제외되어야 하는가에 대한 문제, 그의 이론이 고딕 소설과 같은 몇 가지 갈래만을 대상으로 설정되어 카프카의 『변신』과 같은 작품에서는 설명이 모순될 수밖에 없다든지 하는 문제점이 제기된다.

이후, 판타지의 개념과 특성에 대해 주목할 만한 견해를 제시한 학자로 톨킨(Tolkien)을 들 수 있다. 『반지의 제왕 The Lord of the Rings』(존 로날드 로웰 톨킨 John Ronald Reuel Tolkien, 2000), 『호비트 Hobbit』(존 로날드 로웰 톨킨 John Ronald Reuel Tolkien, 2000) 같은 판타지 소설을 창작한 작가이기도 한 톨킨에 대해 자오르스키와 보이어는 현대 환상 문학 비평에서 없어서는 안 될 여러 중요한 용어들을 만들어냈다고 평가[132]한다. 톨킨이 창조한 용어 가운데 대표적인 것은 '1차 세계'(Primary World)와 '2차 세계'(Secondary World)이다. 1차 세계는 경험 세계 즉, 현실 세계를 말하며, 2차 세계는 비현실적 세계를 뜻한다. 톨킨에 따르면 판타지는 1차 세계와 2차 세계가 존재하는 이야기이고 성공적인 환상이 이루어지려면 2차 세계가 내적 리얼리티를 가지고 있어야 한다고 한다. 톨킨은 '2차 세계 안에서 2차 창조자가 말하는 것은 진실하다. 왜냐하면 그것이 그 세계의 법칙과 일치하기 때문이다. 의심이 일어나는 순간 주문은 깨어지고, 마법, 아니 예술은 실패하게 된다.' 고 말한 바 있는데 이 말은 작가에 의해 새로 창조된 2차 세계의 법칙은 그 세계 안에서 치밀하게 짜여져서 독자로 하여금 '불신의 자발적 중단' 을 가져올 수 있도록 구성되어야 한다는 뜻이다. 그런데 여기서의 2차 세계는 독자에게 〈압도적 기이함〉의 느낌이 일어나도록 만들어야 하고, 그렇게 해서 독자로 하여금 일상의 세계에서 〈탈출〉할 수 있는 신선한 경험을 할 수 있도록 해야 한다.[133]

위의 논의를 바탕으로 판타지 동화의 개념을 정의하면, "현실적인 법칙으로

131) 앞의 글. p.246.

132) Kenneth J. Zoharski & Robert H. Boyer(1982), 「The Secondary Worlds of High Fantasy」, 『The Aesthetics of Fantasy Literature and Art』, Ed. Roger C. Schlobin(Norte Dame:University of Norte Dame Press), p.57

133) 황병하, 「환상 문학과 한국 문학」, 『세계의 문학』, 여름호. p.138

설명될 수 없는 사건이 등장하며, 환상성을 불러일으키는 동화"라고 할 수 있다.

2. 판타지 동화의 종류

판타지 동화의 종류는 그 기준에 따라 다양하게 분류될 수 있다. 판타지 동화는 신비스러운 공간이나 초현실적인 시간을 장치로 사용하기도 하며, 환상을 창조하는 초자연적 인물을 설정함으로써 환상성을 유발한다.

여기서는 우선 환상성의 정도를 기준으로 본격 판타지와 유사 판타지로 분류하였는데, 유사 판타지를 판타지의 범주에 넣을 수 있는지는 쉽게 결정하기 어려웠다. 판타지의 범위를 최대한 넓게 잡는다면 이들도 판타지에 포함될 수 있겠지만, 이것들은 판타지의 본질적인 속성을 만족시키지 못하는 것은 분명하다.

이 외에도 등장인물의 유형, 사건이 펼쳐지는 배경과 같은 문학적 요소를 기준으로 분류하여 보았는데, 이는 판타지의 다양한 양상을 고찰하는 데 도움을 줄 것이다.

가. 환상성의 정도에 따른 분류

판타지 동화의 개념과 특성을 위와 같이 규정하더라도 동화의 실상을 살펴보면, 어떤 이야기가 판타지 동화인지 아닌지 판별하기 모호한 경우가 많다. 「단군 신화」나 「주몽 신화」는 판타지인가. 옛이야기인 「나무꾼과 선녀」는 판타지인가 아닌가, 여우와 까마귀가 사람처럼 서로 대화를 주고받는 이야기가 나오는 「이솝 우화」는 판타지인가 아닌가. 단순히 현실에서 일어날 수 없는 사건이 있는 동화를 판타지 동화라 한다면 이들은 모두 판타지의 범위에 포함되어야 한다. 환상성을 '우리의 친숙한 세계에서 설명할 수 없는 법칙이 발생하는 현상'이라고 소박하게 정의할 때, 판타지 동화의 범주에 포괄될 가능성이 있는 갈래는 대단히 폭 넓고 다양하다.

신화, 전설, 민담과 같은 설화를 비롯하여 서양의 요정 이야기, 마법 이야기, 우화(寓話), 의인(擬人) 동화, 꿈 이야기, 공상 과학 이야기와 같은 갈래가 모두 비현실적인 요소를 포함하고 있으므로 "비현실"이라는 요소만을 기준으로 한다면 이것들은 모두 판타지 동화라 할 만하다. 그러나 위의 갈래들 가운데는 환상성을 불러일으키지 못하는 이야기도 있고, 환상적인 요소가 존재하기는 하지만 판타지 동화로 보기 어려운 것도 있다. 비현실적인 사건이 들어있다고 해서 이들을 모두 판타지의 범주에 넣기는 석연치 않은 점이 있는데, 이는 판타지의 본질이나 속성을 규정하는 문제와 관련이 있기 때문이다.

여기서는 비현실적인 사건이 들어있으면서, 판타지의 본질적 속성인 환상성을 갖춘 동화를 "본격 판타지"로, 비현실적인 사건이 들어 있기는 하지만 판타지의 본질적 속성 가운데 일부분이 결여된 동화를 "유사 판타지"라 부르기로 한다. 그리고 판타지의 범주를 설정할 때 광의의 판타지에는 유사 판타지까지 포함을 시키고, 협의의 판타지에는 본격 판타지만을 포함시키기로 하겠다.

1) 본격 판타지

앞에서 논의한 바와 같이 비현실적인 사건이 들어있으면서, 환상성을 갖춘 동화를 본격 판타지라 할 때, 문제는 어떤 이야기를 '환상성'을 불러일으킨다고 판별해내느냐 하는 것이다. 여기서 환상성을 유발한다고 판단할 수 있는 조건은 세 가지로 정리하여 말할 수 있다. 그것은 첫째 비현실적인 시공간, 둘째 비현실적인 사건, 셋째 비현실적인 등장인물이다. 판타지 동화를 살펴보면 이 세 가지 조건이 모두 들어있는 동화도 있고, 이 가운데 한 가지 조건만 충족시키면서도 환상성을 유발하는 경우도 있다. 따라서 이 가운데 한 가지 이상의 조건을 갖추고 이야기를 펼쳐나가는 동화를 본격 판타지라 한다.

비현실적인 시공간은 판타지를 성립시키는 가장 중요한 조건이다. 『한밤중 톰의 정원에서 Tom's Midnight Garden』(필리퍼 피어스, 2000)에 등장하는 13시라는 시간과 그 시간에만 모습을 드러내는 뒤뜰의 신비한 정원은 이러한 조건을 잘 만족시켜준다. 이외에도 『해리포터 Harry Potter』(조앤 K. 롤링 Joan K. Rowling, 2001) 시리즈의 호그와트 마법 학교나 『호비트』에 등장하는 중간계는 비현실적인 공간의 설정으로 환상성을 불러일으킨다.

비현실적인 사건은 비현실적인 시공간을 배경으로 전개되기도 하고 지극히 현실적인 시공간에서 펼쳐지기도 한다. 해리포터 시리즈의 호그와트 마법학교나 호비트의 중간계에서 펼쳐지는 신기한 사건은 비현실적인 시공간을 배경으로 펼쳐지는 이야기이고, 『오이대왕』(크리스티네 뇌스틀링거, 2002)에 펼쳐지는 비현실적인 사건은 현대 독일 소도시의 중산층 가정이라는 지극히 현실적인 시공간을 배경으로 펼쳐진다. 또 우리나라의 판타지 동화 『밥데기 죽데기』(권정생, 1999)나 『샘마을 몽당깨비』(황선미, 2002)의 배경이 되는 시공간은 현대의 서울 혹은 대도시로 제시된다. 현실적인 시공간에서 비현실적인 사건이 펼쳐지면 독자의 놀라움과 흥미는 더 커질 수도 있다.

비현실적인 등장인물은 판타지 성립의 필수적인 조건은 아니다. 『한밤중 톰의 정원에서』와 같은 훌륭한 판타지 동화에서도 등장인물이 모두 현실적인 인물이지만, 환상적인 사건과 배경만으로 놀라운 판타지 세계를 구현해내고 있기 때문이다. 그러나 많은 판타지 동화는 현실 세계에 존재하기 어려운 새로운 인물을 창조하여 이야기를 훨씬 신기하고 생동감 있게 만드는 것이 사실이다. 『끝없는 이야기』(미하엘 엔데, 1996)의 '환상계'에 등장하는 수 많은 상상 속의 동물은 판타지의 세계를 훨씬 풍부하게 만들며, 『해리포터』 시리즈나 『나니아 나라 이야기 The Chronicles of Nania』(클라이브 스테이플즈 루이스 Clive Staples Lewis, 2001) 같은 작품에서도 마법사나 말하는 사자가 등장하여 독자의 흥미를 자극한다. 판타지 동화의 인물 가운데는 처음에는 현실적인 인물인 것 같다가도 이야기가 전개되어 가는 과정에서 변신을 한다든가, 영원히 죽지 않는다든가 하여 환상성을 유발하는 경우도 있다. 『영모가 사라졌다』(공지희, 2003)의 경우에는 현실 세계에서는 어린 아이였던 영모가 '라온제나'라는 환상계로 옮겨간 이후에 노인이 되었다가 시간이 흐름에 따라 젊은이로 변하고 더 시간이 흐른 후에는 다시 어린이로 돌아오게 된다. 그리고 『트리갭의 샘물 Tuck Evelasting』(나탈리 배비트 Natalie Babbitt, 2002)에서 터크씨 가족은 아주 정상적인 사람들이었는데 숲속에서 샘물을 마신 후에 영원히 늙지도 죽지도 않는 비현실적인 인물로 변화하는 것이다.

2) 유사 판타지

비현실적인 요소가 존재하기 때문에 판타지로 생각하기 쉽지만 본격 판타지에 비해 어떤 조건이 결여되어 있어서 환상성을 거의 불러일으키지 못하거나 최소한의 환상성만을 갖춘 동화를 유사 판타지라 한다. 유사 판타지에는 옛이야기, 우화, 의인 동화, 꿈이야기, 공상 과학 동화들이 있다. 여기서는 이 갈래들이 어떤 점에서 판타지의 본질적 속성이 결여되었는지를 살펴보기로 하자.

가) 옛이야기(신화, 전설, 민담)

옛이야기는 민담이나 신화, 전설 가운데 어린이들의 지적, 정서적 수준에 맞고, 그들의 흥미를 끌 수 있는 이야기를 어린 독자가 이해하기 쉽도록 줄거리를 재구성하고 문체를 다듬은 이야기이다. 아울러 옛이야기는 어린이들에게 알맞게 재구성하기 이전의 신화와 전설, 민담을 포괄하는 개념이다. 그런데 전래동화나 옛이야기에는 현실 법칙으로 이루어질 수 없는 신기한 화소들이 셀 수 없이 많아서 현대의 판타지와 매우 비슷한 경우가 있다. 여기서는 옛이야기와 현대의 판타지가 어떤 점에서 차이가 있는지에 대해 살펴보기로 하자.

세계 어느 나라에서나 신화(神話), 전설(傳說), 민담(民譚)에는 현실적인 법칙으로는 일어날 수 없는 화소(話素)가 포함되어 있는 경우가 많다. 우리나라의 경우, 「단군 신화」나 「주몽 신화」, 「혁거세 신화」들에는 곰이 사람이 된다든지, 알에서 사람이 깨어 나온다든지 하는 환상적인 요소가 풍부하게 담겨 있다. 또 「아기장수 전설」은 장래에 장수가 될 아기가 죽자, 천마(天馬)가 울면서 하늘로 날아가고 불개미가 석 달 열흘 동안 군사 훈련을 했다는 환상적인 이야기로 이루어져 있다. 「나무꾼과 선녀」에서 사슴과 나무꾼이 대화를 나누는 장면이나, 금강산 연못에 목욕을 하러 내려오는 선녀, 날개옷을 입고 하늘로 올라가는 선녀와 두레박을 타고 선녀를 찾아가는 나무꾼의 이야기는 현대의 어떤 동화보다 신비하고 환상적인 이야기라는 것을 부인할 수 없다.

그러나 이런 이야기들을 본격적인 판타지로 분류하기에는 석연치 않은 점이 있다. 신화나 전설이 구전되던 고대에는 이 이야기를 주고 받던 사람들이 그러한 이야기를 환상이라고 생각하지 않았다. 인간의 세계는 인간의 이성으로는 알 수 없는 법칙에 의해서도 움직여진다고 믿었던 것이다. 이것은 앞에서 서술한 토도로프의 방식대로 표현하자면 '경이문학'이라고 할 수 있다. 지금은 초자연적이고 비현실적으로 받아들이는 이런 이야기들이 과학적 세계관 이전의 인간에게는 일상과 맞닿아 있어서, 아무런 심적 망설임 없이 받아들일 수 있는 자연스러운 이야기였다는 것이다.

마리아 니콜라예바는 옛이야기의 특성을 '시공간'의 개념으로 설명한다. 신화, 전설, 민담은 마술적인 세계에서 발생하며, 사건이 일어나는 시간이 '옛날 옛

134) 마리아 니콜라예바, 김서정 역(1998), 『용의 아이들』, 문학과 지성사. 185~186쪽. 이 책에서는 '옛이야기'가 모두 '전래 동화'라고 번역되어 있다. 그러나 문맥으로 볼 때 이는 '옛이야기'로 번역하는 것이 옳다고 생각된다.

135) 이와 같은 견해를 뒷받침하는 사례가 있다. 피아노의 신동으로 알려진 모차르트가 어렸을 때 피아노를 연주하면 청중들은 그 신기한 피아노 소리가 모차르트가 끼고 있는 반지의 마력일 것이라고 의심하였기 때문에 그는 연주할 때마다 반지를 빼놓고 연주를 해야만 했다. 모차르트는 지금으로부터 불과 200여전 전에 태어났다. 또 『조선왕조실록』에는 일식과 전쟁을 하는 국왕에 관한 기록이 있다. 해가 달에 가려져 세상이 어두워지면 임금은 신하와 군사를 동원하여 해를 가리는 그림자를 몰아내기 위해 북을 두드리면서 고함을 질렀다. 과학적인 지식이 부족했던 당시의 사람들은 이처럼 마술적인 일이 현실 세계에서도 가능하다고 믿었던 것이다.

136) 마리아 니콜라예바, 김서정 역(1998), 『용의 아이들』, 문학과 지성사. 216쪽

적'이라는 것이다. 옛이야기나 메르헨의 시간과 공간은 모두 우리 경험 너머에 있다. 옛이야기의 세계에서 마술은 당연한 것으로 받아들여지고, 놀라움을 일으키지 않는다. 요정, 마녀, 마술사, 용들은 이 우주에서 자연스레 살아가는 주민들이고, 변신은 가장 보편적인 사건이다. 옛이야기에 등장하는 인물들이나 독자/청중들은 마술 세계의 안쪽에 있다.[134]

마리아 니콜라예바의 이 설명은 토도로프의 견해와도 일치한다. 토도로프는 '초자연적인 사건이 일어난 것을 인지한 뒤 그것을 초자연적인 것으로 인정하면서, 세계는 우리가 인지하지 못하는 법칙에 의해서도 지배될 수 있다고 생각하는 경우'를 경이문학이라고 정의하였는데, 신화나 민담이 구전되던 시대의 청자들은 전설이나 민담의 초자연적인 현상이 현실에서도 일어날 수 있다고 믿고 있었다.[135] 즉 등장인물과 청중(독자)이 같은 세계에 존재한다는 것이다. 독자는 등장인물과 같은 세계(마법과 기이한 일이 일어날 수 있다고 생각하는 공간)에 있기 때문에 놀라움을 일으키지 않는다. 이것은 신화의 형성과정과도 관련이 있는데, 신화는 한 집단의 신앙 행위 또는 제의의 구술 상관물이므로 신화에서 이야기되고 있는 초자연적인 이야기는 그 집단에게는 어디까지나 신성하고, 숭고한 사실로 받아들여지게 되고 따라서 환상성을 불러일으킬 여지가 전혀 없었다. 삼국유사에 실려 있는 한국의 신화나 구약 성경에 실려있는 수많은 기적과 같은 이야기를 그저 허구일 뿐이라고 말해버린다면 우리 민족의 정체성은 심각한 위험에 빠져버릴 것이며, 기독교 자체가 성립하지 않게 될 것이다. 등장인물과 청자가 같은 공간에 있었던 이야기는 고대의 서사시나 중세 로망스의 경우도 마찬가지다.

마리아 니콜라예바는 옛이야기와 판타지를 아래 그림과 같이 시공간의 차이로 설명하고 있다.[136]

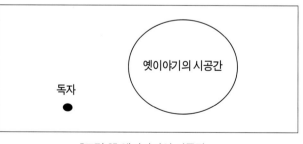

【그림 2】 옛이야기의 시공간

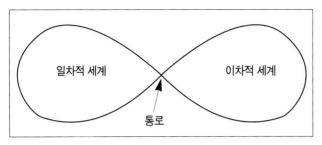

【그림 3】 판타지의 시공간

그런데 옛날에는 성인들이 향수하던 설화가 계몽주의 시대를 거치면서 어린이들의 차지가 되었고, 어린이들이 읽을만한 설화는 옛이야기라는 이름으로 정착하게 되었다. 지금 어린이들이 읽고 있는 서구의 많은 동화가 과거에는 성인과 아동의 구분이 없는 구전 형태의, 혹은 문자화된 민담문학이었고 그것이 18·19세기를 거치면서 과학적 세계관을 교육받은 성인에게는 어울리지 않게 되면서 아동문학으로 성격이 변화된 것이다.

그렇다면 옛이야기가 현대의 독자와 만나면 놀라움을 일으킬 수 있는가. 결론부터 말하면 현대의 독자들은 옛이야기에서 환상성을 느끼지 않는다. 그것은 이야기의 서두에서 이 이야기는 환상적인 이야기가 아니라는 암시를 받기 때문이다. 전설이나 민담의 서두에서 상투적으로 언급되는 "옛날 옛적 어느 깊은 산 속에…"와 같은 표지는 그 이야기가 현실과는 일정한 시간적, 공간적 거리가 있는 이야기라는 점을 명시적으로 드러내고 있다. '옛날 옛적' 이라는 표지는 이 이야기가 우리 시대라는 시간과 연계되어 있지 않음을 분명히 하여 독자들로 하여금 이야기 밖의 세계에 머물러 있기를 권하는 것이다. 이제 독자는 더 이상 자기 자신을 이야기 속의 세계에 두지 않게 된 것이다.

근대 이전, 즉, 이야기가 구비 전승되던 시대의 설화 문학이 등장인물과 청자가 같은 세계에 살고 있었기 때문에 환상성을 유발할 수 없었다면, 현대의 어린이에게 읽히는 옛이야기는 이야기의 세계와 청자의 세계가 완전히 분리되어 있어서 환상성을 유발하기 어렵게 된 것이다. 옛이야기를 듣고 읽는 현대의 청자나 독자들은 이야기의 시공간이 그들의 경험 세계 저편에서 벌어지는 이야기라는 사실을 미리 알고 있으므로 놀라움을 일으키지 않는다.

그런데 신화나 전설, 민담의 신비한 화소는 현대 판타지의 근원이 되고 있는 것이 사실이다. 수많은 사람들의 상상력 속에서 형성된 등장인물, 배경, 사건 들은 현대의 판타지 작가들에게 보물 창고와 같은 역할을 한다. 이렇게 환상적 요소를 품은 이야기 가운데 판타지 소설의 모습을 비교적 많이 갖춰서 판타지 소설의 선구적 작품이라 일컬을 수 있는 작품을 '주근(主根) 대본(taproot texts)'이라고 한다. 판타지 소설의 진화에서 중심적 줄기를 이룬 작품이란 뜻이다.[137] 옛이야기 이외에도 세계 문학에서 판타지 소설의 주근 대본의 역할을 하는 작품은 기원전 8세기에 지어진 것으로 보이는 호메로스의 『일리아드』와 『오디세이아』, 헤시오도스의 『신통기(Theogonia)』 등이다.

137) 복거일(2002), 『세계 환상 소설 사전』, 김영사. p.77.

나) 우화

우화(寓話, fable)는 인간의 정황을 인간 이외의 동물(動物), 신(神), 또는 사물(事物)들 사이에 생기는 일로 꾸며서 말하는 짧은 이야기로 비교적 쉽게 파악되는 교훈이 담겨 있다. 이야기에 등장하는 인물이 사람이 아니고 동물(또는 신, 사물)이라는 점에서 우화는 비현실적 요소가 있다. 동물이 말을 하고, 생각을 하고, 사람처럼 행동한다는 점은 분명히 현실에서 일어날 수 없는 일이므로 이를 판타지 동화라고 보는 사람도 있다. 그러나 여기에 등장하는 동물은 동물 그 자체가 아니라 사람을 비유하는 존재일 뿐이다. 예를 들면, 여우는 간교한 인간, 개는 충성스러운 인간, 곰은 우직한 인간을 비유하는 존재인 것이다. 이와 같이 우화는 사람 사이에 관습적으로 알려진 사람의 속성을 투영하는 등장인물이 등장하여 인간 사이에 일어날 수 있는 정황을 대변한다. 그러므로 우화에는 판타지가 가지는 어떤 종류의 상상력이나 전복(顚覆)도 존재하지 않는다.

기원전 6세기 그리스의 『이솝 우화집』은 어린이들이 동화처럼 많이 읽는 이야기이지만 그 내용을 자세히 살펴보면, 대부분의 이야기에는 성인들의 세계에서 어떻게 처신해야 살아남을 수 있는가 하는 처세술에 관한 교훈이 담겨 있다. 『토끼와 거북이』에서 토끼는 자신의 능력만 믿고 나태하게 처신하는 인간을 비유하며, 거북이는 상대가 모르게 노력하여 성공에 이르는 생활력 강한 인간을 비유한다. 영국의 죠지 오웰이 지은 『동물 농장』은 우화의 전통을 교묘히 이용한 정치 풍자 소설이며, 안국선의 『금수회의록』도 국력이 쇠잔해서 일본의 지배를 받고 있는 조선의 정치 현실을 배경으로 여러 동물의 입을 빌려 당시 조선 사회의 모습을 날카롭게 비판한 정치 풍자 이야기라 할 수 있다.

토도로프는 환상 문학의 장르 규정과 관련하여 알레고리(Allegory)를 환상 문학에서 제외하고 있다. 알레고리를 읽을 때 독자는 작품의 내용을 표면적으로 읽지 않고 그 배면을 읽도록 훈련되었기 때문에 알레고리는 환상성을 유발할 수 없다고 보기 때문이다. 한편 토도로프의 견해를 비판하는 비평가들은 현대의 많은 알레고리가 전통적인 양식에서 벗어나 모호성을 유발함으로써 환상성을 불러일으키므로 환상 문학의 성격을 지니고 있다고 주장한다. 그러나 여기에서 환상성을 불러일으키는 알레고리는 소수의 성인 문학의 경우이므로 어린이를 대상으로 한 동화 작품에서는 거의 나타나지 않는다.

다) 의인 동화

동물이나 식물, 무생물을 등장인물로 설정하여 인간의 특성을 부여하는 의인(擬人) 동화는 동화의 많은 부분을 차지하고 있다. 특히 유아나 초등학교 저학년 어린이를 대상으로 한 동화 가운데 동식물이나 장난감, 인형 등을 주인공으로 한 동화가 많은데 이것은 이 대상들이 이 시기의 어린이에게 친근하기도 하며, 이들이 물활론적 사고(物活論的 思考)를 하므로 공감을 얻기 쉽기 때문이다.

그런데 여기서 동물을 주인공으로 한 동화 전체를 판타지 동화의 범주에 넣기는 어렵다. 동물이나 식물, 무생물이 사람처럼 말하고, 생각하고, 행동한다고 해서 모두 판타지 동화일 수는 없다는 것이다. 표면적으로 생각하면 사람 아닌 동식물이 사람처럼 생각하고 말하는 것은 분명히 현실의 법칙을 벗어난 비현실적인 사건으로 보이지만 그 이면을 들여다보면 그 공간은 비현실의 공간으로 보기 어려운 것이 많다. 동물이 주인공으로 등장하기는 하되, 그런 동화에 등장하는 동물들은 사실 동물이라기보다는 동물의 가면을 쓴 인간에 불과하고, 그들이 사는 공간은 인간 세계를 비유적으로 나타낸 것에 지나지 않기 때문이다. 그런 이야기를 의인 동화라 부를 수 있는데, 의인 동화의 등장인물은 사람처럼 말하고 생각하는 것만 제외하고는 모든 사건이 자연의 법칙을 따라 전개된다. 만일 의인 동화에서 호랑이가 날아다닌다든지, 독수리가 헤엄을 치는 이야기가 등장한다면 그런 이야기는 리얼리티를 획득할 수 없기 때문이다.

이것은 앞에서 논의한 우화의 경우와도 비슷하다. 우화에 등장하는 자연물은 어디까지나 인간을 대신하는 존재이다. 따라서 사건이 벌어지는 공간 또한 인간 세계의 비유인 것과 마찬가지로 만일 어떤 동화에 등장하는 동물이나 식물이 인간처럼 말하고 생각할 줄 안다고 하더라도, 그것이 인간들의 행동 양식을 단순히 비유적으로 표현하였을 경우, 그 공간은 현실적인 공간이며, 따라서 그런 동화는 판타지로 볼 수 없다. 예를 들면, 황선미의 『마당을 나온 암탉』(황선미, 2000)은 암탉인 '잎싹'을 주인공으로 하여 청둥오리, 솔개, 닭장 주인이 등장하는 매우 감동적인 동화인데, 여기서의 주인공 '잎싹'은 역경과 고난을 딛고 생명의 소중함을 깨달으며, 참다운 자유를 찾아가는 인간을 비유하는 존재이다.

그러면, 동물을 주인공으로 하는 이야기들 가운데 어떤 작품이 의인 동화이고 어떤 작품이 동물 판타지인가? 둘 사이를 구분하는 기준은 무엇인가? 그것은 한 마디로 환상적인 요소가 존재하는가, 그렇지 않은가에 달려 있다. 환상성을 유발하는 요소는 지금까지 설명한 바와 같이 현실적인 법칙에서 볼 때 결코 일어날 수 없는 일이어야 한다. 놀랍고, 신기하고, 이상한 사건일 수록 충격이 크고 환상성을 유발하기 쉽다.

동물이 등장인물로 등장하기는 하지만 자연의 법칙에 너무 얽매여 있으면 환상성을 유발하기 어려운 반면, 자연적인 법칙에서 벗어나는 이야기가 삽입된다면 그런 동화는 판타지라고 부를 수 있다. 만일 『마당을 나온 암탉』에서 닭장 주인의 어린 자녀들이 등장하여 '잎싹'과 서로 '交話'를 하면서, 어떤 교감을 나누는 에피소드가 있다면 이 이야기는 판타지의 요소를 가질 수 있다. 미국 아동 문학계가 자랑하는 화이트(E.B. White)의 『샬롯의 거미줄 Charlotte's web』(엘윈 브룩스 화이트 Elwyn Brooks White, 2000)은 농장 주인과 그 농장의 동물들이 등장하는 이야기라는 점에서 공간적 배경과 등장인물이 『마당을 나온 암탉』과 비슷한 점이 있다. 그러나 후자가 동물계와 인간계가 뚜렷이 구분된 세계를 살아가는 것과 달리 전자는 동물과 인간이 어떤 교감을 나누며 살아간다. 즉, 농장 주인의 어린 딸 '펀'은 농장의 동물들이 주고받는 말을 알아들을 줄 알고, 돼지를 도우려는 거미 '샬롯'은 거미줄로 글자를 쳐서 농장 주변의 어른들을 놀래준다. 동물은 동물의 세계를 살아가고, 인간은 인간의 세계를 살아가는 이야기는 비록 인간처럼 생각을 할 줄 아는 동물이 등장한다 하더라도 어떤 놀라움을 불러일으킬 수 없지만, 동물의 언어와 세계를 이해하는 인간과, 인간의 언어와 인간의 세계를 이해하는 동물이 등장하는 이야기는 놀라움과 환상성을 불러일으킬 수 있다. 톨킨의 용어를 빌리면 『마당을 나온 암탉』의 공간이 1차 세계(primary world)에 머물러 있는 반면,『샬롯의 거미줄』의 공간은 1차 세계와 2차 세계(secondary world)를 넘나들면서 이야기가 펼쳐지고 있는 것이다.

현대 동화의 시조라고 불리는 안데르센의 동화에는 장난감, 인형, 오리, 인어들이 무수히 등장한다. 그런데, 그의 동화에 나오는 대상들은 그 자체가 어떤 인간 유형을 비유하는 존재가 아니라, 스스로 생명을 갖고 살아 있는 존재이다. 의인 동화의 작가는 인간의 법칙으로 외계의 사물과 접촉하고, 자기중심으로 사물을 본다. 대개의 성인들이 보고 듣는 모든 것을 분석하거나 해부하여 무력하게 만들며 거기에 어떤 의미를 부여하려 드는데 반하여, 아이들은 거꾸로 그것을 풍부하게 하고 그 속에 생명까지 불어넣는다. 이런 마음을 이해하는 안데르센에게 떡갈나무, 집, 나비, 파도, 나무토막, 묘석들은 모두 그와 함께 기뻐하기도 하고 괴로워하는 존재이다. 주전자는 성미가 까다로워서 뜨겁게 달궈졌을 때만 노래하려 든다. 은화는 사람들에게 가짜 금이라는 말을 들으면 몸을 떨며 분개할 게 뻔하다. 자연물의 기쁨과 슬픔을 이해하는 작가의 이런 상상력과 심성은 판타지의 세계를 창조하는 첫째 조건이다.

안데르센의『인어 공주』(안데르센, 2003)는 현실에 존재할 수 없는 인어와 현실계의 존재인 왕자가 함께 등장하므로 판타지라 볼 수 있지만,『미운 오리 새끼』는 동물들이 이야기를 주고받는 것을 제외하고는 비현실적인 사건이 제시되지도 않고 그래서 그 이야기는 동물들의 세계로 인간의 세계를 비유하였다고 해석할 수 밖에 없으므로 환상성을 유발할 수 없다. 다시 말하면,『인어 공주』는 인어가 사는 바다 밑 세계라는 환상적인 공간에서 살고, 꿈꾸고, 욕망하는 인어 가족의 삶이 그 자체로 그려져 있지만,『미운 오리 새끼』의 오리와 백조의 세계는 생명을 가진 동물 세계 그 자체라기보다는 인간 세계의 어떤 모습을 비유적으로 나타낸 것으로 해석할 수 있기 때문에 환상성을 유발하기 어려운 것이다.

판타지란 공상과 현실의 혼합이며, 현실 속에 비현실의 세계가 창조된 조직체이다. 단지 동물 이야기로 어떤 교훈적인 주제를 전달하려는 많은 의인 동화는 1차 세계, 즉 현실 공간에서 모든 이야기가 전개되기 때문에 문학적 완성도에 관계없이 판타지의 범주에 포함시킬 수 없다.

라) 꿈 이야기
예로부터 꿈 이야기 형식은 민담이나 고전 소설에서 즐겨 차용한 방식이다. 장자에 실려있는 우화 「호접몽(胡蝶夢)」이나 삼국유사에 등장하는 「조신몽(調神夢)」, 조선 시대의 고소설 『구운몽(九雲夢)』(김선아, 2000)은 잘 알려진 꿈의 구조를 가진 이야기이다. 대개 꿈 속에서 벌어지는 일은 현실에서 성취하기 어려운 일, 경험하기 어려운 일을 성취하거나 경험해보게 함으로써 현실의 욕망을 해소하는 도구로 사용되는 경우가 많은데 위 경우가 바로 그런 예라고 할 수 있다.

꿈 이야기도 외견상 현실의 세계에서 비현실의 세계로 들어가는 판타지 형식을 띠고 있는 것처럼 보인다. 그러나 잠을 자다가 꾸는 꿈의 세계는 현실의 한 부분이다.

마해송의 장편 동화 『물고기 세상』(마해송, 2002)의 주인공 영애는 꿈 속에서 금붕어 똘똘이와 함께 법과 언론이 있고 예술과 학문이 발달한 바다 나라를 구경하며 겪게 되는 이야기를 그리고 있다. 이 동화는 물고기 세상인 바다 나라에서 펼쳐지는 갖가지 사건들을 인간 세상에 빗대어 그린 풍자성이 강한 작품이다. 그런데 이 작품에서 잠꼬대를 하는 주인공을 어머니가 깨우자 꿈에서 깨어 현실로 돌아오는 마지막 장면은 비현실계의 기나긴 이야기가 그저 꿈에 지나지 않음을 말해준다. 이 작품을 읽는 독자는 마지막 장면에서 지금까지 주인공이 경험한 사건이 꿈에 지나지 않음을 알고 실망을 하며, 아무런 환상성을 느낄 수 없다.

1차 세계에서 2차 세계로 들어가는 이야기는 판타지 동화의 전형적인 형식이며, 이 때 다른 세계로 이동하기 위해서는 어떤 장치가 필요하다. 『이상한 나라의 앨리스 Alice' s Adventures in Wonderland』(루이스 캐롤 Lewis Carroll, 2001)는 토끼굴을 통하여 2차 세계로 들어가며, 『해리포터』 시리즈에서 해리포터는 킹스크로스역 9와 3/4번 플랫폼을 이용하면 언제라도 마법학교 호그와트로 가는 기차를 탈 수 있다. 또, 『한밤중 톰의 정원에서』의 주인공 톰은 거실의 괘종시계가 열 세 시를 칠 때, 거실의 뒷문을 지나 환상의 정원으로 들어갈 수 있는데, 이 현상은 같은 조건이 갖추어지면 그 후에 몇 번씩이라도 반복될 수 있다. 즉 거실의 뒷문은 환상계로 드나들 수 있는 통로가 된다.

그런데, 꿈 이야기에 등장하는 이상한 세계는 꿈을 깨고 나면 그뿐 다시 그 세계로 들어갈 수 없다. 그러므로 꿈속의 세계는 진정한 2차 세계라 할 수 없다.[138]

마) 공상 과학 이야기

공상 과학 이야기(S. F, Science Fiction)는 과학의 이론에 근거하여 미래에 일어

138) 사실은 『이상한 나라의 앨리스』의 끝 부분도 꿈으로 처리되어 있다. 이 작품의 맨 마지막 문장은 앨리스가 잠에서 깨어나는 것으로 처리되어 있어서, 지금까지의 기나긴 이야기가 앨리스의 꿈 속에서 벌어진 일이라고 말하고 있지만 이 작품을 판타지 동화가 아니라고 말하는 사람은 없다. 바로 이런 부분이 어떤 준거를 가지고 어떤 유형의 작품을 판타지인가 아닌가로 재단하는 일이 불가능하다는 것을 말해주는 것이다. 이 작품은 마지막 문장을 꿈으로 처리한 문제점이 있더라도 이야기 안에서 벌어지는 수많은 사건을 보면 판타지의 고전으로 평가하기에 손색이 없다. 그 당시의 독자들은 작품을 온전한 판타지 기법으로 처리하였을 때 이야기 자체를 신뢰하지 않았기 때문에 작가들은 독자의 신뢰성을 확보하기 위해 이야기를 꿈으로 마무리하기도 하였다고 한다. 여기서 본격 판타지와 유사 판타지를 구분하여 설명하는 이유는 판타지의 본질적 속성을 설명하기 위함이다.

날 수 있음직한 사실을 상상하여 전개되는 이야기이다. 이런 이야기들은 "지금"이라는 현실에서 본다면 비합리적이고, 비현실적인 이야기이지만 일정한 시간이 흐른 후의 어느 시점에서 볼 때는 합리적이고 자연스런 현상이 될 수 있다는 전제를 필요로 한다. 즉 현재의 과학적인 사실에 근거하되, 더 정밀하고 정확한 이론일 수록 독자들을 믿을 수 있게 하는 특성이 있다. 15세기의 어떤 작가가 미래에는 사람이 하늘을 날 수 있을 것이라는 생각으로 하늘을 나는 어떤 기구를 타고 전쟁을 수행하는 이야기를 지어냈다면, 그 당시는 전혀 비현실적인 이야기였겠지만 지금은 너무나 자연스런 현상일 뿐이다. 쥘베른의 공상 소설에는 주인공이 어떤 장소에서 서류를 작성하여 기계에 넣으면 동시에 다른 장소에서 다른 인물이 그 서류를 읽는 장면이 나오는데, 이것이 그 당시의 독자들에게는 꿈과 같은 일로 받아들여졌겠지만 오늘날의 독자들이 볼 때는 아주 범상한 일상사에 불과한 것이다. 공상 과학 영화 『쥬라기 공원』에 등장하는 공룡의 경우도 지금의 과학 기술 수준에서 볼 때는 공상에 불과한 사건이지만 유전자 기술이 발전할 후세의 어떤 시점에는 아주 자연스런 일상이 될 수도 있다. 그러므로 공상 과학 이야기는 현실은 현실이되 아직 이루어지지 않은 현실을 무대로 하는 이야기라고 보는 것이 옳고, 그런 점에서 판타지의 범주에 넣기 어렵다.

공상 과학 이야기도 상상력을 바탕으로 비현실적인 세계를 창조해 내는 경우가 많기 때문에 판타지와 흡사한 면이 있다. 따라서 이 둘 사이를 명확하게 구분하기는 어렵지만 일단, 공상 과학 이야기는 지금 알고 있는 과학을 토대로 언젠가는 이루어질지도 모르는 것을 다루는 반면에 판타지는 결코 일어난 적이 없고, 절대 일어날 리 없는 일을 다룬다는 점을 구분의 경계선으로 삼을 수 있다.[139] 실비아 잉달(Sylvia Engdahl)은 공상 과학 이야기와 판타지는 제재(題材)에서 구분되는 것이 아니라 의도에서 구분되는데, 공상 과학 이야기의 유일한 의도는 인류의 미래나 우주의 자연에 관한 현실성 있는 가설의 제시라고 주장한다.[140] 물론 여기서 "현실성 있는 가설"이 무엇인지를 결정하는 것이 쉬운 일은 아니다. 고양이가 말하는 것이 가능한가? 투명한 구조를 가진 식물이 존재할 수 있나? 생각할 줄 알고 스스로 고쳐지는 우주선이 있을 수 있나? 그래서 공상 과학 이야기의 작가는 항상 "만일 무엇이 이러이러하게 된다면……?"이라는 질문을 자주 하게 된다.

139) Charlotte S. Huck, Susan Hepler, Janet Hickman · Barbara Z. Kiefer(2001), "Children's Literature in the Elementary School. 7th Edition", McGraw-Hill, p.334.

140) Sylvia Louise Engdahl (2001), "The Changing Role of Science Fiction in Children's Literature", Horn Book Magazine (October 1971) : p.450. Charlotte S. Huck 외(2001), "Children's Literature in the Elementary School. 7th Edition", McGraw-Hill, p.334에서 재인용.

바로 이 지점에서 공상 과학 소설의 옷을 입은 판타지 작품이 존재한다. 과학적 지식이나 사실을 제재로 하여 얼핏 보기에는 공상 과학 소설 같지만 자세히 읽어보면, 이야기에 제시되는 과학적 근거들은 미래에 현실화될 수도 있는 과학현상을 증명하려 하기보다는 이야기 자체를 환상적으로 만드는 데 기여하고 있을 뿐이다. 예를 들면 『시간의 주름』(매들렌 렝글 Madeleine L' Engle, 2001)의 같은 작품이 그렇다. 이 작품에는 양자 역학, 아인슈타인의 이론 과학적 사실들이 가득하지만 이 작품의 주요 화소로 작용하는 '시간을 주름잡는다.' 는 이야기나 '차원 이동' 같은 사건이 펼쳐질 때 작가는 굳이 과학적 이론으로 설명하려 애쓰지 않고, 독자들도 과학적 합리성을 요구하지도 않는다. 이런 작품은 공상 과학 동화가 아니라 "S.F 판타지(Science Fiction Fantasy)"라고 한다.

공상 과학 이야기는 오늘날의 급격한 세계변화와 관련되어 있다. 소설가들은 미래 기술과 새로운 발견이 우리의 삶과 생각에 어떤 영향을 주는지 추측한다. 그래서 그들은 유전자 조작, 인공지능, 우주 폭발이나 로봇 같은 우리의 현재의 앎보다 앞선 과학 영역에서 세계를 구성해낸다. 대부분의 문학은 사회 그대로를 제공하지만 공상 과학 이야기는 매우 다른 사회까지 보여준다는 점에서 판타지에 한 걸음 가까이 다가온 갈래라고 할 수 있다.

구체적이고 세부적인 현상을 따지고 들면서 판타지인가, 공상 과학 이야기인가를 구분하는 일이 중요한 일은 아니다. 과학적인 판타지나 공상 과학 이야기의 차이점을 밝혀 보려는 이유는 아동문학에서 판타지가 차지하는 의의와 가치의 중요성 때문이다. 공상 과학 이야기도 아이들의 상상력과 직관력을 발달시킬 수 있다. 그러나 광대한 문제를 많이 다루는 과학 소설은 청소년 문학이나 성인 문학으로 분화되기 쉽고, 너무나 정치한 과학의 이론은 어린이의 초월적 상상력을 방해할 수 있다.

나. 현실 세계와 비현실 세계의 존재 방식에 따른 분류

조아르스키와 보이어는 톨킨의 '1차 세계(현실계)' 와 '2차 세계(비현실계)' 라는 용어를 받아들여 이를 바탕으로 환상 이야기를 분류하였는데, 그는 이야기에 등장하는 두 세계의 존재 방식에 따라 〈상위 환상(high fantasy)〉과 〈하위 환상(low fantasy)〉이라는 용어를 사용하였다. 즉, 〈상위 환상〉이란 2차 세계가 존재하며 2차 세계에서 비합리적인 사건이 일어나는 이야기를 말하고, 〈하위 환상〉은 모든 이야기가 현실 세계를 무대로 펼쳐지면서 그 안에서 비합리적 현상이 등장하는 이야기를 말한다.[141] 그런데 이 용어는 판타지의 현상을 설명하기에는 만족스럽지 못한 부분이 있다. 즉 상위 환상이 2차 세계만 존재하는 이야기인지, 1차 세계와 2차 세계가 함께 존재하는 이야기인지 분명하지 않은 것이다. 경우에 따라서는 한 작품에 1차 세계와 2차 세계가 함께 존재하는 이야기도 있고, 2차 세계만 존재하는 이야기도 있다. 그래서 여기서는 두 세계의 존재 방식에 따라 ① 현실계와 비현실계가 같이 존재하는 판타지, ②현실계 속에 비현실적 사건이 벌어지는 판타지, ③비현실계만 존재하는 판타지의 세 유형으로 나누고 ①을 '교통형 판타지'로 ②를 '1차 세계형 판타지'로 ③을 '2차 세계형 판타지'로 명명하고자 한다.

1) 교통형 판타지

현실계와 비현실계가 같이 제시되면서 주인공이 두 세계를 왕래하는 판타지 유형의 예로 판타지 동화의 고전이라 할 수 있는 필리퍼 피어스의 『한밤중 톰의 정원에서』를 들 수 있다. 톰은 거실의 괘종시계가 열 세 번 울릴 때(현실에서 존재할 수 없는 시간을 뜻한다.) 거실의 뒷문을 통해 달빛 가득한 환상의 정원을 찾아갈 수 있다. 이 이야기에서 삭막하고 답답한 도시의 현실은 1차 세계이며, 아름답고, 신비한 정원은 2차 세계이다.

교통형 판타지의 경우, 1차 세계에서 2차 세계로 들어가기 위해서는 거울이나 문, 굴 따위의 특수한 장치를 설정하는 경우가 많다. 『한밤중 톰의 정원에서』 주인공 톰을 환상 세계로 안내하는 도구는 시계와 문이고, 『해리포터』 시리즈에서는 호그와트 마법 학교라는 환상 세계로 들어가기 위해서 런던의 킹스크로스 역에 있는 비밀의 9와 3/4 승강장에서 호그와트 특급열차를 타야 한다. 『사자와 마녀와 옷장』(클라이브 스테이플즈 루이스 Clive Staples Lewis, 2001)에서 나니아 나라로 들어가기 위해서는 옷장을 통해야 하며, 등장인물들이 다시 현실 세계로 나오기 위해서는 옷장을 조금 열어두어야 한다.

우리나라의 동화 작품 가운데 이 유형으로 분류할 수 있는 작품은 『숲 속 나라』(이원수, 2003)와 『구멍 속 나라』(박상률, 2003)를 들 수 있고, 근래에 창작된 작

141) 이 구분은 널리 받아들여졌으나, 용어의 선택은 적절치 못한 것으로 드러났다. "낮은 판타지"가 스타일이나 성취도에서 낮은 작품이란 뉘앙스가 풍기기 때문이다.
복거일(2002), 『세계환상소설사전』, 김영사, p.37.

품으로는 공지희의 『영모가 사라졌다』를 들 수 있다. 『영모-』에는 '라온제나' 라는 비현실 세계가 제시되어 있는데, 이 작품에서 2차 세계로 들어가기 위해서는 사람의 말을 할 줄 아는 고양이 "담이"의 안내로 '담'을 넘어가야 한다.

이런 작품에서는 어떤 특정 전환점에 이르면 현실 세계에서 환상 세계로 들어가는 것 뿐 아니라, 환상 세계에서도 현실 세계로 나오는 것이 가능한 경우가 많다. 그런데 같은 교통형 판타지라 하더라도 교통의 통로와 교통 방식은 작품에 따라 다르다. 어떤 작품은 여러 번의 머뭇거림 끝에 2차 세계로 가기도 하고, 어떤 작품은 한 번 2차 세계로 간 다음에는 1차 세계로 되돌아오지 않는 경우도 있다. 미카엘 엔데(M. Ende)의 『끝없는 이야기』에서 주인공 바스티안이 환상계로 들어가는 통로는 '책'인데 바스티안이 환상계로 들어가기 위해서는 용기와 환상계를 구하고자 하는 열망이 필요하다. 『끝없는 이야기』라는 책을 읽다가 환상계를 알게 된 그는 환상계로 들어가는 것이 두려워 잠깐씩 환상계를 경험하는 등 여러 번의 머뭇거림을 거쳐 드디어 환상계로 들어간다. 그리고 환상계에서의 모험을 거쳐 현실계로 돌아온 다음 다시 환상계를 방문하는 일은 일어나지 않는다. 한편, 아스트리드 린드그렌의 『사자왕 형제의 모험 The Brothers Lionheart』(아스트리드 랜드그렌 Astrid Lindgren, 2000)에서 요나탄과 카알 형제가 '낭길리마', 또는 '낭기열라'라는 세계로 들어가기 위해서는 '죽음'이라는 통로를 거쳐야 하며, 현실 세계에서 한 번 다른 세계로 가면 다시는 현실계로 되돌아올 수 없는 것으로 그려진다.

이런 교통형 판타지의 경우는 대개 'home —away —home'의 구조로 이루어져 있다. 주인공이 현실계에 있을 때는 미숙한 존재이며, 무언가가 결핍된 존재로 그려지며 그 결핍을 채우기 위해 판타지 세계로 떠난다. 그리고 시련과 고난, 혹은 혹독한 수련 끝에 현실계의 결핍을 극복한 뒤 성숙한 존재가 되어 현실 세계로 돌아오는 것이다. 교통형 판타지의 이러한 이야기 구조는 신화나 영웅 소설의 전형적인 구조와 유사하며, 미숙한 존재가 시련과 고난을 극복하고 성숙한 존재가 되는 과정은 성장 동화의 의미를 갖게 되므로 성장기에 있는 어린이들에게 훌륭한 독서물이 된다.

2) 1차 세계형 판타지

합리적이고 자연스런 법칙이 지배하는 현실 세계를 배경으로, 어떤 이상한 나라나 공간으로 이동하지 않으면서도 비현실적인 사건이 벌어져서 환상성을 유발하는 판타지 동화를 말한다. 이런 작품에서는 초자연적 인물이 등장하여 현실적인 법칙으로는 불가능한 일을 벌인다든지, 현실 세계의 평범한 인물이 마법의 도구를 사용하여 현실의 법칙을 깨뜨림으로써 환상성을 유발하며, 때로는 자연 법칙에 어긋나는 이상한 일이 벌어져 환상성을 유발하는 경우가 많다.

독일의 뇌스틀링거가 지은 『오이 대왕』은 초자연적 인물이 등장하여 환상성을 유발하는 경우이다. 이 작품의 시간적, 공간적 배경은 지극히 사실적이다. 현대 독일의 조그마한 도시 중산층 가정을 묘사하는 도입부는 아주 리얼하여 판타지와는 무관할 것 같은 느낌을 준다. 이 집에 부활절 날, 오이처럼 생긴 이상하게 생긴 생물체가 왕관을 쓰고 등장하여 자신을 망명객이라고 소개하면서 판타지의 세계가 펼쳐지는데, 이처럼 1차 세계형 판타지에서는 지극히 현실적인 시공간에서 합당한 세상의 법칙을 깨는 비현실적 사건이 발생하면서 이야기가 전개된다.

나탈리 배비트의 『트리갭의 샘물』에 등장하는 인물은 모두 현실적인 인간들이며, 시공간적 배경도 아주 현실적으로 묘사된다. 그런데 이 사람들 사이에서 어느날 자연 법칙에 어긋나는 사건이 벌어짐으로써 판타지를 만들어낸다. 미국의 어느 시골에 아주 평범한 네 식구가 여행을 하다가 어느 숲에서 무심코 샘물을 마셨는데, 그 샘물은 죽지도 늙지도 않는 마법의 샘물이라는 것을 알게 되는 것이다. 이 동화에서 비현실적 사건이라 할 만한 것은 오직 이것 뿐이다. 그리고 죽지도, 늙지도 않게 해 주는 기적의 샘물을 마신 사람도 오직 터크씨 가족 뿐이다. 그래서 동화의 전체적인 분위기도 환상적인 것과는 거리가 멀다. 그러나 이 비현실적인 사건은 '영원한 삶'이란 무엇인가 하는 진지한 물음을 제기한다.

이처럼 현실 세계를 배경으로 비현실적 사건이 벌어지는 1차 세계형 판타지에는 E.B.화이트의 『샬롯의 거미줄』, 아스트리드 린드그렌의 『내 이름은 삐삐 롱스타킹 Pippi Longstocking』(아스트리드 랜드그렌 Astrid Lindgren, 2000), 파멜라 린든 트레버스의 『메리 포핀스』, 황선미의 『샘마을 몽당깨비』, 김우경의 『수일이와 수일이』, 김진경의 『고양이 학교』 같은 작품이 있다.

이 밖에도, 장난감이나 인형이 생명을 얻어 인간과 어울리는 이야기, 마녀나 유령이 현실 세계에 등장하여 사람들에게 놀라움을 주는 이야기, 말하는 동물이나 환상적 동물에 관한 이야기도 이 유형에 들 수 있다.

3) 2차 세계형 판타지

동화 속에 제시되는 세계 자체가 현실 세계와는 전혀 다른 비현실적인 세계만 존재하는 동화이다. 배경이 비현실 세계이기 때문에 등장인물도 현실 세계에서는 전혀 존재하지 않는 생물이며, 사람일 경우에도 정상적인 인간이 아닌 경우가 많다. 따라서 이 세계에는 이 세계 나름대로의 법칙이 있고 그 세계에 속한 주민과 그들의 삶은 이 세계의 질서에 따라 행동한다. 이런 유형의 이야기를 창작하기 위해서는 작가가 이 세계에서만 통용되는 질서와 법칙을 정해놓고 등장인물의 행동이나 사건이 처음부터 끝까지 이 법칙에 의해 전개되어야 하기 때문에 고도의 상상력과 치밀한 전개가 요구된다. 이런 유형의 이야기들은 비록 현실에는 존재하지 않는 낯선 공간을 무대로 삼고 있지만, 이 환상적인 세계가 현실 세계와는 완전히 동떨어진 초월적인 세계는 아니다. 비현실계에서 벌어지는 사건은 사실 인간 세계에서 벌어지는 갖가지 사건과 갈등, 선과 악, 진실과 위선과 같은 인간 사회의 가치를 반영하고 있다.

이런 작품의 예로는 톨킨의 『반지의 제왕』과 『호비트』가 있고, 토베 마리카 얀손(Tove marika Jansson)의 『무민 Moomin』(토베 얀손, 2001) 밀른의 『푸우』(앨런 밀른, 2000)연작이 있다.

3. 판타지 동화의 문학교육적 의의

가. 상상력과 창조력 발달의 원동력

인간이 상상으로 이룩한 문화 가운데 상상력의 작용이 가장 두드러지게 나타난 분야가 바로 문학인데, 다양한 문학의 갈래 가운데에서도 상상 작용의 중요성이 가장 강조되는 문학양식이 판타지이다. 예로부터 예술 작품이 만들어진 계기를 설명하는 학설이 두 가지가 있는데 그것은 미메시스와 상상이다. 미메시스

(mimesis)란 모방이란 뜻으로 인간에게는 사건이나 사람, 상황, 대상 따위를 모사하려는 욕구가 있어서 자기가 본 대로 느낀 대로 재생하려는 행동을 하는 것을 말한다. 알타미라 동굴의 벽화나 무용총, 수렵총의 그림은 모두 인간의 모사 욕구가 빚어낸 작품이다. 한편 인간은 자기가 꿈꾸거나 소망하는 바를 그림이나 이야기로 표현하려는 욕구가 있는데 그것이 곧 상상 작용이다. 권태로부터 탈출하고자 할 때, 결핍된 것을 갈망할 때, 인간은 그 욕구를 상상 작용으로 해소한다. 문학에서의 상상 작용은 독자의 언어습관을 깨뜨리려는 은유적 심상을 통해 주어진 것을 변화시키고 리얼리티로 바꾸려는 욕구로 나타나게 되는데 문학 작품에는 미메시스와 상상이 공존하게 된다. 미메시스가 '있는 세계', '경험 세계', '현실 세계'의 모사라면 판타지는 '있어야 할 세계', '비경험 세계', '비현실 세계'의 창조라고 할 수 있다. 따라서 판타지는 비현실적인 새로운 세계를 창조해 내면서 독자가 인정할 수 있는 내적 리얼리티까지 창조해 내야하기 때문에 판타지는 미메시스로 이루어진 문학보다 상상력의 비중이 훨씬 강조된다.

나. 자아동일성의 회복

리얼리즘 소설은 주인공과 세계 사이에 합치할 수 없는 장벽이 있기 때문에 화해적으로 끝나는 경우가 드문데 반해, 판타지 동화는 부조리한 현실 공간을 그 배경으로 하면서도 결말은 세계와 화해하는 경우가 많다. 그 까닭은 판타지 동화의 구조적 특성 때문인데, 현실 공간과 비현실 공간(1차 세계, 2차 세계)으로 이루어진 판타지 공간은 부조리한 현실 공간의 문제를 해소하는 기능을 한다. 그 예로 『끝없는 이야기』의 구조를 보면 현실에 좌절한 주인공 바티스안이 환상계로 떠나 지혜와 용기로 환상계를 구원하게 되고, 아버지와 친구가 기다리는 현실계로 돌아오는데, 바티스안은 환상 체험 후 현실의 갈등을 극복할 수 있는 지혜와 용기를 얻은 것이다.

따라서 판타지 동화를 읽는 어린이들은 주인공이 고난을 극복하고 갈등을 해소하는 과정에 같이 참여한다.

다. 삶의 총체성 경험

근대 양식인 소설의 주인공과 세계가 불화의 관계일 수밖에 없는 사정과는 달리 판타지는 이 세계와 인간을 더욱 가깝게 할 수 있다. 동물이나 풀이 인간처럼 생각하고, 말하고, 슬픔과 기쁨을 느낄 수 있으며, 인형이나 주전자같은 무생물도 생명이 있는, 자연과 인간이 하나인 세상이고 그 세상은 사물이 본질적인 가치에 의해 평가되는 세상이며, 예술과 삶이 일치된 세상이다. 이런 관점에서 판타지 공간은 총체성이 회복된 공간이라 할 수 있다.

성인들과 달리 호기심이 많고 상상력이 풍부한 아이들의 특성을 가장 잘 이해하는 사람들이 판타지 작가들이며, 현대의 독자들도 판타지 동화를 읽음으로써 주인공과 자신을 동일시하게 되고 직관력과 통찰력을 연마하여 삶의 총체성을 체험할 수 있게 된다.

라. 일상에서의 일탈과 정신적 해방 체험

판타지 동화는 출발할 때부터 어린이를 어른과 제도의 억압에서 해방시키고자 하는 의도에서 탄생되었다. 『이상한 나라의 엘리스』가 태어날 무렵의 영국이나 『내 이름은 삐삐 롱 스타킹』이 출간될 당시의 스웨덴은 어린이들에게 한없이 엄격한 규율을 강조한 사회였다.

현대의 우리나라 어린이들도 많은 억압과 갈등 속에서 살고 있다. 이렇게 심리적, 물질적 압박감에서 시달리는 아이들에게 판타지 동화는 잠시나마 일상에서 탈출하여 정신적 해방과 여유를 회복하게 해 줄 수 있을 것이다.

4. 판타지 동화의 선정 기준

훌륭한 판타지 동화는 아동문학의 일반적인 준거를 만족시키면서 한편으로 판타지 동화만이 갖는 독특성에 관련된 준거들을 만족시키는 작품을 말한다. 러셀, 컬리넌과 갤다, 벌크, 원용순 같은 여러 학자들은 각자의 기준으로 훌륭한 판타지 동화의 요구 조건을 말하였다. 이와 같은 여러 준거를 바탕으로 훌륭한 판타지 동화의 선정 기준을 문학적 요소별로 정리해 보면 다음과 같다.

가. 주제

① 다양하고 가치있는 주제를 다루고 있는가? 심오한 것 - 사회·정치적 문제, 선악의 대결, 죽음과 삶의 의미 - 에서부터 가벼운 것까지

② 독자가 새로운 통찰력과 인식을 갖게 되었는가?

③ 독자의 상상력을 확장하고 꿈을 가져다 주는가?

④ 주제가 인물이나 플롯과 잘 융합되어 자연스럽게 표현되었는가?

나. 플롯

① 일련의 사건들이 논리적 일관성을 갖고 있는가?

② 줄거리가 믿을 만한가?

③ 환상과 실제가 잘 융합되어 불가능한 것을 가능하게 하는가?

④ 우연적인 사건의 남발이 없는가?

⑤ 현실과 환상 세계의 전환이 있다면, 두 세계의 전환이 자연스러운가?

⑥ 환상적 요소가 논리적으로 이야기에 잘 융합되었는가?

⑦ 마술적 요소가 일관성이 있는가?

다. 등장 인물

① 등장인물의 감정과 상황이 인간 생활의 보편성에 근거하여 실제와 연결되어 묘사되었는가?

② 독자가 동일시할 수 있는 등장인물인가?

③ 환상적 인물이든 현실적 인물이든 간에 인물은 일관성 있는 행동과 믿을 만한 방법으로 사건에 반응하는가?

④ 현실 세계에 있는 인물이 환상적인 상황 속으로 들어가도 그 인물이 일관성 있게 묘사되었는가?

⑤ 주된 등장인물은 평범함, 순진함, 아이다움이 있고, 호기심이 풍부하며 선한 본성을 지니는가?

라. 문체

① 문체가 환상을 그리는 데 적합한가?

② 세부 묘사가 줄거리, 장면, 인물, 관점과 일관성을 갖는가?

③ 환상 속에 충분한 상상과 선명한 수식적 언어를 사용하여 독자로 하여금 창조된 세계를 생생하게 상상할 수 있도록 해주는가?

마. 배경

① 시간적 요소가 사실처럼 표현되었는가?
② 공간적 배경이 진실하고 이야기에 잘 융합되는가?

바. 결말

① 환상을 깨뜨리지 않은 채로 이야기가 끝을 맺었는가?
② 인간 본연의 진리를 따르는 방법으로 결말을 맺었는가?

참고 문헌

1. 작품

공지희 지음(2003), 『영모가 사라졌다』, 비룡소.

권정생 지음(1999), 『밥데기 죽데기』, 바오로딸.

김선아 지음(2000), 『구운몽(九雲夢)』, 현암사.

김우경 지음(2001), 『수일이와 수일이』, 우리교육.

김진경 지음(2001), 『고양이 학교』, 문학동네어린이.

나탈리 배비트 지음, 최순희 옮김(2002), 『트리갭의 샘물』, 대교출판.

루이스 캐롤 지음, 손영미 옮김(2001), 『이상한 나라의 앨리스』, 시공주니어.

마해송 지음(2002), 『물고기 세상』, 한마당.

메들렌 렝글 지음, 최순희 옮김(2001), 『시간의 주름』, 문학과지성사.

미하엘 엔데 지음, 차경아 옮김(1996), 『끝없는 이야기』, 문예출판사.

박상률 지음(2003), 『구멍 속 나라』, 시공주니어.

아스트리드 린드그렌 지음, 김경희 옮김(2000), 『사자왕 형제의 모험』, 창비.

아스트리드 린드그렌 지음, 햇살과나무꾼 옮김(2000), 『내 이름은 삐삐 롱 스타킹』, 시공
　　　　주니어.

안데르센 지음, 보물섬 옮김(2005), 『미운 오리새끼』, 웅진주니어(웅진닷컴).

안데르센 지음, 유효진 옮김(2003), 『인어공주』, 삼성출판사.

앨런 밀른 지음, 서진영 옮김(2000), 『푸우』, 길벗어린이.

엘윈 브룩스 화이트 지음, 김화곤 옮김(2000), 『샬롯의 거미줄』, 시공주니어.

이솝 지음, 유종호 옮김(2003), 『이솝 우화집』, 민음사.

이원수 지음(2003), 『숲 속 나라』, 웅진주니어(웅진닷컴).

조앤. K. 롤링 지음, 김혜원 옮김(2001), 『해리포터』, 문학수첩.

크리스티네 뇌스틀링거 지음, 유혜자 옮김(2002), 『오이대왕』, 사계절.

토베 얀손 지음, 햇살과나무꾼 옮김(2001), 『무민』, 소년한길.

파멜라 린든 트래버스 지음, 우순교 옮김(2003), 『메리 포펀스』, 시공주니어.

필리퍼 피어스 글, 수잔 아인직 그림, 김석희 역(2000), 『한밤중 톰의 정원에서』, 시공주니어.

황선미 지음(2000), 『마당을 나온 암탉』, 사계절.

황선미 지음(2002), 『샘마을 몽당깨비』, 창비.

C. S. 루이스 지음, 햇살과나무꾼 옮김(2001), 『나니아 나라 이야기』, 시공주니어.

C. S. 루이스 지음, 햇살과나무꾼 옮김(2001), 『사자와 마녀와 옷장』, 시공주니어.

J. R. R. 톨킨 지음, 김보원 옮김(2002), 『반지의 제왕』, 씨앗을뿌리는 사람(페이퍼하우스).
J. R. R. 톨킨 지음, 김석희 옮김(2000), 『호비트』, 시공주니어.

2. 단행본과 논문

고영일(2000), 「환상문학의 이론적 고찰」, 『이베로 아메리카 연구』 11집
권혁준(2002), 「아동문학에서 판타지의 개념과 범주」, 『공주교대논총』 제 39집 1호.
권혁준(2002), 「판타지 동화의 문학교육적 의의」, 『공주교대논총』 제 39집 2호.
김경연(2003), 「혼돈과 모색, 한국 아동문학 판타지론」, 『창비어린이』 제2호, 창작과비평사.
김상욱(2002), 『숲에서 어린이에게 길을 묻다』, 창작과 비평사.
김상욱(2003), 「도약을 모색하는 장르, 판타지」, 『창비어린이』 제2호, 창작과비평사.
김서정(2002), 『멋진 판타지』, 굴렁쇠.
마리아 니콜라예바(1998), 『용의 아이들』, 문학과 지성사.
박상재(1998), 『한국 창작동화의 환상성 연구』, 집문당.
복거일(2002), 『세계 환상 소설 사전』, 김영사.
브루노 베텔하임(1998), 『옛이야기의 매력 1』, 시공주니어.
이재복(2001), 『판타지 동화 세계』, 사계절.
한국어린이 문학 교육 연구회(1999), 『환상 그림책으로의 여행』, 다음세대.
황병하(1997), 「환상 문학과 한국 문학」, 『세계의 문학』, 1997년 여름호.
Huck, C., Hepler. S., J., Kiefer. B. Z.(2001) (7ed), Children's Literature in the Elementary
        school, Mcgraw-Hill.

제6장 사실동화

1. 사실동화의 개념과 특성

가. 사실동화의 개념

　　창작동화의 하위 갈래를 구분할 때 가장 많이 적용되는 기준은 판타지인가 사실적인 이야기인가 하는 것이다. 사실적인 이야기는 주로 어린이의 생활 이야기를 다루는 것으로, 그 명칭에 있어서 '사실동화'와 '생활동화'가 혼용되어 사용되다가 최근에는 생활동화라는 명칭보다 사실동화라는 용어가 일반적으로 사용되고 있다.

생활동화라는 용어는 일본에서 1930년대 계급주의 아동문학 운동이 본격화되던 때 쓰이던 명칭이다. 우리나라에서도 1930년을 전후로 계급주의 아동문학의 고양기에 이르러 어린이의 실생활을 사실적으로 그린 동화를 생활동화라 불러왔다. 이처럼 생활동화라는 명칭은 어두운 일제 시대의 한 흐름을 반영하는 말이다. 그리고 처음 출발은 아이들의 진실한 실생활을 담아내고자 하였지만, 결국 현실에 갇혀 살아가는 아이들의 겉모습만을 그려내는 계몽적 교훈주의 문학으로 치우쳐 동화의 본령에서 멀어졌기 때문에 적합한 명칭이라 보기 어렵다.

아동문학은 나름대로 독자성과 특수성을 지닌 문학이되, 문학으로서의 일반성과 보편성의 토대 위에서 구축되는 예술이다. 그러므로, 단순히 어린이의 생활을 다루고 있는 '생활동화'의 협소한 관점에서 벗어나야 한다. 현실 세계의 문제를 있는 그대로 직시하고, 다양한 사람들의 삶을 통해 세상과 인간에 대한 이해의 폭을 넓게 해 주는 '사실동화'라는 용어가 판타지 동화와 대비되는 동화의 하위 갈래 개념으로 적합하다고 생각한다.

한편, 사실동화(realistic fiction)와 사실주의 동화(realism fiction)가 엄연히 다른

142) 황선미(2006), 「동화 창작의 즐거움」, 사계절, 44쪽.
현은자·김세희(2005), 「그림책의 이해 1」, 사계절, 313쪽. 등이 그러한 예이다.

143) 강무홍은 김상욱이 '현실주의 동화' 라고 명명한 것에 대해 현실주의가 현실참여주의라는 말과 혼동될 것을 우려하여 '리얼리즘' 으로 명명했다.(계간 『창비어린이』 창간 1주년 기념 심포지엄, 「현실주의 동화, 어떻게 볼 것인가?」, 2004)

데도, 사실동화에 대한 이야기를 하면서 사실주의 동화라는 용어를 사용하는 경우가 종종 있다.[142] 리얼리즘(realism)은 일반적으로 사실주의로 번역되고 있다.[143] '낭만주의' 처럼 '~주의' 가 문예 사조로서의 용어이듯이, 사실주의(realism)도 정신과 기법이 리얼리즘을 표방하는 것을 의미한다. 사실주의는 묘사 기법이 사실적이어야 하고, 문예사조로서의 리얼리즘의 양식적·미학적 범주를 만족시켜야 한다. 그리고 리얼리즘의 세계관을 표방해야 한다. 이러한 조건을 모두 만족시킬 때 사실주의 동화라고 할 수 있다. 그렇지만, 사실주의 동화라고 할 경우, 문예사조로서의 용어와 혼란을 가져올 수 있기 때문에 갈래의 용어로 볼 수는 없다. 여기에서 명명한 사실동화는 리얼리즘의 세계관 문제를 개입하지 않고, 리얼리즘의 양식적·미학적 범주는 고려하지 않는다. 그러므로 '사실동화(realistic fiction)' 는 그저 현실 세계에서 벌어질 수 있는 이야기를 다룬 동화를 의미하는 개념이다.

사실동화는 과거나 현재 생활을 주제로 삶을 반영하는 허구적인 작품으로 정의될 수 있다. 사실동화가 '허구적인' 작품으로 정의되는 이유는 이야기가 사실이라는 것을 의미하는 것이 아니라, 실제로 일어나지는 않았지만 일어날 수 있는 사실적 이야기라는 것을 의미하기 때문이다. 이는 곧 작품의 소재를 현실에서 찾고, 현실의 논리에 맞게 이야기를 진행시켜 나가는 것을 말한다. 그러므로 사실동화는 현실을 살아가고 있는 어린이가 어떤 존재인가, 어떤 삶의 지평 속에 있는가, 그들을 둘러 싼 삶의 문제는 무엇인가 등, 구체적이고 실제적인 어린이와 그들의 삶을 다루어야 한다.

사실동화는 실제 생활에서 일어날 수 있는 일들을 그럴싸하게 묘사한다. 판타지 동화와는 다르게 사실동화는 일상적으로 있는 문제, 즐거움, 개인적 인간관계를 다루고 인물과 배경도 우리가 아는 현대사회의 사실적인 것들이다. 따라서 사실동화에는 인간의 상상 속에서나 가끔 있을 수 있는 초자연적인 부분은 존재하지 않는다. 사실동화는 과거의 역사적 사실을 다루는 역사동화와 사실적이라는 점에서 공통점을 지니나, 그 배경이 현대의 것이냐 역사 속의 것이냐에 따라 구별된다.

나. 사실동화의 특성

판타지 동화와 대비되는 사실적이고 현실적인 동화는 그것이 사실적인 세계를 중심으로 이야기를 이끌어 간다는 점에서 특징적이며, 여기에서 비현실적인 세계를 다룬 판타지 동화와 대조되는 갈래 형성의 원리를 찾을 수가 있다. 사실동화는 환상과 대조적으로 실제 사람들의 삶이 들어있는 현실적인 모든 이야기를 담고 있는 서사문학이다. 사실동화 작품이 지니는 특성을 다음과 같이 요약할 수 있다.

첫째, 사실동화 작품은 현실에서 작품의 소재를 찾아 현실을 탐구한다. 어린이의 삶을 둘러싸고 있는 현실적인 사건들이 이야기의 소재가 되는 것이다. 여기서 현실이란 사실적인 세계를 의미한다. 그것은 역사 속에 묻힌 이야기도 아니고, 비현실적인 상상의 세계도 아니며, 실현 불가능한 판타지의 세계도 아니다. 사실적인 세계란 바로 실제적인 사람과 삶이 이루어지는 현실 세계를 의미한다. 그런데 사실동화가 아동문학이라는 점에서 이 현실 세계란 어린이가 인식하고 있거나 인식할 수 있는 현실 세계여야 한다.

현실을 기반으로 하는 사실동화는 어린이의 구체적인 삶을 소재로 다룬다. 예를 들어 성장기 아동 발달이나 자아 개념, 정체성 문제, 부모 형제 등을 둘러싼 가족 이야기, 친구 관계나 학교생활 그리고 사회, 인류, 문화, 환경 등 어린이를 둘러싼 다양한 현실적 문제들이 작품의 소재로서 다루어진다. 『내 짝꿍 최영대』(채인선, 1997)는 실제 교육 현장의 '왕따'를 소재로 하여 아이들의 현실을 실감나게 그리고 있다. 따돌림을 당해서 언제나 혼자인 아이의 고통과 분노가 잘 전해지며, 나중에 상처받은 친구를 감싸고 이해하게 되는 과정을 차분한 목소리로 전해 주고 있다.

『너도 하늘말나리야』(이금이, 2001)는 점차 늘어나고 있는 부모의 이혼과 재혼을 소재로 하여 그 현실을 겪고 있는 아이들의 문제를 다루고 있다. 이혼한 엄마의 딸인 미르, 재혼한 부모와 헤어져 할머니와 사는 소희, 엄마가 돌아가시고 아버지와 사는 아들 바우를 중심으로 펼쳐지는 가족의 문제를 다루고 있다. 이처럼 사실동화 작품은 현실을 탐구하되, 어린이의 현실을 탐구하는 문학 작품이라는 특징을 지닌다.

둘째, 사실동화 작품은 현실의 논리에 맞게 이야기가 전개된다. 현실 세계와 비현실적인 세계를 구분하게 되는 어린이들은 어떤 이야기가 현실에서 일어날 수 있는 것인지 아닌지를 구분하게 된다. 즉 동물이나 사물이 사람처럼 말을 하고 학교에 다닌다거나, 사람이 마술이나 마법을 사용한다거나, 무엇이 갑자기 나타났다가 사라지거나 하는 등의 이야기가 사실이 아니라는 점, 현실의 법칙으로는 일어날 수 없다는 점도 아울러 인식하게 된다. 이는 현실 속에서 일어날 수 있는 일과 일어날 수 없는 일에 대한 구분 능력이 생겼음을 의미한다. 사실동화 작품은 어린이가 보았을 때 현실에서 일어날 수 있는 일을 현실의 법칙에 따라 전개해 나가는 이야기 세계를 형성한다.

『아빠가 내게 남긴 것』(캐럴 캐릭, 2000)은 옛이야기나 판타지에서처럼 마술이나 마법에 의해 아빠가 살아나지 않는다. 아빠는 암을 이기지 못하고 죽어버리고 만다. 아빠가 암 때문에 영원히 회복될 수 없음을 알게 된 소년은 결국 부모의 죽음이라는 미지의 사건에 대한 공포를 극복하면서 마음 속 상처를 가라앉게 된다. 이것이 바로 현실의 논리로 이야기가 전개되는 것이다.

셋째, 사실동화에서 탐구하는 현실은 어린이의 눈에 비친 현실이어야 한다. 어린이가 보고 느끼고 생각할 수 있는 어린이의 현실 문제를 다룬 이야기이기 때문이다. 물론 어린이의 삶을 둘러싼 현실의 소재들은 어린이의 삶과 마찬가지로 성인의 삶과 밀접하게 관련되어 있기 마련이다. 현실의 모습 가운데에도 민족 문제나 통일 문제처럼 어린이가 볼 수 있는 것, 생각할 수 있는 것이 제한적인 경우가 있다. 그러므로 이러한 문제를 다룰 때에는 어린이가 생각하고 볼 수 있는 범위 내에서 기술해야 한다.

『문제아』(박기범, 1999)는 아이들의 눈에 비친 어린이의 삶을 이야기하고 있다. 이 책은 사회 현실의 문제들을 아이들 눈높이로 표현한 10편의 동화들로 구성되어 있다. 특히 산업재해로 손가락을 잃은 아버지를 둔 아이의 이야기인 「손가락 무덤」과 정리 해고로 갈갈이 찢어진 두 피붙이 집안에서 자라는 아이의 이야기인 「아빠와 큰아빠」는 주인공 아이의 눈에 비친 어른들의 현실 문제를 잘 보여주고 있다.

또한 어린이가 이해하기 어려운 사회 문제를 어린이의 눈으로 보게 하여 어린이의 공감을 얻어내는 동화도 있다. 『종이옷을 입은 사람』(김진경, 2005)은 빨치산에 얽힌 가족사를 다루고 있지만, 시종 솔이의 관점에서 서술되고 있다. 솔이

『문제아』, 창작과 비평사

아빠는 할머니의 외가 때문에 군의 장교가 되지 못하고 방황한다. 솔이는 그러한 가족의 비밀과 할머니가 들려주던 '맹강녀'의 전설을 대조함으로써, 전쟁의 참극을 이해한다. 이 책은 어린 솔이의 시선에서 처리함으로써 아이들이 제 눈높이에서 제대로 진실을 이해하고, 넓은 눈으로 세상을 보게 한다.

2. 사실동화의 구성요소

가. 플롯

어린이는 사실동화에서 어떤 사건들이 연달아 일어나는지 주목한다. 잘 짜여진 플롯은 유기적이고 밀접하게 구성된다. 플롯은 우연과 계획에 의존하기보다는 믿을만해야 하며 사실과 연결되어야 한다. 그것은 평범하고, 지루하고, 예측 가능하기보다는 독창적이고 신선해야 한다.

좋은 플롯은 독자에게 흥분감과 긴장감을 유지시키는 갈등을 조성한다. 플롯은 모든 독자들에게 중요한 요소지만, 특히 빠른 진행과 흥미진진한 이야기를 즐기는 어린 독자들에게 중요하다. 잘 구성된 플롯은 어린이들이 이야기를 받아들이고 즐기도록 충분히 기여한다.

연대기적 플롯(chronological plot)은 어린이 이야기에서 가장 일반적으로 발견되는 플롯 구조로, 특별한 역사적 시기를 다루고 그 시간 안에서 사건을 순서대로 늘어놓는다. 예를 들어, 만일 책 전체 내용이 일주일간의 사건과 관련된다면, 월요일의 사건은 화요일의 사건보다 앞서서 일어난다.

일화적 플롯(episodic plot)은 분리된 단편적인 이야기나 일화의 문제와 해결과정을 그 안에서 전체로 묶는다. 일화는 전형적으로 같은 인물과 배경에 의해 통일성을 지닌다. 일화가 대체로 연대기적이라고 하더라도, 일화 사이의 시간적 관계는 "같은 해 동안" 또는 "한 달 뒤"에 의해 비연속적이거나 띄엄띄엄 연결될 수도 있다. 일화적 플롯은 복잡하지 않기 때문에 대체로 읽기 쉽다. 그런 까닭에 그림동화에서 글로 된 동화로 막 이행하는 독자들에게는 이 플롯이 특히 호소력을 가진다. 초보 독자들을 위한 읽기 쉬운 많은 책들이 이런 식으로 구조화된다.[144]

144) Huck, C. S., Hepler. s., Hickman. J., Kiefer. B. Z.(2001), (7ed.), Children's Literature in the Elementary School, Mcgraw-Hill.

『어느 날 내가 죽었습니다』
바람의아이들

회상(flashback)은 이전에 일어난 사건에 대한 정보를 전달하기 위한 것으로 이야기의 다른 부분에서 한번 이상 일어날 수 있다. 『어느 날 내가 죽었습니다』(이경혜, 2004)에서는 문제아라 불리는 유미와 단짝 친구가 된 재준이가 어느 날 갑자기 오토바이 사고로 죽게 된다. 그 이후 재준이의 죽음을 받아들이지 못하는 유미가 가슴앓이를 하다가 재준이가 남기고 간 일기장을 읽게 되면서 이전의 사건들을 접하게 된다.

복선(foreshadowing)은 이야기에서 다음에 일어날 사건에 대해 독자를 준비시키는 문체적인 플롯 장치이다. 이 장치는 다음 사건, 가능하면 이야기의 절정에 대해서도 힌트를 준다.

나. 갈등

플롯은 갈등을 중심으로 일어난다. 갈등에는 한 인물의 내적 갈등(person-against-self), 인물간의 갈등(person-against-person), 사회와의 갈등(person-against-society), 자연과의 갈등(person-against-nature)이 있다.

내적 갈등(person-against-self)은 기본 갈등으로 주요 인물의 내면에서 일어난다. 내적 갈등은 내적 문제를 극복하려는 인물에게서 비롯되거나, 외부의 영향을 받아 내적 대립이 생기기도 한다. 자기 자신과의 갈등인 내적 갈등은 사실동화에서 많이 나타난다.

『받은 편지함』, 우리교육

『받은 편지함』의 순남이는 자신의 처지와 이름때문에 열등의식을 갖고 있는 소녀이다. 그런데 같은 반에 공부 잘 하고 가정 환경이 좋은 혜민이가 있다. 순남이는 혜민이를 부러워하다가 어느 날 수업 시간에 읽은 동화책 작가에게 혜민이라는 이름으로 메일을 보낸다. 순남이는 혜민이처럼 행동하며 계속하여 메일을 주고받으면서 자신의 정직하지 못한 행동으로 갈등하게 된다. 그러다가 순남이라는 자신의 이름을 찾으면서 성숙해간다. 이처럼 혜민이라는 이름 뒤에 숨어 있다가 자신의 이름을 밝혀가게 되는 과정(동화에서는 그럴 것이라는 암시에 그치기는 하지만)을 그린 이 동화는 주인공의 내적 갈등을 잘 보여주고 있다.

인물간의 갈등(person-against-person)은 동료들과의 갈등, 형제간의 경쟁 의식, 어른에게 반항하는 어린이의 이야기에서 발견된다. 사실동화에서 극적 대립은 인물들이 극복하려는 문제들로 가족, 친구 관계에서 일어난다. 『나쁜 어린이표』에는 학교에서 일어나기 쉬운 선생님과 아이들 사이의 갈등이 어린이 입장에서 현실감 있게 잘 그려져 있다. '나쁜 어린이표'를 주는 선생님과 그에 맞서 선생님에게 '나쁜 선생님표'를 주는 건우의 갈등이 잘 나타나 있다. 『이웃집 영환이』(남상순, 2005)는 할머니와 어머니의 묘한 심리전, 엠피쓰리로 인한 형과 영환이의 갈등, 또 그로 인한 현수와의 갈등에서 가족과 친구의 관계에서 있을 수 있는 여러 갈등을 보여준다. 그리고 『나비를 잡는 아버지』(현덕, 2001)에는 가난한 소작인의 아들인 바우와 마름의 아들인 경환이의 갈등, 바우와 아버지의 갈등이 흥미롭게 전개된다. 바우는 나비를 잡고 있는 사람이 머슴이 아닌 바로 자기 아버지임을 발견하고, 아버지와의 갈등을 해소한다.

『나쁜 어린이표』, 웅진닷컴

사회와의 갈등(person-against-society)은 사회와 갈등 관계에 있는 주요 인물을 제시하기도 한다. 이런 종류의 갈등은 새로운 기술에 의해 파괴되거나 시대를 바꾼 환경, 또는 전쟁과 같은 정치적 격변기의 어린이에 대한 이야기에서 빈번히 나타난다. 이는 주인공이 사회적 압박이나 규범과 대결하는 경우로, 「문제아」를 예로 들 수 있다. **자연과의 갈등**(person-against-nature)은 자신 대 자연과의 대립으로, 이는 주인공이 환경 속의 힘과 투쟁하는 경우이다. 이 갈등은 대체로 생존

『나비를 잡는 아버지』

이야기에서 발견되는 데, 인물이 자연의 힘과 겨루는 투쟁이다. 『푸른 돌고래 섬』(스콧 오델Scott O'Dell, 1999)과 『손도끼』(게리 폴슨 Gary Paulsen, 2001)가 자연과의 갈등의 대표적인 예이다. 『푸른 돌고래 섬』은 '성 니콜라스 섬' 추장의 딸 '카라나'가 18년 동안 혼자 섬에 고립되었다가 살아 남은 실화를 바탕으로 쓴 이야기이다. 예기치 않게 카라나는 동생인 라모와 둘이서만 섬에서 살아갈 운명에 처하게 된다. 그러나 동생인 라모는 야생 개들에게 물려 죽고, 카라나만 홀로 남아 생존하기 위해 치열히 야생 개들과 싸운다. 카라나는 집을 짓고, 열심히 사냥도구도 만들며 해가 지나가는 지도 모를 정도로 열심히 살아나간다. 『로빈슨 크루소 Robinson Crusoe』(다니엘 디포 Daniel Defore, 1719) 이야기는 살아남는 데만 이야기의 중심을 둔 것이 아니라, 평화롭게 살아가던 부족이 이민족의 침입으로 인하여 얼마나 피폐해져 갔는지에 대해서 비판적인 시각을 담아낸다.

다. 등장인물

어린 독자들은 등장인물을 자신의 친구, 역할 모델, 또는 일시적 부모라고 느

끼기도 한다. 독자들은 인물이 어떻게 묘사되었는지, 이야기의 전개과정에서 등장인물은 어떻게 변화하는지에 관심을 갖는다. 또한, 독자들은 흥미진진한 사건을 즐기는데, 독자가 사건에 등장하는 인물에 공감이 안 되면 사건에도 흥미를 갖지 않는다. 그러므로 사실동화의 등장인물은 성격화와 일관성에 초점을 두고 그려져야 한다.

성격화(characterization)는 인물의 신체적 외모와 개성을 묘사하는 방식을 말한다. 인물의 감정적이고 도덕적인 특질을 묘사하거나 다른 인물들과의 관계를 드러내는 방식은 미묘하고 효과적인 기법이다. 이러한 성격화는 독자들이 인물을 파악하도록 도와주며, 인물의 신빙성을 이루는 데 필요한 수단이다. 가장 설득력 있는 성격화는 등장인물의 행동과 대화, 다른 인물이 나타낸 반응, 화자에 의한 설명이다.

사실동화에서 묘사되는 인물들은 실제적이다. 마치 옆집에 사는 이웃과 같이 생생하고, 무언가를 추구하는 모습을 보여야 한다. 만약 등장인물의 한 가지 측면만 제시되거나, 또는 한 가지 특징만이 과도하게 강조되면 그 결과는 고정관념이 되기 때문에, 사실동화에서는 행동과 감정이 이야기의 환경에 따라 변화하는 입체적인 인물을 묘사한다. 황선미의 『나쁜 어린이표』의 '건우', 『목걸이 열쇠』(황선미, 2000)의 '향기', 『일기 감추는 날』(황선미, 2003)의 '동민' 이는 자신의 주장이나 사고방식이 뚜렷하고 개성이 독특한 인물들이다.

일관성(coherence)은 등장인물들이 행동하고, 생각하고, 말하는 모든 것이 자연스럽고 타당한 것을 말한다. 독자인 어린이들은 각각의 등장인물들이 그들의 나이, 문화, 교육 배경에 합당하게 행동하고 말할 거라는 기대를 갖는다. 따라서 어린이가 이야기의 갈등과 대립을 이해하고 인물의 반응에 공감하게 하려면, 인물 묘사가 설득력 있게 일관성이 있어야 하며 등장인물의 행동 목적이 명확해야 한다.

『엄마의 마흔번째 생일』(최나미, 2005)의 등장인물들은 성격이 뚜렷하고 일관성이 있다. 가희, 가영, 엄마, 아빠, 고모들, 할머니 등은 모두 지금의 우리 현실에서 쉽게 발견되는 인물들이며, 각자의 인물은 우리 시대의 일정한 전형을 이룬다. 축구를 잘하지만 여자라서 시합에 나갈 수 없게 된 6학년 가영이, 치매 걸린 할머니와 한방을 쓰라는 말에 딱 잘라 거절하는 이기적인 가희, 치매에 걸린 할머니를 집에 두고 마흔 살에 다시 붓을 잡은 엄마, 할머니가 아픈 건 엄마 탓이라고 생각하는 아빠, 그리고 여자는 축구를 할 수 없는지를 두고 회의를 시작한 가영이네 반 아이들의 이야기가 주를 이룬다. 이런 인물들이 빚어내는 사건이기에 문제는 더욱 현실감이 있고, 생생하게 다가온다.

라. 배경

배경은 이야기의 사건들이 일어나는 때와 곳을 가리킨다. 배경은 과거, 현재, 혹은 미래이며, 특별한 장소에서 일어날 수도 있고, 대도시나 도시 근교, 또는 시골 마을의 보편적인 느낌을 전달하기 위해 일부러 막연한 장소에서 일어날 수도 있다. 이야기의 시간과 장소는 사건, 등장인물 그리고 주제에 영향을 미친다.

사실동화에서는 작품의 소재를 현실에서 찾고, 실제적인 삶의 모습을 묘사하기 때문에 주로 현재 학교나 집 같은 일상생활 공간, 시골, 산촌, 섬, 저수지 등 자연 공간이 배경으로 등장한다. 『강마을에 한번 와 볼라요』(고재은, 2004)는 섬진강 인근의 마을이 배경이다. 어릴 적 고향 마을 풍속을 옮겨놓은 것처럼 배경 묘사가 생생하다. 지금은 찾아볼 수 없는 풍경, 생활 모습들이 주제를 효과적으로 잘 드러내고 있다.

사회 · 시대적 배경이 주제에 미치는 영향 또한 크다. 예를 들어 『청어뼉다귀』(이주홍, 1930)는 1930년 당시 가난한 백성과 지주를 대비하여 그리면서 사회 모순과 백성들이 짊어져야 하는 삶의 비애를 눈물겹게 보여주고 있다. 이처럼 이야기의 배경이 분위기와 진실성, 그리고 신뢰성을 만드는 측면에서 중요하기 때문에 현실의 삶을 정확하게 반영하는 사실동화에서는 현재와 일상 삶의 생활공간에서 주로 이야기기 전개된다.

마. 주제

사실동화는 현재의 삶의 문제에 초점을 둔다. 그렇기 때문에 어린이에게 현실 세계의 문제를 있는 그대로 직시할 수 있게 하는 한편, 다양한 사람들의 삶을 통해 세상과 인간에 대한 이해의 틀을 넓게 해준다. 사실동화에는 어린이의 공통된 관심과 희망, 어려움, 삶에 있어서 중요한 선택, 친구, 가족 간의 관계 등 여러 가지 주제가 등장한다.

사실동화에서 다루는 주제는 시대에 따라 변한다. 일제시대에는 주로 계급 문제나, 어려움을 극복하는 내용을 주제로 한 동화가 많았다. 근래에 가장 두드러지게 언급되는 주제는 가족 관계, 친구 관계, 선생님과의 관계, 가난, 장애, 죽음, 성(性), 사회문제, 민족, 통일, 환경, 인권문제, 신체적 성숙, 정서적 변화, 자아 성찰 등이다.

가족 관계를 주제로 한 동화는 최근 가족 해체 현상이 많아 이혼, 재혼으로 인한 문제, 결손 가정 등의 이야기를 주제로 다루고 있다. 요즘 재혼이 많아지고 있는 상황에서 아이들의 심적 부담을 덜어주고, 부모와의 관계 회복에 도움을 줄 수 있는 작품은『누리에게 아빠가 생겼어요』(소중애, 2002)이다. 이 작품은 이혼한 엄마의 딸 누리가 새아빠를 받아들이는 새로운 가족 관계의 문제를 다루고 있다.

가난, 학교생활, 사회문제 등을 주제로 한『문제아』는 80년대를 배경으로 하는 동화로 여러 가지 짧은 이야기들로 구성되어 있다. 이와 비슷한 주제로는『괭이부리말 아이들』,『종이밥』(김중미, 2002) 등이 있다.『내 짝꿍 최영대』나『까막눈 삼디기』(원유순, 2000) 등은 친구 관계를,『나쁜 어린이표』나『까마귀 소년』(야시마 타로, 1996) 등은 선생님과의 관계를 주제로 한다.

특히 주목할 일은 예전에 아동문학에서 금기시 되었던 죽음이나 노화, 이혼, 성(性) 등을 반영하고 있는 점이다. 남자 아이들의 비밀이라 할 수 있는 포경 수술에 관한 것을 소재로 삼은『내 고추는 천연기념물』(박상률, 2001)은 포경 수술에 대해 궁금해 하는 남자 어린이들에게는 유용한 정보를, 부모들에게는 수술보다 더 중요한 아이들의 마음 속 세계를 이해하는 메시지를 전달해 준다.

죽음은 현실적으로 아이들에게 익숙하지 않은 주제다.『엄마의 마지막 선물』(문선이, 2002)에서는 엄마의 죽음을 다루고 있다. 이 동화에서 주인공 미진이는 사랑하는 엄마가 힘든 병마와 싸우는 과정에서 한결 성숙해지고, 또 가족의 소중함을 알게 된다. 엄마는 결국 미진이와 가족 곁을 떠났지만, 언제나 함께 있음을 느끼게 된다.

사실동화는 성역할에 대한 새로운 시각을 제공하기도 한다. 양성평등에 대한 내용을 다루고 있는 작품으로『아빠는 요리사 엄마는 카레이서』(목온균, 2001)가 있다. 기존의 대부분의 동화에서는 엄마와 아빠의 역할이 고정된 채 제시되는 경우가 많았다. 물론 보편적으로 현실에서 엄마와 아빠의 역할이 고정되어 있는 부분이 많기는 하지만, 동화 속에서 자연스레 제시되는 상황을 통해 세상을 배우는 아이들에게는 남녀의 역할 구분을 정형화 시키는 측면이 있는 것 또한 사실이다. 현대 사회에서 여성의 역할이 과거의 전형성에서 이동함에 따라 사실동화에서 이처럼 성역할에 대한 새로운 시각을 제공하는 것이 바람직하다.

『까망머리 주디』(손연자, 1998)는 미국인 가정에 입양된 주디가 자신의 정체성에 대한 인식없이 지내다가 나중에 자신이 남과 다른 동양인이라는 것을 알고 혼란을 겪게 되는데, 결국 자신을 진심으로 사랑하는 양부모와 오빠 친구 도움으로 자신의 자리로 되돌아가는 이야기이다.

신체적 성숙을 주제로 한 요즘 동화에는 소아 비만이 적잖게 등장한다. 『뚱보면 어때 난 나야』는 몸무게가 줄게 되어 기쁜 마음과 동시에 자신을 진심으로 사랑하게 되는 것, 즉 진짜로 건강한 몸과 마음이 어떤 것인지도 생각케 하는 작품이다.

사실동화의 다양한 주제들은 어린이가 자신의 삶에서 직면한 여러 가지 문제를 해결하고, 두려움과 편견을 극복하여, 용기있게 자신과 타인을 수용하도록 도와줄 것이다.

바. 문체

문체란 작가가 글을 쓰는, 곧 이야기를 엮어내려고 어휘와 문장을 쓰는 방식을 말한다. 문체란 문장에 나타난 작가의 개성(style), 즉 문장의 개성적 특성을 말하는 것이다. 다른 문장과의 단순한 차이점이나 특이성만을 의미하는 것이 아니라, 그 작가만이 쓸 수 있는 완성된 품격으로서의 개성적 특성을 의미한다.

문체는 제재를 구체적으로 형상화하여 주제를 암시하는 방편이다. 방대한 제재와 뛰어난 기법에 의하여 위대한 사상을 형상화하려 해도 문장으로 표현하지 않고서는 불가능하다. 그러므로 문체는 주제와 잘 어우러져야 한다. 정채봉의 『초승달과 밤배』(정채봉, 2002)는 주제를 드러내기에 적합한 시적인 문체로 되어 있다. 박기범의 『문제아』는 모두 일기체로 쓰였는데, 이러한 문체는 인물의 심리를 고백하기에 적합하다. 또 이미애의 『뚱보면 어때 난 나야』(이미애, 2000)는 저학년용 창작동화로, 초등학교 2학년생인 주인공 동빈이가 살을 빼려고 마음먹고 겨우내 노력한 끝에 1kg을 빼기까지 '자신을 되찾아가는' 과정이 사실적이면서도 유머러스한 문장으로 묘사되어 있다. 그리고 『내 생각은 누가 해줘?』(임사라 지음·양정아 그림,   )는 이혼가정 이야기로, 열두 살 말괄량이 소녀 '나래'의 1 인칭 시점에서 전개되는데, 경쾌하고 생동감 넘치는 문체 덕분에 술술 읽힌다. 무엇보다 이런 주제를 다룬 책에서 흔히 느껴지는 무거움이나 칙칙함이 없다.

어린이들은 너무 감상적인 이야기의 흐름을 싫어하고 도덕적인 이야기의 위선을 간파하기 때문에 이를 고려하여야 한다. 이야기가 자연스럽게 읽히고, 또 세부적인 묘사보다는 비유적 표현으로 중요한 이미지를 파악할 수 있어야 한다. 그리고 대화의 흐름이 자연스럽게 이어지도록 문장 패턴과 어휘 등을 잘 처리해야 한다. 좋은 문체는 줄거리, 주제, 등장인물, 이야기의 분위기를 잘 표현한다. 생생한 표현, 탄탄한 대사, 유용한 상징, 표현법 등의 표현 기술은 상황과 인물을 깊게 이해하는 데 도움을 준다.

사. 시점

시점(point of view)이란 이야기의 서술 방식을 말하는 것으로, 동화 속에 나오는 인물, 사건, 행위 그리고 배경 등을 제시하기 위해 작가가 설정한 시각 혹은 관점을 말한다. 다시 말하면 누구에 의해서, 어떤 방식으로 동화가 서술되어 나가는가, 즉 서술자가 어떤 위치에서 사건을 서술하고 있는가를 말한다. 이 때 서술자는 독자에게 이야기를 건네는 인물로 작중의 인물일 수도, 그렇지 않을 수도 있다.

시점의 종류에는 1인칭 주인공 시점, 1인칭 관찰자 시점, 3인칭 관찰자 시점, 전지적 시점이 있다. **1인칭 주인공 시점**은 '나'라는 주인공이 있어서, '나는 이것을 보았다.', '나는 이렇게 하였다.', '나는 이렇게 느꼈다.'는 식으로 이야기를 서술해 간다. 물론, 여기에서 독자들은 '나'란 허구적인 인물임을 잘 알면서도 '나'라는 주인공이 실제 사실을 말하는 것처럼 듣는다. 독자들은 작품을 읽으면서 '이것은 진실한 이야기이다.'라는 문학적 묵계에 의해서 이 '나'의 이야기를 받아들인다.

1인칭 주인공 시점은 주동 인물의 내면 세계를 제시하는 데 효과적이며, 인물과 독자의 심적 거리가 가깝다. 그래서 주체가 어린이인 사실동화는 1인칭 주인공이라는 서술 방식을 많이 사용한다. 예를 들어 「문제아」, 「독후감 숙제」, 「김미선 선생님』과 『나쁜 어린이표』 등의 작품을 보면 주인공의 내면 의식, 심리 묘사를 효과적으로 드러내고 있다.

1인칭 관찰자 시점은 서술자가 이야기 속에 등장하지만 자신의 이야기가 아닌 다른 사람의 이야기를 하는 방식이다. 즉 작품 속에 등장하는 '나'는 관찰자이며, 주인공의 이야기를 서술한다. 작중의 부인물이 주인물에 대하여 독자에게 이야기하는 서술 형태이다. 서술자는 관찰자 이상의 역할은 하지 않으며 초점은 주인물에게 주어진다. 따라서, 서술 방식은 1인칭으로 되어 있고, 주된 이야기는 관찰자의 눈에 비친 바깥 세계이다. 이 경우 주인공의 모든 것을 관찰자가 표현하기 때문에 작가는 객관성을 유지하지만, 관찰자 '나'를 통해 서술하는 초점의 전이 현상이 일어난다. 이것은 작가가 주인공에 대한 관찰을 직접 하는 것이 아니라 중간자를 통하는 형식을 취함으로써 주인공의 어떤 측면을 좀더 객관화시켜 드러낼 수 있게 하자는 의도에서 이루어진 시점인 것이다. 그러나 관찰자의 관찰의 기회가 제한되고, 또 서술자는 일종의 해설자가 되어 작품을 설명해 갈 수밖에 없다는 한계점이 있다. 『내 짝꿍 최영대』에서는 1인칭 관찰자 시점이 잘 드러난다. 주인공 '나'의 입장에서 짝꿍인 영대를 이야기하고 있다. 이것은 독자가 전적으로 그 인물의 사고를 이해하도록 하고 흔히 그 성격과 강한 동일시를 야기하도록 만든다.

또 다른 시점인 **3인칭 관찰자 시점**은 서술자(작가)가 외부 관찰자의 위치에서 이야기를 서술하는 시점을 말한다. 3인칭 관찰자 시점 또는 3인칭 제한적 시점이라고도 한다. 서술자가 작품 속에 등장하지 않고 사건에 관계된 인물들을 관찰함으로써 이야기가 전개된다. 서술자는 주관을 배제하고 객관적인 태도로 외부적인 사실만을 관찰하고 묘사한다. 그래서 시점 중 독자와 가장 거리가 멀고 인물의 심리 상태를 전혀 알 수 없다는 단점이 있다. 그저 보고 있는 것처럼 관찰만 가능하다. 『소나기』(황순원, 1953, 1997 재발간), 『메아리』(이주홍, 2001 재발간) 등이 이러한 시점으로 되어 있다. 『메아리』에서 작가는 소년의 마음을 아는지 모르는지, 아버지의 마음을 도통 보여주지 않는다. 깊고 깊은, 더 더 깊은 산중에 사는 산골 소년이 있다. 소년은 아버지와 누나, 이렇게 셋이서만 산다. 어느 날 누나가 갑자기 시집을 가버리자 소년은 지독한 외로움에 날마다 울면서 지낸다. 다만 누나를 떠나보낸 아버지가 밉다는 소년의 마음만 간간이 나올 뿐이다.

『메아리』, 길벗어린이

전지적 시점의 작가는 바로 신과 같은 존재의 입장에서 이야기를 전개한다. 앞으로 일어날 일들이나 등장인물의 심리 상태, 등장인물의 속마음을 모두 작가가 알고 있다는 전제하에 이야기를 풀어나간다. 장점은 시간과 공간, 사건과 배경 등이 구애 받지 않고 서술될 수 있고 등장인물들의 내면 심리 묘사나 과거의 이야기 등을 자유롭게 서술할 수 있다는 것이다. 단점은 객관성을 유지하며 개별성에 따라 개성을 살려 표현하기가 어렵다는 것이다. 작가의 인생관이나 세계관, 그리고 문체적인 특성에 따라, 등장 인물의 직분이나 성격에 따라 달라져야 하나, 작가의 행위나 말투가 자연스럽게 소설 속에 표출되게 된다. 작가의 생생한 경험이 담겨 있는 『괭이부리말 아이들』(김중미, 2001)은 전지적 화자의 입장에서 초등학교 5학년인 숙자와 숙희 쌍둥이 자매를 중심으로 가난한 달동네의 구석구석을 착실하게 그려 나간다.

3. 사실동화의 종류

사실동화는 주제나 내용에 따라 분류할 수 있으며, 또한 연령에 따라 분류할 수도 있다. 주제와 내용에 따른 분류는 어떤 내용과 주제가 어느 학년 수준에 적합한지 논의할 수 있다. 연령은 독자의 연령과 주인공의 연령 두 가지로 나누어 분류할 수 있다. 평론가, 교육자, 일선 교사들은 일반적으로 연령에 의한 분류보다는 사실동화의 내용과 주제에 따라 분류한다.[145] 그러므로 여기에서는 주제와 내용에 따라 개인의 성장을 주제로 한 동화, 인간관계를 주제로 한 동화, 사회와 인간 공동의 문제를 주제로 한 동화로 나누어 보기로 한다.

가. 개인의 성장을 주제로 한 동화
사실동화에서 어린이에 대한 이야기는 성장, 즉 한 사람으로 되어가는 과정, 자신만의 독특한 사람으로 되어가려고 하는 과정에 대한 이야기이다. 이 과정에서의 경험을 통해 어린이는 신체적으로, 정신적으로 성숙하게 된다. 어린이에서 성인으로 성장해 가는 과정은 각각의 사람에게 중요한 여정이다. 성장과정을 다룬 동화는 크게 두 가지로 분류해 볼 수 있다. 신체적 성숙과 정서적 성숙이 그것

145) Huck, C. S., Hepler. s., Hickman, J., Kiefer. B. Z. (2001), (7ed.), Children's Literature in the Elementary School, Mcgraw-Hill.

인데, 어린이는 이러한 동화를 읽으면서 그것에 공감하고 자연스럽게 문제를 해결해 나가게 된다.

1) 신체적 성숙

어린이들은 신체적으로 성숙해 가면서 그 변화에 대해 민감하게 반응하고, 여러 가지 문제에 직면하여 갈등하기도 한다. 그러한 과정이 실감나게 묘사된 작품에 공감하면서 자연스럽게 문제를 해결해 나간다.

사춘기 소녀들의 갈등과 고민이 사실적으로 묘사된『안녕하세요, 하느님? 저 마가릿이에요』(주디 블룸, 2003)의 주인공 마거릿은 이제 막 사춘기로 접어든 초등학교 6학년으로 몸에 대해 관심이 많다. 마거릿과 친구들은 신체적 변화에 당황하고 혼란스러워하며 고민을 함께 풀어 나간다. 이 작품은 또래 어린이들이 많이 공감할 수 있으며, 사춘기를 슬기롭게 대처해나갈 수 있도록 도움을 줄 것이다.

『아이스케키와 수상스키』(이금이, 2001)는 자라는 아이들의 심리가 생생하게 잘 묘사되어 있다. '아이스케키'(치마 들추기)라는 성적 장난에 분개하던 나리 엄마가, 나리가 남자 아이 바지를 홀렁 벗기는 '수상스키' 장난을 하자 통쾌하게 생각하는 모습을 유머스럽게 보여준다. 성장기 어린이의 유쾌한 일상과 어른의 심리가 잘 나타나 있는 작품이다.

2) 정서적 변화

정서란 어떤 대상이나 상황을 지각하고 그에 따르는 생리적 변화를 수반하는 것으로, 동화 작품은 어린이들에게 희·노·애·락을 경험하게 해 준다. 특히 그 중에서도 즐거움을 주고 감성을 발달시키는 데 영향을 미친다. 즉 어린이들은 이야기 속에서 격려와 위로, 그리고 깊은 공감을 느끼며 큰 기쁨을 맛보게 된다. 또한 바람직한 사회 생활을 하는데 필요한 사회적 유능성과 적응 행동 등에 큰 영향을 받는다. 정서적으로 성숙한 어린이들은 보다 창조적으로 문제를 해결할 수 있으며, 자신의 능력에 대한 자신감을 가지고 있어 어려운 장애나 고통스런 경험도 잘 극복하여 어떤 과제도 적극적으로 대처할 수 있다. 그러므로 어린이들이 정서적 발달 변화에 관한 다양한 작품들을 접하도록 해야 한다.

『아홉살 인생』(위기철, 2001)은 작가가 살아오면서 느끼고 배웠던 인생 이야기

『아홉살 인생』, 청년사

를 인생이 아홉 살에 시작되었다고 믿는 여민이를 통해 그리고 있다. 산동네에서의 생활, 주변의 친구들, 그리고 어른들의 모습들을 통해 배운 투명한 삶의 이야기가 따뜻하게 이어진다. 이들의 모습을 통해 여민이는 아홉 살 인생을 다양하게 경험한다. 인생이 아홉살에서 끝나는 것이 아니고 열 살에도, 그 이후에도 계속된다는 여운을 남겨주는 작품이다.

어린이들에게 자신의 현 상황에 주저앉지 말고 용기있게 이겨내며 어려운 사람들에게 관심과 사랑을 베푸는 따뜻한 사람으로 자라도록 용기를 주는 작품도 있다. 『누리야 누리야』(양귀자, 2002)는 아홉 살 때 아버지가 돌아가시고, 엄마가 충격으로 집을 나가 밑바닥 인생을 사는 주인공 누리를 통해 슬픔도 고통도 사랑으로 이겨낼 수 있음을 보여주고 있다. 아울러 불행한 사람들에게는 조금만 사랑을 나누어도 아주 큰 힘이 됨을 묘사하고 있다. 누리는 어려운 현실을 미워하거나 좌절하는 것이 아니라, 용기를 가지고 꿋꿋하게 이겨내며 올곧게 성장하는 모습을 보인다.

3) 자아 성찰

자아개념은 "나는 누구인가?", "나는 어떻게 바뀌고 있는가?", "사회 속에서 나의 역할은 무엇인가?"라는 물음을 던짐으로써 형성된다. 경험을 기초로 어린이들은 자기 스스로를 사랑과 존경의 대상으로, 가치 있고 성공적인 사람으로 보게 된다. 어린이가 성인으로 성장함에 따라 어린이는 이러한 성장과정을 그리 길지 않은 시간동안 경험하게 된다. 그리고 타인과의 의사소통, 사건 또는 문학적인 경험을 통해 어린이 자신들이 성숙 단계를 밟고 있다는 것을 깨닫게 된다. 이러한 단계는 인간 감정의 복잡성에 대한 이해, 성에 대한 인지, 또는 행동에 대한 책임감 수용의 과정일 수 있다. 이 과정은 결코 쉬운 것이 아니며 또한 이 과정에서 어린이는 때때로 아픔을 겪기도 한다. 현대 사실동화는 이러한 어린이의 신체적, 정서적 변화가 혼자 겪는 경험이 아니라는 것을 일깨워주고 그것을 긍정적으로 해결할 수 있는 힘을 길러준다.[146]

『메아리』는 산골소년 돌이의 성숙의 과정을 통해 자신의 아픔을 희망을 갖고 극복해가는 어린이의 모습을 그려내고 있다. 깊은 산 속에서 아버지와 누나와 살고 있던 돌이가, 누나가 시집을 가자 외로워하며 산에 올라가 답답하고 서운한

146) Huck, C. S., Hepler. s., Hickman. J., Kiefer. B. Z. (2001), (7ed.), Children's Literature in the Elementary School, Mcgraw-Hill.

가슴을 풀어보지만 메아리만 대답할 뿐이다. 그러던 어느 날 돌이네 집에 송아지가 태어나고 돌이는 메아리를 통해 누나에게 이 사실을 알리려고 한다. 이 작품은 산골 외로운 소년의 일상을 사실적으로 그리면서 점차 희망을 가지고 성장하는 모습을 담고 있다.

『외로울 땐 외롭다고 말해』(범경화, 2005)는 이러한 성장기 아이들이 외로움을 어떻게 받아들이고 어떻게 이겨내는지를 그리고 있다. 이 동화에는 4명의 또래 남녀 아이들이 등장한다. 이들 4명은 작가 범경화가 주변의 아이들에게서 화소를 따온 것으로 특히 진우는 작가의 아들 이야기를 조금 과장해서 나타낸 것이라고 한다. 민주, 하승, 진우, 안나 이들 4명의 아이들은 서로 얽히고 설킨 관계이다. 서로를 부러워하고 있는 네 아이가 외로움을 극복하고 성장해 나가는 과정을 동화에서는 실감나게 그려내고 있다.

사실동화는 성장의 문제를 다룬다. 어린이는 성장하면서 신체적·정서적 변화 등 여러 변화를 겪게 된다. 이러한 변화를 통해 어린이가 적응하며 성장해가는 과정을 그리고 있다. 어린이에서 성인으로 성장해 가는 과정은 모든 사람한테 중요한 여정으로, 아동문학의 독자가 성장기에 있다는 점을 고려하면 성장을 주제로 하는 작품이 더욱 많이 나와야 한다.

나. 인간관계를 주제로 한 동화

관계의 문제는 사실동화가 아주 즐겨 다루는 주제이다. 어린이를 둘러싼 가족 관계로부터 친구 관계, 교사와의 관계 등 어린이를 둘러싼 다양한 관계를 다룬다.

1) 가족 내의 생활

가족생활에 대한 초기 이야기는 행복한 순간이나 위기에 처한 순간만을 강조해왔다. 하지만 한 쪽에 치우치는 이러한 경향은 현대에 들어와서 균형잡힌 방향으로 나아가고 있다. 인간의 성격은 가족 내에서 길러지며, 가족의 안정은 가족 모두가 힘을 합할 때 이루어지는 것이다. 안락하고 따뜻한 가족 간의 사랑에 대한 이야기도 많지만 최근 가족 해체 현상이 많아 이혼·재혼으로 인한 문제, 결손 가정 등의 이야기를 주제로 다루고 있다.

대가족의 울타리 속에서 밝고 건강하게 살아가는 주인공의 모습이 천진난만하고 따뜻하게 그려져 있어 잔잔한 감동을 전해주는 작품은 『내 이름은 나답게』(김향이, 1999)이다. 건강한 삶의 모습과 가족들의 사랑이 묘사되어 독자인 어린이들에게 가족의 소중함을 일깨워 주고 있다. 최근 발간된 김진경의 『좋은이웃을 입은 사람』에서 이러한 경향을 발견할 수 있다. 주인공인 솔이는 잠잘 때 마다 옛날이야기를 들려주시는 할머니와 할머니를 극진히 모시는 아빠, 엄마와 살고 있다. 솔이네 가정은 원래 화목한 가정이었지만 할머니의 가출로 인해 솔이네 집은 위기를 맞는다.

2) 친구와의 생활

어린이들은 부모나 친척 혹은 선생님보다 친구에게서 더 큰 의미를 찾는다. 가끔은 정말 친했던 친구와 싸우기도 하지만 이를 통해 어린이들은 더 큰 우정을 쌓는다. 이러한 우정 쌓기라는 주제는 사실동화에서 인기 있는 주제이며 학교에서나 학교 밖에서 이루어지는 우정의 우여곡절을 묘사한다.

『내 짝꿍 최영대』는 따돌림을 당해서 언제나 혼자인 아이의 고통과 분노가 절절히 전해진다. 그리고 나중에 상처받은 친구를 감싸고 이해하게 되는 과정을 차분한 목소리로 전해주고 있다.

『코딱지 만큼 왕딱지 만큼』(원유순, 2000)은 나와 조금 다른 친구를 이해하고 너그럽게 받아들이는 삶의 아름다움을 느끼게 해준다. 키도 작고 먹는 것도 조금 먹고, 무엇을 만들어도 작게 만드는 '코딱지 만큼' 이라는 아이와 대조적인 '왕딱지 만큼' 이라는 아이가 만들기 대회에서 완벽하게 조화를 이룸으로써 주위 친구들을 놀라게 하는 내용이다.

사실동화의 우정이라는 주제는 깨어진 우정에 초점을 두기 보다 친밀한 관계를 유지해왔던 아이들의 우정에 갑자기 금이 가기 시작한 것에 중점을 둔다. 그리고 그 관계를 다시 회복해가는 과정을 그리면서 갈등 뒤에 굳어지는 우정의 참다운 묘미를 표현해낸다. 또한 사실동화에서는 친구관계에서 나타나는 우정 이야기뿐만 아니라, 보통아이들과는 다른 아이들, 예를 들어 장애나 왕따 아이들이 겪는 아픔과 그것을 극복해 나가는 친구들과의 관계를 다룬 동화도 많이 나오고 있다.

3) 선생님과의 관계

선생님을 미워하지만, 동시에 관심을 가져 주기 바라는 주인공 건우의 심리가 생생하게 묘사되어 있는 『나쁜 어린이표』는 학교에서 일어나기 쉬운 선생님과 아이들 사이의 갈등을 어린이 입장에서 현실감 있게 잘 그려내고 있다. 우리 사회의 뿌리깊은 권위주의는 아이들을 억압으로 몰고 간다. 억눌리는 편에 놓인 어린이 독자는 권위에 맞서는 주인공의 심리를 따라가며 대리만족을 느낄 것이다.

왕따와 관련되면서 선생님과의 관계를 잘 그려낸 작품으로 『까마귀 소년』이 있다. 공부할 때도, 놀 때도 뒤쳐지고 외톨박이였던 작은 소년 땅꼬마가 새로 부임한 이소베 선생님의 관심과 사랑으로 친구들과 마을 사람 모두에게 인정받는 소년이 되기까지의 과정이 그려져 있다. 자연 속에서 자연의 소리를 들으며 자란 아이의 고운 심성과 행동이 잘 드러나 있는 작품이다.

『까마귀 소년』, 비룡소

「문제아」에서 보면 한번 문제아로 찍힌 아이들은 이 낙인을 없애기가 어렵다. 사람들은 '문제아' 라는 낙인만을 볼 뿐, 스스로 아이를 보고 평가하질 않는다. 처음엔 이 문제아란 말이 듣기 싫어서 벗어나려고 노력도 해 보지만, 그건 웬만해서 벗어날 수 있는 게 아니다. 그러니 대부분의 아이들은 어느새 '진짜 문제아' 가 되고 만다. 아이들을 제대로 이해 못하고, 어른들의 입장에서만 판단하여 아이들을 문제아로 만들어가는 현실의 모습이 너무나 생생하게 묘사되어 있다.

다. 사회와 인간 공동의 문제를 주제로 한 동화

현대에 와서 사실동화는 어린이의 현실을 국한시켜왔던 것을 혁파하고 현실에서 대두되는 사회적 · 인간적 문제를 사실동화의 주제로 활용하고 있다. 시 · 공간 속에서 사는 사람들은 인간의 문제들을 해결해야 한다. 출생, 고통, 외로움, 궁핍, 질병과 죽음. 어린이들이라고 이러한 문제들을 피할 수는 없다. 따라서 사실동화에서는 삶을 다른 관점으로 바라보도록 해주고 주인공을 통해 인물들이 어떻게 그 위기를 극복했는지 보여주며 삶의 의미에 대해 질문을 하고 대답하도록 도와주는 역할을 한다. 이는 어린이와는 관계없는 현실을 다루고 있는 듯 하지만, 실상 시대의 변화에 따라 어린이도 이러한 사회와 인간 공동의 문제에서 크게 벗어날 수 없다. 따라서 사실동화는 이러한 주제를 동화로 그려냄으로써 어린이에게 현실을 직시할 수 있도록 해주고 올바른 가치관을 정립하는데 도움을 준다.

1) 가난

가난은 아동이 성장하면서 직면한 환경으로 사실동화의 주요 소재 중 하나이다. 주로 소년·소녀 가장들의 생활에 대해 그린 작품이 많고, 가난한 사람들의 삶과 그로 인해 겪게 되는 가슴 아프고 따뜻한 이야기를 보여주면서 어린이 독자로 하여금 좌절하지 않고 극복하려는 희망과 용기를 갖게 해준다. 가난은 사실동화의 인기 소재이다. 대부분의 동화에서 가난은 우리 주변의 달동네나 옛날 가난하던 시절을 배경으로 한 것이 많다.

『괭이부리말 아이들』
창작과비평사

『괭이부리말 아이들』은 '괭이부리말' 이라는 도시 변두리의 가난한 동네를 터전으로 고단하게 살아가는 사람들, 특히 아이들의 고통스런 생활을 따뜻한 마음씨로 그려내고 있다. 어린이들은 이 동화를 읽고 가난한 이웃에 대한 관심을 통해 함께 사는 일의 소중함을 다시 새기는 계기가 될 것이다.

저학년을 대상으로 한 동화 『비닐 똥』(김바다, 2002)은 북한의 아이들을 소재로 하여 신선함을 준다. 김바다의 이 동화에는 「비닐 똥」 이외에도 3편의 동화가 더 실려 있다. 그 중 「비닐 똥」이라는 작품은 분단의 현실과 북녘의 아이들의 현실을 반영한 동화라 의미가 있다.

사실동화들은 가난을 소재로 하여 그로 인해 아픔을 받고 있는 아이들의 모습을 현실감 있고 솔직하게 그려낸다. 또한 그러한 아이들을 대하는 사회 역시 솔직하게 그려낸다. 이렇게 함으로써 사실동화는 가난에 우리가 어떻게 접근해야 하며, 그 문제를 어떻게 해결해야 할 지 방향을 제공해 준다.

2) 장애

신체적 장애를 갖고 있는 사람들에 대해 쓴 훌륭한 이야기는 어린이에게 두 가지 목표를 제공한다. 장애를 앓고 있는 어린이에게 긍정적인 이미지를 갖도록 하고, 장애가 없는 어린이들이 장애가 있는 어린이가 직면하는 여러 가지 문제들을 보다 지혜롭게 이해하도록 도와줄 수 있다. 작가는 이러한 소재를 다룰 때 정직하게, 또 솔직한 감정으로 기술해야하며, 이야기 속에 나오는 장애를 과장하거나 경시해서는 안된다. 또, 지나치게 극화하거나 미화하는 것도 좋지 않다. 장애우에 대한 이야기를 감상적으로 써서도 안 된다.[147] 어린이들이 장애를 지닌 어린이에게 감정을 이입하고 이해할 수 있도록 도와주어야 하기 때문이다.

147) Huck, C. S., Hepler. s., Hickman. J., Kiefer. B. Z. (2001), (7ed.), Children's Literature in the Elementary School, Mcgraw-Hill.

고정욱은 『아주 특별한 우리 형』(고정욱, 2002), 『안내견 탄실이』(고정욱, 2002) 등 장애인을 소재로 작품을 써서 이미 많은 독자들의 공감을 얻은 작가이다. 실제로 고정욱은 어릴 때 소아마비를 앓아 두 다리를 쓰지 못하는 소아마비 1급 장애인이었는데, 장애인을 낯설게 바라보는 사람들의 편견을 깨고 남들과 똑같이 일반 학교에 다니며 공부하여 작가가 되었다. 그래서 그의 작품에는 장애인의 입장에서 겪은 체험이 과장되거나 극화되지 않은 모습으로 형상화되어 독자에게 진솔하게 다가온다.

『안내견 탄실이』, 대교출판

장애아와 정상적인 형제자매와의 갈등을 통해 장애인에 대한 편견을 극복하는 메시지를 전하는 작품으로 『내 동생 아영이』(김중미, 2002)가 있다. 다운증후군 아이들은 생김새가 동·서양을 막론하고 비슷하게 생겼으며, 자신의 신변 처리는 물론 기본적인 의사소통도 가능하다. 공부를 할 만큼의 지능은 안 될지라도 희, 로, 애, 락의 감정은 충분히 느낄 수 있다. 장애인이란 이상하고 무서운 사람이 아니고 함께 어울려 살아야 할 우리의 이웃이고 가족이란 메시지가 충분히 우러나는 작품이다.

할아버지와 손자 사이의 훈훈한 사랑을 담고 있으며, 병에 걸린 할아버지에 대한 사려 깊은 묘사가 돋보인 작품으로 『오른발 왼발』이 있다. 이 작품은 뇌졸중으로 쓰러진 할아버지가 다시 전처럼 활동할 수 있도록 돕는 손자 보비의 따뜻한 마음과 행동이 잘 나타나 있다. 독자인 어린이들은 할아버지와 할머니에게서 받은 따뜻한 이해와 사랑을 다시금 되돌아보고, 가족 간의 사랑과 효의 의미를 느끼게 될 것이다.

3) 죽음

성장의 한 부분에서 어린이들은 죽음이란 문제에 직면할 수 있다. 어린이가 이러한 문제에 직면한다면 대부분의 어린이는 어떻게 대처할 것인가? 이러한 면에서 사실동화는 어린이들이 겪지 않았던 여러 가지 경험에 대해 간접적으로 체험할 기회를 제공한다. 죽음에 있어서도 마찬가지이다. 최근 사실동화는 아동문학에서 금기시 되어왔던 죽음을 다루고 있으며, 대부분의 동화는 죽음의 수용과 사랑하는 이의 죽음 후에 오는 정서적 문제의 극복이라는 주제를 다루고 있다. 또한 그에 따른 갈등 해결을 도와주는 역할을 한다.

성장의 한 부분은 죽음을 이해하고 점차 수용하는 것이다. 죽음은 의외로 아이들에게 가깝다. 어른처럼 어린이들도 부모, 형제, 조부모 등 혈연의 죽음이나, 애완동물의 죽음 등을 겪으면서 성장한다.

사랑하는 사람이 죽어 가는 모습을 지켜 보는 것만큼 슬픈 일이 세상에 또 있을까? 우리는 살아가면서 많은 것을 경험한다. 그 중에는 아주 어렸을 때 이미 소중한 사람의 죽음을 지켜 본 사람도 있을 것이다. 『엄마의 마지막 선물』은 엄마의 죽음을 둘러싼 가족들의 눈물겨운 사랑 이야기를 다루고 있다. 주인공 미진이는 어린 나이에 사랑하는 엄마가 병마와 싸우는 걸 보면서, 그 과정에서 엄마의 삶에 대한 의지, 사랑, 아픔, 분노, 가족의 소중함을 알게 된다.

16살의 소년 소녀가 등장하는 이경혜의 『어느 날 내가 죽었습니다』 속에는 가정, 학교, 학원이라는 일상 속에서 빚어지는 사춘기 아이들의 갈등과 감성이 매우 섬세하게 그려져 있다. 이 작품은 무엇과도 바꿀 수 없는 소중한 우정과 동시에 실연의 상처 등을 잘 나타내고 있다. 어린이들에게 사랑하는 사람과의 이별인 죽음에 대해 깊이있게 생각하는 계기를 마련해 줄 것이다.

4) 성(性), 성교육

최근 사실동화에서는 기존에 금기시되어왔던 성(性)과 성교육에 관한 문제도 다루고 있다. 죽음, 노화, 성(性)과 같은 논란의 소지가 많은 소재를 다룰 때는 얼마나 실감나게 그려내느냐가 아니라, 얼마나 열린 마음으로 그리고 솔직하게 다루느냐가 중요하다.

최근 작품 중 『유진과 유진』(이금이, 2004)은 사회적 이슈가 강한 주제인 '아동 성폭력' 문제를 다루고 있다. 작가는 성폭력이라는 다소 무거운 주제를 다루면서도 지나치게 우울하거나 어둡지 않게 작품의 분위기를 이끌어나가고 있다. 유치원 시절에 함께 성폭행을 당한 두 중심인물 '큰 유진' 과 '작은 유진' 의 성장과정과 그들의 심리를 세밀하게 보여줌으로써 청소년의 일상성을 충실히 보여준다. 특히 동명이인 주인공의 설정, 중학교 교실에서의 우연한 만남, 상대를 전혀 기억하지 못하는 또 다른 주인공의 특별한 심리 등 소설적 장치가 곳곳에 배치되어 이야기의 흥미를 더해준다.

성이라는 문제는 예전에는 금기시 되어왔던 주제이다. 그러나 현실의 문제를

『유진과 유진』
푸른책들

다루는 아동문학에 있어 어두운 현실이라 하여 감춰만 둔다면, 어두운 현실 역시 직면하고 있는 어린이에게 아무런 해결책을 줄 수 없다. 금기시 되던 주제를 표현해내는 최근의 이러한 경향은 어두운 면을 드러내고 솔직하게 표현해 냄으로써 어린이가 그 문제를 대리경험하여 해결할 수 있는 방향을 제시해 주는 역할을 한다.

5) 사회 문제

시대나 사회에 대한 문제 의식은 사회의 부조리나 자유 등을 가로 막는 모든 횡포와 장애를 있는 그대로 증언하고 고발하려는 것을 의미한다. 이것은 작품이 현실을 있는 그대로 반영한다는 것을 거부하고 역사 의식에 의한 증언과 비판적 고발을 하여 그것을 사회에 확대하려는 의식이다. 사실동화에는 이러한 사회 문제가 잘 형상화되어 있다.

산업 재해 문제를 다룬 작품으로 「손가락 무덤」(『문제아』, 박기범, 1999)이 있다. 자동차를 만드는 공장에 다니던 아버지가 손가락이 기계에 물려 잘렸는데도, 회사에서는 보상금을 조금 주려고 억지를 부리고, 결국 적은 돈을 받고 일자리를 잃고, 시골에 내려가서 할아버지 산소 옆에다 손가락 무덤을 만들었다는 내용이다. 밤낮 쉬지 않고 일을 시키고 심지어 잠 안 오는 약까지 먹게 하면서, 밤에도 일을 시키는 공장주와 재해를 입고도 정당한 보상을 받지 못하는 가난하고 힘없는 노동자들의 고통과 애환을 잘 나타내고 있다.

6) 민족

민족 문제는 세계 공통의 주제로서 다루어지며, 아동문학의 주요 탐구 대상이다. 우리나라의 경우 중국, 일본, 동남아, 미국, 호주, 유럽 등지에 많은 민족이 살고 있거니와, 이들 재외 민족의 문제를 사실동화가 외면할 수 없다. 특히 재중국 동포들의 입국을 어린이들도 흔히 볼 수 있게 된 요즘, 이들 민족의 이야기를 어린이들에게 들려 줄 필요가 있다.

『폭죽소리』(리혜선, 1996)는 우리에게 잊혀진 역사의 한 자락을 다시금 생각하게 하는 조선 민족의 이민사이다. 낯선 땅에 버려져 중국인 가정에서 자라게 된 한 여자 아이의 이야기를 통해 이민 민족의 아픔을 잘 그려내고 있다. 『연변에서

『폭죽소리』, 길벗어린이

온 이모』(소중애, 1994)는 어느 날 연변에서 온 이모(사실은 주인공 영표네 식당에서 일하는 아줌마를 '이모'라고 부른다.)를 만나게 된 영표가 이모의 말과 행동을 통해 생활 문화의 차이를 느끼게 되고, 처음엔 어색하게 생각하였으나 차차 이해하게 된다는 내용이다. 처음에는 순박하던 이모가 돈을 벌면서 이상하게 변하는 과정과 결국 사기를 당하여 처음의 순수한 모습으로 되돌아가는 과정을 통하여 재중국 동포가 이땅에서 겪는 애환을 진솔하게 그리고 있다.

1945년 8월 일본에 투하된 미국의 원자폭탄을 소재로 하여 제국주의 일본의 정신을 비판하고 있는 『마사코의 질문』(손연자, 1999)은 미국의 원폭은 가해자인 일본을 전쟁의 최대 희생자로 만드는 결정적 계기가 되었고, 원폭을 맞은 히로시마는 전쟁이 남긴 고통의 실제로 부각되면서 일본인들의 양심마저 마비시켜 버린다. 그 결과 일본인들은 원폭으로 인한 자신들의 고통만을 생각하며, 그들이 받은 것 이상으로 고통을 준 한국인에 대해서는 전혀 사죄하지 않는 비뚤어진 세계관을 보인다. 우리의 역사의식, 민족의식을 고취시키는 데 효과적인 작품이다.

7) 분단 · 통일

분단 · 통일의 문제는 우리 민족이 분단의 시대를 살아가고 있다는 분명한 역사적 사실이 어린이의 삶과 무관할 수 없기 때문에 사실동화의 주제로 다루어지고 있다.

남북 분단이 가져다 준 아픔을 서정적으로 묘사한 『바닷가 아이들』(권정생, 1988)은 나룻배를 타고 떠내려 온 북의 어린이와 남쪽의 어린이가 외딴 바닷가에서 만나고, 두 소년은 서로의 우정을 나누게 된다. 진정한 민족 화해와 협력이 요구되는 요즘 어린이들뿐만 아니라, 어른들에게도 진정한 화해는 따뜻한 동포애에서 시작될 수 있음을 암시해 준다. 이 작품은 통일에 대하여 막연하게 생각하고 있는 어린이들에게 북쪽의 어린이들도 우리와 같은 아이들이라는 친밀감을 느낄 수 있게 해주며, 분단이라는 무거운 주제가 두 소년의 만남과 우정을 쌓는 과정으로 자연스럽고 흥미진진하게 그려져 있어 진한 감동을 전해준다.

6 · 25 전쟁을 겪으면서도 힘든 시절의 상처를 보듬으며, 온갖 역경을 꿋꿋하게 이겨내는 『모퉁이집 할머니』(임길택, 1990)는 모퉁이집 할머니를 통해 분단에 관한 이야기를 담담하게 엮어내고 있다. 특히 놀지 않을 때에만 어떤 슬픔도 이

겨낼 수 있다는 할머니의 삶의 자세를 통해 비극적 삶 속에서도 좌절하지 않고 근면 성실하게, 매사에 최선을 다하는 우리 민족의 강인한 정신력을 느낄 수 있다. 『무기 팔지 마세요』(위기철, 2002)는 장난감 '비비탄' 총알 하나가 아이들의 평화 모임과 시위로 발전하고, 급기야 바다 건너 미국 땅에서 총기반대 법안을 둘러싼 어른의 선거를 좌우하게 되는 과정을 속도감 있게 그려내고 있다.

8) 환경

최근 자연과 환경문제 등을 다룬 작품들이 사실동화의 한 유형을 차지하고 있다. 요즘 '환경오염' '자연 보호' '생명사랑' 이런 문제가 어린이 책에서 주요한 주제로 다루어지고 있다. 환경문제는 자칫하면 계몽성에 치우쳐 상투성을 벗어나기 힘든데, 『땅은 엄마야』(이금이, 2000)는 '자연을 사랑하자!' 는 구호를 외치진 않지만 아이들의 감성에 호소하는 힘으로 공감을 끌어내고 있다. 저학년 어린이에게 자연과 환경의 소중함을 일깨워주는 작품이다.

『땅은 엄마야』, 푸른책들

9) 인권 문제

최근 외국인 노동자들의 인권 문제를 다룬 작품이 사실동화의 한 부분을 차지하고 있다. 『블루시아의 가위, 바위, 보』(이상락, 2004)는 외국인 노동자의 인권 문제를 주제로 국가인권위원회가 기획하여 출판한 작품이다. 1960년대 독일에서 간호사로 일했던 준호 고모의 이야기에 2000년대 한국으로 돈 벌러 온 인도네시아 노동자들의 삶을 오버랩시키면서 우리가 외국인 노동자들의 인권을 외면해서는 안 되는 이유를 설득력 있게 전달하고 있다. 작품의 도입부를 만화로 구성한 방식이 재미있고 독특하다.

『외로운 지미』(김일광, 2004)는 국내 최초로 외국인 노동자와 그 자녀가 이 땅에서 살아가면서 겪는 현실을 문학으로 형상화한 인권교육 동화이다. 인종과 민족의 차별을 넘어서 여러 나라의 아이들과 함께 어울리며 세계 시민으로 성장해야 할 어린이들에게 외국인 노동자와 그 자녀들을 자연스럽게 친구로 받아들일 수 있도록 하는 데 이 작품의 의미가 있다.

4. 사실동화의 선정 기준

사실동화는 사실을 반영하는 것 이상의 기능을 한다. 단순히 사실을 전하는 이야기는 문학이 아니다. 여기서는 현실의 삶을 잘 묘사한 좋은 사실동화를 선정하기 위해서 가장 기본적이고 공통적인 조건들을 바탕으로 몇 가지 준거를 설정하고, 각 준거에 해당하는 작품들을 살펴보도록 한다.

첫째, 사실동화의 내용이 오늘날 어린이를 위해 삶의 실제성을 정직하게 표현하고 있어야 한다. 2000년을 배경으로 하는 동화를 쓸 경우 학생들의 복장과 머리 형태를 묘사 할 때는 2000년에 유행하던 복장과 머리형태를 사실적으로 정확하게 써야 한다. 그러나 이러한 유행은 어느새 바뀔지 모른다. 그때 가서는 그 시대의 사건, 인물을 등장시키면서 그 때의 복장과 머리 형태로 묘사되어야 한다.

둘째, 사실동화의 내용이 개인적인 문제와 사회적 관계에 대한 통찰을 주고 있는지를 고려해야 한다. 즉 어린이들이 그들만의 개인적인 관점을 넓히고 변화무쌍한 다원화 사회에 대한 인식을 계발하도록 도움을 주고 있는지 잘 살펴보아야 한다.

'정서 장애' 라는 마음의 병을 앓고 있는 수아와 영무를 통해 장애를 특별하게 생각지 않고 서로가 '조금씩 다를 뿐이다.' 라고 자연스럽게 이해하고 친구를 사랑하게 되는 내용을 담고 있는 『나와 조금 다를 뿐이야』(이금이, 2000)는 어린이들에게 장애를 감상적으로 받아들이지 않도록 한다. 대부분 어린이나 어른들은 외모가 특이하거나 신체적 장애가 있는 인물들을 볼 때 불편해한다. 사실동화에는 이러한 전형적인 관점에 대한 탈피와 극복을 다룬 이야기가 등장한다. 신체적 장애를 지닌 인물에 관한 사실적 줄거리를 전개하려는 작가는 장애인의 감정과 경험, 그리고 가족이나 다른 주변 사람들과의 상호작용에 대해 기술한다.

『가방 들어 주는 아이』
사계절

『가방 들어 주는 아이』(고정욱, 2003)는 장애를 소재로 하고 있는 작품이지만 중요한 것은 '장애우의 친구' 가 주인공이라는 것이다. 지금까지 장애를 소재로 다룬 작품들이 대부분 '장애우의 고통' 에 초점을 맞추었다면 이 작품은 '주변인의 고통' 에 더 중심을 두어 관점의 변화를 시도하고 있다. 장애 때문에 아이들에게 따돌림 받는 영택이와 그런 영택이의 가방을 들고 다닌다는 이유로 놀림당하는 석우, 그 둘 사이에 벌어지는 크고 작은 사건과 그로 인한 석우의 갈등이 작품의 주된 축을 이룬다.

셋째, 작품의 문체와 문장이 배경과 인물의 성격을 잘 묘사하고 있는지 살펴보아야 한다. 좋은 문체와 문장은 이야기의 전개 상황과 인물 이해에 많은 도움을 주기 때문이다. 좋은 예로 『받은 편지함』은 이야기 자체가 억지스럽지 않다. 이 작품에서 벌어지는 사건은 우리 옆집이나 우리 동네의 어떤 아이가 겪을 것 같은 이야기이며, 내가 주변에서 실제 들어본 것 같은 느낌이 들만큼 자연스럽다. 특히 줄거리를 이루는 세부적인 화소들이 충분히 개연성을 가질 수 있도록 구성되어 있어서 독자를 쉽게 책에 빠지게 만든다.

한편, 신선한 문체는 작품에 생기를 불어넣는다. 그렇다고 변덕스럽거나 일시적 유행을 타라는 말은 아니다. 일시적으로 유행하는 학생들 간의 속어를 특정 목적이 있을 때라면 몰라도 일상으로 사용하는 것은 좋지 않다. 학생들이 모인 교실이나 거리에서 들을 수 있는 말투를 쓰는 일은 작품의 사실성을 높이는 데 기여하지만 자칫 잘못하면 통속적이고 상업적인 작품으로 가치를 떨어뜨리게 될 염려도 있다. 일반적으로 만화에서 사용하는 문장이나 대화가 만화라는 갈래를 수명이 짧고 작품성이 인정되지 않는 수준으로 떨어뜨리는 중요한 원인을 제공한다는 점은 참고할 만하다.

넷째, 사실동화의 내용이 오늘날 세상에서 발생하는 문제와 쟁점을 조명하고 있는지 고려해야 한다. 예를 들어 현대 사회의 여러 가지 문제, 즉 산업 재해, 빈부, 장애, 양성 평등 교육, 전통 문화와 같은 폭넓은 소재를 다루고 있는지 살펴보아야 한다. 특히 성(性), 죽음 등과 같은 논란의 소지가 많은 주제들이 열린 마음으로, 그리고 솔직하게 다루어지고 있는지도 고려해야 한다.

원유순의 『우리 엄마는 여자 블랑카』(원유순, 2005)는 우리나라에도 동남아에서 온 노동자들이 점점 늘어가는 요즘, 인권에 관한 문제를 TV 개그 프로에 등장한 '블랑카'를 소재로 하여 어린이의 눈높이에 맞추어 재치 있게 풀어 낸 창작 동화이다. 이 동화에서 우리가 중점을 두어야 할 것은 주인공 '하나'가 그것을 '극복'하여 '선향'하는 과정을 현실적으로 다루어 냈다는 것이다. 아동문학의 특징인 주인공과 동일시되는 점은 소녀 주인공에 감정을 이입함으로써 또래들의 외국인에 대한 인식의 올바른 지도를 그려준다.

다섯째, 사실동화의 내용이 현대적인 배경을 초월해 보편적인 의미를 담고 있는지 고려해야 한다. 우수한 문학 작품은 시대를 초월해 바른 세계관과 가치관 등의 의식 세계를 나타내며, 어린이는 작품을 통하여 인생을 배우기 때문이다.

『만년샤쓰』(방정환, 1999 재발간)는 가난하지만 씩씩하고 용기있게 생활하는 주인공을 그려낸 작품이다. 주인공 창남이를 통해 가난의 비극성과 그것을 꿋꿋하게 이겨내고자 하는 어린이의 굳센 마음을 잘 그려내고 있다. 이 작품이 처음 쓰여진 시기가 1920년대 일제시대이기 때문에, 작가는 주눅들기 쉬운 식민지 아이들에게 가난하지만 늘 웃음을 잃지 않고 씩씩하고 당당하게 자라나기를 바라는 마음으로 창작하였다고 한다.

『만년샤쓰』, 길벗어린이

여섯째, 폭력이나 기타 부정적인 행동을 소재로 할때라도 작가는 그런 이야기에서 삶의 희망을 발견하도록 써야하고 긍정적인 인생관을 제시하려고 노력해야 한다. 『그림도둑 준모』(오승희, 2003)는 그림을 도둑질한 준모에 대해 '상을 받지 못해도, 특별하지 않아도, 절대로 스스로를 못난 아이라고 생각하지 말라.' 는 메시지를 전하는 좋은 작품이다. 즉 '보통 사람들' 에 대한 각별한 애정이 담긴 작품으로, 특별히 잘하는 것이 없는 평범한 아이들에게 좀 더 일찍 자신의 존재 가치를 느끼게 해준다. 나는 나로서 소중하며 특별한 존재임을 알게 해 줄뿐만 아니라, 그런 아이들을 둔 부모가 어떤 마음을 가져야 하는지 따뜻하게 조언을 해준다.

『심학산 아이들』(노경실, 2000)은 경제적으로 어렵게 생활하고 있는 아이들이 새로 부임한 노처녀 선생님을 통해 조금씩 마음의 문을 열어가며, 서로의 어려움을 이해하는 과정을 잘 그리고 있다. 거친 세상에 맨몸으로 부대낄 수밖에 없는 아이들의 이야기가 자연스럽게 잘 묘사되어 있으며, 가슴 아픈 가난한 현실 속에서도 삶에 대한 긍정의 메시지를 전하고 있다.

참고 문헌

1. 작품

게리폴슨(2001), 『손도끼』, 사계절.

고재은(2004), 『강마을에 한번 와 볼라요』, 문학동네 어린이.

고정욱(2002), 『아주 특별한 우리 형』, 대교출판.

고정욱(2002), 『안내견 탄실이』, 대교출판.

고정욱(2003), 『가방 들어 주는 아이』, 사계절.

권정생(1988), 『바닷가 아이들』, 창작과비평사.

김바다(2002), 『비닐 똥』, 삼성어린이.

김일광(2004), 『외로운 지미』, 현암사.

김중미(2001), 『괭이부리말 아이들』, 창작과비평사.

김중미(2002), 『내 동생 아영이』, 창작과비평사.

김중미(2002), 『종이밥』, 낮은산.

김진경(2005), 『종이옷을 입은 사람』, 문학동네 어린이.

김향이(1999), 『내 이름은 나답게』, 사계절.

나탈리 배비트(1975), 『트리갭의 샘물』, 대교출판.

남상순(2005), 『이웃집 영환이』, 사계절.

남찬숙(2005), 『받은 편지함』, 우리교육.

노경실(2000), 『심학산 아이들』, 시공주니어.

리혜선(1996), 『폭죽소리』, 길벗어린이.

목온균(2001), 『아빠는 요리사 엄마는 카레이서』, 국민서관.

문선이(2002), 『엄마의 마지막 선물』, 계림.

박기범(1999), 「김미선 선생님」, 『문제아』, 창작과비평사.

박기범(1999), 「독후감 숙제」, 『문제아』, 창작과비평사.

박기범(1999), 「문제아」, 『문제아』, 창작과비평사.

박기범(1999), 「손가락 무덤」, 『문제아』, 창작과비평사.

박상률(2001), 『내 고추는 천연기념물』, 시공주니어.

방정환(1999), 『만년 샤쓰』, 길벗어린이.

범경화(2005), 『외로울 땐 외롭다고 말해』, 작은박물관.

소중애(1994), 『연변에서 온 이모』, 웅진닷컴.

소중애(2002), 『누리에게 아빠가 생겼어요』, 중앙M&B.

손연자(1998), 『까망머리 주디』, 지식산업사.

손연자(1999), 『마사코의 질문』, 푸른책들.

스콧 오델(1999), 『푸른 돌고래 섬』, 우리교육.

야시마 타로(1996)), 『까마귀 소년』, 비룡소.

양귀자(2002), 『누리야 누리야』, 문공사.

오승희(2003), 『그림도둑 준모』, 낮은산.

원유순(2000), 『까막눈 삼디기』, 웅진주니어.

원유순(2000), 『코딱지 만큼 왕딱지 만큼』, 채우리.

원유순(2005), 『우리 엄마는 여자 블랑카』, 중앙출판사.

위기철(2001), 『아홉살 인생』, 청년사.

위기철(2002), 『무기 팔지 마세요』, 청년사.

이경혜(2004), 『어느 날 내가 죽었습니다』, 바람의 아이들.

이금이(2000), 『나와 조금 다를 뿐이야』, 푸른책들.

이금이(2000), 『땅은 엄마야』, 푸른책들.

이금이(2001), 『너도 하늘말나리야』, 푸른책들.

이금이(2001), 『아이스케키와 수상스키』, 푸른책들.

이금이(2004), 『유진과 유진』, 푸른책들.

이미애(2000), 『뚱보면 어때 난 나야』, 파랑새 어린이.

이상락(2004), 『블루시아의 가위, 바위, 보』, 창작과비평사.

이주홍(1996), 『청어뼉다귀』, 우리교육.

이주홍(2001), 『메아리』, 길벗어린이.

임길택(1990), 『모퉁이집 할머니』, 창작과비평사.

임사라(2006), 『내 생각은 누가 해줘?』, 비룡소.

정채봉(2002), 『초승달과 밤배』, 파랑새어린이.

주디 블룸(2003), 『안녕하세요, 하느님? 저 마가릿이에요』, 비룡소.

채인선(1997), 『내 짝꿍 최영대』, 재미마주.

최나미(2005), 『엄마의 마흔번째 생일』, 청연사.

캐럴 캐릭(2000), 『아빠가 내게 남긴 것』, 베틀북.

토미 드 파올라(1999), 『오른발 왼발』, 비룡소.

현덕(2001), 『나비를 잡는 아버지』, 길벗어린이.

황선미(1999), 『나쁜 어린이 표』, 웅진닷컴.

황선미(2000), 『목걸이 열쇠』, 시공주니어.

황선미(2003), 『일기 감추는 날』, 시공주니어.

2. 단행본과 논문

김자연(2003), 『아동문학 이해와 창작의 실제』, 청동거울.

김현희 · 홍순정(1993), 『아동문학』, 한국방송통신대학.

원종찬(2000), 『아동문학과 비평정신』, 창작과비평사.

원종찬(2004), 『동화와 어린이』, 창작과비평사.

이오덕(1984), 『어린이를 지키는 문학』, 백산서당.

이재복(1995), 『우리동화 바로 읽기』, 한길사.

이재철(1978), 『한국현대아동문학사』, 일지사.

이재철(1983), 『아동문학개론』, 서문당.

이재철(1989), 『세계아동문학사전』, 계몽사.

이지호(2004), 『동화의 힘, 비평의 힘』, 김영사.

정선혜(2000), 『한국아동문학을 위한 탐색』, 청동거울.

조월례(2003), 「최근어린이 책 출판 경향과 전망」, 『문학교육학』 제12호, 한국문학교육학회.

존 로 타운젠드(1996), 『어린이책의 역사 1, 2』, 시공주니어.

최지훈(1989), 『아동문학평론(50호)』, 한국아동문학연구원.

최지훈(1991), 『한국현대아동문학론』, 아동문예.

페리 노들먼(2003), 『어린이문학의 즐거움 1, 2』, 시공주니어.

Huck, C. S., Hepler. S., Hickman. J., Kiefer. B. Z.(7ed.)(2001), Children`s Literature in the
        Elementary School, Mcgraw-Hill.

제7장 인물이야기

　　인물이야기는 동화나 동시처럼 작가의 의도대로 자유롭게 창작되는 작품이 아니라, 실제 존재했거나 실존하는 인물에 대한 사실의 철저한 검증에서 출발하는 비허구(nonfiction)이다. 그러므로 인물이야기의 작가는 주관적, 개인적 판단을 배제하고 객관적, 사회적 평가를 중심으로 대상 인물을 서술해야 한다. 물론, 이것은 대중적 평가와는 다른 것이다. 때로는 어떤 집단의 이해관계나 세계관의 차이에 따라 한 인물이 영웅이 되기도 하고, 죄인이 되는 경우도 있다. 따라서 인물이야기의 작가는 사회적 평가를 중시해야 하지만 한편으로는 대중의 평가에 맹종해서는 안 된다. 지금은 대중적 평가에 묻혀 가려진 인물의 진실하고 건강한 삶의 이야기를 찾아내어 글로 만든다면, 그 인물의 삶과 사상이 사회에 만연되어 있는 보편적 가치의 문제점을 보여줄 수 있는 것이다.

　　엄밀하게 말하면 인물이야기는 허구(fiction)가 아니기 때문에 문학의 한 갈래에 포함시킬 수는 없다. 그러나 실제 교육 현장에서는 어린이들에게 많이 읽히는 갈래이기에 아동문학 연구자들과 현장의 교사들이 많은 관심을 기울여야 하는 분야임에는 틀림없다. 인물이야기가 출판과 교육 현장에서 중요한 비중을 차지하고 있으며, 해마다 많은 책이 출판, 유통되고 있음에도 아동문학 연구자들이 이 분야의 연구와 비평에 소홀한 이유는 인물이야기가 '문학' 작품에 속하지 않는다고 보기 때문일 것이다.

　　인물이야기 갈래가 지닌 중요성에 비해 턱없이 부족한 연구 환경과 비평 기준의 부재는 출판 시장과 교육 현장의 건전한 발전에 걸림돌이 되고 있다. 좋은 작품과 좋지 않은 작품을 선별하여 안내하는 일은 독서 교육에 실질적인 도움이 될 뿐 아니라, 출판계의 건전한 발전을 견인할 수 있는 계기로 작용한다.

1. 인물이야기의 개념과 특성

가. 인물이야기의 개념

인물이야기는 성인문학에서는 "전기문학(傳記文學)"이라는 이름으로 알려진 것이며, 이 전기문학은 한무제 때 역사가인 사마천이 쓴《史記》의 "열전(列傳)"에서부터 고대 그리스와 로마 시대의 영웅전에 이르기까지, 동서고금을 막론하고 유서 깊은 전통을 가진 갈래이다. 예로부터, 사람들 사이에서 사람들과 어울리며 살 수 밖에 없는 우리 인간이란 존재는 기이한 인물, 특별한 인물, 위대한 인물의 삶에 대해 관심과 흥미가 지대하였다.

이러한 현상은 어린이를 상대로 하는 작품에서도 마찬가지였는데, 어린이를 대상으로 한 전기문학은 '위인전'이라는 이름으로 불러왔다. '위인전'이라는 용어에서도 알 수 있는 바와 같이 어른들은 어린이에게 '위인'의 삶을 들려주고 싶어 하였는데, 그 이유는 말할 것도 없이 어린이들이 그런 책 속의 주인공들처럼 훌륭한 사람이 되기를 염원하였기 때문이다. 그런데 최근에는 어린이들에게 이런 '위인'들의 삶에 대해서만 들려주어야 하는가 하는 반성의 목소리가 제기되기 시작하였다. '위인전' 속에 등장하는 왕이나, 정치가, 장군, 학자, 예술가들의 삶만 훌륭한 것인가, 우리 주변의 평범한 인물들의 삶에서 배울 점은 없겠는가 하는 의문이 생기기 시작한 것이다. 그래서 요즘에는 '위인전'이라는 용어보다는 '인물이야기'라는 용어가 널리 쓰이고 있다.

인물이야기의 개념을 간단히 말하면, "실제 인물을 주인공으로 삼아 그의 생애 전부 또는 그 일부를 다루되 사실성에 바탕을 두고 서사적 형식을 빌려 기록한 글"이라 할 수 있다. 즉, 인물이야기는 허구세계가 아닌 실상을 가지고 꾸밈없고도 진실된 사실을 추구하는 유일한 문학형식이며, 실제 인물이 특정 시대와 환경 속에서 살아온 과정 가운데 필자의 관점에서 의미 있는 부분에 초점을 두고 이를 부각하기 위해 서사적 형식으로 기록한 글이라 할 수 있다.

나. 인물이야기의 특성과 효용

인물이야기가 가지는 특성은 다음과 같이 정리될 수 있다.

첫째, 주인공은 특정 시기와 환경 속에서 생존했던 실제 인물이다. 앞에서 말한 바와 같이 과거 전기문학의 주인공은 대체로 출중한 영웅호걸이나 제왕과 같은 특별한 신분이며, 역사적으로 큰 족적을 남긴 이들이 중심을 이루었다. 그러나 현대는 평범하면서도 그 시대나 사회의 전형을 이루는 사람들이면 얼마든지 인물이야기의 주인공이 될 수 있다.

둘째, 내용의 사실성과 교훈성이다. 인물이야기는 허구세계가 아니라 사실을 내용으로 삼은 유일한 문학 형식이다. 그리고 과거에는 그 시대에 큰 영향력을 끼친 군주나 장군의 위업을 기리거나 추모하는 뜻으로 그의 훌륭한 점을 중심으로 한 일대기를 내용으로 삼은 경우가 많았다. 때로는 그 일생 가운데 역사적으로 중요한 대목 중 후세의 귀감이 될 만한 일화에 한정해서 내용으로 삼는 경우도 있었다. 그러나 현대에는 신분으로는 평민인 주인공을 다룬 인물이야기라 하더라도 어려운 여건을 극복하고 자신의 의지와 남다른 노력으로 남이 하지 못한 업적을 이뤘다거나, 흔하지 않은 특별한 경험을 겪으면서도 자신이 정체성을 구축해간 생애를 보임으로써 누구에게든 감명과 교훈을 줄 만한 내용들로 이루어졌다는 특징을 보인다.

셋째, 공간적·시대적으로 실제 배경을 토대로 하고 있다. 시대적으로나 사회적, 문화적으로 실제 있었던 배경을 토대로 하고 있다. 그렇기 때문에 독자에게 주인공이 처한 여건과 그 입장을 구체적으로 이해할 수 있게 해주고 때로 어린이 독자 자신과 견주어봄으로써 일부 공유하는 부분에서 친근감도 갖게 할 수 있다.

넷째, 주제는 주로 주인공에 대한 필자의 생각과 견해를 중심으로 구성되어 있다. 주인공에 대한 필자의 견해는 대체로 찬사와 존경과 경외감을 갖고 있는 경우가 많은데, 이 때문에 대부분의 인물이야기의 주제는 그에 준하는 것들이 많다. 또, 작가가 그 시대 또는 그 사회의 전형적인 인물을 주인공으로 삼는 작품에서는 그 주인공의 생애에 대한 작가의 해석을 통해 작가의 사회관, 세계관이 투영된 경우가 많다.

그러면, 이런 특성을 지니고 있는 인물이야기는 과연 어린이들에게 어떤 효용성이 있을까. 우선 어린이들이 인물이야기의 주인공을 돌아보는 과정에서 자신이 장차 어떤 인물이 되고, 어떻게 살아가야 할지에 대하여 부분적으로, 또는 전체적으로 모델이 될 만한 구체적인 대상을 찾아낼 수 있게 해 준다. 실제 일상에서 어린이들이 만나는 인물들은 역할 모델이 되기에는 제한적일 수밖에 없는데,

다양한 인물이야기를 읽을 경우 주인공들의 말과 행동을 살펴나가면서 그것을 통해 주인공의 성격 전모를 감지하는 과정에서 점차 인간 이해의 안목을 확충하는 데 기여할 수 있게 한다. 나아가 주인공들이 그들에게 닥친 고난과 특수한 상황을 이겨나가는 과정을 읽음으로써, 자신이 장차 그와 비슷한 경험을 할 때 어떻게 대처해야 할지를 미리 추체험으로 배워나가는 계기가 된다.

2. 인물이야기의 유형

어린이를 위한 인물이야기의 유형은 그 표현 형식과 범위에 따라 그림책 인물이야기, 단순화된 인물이야기, 부분적인 인물이야기, 완전한 인물이야기, 여러 인물을 다룬 인물이야기(Collective Biographies), 자서전과 회고록, 평전으로 분류할 수 있다.[148]

가. 그림책 인물이야기

유아나 초등학교 저학년 어린이를 독자로 한 갈래이다. 분량이 제한적이므로, 인물의 생애는 대개 특정한 부분이나 인상적인 일화를 중심으로 기록되는 것이 보통이며, 그림이나 사진으로 인물의 삶과 시대적 배경을 풍부하게 해 준다.

그림과 글이 잘 어우러진 그림책 인물이야기로는 강무홍의 『까만 나라 노란 추장』(강무홍, 2001)이 있다. 이 그림책은 서울대학교 농과 대학 교수로 케임브리지 대학 교수직 임용도 거부하고 가난한 나라 아프리카로 건너간 한상기 박사에 대한 이야기이다. 그는 아프리카 사람들의 주식인 카사바, 얌, 고구마, 바나나 따위를 연구하여 병충해에 강하고 잘 자라는 품종으로 개량하였으며, 무서운 '면충'을 연구한 끝에 천적 기생충을 이용하는 방법을 알아내어 아프리카 기아 문제 해결에 큰 공헌을 하였다. 이 그림책은 학자로서 사람을 구하는 일에 자신의 삶을 바친 한 사람의 이야기를 통해 학문 연구의 진정한 가치가 무엇인지, 어떻게 사는 것이 아름다운 삶인지를 '한상기'란 인물을 통해 들려주고 있다.

그 밖에 외국의 인물이야기 그림책으로는 19세기 여성의 인권을 위해 일했던 아멜리아 블루머의 이야기를 다룬 『치마를 입어야지 아멜리아 블루머』(섀너 코

148) 『Children's Literature in the Elementary school』에서는 어린이를 위한 전기를 그 표현과 범위의 형태(Types of Presentation and Coverage)에 따라 그림책 인물이야기, 단순화된 인물이야기, 부분적인 인물이야기, 완전한 인물이야기, 여러 인물을 다룬 인물이야기 (Collective Biographies), 자서전과 회고록 등으로 나누었다.

리, 2003)가 있다. 이 그림책은 제목부터 재미있고, 그림이 밝고 경쾌하며, 유머러스한 이야기가 어린 독자를 사로잡는다. 19세기 허리를 한껏 조여 숨쉬기조차 힘든 드레스를 입고 정치나 사회적 활동을 제한당한 당시 여성의 지위에 반기를 든 아멜리아 블루머 이야기는 밝고 경쾌한 그림과 함께 재미있게 그려졌다.

『벼락을 훔친 벤저민 프랭클린』(로절린 섄저, 2004)은 음악가이자, 인쇄업자였고, 만화가이자 세계여행가였으며, 신문 발행인, 상인, 군인, 정치가이기도 한 프랭클린의 다채로운 삶을 글과 그림을 잘 조합하여 이야기해주고 있다.

나. 단순화된 인물이야기

인물의 생애를 전체적으로 다루기는 하지만 전체의 생애를 압축하여 요약적으로 서술하는 형식을 취한다. 저학년 어린이를 독자로 하는 경우가 많은데, 이러한 인물이야기는 한 인물에 대해 개략적인 삶을 알게 해 줄 수는 있지만, 인물이 살았던 시대적 배경, 인물의 심리적, 정신적 변화의 궤적까지 알게 할 수는 없다. 이러한 한계를 극복하는 방법으로 삽화를 선택한 책들이 있다. 이 경우는 앞서 말한 그림책의 경우와도 같다. 그림책의 경우, 글로 표현하지 못하는 인물의 성격, 시대적 상황을 그림으로 나타내어 독자의 이해를 돕고 있다.

인물이야기 그림책과 단순화된 인물이야기를 구분하는 기준은 좀 모호한 점이 있는데, 여기에서는 한 사람의 일생을 처음부터 끝까지 비교적 자세하게 다루었으며, 책의 분량이 40쪽을 넘고 글이 차지하는 비중이 그림보다 큰 책을 단순화된 인물이야기로 분류하였다.

단순화된 인물이야기로 우리나라 인물이야기 책은 아직 좋은 책이 눈에 띄지 않아 아쉽다. 사실, 한 인물의 일대기를 짧은 글로 쉽게 풀어쓴다는 것이 쉬운 일은 아니다. 자칫 잘못하면 이야기로서 문학성을 잃어버리고 인물의 일대기를 간단하게 소개한 글이 될 수도 있기 때문이다. 앞으로 사실성을 바탕으로 문학성이 잘 어우러진 단순화된 인물이야기가 많이 나와 어린이들에게 쉽고 재미있는 인물이야기를 들려줄 수 있으면 좋겠다.

외국 인물이야기 책으로는 어려운 과학 원리를 쉽고 재미있게 글과 그림으로 풀어 놓으며 이야기를 전개한 『항해의 역사를 바꿔놓은 해상시계 Sea Clocks』(루이스 보든, 2004), 피터 시스라는 예술가의 눈을 통해 어린이들에게 갈릴레오 갈릴레이의 위대한 삶을 보여준『갈릴레오 갈릴레이』등이 있다.

다. 부분적인 인물이야기

어떤 인물의 삶 가운데 가장 인상적이거나, 특별한 시기를 중심으로 비교적 자세하게 다루는 형식이다. 한 인물의 삶을 전체적으로 다루기에는 분량이 길어지고, 복잡해져서 어린이 독자들의 독서에 부담이 될 수 있다고 생각될 때, 그 인물의 생애 가운데 핵심이 되는 사건을 중심으로 기술하는 것도 좋은 방법이다.

이정범의『다큐동화로 만나는 우리 역사 1~8권』(이정범 저, 이희근 감수, 2005)은 수원 화성과 정약용(1권), 강화도의 서양 함대와 대원군(2권), 동학과 녹두 장군 전봉준(3권), 새 나라를 꿈꾼 개화파와 김옥균(4권), 황제의 나라, 대한제국(5권), 항일 독립운동과 안중근(6권), 대한민국 임시 정부와 김구(7권), 저항 문학과 한용운(8권)의 제목에서 알 수 있듯이 기존의 인물이야기가 인물 중심이었던 것과 달리 시대적 배경과 당시 사회상을 인물들의 삶과 연결시켜 이야기하였다. 이 시리즈는 동학, 김옥균, 대원군에 대한 역사적 재평가가 돋보이며 한 인물을 영웅으로 만들지 않고, 한 시대를 살아간 인물의 행동과 생각을 객관적으로 서술하고 있어 기존의 위인전에서 한 걸음 나아갔다고 볼 수 있다.

라. 완전한 인물이야기

주로 높은 학년의 독자를 대상으로 하는 인물이야기로서, 인물이 살았던 시대적, 사회적 배경, 인물의 정신적 변화와 성장의 과정, 성인이 되었을 때의 업적이나 주요한 사건, 후세의 평가 따위의 모든 요소들이 갖추어진 인물이야기를 말한다.

새로운 눈으로 세상을 본 실학자 이야기인 배봉기의『연암 박지원』(배봉기, 2004)은 3부로 나뉘어 연암 박지원에 대해 깊이 있게 탐구하여 소개한 글이다. 차례를 보면 '제 1부 ― 연암 박지원, 그는 누구인가? 제 2부 ― 연암 박지원, 그는 어떤 이야기를 썼는가? 제 3부 ― 연암 박지원, 그는 무슨 생각을 했는가? 글을 맺으면서 ― 새로운 시대를 연 사람, 박지원' 등과 같이, 한 인물의 생애, 저서, 사상, 그 인물에 대한 평가를 역사적 자료와 사진들을 활용해 깊이 있게 탐구하여 인물이 살고 있던 시대 상황과 그 당시 사회제도 및 산업들에 대해서도 풍부한 지식을 얻을 수 있게 하였다.

마. 인물이야기 모음집

한 권의 책에 여러 인물의 삶을 모아놓은 형식의 인물이야기이다. 이런 인물이야기는 책을 제작하는 하나의 방법일 수도 있는데, 대개는 어떤 공통점이 있는 인물을 모아놓는 것이 보통이다. 그 공통점은 인물이 살았던 시대가 될 수도 있고, 직업(정치가, 예술가, 과학자…)이 될 수도 있으며, 사상이 될 수도 있고, 인물이 가지는 특별한 체험이 될 수도 있다. 예컨대, 조선 후기의 실학자들의 삶을 다룬 이야기를 모아놓은 인물이야기나, 장애자로 태어나 고난을 극복한 인물들을 모아놓은 책이 그것이다. 이러한 형식의 인물이야기는 독자의 입장에서 관심 있는 분야의 인물의 삶을 한꺼번에 읽고 비교할 수 있다는 장점이 있다.

이러한 유형의 책으로는 수나라 대군을 지혜로 물리친 을지문덕을 시작으로 왜구로부터 나라를 지킨 장수들의 이야기로 우리누리의 『나라를 지킨 호랑이 장군들』(우리누리, 2001), 최고의 맛을 찾아가는 요리사 총주방장 박효남과 같이 우리 주변에서 묵묵히 자신이 하는 일에 최선을 다하는 사람들의 이야기를 통해 어린이들에게 미래에 무엇이 될까 생각해보게 하는 박효남 외 여럿이 쓴 『나는 무슨 씨앗일까?』(박효남 외, 2005), 세계를 바꾼 여자들의 도전 이야기 『여자는 힘이 세다』(유영소, 2004), 역경을 이겨내고 인류를 위해 큰 일을 한 열 사람 이야기인 나은경의 『나는 포기하지 않아』(나은경, 1999)가 있다.

바. 자서전과 회고록

자서전은 인물이야기 가운데 필자가 자신을 주인공으로 삼아 자기 일생을 연대기적으로 기술해간 문학 형식을 말한다. 이와 유사한 문학 형식으로 수기(手記)가 있는데 이는 자기 이야기 가운데 특정 사건이나 대상에 초점을 맞추어서 자신의 체험을 기록한 주관적인 글을 일컫는다.

또한 회고록(回顧錄)은 사회적으로 큰 족적을 남기고 당대인들에게 많은 영향력을 준 필자가 자신의 일생 가운데 특히 중요한 활동 부분을 중심으로 기록해놓은 글을 말한다.

현재 어린이를 대상으로 하여 자서전이나 회고록의 형태로 출간된 경우는 많지 않다. 어린이를 위한 그림책인 『소로우의 오두막』(헨리 데이빗 소로우, 2003)은 헨리 데이빗 소로우가 월든 호숫가에 작은 오두막을 짓고 소박한 생활을 하면서 보낸 기록을 유화풍의 아름다운 풍경화를 넣어 그림책으로 만든 것이다. 이 그림책은 인상주의 화법으로 그려진 그림에 헨리 데이빗 소로우의 자연과 조화를 이룬 소박한 삶의 기록이 소개되었다. 완벽한 자서전은 아니지만 자신의 삶에 대해 기록한 글을 그림과 함께 어린이를 대상으로 엮은 책 중에서는 문학성이 돋보인다고 볼 수 있다.

사. 평전(評傳)

평전이란 작가가 한 시대의 역사적 자료를 선정하고 정리한 뒤 이를 해석해내는 작업의 결과로 나온 일종의 비평적 인물이야기이다. 이는 주로 주인공으로 선정된 인물이 끼친 업적을 분석하여 역사적, 사상적 또는 문학적 업적을 작가 입장에서 재조명하고 평가하여 의의를 가늠해보는 글이다. 우리나라에서는 이상의 생애와 작품 세계를 비평적으로 다룬 『이상 평전』(고 은, 2003), 한용운의 삶과 작품을 기술한 『한용운 평전』(고 은, 2004) 등이 있는데, 이 형식의 인물이야기는 어린이를 독자로 하기에는 너무 어려워, 아직 어린 독자를 대상으로 한 평전은 나오지 않았다.

3. 인물이야기의 선정 기준

어린이를 위한 문학 교육의 지침과 안내를 위하여, 그리고 인물이야기를 쓰는 어린이 책 작가와 출판사에게 바람직한 출판의 방향을 제시하기 위하여 인물이야기의 선정 준거는 반드시 필요한 과제이다. 그런데, 인물이야기를 선정하는 준거를 마련하기 위해서는 이 갈래가 지니는 다음과 같은 특성을 고려할 필요가 있다.

어린이들에게 인물이야기는 '어른이 되어 무슨 일을 하며 어떻게 살아가야 하는지'에 대한 구체적 모델이 되어준다. 그러므로 어린이들이 읽는 인물이야기는 논픽션으로 사실적 자료만을 단순하게 제시해서는 안 되고, 문학적 요소 즉, 픽션이 가미되어야한다. 한 인물의 삶을 자연스럽고 경쾌하게 전개하는 서술방식도 매우 중요하다. 여기서는 국내외 연구자들이 제시한 선정의 기준을 살핀 다음 이를 참고로 하여, 인물이야기의 선정 기준를 구안하고, 선정 기준에 맞는 작품의 사례를 들어보기로 한다.

조월례는 부모가 어린이에게 어떤 책을 권하는 것이 좋은가에 대해 설명하는 과정에서 인물이야기 선정의 기준을 다음과 같이 제시하였으며, 허크(Huck, 2001)는 어린이를 대상으로 하는 인물이야기의 선정 기준으로 아래와 같은 점을 제시하였다.

149) 조월례(2005), 『아이 읽기, 책읽기』, 사계절 출판사, 49-50쪽.

조월례의 인물이야기 선정 기준[149]
① 현대의 가치관에 맞는 인물과 내용이어야 한다.
② 태어나는 인물보다는 만들어진 인물이어야 한다.
③ 인간적인 약점과 한계를 극복하고 진실되게 살아가는 동안 차곡차곡 쌓인 훌륭함이 느껴져야 한다.
④ 내용이나 그림이 사실과 일치해야 한다.
⑤ 글쓴이를 분명하게 밝힌 책을 골라야 한다.
⑥ 쉽고 명쾌하고 편안한 문장을 갖추고 있어야 한다.

150) Huck, C., Hepler, S., J., Kiefer. B. Z., (ned)(2001), 『Children's Literature in the Elementary school』, Mcgraw-Hill.

허크(Huck)가 제시하는 인물이야기 선정의 준거[150]
흥미성과 교훈성
─실제의 삶은 오늘날 어린이의 관심을 끌 수 있고 의미를 제공하는가?
─이런 역사적 인물 또는 현대적 인물은 어린이들이 과거와 현재를 이해하도록 돕는가?
─인물의 경험들은 어린이들의 삶에 대한 가능성의 관점을 넓힐 수 있는가?

정확성과 사실성
─텍스트와 삽화는 세심한 탐구와 표현의 일관성을 반영하였는가?
─작가는 원서, 참고문헌 또는 여타의 문서 증거물에 대한 주석을 제공하였는가?
─기타의 책과 비교할 때 사실의 모순성이 존재하는가?
─중요한 사항을 생략하여 인물의 삶에 대해 왜곡된 형상을 초래하지는 않았는가?

문체

-인용과 대화로 인물을 생생하게 묘사하고 있는가?

-허구화된 인물이야기를 위해서 서술자의 관점 선택은 스토리를 추가시키는
가?

-자연성이 포함된 배경 재료로 작가만의 문체가 분명하고 쉽게 읽을 수 있는
가?

성격묘사

-인물은 장단점을 지닌, 개연성 있는 인물로 그려지고 있으며, 입체적 인물로
형상화되고 있는가?

-작가는 일방적인 찬사와 공허한 찬탄을 배제하고 있는가?

주제

-작가의 주제에 대한 해석은 공정하고 균형있는 시각을 유지하는가?

-작가는 선정된 주제를 강조하기 위해 사실을 지나치게 단순화하거나 조작
하는 행위를 하지는 않았는가?

조월례의 인물이야기 선정 기준은 대상 인물의 선정을 매우 중시하고 있음을
알 수 있다. 이 선정 기준의 첫째, 둘째, 셋째 항목은 모두 어린이에게 어떤 인물
의 삶을 들려주어야 하는지에 대해 기술한 것으로, 변화하는 현대의 가치관을 반
영하는 인물을 훌륭한 인물로 생각하고 있다. 반면, 허크는 여러 가지 다양한 관
점을 세심하게 고려하여 선정의 기준으로 제시하고 있으므로 인물이야기 집필
과 출판의 방향에 시사하는 바가 크다.

여기에서는 위 두 가지의 선정 기준을 바탕으로 '대상 인물의 선정', '사실성
과 정확성', '효용성', '문학적 가치', '책의 체제 및 구성' 과 같은 항목으로 나
누어 다음과 같이 인물이야기의 선정 기준을 구안하였다.

인물이야기 선정 기준

1) 인물의 선정

가) 현대 가치관에 맞으며 독자의 관심을 끄는 인물인가?

나) 독자에게 구체적인 삶의 모델이 될 만한 인물인가?

다) 타고난 인물이기보다 성장해가는 인물인가?

2) 인물과 배경의 사실성

가) 인물은 장단점을 지닌 실제적 인간으로 묘사되어 있는가?

나) 인물의 행동은 시대와 관련되게 그려지는가?

다) 역사적·사회적 배경은 구체적이고 알기 쉽게 표현되고 있는가?

라) 일화는 사실에 기초하고 있는가?

마) 다른 역사책과 비교할 때, 사실에 차이점이나 모순은 없는가?

3) 독자에 대한 효용성

가) 독자에게 교훈과 감동을 주는가?

나) 인물에 대한 사실적 내용은 허구적 이야기와 적절하게 균형을 이루어 이해를 돕고 재미를 주는가?

다) 문장은 쉽고 명쾌하며, 독자가 편안하게 읽을 수 있는가?

4) 문학적 가치

가) 주제와 구성에 적합한 개성있는 문체인가?

나) 사건은 생생하고 사실적으로 묘사되어 있는가?

다) 주제를 효과적으로 전달하기에 적절한 시점인가?

라) 이야기 구조는 정형화되지 않고 독창적인가?

5) 책의 전체적 구성 및 특징

가) 책의 구성은 참신하며 주제에 맞는 효과적인 구성을 취했는가?

나) 외국 인물이야기의 경우, 자연스러운 문장으로 잘 번역이 되었는가?

다) 삽화와 사진자료가 풍부하고, 글의 이해를 도울 수 있는 좋은 것인가?

4. 선정 기준 적용의 실제

가. 인물의 선정

1) 현대의 가치관에 맞으며 독자의 관심을 끄는 인물인가

시대에 따라 추구하는 가치관이 달라지고, 이상적인 인물상이 달라지기 때문에 구태의연한 가치관을 지닌 인물은 새로운 미래상을 제시하는데 한계가 있다. 인물이야기를 읽히는 이유는 인물의 삶을 통해 구현된 올바른 가치관을 아이들에게 제시하고, 아이들이 자신들의 인생을 설계하는 데 긍정적인 영향을 끼치고자 하기 때문이다. 따라서 현대를 사는 아이들이 접하는 인물이야기는 현대 가치관에 맞는 내용을 다루어야 하겠다.

근래에 출판된 인물이야기 책 가운데는 변화하는 현대의 가치관을 반영한 책이 다수 발견된다. 위기철의 『청년 노동자 전태일』(위기철, 2000)은 열악한 노동 현실에서 인간다운 삶을 외치며 온몸으로 시대와 맞섰던 노동자의 삶을 생생하게 그려내고 있다. 전태일의 삶은 불행했던 동료 노동자들에게 등불이 되었으며, 민주화 운동을 발전시키는 계기가 되었다. 박상률의 『인권 변호사 조영래』(박상률, 2001)나 권태선의 『마틴 루터 킹』(권태선, 2000)도 전 생애를 힘없고 가난한 사람, 혹은 피부색 때문에 천대를 받던 흑인의 인권 회복을 위해 일생을 바친 사람을 묘사하였는데 이는 모든 사람이 고루 행복해져야 한다는 현대의 민주적 가치를 반영하는 좋은 책이다.

2) 독자에게 구체적인 삶의 모델이 될 만한 인물인가

인물이야기를 통해 보편적 삶의 모델을 찾는 것도 중요하지만, 최근에는 직업이 다양하게 세분화됨에 따라 수많은 직업을 일일이 제시하고 설명해주기 어려울 수 있다. 인물이야기는 이러한 역할을 대신해 줄 수 있는 좋은 안내자가 될 수 있다. 과거에는 위대한 왕, 장군, 학자, 예술가 등이 인물이야기의 단골손님이었지만 최근에는 성직자, 물고기 연구가, 농부, 스포츠 스타, 노동운동가, 기업인 등으로 다양해졌다. 이러한 경향은 직업을 보는 관점의 변화를 반영하는 것으로 바람직한 변화라고 할 수 있다.

어린이 운동의 선구자 방정환의 삶을 그린 『뚱보 방정환 선생님 이야기』(이재복, 1993), 일제 강점기에 우리 민족의 독립을 위해 일한 김구의 삶을 그린 『백범 김구』(신경림, 2002), 가난과 외로움을 이기고 서민의 삶을 질박하게 그려낸 화가 박수근의 이야기를 담은 『나무가 되고 싶은 화가 박수근』(김현숙, 2000), 어린이 노벨상이라 불리는 '세계 어린이상'의 첫 수상자인 소년 노동운동가 이크발의 삶을 그린 『난 두렵지 않아요』(프란체스코 다다모, 2002) 같은 책들의 주인공은 평범한 가운데 자신의 노력으로 아름다운 삶을 가꾼 인물들을 대상으로 하였으므로, 어린이들의 역할 모델이 되기에 충분한 책이다.

3) 타고난 인물이기보다 성장해가는 인물인가

인물이야기의 주인공은 태어날 때부터 비범한 요소를 가진 인물보다는 평범한 인물로 태어났지만 꾸준한 노력으로 성장을 지속해가며, 자기 분야에서 최선을 다해 살아간 모습을 그린 인물이 바람직하다. 누구나 위인이 되기 위해서 살아가는 것이 아닐 뿐더러, 자신의 신념에 따라 살아가는 것이 더 소중하기 때문이다. 아이들은 저마다 장점이 있고, 그 장점을 계발하여 훌륭한 인물이 될 수도 있다. 태어날 때부터 최상류층 가문의 일원으로 태어나 비범한 능력을 지니고 있던 인물의 이야기는 현대의 평범한 독자가 자기도 모르는 사이에 '나는 성공적인 삶을 살 가능성이 없겠구나.' 하는 생각을 갖게 할 수 있어, 성장의 가능성에 대한 꿈을 위축시킬 수가 있다.

『새박사 원병오 이야기』(원병오, 1999)나 『나비박사 석주명』(박상률, 2000)과 같은 책은 자신이 좋아하는 분야에서 신념을 가지고 연구함으로써 인류에게 빛을 남긴 인물의 삶을 들려주고 있다. 이런 인물의 삶은 태어날 때부터 비범한 인물이 아니라 자신의 분야에서 최선을 다하는 삶의 아름다움을 그려내고 있어서 어린이들의 구체적인 역할 모델이 될 수 있다.

『새박사 원병오 이야기』
우리교육

나. 인물과 배경의 사실성

1) 인물은 장단점을 지닌 실제적 인간으로 묘사되어 있는가

단점만 있는 사람이 없는 것처럼 장점만 있는 사람도 찾기 힘들다. 그러나 이전의 많은 인물이야기들은 인물의 훌륭함을 과장하기 위하여 그의 장점만을 나열하는 잘못을 범하는 경우가 많았다. 이러한 문제점은 아이들이 인물이야기를 기피하는 원인이 되기도 하였다. 한없이 훌륭하기만 한 위인을 자신과 비교하면 자신이 초라하게 느껴져 자신감을 잃고 위축되기 쉽기 때문이다. 따라서 아이들이 인물이야기에서 큰 교훈을 얻으려면 우선 인물이 실제 살아있는 인간으로 받아들여질 수 있도록 묘사되어야 하겠다.

『위대한 영혼, 간디』(이옥순, 2000)와 『마하트마 간디』(사이먼 애덤스, 2005)는 인간적 결점을 지닌 간디의 성장 과정과 젊은 시절의 이야기를 솔직하게 들려주고 있다. 간디는 처음부터 정치가적인 재능을 타고 난 것은 아니었다. 많은 단점을 가지고 있었고, 실패와 좌절을 경험하였지만 그것들을 이겨내고 인도의 독립을 이끌어낸 영웅으로 성장해갔던 것이다.

『마하트마 간디』
어린이작가정신

> 그는 멋쟁이 영국 신사처럼 옷을 차려입고 그처럼 우아하게 행동하려고 애썼다. 낮에는 짙은 색 줄무늬 바지에 줄무늬 셔츠, 화려한 넥타이, 단추가 두 줄로 달린 조끼를 입고, 그 위에 모닝코트를 걸치고 실크해트를 썼다. 또한 은제 손잡이가 달린 지팡이를 들고, 가죽 구두에 가죽 장갑을 착용했다. 그는 저녁 만찬에 입고 갈 정식 야회복을 한 벌 샀고, 외출할 때는 항상 외모에 신경을 썼다. -중략-
> 그는 파리에서 열린 세계 박람회를 구경하려고 1890년에 프랑스를 방문했다. 그는 일주일 동안 파리에 머물면서 새로 세워진 에펠 탑에 올라가, "단지 그렇게 높은 곳에서 점심을 먹었다는 말을 할 수 있다는 만족감을 위해" 첫 번째 플랫폼에 있는 식당에서 값비싼 식사를 했다.[151]

151) 사이먼 애덤스 지음, 김석희 옮김(2005), 『마하트마 간디』, 어린이 작가정신, 15쪽

위와 같은 부분은 간디 같은 훌륭한 인물도 한때는 사치와 허영심을 가지고 있었음을 보여주고 있다. 독자는 이러한 인간적인 모습을 읽으며 인물을 좀 더 가깝게 느낄 수 있다.

2) 인물의 행동은 시대와 관련되게 그려지는가

과거의 인물일 경우, 아이들은 과거의 가치관에 따른 인물의 행동을 쉽게 이해하기 어려울 수도 있다. 따라서 당시의 시대상과 관련해 인물의 이야기를 보여주는 것은 아이들이 인물의 행동을 잘 이해할 수 있도록 할 것이다.

이원수와 신충행, 고정욱이 어린이들의 눈높이에서 당시 시대 상황과 사회 모습, 제도, 문화 등을 설명하여 인물의 삶에 대한 이해를 높여주는 인물이야기는

어린이들에게 과거의 모습과 인물을 이해하는 데 도움을 준다. 『이원수 선생님이 들려주는 해상 왕 장보고』(이원수, 2003), 『고정욱 선생님이 들려주는 광개토 대왕』(고정욱, 2004)이 그러한 책이다.

3) 역사적 · 사회적 배경은 구체적이고 알기 쉽게 표현되고 있는가

특히 시대적 배경이 과거로 설정된 작품일 경우 어린이들이 알기 어려운 단어나 역사적 상황이 제시되기 쉽다. 작가는 어린이들의 이러한 어려움을 예상하고, 역사적 배경을 알기 쉽게 해설하거나 사진, 삽화, 연대표 따위를 활용하여 어린 독자들이 이해하기 쉽도록 친절을 베풀어야 한다.

임진왜란의 영웅 이순신의 생애와 업적을 담은 인물이야기로 『이순신』(햇살과 나무꾼, 2006)은 다양한 자료들이 임진왜란 당시 해전을 보다 실감나게 이야기 해 주고 있고, 영웅이 아닌 묵묵히 자신에게 주어진 일에 최선을 다하며 산 인간 이순신을 만나게 해 주고 있다. 기존의 이순신을 그린 이야기가 '이순신'이라는 인물의 영웅적 삶에 촛점을 맞추었다면, 이 책은 사실적 자료와 고증을 거쳐 임진왜란을 승리로 이끈 것이 이순신 한 사람이 아니라 많은 사람이 함께 한 것이라는 사실을 알려 주고 있으며, 인간 이순신이 특별한 사람이라기 보다는 모든 일에 최선을 다하는 인간이라는 점을 부각시킨 책이다.

『청년 노동자 전태일』(위기철, 2000)에는 당시 노동자에 대한 처우가 얼마나 열악하였는지를 그들이 받았던 일당과 작업장의 크기 등을 통해 구체적으로 서술하고 있으며, 화폐의 가치를 설명할 때는 아이들이 알기 쉬운 껌 값, 동화책 값과 비교하며 서술하여 실감을 더해 주고 있다.

> 그렇게 일하고 받는 돈이 얼마일까요? 하루에 50원입니다. 그 때에는 껌이 한 통에 10원이었고, 동화책이 한 권에 70원쯤 했답니다. 그러니 어린 견습공들의 생활이 어떠했겠습니까? 그러나 어린 견습공들을 괴롭히는 것은 고된 일과 낮은 월급 뿐만은 아니었습니다. 그들이 일하는 작업장은 웬만한 구멍가게보다 조금 더 클까말까 할 크기입니다.[152]

4) 일화는 사실에 기초하고 있는가

인물이야기는 한 인물의 이야기이면서 동시에 그 시대를 반영하는 역사서이기

『청년 노동자 전태일』
사계절

152) 위기철(2000), 『청년 노동자 전태일』, 사계절, p 145-146.

도 하다. 따라서 사실성에 충실하지 않으면 아이들에게 잘못된 지식을 전달할 수도 있다. 사실성은 논픽션인 인물이야기가 갖추어야 할 중요한 요소 중의 하나이다.

5) 다른 역사책과 비교할 때, 사실에 차이점이나 모순은 없는가

동일한 인물에 대해 교과서나 권위 있는 역사책에서 서술하고 있는 바와는 다른 일화를 서술하거나, 구체적인 역사적, 사회적 사실에 차이나 모순이 생겨서는 안 된다. 사실성을 확인할 수 있는 좋은 방법은 다른 책들과 비교·대조해 보는 것이다.

다. 독자에 대한 효용성

1) 독자에게 교훈과 감동을 주는가

흥미성과 교훈성은 모든 문학작품이 지녀야 할 기본적인 조건이다. 특히 바람직한 삶의 역할 모델을 제시하는 인물이야기의 경우에는 그 인물의 일화와 삶의 과정이 교훈과 감동을 줄 수 있는 이야기가 되어야 한다.

2) 인물에 대한 사실적 내용은 허구적 이야기와 적절하게 균형을 이루어 이해를 돕고 재미를 주는가

재미있는 이야기를 더 좋아하는 초등학교 아이들은 단순한 연대기 나열식의 인물이야기를 읽으며 크게 흥미를 느끼지 않을 수도 있다. 독자의 손을 떠난 관심 밖의 책은 아무런 의미도 없다. 따라서 이야기는 아이들에게 지루하지 않도록 재미있는 문장이나 일화, 삽화 등의 요소들을 갖추어야 하겠다.

3) 문장은 쉽고 명쾌하며, 독자가 편안하게 읽을 수 있는가

흔히 인물이야기를 가까이 느끼지 못하는 까닭 가운데 하나는 인물이야기가 길고 딱딱하며 어려운 문장으로 서술되어있기 때문이다. 아이들이 편안하고 재미있게 읽을 수 있으려면 쉽고 명쾌한 문장으로 서술되어 있어야 한다.

"아니 이것보다 좀 더 긴 건 없습니까?"
이렇게 말하자 점원 아가씨가

"아니 아저씨, 사람의 배에 맞는 허리띠로는 그것보다 긴 건 이 백화점엔 없어
요."

하고 말했습니다. 그러니까 방정환은 멋쩍어서 그만 멍하니 있다가 이렇게 대
답했습니다.

"아니 사람의 배에는 맞는 게 없다니요. 그럼 내 배가 뭐 말배때기나 된단 말입
니까."

점원 아가씨는 방정환이 하는 말에 그만 얼굴이 빨개지며 웃고 말았습니다.

허리띠가 맞는 게 없다니 한번 여러분도 생각을 해 보세요. 얼마나 뚱뚱한 걸
까요.[153]

153) 이재복(1993), 『뚱보 방정
환 선생님 이야기』, 지식산업사,
173쪽.

위 글은 방정환 선생이 뚱보였음을 재미난 일화로 보여주고 있다. 위인의 위엄
보다는 인간적인 면모를 보여 줌으로써 독자에게 방정환 선생을 더 가깝게 느끼
게 할 수 있다. 여기서는 서술자의 말투에도 주목을 할 필요가 있다. "한번 여러
분도 생각을 해 보세요. 얼마나 뚱뚱한 걸까요."와 같은 말투는 아이들에게 편안
하게 다가갈 수 있는 문장이다.

라. 문학적 가치

1) 주제와 구성에 적합한 개성있는 문체인가

'-습니다.'나 '-이다'의 획일화된 어미로 끝나는 딱딱한 문체는 아이들의 흥미
를 반감시키고, 문학적 가치도 떨어뜨릴 수 있다. 주제와 구성에 적합하게 개성
있는 문체를 구사하는 것이 좋다. 이재복의 『뚱보 방정환 선생님 이야기』 문체는
방정환이라는 인물을 표현하는 데 어울리는 문장이며, 어린이들의 흥미를 끄는
데 적합한 문체라고 평가할 수 있다.

소리꾼 '박동진' 선생을 다룬 『큰 소리꾼 박동진 이야기』(송언, 1999)는 작가가
어린이들에게 위대한 소리꾼이 얼마나 어려운 수련을 거듭하여 태어나는지를
'나'라는 일인칭 화자가 구수한 이야기를 들려주는 형식으로 전개하여 어린이들
이 읽기에 쉽고 재미있다.

2) 사건은 생생하고 사실적으로 묘사되어 있는가

화석화된 장면을 밋밋하게 서술하기보다는 생생하고 사실적으로 묘사한다면

아이들은 이야기에 쉽게 재미를 느낄 수 있을 것이다. 인물이 살았던 그 시대 사람들이 쓰던 말투, 그 지방의 사투리, 관직명이나 호칭 즉, 당시에 쓰던 용어를 적절하게 구사한다면 독자에게 훨씬 사실적인 느낌을 줄 수 있다.

3) 주제를 효과적으로 전달하기에 적절한 시점인가

대부분의 인물이야기는 전지적 작가시점으로 일관하고 있다. 그러나 인물의 생애를 가장 효과적으로 전달할 수 있는 시점이 정해져 있는 것은 아니다. 다양한 시점으로 접근하는 것이 필요하다. 최근에는 어린이가 가까이 느낄 수 있을만한 가상의 인물을 설정하여 이야기를 전개시키는 이야기들도 많이 나오고 있는데 좋은 시도라고 할 수 있다.

> 나는 아주 열심히 일했단다. 그 때는 젊었고, 내가 해야 할 일도 많았어. ─중략─ 내가 워낙 열심히 일을 하니까 도와주려고 하는 사람들이 많았단다. 사람이란 누구나 그래. 무엇인가를 열심히 하려고 하는 사람은 도와주고 싶은 마음이니까. ─중략─ 당시 홍릉 임업 시험장의 소장님도 나를 도와 주셨단다. "자넨 몸을 아끼지 않고 일을 하는구먼. 요즘 시대에 자네 같은 젊은이가 있다는 것이 놀랍군. 누가 이런 일을 하려고 하겠나? 월급도 적고, 일도 힘든데 말이야. 이보게, 원 군. 내가 도와 줄 일 없겠나?"[154]

154) 원병오(1998), 『새 박사 원병오 이야기』, 우리교육, 66-77쪽.

『새 박사 원병오 이야기』의 한 부분이다. 이 책은 등장인물 자신이 1인칭 화자가 되어 서술하는 형식의 인물이야기이다. 말하자면, 자서전의 성격을 가지고 있는데, 할아버지가 손주들에게 자신의 어린 시절과 젊은 시절의 이야기를 들려주는 듯한 친근한 분위기 속에서 자연스럽게 훌륭한 인물의 삶을 배울 수 있도록 서술되어 있다.

4) 이야기 구조는 정형화되지 않고 독창적인가

인물이야기의 특성상 이야기 구조가 정형화된 틀을 따르고 있는 경우가 많다. 정형화된 구조를 따라 서술하는 경우 비교적 안정적인 구성을 취할 수 있으나 아이들의 흥미를 반감시킬 수 있다. 독창적인 구조를 취함으로써 아이들의 호기심을 유발시키는 것이 좋겠다.

『치마를 입어야지 아멜리
아 블루머!』, 아이세움

앞에서 소개한 『치마를 입어야지 아멜리아 블루머!』는 그림 속에 당시 허리가
꽉 조이는 스커트를 입은 여자들의 모습을 과장된 그림으로 그리며, 아멜리아 블
루머가 살던 시대의 여성의 위치에 대해 쉽고 재미있게 이야기 해주고 있다. 이
책을 읽고 있으면, 논픽션의 인물이야기란 생각보다는 하나의 동화 작품을 대하
는 것처럼 재미있고 이야기 전개가 호기심과 상상력을 자극하고 있다.

마. 책의 전체적 구성 및 특징

1) 책의 구성은 참신하며 주제에 맞는 효과적인 구성을 취했는가

앞에서도 말했듯이 아이들은 단순한 연대기 나열식 구성에 지루함을 느낄 수
있다. 그렇다하여 연대기적 구성이 좋지 않다는 이야기는 아니다. 오히려 인물의
삶을 가장 효과적으로 보여줄 수 있는 구성이기도 하다. 그러나 아이들의 흥미를
끌기 위해서는 보다 참신하고 새로운 구성을 취할 것이 요구된다. 예컨대, 소급적
제시나 액자식 플롯 같이 소설적 장치를 이용한 구성을 시도할 수도 있다. 그러나
이러한 장치는 주제와 상황에 어울리도록 구성되어야 효과를 발휘할 수 있다.

앞에서 소개한 소리꾼 '박동진' 선생을 다룬 인물이야기 『큰 소리꾼 박동진
이야기』의 작가는 사실성을 높이기 위하여 소리꾼 박동진을 여러 번 인터뷰하고
실증 자료들을 중심으로 인물에 대해 과장되지 않고 솔직담백하게 이야기를 전
개하였다. 소리의 깊이를 더하려고 백일 독공에 들어가 똥물을 마시며 소리 공부
를 했다는 이야기는 마치 옛날이야기를 듣는 듯 재미가 있는데, 이러한 일화들이
자연스럽게 이어져 쉽고 재미있는 인물이야기가 되었다.

2) 외국 인물이야기의 경우, 자연스러운 문장으로 잘 번역이 되었는가?

외국 인물이야기는 일반적으로 그 나라에서 쓰여진 것이 가장 풍부한 자료와 내용을 담고 있다. 따라서 아이들은 세계의 인물이야기를 만나기 위해 외국 책을 접하게 된다. 과거에는 옮긴이조차 명시되지 않은 채 엉망으로 번역된 외국 책이 문제가 되었으나 최근에는 이러한 경우가 거의 없다. 그렇지만 아직도 문체가 자연스럽지 않거나 번역체의 문장이 아이들에게 아무런 제재 없이 노출되고 있는 것이 사실이다.

『난 두렵지 않아요』는 인물의 생생한 심리 묘사와 탁월한 문장력, 좋은 번역의 사례가 될 만하다. 이 책은 집안의 빛 때문에 네 살 때 카펫 공장에 끌려가 인간 이하의 대접을 받으며 일하다가 1992년 공장을 탈출해 소년 노동운동가로 변신한 '이크발 마시흐'에 관한 이야기이다. 어린이 노동력 착취 실태를 고발하던 이크발은 1995년 부활절, 파키스탄의 라호르 시 근교의 무리케트라는 마을에서 자전거를 타고 가다가 열 세 살의 어린 나이에 괴한이 쏜 총에 맞아 숨졌다. 이크발의 죽음 이후 그와 같이 일했던 파티마라는 소녀의 회상으로 시작되는 이 책은 소설적 구성을 갖춘 흥미 있는 이야기인데 우리말 번역도 자연스러워 독자들에게 편안하게 읽힌다.

『난 두렵지 않아요』
랜덤하우스중앙

> 물병은 걸음을 떼어 놓을 때마다 뒤집어질 듯 위태로웠다. 2미터, 어쩌면 3미터를 갔는지 모르겠다. 마당에 깔린 날카로운 자갈들 때문에 무릎이 다 까졌다. 칠흑 같은 어둠이었다. 땅을 스치는 내 옷에서 나는 소리, 어둠 속에서 두근거리는 심장 소리, 점점 더 가빠지는 내 숨소리. 이 모든 게 너무 요란한 소리를 내는 것 같았다.
>
> 나는 바로 주인들의 침실 창문 밑에 있었다. 나는 가능한 한 땅에 납작하게 엎드린 채 물병을 든 한 손만 높이 들었다.
> 더 이상 갈 수가 없었다. 들키게 될 것이다. 나도 결국 전갈과 물뱀이 우글거리는 무덤 속에 갇히고 말 것이다. 나는 분명 무덤 안에 물뱀도 있다고 믿었다. 살만이 무덤에 대해 너무나 실감나게 이야기를 해주었던 것이다.[155]

이 부분은 아이들이 무덤에 갇힌 이크발을 찾아가는 장면이다. 주인에게 들킬

155) 프란체스코 다다모 지음, 이련경 옮김(2002), 『난 두렵지 않아요』, 중앙 M&A

까봐 두려워하는 인물들의 마음이 잘 드러나 있다. 살금살금 기어가는 조마조마한 분위기가 생생하게 잘 묘사되어 있어 마치 파티마 곁에서 그 상황을 지켜보고 있는 듯한 긴장감이 느껴진다. 이런 탁월한 묘사는 읽는 이를 이야기에 몰입할 수 있게 한다.

3) 삽화와 사진자료 등이 풍부하고, 글의 이해를 도울 수 있는 좋은 것인가

현대의 아이들은 시각적인 자극에 민감하게 반응한다. 요즘의 아이들이 점차 책을 멀리하는 까닭 가운데 하나는 호화로운 영상매체에 익숙해졌기 때문이다. 영상 매체에 익숙한 아이들이 책에 쉽게 접근할 수 있도록 삽화나 사진 같은 풍부한 시각 자료로 아이들의 시선을 잡아두는 전략도 필요하다.

『장애를 딛고 선 천재화가 김기창』, 나무숲

김기창 화백을 주인공으로 한 심경자의 『장애를 딛고 선 천재화가 김기창』(심경자, 2002)는 김기창 화백이 젊은 시절에 그렸던 그림과 점점 원숙해져가는 시기에 그렸던 그림의 사진을 보여줌으로써 이 책을 읽는 독자들은 김기창이 화가로서 어떤 삶을 살았는지 실감나게 이해할 수 있다. 『풀과 벌레를 즐겨 그린 화가 신사임당』(조용진, 2000)도 신사임당이 그린 "초충도", "산사도"와 같은 사진을 실어 사실감을 높였다.

한편, 지금의 시각장애인들이 사용하는 점자를 만들어낸 시각장애자 루이 브라이의 이야기를 그린 『루이 브라이』(마가렛 데이비슨, 1999)는 그가 고안해낸 알파벳 점자 표기법을 그림으로 보여주고 있어 독자의 이해를 돕고 있다.

루이는 계속해서 글자들을 표시해 나갔습니다. 마지막 글자를 끝내자 루이 브라이의 점자 알파벳은 다음과 같은 모양이었습니다.

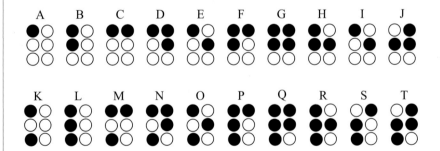

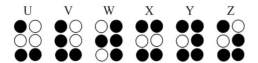

그림 없이 설명만으로 진술했다면 이해하기 쉽지 않았을 알파벳 점자 표기법
을 직접 그림으로 삽입함으로써 한눈에 파악할 수 있도록 하였다.

참고문헌

강무홍 글, 한수임 그림(2001), 『까만 나라 노란 추장』, 웅진주니어(웅진닷컴).

고 은(2003), 『이상 평전』, 향연.

고 은(2004), 『한용운 평전』, 고려원.

고정욱 글, 김용선 그림(2004), 『고정욱 선생님이 들려주는 광개토대왕』, 산하.

권태선(2000), 『마틴 루터 킹』, 창비.

김현숙(2000), 『나무가 되고 싶은 화가 박수근』, 나무숲.

나은경 글, 성영란 그림(1999), 『나는 포기하지 않아』, 다림.

로절린 샌저 글·그림(2004), 『벼락을 훔친 벤저민 프랭클린』, 행복한아이들.

루이스 보든 글, 이럭 블라이바 그림, 서남희 역(2004), 『항해의 역사를 바꿔놓은 해상시
         계』, 주니어김영사.

마가렛 데이비슨 글, 자넷 캠페어 그림(1999), 『루이 브라이』, 다산기획.

박상률(2000), 『나비박사 석주명』, 사계절.

박상률(2001), 『인권 변호사 조영래』, 사계절.

박효남외 글, 유준재 그림(2005), 『나는 무슨 씨앗일까?』, 산하.

배봉기 글, 고성원 그림(2004), 『연암 박지원』, 산하.

사이먼 애덤스 지음, 김석희 옮김(2005), 『마하트마 간디』, 어린이 작가정신.

섀너 코리 글, 체슬리 맥라렌 그림, 김서정 역(2003), 『치마를 입어야지, 아멜리아 블루
         머!』, 아이세움.

송언 글, 김세현 그림(1999), 『큰 소리꾼 박동진 이야기』, 우리교육.

신경림(2002), 『백범 김구』, 창비.

심경자(2002), 『장애를 딛고 선 천재화가 김기창』, 나무숲.

우리누리 글, 전병준 그림(2001), 『나라를 지킨 호랑이 장군들』, 중앙M&B.

원병오(1999), 『새박사 원병오 이야기』, 우리교육.

위기철(2000), 『청년 노동자 전태일』, 사계절.

유영소 글, 원유미 그림(2004), 『여자는 힘이 세다』, 교학사.

이옥순 글, 김천일 그림(2000), 『위대한 영혼, 간디』, 창비.

이원수 글, 김용선 그림(2003), 『이원수 선생님이 들려주는 해상 왕 장보고』, 산하.

이재복(1993), 『뚱보 방정환 선생님 이야기』, 지식산업사.

이정범 저, 이희근 감수(2005), 『수원 화성과 정약용: 다큐동화로 만나는 우리 역사 01』, 서
         강출판사.

이정범 저, 이희근 감수(2005), 『강화도의 서양 함대와 대원군: 다큐동화로 만나는 우리 역사 02』, 서강출판사.

이정범 저, 이희근 감수(2005), 『강화도의 서양 함대와 대원군: 다큐동화로 만나는 우리 역사 02』, 서강출판사.

이정범 저, 이희근 감수(2005), 『동학과 녹두 장군 전봉준: 다큐동화로 만나는 우리 역사 03』, 서강출판사.

이정범 저, 이희근 감수(2005), 『새 나라를 꿈꾼 개화파와 김옥균: 다큐동화로 만나는 우리 역사 04』, 서강출판사.

이정범 저, 이희근 감수(2005), 『황제의 나라, 대한제국: 다큐동화로 만나는 우리 역사 05』, 서강출판사.

이정범 저, 이희근 감수(2006), 『항일 독립 운동과 안중근: 다큐동화로 만나는 우리 역사 06』, 서강출판사.

이정범 저, 이희근 감수(2006), 『대한민국 임시정부와 김구: 다큐동화로 만나는 우리 역사 07』, 서강출판사.

이정범 저, 이희근 감수(2006), 『저항 문학과 한용운: 다큐동화로 만나는 우리 역사 08』, 서강출판사.

조용진(2000), 『풀과 벌레를 즐겨 그린 화가 신사임당』, 나무숲.

프란체스코 다다모 글, 노희성 그림, 이련경 옮김(2002), 『난 두렵지 않아요』, 랜덤하우스중앙.

피터 시스 글·그림, 백상현 역(1999), 『갈릴레오 갈릴레이』, 시공주니어.

햇살과나무꾼 글, 박의식 그림(2006), 『이순신』, 랜덤하우스코리아.

헨리 데이빗 소로우 글, 스티븐 슈너 엮음, 피터 피오레 그림, 김철호 옮김(2003), 『소로우의 오두막』, 달리.

제8장 역사동화

1. 역사동화의 개념과 범주

역사동화는 '어린이를 독자로 하는 역사소설'이라고 말할 수 있기 때문에 역사동화를 정의하기 위해서는 '역사소설' 쪽의 연구 성과가 참고가 된다. 이재선은 역사소설을 '역사와 특별히 연계된 소설, 곧 사실성과 상상성이란 이중성을 함께 갖고 있는 특이한 서사문학 형태'로 정의한 바 있다.[156] 이는 역사소설이 문학과 시학, 그리고 역사가 결합된 복합물이며, 문학과 역사의 끊임없는 긴장관계에 놓여있는 고유한 특성을 지닌 갈래임을 말해 준다.[157] 이 논의를 참고하여 필자는 역사동화를 '역사적 사실을 소재로 허구적 상상력을 부여한 어린이를 독자로 하는 서사 문학'이라고 정의하고자 한다.

하지만, 이러한 정의만으로 역사동화의 개념을 파악하기는 어렵다. 왜냐하면 여기서 말하는 '역사'의 시간적 범주가 명확하지 않기 때문이다. 즉, 역사동화의 소재가 되는 '역사적 사실'을 몇 년 전의 과거사까지로 정할 것이냐가 문제가 되는 것이다. 먼저 성인 대상의 역사소설에서는 이 문제를 어떻게 규정하고 있는가를 참고할 필요가 있다. 성인 대상의 역사소설에서는 현재를 기준으로 대체로 두 세대, 즉 40~60년 정도 이전의 과거사를 소재로 한 소설을 역사소설로 규정하는 것이 일반적이다. 그 이유는 40~60년 정도의 시간 거리가, 과거의 역사를 가능한 한 객관적으로 재현해야 하며, 소설로서의 미학적 완결성도 최대한 갖추어야 한다는 역사소설의 이중적 요구를 만족시키기에 적합한 시간대[158]이기 때문이다.

그렇다면 어린이를 독자로 하는 역사동화의 경우, 그 시간적 거리를 어떻게 경계짓는 것이 좋을까. 성인을 대상으로 하는 역사소설과 어린이를 대상으로 하는

156) 이재선(1999), 「역사소설의 성취와 반성」, 『현대한국문학 100년』, 민음사, 119~120쪽.

157) 대중서사학회(2003), 『역사소설이란 무엇인가』, 예림기획, 9쪽.

158) 공임순(2000), 『우리 역사소설은 이론과 논쟁이 필요하다』, 책세상, 13~14쪽

역사동화의 시간적 범주는 달라져야 하지 않을까? 왜냐하면 성인이 느끼는 시간 감각과 어린이가 느끼는 시간 감각이 같지 않기 때문이다. 예컨대, 30년 전의 과거를 시대적 배경으로 한 소설을 읽고, 쉰 살이 된 어른은 20세 전후에 체험한 현실의 이야기로 인식할 수 있지만, 열 살 내외의 어린이는 그 이야기가 자신이 태어나기 20년 전의 이야기이기 때문에 아주 먼 옛날의 이야기로 느낄 것이기 때문이다. 이런 점을 고려할 때, 어린이를 독자로 하는 역사동화는 그 시대적 범주를 '한 세대 이전의 과거사', 즉 20~30년 이전의 과거사를 다루는 것으로 생각해 볼 수 있다.

그런데 이렇게 할 경우 다시 문제가 생긴다. 즉, 작가는 자기가 어린 시절에 또는 젊은 시절에 경험한 이야기를 동화로 썼을 경우 이것을 '역사'로 볼 수 있겠느냐는 것이다. 물론 어린이의 입장에서 보았을 때는 '역사'적인 시간으로 생각할 수 있지만, 작가의 입장에서는 어디까지나 현실의 이야기를 하고 있는 것이기 때문에 '역사동화'라고까지 부르기에는 어폐가 있을 수 있다.

위 두 가지 사실을 고려해 볼 때, 역사동화의 시간적 범주는 역사소설과 마찬가지로 두 세대 이전(40~60년)의 과거사를 다룬 동화로 한정하는 것이 타당하리라고 본다. 독자인 어린이와 작가인 어른의 시간 개념을 모두 만족시키는 동화를 '역사동화'라고 보는 것이 무리가 없을 것이기 때문이다.

2. 역사동화의 성격과 가치

가. 역사동화의 성격

앞에서 말한 바와 같이 역사동화는 어린이를 독자로 하는 역사소설이라고 할 때, 역사동화의 성격은 역사소설의 성격과 다르지 않을 것이다. 역사소설은 사실과 상상력이 융합된 갈래이다. 독자는 역사소설을 읽으면서, 다른 소설에서와 마찬가지로 소설적 흥미와 감동을 기대하며, 한편으로는 그 작품을 읽으며 과거의 역사적 사실에 대한 지식과 통찰을 얻고자 한다. 이것이 독자가 역사소설을 대하는 이중성이다. 이는 역사소설이 경험적 서사와 허구적 서사가 융합되어 있는 양식이며, 극적인 긴장감과 더불어 사실을 재현한다는 이중적 요구를 만족시켜야 하는 갈래라는 점을 드러낸다.

159) 이재선(1979), 『한국현대소설사』, 홍성사, 139쪽.

이런 점에 주목하여 이재선은 역사소설을 역사적 상상력으로 정의한 바 있다.[159] 역사적 상상력이란 사실성과 밀접하게 관련되면서도 그 역사적 인간의 경험에 미학적 형태를 부여하는 방식을 말한다. 여기에서 역사성과 허구성 사이의 긴장과 갈등이 발생하며, 역사성이 우세한가, 허구성이 우세한가의 비중에 따라 조셉 터너 같은 학자는 역사소설의 유형을 기록적/가장적/창안적 역사소설로 구분한 바 있다.[160]

160) Joseph W. Tuner, "The Kinds of History Fiction", Genre, 1979, 대중서사학회, 『역사소설이란 무엇인가』, 14쪽에서 재인용.

한편, 역사소설은 현대 사회를 배경으로 한 리얼리즘 소설과 비슷한 성격을 지니기도 한다. 유종호는 역사소설은 사회소설의 성격을 지니기도 한다고 말했는데, 그는 모든 사회적 사실은 역사적 사실이며, 모든 역사적 사실은 사회적 사실이라고 주장한다. 이 같은 견해를 역사소설에 적용하면, 시대배경을 과거에서 구했을 뿐 훌륭한 역사소설은 동시에 훌륭한 사회소설인 것이다. 『임꺽정』(홍명희, 2008)은 훌륭한 역사소설이자 동시에 뛰어난 사회소설이라고 할 수 있다.[161]

161) 유종호(1991), 『현실주의 상상력』, 나남, 386~389쪽.

리얼리즘 소설과 역사소설이 만날 수 있는 또 하나의 공통점은 역사의식과 현실 감각이 본질적으로 다르지 않다는 점이다. 백낙청은 루카치에 기대어 역사소설의 성립 조건으로 역사의식과 현실 감각을 들었는데, 여기서 역사의식이란 현재를 역사의 소산으로 보고 과거를 현재의 전신(前身)으로 파악하는 정신이다.[162] 유종호와 백낙청의 견해는 역사란 과거와 현재의 대화라는 E.H. 카의 명제를 떠올리게 한다.

162) 백낙청(1967), 『역사소설과 역사의식』, 창작과 비평사, 대중서사학회, 『역사소설이란 무엇인가』, 12쪽에서 재인용.

163) Huck, C. S., Hepler, S., Hickman, J., Kiefer. B. Z., 7ed.(2001), Children's Literature in the Elementary School, Mcgraw-Hill, pp.463~464에서 발췌 정리하였음.

나. 역사동화의 가치[163]

어린이들은 역사동화를 읽으면서 과거를 경험하고, 우리보다 앞 시대에 살았던 사람들의 고통과 기쁨, 투쟁과 절망 속으로 들어가게 된다. 과거의 사회를 생생하게 재현한 역사동화를 읽으면 독자들은 과거의 삶에 참여하는 대리 경험을 해보는 기회가 되며, 그 시대의 사람들의 느낌과 생각을 공유해보는 기회가 되기도 한다.

또, 좋은 역사동화는 과거의 사회상을 조망하도록 함으로써 과거의 사회 제도나 정치 제도에 대해 비판적으로 사고하게 하여, 과거의 잘못을 더 분명히 보고 판단하는 기회를 제공한다.

어린이의 연대기에 대한 지각은 부정확하고 느리게 발달한다. 과거에 관한 이야기는 삶의 연속성에 대한 감각을 개발할 수 있도록 도울 수 있고, 자신이 처한 현재의 공간을 더 큰 그림의 한 부분으로 볼 수 있게 한다.

이처럼 역사동화는 어린이들로 하여금 역사 감각을 개발할 수 있게 하고, 인간의 운명의 흐름 속에서 자신의 위치를 이해하기 시작하는 계기가 된다. 또, 다양하고 개성 있는 등장인물이 겪는 갈등과 화해의 과정은 인간 문제와 인간관계에 대하여 풍부한 이해를 하도록 해주기도 한다.

3. 역사동화의 선정 기준

역사동화를 선정하기 위해서는 세 차원의 검토가 필요하다. 일차적으로 역사동화는 문학의 한 갈래이기 때문에 소설 미학적 완결성이라는 조건을 갖추어야 한다. 다음으로 역사동화는 역사성과 허구성이 복합된 특수한 갈래이기 때문에 '역사' 소설로서의 완성도와 타당성을 평가하는 고유한 척도가 필요하다. 셋째는 독자가 어린이라는 제약 조건을 고려한 선정 기준을 만족시켜야 한다. 여기서는 둘째 조건과 셋째 조건에 대해 논의해 보기로 한다.

가. 역사동화로서의 특수성을 고려한 선정 기준

역사동화는 무엇보다 이야기를 재미있게 풀어내는 작가의 능력이 요구된다. 역사동화는 과거의 이야기이기 때문에 현재를 다룬 사실동화보다 이야기성(서사성)이 더 큰 비중을 차지하므로 탄탄한 스토리와 흥미 있는 플롯이 중요하다.

역사동화는 사실과 상상력이라는 두 가지 원천에서 나온다. 역사동화는 과거에 관한 작가의 정보와 그 시대의 생활이 어떠했는가에 관해 추리하는 작가의 능력이 결합된 산물이기 때문에 사실과 허구의 균형이 요구된다. 과거의 사실은 정확히 재현되어야 하지만 한편으로 이야기가 사실에 압도되어서는 안 된다. 작가가 사실 위주로 작품을 쓴다든지 사실을 나열하게 되면 상상력을 발휘할 여지가 적어지게 되어, 살아있는 인물이 활동하는 공간이 축소되기 쉽다.

역사동화에 재현된 사실은 정확하고 생생해야 한다. 그 시기에 살던 사람들의 목소리가 곁에서 들리는 것처럼 표현하기 위해서는 당시의 문화, 생활 습관, 관심사, 가치관과 사고 방식 따위의 세부 사항을 철저히 조사해야 한다. 훌륭한 작가는 사실성을 높이기 위해 당대의 어휘를 발굴해 내기도 하고, 그 시기에 사용되던 생활 도구나 당대의 지명을 자세히 조사하기도 한다.

이야기는 사건뿐 아니라 그 시대의 정신과 가치를 정확하게 반영해야 한다. 역사동화는 여성과 소수민족에 관한 진보적인 견해를 확산시키기 위해 가공되어서는 안 되며, 의학지식이나 과학지식과 같이 발전된 기술 따위를 잘못 적용해서도 안 된다. 조선 시대의 허난설헌을 여성 해방 운동가로 만들거나, 조지 워싱턴을 페니실린 주사로 살려낸다면 그것은 작가와 독자간의 계약을 깨뜨리는 것이 된다.

이밖에도, 대화는 인위적으로 만들어진 것이라고 느껴져서는 안 되고, 당대의 사회적, 언어적 관습을 느낄 수 있어야 하며, 인물의 개성이 드러나도록 생생하게 구성되어야 한다. 또, 주제는 과거의 문제뿐 아니라 오늘날의 문제에 대해서도 통찰력과 이해를 제공하도록 선정되어야 한다. 작가가 작가 후기에 무엇이 사실이고 무엇이 소설화된 것인지 구분할 수 있도록 배경지식을 제공하면 독자가 역사적 사실을 판단하는 데 도움이 된다.

나. 어린이 독자를 고려한 선정 기준

역사동화의 독자는 어린이이기 때문에 그에 따른 제약 조건이 있을 수밖에 없다. 역사동화의 독자가 어린이라는 점을 고려한 선정의 기준은 다음과 같다.

첫째, 지적인 발달 단계, 사회적, 도덕적, 심리적 발달 단계를 고려해야 한다. 역사동화에 등장하는 인물은 주로 어른일 경우가 많기 때문에 간혹 어른들의 심리적 갈등이 전면에 드러날 수도 있다. 그러나 이런 경우에도 어린이가 이해하기 어려운 어른의 욕망이 전면에 드러나는 이야기는 부적절하다. 특히 역사동화에서는 너무 세밀하거나 어려운 역사적 배경 지식을 동원해야 한다면 어린이는 독서에 큰 부담을 가질 수 있다.

『해를 삼킨 아이들』(김기정, 2004)은 '우리 옛이야기 캐릭터를 근현대사의 사건에 등장시킨 독창적인 형식 실험과 거침없는 입담, 익살스러운 이야기 솜씨로 우리 아동문학계의 새로운 경지를 열었다.'[164]는 평가를 받기도 하였지만 한편

164) 원종찬(2005), 「우리 아동문학은 과거를 어떻게 그리고 있는가」, 『창비어린이』 제 9호, 창비.

에서는 '이 작품을 읽을 때 작품 밖에서 참고해야 할 역사 지식에 지나치게 의존하게 된다.'[165]는 이유를 들어 어린이들이 읽기에 부적절한 면이 있음을 지적하였다. 또 다른 평론가도 '이 작품에서 이미 알려진 역사를 뒤집어 읽는 즐거움은 주로 어른이 느끼는 즐거움이 되기 쉽기 때문에 내포독자인 어린이가 작품을 어떻게 받아들이는가 하는 문제를 깊이 생각할 것'[166]을 주문하기도 하였다.

이 작품이 여러 가지 장점을 지니고 있는 것은 사실이나, 어린이들이 옛이야기 자체를 잘 모르거나 작가가 설정한 근현대사의 세부적인 역사적 사실을 알지 못할 때, 옛이야기 속의 인물과 사건이 어떻게 연관되는지, 여러 사건이 서로 어떤 인과 관계를 맺는지 읽어내기 어려울 것이다. 아동문학은 특수한 사람인 어린이와의 대화이다. 어린이가 이해하기 어려운 작품은 좋은 역사동화라고 할 수 없다.

둘째, 지나치게 편파적인 역사관은 삼가는 것이 좋다. 역사동화는 과거사에 대한 작가의 역사의식의 결과물이기 때문에 주관적일 수 있기는 하지만, 아직 미성숙한 독자들은 판단 능력이 부족하기 때문에 너무 보수적이거나 진보적인 역사의식, 지나치게 편파적인 역사관으로 쓰인 책은 좋지 않다.

셋째, 동화에서 다루어진 문제를 어린이 독자 자신의 문제, 자신의 현실로 인식할 수 있도록 구성하는 것이 바람직하다. 그렇게 쓰기 위해서는 어린이들이 겪고, 보고, 들은 사실과 어린이들의 눈높이, 어린이들의 사고 범위에서 바라본 역사여야 한다.

『기찻길 옆 동네』(김남중, 2004)는 1970년대 후반의 이리역 폭발 사건과 1980년 5월의 광주항쟁을 정면으로 다룬 의미있는 작품이다. 이 작품은 '서로 다른 배경과 성격을 지닌 인물들이 이러저러한 일상의 삽화들을 통해서 저마다 육체성을 획득하면서 역사적 사건의 현장으로 생생하게 녹아들어갔다.'[167]는 긍정적 평가를 받기도 하였지만 작품의 후반으로 가면서 사회의 현실을 인식하고 바라보는 관점이 아이들의 눈높이를 벗어나고 있다는 점은 문제점으로 지적받을 만하다.

이 작품의 1부, 즉 이리역 폭발 사건을 중심으로 한 이야기에서는 선학이와 서경이를 비롯한 아이들의 시각에서 아이들의 삶을 중심으로 그려나가지만 초점 인물인 선학이가 광주로 이사를 와서부터는 서사의 중심이 갑자기 용일이를 비롯한 대학생과 이목사와 같은 어른 중심으로 이동하며, 본격적으로 광주항쟁이 발생하면서부터는 완전히 어른들의 이야기가 된다.

165) 김옥선(2005), 「어린이들에게 역사는 어떤 의미가 있는가」, 『창비어린이』 제9호, 창비.

166) 윤기현(2005), 「역사와 현실에 맞서 사회성 짙은 작품을 써라」, 『창비어린이』 제9호, 창비.

167) 원종찬(2005), 「우리 아동문학은 과거를 어떻게 그리고 있는가」, 『창비어린이』 제9호, 창비.

이 작품에서 가장 중심이 되는 사건인 광주항쟁이 아이들이 겪은 일이나 아이들의 눈으로 바라본 역사가 아니라 철저히 어른 중심의 역사가 되어버렸기 때문이다. 광주 항쟁의 과정을 묘사할 때 작가는 시종 대학생들을 따라다니면서 그들 각자의 처지와 그에 따른 고민과 갈등을 보여주며, 이 목사와 용일의 고뇌를 보여준다. 이 인물들을 그릴 때 초점 인물이었던 선학은 방관자에 불과하며, 광주항쟁은 완전히 어른들의 문제로 등장한다. 이렇게 되면 선학과 서경 같은 인물을 동일시의 대상으로 읽던 어린이 독자들은 작품 안에 재현된 과거사를 자신의 문제, 자신에게 의미 있는 현실로 인식하기 어렵게 된다.

이것을 『모랫말 아이들』(황석영, 2001)과 비교해보면 뚜렷이 그 차이가 드러난다. 6 · 25 전쟁 시기와 그 직후의 사회상을 사실적으로 그려낸 『모랫말 아이들』은 철저하게 아이들이 바라본 세계이다. 좌익 활동을 하는 청년을 사랑하다가 그 집안이 몰살을 당해 끝내 미쳐버린 태금이라는 처녀의 가슴 아픈 연애 이야기를 그릴 때에도 처음부터 끝까지 아이의 시선으로 그려나가며, 그 사건은 아이의 인식의 범위 안에 있다. 독자는 1인칭 화자인 어린이가 바라보는 시선을 따라가며 사건을 인지할 뿐이다. 이런 형식의 이야기에서 어린이 독자는 역사적 사실을 자기화할 가능성이 더 크다.

참고 문헌

1. 작품

김기정 지음(2004), 『해를 삼킨 아이들』, 창비.
김남중 글·류충렬 그림(2004), 『기찻길 옆 동네』, 창비.
황석영 글·김세현 그림(2001), 『모랫말 아이들』, 문학동네.

2. 단행본과 논문

공임순(2000), 『우리 역사소설은 이론과 논쟁이 필요하다』, 책세상.
김옥선(2005), 「어린이들에게 역사는 어떤 의미가 있는가」, 『창비어린이』 제9호, 창비.
대중서사학회(2003), 『역사소설이란 무엇인가』, 예림기획.
백낙청(1967), 『역사소설과 역사의식』, 창작과비평사.
원종찬(2005), 「우리 아동문학은 과거를 어떻게 그리고 있는가」, 『창비어린이』 제9호, 창비.
유종호(1991), 『현실주의 상상력』, 나남.
윤기현(2005), 「역사와 현실에 맞서 사회성 짙은 작품을 써라」, 『창비어린이』 제9호, 창비.
이재선(1979), 『한국현대소설사』, 홍성사.
이재선(1999), 「역사소설의 성취와 반성」, 『현대한국문학 100년』, 민음사.
Huck, C., Hepler. S., Hickman. J., Kiefer. B. Z.(2001) (7ed), Children's Literature in the
        Elementary school, Mcgraw-Hill.

시대별 역사동화 목록

시대	책 이름	작가	비고
고조선	하늘의 아들 단군	강숙인	
삼국시대	왕이 된 소금장수 을불이	조호상	
	만파식적	우일문	
	마지막 왕자	강숙인	
	초원의 별	강숙인	
	아, 호동왕자	강숙인	『마지막 왕자』의 후속편
	바보 온달	이현주	
	무덤 속의 그림	문영숙	
	지귀, 선덕여왕을 꿈꾸다	강숙인	
	화랑 바도루	강숙인	
	해상왕 장보고	이원수	지귀설화
	동화로 읽는 해신	최인호	장보고 생애
	찾아라 고분 벽화	이경순	
	고구려	송언	
남북국시대	바람의 아이	한석청	발해의 건국
	발해를 꿈꾸며	한예찬	발해의 건국
	아, 발해	송언	발해의 전 역사
	대조영과 발해	이광용	
고려시대	사금파리 한 조각	린다 수 박	
	하늘에 새긴 이름 하나	이현미	
조선 전기	연싸움	린다 수 박	
	초정리 편지	배유안	세종의 한글 창제
조선 후기	고려소년 부들이	안주영	
	백두산 정계비의 비밀	김병령	청일전쟁
	폭죽소리	리혜선	간도협약
	숨쉬는 책, 무익조	김성범	1884년~
	궁녀 학이	문영숙	
	네가 하늘이다	이윤희	동학농민운동
	한울님 한울님	한석정	동학농민운동
	여우 고개	김자환	임진왜란
	김홍도, 무동을 그리다	박지숙 외	
	한티재 하늘	권정생	동학농민운동
	이야기 동학 농민전쟁	송기숙	동학농민운동
	새야 새야 녹두새야	김은숙	

시대	책 이름	작가	비고
일제 강점기	마사코의 질문	손연자	
	슬픈 에밀레종	정호승	
	전쟁놀이	현길언	
	5월의 노래	이원수	
	손자를 빌려드립니다	나가사키 겐노스케	
	해를 삼킨 아이들	김기정	
	신라 할아버지	박경선	
	선들내는 아직도 흐르네	김우경	
	제암리를 아십니까	장경선	제암리 학살사건
	날아라 나무새	김은숙	청산리 전투
	이상한 선생님	이오덕 엮음	남북한 연변 작가의 역사동화
해방공간 (1945~1950)	떡배 단배	마해송	해방무렵 외세의 침입
	야시골 미륵이	김정희	6 · 25 직전
6 · 25 전쟁	소년병과 들국화	남미영	
	피난열차	혜미 발거시	
	초가집이 있던 마을	권정생	
	술래와 풍금소리	강원희	
	아부지 아부지	구은영	
	전쟁과 소년	윤정모	
	몽실언니	권정생	
	노근리 그해 여름	김정희	
6 · 25 전쟁 직후	그리운 매화 향기	장주식	
	당산나무 아랫집 계숙이네	윤기현	
	모랫말 아이들		황석영
	메아리 소년	이원수	
시대가 분명치 않은 작품	할아버지 손은 약손	한수연	
	강마을에 한번 와 볼라요?	고재은	
	새하늘을 열다	강숙인 외 7인	고조선부터 4 · 19까지

제9장 동 극

1. 동극의 개념과 범주

가. 동극의 개념

인류의 역사와 더불어 시작된 연극은 모든 예술 중에서도 가장 오랜 예술이며, 인류의 가장 위대한 유산 중의 하나이기도 하다. 인간이 지구상에서 살기 시작할 무렵부터 연극은 존재하였다. 따라서 인간이 언어를 사용하기 전에 이미 연극은 시작되었다고 볼 수 있다. 원시인에게는 언어가 없었으므로, 그들 나름대로 이해할 수 있는 의사 소통의 수단으로 몸짓 또는 손짓, 발짓 등의 여러 가지 행동에 크게 의존하지 않을 수 없었다. 언어 이전의 의사 소통 수단이던 율동적 몸짓(rhythmical gesture)이 바로 연극의 시초이다. 이런 의사 표시 방법은 언어가 생기기 이전까지 계속되었으며, 그들의 후손은 그 행동을 모방함으로써 익혀 왔다.

이러한 모방적 행동을 우리는 연극적 행동이라 일컫는다. 모방은 모든 인간의 발달을 위한 한 가지 방편이다. 우리는 이러한 모방을 통해서 성장하고 의사를 전달하면서 살아간다. 언어를 사용할 줄 아는 어린이들도 때로는 성인들의 언어 행동을 모방하면서 성장해 가는 것을 쉽게 볼 수 있다. 이 모방은 성장의 과정이며, 연극의 기본 요소라 할 수 있다. 인간은 본능적으로 스토리를 즐기는데, 스토리가 극화된 연극은 연기의 형태로 인간의 행동을 모방하는 것이다. 달리 말하면 연극은 배우가 극본에 의해 대사와 동작으로 인물의 성격이나 마음의 움직임 등을 표현하여 관객에게 보이는 예술이다.

동극의 발전 과정은 연극 발생 과정의 역사와 유사하다고 볼 수 있다. 동극의 발생은, 인간이 어렸을 때부터 가상적인 상황 속에 스스로를 몰입시켜 가상적인 유희를 하는 본능에서 그 기원을 찾을 수 있다. 어린이는 두서너 살만 되면 벌써 가상적(假想的)인 상황을 설정하는 소꿉장난, 또는 쫓고 쫓기는 놀이를 한다. 상상력이 가미된 이러한 놀이가 바로 연극의 모체가 된다.

동극은 연극의 총체적 종류 중 대상면(對象面)으로 분류된 연극의 한 분야다. 동극은 연극과 대상만 다를 뿐, 전문 배우가(혹은 어린이가) 어린이를 대상으로 연기하는 것이다. 오늘날 만연되고 있는 동극 개념의 혼란은 그것이 어린이들에 의해 공연되느냐, 어른들에 의해 공연되었느냐 하는 기준에서만 개념 규정을 한 데서 발생한다. 아동연극이 과거에는 어린이를 대상으로 어린이들에게 보이는 것을 목적으로 한 연극을 가리키는 개념이었다면, 오늘날은 어린이에 의한, 어린이들을 위한 모든 형태의 연극을 가리킨다.

나. 동극의 범주
1) 아동연극으로서 동극

연극은 대상에 따라 【그림 4】처럼 성인 관객을 위한 것은 성인극, 어린이 관객을 위한 것은 아동연극이라고 한다.[168] 그리고 성인과 어린이 모두를 관객으로 하는 가족극이 있다. 최근에 자주 공연되는 동극은 대부분 부모나 교사와 같은 성인이 어린이들을 동반하여 관람해야 하기 때문에 어린이들에게만 감동을 주지 않고, 어른들에게도 감동을 줄 수 있는 '가족극'을 기획하고 있다.[169]

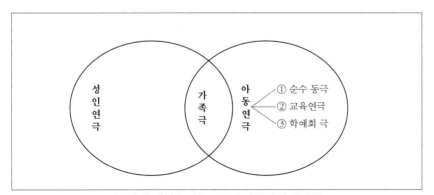

【그림 4】 대상을 기준으로 한 연극의 하위 범주

아동연극은 어린이 관객을 위한 연극으로서 '순수 동극', 어린이 참여자를 위한 '교육연극', 양자의 중간에 놓여있는 '학예회 극(Recreational Drama)'으로 나

168) 이밖에도 동극은 크게 전문적이고 직업적인 동극단에 의해 공연되는 경우와 순수하게 학교나 교회의 어린이들에 의해 교육적이고 비영리적으로 공연되는 경우로 나눌 수 있다. 그렇지만 세부적으로는 연기자, 내용, 형태, 소재와 같은 분류 관점의 종류를 여러 가지로 나눌 수 있다.

169) 가족극으로 공연된 정동극장 2004년 연말 기획공연 (2004. 12. 4.~12. 31.) 『몽실언니』는 어린이 전문 배우가 주인공으로 나오고 어른, 어린이 모두 관람할 수 있는 연극으로 동극의 하나라고 볼 수 있을 것이다. 정동극장에서 공연한 「우당탕탕 할머니 귀가 커졌어요」, 「브레멘 음악대」 그리고 「백설공주를 사랑한 난장이」 등이 대표적인 가족극이다.

170) 권순철(1989), 『한국 아동극 연구』, 중앙대 석사 논문.

뉘어진다. 【표 13】은 아동연극의 개념을 세 가지로 분류하여 비교한 것이다.[170]

【표 13】 아동연극의 세 범주

	순수 동극	교육연극	학예회 극(참여 연극)
누가	• 희곡작가, 연출가 • 출연자 : 어린이, 성인 혹은 어린이와 성인, 디자이너와 기술자, 어린이 관객	• 어린이 정서 발달을 위해 훈련된 지도자와 어린이	• 구성 작가 • 성인 연출자, 지도자, 참여 어린이
어디서	무대, 빈터, 옥외	특정 공간 없음	교실, 빈터, 옥외
언제	• 특정 시간에 한번 일어난 미리 계획된 특별한 사건	• 시간 제한 없음 • 수업 시간 중이나 방과 후	• 시간 규제를 받지 않고 한번 일어났던 대체로 계획된 사건
무엇을	• 결과 중심의 공연예술 • 완성된 형식으로 완성된 연출, 극본에 의한 극적인 오락성, 강화된 경험, 축하 의식	• 과정 중심의 연극놀이 • 자기 자신의 개발, 동기를 일으키도록 자유롭게 구성된 것 • 비공식성을 띤 규범과 소집단 활동	• 출연자, 지도자와 어린이들의 상호 즉흥적인 교류를 포함한 연극 • 참여자들 간의 선택과 다양성을 인정하는 유동성 있는 연극놀이 구조
어떻게	• 대본을 통한 공연은 관객이 호응하도록 짜여지고 연습 된다. • 의상, 장치, 조명 등이 사용된다.	• 신체규범과 문제 해결, 결정 등을 통해 어린이로 하여금 생각을 발전시키도록 비공식적으로 유도된 즉흥연기로써 행위와 연령이 관계된 소집단끼리의 교류를 통한 연극이다.	• 짜여진 구조 속에서 출연자와 어린이는 함께 즉흥 연기를 시작한다. • 배우들은 극을 만들기 위해 어린이와 함께 교류한다. • 어린이는 역을 맡고 결정 짓고 대화를 하거나 음악 효과를 만든다.
왜	• 예술 형식의 이해를 발전시키기 위해서 • 어린이를 관념과 가치의 범주로 이끌고, 세상에 대한 어린이들의 판단력을 넓히기 위해서 • 기쁨을 주고 감정을 일깨우기 위해서	• 신체 표현과 언어 숙달을 자유롭게 할 수 있도록 발전시키기 위해서 • 개인간의 창조적인 잠재성을 자유롭게 하기 위해서 • 어린이들의 인격 완성을 확고히 하고 즐거움을 주고 감정을 풍부하게 하기 위해서	• 연극 과정에 대한 이해를 발전시키는 비공식적 연극 경험을 제공하기 위해서 • 어린이들이 연극놀이를 만들면서 신체와 음성을 통해 예술가와 공유할 수 있는 기회를 주고 어린이와 성인간의 교류를 공고히 하기 위해서 • 감정을 일깨우고 기쁨을 주기 위해서

'순수 동극(Children's Theatre)'은 공연 활동을 목적으로 제작된다. 순수 동극은 극작가가 쓴 대본을 관객인 어린이를 위해 성인이나 어린이 배우가 공연하는 연극이다. 어린이 관객을 위해 가장 효과적인 극적 경험을 제공하는 공연을 목적으로 한다. 관객의 감상을 위해 성인이 완벽하게 공연하는 인형극도 동극의 한 분야다.

171) 영국에서는 Drama in Education이라고 한다. 창의적 연극 또는 창의적 드라마라고도 한다.

'교육연극'[171] 또는 '창조적 극 행위(劇行爲, Creative Drama)'에서 'Drama'는 공연을 문제 삼지 않고 참여자인 어린이의 교육과정을 중요시하는 것이다. 그러므로 교육연극은 참여자인 어린이들이 상상력이 풍부한 지도자나 교사의 안내를 받아 어떤 놀이나 연극을 창조하는 것으로 "즉흥적인 대화를 사용하는 비공연적인 연극"이다.

교육연극은 공연을 목적으로 하지 않고 지도교사의 지도에 따라 어린이들이 창의적 상상력을 자유롭게 표현하는데 연극이라는 매체를 활용하는 비형식적 극 활동을 말한다. 공연 자체에는 별 의미를 두지 않고 공연 행위의 과정에 의의를 둔다. 창조적 극 행위의 일종인 연극놀이(playmaking), 구연, 교육적 극 행위(Educational Dramatics) 등도 공연을 목적으로 하지 않는 교육연극으로 보아야 한다.

'학예회 극(Recreational Drama, Participation Theatre : 참여 연극)'은 관객의 미학적 감상보다 공연자인 어린이들의 경험과 인격 발달을 목적으로 행해지는 일정한 공연 형식을 갖춘 활동의 하나다. 즉 창조적 드라마와 동극의 목적을 모두 만족시켜주는 공연 활동이다.

동극과 같은 차원에서 연극 형식을 갖춘 공연이 이루어지는 것이지만, 반드시 어린이들에 의한, 어린이들을 위한 공연이어야 한다. 학예회는 관객의 미학적 수용은 무시되지만, 그렇다고 해서 단순한 오락으로 전락되어서는 안 된다.

여기서는 아동문학 교육을 위한 분류로서, 어린이를 위해 전문가가 제작·공연하는 순수 동극과 어린이가 참여하는 학예회 극을 모두 '동극'에 포함하여 살펴보고자 한다.

2) 희곡으로서 동극본

'하는 것'과 '보는 것'의 두 가지 개념은 연극의 희곡과 공연을 다 포함하는 의미에서 상호보완적이다. 동극은 어린이를 주체로 하여 상연되는 교육적인 연극과 동극본(희곡)을 통틀어 일컫는 갈래 이름이다. 동극을 상연할 목적으로 쓴 희곡을 '동극본'이라고 한다.

문학 작품으로서 연극 연구는 모든 연극이 공연되기 위해서가 아닌 읽기 위해 쓰여진 극으로 읽힐 위험을 감수해야 하는 것처럼 동극도 마찬가지다. 희곡으로서 동극본을 읽는 것은 더 많은 상상력을 요구한다. 희곡을 읽는 것은 다른 문학 형태가 요구하는 것보다 더 많은 노력과 상상력을 요구한다. 희곡에서는 등장인물의 행동과 대사만으로 인물, 장소, 소리, 경치, 냄새 등을 표현할 수 있다. 동화나 동시에서는 이러한 것들을 직접 묘사할 수 있지만, 희곡에서는 등장인물의 얼굴 표정과 행동, 대사만으로 상상해야 한다.

동극본은 무대 공연을 목적으로 인간 행위를 모방한다. 대화를 표현 방법으로 하여 항상 현재의 시점으로 서술되며, 이야기의 전개과정은 막과 장으로 구분되고, 표현 방법은 지문과 대사로 구분된다. 작품 첫머리에 때, 곳, 나오는 이들을 미리 소개한다. 동극본에서는 등장인물의 행동이나 제스처가 가지고 있는 의미에 대하여 작가의 직접적인 해설을 붙일 수 없다. 동화에서는 작가가 이런 것들을 설명하거나 묘사할 수 있지만, 희곡에서는 등장인물의 행동과 대화를 통해 간접적인 설명만 할 수 있다. 독자들은 등장인물의 행동과 대사를 통해 그 의미를 파악해야 한다.

동극본의 구조는 일반적으로 발단, 전개(상승), 위기, 절정, 대단원의 단계를 거친다. 동극에서 관객으로 하여금 긴장과 정서적 순화를 경험하게 해주는 것이 극의 구조이다.

① 발단 － 이야기가 풀려 나오기 시작하는 단계로서 앞으로 등장할 인물과 전개될 사건에 대한 기초적인 설명이 이루어지고, 배경을 암시하는 부분이다. 동극에서 등장인물이 지나치게 많은 것은 좋지 않다. 배경도 지금-현재가 가장 좋다. 바로 자신의 문제와 일반화가 가능하기 때문이다.

② 전개 － 사건이 펼쳐지는 단계이며, 본론으로 들어가는 부분이다. 이 부분에서 가장 강조되는 것은 자연스러움이다. 자연스러움을 강조하기 위해 지나치게 이치에 맞추려고 하면 극적인 요소가 없어져 재미가 없는 극이 되기 쉬우니 주의하여야 한다. 짜임이 긴밀하면서도 사건과 인물에 대한 흥미를 자아내도록

해야 한다.

③ 위기 − 인물과 사건의 윤곽이 확실히 드러나고 극적인 분위기가 만들어지는 부분이다. 이 부분은 갈등 구조가 대립 구조로 변한다. 동극은 착한 행동 대 비방 행동 구조나 자기 자신 내부의 대결 구조가 알맞다.

④ 절정 − 최고조(Cllimax)라고 하며 사건이 고비에 이르는 부분이다. 동극에서는 어린이들의 주의집중력을 고려해 바로 이 단계로 이끌어 가는 것이 필요하다. 앞 단계는 가능한 줄이고 바로 절정 단계로 들어가 어린이들로 하여금 가치 판단 시간을 가지게 하는 것이 사고의 기회를 많이 주는 방법이다.

⑤ 대단원 − 극에 펼쳐졌던 사건과 내용이 해결되는 결말 단계이다. 동극에서는 대단원에 박수가 나올 수 있도록 구성되어야 훌륭한 극이라고 할 수 있다.

2. 동극의 효용성

어린이들은 극본이 시각적이고 청각적인 동극으로 표현될 때 큰 매력을 느끼며 흥미를 가지게 된다. 동극은 어린이 관객에게 즐거움을 가져다주고, 연극적인 감수성을 충족시키며, 인간의 삶을 배우게 하며, 정서적인 순화작용을 경험하게 한다.

가. 인생에 대한 통찰

연극은 모방의 예술이다. 이 때 모방의 의미는 본질을 반영함을 의미한다. 이러한 연극의 모방적 성격은 교육에서도 중요한 요소가 된다. 인간은 본능적으로 모방을 통해 배운다. 진리를 인식함에 있어 모방은 중요한 통로가 되기 때문이다. 사람들은 연극을 보면서 인생 문제에 부딪쳐서 인생을 체험하고 인생을 배운다. 동극은 어린이 관객에게 가장 효과적인 극적 경험을 제공한다.

동극은 수천수백 마디의 달콤한 설교나 판서에 의한 교육보다 더 효과적이다. 그래서 어린이의 연극 놀이는 어린이 자신의 문제 해결에 크게 도움이 된다. 다른 사람이 공연하는 동극을 관람하면서 모든 문제는 해결될 수 있다는 것과 현재 자기가 가지고 있는 문제를 다른 사람도 가지고 있을 수 있다는 점을 배우게 된다. 동극에 참가하고 있는 어린이나 감상하는 어린이가 감정이입을 하면서 일체감을 갖게 되고 다른 문화의 삶과 지식을 넓힘으로써 가치관 형성에 도움을 줄 수 있다.

나. 정서 순화

동극은 종합예술이기 때문에 동극을 통하여 각 개별 예술을 한꺼번에 익힐 수 있어 어린이들의 예술 교육에 크게 도움이 된다. 어린이의 예술 교육은 정서교육이며 미에 대한 감정을 배양하는 것이다. 동극이 어린이들을 보다 높은 지적, 정서적 수준까지 끌어올릴 수 있는 이유는 동극 속에 시각(視覺)을 통한 공간미(空間美)와 청각(聽覺)을 통한 시간미(時間美), 그리고 이 둘을 동시에 느낄 수 있는 함축적(含蓄的) 의미와 아울러 문학이라는 사상적인 예술이 포함되어 있기 때문이다.

순수 동극이나 학예회에 참여하거나 동극을 감상하는 경험은 예술적 감각을 발달시킨다. 독특한 방법으로 생각과 감정을 표현함으로써 개성을 개발시킬 수 있다.

다. 심리 치료

동극은 하나의 '놀이'이다. 이 놀이의 개념은 인간이 가상적 상황 속에서 스스로 몰입하여 의미를 찾아가는 행위를 말한다. 올바른 교육 방법은 어린이가 직접 조작하고 체험함으로써 그 지식을 내면화할 수 있어야 한다. 교육의 사명과 목적을 다 하려면 어린이 스스로 그들의 생활과 관련된 의미를 찾아내도록 도와야 한다. 의미는 제공되는 것이 아니라 스스로 성취하는 것이다. 어린이 스스로 호기심과 의미에 대한 갈망으로 적절한 단서를 포착해서 스스로 사물의 의미를 터득할 기회를 조성해 주어야 한다. 이럴 때 교육은 어린이가 문제 해결방법을 스스로 모색하고 그 의미를 탐색해 나가는 데 이러한 놀이적 성격의 연극적 방법이 필요하다.

동극의 구조는 절정을 향하여 상승하기 때문에 관객의 긴장을 고조시키며 절정을 거쳐 하강하면서 관객은 주인공의 행동을 통해 일어나는 연민과 공포 등의 정서를 배설하는 정신적인 정화작용, 즉 카타르시스를 체험한다.

동극은 몸을 움직여서 배우는 일이며 연기하는 사람의 자주적 행동에 호소하는 것이기 때문에, 교사의 설명이나 충고보다 문제 해결를 하는 데 훨씬 더 큰 효과를 가져올 수 있다. 권선징악적인 내용으로 엮어진 각본에 의하여 어린이 스스로가 연기자가 되어 단 한번이라도 무대에서 그들의 일상생활을 재현해 보도록 하는 방법이 훨씬 효과적이다.

라. 사회성 함양

모든 인간관계를 바르게 이해하려면 그때 그때 그 사람의 처지에서 경험하고 상상해야 하며, 이 경험과 상상에 의하여 갖가지 사회적 가치를 발견해야한다. 동극은 어린이들 스스로가 동물이나 사람의 특색을 잘 포착하여 그것을 경험, 체득하도록 돕는다.

동극의 기본 과정은 협동이다. 동극에 참여하는 과정 속에서 경쟁보다 협동을 배운다. 또한 준비 과정에서 다른 어린이와 협의와 토의를 하면서 협동하는 자세를 배울 수 있다. 더불어 소극적인 아이가 적극적으로 바뀌고 친구들과 잘 어울리게 되며 공동체 의식과 협력의 필요성도 인식한다. 동극을 실제로 공연하면서 어린이들은 관객과 배우의 상호관계에 대한 중요성을 깨닫게 된다.

마. 언어 능력 향상

동극은 어린이들의 삶에 큰 영향을 줄 뿐만 아니라, 우리말 공부에도 큰 도움을 준다. 실제로 연극을 꾸며봄으로써 바람직한 언어 구사력과 적절한 언어 표현, 상대를 고려한 언어 태도를 개발할 수 있다.

3. 동극의 역사

동극은 예술적인 성과도 물론 중요하나, 연극을 통한 인간형성의 교육적인 목적을 지니는 것이 많아 학교극과 공통점을 가진다. 근대적인 동극 운동은 19세기부터 유럽에서 시작되어 20세기에 들어와서는 미국과 영국을 비롯한 세계 여러 나라에서 매우 활발해졌다. 즉, 1903년 미국에서 시작된 A. 하츠 여사의 아동교육극장과 뒤이어 계속된 교육적인 아동극단의 전국에 걸친 활동은 미국뿐만 아니라 세계 각국에 전문적인 아동 극단이 잇달아 탄생하는 계기를 마련하였다. 특히 제2차 세계대전 이후 이와 같은 운동이 더욱 고조되면서 1964년에 처음으로 제1회 국제아동연극회의가 영국 런던에서 개최되었으며, 상설 국제기구로서 국제청소년연극협회(ASSITEJ)가 런던에 설치되었다.

한국의 동극은 19세기 말 개화의 물결이 밀려오기까지 아동문학 분야와 마찬가지로 불모지나 다름이 없었다. 그러나 어린이를 어른에게 종속된 존재가 아닌 하나의 인격체로서 대접하려는 기운이 차차 움트기 시작하면서, 1908년에는 청소년의 계몽·교화를 목적으로 하는 잡지《소년(少年)》이 최남선(崔南善)에 의해 창간되었고, 1918년에는 부계 중심의 봉건적인 관습을 타파하고 어린이가 내일의 희망임을 계몽한 이광수(李光洙)의《자녀중심론(子女中心論)》이 발표되었다.

이윽고 3·1운동이 일어난 뒤 방정환(方定煥)이 중심이 되어 색동회가 조직되고 그의 주재로 아동잡지《어린이》가 창간되자 동요·동화·동극 등이 그 지면을 통해 발표되었다. 이때 처음 나타난 동극이 방정환의 「노래 주머니」(혹부리영감 이야기:1막 3장), 마해송(馬海松)의 「장님과 코끼리」 등이다.

1923년《어린이》창간을 기념하는 '어린이 가극대회'가 열렸고 동요·동화·동극대회도 잇달아 개최되었다. 또 1925년 윤석중(尹石重)의 동극 「올빼미 눈」이 무대에서 상연되었다. 그 해에는 윤극영(尹克榮) 등이 중심이 된 아동극단 '다리아회'가 창립되어 동요극 「여름파랑새를 찾아서」를 상연하였다. 이후 창작극과 외국작품의 번안극 및 방송동극이 정인섭(鄭寅燮)·연성흠(延星欽)·김송(金松)·김진수(金鎭壽)·모기윤(毛麒允) 등에 의해 발표되었으나, 방송극을 제외한 창작극의 경우 실제로 무대에 올려지는 수는 미미한 채 작품(희곡) 발표 단계에 머물기가 일쑤였다.

1930년대 말기부터는 일제의 한국 어문(語文) 말살정책으로 이와 같은 활동마저 휴면상태에 들어가지 않을 수 없었다. 1945년 8·15광복과 더불어 동극도 다른 분야와 마찬가지로 일시에 회생할 수 있었다. 아동극단 '호동(好童)'이 연성흠·최병화(崔秉和)·김영일(金英一) 등에 의해 창립되고, 1946년에는 방송극 「똘똘이의 모험」이 큰 인기를 모았는데 그 극본은 김내성(金來成)·김영수(金永壽)·유호(兪湖) 등이 번갈아가며 집필하였다. 1949년에는 한국 최초의 동극집인 『손목 잡고』(方基煥)가 발간되었고, 1951년에는 동극이 처음으로 초등학교 교과서에 채택되어 최태호(崔台鎬) · 강소천(姜小泉) · 방기환 등의 작품이 수록되었으며, 금수현 · 주평(朱萍) 등의 동극도 실렸다.

1950년대 후반부터 1970년대에 이르기까지 《새벗》, 《학원》 등의 여러 잡지와 방송을 통해 많은 작품이 발표되면서 동극집의 출판도 활발하였으나, 무대에 올려지는 작품은 여전히 드물었다. 그것은 언제나 동극 공연이 가능한 상설 아동극장 시설이 없다는 점과 동극에 대한 일반의 몰이해 및 관객 동원의 어려움 따위가 앞을 가로막고 있는 탓이었다. 이와 같은 악조건 속에서도 1962년에 발족한 아동극단 '새들' (대표 주평)을 비롯, 1963년에는 '동연(童演)', '신동(神童)', '때때' 등이 창설되고, 각 지방의 아동극단 발족도 잦은 듯 하였지만, 실질적인 공연 활동은 한두 단체를 빼놓고 별로 볼 만한 것이 없었다.

1980년대 이후 기성극단의 동극 공연이 성황을 이루면서, 동극이나 인형극을 전문으로 하는 극단이 생겨나기 시작했으며, 계몽문화센터 · 샘터파랑새극장 등 동극 전문 공연장도 세워졌다.

어린이들에게 우리말을 가르치는 데 가장 좋은 것이 동극이라고 한 국내 동극의 개척자 주평은, 최근에 자신이 쓴 동극 118편을 10권으로 묶어 『주평 아동극 전집』(2004)을 출간했다.

4. 동극본의 구성요소

동극의 4 요소는 배우, 관객, 무대, 동극본이다. 이 책의 핵심은 문학적 측면에 있으므로 네 가지 요소 중 동극본의 구성요소에 초점을 맞추어 살펴보고자 한다. 동극본의 3 요소는 해설, 대사, 지문으로 【표 14】와 같은 짜임으로 구성된다.[172]

172) 유창근(1997), 『현대 아동 문학의 이해』, 동문사, P. 254.

【표 14】 동극본의 짜임

해설	제목 · 막과 장	제목 옆에 막과 장을 밝힘.
	때 · 곳, 등장인물	제목 다음에 때, 곳, 나오는 이들을 밝힘.
	무대 설명	무대를 어떻게 꾸미며, 막이 오를 때 등장인물의 할 일이 무엇인가를 설명함.
대사	본 문	• 대사 : 등장인물의 대화
지문		• 지문 : (　)안의 글(동작, 표정, 음악, 음향 등)

동극본의 등장인물은 극을 이끌어 가는 중요한 요소이다. 동극본에는 한 사람이 등장할 수도 있고 여러 사람이 등장할 수도 있다. 동극은 등장인물들 간의 극적인 갈등을 중심으로 전개되고, 극적인 갈등은 개성있는 인물에 의해서 이루어진다. 또한 등장인물의 문제 해결 과정과 문제 해결 자체가 바로 극적인 상황과 극적인 행동의 중심이 되므로 동극의 등장인물은 처한 상황에 따라 문제 해결 의지를 보이고 문제 해결을 하는 인물이다.

등장인물의 극적인 행동은 극의 원리이기도 하며 구조이기도 하다. 눈에 보이는 신체적 동작, 대사, 인물의 내면적 움직임 그리고 극의 구조가 포함된다. 극의 모든 행동은 극중 인물의 성격, 기능, 계층, 교양 등과 통일되어야 하고 연극의 맥락에서 앞뒤가 맞게 선택된 행동이어야 한다.

대사는 인물의 성격을 나타 낼 수 있도록 인물의 성격에 알맞아야 한다. 대사는 사건을 설명해주며 도입, 상승, 절정, 하강, 결말의 과정을 포함하여 극을 진행 한다. 극이 인물 설명을 하지 않는 것과 마찬가지로 사건 또는 사건의 과정을 설명하는 형식을 취하지 않는다. 관객은 극의 대사를 통해 사건과 사건의 과정을 이해하고 감상하게 되므로 동극의 대사는 이를 잘 나타내야 한다. 그리고 극에 생명감이 있으려면 생동감이 넘치는 대사여야 하며 대화체여야 한다.

극의 대사는 명쾌하고 간결하게 그리고 꾸밈새가 없어야 한다. 또한 극적 분위기를 지속해가야 하므로 관객에게 지속적인 긴장감을 주어야 하며, 전달하려는 의미가 압축되어 간략해야 한다.

가. 해설

해설은 희곡의 첫머리에서 인물을 소개하는 부분이며, 극적 상황, 사건의 경과, 인물의 심리 상태, 설명을 필요로 하는 일들을 간결하게 단도직입적으로 관객에게 설명한다.

다음 「장발장」의 해설 부분은 제목, 때·곳·등장인물 그리고 몇 막인지를 나타내고 있다.

때 : 1815년 10월의 어느 날 저녁
곳 : 프랑스 남쪽 디뉴라는 마을

나오는 사람들 : 장발장, 여관 주인, 미사 드리러 온 부인, 밀리에르 신부, 미그로알 부인, 경관

제 1 막(낯선 사나이)

1815년 10월의 어느 날 저녁 무렵이었습니다. 프랑스의 남쪽에 있는 디뉴라는 마을에 초라한 모습의 사나이가 컴컴한 골목을 터벅터벅 걸어오고 있었습니다. 나이는 마흔 일고여덟 살쯤 되어 보였는데, 먼 길을 왔는지 몹시 피곤해 보였습니다. 그 사나이는 가까운 여관으로 들어섰습니다.[173]

해설은 무대 지시문으로서의 역할을 하는데, 극작가가 무대 공연에 필요한 사항을 지시하는 내용이다. 더 구체적으로는 장면 지시문, 연출 지시문으로 나뉜다. 장면 지시문은 사건이 일어나는 시간적 · 공간적 배경이나 소도구를 설명하는 것이고, 연출 지시문은 등장인물들의 행동, 표정, 몸짓, 기분 상태, 그리고 퇴장과 등장에 대한 설명이다. 다음은 「어떤 크리스마스」에 나오는 내용이다.

흥겨운 크리스마스 캐럴이 나지막이 흘러나오는 가운데, 막이 오르지 않은 무대 앞면 왼쪽 천장에서 조명이 동그랗게 떨어진다. 카메라맨 앞에 마이크를 든 아나운서가 서 있다.

아나운서 : 여기는 법원 앞입니다. 크리스마스 이브인 오늘, 어린이들이 사랑하는 산타클로스를 놓고 이색적인 재판이 열리고 있습니다. 많은 사람들의 흥미를 끌고 있는 이 재판의 상황을 잠시 뒤에 생방송으로 전해 드리겠습니다. 법원에서 말씀드렸습니다.

캐럴 소리가 커지면서 조명이 커지고, 서서히 막이 오른다. 무대 중앙에 판사의 자리가 있고, 그 아래에 서기가 앉아 있다. 왼쪽에는 검사가 서류를 넘기고 있고, 오른쪽에는 변호사와 피고 산타클로스가 이야기를 나누고 있다. 캐럴이 멈추고, 판사 자리 뒤쪽의 문이 열린다.[174]

다음과 같은 판소리의 아니리처럼 묻고 답하는 형식으로 해설을 하는 경우도 있다.

173) 읽기 6-1 교과서 232-234쪽. 「장발장」

174) 읽기 6-2 교과서 193-203쪽. 「어떤 크리스마스」

해설자 : (판소리의 아니리처럼) 제비다리 고쳐 주고 큰 복을 받은 흥부를 본 심술쟁이 놀부, 그 심정은 과연 어떠하였을까요? 심술보가 부글부글 끓어올라 공연히 억울한 생각에 잠을 설친 놀부는 흥부를 찾아가 꼬치꼬치 캐물었습니다. 고개를 끄덕인 놀부가 회심의 미소를 짓는데, 어째 심상치가 않습니다그려. 드디어 이듬해 봄, 놀부는 자기 집에 제비들이 둥지를 틀기만을 학수고대하였습니다. 허어, 하늘이 무심치 않았나요?[175]

나. 대사

대사는 배우가 무대 위에서 하는 말을 뜻한다. 극의 대사는 음성, 리듬, 빠르기, 제스처 등이 자연스럽게 통합된 것이다. 대사는 인물의 성격을 나타내며, 사건을 설명해 주고, 극을 진행하는 역할을 한다. 극본의 표현에서는 대사가 대부분을 차지하고 있는데, 대화, 독백, 방백으로 구분된다.

다음은 「베니스의 상인」에 나오는 대사로, '대화'에 해당하는데 포셔와 그라시아노, 샤일록의 성격이 잘 드러나 있다.

포　　서 : 잠깐, 기다리시오. 이 증서엔 피는 단 한 방울도 당신에게 준다는 말이 없소. 여기에는 '살 일 파운드'라고 분명하게 적혀 있소. 증서대로 살을 일 파운드만 떼어 가시오. 다만, 살을 떼내면서 이 상인의 피를 단 한 방울이라도 흘리게 한다면, 그대의 토지와 재산을 베니스의 법률에 의하여 몰수할 것이오.

그라시아노 : 오, 공명정대한 판사님이시다! (샤일록에게) 들었느냐?

샤　일　록 : 이게 법인가요?[176]

독백이란 무대 위에서 단 한 사람의 인물이 관중 앞에서 큰 소리로 혼자 지껄이는 것이다. 관객에게 직접 지식을 전달하고 줄거리를 전개하는데 매우 편리한 방법이다. 다음의 경우처럼 독백일 경우 지문에 '혼잣말'이라고 쓰여 있다.

시아버지 : (혼잣말로) 젊었을 때 농사를 땀나게 지어서 이제 이만큼 먹고 살 만한데, 나도 이렇게 늙어 버렸으니 살림을 누구에게 물려주나? 세 며느리 중에서 누가 살림을 가장 잘 하는지 알아야 할 텐데……. 옳지!

175) 고성욱(1998), 『고성욱 선생님의 초등 논술 X파일』, 대교방송.

176) 읽기 교과서 5-2 교과서 52쪽. 「베니스의 상인」

그러면 되겠군.[177]

177) 말 · 듣 · 쓰 6-1 교과서 70-71쪽.「볍씨 한 톨」.

방백이란 연극 진행 중에 한 배우가 관중의 눈앞에서 다른 상대역이 있는데도, 그 사람에게는 들리지 않는다는 가정 아래, 관중이 들을 수 있도록 혼자 지껄이는 것을 말한다.

다. 지문

지문은 동작 지시문으로 인물의 동작, 표정, 심리를 묘사한다. 즉 인물의 움직임이나 장면의 정경을 설명하는 글로 대개 ( ) 안에 넣어 표시한다. 다음 『삐삐는 언제나 마음대로야』의 대사에는 여러 가지 지문이 자세하게 잘 쓰여 있다.

> 삐삐 : 자, 착한 아저씨. 아저씨는 베란다에서 살아. (삐삐가 말을 베란다에 앉히고 귀리 상자를 연다.) 여기에 귀리가 조금 있어. 어때, 좋지? ('뒤죽박죽 별장'이라고 쓰여 있는 문패를 꺼내 잘 보이게 건다.) 자, 이제 다 됐어. (사다리를 올려다보며) 닐손씨, 너도 같이 올라가서 경치 구경할래? (원숭이를 데리고 사다리를 올라가 맨 위 디딤판에 앉는다. 그리고 주머니에서 사과를 꺼내 먹기 시작한다.)[178]

178) 아스트리드 린드그렌 지음 (2006), 『삐삐는 언제나 마음대로야』 - 세계 아동극 선집 1(쑥쑥문고 65), 우리교육.

5. 동극의 유형

동극의 유형을 나누는 기준은 내용, 용도, 창작형태 등을 들 수 있다.

가. 내용에 따른 분류

① 생활극 : 어린이들의 일상생활을 소재로 하여 현실 감각에 맞도록 꾸민 극이다. 사실극, 상황극도 이 유형에 속한다.

② 동화극 : 판타지를 주 내용으로 한 극으로 옛이야기나 창작동화를 각색한 것을 의미하기도 한다. 생활과는 대조적이고 공상의 세계를 내용으로 한 로맨티시즘(romanticism) 연극이 대부분이다.

③ 사 극 : 역사적인 사건을 내용으로 한 극으로 전기극 · 문화사극 · 풍속극이

여기에 속한다.

나. 용도에 따른 분류

① 학습극 : 학습 목표 달성을 위해 이루어진 극으로 무용극 · 체육극 · 과학극 등이 해당된다.

② 행사극 : 어떤 특정한 행사를 위해 의도적으로 이루어진 극이다.

③ 심리극 : 어린이 심리를 기초로 심리 표현에 중점을 두는 극으로 어린이 심리 치료의 목적으로 많이 쓰인다.

④ 종교극 : 종교적인 주제를 중심으로 연출되는 극이다. 예를 들어 크리스마스 무렵에 각 교회나 성당에서 이 종교극이 많이 공연된다.

다. 창작 형태에 따른 분류

① 창작극 : 작가가 처음부터 공연을 목적으로 순수하게 창작한 극본에 의해 이루어지는 극이다. 각색극이나 번역, 번안극과 대비되는 그야말로 오리지널 극본이다.

② 번역극 : 해외 명작 희곡을 번역하여 작가의 생각 그대로 공연하는 극이다.

③ 각색극 : 국내외 명작들을 공연에 맞게 변형시킨 극으로 명작극이라고도 한다.

6. 동극본의 선정 기준

극본이 갖는 제한점을 극복하고 어린이들이 동극본을 듣거나 읽고 감상하면서 즐기게 하기 위해서는 다음과 같은 요건을 갖춘 동극본을 선택하는 것이 바람직하다.

1) 명확한 주제이면서 겉으로 드러나지 않는가

동극의 주제가 지나치게 직설적이고 도덕적이면 어린이들의 흥미를 감소시킨다. 동극에서는 복합적인 주제보다 단일 주제가 더 적합하다. 어린이들의 인지 구조상 여러 가지 요인을 동시에 관계 짓는 능력이 부족하기 때문이다.

2) 어린이가 이해하기 쉬운 것인가

어린이들은 극을 전체적인 내용으로 이해하지 못하고, 장면을 부분적으로 이해하기 쉽다. 또 그들 자신의 생활체험 범위 안에서만 줄거리를 파악하기 예사이다. 그러므로 어린이들의 체험에서 먼 사건을 쓴 경우에는 세심한 주의가 필요하다. 『노래주머니』나 『올빼미의 눈』, 『팥죽 할머니』 등과 같은 동극 선집은 어린이들이 이해하기 쉬운 동극본이다.

3) 선과 악에 대한 진실한 관찰을 할 수 있는가

어린이들은 단순한 행동만으로 섣불리 단정하여 선인과 악인을 확연히 구별하려는 경향이 있다. 따라서 악인이 선행을 하게 되는 경우라든지, 선인이 악행을 하게 되는 경우의 인상적인 표현과 심리 변화의 뚜렷한 경로 등을 보여줄 수 있어야 한다. 이러한 대표적인 예가 「장발장」이다.

4) 재미있는가

동화극이나 어린이들의 생활에서 취재한 생활극이라 하더라도 그 재미에 차이가 있어서는 안될 것이다. 생활극이라 하더라도 스토리가 뚜렷하고 재미있어야 하며 소설을 능가하는 극적 요소까지 포함하고 있어야 한다.

이미 동화책으로 어린이들에게 재미를 검증받은 이야기를 동극본으로 쓴 것은 재미를 보장받을 수 있다. 아스트리드 린드그렌의 삐삐 동화는 전 세계 어린이들에게 폭발적인 인기가 있었다. 그 이야기의 사건을 엮어서 동극본으로 쓴 『삐삐는 언제나 마음대로야』나 『외톨이 보쎄와 미오 왕자』가 그 예이다.

5) 교육적 가치가 있는가

동극은 예술작품이므로 예술 작품으로서 이해시키는 것도 중요하지만, 어린이를 대상으로 하므로, 적당한 교훈성이 포함되어야 한다.

6) 자연스럽고 순진한 동심을 그린 작품인가

어린이들의 수준에 맞는, 그들의 마음을 그대로 표현한 작품이 진실된 공감대를 형성하게 된다.

7) 판타지(Fantasy)가 들어 있는가

작품이 신비스럽고 환상적인 것일 수록 어린이들은 상상의 세계를 열어나가게 된다.

8) 조금은 심각하고 뜻 깊은 것인가

어린이를 감동시켜서 마음 속 깊이 샘솟는 즐거움을 맛보게 해야 한다.

9) 어린이에게 기대감을 갖게 하거나 사건에 대하여 불안감을 느끼게 하는 구조인가

앞 단계는 가능한 줄이고 바로 절정 단계로 들어가 아동들로 하여금 가치 판단 시간을 가지게 하는 구조로 된 동극본이 좋다.

7. 동극본 감상 및 동극 상연 지도

가. 동극본 읽기

① 첫 부분에 나오는 때와 장소, 등장인물의 관계를 관심 있게 알아둔다.

② 실제 무대에서 연출될 때의 상황을 머릿속에 상상하면서 읽는다.

③ 충분히 읽어서 작가가 의도하는 주제가 무엇인지를 파악한다.

④ 사건이나 이야기의 줄거리가 어떻게 전개되어 나가는지를 알면서 읽는다.

⑤ 동극에서의 주요한 장면과 클라이맥스가 어디인지를 알면서 읽는다.

⑥ 인물의 성격을 살펴보고 성격이 잘 나타나 있는지 여부를 알아본다.

⑦ 재미있다고 생각되는 점이나 잘 됐다고 생각되는 점을 표시해 두었다가 그 때의 장면을 상상하기도 하고 인물의 심리 상태를 생각해 보기도 한다.

결론적으로 머릿속에 무대와 무대 장치, 그리고 출연하는 배우들의 행동, 표정, 말투 등을 상상하면서 실제 동극을 하는 태도로 읽는 것이 좋다.

나. 동극 상연 지도

어린이들은 동극본을 감상하거나 동극을 관람할 수도 있지만, 스스로 동극에 참여할 수도 있다. 여기에서는 실제 연극 활동을 체험하게 하는 극화 학습 지도 방법에 대해 간단히 기술하고자 한다.

1) 극본 정하기

적절한 극본을 선택한다. 국어 교과서에 제시되어 있는 극본을 골라도 좋다. 극본을 선택할 때 유의할 점은 다음과 같다.

• 줄거리가 단순하고 어린이들의 흥미를 끌 수 있어야 하며, 장면이 자주 바꿔

지 않아야 한다.

- 등장인물이 많아야 하며, 동극을 하기에 쉬워야 한다.
- 동극의 주제는 밝고 즐거우며 어린이의 꿈과 상상력에 뿌리를 두고 있어야 한다. 즉 교육적 요소를 고려한 건전한 내용이어야 하며, 삶의 지혜를 주는 영원한 진리를 담고 있어야 한다.

2) 극본의 내용 검토 및 배역 정하기

극본이 정해졌으면 내용을 읽고 내용에 따라 배역을 정한다. 다음에 유의하여 내용을 검토한다. 적절한 극본을 찾지 못했을 때는 각색을 할 수도 있다.

- 극본의 해설 부분을 읽고, 때·곳·등장인물을 알아보고, 등장인물의 성별·연령·직업을 파악한다.
- 동극의 줄거리를 파악한다. 원인·결과·이유·동기·결말 등을 차례에 따라 파악한다.
- 극본 속에 나오는 인물들의 성격을 파악한다.
- 주제를 파악한다.
- 대사와 지문에 주의하여 내용을 세밀하게 검토한다.

이러한 검토를 한 후 각자의 개성과 능력에 따라 배역을 정한다.

3) 대사 읽기

극본 읽기와 외우기는 혼자서 할 수도 있고, 여럿이 함께 할 수도 있다. 이 때 유의할 점은 다음과 같다.

- 인물의 마음이나 기분을 생각하며 읽는다.
- 자연스럽게 말을 주고받으며, 말과 말 사이도 자연스럽게 간격을 둔다.
- 인물의 특성이 잘 드러나게 읽고, 동작을 해 보며 읽는 것도 좋다.

4) 동작 연습하기

대사를 다 외운 다음, 지문에 나타난 동작, 표정을 종합적으로 연습한다. 이 때

유의할 점은 다음과 같다.

- 극본에서 지시한 대로 표정이나 동작을 나타낸다.
- 다른 출연자나 연출자의 도움말을 듣는다.
- 극본 전체를 한번에 연습하지 말고, 몇 부분으로 나누어 하나씩 연습한다.
- 지문에 나와 있지 않은 동작이나 표정도 연구하여 실연해 본다.

5) 무대 만들기와 대도구, 소도구, 의상 준비하기

동극을 보다 실감 나게 하고 어린이들에게 즐거움을 주기 위하여 무대, 소도구, 의상을 준비하는 것이 좋다. 대도구는 극본에 나타난 극적 분위기를 살리도록 하며, 소도구와 의상은 등장인물의 성격에 어울리게 꾸며야 한다. 이러한 준비는 교사가 하기보다는 어린이들 스스로 창의적으로 생각하고 협의하여 만들고 꾸미도록 한다. 너무 화려하게 하거나 비용이 많이 들지 않도록 유의한다.

6) 무대 연습(상연)하기

무대에서 등장과 퇴장, 무대에서의 움직임 등을 연습하며 무대에서의 위치 등을 익힌다. 이때 무대 장치, 의상, 조명, 음악, 음향, 대도구, 소도구 등의 준비도 필요하다. 동극을 상연할 때 역할을 맡지 않은 어린이들은 관객이 되어 동극을 상연하는 어린이들에게 더욱 적극적으로 연기하도록 용기와 자극을 줄 수도 있다.

7) 공연하기

관객을 모시고 실제로 공연을 한다.

8) 평가

어린이들이 동극 상연을 마친 뒤에는 각본 만들기, 배역 정하기, 대사 외우기, 의상 및 소품 준비, 무대 만들기와 같은 동극 상연의 모든 과정에 대하여 어린이가 참여했던 부분과 관련하여 이야기 해보게 하는 과정(평가)을 거치는 것이 좋다. 다음과 같은 평가 기준을 생각해 볼 수 있다.[179]
- 가장 어려웠던 점은 무엇인가?

179) 강문희 · 이혜상(1999), 『아동문학교육』, 학지사.

- 무엇이 가장 재미있었는가?
- 바꾸고 싶은 것이 있다면 어떤 점을 어떻게 바꾸었으면 좋겠는가?
- 전달하려는 바를 표정이나 몸짓으로 실감나게 잘 나타냈는가?
- 맡았던 역할의 입장에서 상반된 역할에게 하고 싶은 말은 무엇인가?
- 역할을 하면서 가장 행복했던 부분은 무엇인가?
- 역할을 하면서 가장 슬펐던 부분은 무엇인가?
- 동극을 다시 상연한다면 이번에는 어떤 역을 맡고 싶은가? 그 이유는 무엇인가?

참고문헌

1. 작품

권정생, 이영준 지음(2005), 『팥죽 할머니』 – 우리나라 아동극 선집(쑥쑥문고 63), 우리교육.

방정환, 마해송 외 지음(2002), 『노래주머니』 – 우리나라 아동극 선집(쑥쑥문고 45), 우리교육.

아스트리드 린드그렌 지음(2006), 『삐삐는 언제나 마음대로야』 – 세계 아동극 선집 1(쑥쑥문고 65), 우리교육.

아스트리드 린드그렌 지음(2006), 『외톨이 보쎄와 미오왕자』 – 세계 아동극 선집 2(쑥쑥문고 66), 우리교육.

유창근(1997), 『현대 아동문학의 이해』, 동문사.

윤석중, 송영 외 지음(2004), 『올빼미의 눈』 – 우리나라 아동극 선집 (쑥쑥문고 60), 우리교육.

2. 단행본과 논문

강문희 · 이혜상 공저(1999), 『아동문학교육』, 학지사.

고성욱(1998), 『고성욱 선생님의 초등 논술 X 파일』, 대교 방송.

교과서(2006), 말 · 듣 · 쓰기 6-1.

교과서(2006), 읽기 5-1.

교과서(2006), 읽기 6-1.

교과서(2006), 읽기 6-2.

권순철(1989), 『한국 아동극 연구』, 중앙대 석사 논문.

김계숙 역(2002), 『희곡개론』, 동명사.

김미도(2000), 『우리 희곡 재미있게 읽기』, 연극과 인간.

김신연 · 최재선(2001), 『아동문학의 이해와 활용』, 민속원.

김용심(1994), 『선생님, 우리 연극해요』, 보리.

이원수(2001), 『아동문학입문』, 소년한길.

이재철(1986), 『아동문학개론』, 양서원.

이진수(1997), 『참여 아동극』, 양서원.

이현섭 외(2001), 『웹 구성활동을 통한 아동문학교육』, 양서원.

임원재(2000), 『아동문학교육론』, 신원문화사.

전동희(1990), 『한국근대 아동극 연구』, 성신여대 석사 논문.

조동희(1987), 『아동연극개론』, 범우사.

최경희 외(2005), 『초등 국어과 교수·학습 방법』, 박이정.

하청호, 심후섭(1998), 『아동문학』, 정민사.

Cox, C.(1996), Teaching Language Arts : A Student-and Response-Centered Classroom, Allyn & Bacon.

Fisher, C. J. & Terry, C. A.(1990), Children's Language and the Language Arts : Literature-Based Approach, Massachusetts : A Division of Simon & Schuster, Inc.

학교에서의
문학 프로그램

제1장 문학중심 독서지도의 설계

　　문학은 어린이들의 삶에서 필수적인 부분이다. 어린이들은 문학을 자신의 삶과 관련시키고, 문학 속에서 개인적인 의미와 타인과의 관계를 발견해 나간다. 즉 어린이들은 문학을 통해 자신의 삶을 이해하고, 다른 사람의 삶에 대한 인식을 넓혀 나갈 수 있다는 것이다.

　어린이들의 삶과 밀접한 문학중심 독서지도를 하기 위해서는 '어떻게 어린이들이 책에 흥미를 갖도록 해야 하는가' 와 '어떻게 협력적인 독자 공동체 안으로 어린이들을 끌어 들이는가' 가 가장 중요하다.

　문학이 국어과의 한 영역으로 자리잡고 있는 현행 교육과정에서 국어 수업만으로 어린이들에게 문학적 흥미와 경험을 제공하기는 어렵다. 어린이들에게 보다 많은 문학 경험을 제공하기 위해서는 별도의 문학 프로그램이 요구된다. 따라서 문학의 가치와 효용을 알고 문학교육에 보다 많은 시간을 할애하기 위한 별도의 문학 프로그램을 구안해야 한다. 문학 프로그램은 여러 가지로 구안할 수 있는데, 여기에서는 1부, 2부의 문학 작품을 중심으로 한 독서지도에 초점을 맞추어 "문학중심 독서지도" 프로그램을 설계하고자 한다.

　이 장에서는 이러한 탐구 문제를 해결하기 위한 계획을 세우고, 다음 2장에서는 독서지도의 실제를 중심으로 실천적인 면을 기술하고자 한다.

1. 문학중심 독서지도의 성격

　문학교육은 문학의 본질을 교육하는 것이다. 이러한 문학교육의 성격에 비추어 볼 때 문학 프로그램은 어린이들이 다양한 문학 경험을 하도록 하고, 이를 활용해 문학에 대한 비판적인 안목을 키우며 나아가서는 삶의 의미를 찾게 하는 데 그 목적이 있다. 이를 위해 문학 작품을 단순히 문자 언어적 지식을 위한 읽기 자료로서가 아니라, 문학 작품 그 자체에 초점을 두어 교육하는 프로그램의 개발이 필요하다.

가. 문학중심 독서지도의 목적

문학교육의 목적이 무엇이며, 의도하는 것이 무엇이냐에 따라 문학교육 프로그램의 유형은 여러 가지로 나타난다. 문학교육의 목적은 어린이 삶과의 연관성 측면에서 다음 세 가지로 설정할 수 있다.

첫째, 문학중심 독서지도의 일차적인 목적은 어린이들에게 다양한 문학적 경험을 제공하고, 어린이들이 문학 속에서 즐거움을 발견하도록 하는 것이다. 문학중심 독서와 관련된 모든 활동은 어린이들의 문학에 대한 열망을 증대시켜 주는 데 초점이 맞추어져야 하고, 어린이들이 문학 속에 들어가서 책의 일부가 되는 경험을 해보도록 하는 것이다. 즉, 문학 읽기의 가장 중요한 목적은 어린이들이 문학에 관심과 흥미를 갖고 책을 가까이 하게끔 하는 것이며, 궁극적으로는 평생 독자가 되도록 하는 것이다.

둘째, 문학중심 독서지도는 어린이들이 이야기의 내용과 자신의 삶을 관련시킬 수 있도록 해야한다. 책을 읽으면, 어린이들은 실제 경험한 것은 물론, 경험하지 않은 세계에 대해서도 알게 되어 경험적 배경을 확장시키게 된다. 젖소의 젖꼭지를 조몰락거려 젖을 짜보지 못한 아이들도, 새벽잠을 깨우는 수탉의 울음소리를 들어보지 못한 아이들도 문학 작품을 통해서 경험의 세계를 확장시켜 나가는 것이다.

셋째, 문학중심 독서지도는 어린이들의 문학 갈래에 대한 의식과 올바른 인식을 발달하도록 해야한다. 책을 읽고 즐거움을 느끼는 것은 물론 문학 작품의 다양한 갈래를 체험해보면서 각 갈래의 특성을 깨닫게 되고, 작품의 좋고 나쁨을 구별할 수 있게 된다. 또한 문학중심 독서지도는 어린이들에게 문학 작품의 질을 구별할 수 있는 안목을 길러주고 비평적인 독자가 될 수 있도록 만들어 준다. 소리내어 읽는 재미를 느끼고, 학급의 자연스러운 문학 모임 속에서 책에 대해 이야기를 나누게 한다면, 그리고 문학의 즐거움을 시종일관 가르친다면, 어린이의 문학에 대한 올바른 인식은 점차 성장해 갈 것이다.

나. 문학중심 독서지도의 특성

어린이에게 가장 훌륭한 문학교육은 좋은 책을 많이 접할 수 있는 환경을 제공하고, 작품을 읽고 느낌을 갖도록 도와주는 것이다. 수업 시간에 제공되는 문학 작품은 대부분 단편적인 글이며 특히 언어 기능을 위한 자료가 많아 글에 대한 전체적인 느낌이나 감상보다는 단락별로 나누어 중심 내용이나 핵심어 찾기, 낱말의 뜻풀이 등을 지도하게 된다. 제한된 단위 학습 시간의 이러한 수업은 문학 작품 전체에 대한 이해를 어렵게 하며, 잘못하면 문학에 대한 흥미를 잃게 할 수도 있다.

이러한 면을 보완하기 위해 각 지역 교육청이나 학교, 학급 나름대로 독서 프로그램을 구안하여 운영하고 있다. 하지만 문학 작품을 읽고 즐거움을 느끼거나 자신의 삶과 관련지어 생각해 보는 활동보다는, 책을 읽고 난 후에 결과를 활동으로 표현하도록 구안된 것들이 많다. 독서 후 활동을 강조함으로써 어린이들이 문학에 대한 흥미나 즐거움을 갖기도 전에 책을 읽으면 또 무엇인가를 해야 한다는 중압감을 갖게 하는 부작용도 초래된다. 가시적인 교육성과를 생각하다 보니 무엇인가를 쓰고 토론하고 기록해야 한다는 생각으로 이러한 활동을 강조하게 된다. 그러나 무엇보다도 어린이에게 책에 대한 흥미와 애정을 먼저 갖게 하려면, 과도한 사후 활동보다는 한 권의 책을 끝까지 읽게 하는 습관을 갖도록 하는 것이 더 바람직하다.

문학중심 독서지도에서 교사는 무엇을 가르칠 것인지, 그것을 언제 가르칠 것인지, 어떤 자료들을 사용할 것인지를 결정한다. 이런 자료 선택에 대한 결정과 책임감은 다른 지도 방법들보다 교사의 전문적인 판단을 더 많이 요구하는 문학중심 독서를 만들게 된다.

문학중심 독서지도를 위한 단 하나의 옳은 방법은 없다. 문학중심 독서지도는 '총체적 언어 접근법'이라는 더 거대한 교수·학습의 철학 안에서 적합하다. 총체적인 언어는 교수와 학습에 관한 전체 철학이며, 어린이들의 삶에 의미있는 자료들, 권위주의자이기보다는 같은 학습자이면서 자원인 교사, 그리고 교사가 어린이들의 흥미와 재능에 맞게 재구성한 교육과정을 포함한다. 어린이들의 문학에 관한 학습 잠재력은 총체적인 언어와 문학중심 교실에서 가장 잘 나타난다.

다. 문학중심 독서지도의 원리

문학중심 독서지도 구안의 가장 중요한 원리는 학습자의 발달 특성을 고려해야 한다는 점과 아동문학의 본질을 깨닫게 할 수 있는 프로그램이어야 한다는 점이다. 또, 문학중심 독서지도는 어디까지나 책 읽기와 문학교육이 중심이 되어야지, 활동 위주가 되어서는 안 된다. 다시 말하면, 다양하고 복잡한 활동보다는 책을 읽을 수 있는 시간을 충분히 배려해 주는 것이 훨씬 더 중요하다. 아울러 작품에 대한 단편적인 지식 습득보다는, 작품에 대한 깊은 이해와 감동을 체험할 수 있도록 구안해야 한다. 문학중심 독서지도를 계획할 때는 다음과 같은 점을 명심해야 한다.

1) 발달 수준의 적합성

문학 작품은 문자라는 기호로 구성된 텍스트이기 때문에 그 의미를 재구성하기 위해서는 복잡한 인지과정이 필요하다. 따라서 어린이들의 성장 발달 수준에 따라 문학 작품을 접하고, 이해하고, 인식하는 데 차이가 있다. 문학 프로그램은 어린이들의 성장과 발달에 따른 차이를 이해하고 어린이의 발달 단계에 맞도록 구성해야한다.

2) 개인차를 반영한 개별화

어린이들의 발달 정도와 인지 정도는 연령에 따라 다를 뿐 아니라 개인에 따라 다르다. 문학 프로그램은 가능한 어린이 개개인의 성별, 지역이나 주변 환경, 배경지식과 언어발달, 흥미 등을 고려하여 개인차가 최대한 반영이 되도록 구안하여야 할 것이다. 그래서 문학중심 독서지도를 할 때는 어린이에게 최대한 선택의 기회를 보장해 주어야 한다. 읽을 책을 고를 때나 독후 활동을 선택할 때, 어린이 스스로 선택할 수 있도록 해 주어야 한다.

3) 스스로, 즐겁게 참여하는 자발성

문학중심 독서 프로그램은 어린이들의 자발적인 참여 활동을 유도할 수 있어야 한다. 그러므로 능동적인 참여를 하도록 동기를 부여하고 문학중심 독서와 그 이후의 활동 자체를 즐기게 해 주어야 한다.

4) 문학 경험의 사회화

문학 작품은 개별적인 체험을 재생시킬 뿐 아니라 알지 못했던 일, 가보지 못했던 세계까지 경험하게 한다. 이를 통해 어린이들은 사회의 일원으로 자신의 역할을 파악하게 되고 다른 사람을 이해하는 인식의 폭과 깊이를 심화시켜 나가는 것이다. 문학 프로그램은 문학 작품의 이런 특성을 잘 살려서, 어린이들이 문학적 경험을 통해 자신과 이웃, 사회에 대한 이해를 넓혀 나갈 수 있도록 해야한다.

5) 범교과적인 통합 활동

문학 경험을 유발하고 반응을 심화하기 위해서는 문학 활동을 다른 교과, 다른 활동과 적절히 연결짓는 것이 좋다. 읽은 글 중의 어떤 장면 그려보기, 간단한 드라마나 역할 놀이를 하거나 이를 비디오로 촬영해 텔레비전으로 보여 주는 활동, 컴퓨터 프로그램으로 자신의 느낌을 써 보는 활동을 통해 자신이 읽은 작품을 내면화하고, 다른 관점에서 해석할 수 있는 기회를 가질 수 있다.

2. 문학중심 독서지도의 구성요소

문학중심 독서지도에서 가장 중요한 것은 온갖 종류의 책으로 둘러싸여 있는 환경을 제공하는 것이다. 어린이와 문학을 맺어주기 위해서는 책이 교실 환경의 자연스러운 일부분이 되어야 한다. 어린이들은 책이 필요할 때마다 즉시 이용할 수 있어야 한다. 책이 풍부한 환경에서 책을 많이 읽다 보면 커서도 책을 좋아하게 되고 평생 독자가 될 수 있다. 이런 교실에서 어린이들은 하루에 몇 번씩 문학 작품을 듣고, 자발적으로 다른 친구들이 읽는 것을 보고, 좋은 책을 통해 즐거움을 느끼고, 그들이 알고 싶은 것을 말할 수 있다는 것을 발견하고, 흥미 있는 주제의 책을 선택하여 끊임없이 읽는다.

그러므로 문학중심 독서지도의 주요한 요소들은 다음의 내용들을 포함하는 것이 좋다.

- 문학을 좋아하는 어린이
- 문학에 대한 흥미를 유발하는 환경
- 문학에 열정적인 교사
- 다양한 유형의 많은 문학 작품
- 여러 형태의 문학 소집단
- 교사가 좋은 문학 작품을 매일 읽어주기
- 문학에 초점을 맞춘 여러 가지 방식의 문학 읽기
- 매일 스스로 선택한 책읽기
- 책에 대한 반응을 이야기하기
- 쓰기, 드라마, 예술 활동과 같은 다양한 방식으로 반응 표현하기

이러한 구성요소 중 문학에 대한 흥미를 유발하는 환경과 다양한 유형의 많은 문학 작품, 문학에 열정적인 교사, 여러 형태의 문학 소집단은 계획 부분인 이 장에서 다루고, 교사가 좋은 문학 작품을 매일 읽어주기, 문학에 초점을 맞춘 여러 가지 방식의 문학 읽기, 매일 스스로 선택한 책읽기, 책에 대한 반응을 이야기하기, 쓰기, 드라마, 예술 활동 같은 다양한 방식으로 반응 표현하기 등은 다음 2장 실제 부분에서 다루고자 한다.

가. 문학을 좋아하는 어린이

문학중심 독서지도에서 가장 중요한 구성요소는 학습자이다. 특히 초등학교 학습자는 발달이 진행 중이라는 큰 특징을 가지고 있다. 또한 이 시기에 문학을 좋아하는 기본 습관을 길러두어야 평생 독자로 살아갈 수 있다. 그러므로 이 프로그램을 계획하고 운영할 때 어린이들이 문학을 좋아하여 스스로 문학을 즐기도록 지도하여야 한다. 그러기 위해서 가장 중요한 것은 발달 특성과 흥미, 수준 등을 고려한 문학 작품 선정과 차별화된 지도 방법이다. 이러한 요인에 대한 자세한 사항은 1부 2장과 3장에 자세하게 기술되었으므로 여기에서는 생략하도록 한다.

나. 책으로 둘러싸인 교실 환경

효과적인 독서지도를 위해 가장 중요한 일은 온갖 종류의 책으로 둘러싸여 있는 환경을 만들어주는 일이다. 어린이들은 자기 주변에 책이 있으면, 저절로 손이 가게 마련이다.

문학중심 독서지도 환경 구성을 위한 첫 번째 방법은 어린이의 발달 특성에 맞게 다양한 갈래의 문학 작품을 갖추는 것이다. 책을 선정할 때 유의할 일은 학생들의 발달 수준과 요구, 흥미 등을 고려하여야 하며, 문학성과 교육성을 만족시킬 만한 책을 골라야 한다. 교육적 효과나 문학적 가치만 따지다 보면 학생들의 흥미가 배제되어 적극적인 반응 형성이 되지 않을 수 있고, 학습자의 적극적인 반응을 기대하며 흥미 위주로 책을 고르다보면 문학성과 교육성에 결함이 있는 책을 고르게 되기도 한다.

교실에서 함께 읽을 문학 작품은 현대적이고 사실적인 문학뿐만 아니라, 옛이야기나 판타지적인 작품을 모두 포함하여야 한다. 저학년이든 고학년이든 교실에선 옛이야기, 판타지, 시, 역사동화, 그림책 같이 다양한 갈래의 책을 갖추어야 한다. 고학년 학생들에게도 그림동화를 권해줄 수 있다. 주제나 예술성으로 보아 어떤 그림동화는 어른들이 읽어도 큰 감동을 준다. 더구나 고학년 학생 가운데 책에 흥미가 적은 아이나 읽기 능력이 좀 떨어지는 어린이들에게 그림동화는 책나라로 안내하는 길잡이가 된다.

두 번째 방법은 교실의 한 코너를 아예 도서실처럼 만들어 "책의 왕국" 으로 설정하는 것이다. 어린이들에게는 현실적 거리가 심리적 거리에 큰 영향을 미치게 되므로, 이 "책의 왕국" 에 다양한 책들을 구비하여 손쉽게 동화책을 접할 수 있는 기회를 준다면, 어린이들은 훨씬 더 자주 책을 읽게 될 것이다. 교실 안의 도서실은 예쁘고, 아늑하게 꾸며서, 교실에서 가장 중요한 장소라는 느낌이 들도록 한다. 그런데, 그곳이 휴식처로 인식되어서는 곤란하다. "책의 왕국" 은 휴식처가 아니라 책을 읽고 싶을 때 찾아오는 조용한 장소라는 생각을 갖게 해 주어야 한다. 대여섯 명이 안락하게 앉을 수 있도록 카펫이나 매트, 쿠션을 마련해주고, 한 어린이당 5~6권 정도에 해당하는 책을 마련해주는 것으로 충분하다. 그리고 가능하다면 어린이들 대다수가 좋아하거나 소집단별로 토론할 가치가 있는 책은 5~6권정도 비치해서, 어린이들이 소집단별로 같은 책을 읽고 그 책에 관하여 깊이 있게 토론하도록 하는 것도 좋은 방법이다.

그림책이 아닌 경우, 책을 여러 권 구비하는 것이 어려우면 복사해 두는 것도 한 방법이다. 여러 권의 책이 한꺼번에 필요할 때는 학생들이 필요한 부수만큼 가져올 수도 있고, 동학년 교사끼리 같은 프로그램을 가지고 책을 공동구입하여 시기를 달리하여 사용할 수도 있다.

세 번째 방법은 책 전시와 정리로 게시판이나 이젤(화이트보드와 펜을 준비해 둠)을 마련하는 것이 좋다. 아이들은 게시판에 문학 작품과 관련된 질문을 적거나 감상을 적는다. 그리고 교사들은 어린이들이 흥미를 가질 만한 책 그림을 전시해 놓거나, 효과적으로 이야기를 소개하기 위한 자료를 보관하면 좋다.

칼라 상자에 라벨을 붙여두고, 수집된 책을 보관한다. 상자 각각에는 난이도 수준, 작가, 갈래, 수상 종류, 시리즈, 또는 소재 등을 달리하여 정리해 둔다. 예를 들면, 갈래별 상자에는 미스터리, 인물이야기, 동물에 관한 책, 가족 이야기를 주제로 한 책을 넣어 놓고, 어떤 상자에는 학생들에게 읽어주었거나, 학생들이 문학 토의할 때 사용한 책을 전시한다.

교사가 읽어주었거나 소집단별로 함께 읽고 즐겼던 책은 "우리가 읽은 책"이라는 제목을 붙인 후, 그 목록을 큰 종이에 써서 천장에서 바닥까지 길게 늘어뜨려 벽에 붙여둔다. "내가 추천하는 책"은 어린이들이 정말 재미있고 감동적으로 읽었기 때문에 다른 친구들에게 꼭 권하고 싶은 책을 책의 일정한 부분에 표시해 두는 방법이다. 학생들은 자기가 추천한 책 겉표지 안 쪽에 왜 이 책을 좋아하는지, 왜 다른 친구들이 이 책을 좋아할 것인지를 메모지에 써서 클립으로 꽂아두거나 포스트잇을 붙여놓는다.[177]

네 번째 방법은 책을 읽고 싶도록 하는 분위기를 조성하는 것이다. 이야기를 듣거나 읽는 시간을 알려주는 물건이나 음악을 이용해 분위기를 조성할 수도 있다. 교실에 스탠드를 준비해 두었다가 불이 켜지면 '동화 듣기 시간'이라는 것을 약속하고, 정해진 음악을 틀어주면 이야기 공유하기 시간임을 알려준다. 또 한 가지 사례로 보석 상자를 이용해 그것을 마술 상자라고 부르기로 한다면, 교사가 마술 상자를 들고 나타나는 행동 자체로 아이들은 이야기 시간이 시작된다는 것을 알아차리게 된다. 그리고 상자 안에 신비로운 이야기가 들어있다고 이야기하면서 상자를 천천히 열어 이야기를 해주고, 이야기가 끝나면 그 상자에 마술을

177) Fountas, I. C. & Pinnell, G. S.(2001), *Guiding Readers and Writers*, Heineman.

돌려보내는 것으로 이야기 시간을 끝낸다.

다. 문학에 열정적인 교사

문학을 사랑하고, 문학에 대한 열정과 관심이 있는 교사는 어떤 수업 자료보다 훌륭한 문학 수업 요소이다. 교사 스스로 동화를 즐겨 읽으며, 최근에 출판된 재미있고 감동적인 책을 선별해내어 아이들에게 소개해주고, 틈틈이 동화책을 읽어주는 학급의 어린이들은 저절로 책을 많이 읽게 되며, 독해력 뿐 아니라 말하기, 글쓰기 등의 언어 표현 능력도 많이 발달하게 된다. 여기서는 좋은 동화 읽기 수업을 위해 교사가 갖추어야 할 몇 가지 준비 사항에 대해 알아본다.

첫째, 교사는 문학교육과 문학 작품에 대한 전문가적 지식이 있어야 한다. 교사는 문학 수업의 목표와 방법을 일차적으로 결정하고 학습자의 수용과 반응에 방향을 제시하는 존재이다. 문학 영역의 학년별 내용과 그 내용의 학년별 위계, 그리고 교과서에 구현된 양상을 아는 것이 문학 수업에 잠재적으로 큰 영향을 미친다.

그러나 교사가 일방적으로 작품의 해석을 제공하는 것은 아니다. 교사와 학습자가 상호작용을 통하여 문학 작품의 의미를 창조해 나가는 것이다. 함께 문학 작품을 읽고 즐기고 대화하는 교사들은 어린이들이 모방할 수 있는 모델이 되며, 토론 시 이야기를 주도해 어린이들이 새로운 의미를 파악할 수 있도록 하는 숙련된 토론 지도자다.

둘째, 교사는 다른 사람의 해석을 그대로 전달하는 수준이 아닌, 수용이론에서 말하는 이상적인 독자로서의 자격을 갖추고 있어야 한다. 이러한 역할을 감당하기 위해서는 문학에 대한 이해가 선행되어야 한다. 문학에 대한 이해가 즐거움을 증가시키기 때문에 많이 알면 알수록 더 많이 즐길 수 있다. 교사는 학습자의 주관적이며 자의적인 해석에 대해 방관자가 되지 말고 학습자의 해석이 작품의 맥락 안에서 의미 있는 읽기가 되도록 안내하는 역할을 충실히 담당해야 한다.

셋째, 교사는 초등학교 학습독자들의 발달에 대한 전문가적 식견을 갖추어야 한다. 우리나라 어린이들의 발달에 대한 실증적인 연구가 이루어지지 않아 현장 교사가 전문가적인 식견을 갖는다는 것이 어려운 일이기는 하지만, 현상 속에서 발달적 차이에 관심을 갖는 일이 우선되어야 한다. 발달 과정 속에 있는 초등학교 2학년 학습 독자와 6학년 학습 독자는 결코 같을 수 없기 때문이다.

또, 우리 반 아이들이 지금 어떤 고민이 있는지, 집안 형편이 어떤지, 학급 어린이들의 교우관계나 학급의 분위기가 어떤지를 파악해 두는 것도 동화 읽기 수업에 큰 도움이 된다. 부모의 잦은 부부싸움으로 풀이 죽어 있는 아이나, 친구들에게 따돌림을 당해 슬퍼하는 아이에게 그런 주제의 동화를 읽어주면 위로가 될 수 있다.

넷째, 교사는 좋은 아동문학 작품을 부지런히 찾아내려는 노력이 필요하다. 요즘은 좋은 동화책이 많이 출판되고 있고, 특히 그림동화나 외국의 창작동화 같은 분야는 눈부시게 발전하고 있다. 자주 서점에 나가보고 신문의 아동 도서란을 눈여겨보면서 어린이들에게 유익하고 재미있는 책을 교사 스스로 찾아내야 한다.

※ 아동문학의 전문가가 되기 위한 교사의 지침

- 어린이 문학을 스스로 읽고 즐겨야 한다. 어린이 문학과 친해지는 가장 좋은 방법은 명문집이나 비평 잡지를 보는 것이 아니고 스스로 책을 읽어보는 것이다.
- 빨려드는 느낌을 가지고 어린이 책을 읽는다. 완전히 책을 읽는 것만이 어린이들과 정직하게 반응을 공유하기 위한 준비를 할 수 있다.
- 다양한 갈래의 아동문학 작품을 읽는다.
- 다양한 능력 수준의 책을 읽는다. 같은 학년 수준이라도 또래보다 더 어려운 책을 읽는 아이도 있고, 여전히 그림책으로 시간을 보내는 아이도 있기 때문이다.
- 학생들의 책에 대한 반응을 다른 교사들과 얘기해 본다.

다섯째, 교사의 역할은 학생들의 자발적인 반응을 이끌어내고 그 반응이 더 심화되도록 돕는 일이다. 동화책에 대한 반응은 "선천적으로" 주어지는 것도 아니고, "직관적으로" 표출되는 것도 아니다. 문학에 대한 반응은 행동으로 학습된다. 어린이들의 문학 반응 능력의 차이는 주로 읽기에 대한 사전 경험과 반응에 대한 격려와 학습 경험이 다르기 때문이다.

교사는 어린이들에게 그들의 개인적 반응이 가치 있다는 사실을 알게 해야 한다. 어린이들이 생각하거나 느낀 점 모두가 문학에 대한 개인적 반응이라고 가르치고, 그 반응은 말하거나 쓰기, 읽기를 통해 표현되고 공유될 수 있다고 가르쳐야 한다. 이런 과정을 거치면서 어린이들은 은연중에 다른 사람과 생각과 감정을 서로 이야기함으로써 문학 작품 읽기가 훨씬 즐거워지고 많은 것을 배울 수 있다는 인식을 갖게 된다. 개인적 반응을 가치 있게 여기도록 가르치는 첫 번째 방법은 어린이들의 반응을 긍정적으로 대하고 칭찬을 아끼지 않는 것이다.

학생들의 반응을 격려하고 살아 있는 수업을 하고자 할 때, 자발적 반응을 이끌어내는 방법과 동화 읽기 수업에서의 교사의 행동, 그리고 그런 장면에서의 바람직한 교수 대화의 예를 들면 다음과 같다.

자발적이고, 심화된 반응을 이끌어내는 교사의 발문

─아이들의 반응이 가치 있음을 격려한다.
  • 오우! 좋은 생각이야.
  • 그래, 그렇게 네 경험을 토대로 생각하면 되는 거야.
  • 야, 다솜이는 3학년 때 읽은 책과 이 책을 관련지었구나.
  • 그래, 연수처럼 친구의 말을 주의 깊게 들어야지.
  • 석우는 보아의 말에 자기의 생각을 보충했구나, 잘 했어!
  • 지은이는 아이디어가 참 좋구나!

─어린이들이 생각을 마무리하고 확장하도록 유도한다.
  • 지금 그 문제에 대해 좀 더 말해 볼까?
  • 좀 더 자세히 말해줄 수 있니?
  • 미진이의 설명, 묘사, 아이디어에 보충할 것이 있니?
  • 그렇게 생각한 다른 이유는 뭐지?

─관련성을 생각하도록 장려한다.
  • 그것을 보고 떠오른 생각이 뭐니?
  • _____와 연결지어 생각한 것이 좋아.
  • 여기서 누가 어떤 연관을 찾아 말할 수 있겠니?
  • 그것을 보니 난 _____ 생각이 난다.

─어린이들이 증거를 가지고 반응을 지지하도록 가르친다.
교사는 더 분명하게 의미를 나누기 위해 어떻게 반응을 정교화하는지를 어린이들에게 시범 보인다. 또한 작품에 있는 내용과 배경지식을 가지고 반응을 어떻게 뒷받침하는지도 시범 보인다. 그리고 어린이의 진술을 지지하기 위해 동화책의 특정 페이지에 있는 정보나 사실을 찾아 발표하게 하거나, 작품의 해당 어구를 찾아 읽게 한다. 작품의 해당 부분을 다시 말하게 하거나, 그 장면과 관련된 어린이의 개인적 경험이나 배경 지식을 말해보게 한다.

- 미영아, 잎싹이 슬퍼한다는 것을 어떻게 알았지?
- 예슬이도 건우처럼 선생님한테 서운한 적이 있었어?
- 동물원의 고릴라는 왜 기운이 하나도 없을까? 그 이유를 알 수 있는 장면을 찾아 읽어보자.

—어린이들이 말한 아이디어를 명확한 의미로 재진술해 준다.

- 네가 말한 의미는 _____이지?
- 그것은 _____이겠지?
- 아마도 _____는 _____를 말하는 것이겠지?

—학생들이 근거를 제시하도록 유도한다.

- 무엇 때문에 그렇게 생각했지?
- 좀 더 자세히 말해줄 수 있니?
- 이야기의 어느 부분을 보고 그런 결론을 내리게 되었니?
- 자신의 생각을 뒷받침할 자세한 것을 말하는 것이 좋아.
- 근거를 제시하며 말해서 네가 그렇게 생각한 이유를 알 수 있어.

—교사는 어린이들이 다른 사람의 반응을 사려 깊게 듣도록 가르친다.

학생들이 다양한 방법으로 다른 사람의 반응을 재연할 수 있다는 것을 인식하도록 도와주어야 한다. 특별히 학생들은 동의하거나 동의하지 않을 수 있으며, 해명이 필요할 수 있다. 또한 아이디어를 확장하거나, 학생들의 이해를 입증하기 위해 반복하거나 바꾸어 말할 수 있다.

—해석하고, 요약하고, 종합하게 한다.

- 왜 그렇게 생각했니?
- 지은이가 말하려고 하는 것이 뭐지?

- 여기서 기억할 중요한 생각은 _____야.

- 새롭게 알게 된 것이 무엇이니?

- 어떻게 네 생각이 바뀌었지?

−텍스트를 분석하고 비평하게 한다.

- 이것은 어떤 갈래의 글이지?

- 이 이야기에서 문제가 뭐지?

- 주인공의 성격이 어떻게 변화되었지?

3. 다양한 소집단 조직

문학 독서 소집단은 작고, 임시적이며 아주 다양하게 할 수 있다. 대체로 이질 집단으로, 어린이들이 선택한 책을 바탕으로 조직한다. 소집단을 조직할 때 중요한 것은 어린이들의 독서 능력(예를 들면, 선택한 책의 수준)과 어린이들의 독서 흥미, 어린이들의 독서 사전 경험 등을 고려하는 것이 좋다. 문학 소집단의 구성원은 일반적으로 고학년은 5~6명, 중학년에선 4~5명, 1학년에선 3~4명이다. 그렇지만 흥미로운 소집단에는 더 추가될 수도 있고, 가능하면 남학생과 여학생이 한데 어울리도록 하고, 소집단 내에서 모두 역할을 분담하여 상호작용하며 활동하도록 한다. 소집단 조직 형태는 【표 15】에 있는 8가지로 나타낼 수 있지만, 이외에도 조직 방법은 무수히 많다.[178]

178) Fountas, I. C. & Pinnell, G. S.,(2001), *Guiding Readers and Writers*, Heineman.

【표 15】소집단 조직 형태

1	■ 전체 ⇒ 소집단 ■ 학급 전체 한 권의 작품	2	■ 소집단 ■ 동일한 작품
학급전체가 같은 작품을 듣거나 읽는다. 어린이들에게 반응 공책에 글로 쓰거나 그림으로 나타내는 방식으로 반응을 표현하게 한다. 교사는 작품의 여러 측면에 초점을 맞추어 질문함으로써 반응을 안내하거나 자유롭게 열어둔다. 그런 다음 소집단으로 모여서 소집단 활동을 한다. 이때 교사는 순회 관찰을 한다.		주어진 몇 권의 책들 중에서 같은 책을 선택한 어린이들끼리 소집단을 조직하고 활동을 계획한다. 그런 후에 작품이나 작품의 지정된 부분을 읽고 교사의 안내에 따라 특징을 적는다. 소집단으로 모여 토의한다. 토의를 통하여 소집단의 반응을 형성하고 학급의 다른 어린이들과 공유한다. 이런 프로젝트는 드라마, 음악, 구두발표 혹은 응용과학을 포함한다.	
3	■ 소집단 ⇒ 전체 ■ 같거나 다른 작품	4	■ 소집단 ⇒ 전체 ■ 여러 종류의 작품
어린이들은 주어진 책 중에서 한 작품을 선택한다. 각 소집단의 어린이들은 서로 같거나 다른 책을 읽을 수 있다. 어린이들은 자신들이 선택한 책을 읽는다. 소집단으로 모여 자신들의 책에 대하여 토론하고 공유한다. 토론을 마친 후에 자신들의 반응 공책에 기록한다. 최종적으로 전 학급이 모여 자신들의 소집단에서 학습한 것을 발표한다.		같은 갈래이거나 같은 저자, 혹은 같은 화제나 테마, 혹은 비슷한 성격의 주인공으로 구성한 책들을 제시하고 간단한 책이야기를 한다. 어린이들은 책을 여기저기 대강 훑어보고 선택한다. 그런 후에 같은 책을 선택하여 읽은 어린이끼리 소집단으로 만나 책에 대해 토론하고 소집단별 프로젝트(2와 같은)를 한 후 학급 전체가 공유한다.	
5	■ 짝 ⇒ 소집단 ■ 선택 혹은 동일한 작품	6	■ 소집단 ■ 동일한 작품
어린이들은 주어진 책들 중에서 한 권을 선택하거나, 모든 어린이가 같은 책을 읽는다. 먼저 짝과 함께 책에 대해 이야기한 후에 소집단 활동을 한다.		학급의 모든 어린이가 한 가지 작품을 읽거나 듣는다. 읽은 후 반응 공책에 자신들의 반응을 기록하거나 그림으로 그린다. 그리고 소집단에 모여 선택한 책에 대해 토의한다.	
7	■ 전체 ⇒ 소집단 ■ 같거나 다른 작품	8	■ 전체 ⇒ 소집단 ■ 동일한 작품의 쟁점
모든 어린이들은 같은 작품을 읽거나 듣는다. 작품은 형태 4에서처럼 다양할 수 있다. 교사는 어린이들이 선택할 책에 대해 이야기를 해주고 어린이들은 책을 읽은 후에 소집단으로 모여 토론한다.		어린이들이 어떤 사회적 쟁점을 의식할 수 있는 책을 교사가 선택하여 읽어주거나 어린이 스스로 읽게 한다. 읽은 후에 학급 전체가 책 속에 있는 쟁점을 선정한 후 그 중 하나를 선택하여 소집단에서 토의한다.	

4. 작품 선정 · 배열의 유형과 연간 프로그램 계획안

어린이에게 읽힐 문학 작품을 선정하고, 그것을 배열하는 방법은 갈래별 배열, 주제별 배열, 수용자의 발달 단계별 배열 등으로 구분할 수 있다. 그런데 실제 문학 읽기의 장기적인 프로그램을 구안하게 되면 이중 한 가지 유형만을 시행하기는 어렵고, 그 유형을 중심으로 하되 다른 방식도 겸하지 않을 수 없게 된다. 여기서는 선정 · 배열의 유형에 대해 간략히 설명을 하고, 주제 중심 프로그램과 활동 중심의 연간 프로그램의 사례를 들어보기로 하겠다.

가. 갈래별 선정 · 배열

문학 작품의 갈래를 기준으로 작품을 선정하고 배열하는 방식이다. 갈래를 구분하는 방법은 기준에 따라 다른데, 글의 성격에 따라 사실동화, 판타지 동화, 그림동화, 옛이야기, 동시, 인물이야기 등으로 나눌 수가 있고, 창작된 나라에 따라 국내 창작동화와 외국 창작동화로 나눌 수 있다. 문학중심의 독서 교육에서는 이런 다양한 갈래를 필요에 따라 적절하게 이용할 수 있다.

나. 주제별 선정 · 배열

문학 작품이 드러내는 주제를 중심으로 작품을 선정 · 배열하는 방식이다. 문학 작품의 주제는 곧 우리 삶의 주제라고 할 수 있다. 어린이들의 삶을 다룬 문학 작품의 주제는 당연히 어린이들의 고민과 욕망, 감정을 표현하고 있을 것이다. 최근의 동화 작품에서 많이 다루어지는 주제의 예를 보면, 신체적 성숙, 정서적 변화, 가족 관계, 친구 관계, 늙음과 죽음의 문제, 사회 문제, 빈부 문제, 장애 문제, 환경 문제, 인권과 소외에 관한 문제, 자아 성찰 등등 아주 다양하다.

【표 16】과 【표 17】은 월별로 주제를 정하여 연간 계획안을 마련하고, 그 주제에 따라 동화책을 선정하는 방식을 취하고 있다. 월별 주제는 어린이들의 학교 생활, 우리나라의 전통적인 명절이나 기념일, 중요한 연중행사 등을 고려하여 정하였고 그 주제에 맞는 작품을 선정하였다. 그에 따라 3월에는 학교 생활과 친구, 4월에는 장애와 과학, 5월에는 가족과 선생님, 6월에는 전쟁 · 평화 · 통일, 7 · 8월에는 자연 · 환경, 9월에는 문화와 역사, 10월에는 민족 · 인류 · 말과 글, 11월

에는 자아와 세계, 12월에는 이웃 사랑 등이다.[179]

179) (권혁준 외(2006), 『살아있는 동화 읽기 깊이 있는 삶 읽기』, 박이정.)

【표 16】 1학년 주제 중심 계획안

월	주제	책이름	지은이	출판사	갈래	관련교과 및 단원
3	학교 생활, 친구	학교에 간 데이빗	데이빗 새논	지경사	외국창작	우리들은 1학년
		팥죽 할멈과 호랑이	서정오	보리	옛이야기	〃
4	장애, 과학	곰사냥을 떠나자	마이클로젠	시공주니어	외국창작	즐생 1-1-2
		동강의 아이들	김홍덕	길벗어린이	우리창작	〃
5	가족, 선생님	검은 토끼 흰 토끼	가스윌리엄스	다산기획	외국창작	즐생 1-1-4
		할아버지의 안경	김성은	마루벌	우리창작	〃
6	전쟁, 평화, 통일	아기늑대 삼 형제와 못된 돼지	에에니오스 트리비자스	웅진닷컴	외국창작	읽기 1-1-3
		애벌레의 모험	이름가르트 루후트	풀빛	우리창작	바생 1-1-2
7,8	자연, 환경	세밀화로 그린 곤충의 생활	권혁도	길벗어린이	우리창작	슬생 1-1-4
		바람이 멈출 때	샬롯졸로토	풀빛	외국창작	슬생 1-1-3
9	문화, 역사	알록달록 동물원	로이스 엘러트	시공주니어	외국창작	즐생 1-1-8 수학 1-나-1
		아씨방 일곱동무	이영경	비룡소	우리창작	바생 1-2-2 읽기 1-2-2
10	민족, 인류, 말과 글	개구리네 한솥밥	백석	보림	우리창작	바생 1-2-3
		어머니의 감자밭	애니타로벨	비룡소	외국창작	바생 1-2-6
11	자아와 세계	돼지책	앤서니 브라운	웅진닷컴	외국창작	쓰기 1-2-2 슬생 1-2-2
		세상에 하나뿐인 특별한 나	모리에도	주니어 김영사	외국창작	말듣 1-2-4
12	이웃 사랑	장갑	우크라이나 민화	다산기획	옛이야기	즐생 1-2-7, 9
		돌멩이 수프	아나이스 보즐라드	물구나무	외국창작	즐생 1-2-7

『살아있는 동화 읽기 깊이 있는 삶 읽기』 박이정

이 표는 학년별로 알맞은 책을 먼저 선정하고 이것을 학교의 연중행사와 관련 지어 주제를 설정한 후, 각 주제에 맞는 좋은 책을 배치한 것이다. 여기에 우리 창 작과 외국창작, 옛이야기 라는 갈래를 고려하였으므로 이 표는 발달 단계와 주 제, 갈래를 종합하여 배열한 것이다.

【표 17】 3학년 주제 중심 계획안

월	주제	책이름	지은이	출판사	갈래	관련교과 및 단원
3	학교 생활, 친구	학교에 간 개돌이	김옥	창비	우리창작	말듣 3-1-1
		까막눈 삼디기	원유순	웅진닷컴	우리창작	도덕 3-1-5 읽기 3-1-2
4	장애, 과학	원숭이 꽃신	어린이 도서 연구회 엮음	오늘	우리창작	말듣 3-1-3
		깃털 없는 기러기 보르카	존 버닝햄	비룡소	외국창작	읽기 3-1-2
5	가족, 선생님	아빠는 지금 하인리히 거리에 산다	네레마어	웅진닷컴	외국창작	읽기 3-1-3
		여우의 전화박스	다 가즈	크레용 하우스	외국창작	말듣 3-1-3
6	전쟁, 평화, 통일	아기장수 우투리	서정오	보리	옛이야기	쓰기 3-1-3
		곰 인형 오토	토미웅거러	비룡소	외국창작	쓰기 3-1-4
7,8	자연, 환경	울지마, 울산 바위야	조호상	한겨레 아이들	옛이야기	읽기 3-1-5
		제인 구달의 사랑으로	제인 구달	웅진닷컴	외국창작	말듣 3-1-5
9	문화, 역사	재미네골	홍성찬	재미마주	우리창작	읽기 3-2-1
		토끼의 소원	윤열수·이호백	재미마주	우리창작	말듣 3-2-1
10	민족, 인류, 말과 글	인디언의 선물	마리 루이스 피츠 패트릭	두레아이들	외국창작	읽기 3-2-2
		고구려 나들이	전호태	보림	옛이야기	도덕 3-2-4 사회 3-2-2
11	자아와 세계	프리다	조나 윈터	문학동네	외국창작	미술 3-1-1 읽기 3-2-4
		종이봉지 공주	로버트 문치	비룡소	외국창작	쓰기 3-2-3
12	이웃 사랑	새끼 개	박기범	낮은산	우리창작	말듣 3-2-4
		나야, 고릴라	조은수	아이세움	우리창작	읽기 3-2-4

다. 어린이의 발달 단계, 흥미와 욕구를 고려한 선정·배열

문학 수용자인 어린이들의 경험과 성향, 발달 단계와 그들의 욕구 등을 고려하여 작품을 선정하고 배열하는 방식이다. 이는 교육자의 요구보다는 학습자의 요구를 우선하여 작품을 선정하는 것이다. 즉, 문학 작품 자체보다는 학습자의 문학 경험이나 문학 능력, 학습자의 수용 환경을 중시하여 문학교육의 내용을 구성하고, 작품을 선정하는 것이다. 근래에 수용이론이나 독자 반응 이론, 반응중심 문학교육 이론 등은 모두 문학교육의 여러 변인 가운데 수용자를 가장 중요한 요인으로 고려한 이론이다.

수용적 범주에 의해 문학 작품을 선정, 배열할 때는 학습자의 심리적 측면의 문학 수용 자질과 사회적 측면의 문학 수용 자질을 살펴야 한다.

다음은 학생들의 동화 읽기 능력의 발달과 동화 읽기 경험을 고려하여 1년 동안의 동화 읽기 수업의 과정을 계획해 본 예시안이다. 이 예시안을 바탕으로 각 학년 발달 단계별, 주제별, 갈래별로 동화를 선정하여 동화 읽기 수업을 전개하면 좋을 것이다.

동화 읽기 수업은 학기 초부터 교사가 체계적으로 지도하여 1학기에는 활동 하나하나를 이해하고 익숙해지도록 한다. 【표 18】에 있는 활동처럼 교사가 읽어 주면서 어떤 것에 초점을 두어야 할지를 시범 보이거나, 반응 일지에 무엇을 기록해야 하는지, 토의에서는 어떤 역할을 맡고 어떻게 참여해야 하는지를 배운다. 활동이 어느 정도 익숙해지면 교사의 역할을 점차 줄여가도록 한다.

2학기부터는 배운 것을 적용하는 단계로 어린이들이 주체가 되어 활동한다. 문학 토의를 중심으로 하여 어린이들 스스로 문학중심 독서를 하도록 한다.[180]

180) Fountas, I. C. & Pinnell, G. S.(2001), *Guiding Readers and Writers*, Heineman.

【표 18】활동 중심 연간 계획안

	월	활동
1학기	3	**학기 초에는 동화와 친근한 느낌이 들도록 하기 위해 '읽어주기'로 시작한다.** 문학 작품을 읽어주는 행동은 교사 자신이 동화 읽기의 역할 모델이 되며, 학급 전체 어린이들과 자연스럽게 책에 대하여 대화를 나눌 수 있는 기회가 된다.
	4	**문학 작품을 읽고 반응 일지에 반응을 적거나 그림을 그린다. 그리고 모둠을 선택해서 토의한다.**
	5	독립적 읽기를 하면서 며칠에 한 번 정도 모둠 활동을 한다. 교사는 그 모둠을 돕다가 점차 도우미가 아닌 참여자의 역할을 한다.
	6	**어린이들 스스로 선택한 책에 따라 문학 토의 모둠을 구성한다.** 반응 일지에 어린이들의 생각을 정교화해서 간단하게 기록하고 그림으로 표현하도록 한다. 교사는 도우미, 참가자, 혹은 안내자로서 도움을 준다. 자기가 한 말에 대하여 근거를 들면서 발표하도록 지도한다.
	7	**모둠에서 어린이들과 계속 만난다.** 교사의 역할은 여전히 도우미와 안내자이다. 어린이들은 정규 일과의 일부로 반응 일지에 규칙적으로 기록한다. 교사는 작품을 읽고 의미를 이해해가는 과정과 해석의 전략 사용 방법을 시범 보이고 장려한다.

	9	**어린이들은 모둠 활동을 계속하고 여러 가지 목적에 따라 다양한 활동을 하게 된다. 기본적인 활동 순서는 다음과 같다.**
2학기	10	**1) 책 선택하기** 어린이의 독서 수준에 따라 교사가 책을 선택해 주거나 어린이들이 스스로 책을 선택한다. 책을 대충 훑어보게 한 후 같은 책을 읽고 싶은 친구들끼리 모둠을 구성한다. 이때, 전에 좋아하던 책을 다시 읽으려고 어떤 모둠을 선택해도 좋고, 새로운 책에 도전해도 좋겠다.
	11	**2) 모둠 구성하기** 선택한 책에 따라 이질집단을 조직한다. 같은 모둠에 있는 어린이들은 모두 같은 책을 읽는다. 그러나 경우에 따라서는 같은 작가의 다른 책, 같은 주제의 다른 책을 읽을 수도 있다. 어린이들이 책을 훑어보고 이야기하고 서로 의논하는 데 약 10분 정도의 시간이 필요하다.
	12	**3) 계획 세우기** 언제까지 얼마큼 책을 읽을지, 어떤 활동을 할지 교사와 함께 의논한다. **4) 읽기, 생각하기, 기록하기** 교사가 읽어주거나 스스로 읽으면서 다음 토의 활동이나 프로젝트 활동을 위해 지속적으로 메모하게 한다. 어린이들은 읽어가면서 생각나는 것이나 모둠원들과 공유할 질문을 반응 일지에 기록한다. 모둠별로 원으로 앉아서 번갈아 소리내어 책을 읽어주기도 한다. 각 모둠에서 책을 읽는 동안 문학 토의에서 자기가 맡은 역할이 무엇인지 생각하며 그 일을 수행하기 위해 메모하도록 한다. 혹은 역할 학습지에 간단하게 기록한다.
	2	**5) 토의하기** 모둠원끼리 모여 토의를 한다. 교사는 효과적인 토의 기술을 가르치고 안내한다. 교사는 가끔 안내하거나 관찰자로서 어린이들의 문학 토의에 참여한다. 책을 다 읽으면, 토의 중재자는 대화를 시작한다. 구성원들은 전체 학급을 대상으로 어떤 주제에 대해 토의하고 공유할 계획을 한다. 때에 따라서는 다른 모둠과 구성원을 바꾸어 읽거나 토의를 할 수 있다. 책을 선택하고 모둠을 구성하고, 책을 읽고, 토의하는 전 과정은 약 45분 정도의 시간이 필요하다. **6) 반응 표현 및 프로젝트 활동하기** 토의 후 공동 프로젝트를 수행하거나 다양한 방법으로 반응을 표현하고 결과를 반 친구들과 공유한다.

제2장 문학중심 독서지도의 실제

이 장은 앞서 계획된 문학중심 독서지도 프로그램을 실제 활동과 연계하는 방법적 측면에 초점을 둔다. 독서 후 활동만을 강조하는 기존의 독서지도를 보완하기 위해 전반부에서는 문학을 읽거나 듣는 활동에 초점을 둔 문학 체험하기 활동을 제시하고, 후반부에서는 여러 활동을 통해 체험한 반응을 정교화하고 다양하게 표현 및 공유하는 활동으로 구안하였다.

1. 문학 체험하기

어린이들이 문학 작품과 만나 즐거움과 흥분을 경험하고, 삶에 대한 이해와 통찰의 경험을 갖도록 하기 위해서 교사는 다양한 전략을 구사할 줄 알아야 한다. 여기서는 동화를 체험하게 하는 활동으로 책 소개하기, 읽어주기, 함께 읽기, 어린이 스스로 읽기, 이야기해주기, 영상 매체 활용하기, 독서 치료 등에 대해 살펴보기로 한다.

가. 책 소개하기

책 소개(Booktalks) 또는 책에 대해 이야기를 나누는 활동은 책에 대한 흥미를 자극하여, 책을 읽도록 동기를 부여하는 좋은 방법이다. 책 소개는 작가의 문체를 분석하거나 인물, 배경, 주제, 플롯에 대해 보고하는 것이 아니라, 책을 읽고자 하는 흥미를 불러일으키는 것이 목적이다. 매주 다섯 권 정도의 책을 소개하는 것이 적당하며, 이 방법은 좋은 문학 작품을 읽고 경험하도록 하는 매력적인 방법이라 할 수 있다.

책 소개는 모든 책에 대해 가능하지만, 특별히 어린이들에게 장편을 읽도록 고무할 필요가 있을 때 유용하다. 왜냐하면 장편은 읽는 데 시간이 많이 걸리고, 삽화가 적어서 어린이들이 책 읽기에 부담을 느끼게 되므로 이런 책일수록 좋은 책을 선정, 권장해 줄 필요성이 더 크기 때문이다. 책 소개 활동의 성공 여부는 어린이들이 책 소개를 들은 다음에 그 책을 얼마나 읽었느냐 하는 것으로 결정된다.

좋은 책 소개를 하기 위해 교사가 알아두어야 할 사항은 다음과 같다.
① 책 소개를 하기 전에 교사가 반드시 책을 읽어야 한다.
② 전체적으로든, 부분적으로든 교사가 좋아하는 책 혹은 어린이들이 흥미를 가질 만한 책을 선정한다.
③ 책 소개를 하는 동안 어린이들에게 보여줄 수 있는 책이 있어야 한다. 책 표지 그림, 크기, 모양과 같은 외형적 형식은 당연히 책의 선정에 영향을 미치며, 어린이들에 의해 평가된다.
④ 책 소개는 보통 2, 3분을 넘지 않게 짧게 진행한다. 책에 관하여 너무 많은 것을 말하면 어린이들은 그 책을 읽어야 할 이유를 모르게 된다. 대여섯 문장이면 적당하다.
⑤ 이야기에서 화제나 행동에 관한 어떤 것을 말해도 되지만, 플롯에 관해서는 말해선 안 된다. 줄거리가 떠오르는 장면이나 인물의 특징을 언급하되, 결말에 이르는 장면들에 대해서도 얘기하지 않는다.
⑥ 인상적인 구절이나 대화를 짧게 인용하거나, 흥미로운 도입부나 긴장감 있는 사건의 한 대목을 낭독해 주어도 좋다. 하지만 결과는 물론 말해서는 안 된다.
⑦ 만약 어린이들이 어떤 책을 좋아한다면 이 책도 좋아할 수 있을 것이라고 제안하면서 어린이가 선택한 책과 그와 유사한 책을 추천하고 비교하게 한다. 또, 교사가 추천한 책이 유명한 작가의 작품이라는 점을 알려주고, 그 작가의 다른 작품을 떠올려보도록 한다.
⑧ 동일한 주제를 가지는 일련의 책들에 대한 책 소개를 할 경우에 각각의 책에 대해 간단히 언급하고, 그것이 다른 책들과 어떻게 관련되는지에 대해 언급하는 것도 좋다.

책 소개를 한 뒤에, 교사가 책상 위에 의도적으로 소개한 책을 올려 놓는 것도 독서 흥미를 유발하는 좋은 방법이다. 어린이들의 눈에 그 책이 자주 보이도록 교사의 책상 위에 올려놓으면 아이들이 수시로 그 책을 들추어 읽어 보고, 책을 읽고 싶어 할 것이다. 또한 어린이에 따라 독서 능력과 흥미가 다르기 때문에 상이한 수준의 난이도와 화제에 맞추어 다양한 종류의 책 소개를 '책벌레' 활동을 하여【그림 5】처럼 해볼 수 있다.

【그림 5】 책벌레

나. 읽어주기

읽어주기(Reading Aloud)는 아주 오래 전부터 가정과 유아교육 현장에서 활용하던 방법이다. 그런데 불행하게도 책 읽어주기는 단지 어린이들 스스로 책을 읽을 수 있기 전까지만 필요하다고 생각하는 교사나 부모가 많다. 그러나 읽어주기는 단지 글자만을 읽는 것이 아니기 때문에 초등학교 이상의 어린이들에게도 중요한 활동이 된다. 어린이들 스스로 글자를 읽을 수 있더라도, 교사나 부모가 목소리 연기를 통해 면대면 상황에서 정서적 유대를 갖고 이야기를 읽어준다면 아이들의 문학적 감동은 훨씬 배가될 것이다.

1) 읽어주기의 개념

읽어주기는 말 그대로 구연자가 청중에게 글을 읽어서 들려주는 활동이다. 동화구연에서의 읽어주기는 읽기의 일종이면서 말하기를 지향한다. 즉, 글을 읽어줄 때 목소리 연기를 하여 말하기처럼 하는 것이다. 그러므로 읽어주기는 구연자가 그림책이나 그림이 없는 동화책을 표정과 음성적 변화를 사용하여 생동감 있게 읽어주는 행동으로 정의할 수 있다. 실제 읽어주기 현장에서는 등장인물의 성격과 상황에 맞게 음성과 얼굴 표정을 변화시키고 어투나 내용도 약간씩 달리하여 읽어주는 것이 허용된다. 이야기해주기와 마찬가지로 읽어주기도 등장인물의 성격에 따른 목소리 설정, 이야기 전개에 따른 얼굴 표정과 약간의 몸짓, 또한 각 단어의 의미나 문맥의 상황을 살리기 위한 목소리의 변화는 매우 효과적이다.

2) 읽어주기의 가치

교사가 어린이들과 상호작용하면서 동화책을 읽어주면 반 전체가 독자 공동체가 되기 때문에 문학 작품은 모든 어린이들에게 가치가 있다. 더 구체적으로 읽어주기의 가치를 알아보면 다음과 같다.

① 너무 어려워서 어린이 스스로 읽기 어려운 책이나, 어린이가 갖기 어려운 책 또는 아주 좋아 놓치면 안 될 책을 접하는 기회가 된다.

② 읽어주기는 의사소통의 과정이며 사회화 과정이기도 하므로, 어린이들 사이에, 또 교사와 어린이 사이에 정서적 일치감과 안정감을 갖게 한다.

③ 이야기를 공유하는 활동을 통해 즐거움과 여유를 주는 경험을 한다.

④ 책과 독서에 대한 흥미를 자극하여 어린이가 더 읽고 싶도록 동기화한다. 읽기에 열의를 갖게 하여 어린이들의 독서 흥미를 고조시키고 수준 높은 문학을 위한 취향을 개발시킨다.

⑤ 이야기에 대한 감수성(sense)을 개발한다.

⑥ 듣기 능력과 태도가 신장되며, 읽기에 대한 동기가 증진되고 창의적 쓰기의 계기가 된다.

3) 읽어주기 방법

읽어주기에서 가장 중요한 것은 준비라고 할 수 있다. 먼저 이야기를 들을 어린이의 수, 연령, 성별, 생활, 심리, 습성, 집단의 특성 등을 미리 파악하고, 어떤 책을 읽어줄 것인지, 어떻게 읽어줄 것인지, 제한된 시간에 어느 부분에서 멈추는 것이 좋은지에 대하여 생각해야 한다.

그리고 선택한 책을 미리 읽고 철저하게 연습해야 한다. 설령 책을 읽어주기 전에 구연자가 내용을 이미 알고 있을지라도, 책을 소리 내어 읽어보고 읽어줄 때 사용할 표현을 연습해야 한다. 대화체와 등장인물의 성격을 파악하여 적합한 목소리를 선정하고, 또한 책의 저자에 대한 정보를 얻어 그것을 어린이들에게 알려주도록 준비해야 한다.

가) 책 선정하기

작품 들려주는 것 못지 않게, 구연자가 직접 작품을 선정하는 것이 무엇보다도 중요하다. 책을 선정할 때는 어린이들이 즐길 수 있는 것, 가치 있는 것, 적당한 난이도 등을 고려해야 한다. 책을 선정할 때 유의할 점은 다음과 같다.

① 읽어주는 사람이 즐거움을 느끼지 못하는 이야기는 읽어주지 않는 것이 좋다. 읽어주기에서 가장 중요한 것은 읽어주는 사람의 작품에 대한 열정이다. 구연자가 즐거움을 느끼지 못한다면 열정이 발휘될 수 없고, 오히려 작품에 대한 어린이의 흥미를 빼앗을 수도 있다.

② 어린이들이 이미 많이 들었거나 TV에서 본 책은 고르지 않는 것이 좋다.

③ 아동도서상을 받은 책이라고 다 읽어주기에 좋은 책은 아니다.

④ 아동문학 작품으로서 인지도가 높은 작품들은 내용이 다소 어렵긴 해도 문학적 가치가 높은 작품일 가능성이 크다. 이런 책은 어린이의 이해를 도와가며 읽어주는 것도 좋은 방법이다.

⑤ 처음 동화를 읽어줄 때는 짧고 쉬우면서도 어린이들에게 잘 알려진 책을 선정하고, 어린이들의 흥미와 능력이 향상되면 점차 더 길고 어려운 작품을 읽어준다.

나) 준비 및 연습하기

책을 선택했으면 철저하게 연습해야 한다. 이야기가 내 마음에 명확하게 들어오도록 두세 번 읽어 보는 것이 좋다. 읽어주기 전에 연습해 둘 일은 다음과 같다.

① 등장인물의 성격을 적절히 설정하고, 등장인물의 대화체에 적합한 목소리를 선정한다. 호흡할 곳을 적절히 조절한다. 두 어절이나 세 어절로 끊어서 읽어주면, 듣는 사람이 같이 호흡할 수 있어서 편안하고 안정감이 있다.

② 읽어 줄 대상이 아주 어린 아이들이라도 책제목, 저자, 삽화가 등에 대해 소개한다. 이것은 어린이들에게 책이 작가나 삽화가라고 불리는 실제 사람에 의해 쓰인 것임을 가르쳐주는 것이다.

③ 제목을 보여주고 이야기가 어떻게 진행될 것인가에 대해 예측해보라는 질문을 하는 것도 좋고, 왜 구연자가 이 책을 선정하였는지에 대해 간단하게 설명할 수도 있다. 책에 대한 소개는 짧을 수록 좋다. 그것은 단지 어린이들이 이야기에 주의를 기울이고 흥미를 갖게 하는 준비 작업이다.

④ 읽어줄 책이 선정되면, 작품을 들려줄 수 있는 시간을 결정하는데, 주의할 점은 시간이 촉박할 때 책읽기를 시작해서는 안 된다는 것이다.

⑤ 어린이들의 주의를 산만하게 하는 물건들을 치운다. 읽어주기가 어린이들에게 유익하기 위해서는, 일단 어린이들이 잘 들을 수 있어야 한다. 조용히 앉아 있도록 한 다음, 이야기를 잘 들을 준비가 되었는지 확인한다. 졸음이 올 수 있는 너무 편한 자세로 책을 읽어주지 않도록 한다.

⑥ 읽어 줄 책에서 어려운 개념이 나온다면, 읽기 전에 그 의미를 어린이들이 알 수 있도록 설명해주는 것이 좋다.

⑦ 이야기 읽어주기를 위한 준비 작업으로서, 녹음테이프를 사용하기도 한다. 결석한 어린이나 책의 내용을 반복해서 듣고자 하는 어린이들에게 유용하다.

다) 상호작용하며 읽어주기

실제로 책을 읽어줄 때는 어린이의 언어적 수준과 상상력, 주의집중 시간을 고려하여 글의 긴 문장을 축약하거나 꼭 필요하지 않은 문장은 생략한다. 책을 읽어줄 때에는 자연스러운 목소리로, 천천히, 똑똑한 발음으로 읽어주는 것이 좋다. 어른이 일방적으로 읽어주기보다는 어린이의 반응을 감지하면서 읽어준다. 읽어줄 때 음성 표현을 풍부하게 하고, 책을 읽는 속도는 이야기하는 정도로 하는 것이 좋다. 이야기를 전개해 갈 때 흥미가 극도로 고조되도록 극적인 장면에서는 속도를 빠르게 하고, 이야기의 언어를 통하여 어린이들의 마음속에 창조하고 있는 심적 영상을 상상하게 할 때는 천천히 읽어준다.

예를 들어, 그림동화를 읽어줄 때는 다음과 같은 점을 고려해야 한다.

① 모든 어린이들이 그림을 볼 수 있는 위치를 정한다. 어린이들을 교사 주변에 둥글게 모여 앉도록 한다. 교사가 낮은 의자에 앉으면 어린이들이 의자나 책상에 앉는 것보다 더 가까이 모이게 할 수 있다.

② 읽어주기 전에 여러 가지 방법으로 이야기를 소개하는 것도 동기유발에 좋다. 교사는 어린이들에게 어떤 이야기를 좋아하는지를 질문하거나, 제목과 표지 그림을 보고 무슨 일이 일어날 것인지 예상해보도록 질문한다. 교사가 직접 이야기나 그 책의 작가에 관한 배경 설명으로 재미있는 일화나 어떤 것을 말해 주거나, 같은 작가가 쓴 다른 책이나 같은 주제나 소재를 가진 책을 이야기해주거나 보여주는 것도 좋은 방법이다. 그러나 소개는 간단해야 하고 읽어줄 때마다 바뀌어야 한다.

③ 교사가 책을 읽어줄 때 그림을 보여 준다. 그러기 위해서는 책을 옆으로 들고 읽어야 어린이와 교사 모두 동시에 책을 볼 수 있다. 만약 이러한 방법을 쓸 수 없다면 실물 화상기를 이용해 책을 보여준다. 좋은 그림동화에는 글과 그림 모두가 이야기 전체를 전달할 수 있도록 잘 통합되어 있기 때문에, 어린이들에게 그림동화를 읽어줄 때는 어린이들이 들으면서 그림을 잘 볼 수 있어야 한다.

④ 어린이들이 서두르지 않고 그림을 볼 수 있도록 천천히 읽는다. 그림을 보고 어린이들이 쉽게 이해를 할 수도 있기 때문이다. 그리고 이야기를 남겨둔 채로 며칠을 보내지 말고, 처음부터 끝까지 한 번에 읽어주어야 어린이들의 흥미가 지속될 수 있다. 만약, 다 읽어주지 못할 때는 그날의 극적인 장면에서 멈춘다.

⑤ 이야기를 읽어줄 때 제목은 보통 자기 목소리보다 한 톤 정도 높게 읽는다. 이야기의 의미에 강조를 두면서 읽어주되, 대화는 인물의 성격을 잘 파악하여 성격에 맞는 목소리로 작은 연극을 상연하는 것처럼 읽도록 노력한다. 흥분된 순간에 효과를 거둘 수 있도록 잠시 쉬고, 목소리의 높낮이, 부드러움과 시끄러움, 속도의 빠르기 등을 조절한다. 처음 시작할 때는 부드럽게, 중간 빠르기와 중간 톤으로 읽는다. 그래야만 이야기가 전개될 수록 목소리의 고저, 어조, 속도 등에 변화를 주어 특별한 효과를 낼 수 있기 때문이다.

⑥ 신체 움직임과 얼굴 표정으로 이야기의 극적 효과를 증진시켜야 한다. 그것은 이야기에서 무섭거나 긴장된 부분, 재미있는 부분에 대한 분위기를 전달할 수 있다.

⑦ 소품과 이야기의 물건과 이야기 인물이 재현된 박제동물, 인형과 같은 실물교재를 사용한다.

⑧ 어린이들과 눈을 잘 맞추면서 반응을 관찰한다.

⑨ 같은 문장이나 구절이 반복되면 어린이들과 같이 읽어 흥을 돋운다.

⑩ 어린이들이 다시 읽어주기를 원하면 다시 읽어 준다. 책을 읽는 도중에 나오는 어린이들의 질문을 귀찮아하지 않는다.

⑪ 책을 읽어주는 것이 자연스럽게 문자언어 발달을 가져오기는 하지만, 책을 읽어주는 목적이 한글을 깨우치게 하기 위한 목적으로 강제성을 띠거나, 지식을 주입하는 것이 되어서는 안 된다.

⑫ 책을 읽어준 뒤에 내용을 이해했는지 보기 위해서 질문을 하는 것은 좋지 않다. 그리고 마지막에 훈화를 해서는 안 된다. 개방적이고 심미적인 질문을 하여 어린이들의 개인적인 반응을 유도한다.

다. 서로 나누어 읽기

서로 나누어 읽기(Shared Reading, 번갈아 읽기 혹은 함께 읽기)는 책을 좋아하는 가정에서 오랫동안 해 온 방법으로, 아직 읽기 능력이 미숙한 어린이를 책 읽기 활동으로 안내하는 방법이다. 어른과 아이가 한 문장씩 또는 한 페이지씩 번갈아가며 읽으면, 읽기에 대한 어린이의 부담을 덜어줄 수 있다. 또한, 읽는 과정 중에 설명이 필요한 부분에서는 설명을 해주거나, 대화를 나누어 어린이의 작품 이해를 돕고, 정서적 일치감을 느끼게 한다.

이 활동을 교실로 들여와 응용하면 교사와 번갈아가며 읽기, 모둠을 만들어 모둠원끼리 돌아가며 읽기, 짝과 번갈아 읽기 등의 활동을 할 수 있다. 여기서는 '모둠별 읽기'와 '짝지어 읽기'에 대해 알아보자.

1) 모둠별 읽기

학년에 따라 다르지만 4~5명의 어린이들이 모둠을 만들어 돌아가면서 소리

내어 읽는 방법이다. 저학년 어린이들은 처음에는 읽기 자체가 부담스러워 잘 읽으려고 하지 않지만, 동화 읽기에 흥미를 느끼고 구성원들과 친숙해지면 서로 읽으려고 하는 경향을 보인다. 이때는 모든 어린이가 같은 책을 한 권씩 갖고 있는 것이 좋다. 한 권으로 할 경우 글씨나 그림이 잘 안 보인다든지, 둘이서 같이 보면 불편해져서 문학 체험에 걸림돌이 되기도 한다. 모둠에서 지원자(좀 잘 읽는 아이) 한 명이 읽어줄 수도 있지만, 분량이 많은 경우 읽는 어린이도 부담되고 듣는 어린이들의 집중력도 떨어질 수 있다.

2) 짝지어 읽기

엄마나 아빠와 같이 원숙한 독자가 아이의 읽기를 도와가며 함께 읽는 방법을 교실 상황에 응용한 활동이 '짝지어 읽기'이다. 서로 능력 수준에 맞도록 분량을 잘 조절하여 번갈아 소리내어 읽으면, 읽기 자체의 부담을 줄여줄 수 있고, 협동하는 즐거움을 맛보게 된다.

어린이는 말소리를 들으면서 글자를 읽어야 하기 때문에 성인과 함께 읽을 때는 어린이가 글자에 집중해 읽도록 하기 위해 성인이 손가락으로 글자를 짚어주기도 하는데, 아이들끼리 읽을 때도 같은 책을 둘이 함께 읽으면서 글자를 짚어가며 읽게 해도 효과가 있다.

모둠별 읽기든, 짝지어 읽기든 문학 작품의 선정은 중요하다. 번갈아 읽기 활동을 할 때는 당연히 어린이들이 좋아할 만한 이야기를 선정해야 하는데, 이것은 책을 읽을 당시에 어린이들이 무엇에 관심이 있는지, 지금 무엇을 하고 싶어 하는지, 학급의 분위기가 어떤지 하는 것들도 고려의 대상이 되어야 한다.

이 활동의 성공 여부는 같은 책을 얼마나 자주 다시 읽느냐에 달려 있다. 이 활동의 주요한 목적은 어린이들이 문식성을 획득하고 문학에 대한 애정을 촉진시키는 것인데, 책에 대한 흥미와 관심을 강하게 하는 것 자체가 그러한 목적으로 안내하는 지름길이 된다.

번갈아 읽는 활동 자체도 의미가 있고, 그것으로 그쳐도 충분하기는 하지만 이 활동이 익숙해지면 '읽으며 생각한 것이나 의문점, 재미있는 구절을 공책에 간단히 적어두기', '읽은 다음에 책의 내용에 대해 이야기 나누기', '책과 관련된 개인적인 경험 말해보기'와 같은 활동으로 심화, 발전시키면 후에 독후감 쓰기나 독서 토의 능력을 발전시키는 토대가 된다. 공책에 간단히 기록해 둔 것을 돌아가며 읽게 하면 다른 친구의 생각과 반응을 서로 나누는 경험이 된다.

라. 어린이 혼자 읽기

1) 어린이 혼자 읽기의 개념

'혼자 읽기'(Independent Reading, 默讀)는 독립적 읽기, 혹은 묵독으로 바꾸어 말할 수 있다. 독립적 읽기 단계는 읽기 능력이 가장 성숙한 단계의 읽기를 말하는 것인데, 어떤 이들은 초등학교 고학년이 되면 대부분의 어린이가 독립적 읽기 단계에 들어서는 것으로 생각하기도 하지만, 엄밀하게 말하면 평생 동안 책을 읽어도 완전한 독립적 독자가 되기는 어렵다고 생각하는 것이 옳다. 문학 작품의 수준에 따라 혼자서는 읽어내지 못하는 책이 있을 수 있기 때문이다. 다만 여기서는 '모르는 개념, 단어, 생각에 부딪혔을 때, 사전과 같은 참고 자료나 자기의 모든 능력을 동원하여 그것을 사다리 삼아 새로운 것을 읽어나가는 능력'을 말하는 것이다.

2) 어린이 혼자 읽기 방법

문학 읽기 프로그램의 궁극적 목적은 어린이들이 자신의 의지에 따라, 자신이 선정한 양서를 가지고 즐거움과 감동을 만끽하며 독서하도록 하는 것이다. 어린이들이 자립적인 평생 독자가 되도록 돕기 위해서, 교사들은 유치원부터 8학년까지 독서 발달을 형성하는 이 시기동안 어린이들이 묵독할 수 있는 시간을 매일매일 따로 챙겨줘야 할 필요가 있다. 묵독을 위한 시간의 양은 어린이가 독서에 집중할 수 있는 시간의 양에 맞추어야 한다. 유치원이나 1학년 어린이들은 단지 5분 내지 10분 정도까지 자립적으로 독서할 수 있으며, 4, 5학년 어린이들은 보통 한 시간 가까이 묵독할 수 있다.

많은 학교에서 어린이들의 독서 습관을 기르기 위해 묵독(Sustained Silent Reading; SSR) 프로그램을 학교 차원에서 실시해 오고 있다. 많은 학교에서는 아침 독서 시간을 정해 지속적으로 이 프로그램을 진행하고 있는데, 이 묵독 프로그램이 성공적으로 정착되기 위해서는 그 시간에 어린이들뿐 아니라 모든 학교의 구성원이 독서에 참여해야 한다. 즉 어린이뿐 아니라, 교사, 사서, 교감, 교장,

행정실 및 식당 직원들까지도 "책을 읽기" 위해 잠시 일을 멈추어야 하는 것이다. 묵독에서는 어린이들이 그들 자신이 선정한 독서 자료를 읽되, 그 책에 대한 독후감이나 구두 보고를 하도록 요구하지 않는다.

처음 묵독을 할 때는 어린이들에게 묵독을 1~2일 미리 준비시킨다. 유치원생이나 초등학생은 5분에서 10분, 중학생은 10분에서 15분 정도가 적절하다. 어린이들이 각자 읽을거리를 선정하고 교사도 선정한다. 그만 읽는 것을 표시하기 위해 간단한 책갈피를 만들고 그 위에 읽는 사람의 이름을 쓴다. 그리고 다음과 같은 묵독 규칙을 세우고 그 전략을 시작하기 전에 규칙에 대해 설명해 준다.

① 교실에 있는 모든 사람은 책을 읽는다.

② 시집, 그림책, 소설책, 정보 도서를 모아 풍성한 학급 문고를 만든다.

③ 정기적으로 좋은 책을 소개하여 어린이들이 읽고 싶어 하는 책에 관한 정보를 제공한다.

④ 매일 매일 똑같은 시간을 계획하고 꼭 지킨다. 이 시간에 묵독 이외의 어떠한 활동도 허용해서는 안 된다. 어린이들이 그 책에 잘 몰입하고 독서를 통해 만족할 정도의 수준까지 성취하도록 하기 위해 충분한 시간을 준다.

⑤ 이 시간에는 책에 집중하도록 강조한다. 저학년 어린이들은 책에 대해 두 사람씩 짝을 지어 조용하게 얘기하거나 개인적으로 입술만 움직이면서 읽도록 할 수도 있으나, 중학년 정도의 어린이들은 소리 내지 않고 읽도록 지도한다.

⑥ 교사 자신을 독자의 한 모델로 상정하고 책에 몰두하여 묵독 시간을 보내도록 한다. 어린이들이 읽고 있는 책에 대해 알아보고 교사가 흥미와 관심을 표한다.

⑦ 어린이들의 묵독 시간이 끝나고 나면 교사나 혹은 다른 사람과 자발적으로 이야기할 기회를 준다.

마. 이야기해주기

1) 이야기해주기의 개념

이야기해주기(Storytelling)는 관행적으로 사용되는 구연이라는 용어와 대응하는 개념으로 볼 수 있다. 구연에는 읽어주기와 이야기해주기가 있는데, 이야기해주기란 동화의 내용을 읽어주는 것이 아니라, 암기하고 있는 내용 혹은 내용을 암기해서 자기 스타일의 말로 전달하는 것이다. 책을 보지 않고 등장인물의 성격에 따른 목소리 설정을 하고, 각 단어의 의미나 문맥의 상황을 살리기 위해 목소리 연기를 하면서 이야기 전개에 따른 얼굴 표정과 약간의 몸짓을 곁들여 이야기를 전해주는 것이다. 목소리, 얼굴 표정 등은 이야기해주기의 기본이 된다.

이야기해주기는 개인적인 느낌을 실어 표현함으로써 이야기하는 사람과 청중이 친밀한 의사소통을 하게 해준다. 또한 책을 보지 않고 이야기의 내용을 외워서 하기 때문에 이야기해주는 사람의 재량이 많이 발휘된다. 이야기 내용을 다 암기하고 있어야 하기 때문에 자기가 이해하고 느낀 대로 이야기해주기 쉽게 원작의 내용을 수정, 첨삭하고 외워서 하다보면 많은 부분이 개작되기도 한다. 이야기해주기는 동화의 내용을 다 암기하고 있어야 하는 부담은 있지만, 읽어주기보다 자료를 훨씬 더 쉽고 자유롭게 이용할 수 있다. 이야기의 줄거리에 맞는 적절한 소품은 어린이와 교사의 친밀감을 형성시켜 주며, 이야기의 효과를 크게 한다.

2) 이야기해주기 방법

이야기를 해주기 위해서 가장 먼저 할 일은 이야기 선정이다. 이야기를 선정할 때 중요한 것은 교사 자신이 가장 좋아하는 이야기를 선택하는 것이다. 어떤 사람은 이야기해주기는 타고난 목소리와 기교가 있어야 한다고 생각하는데, 예쁜 목소리를 가지고 있어야 구연을 잘 한다고 생각하는 것은 잘못된 편견이다. 교사가 이야기에 몰입하여 그 이야기의 상황에 어울리는 감정을 실은 자연스러운 목소리로 하는 것이 더 듣기 좋고 효과적이다. 이야기해주기(storytelling)의 기술은 연습과 실전을 반복하다보면 발전될 수 있다.

가) 이야기 선정하기

이야기라고 해서 모두 이야기해주기로 들려줄 수 있는 것은 아니므로 선정에 신중을 기해야 한다. 어린이에게 이야기해 줄 이야기는 무엇보다도 재미가 있어야 하는데, 재미가 있다는 것은 쉬운 이해를 전제로 하며 이해를 위해서는 비교적 단순한 줄거리와 소수의 등장인물, 그리고 단조롭지 않은 적당한 변화가 있어야 한다. 또, 구연자의 음색에 맞는 이야기를 선택해야 하며, 이야기를 들려 줄 시간을 먼저 생각한 다음, 그에 알맞은 이야기를 골라야 한다. 만약, 시간이 맞지 않는다면, 이야기해 줄 시간에 알맞게 고쳐야 한다.

　이야기를 찾기 위해서는 옛이야기 모음집이나 짧은 이야기 모음집부터 찾아보는 것이 좋다. 그리고 그 중에서 가장 좋아하는 것을 찾아 읽도록 한다. 초보자는 자기가 좋아하고 편안한 느낌을 가지는 이야기를 선정해야 한다. 단순한 이야기, 일상적인 대화체로 된 이야기가 효과적인 경우가 많다.

　좋은 이야기는 절정에 이를 때까지는 등장인물이 적고, 사건이 복잡하지 않은 것이 좋다. 비슷하게 반복되는 구조를 가진 이야기는 어린이들이 쉽게 이해한다. 그리고 결말이 빠르게 진행되는 것, 유머가 있는 이야기도 이야기해주기의 가치를 높이는 데 일조를 한다.

나) 준비 및 연습하기

① 이야기가 내 마음에 명확하게 되도록 2번이나 3번 또는 여러 번 읽는다. 그 이야기의 운율과 스타일을 느껴본다.

② 등장인물의 성격 설정을 적절히 한다. 가장 먼저 결정해야 하는 것이 등장인물의 성격에 따른 목소리 설정이다.

③ 문어체 이야기는 구어체로 고친다. 인물이나 배경에 대한 설명이나 묘사보다는, 행동이나 사건으로 채우고 대화체로 하면 실감나는 이야기가 된다. 쓸데없는 부분은 적당히 삭제하고, 마지막에 훈화를 해서는 안 된다.

④ 중요한 사건의 개요를 자신이 알아볼 수 있게 종이에 작성한다. 또는 배경, 등장인물, 처음 사건, 문제와 그것을 해결하기 위한 시도, 해결을 고려하여 이야기의 지도를 그려도 좋다.

⑤ 내가 기억하지 못한 사건을 이야기 카드에 기록하면서 다시 읽는다. 또 내가 기억하는 데 필요한 인과관계를 결정한다.

⑥ 사건을 다시 재검토한다. 그리고 어떤 세부 사항을 포함시킬 것인지를 결정한다. 이야기의 단어를 기억하려 하기보다는 사건의 의미와 그 사건이 어떻게 표현되는지를 생각한다.

⑦ 내가 그 이야기를 안다고 느낄 때, 거울 앞에서 이야기를 해본다. 2번 혹은 3번 연습하고 나면, 말씨가 개선될 것이고, 등장인물들을 서로 구별하기 위해 음의 고저를 바꾸는 시도를 할 수 있다.

다) 청중과 상호작용하며 이야기하기

① 처음 이야기할 때는 10분 이상 넘지 않는 것이 좋다. 실력이 발전할 수록 더 긴 이야기를 해준다.

② 제목을 소개하고 약간의 여유를 둔 후 이야기를 시작한다.

③ 도입부는 여유 있으면서도 탄력 있게 시작한다.

④ 호흡할 곳을 적절히 조절한다. 두 어절이나 세 어절 정도를 끊어서 이야기 하면 듣는 사람이 같이 호흡할 수 있어서 편안하고 안정감이 있다고 한다. 그리고 아랫배에 힘을 주는 복식호흡을 연습하는 것이 좋다.

⑤ 대사는 발음을 정확히 하고 또박또박 힘주어 전달한다. 지나친 성대모사는 역효과를 일으키기 쉬우므로 삼가야 한다. 말의 고저 · 대소 · 강약 · 장단 · 완급 · 단속 등을 과장하거나 인물의 목소리를 흉내 내는 것이 이야기 해주기의 핵심인 것처럼 잘못 파악하는 사람도 있지만, 이야기해주기는 신파극이나 말장난이어서도 안 되고 지나친 성대모사나 기교를 부려도 안 된다. 비록 기교가 조금 부족하더라도 진심으로 어린이를 사랑하는 마음으로 이야기를 해 줄 때 효과를 발휘할 수 있다.

⑥ 대사의 전후에 있는 해설 부분은 대사와 구별되도록 한다. 대사 전후의 해설은 분위기를 고조시키거나 동화를 정돈, 마무리하는 기능이 있다.

⑦ 시선을 골고루 주면서 표정 연기와 제스처를 곁들인다. 연극처럼 많이 움직이는 것을 삼가고 신체를 적당히 이용하여 편안한 자세로 자연스럽게 이야기한다.

⑧ 각 단어의 의미나 문맥의 상황 등을 충분히 살린다. 사건의 의미 구조와 정서 구조에서 전환 또는 반전이 이루어지는 지점을 부각시키는 전략이 필요하다.

4) 목소리 연습[181]

가) 발성 연습

처음에는 3단계 연습을 하다가 익숙해지면 더 세밀한 5단계 연습을 하도록 한다. 낮은 음부터 시작하여 높은 음으로 올라가는 것이 발성하기 쉽다.

181) 이규원(2000), 『동화구연의 이론과 실제』, 유아문화사. 65~97쪽의 내용 중 일부를 발췌 요약하였다.

3단계 : 낮은 음(25), 보통 음(50), 높은 음(75)

〈성인용〉 　　　　　　　　　　〈어린이용〉

③ (75) 아 ― 걷잡을 수 없는 사랑　　▶다짐합니다

② (50) 아 ― 멈출 수 없는 사랑　　　▶바위처럼 굳센 어린이가 될 것을

① (25) 아 ― 애달픈 사랑　　　　　　▶꽃처럼 아름답고

5단계 : 아주 낮은 음(1), 낮은 음(25), 보통 음(50), 높은 음(75), 비명(100)

〈성인용〉 　　　　　　　　　　〈어린이용〉

⑤ (99) 아 ― 폭풍치는 바다　　　▶쉬는 시간엔 신나게 놀자

④ (75) 아 ― 파도치는 바다　　　▶음악시간엔 즐겁게 부르고

③ (50) 아 ― 물결치는 바다　　　▶점심시간엔 맛있게 먹고

② (25) 아 ― 잔잔한 바다　　　　▶미술시간엔 예쁘게 그리고

① (1) 아 ― 고요한 바다　　　　　▶동화시간엔 조용히 듣고

발성 연습을 할 때 다음과 같이 팔 동작을 이용하면 더 쉽게 할 수 있다.

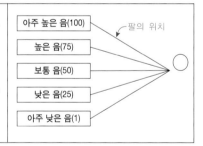

보통 음(50)을 중심으로 오른 팔을 위 아래로 뻗으면 되는데, 50 정도의 보통 음은 얼굴과 직각이 되게 뻗는다. 그리고 보통 목소리를 낸다. 쭉 뻗은 상태에서 조금 아래로 뻗을 때는 낮은 음(25), 더 아래로 내리면 아주 낮은 음(1)이 된다. 보통 음을 중심으로 약간 위로 뻗으면 높은 음(75), 더 높이 뻗으면 비명에 가까운 아주 높은 음(100)이 된다.

나) 목소리 조절하기

① 높은 목소리로 말하기 : 불이야, 불! 불이 났어요. 빨리 피하세요.

② 낮은 목소리로 말하기 : 이 이야기는 비밀이야 ! 절대로 말하면 안 돼 !

③ 강한 목소리로 말하기 : 네 이놈, 네 죄를 알렷다.

④ 약한 목소리로 말하기 : 아빠가 주신 용돈을 모두 잃어 버렸어.

⑤ 빠르게 말하기 : 기차가 떠난다. 빨리 빨리 타자.

⑥ 천천히 말하기 : 눈이 옵니다. 산에도, 들에도, 지붕에도 소리 없이 하얀 눈이 펄펄 내리고 있습니다.

다) 음색 표정 연습

엄 마	① 부를 때 ② 부탁할 때 ③ 신이 나서 ④ 놀랄 때 ⑤ 문을 두드리며 ⑥ 뛰어오며 ⑦ 귓속말로
그 래	① 힘이 없이 ② 속삭이듯이 ③ 화를 내면서 ④ 놀라서 ⑤ 잘하겠다고 생각하면서
그 럼	① 행복하게 ② 거만하게 ③ 알았다고
응	① 비꼬듯이 ② 알았다고 대답할 때 ③ 놀라서 다시 물을 때
아니 이럴 수가	① 행복해서 ② 기뻐서 ③ 놀라서 ④ 실망해서 ⑤ 슬퍼서
좋아요	① 비아냥거릴 때 ② 칭찬할 때 ③ 인정해줄 때
잘했어	① 기뻐서 ② 거만하게 ③ 할 수 없이
그렇구나	① 알았다고 ② 슬프게 ③ 놀라서

라) 신체 부위를 활용한 발성법

발성 연습을 하기에 좋은 것이 신체 부위를 활용하는 것이다. 아랫배에서부터 입술까지 활용하여 각기 다른 목소리를 낼 수 있다. 다음【표 19】는 쉽게 발성할 수 있는 신체 부위를 이용한 것으로, 숙달될 때까지 앞에 동물 소리를 연결하여 연습하는 것이 좋다.

【표 19】신체 부위를 활용한 발성법

가족 음성 모사	신체 부위	동물 소리와 연결한 음색표현	
할아버지	아랫배 (골반밑)	숨을 들이마신 상태에서 아랫배가 쏙 들어가게 힘을 주고 소리를 아랫배에서부터 끌어올린다. 소리를 누른다는 기분으로 낮게 내고, 되도록 숨을 오래 참는 것이 좋다.	『어~홍 안녕하세요? 우리 손주 착하지.』
할머니	아랫배 (골반밑)	할아버지 목소리처럼 숨을 들이마신 상태에서 아랫배가 쏙 들어가게 힘을 준다. 그러나 아랫배에서 끌어올리지 않고 비음을 섞어 약간 가볍게 낸다.	『음메에에~ 안녕하세요? 어서 오너라.』

아버지	배 (배전체)	윗 배가 둥글게 되도록 힘을 주고 배 전체를 힘차게 움직여 소리를 낸다. 소리를 누르면서 약간 낮게 낸다.	『멍~멍~ 안녕하십니까? 자, 모두 모이세요.』
어머니	배 (배전체)	윗 배가 둥글게 되도록 힘을 주고 발성의 50 높이(평상시보다 한 톤 높게) 음성으로 약간 소리를 띄우면서 낸다.	『아 ~~~, 얘들아, 먼 곳에 가지 마라.』
오빠	가슴	배는 힘을 주지 않고, 가슴이 앞으로 나오게 힘을 주면서 소리를 누르면서 젊은 느낌이 들게 한다.	『개굴 개굴 개굴, 난 축구를 좋아해요.』
언니	가슴	오빠와 같이 가슴이 앞으로 나오게 힘을 주면서 소리를 누르지 않고 오빠보다 한 톤 정도 높게 낸다.	『꾀꼴, 꾀꼴 난 노래를 좋아해요.』
남자아기	목	배, 가슴에는 힘을 주지 않고 목에만 힘을 준다. 손으로 만졌을 때 목에서 떨림이 느껴지는 상태에서 비음을 섞어도 좋다.	『꼴~ 꼴~ 꼴, 엄마, 밥 주세요.』
여자아기	입	입술만 움직인다는 기분으로 입술에만 힘을 주고 목에서 가늘게 소리가 나오도록 한다.	『삐악 삐악 삐악, 아, 목말라.』

〈신체 부위를 활용한 목소리 연습 작품〉

다섯 손가락

- 첫째 손가락 : 힘 있는 아빠 목소리
- 둘째 손가락 : 부드러운 엄마 목소리
- 셋째 손가락 : 씩씩한 오빠 목소리
- 넷째 손가락 : 간드러진 언니 목소리
- 다섯째 손가락 : 귀여운 여자 아이 목소리
- 손바닥 : 굵고 느린 할아버지 목소리
※ '/' 표시한 부분에서 띄어 읽는다.

해   설 : 다섯 개의 손가락이 / 오순도순 살고 있었어요. 어느 날 엄지 손가락이 / 큰 소리로 말했어요.

첫째 손가락 : 우리들 중에서 / 내가 최고야! 최고라고 할 때도 / 이렇게 하잖아. 그러니까 내가 / 아빠 손가락이지.

둘째 손가락 : 아니야. / 내가 최고야. / 나는 저기 저 비행기 날아간다. 저기 저 높은 산 좀 봐. / 이렇게 높은 곳을 / 가리킬 수 있잖아.

셋째 손가락 : 어흠! 무슨 소리야. / 키를 좀 대 볼까? / 자, 봤지? / 내가 제일 크니까 / 내가 최고야.

<table>
<tr><td align="right">넷째 손가락 :</td><td>애들이 무슨 말을 하고 있는 거야? / 보석 반지를 어디다 끼워 주는지 알지? / 여기니? 여기니? / 내가 낀단 말이야. / 그러니까 내가 최고지.</td></tr>
<tr><td align="right">다섯째 손가락 :</td><td>아니야, 내가 최고야. / 코가 간지러울 때, 귀가 간지러울 때, / 친구와 약속을 할 때 / 내가 없으면 어떻게 해? / 이렇게 작지만 내가 최고야!</td></tr>
<tr><td align="right">해 설 :</td><td>서로 자기가 최고라고 떠드는 / 다섯 손가락의 이야기를 모두 듣고 있던 / 손바닥이 말했어요.</td></tr>
<tr><td align="right">할아버지 :</td><td>애들아, 떠들지 마라. / 너희들이 아무리 잘났다고 해도 / 손바닥인 내가 없으면 / 일 초라도 살 수 있니? 살 수 있어?</td></tr>
<tr><td align="right">해 설 :</td><td>손바닥의 이야기를 듣고 손가락들은 / 너무 부끄러워서 고개를 푹 숙였어요. 그래서 지금까지 손바닥은 / 앞으로만 구부러지고 / 뒤로는 구부러지지 않는대요.</td></tr>
</table>

5) 소품을 활용한 이야기해주기

소품을 가지고 이야기할 때는, 내가 가장 잘 이용할 수 있는 것을 찾아야 한다. 구렛나루, 장난감 같은 간단한 소품을 이용할 수도 있고, 마스크, 꼭두각시 의상처럼 좀 더 복잡한 것을 이용하기도 한다.

교사는 소품을 활용하여 다양한 유형의 동화를 들려준다. 융판이나 자석, 막대 동화, 인형이나 완구를 이용한 동화[182], 그림동화, 율동동화, 실물동화, 손가락 동화, TV동화, 테이블 동화, 디오라마, 그림자 동화 등 다양한 방법이 있다.[183]

다음은 어린이들과 함께 손쉽게 해볼 수 있는 '실뜨기를 활용한 이야기해주기' 의 한 예이다.

182) 인형을 사용할 때는, 이야기해주는 사람이 인형을 조종하면서 인형의 말도 동시에 한다. 그림이나 물건들은 이야기가 진행되는 동안 전시 보드에 붙이면서 움직인다.

183) 읽어주기를 할 때도 이렇게 응용할 수 있다. 동화의 내용을 구연자만 알아볼 수 있게 기록해서 그것을 읽어주면서 하거나, 미리 구연자가 녹음을 해서 활용해도 좋다.

모기(The Mosquito)

이 실뜨기는 100cm 정도의 길이에서 125cm까지 늘어나는 실로 이야기를 하면서 실뜨기를 하여 모기를 만들었다가 날려 보내는 것이다.

〈이야기〉

어느 날 한 할머니가 뜨개질을 하며 앉아있었어요. 그런데 갑자기 근처에서 윙윙거리는 시끄러운 소리가 들렸어요.

그러자 할머니는 고개를 들고 살펴보았지만, 아무 것도 볼 수 없었죠. 그래서 계속해서 뜨개질을 했답니다.

안쪽으로,

바깥쪽으로.

안쪽으로 바깥쪽으로.

그런데 윙윙거리는 소리가 점 점 크게 들렸어요. 그래서 할머니는 다시 주위를 둘러보았지만, 아무 것도 볼 수 없었어요. 또다시 할머니는 계속 뜨개질을 했답니다.

안쪽으로 바깥쪽으로.

〈실뜨기〉

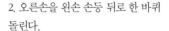

1. 두 엄지 사이에 실을 끼운다.

2. 오른손을 왼손 손등 뒤로 한 바퀴 돌린다.

3. 오른손의 새끼손가락을 왼손의 엄지와 검지 사이의 실 아래에 건다.

4. 가능한 오른쪽 새끼손가락이 멀리 가도록 잡아당긴다. 줄을 팽팽하게 유지하고, 실을 최대한 손가락 아래로 움직인다.

5. 왼쪽 새끼손가락을 오른쪽 손바닥에 가지고 와서 위에서부터 오른손 바닥을 지나 오른손 엄지손가락에서 두 줄 아래로 왼쪽 손가락을 굽힌다.

6. 줄을 걸친 왼쪽 새끼손가락을 뒤로 움직여 손바닥이 나에게 보이도록 나란해지게 움직인다. 두 손바닥 사이에 거의 공간이 없어야한다. 왼손 손바닥에서 왼손 손등에 걸쳐있는 두 가닥의 실을 들어올린다.

위로 사방으로.

8. 두 가닥의 실을 왼손의 네 손가락 위를 통과해 **빠져나오게** 한다.

그런데, 갑자기 윙윙거리는 소리가 더욱 크게 들렸어요. 할머니가 이리저리 살피다가 뜨개실을 보았더니 거기에 바로 모기가 있었어요.

9. 그 모양이 커다란 모기의 모습과 같아지도록 하기 위해서, 중앙에 있는 매듭을 단단하게 하고, 빠르게 양손을 앞뒤로 흔든다. 필요하다면, 중앙에 있는 매듭을 느슨하게 하기 위해 오른손 검지를 사용해도 좋다.

오~ 그것은 정말 거대한 모기였어요!!
그 모기는 할머니의 머리 주위에서 윙윙거리기 시작했어요.
귓속에서, 턱 아래에서도 윙윙 소리를 냈어요. 그리고 눈을 지나고 코끝을 지나면서도 소리를 냈고요, 머리카락에서, 뺨에서도 윙윙거렸답니다. 그것 때문에 할머니는 미칠 지경이 되고 말았어요!

10. 모기를 앞자리에 앉아있는 아이들의 귀, 턱, 눈, 코, 머리카락, 뺨 등에 가까이 가져가 본다.

"저 모기를 잡고 말테야!"
그리고는 모기가 바로 앞으로 날아올 때까지 기다렸다가 힘차게 모기 위에서 손뼉을 쳤답니다.

11. 양손을 모기와 함께 여기저기로 자유롭게(공기를 통과하여 여기저기로) 움직여보고 내 얼굴 바로 정면에서 멈춘다.

12. 힘껏 손뼉을 친다.

그리고 모기는

13. 새끼손가락에 걸쳐진 실을 가능한 한 빠르게 그리고 눈에 띄지 않게 살짝 빼면서 양손을 활짝 펼친다.

사라져버렸어요.

모기는 사라져버렸다!

바. 영상 매체

영상 매체(Audiotapes and Videotapes)가 급속도로 발전한 오늘날 어린이들은 오디오나 비디오, 영화, 연극, 전자도서 등으로 문학을 체험하기도 한다. 최근에 가족극으로 극화한 『몽실 언니』, 애니메이션 영화로 제작된 『오세암』, 클레이 애니메이션 비디오로 제작된 『강아지똥』 그리고 현재 애니메이션으로 제작중인 『마당을 나온 암탉』과 같은 유명한 문학 작품들이 영상 매체를 통해 새로워지고 있다.

몇 가지 영상 매체들은 예술적으로 잘 만들어져 있어, 어린이들로 하여금 문학 작품을 경험하도록 하는 기타 수단으로 간주되고 있다. 일반적으로 어린이들에게 책을 먼저 읽도록 해 이야기에 대한 그들 자신의 이미지들을 형성하도록 하는 것이 좋다. 그런 뒤에, 비디오나 영화를 보여줌으로써 어린이들은 책과 영상을 서로 비교할 수 있다.

사. 독서 치료

독서 치료(Bibliotherapy)는 사회적, 정서적 문제를 가지고 있는 어린이들을 돕는 동시에 좋은 문학 작품을 경험하도록 선정된 도서를 이용하는 것이다. 독서 치료라는 용어의 전문적인 의미는 정서적으로 장애가 있는 개인들을 치료하는 데 전문적으로 수련을 받은 치료 전문가에 의해 책이 이용된다는 뜻이다. 실천에는 논쟁의 여지가 있는데, 그 이유는 임상 심리학을 수련하지 않은 교사나 사서들에 의해 오용될 가능성이 있기 때문이다. 대부분의 교사나 사서들은 심리학자로서 교육받지 못했고, 잘못된 독서 치료는 어린이들에게 해가 될 수도 있다. 게다가 어린이들의 삶을 이끌기 위해 책을 활용하는 것도 극도로 설교적인 실행이 될 수 있다. 만약 어린이의 잘못을 바로 잡거나 어린이의 삶이 변하도록 어떤 것을 심어주는 설교를 하기 위해 책이 선정된다면, 어린이들은 독서 그 자체를 거부할 것이다. 이는 독서 치료의 목적을 깨뜨리는 것이며, 어린이가 책 읽기를 싫어하는 결과를 가져올 것이다.

어린이들은 감동적인 이야기나 그런 이야기에 나오는 사상, 감정, 인물들의 행동에 관하여 읽거나 얘기함으로써 심리적으로 도움을 얻는다. 어린이들은 모두 이따금 어려운 상황에 직면하고, 다른 어린이들도 비슷한 문제에 맞닥뜨린다는 것을 발견하면서 안심하게 된다. 다른 사람들이 문제에 성공적으로 대처하는 방법을 배움으로써 어린이들은 그들 역시 문제를 해결할 수 있고, 나중에는 자신의 삶을 향상시킬 수 있다는 확신을 갖게 된다.

다양한 갈래와 다양한 형태의 이야기들은 어린이들에게 세상을 바라보는 유용한 통찰을 제공한다. 사실동화는 어린이에게 동네 폭력배, 형제 자매, 사회적 소외와 같이 모든 사람이 살면서 겪는 문제들을 실감할 수 있도록 해준다. 다른 사람들이 직면하는 문제에 관하여 독서함으로써, 어린이들은 그들 자신의 삶 속에서 만나게 될 도전들에 대해 더 잘 대비할 수 있게 된다. 판타지 동화를 읽고, 어린이들은 인생에 대한 창의적인 해결 방법과 인생을 사는 방법을 탐색할 수 있도록 상상력의 나래를 펴게 된다. 유명 인사들의 전기는 어린이들에게 역할 모델을 제공하고 그들 자신을 위한 목표를 설정하도록 해줌으로써, 그들이 현재의 상황을 넘어서 그것을 성취할 수 있다는 것을 깨닫게 해준다.

가끔 교사에 의해 활용되는 독서 치료 방법은 교실 수업에서 일어나는 어떤 문제를 간접적으로 적용할 수 있도록 어떤 이야기를 소리내어 읽도록 하는 것이다. 그것은 어린이들의 이해력과 공감을 계발할 수 있도록 도와준다. 그런데 책에 묘사된 상황을 마치 실제와 똑같은 것으로 받아들이지 않도록 주의를 기울여야 한다. 왜냐하면 이것이 자칫 소외된 어린이들을 난처하게 만들 수도 있기 때문이다. 만약 학급의 어린이들이 비슷하게 괴롭힘을 당한다면 어떤 느낌이 들지를 생각하게 하고, 그들을 어떻게 도와줄 수 있는지를 토의하게 하면, 어린이들은 그들의 불친절한 행동의 결과에 대해 바르게 인식할 수 있을 것이다. 민감하고 주의 깊은 교사나 사서들이 하는 비형식적 의미의 독서 치료는 그 자체로 문학 작품의 자연스런 활용을 도와주는 것이다. 그러나 전문적인 의미의 독서 치료는 전문적인 치료가의 몫이다.

2. 문학 반응 표현 및 공유하기

반응이란 읽는 동안 생각한 것과 읽은 것을 반성적으로 생각해 보는 모든 것을 말한다. 반응을 공유하기 위해서는 읽는(혹은 듣는) 중간에 생각난 것과 다 읽고

난 뒤의 반응을 간단하게 기록하여 문학 토의를 통해 수정, 확장시킨 후 여러 가지 반응 표현 활동을 해야한다.

반응 일지는 어린이들의 초기 반응을 기록하는 것으로 반응을 정교화하게 도와줄 뿐만 아니라, 반응을 쉽게 기억하도록 도와준다. 문학 토의는 그 자체가 반응을 공유하는 활동이 되면서 또한 다른 반응 표현에 아이디어를 제공해주는 역할을 한다.

반응을 표현하는 데는 항상 말하기가 중심이 되지만, 그 외에 의미를 표현하는 쓰기, 읽기, 미술 및 드라마 등 여러 가지 방법이 있다. 그러나 이 방법들은 분절되어 이루어지지 않고 통합적으로 이루어져야 한다.

가. 반응 일지 쓰기

어린이들이 반응 일지에 쓰는 것은 또 하나의 의미를 나타내는 방법이다. 반응 일지에 기록할 때는 저학년일 경우 제목과 작가를 쓰고 이야기와 관련된 그림을 그리거나 거기에 몇 개의 단어나 한 문장 정도를 덧붙이는 것이 좋다. 또 다른 방법으로는 저학년의 경우 작품에 대한 소감과 연상되는 장면이나 인물을 상상하여 그리게 하고, 고학년일 경우에는 내용과 느낌을 기록하게 한다.

이희정(1999)은 반응 일지에 텍스트와 자신의 삶을 관련짓는 내용, 인상적인 부분, 등장인물에 대한 소감을 기록하는데 자유롭게 쓰게 하거나 반응을 위한 몇 가지 질문이나 주제를 제시하여 주고 쓰게 하는 방법을 제안하고 있다.[184]

미술, 운동과 같은 기존의 인습방식과 다른 의사소통의 형태는 단어로 느낌과 생각을 표현하는데 어려움을 갖고 있는 어린이들에게서 특별하게 나타나고 있다. 예를 들어, 어린이들이 그리기와 읽기를 연결하면 종종 이야기에 대한 반응을 발견하고 형체를 잡게 된다. 또한 연필 그림(뎃생, pencil drawing), 초크, 매직펜, 크레용, 물감, 판지, 종이 구성과 같은 시각 예술 매체는 문학에 대한 반응을 격려한다. 덧붙여 어린이들은 책 표지, 모빌, 포스터, 또는 개인적 매력을 사로잡는 연재 만화나 교재를 환기시키는 의미를 디자인할 수 있다.

일지를 기록하면 등장인물에 대한 추론을 하고, 예측을 하거나, 질문이나 불확실한 것을 제기하게 된다. 어떤 어린이는 이야기의 주요 등장인물과 동일시하거나 스스로 등장인물의 입장에 놓이게 된다. 또한 등장인물과 감정이입을 할 수

184) 이희정(1999), 초등학교의 반응중심 문학교육 방법 연구, 교원대 석사 논문.

있다. 그리고 자신의 도덕적 기준의 틀과 가치 체계 안에서 주인공의 행동을 판단하게 된다. 작가를 평가하거나 전에 읽었던 다른 책과 비교함으로써 문학 비평가의 역할을 흉내내기도 한다.

덧붙여, 반응 일지를 효과적으로 기록하는 방법 중의 하나는 교사가 반응 일지에 어린이와 대화하는 것처럼 적어주는 것이다. 일지 기록에 대한 교사의 설명은 어린이들이 문학 작품에 대한 자신의 반응을 재검토하게 돕는다. 교사가 일지에 코멘트를 할 때는 개인적 판단을 피하고, 격려하며, 생각을 자극하는 것이 가장 좋다.

나. 문학 토의

우리가 표현하는 최초의 수단은 물론 음성언어다. 대화는 의사소통과 학습에서 중심이 될 뿐만 아니라, 가장 쉽게 의미를 공유하는 자연스러운 방법이다. 사람들은 일생동안 자기가 즐기고 있는 책에 대하여 친구나 가족과 이야기할 것이다. 비록 쓰기나 다른 책 읽기, 시각 예술, 행위 예술을 통해 그들의 반응을 탐구하고 중재하더라도 대부분의 어린이들은 종종 구두로 문학에 대해 이야기한다.

문학 토의[185]는 문학 작품에 관하여 생각하고 읽기, 문학에 대해 비판하고 분석한 것을 다른 사람과 협의하기, 문학에 대한 심미적 반응을 공유하고 개발하기, 말하기와 쓰기와 같은 표현 활동을 통하여 이해를 확장하기 등을 모두 포함한 교육적 접근이다.

문학 토의에서는 작품에 대한 어린이들의 개별적인 반응이 나타난다. 어린이들은 질문이나 견해, 감정적인 반응을 공유한다. 어린이들은 문학 토의에 참여하면서 독자로서 새로운 견해를 발달시킨다. 이 때 인물, 사건, 갈래, 또는 작가의 문체 스타일이나 문학 장치 등에 초점을 두어도 된다.

문학 토의를 할 때는 역할을 나누는 것이 좋다. 【표 20】처럼 역할을 나누어 돌아가면서 맡도록 한다. 또한, 두 어린이가 한 역할을 같이 맡을 수도 있다.[186]

185) 문학 토의는 문학서클, 문학 클럽, 북 클럽, 독자 서클 등 다양하게 부르고 있다.

186) 박희진(2004), 반응 활성화를 위한 문학 토의 방법 연구, 교원대 석사 논문.

【표 20】문학 토의 역할

역할 이름	하는 일
토의 조정자	• 소집단 토의에서 지킬 일을 동료들과 같이 세운다. • 토의 주제와 알맞게 적절한 질문을 하며 토의를 이끈다. • 한 가지 질문에 이야기가 길어지거나 토의의 방향이 바뀌면 적절히 중재를 한다. • 토의에 잘 참여하지 않는 학생을 격려한다.
이야기 박사	• 문학작품의 작가와 문학적 요소에 대해 조사한다. • 문학작품의 내용에 대해 세밀히 읽어둔다. • 토의를 할 때 학생들이 작품에 대해 잘못 생각한 것이 있으면 알려준다.
기록자	• 토의 내용을 요약하여 기록한다.
단어 마법사	• 이해하기 어려운 단어나 낯선 단어의 뜻을 미리 조사하여 적어 놓는다. 언제든지 단어에 관한 한 전문가가 된다.
발표자	• 소집단 토의에서 형성된 반응을 정리하여 전체 토의 시간에 정확하고, 큰 목소리로 전달한다.

'토의 조정자'는 소집단 토의 활동의 순서를 계획하고, 주제와 관련하여 개인적인 경험과 연관되게 질문[187]을 하며, 토의할 때 일어난 일에 대한 적절한 중재를 한다. '이야기 박사'는 문학 작품에 대한 일반적인 것을 다른 어린이들보다 더 깊이 조사하여 토의에 도움을 주는 역할을 한다. 작가에 대한 이야기, 작품의 구조나 인물, 사건, 배경, 주제 등의 문학 요소에 대해 조사하여 토의 활동 때 작품 내용에 대해 어린이들이 잘못 생각하거나 오류를 범하면 안내하고 알려 준다. 이 역할을 맡은 어린이는 작품에 대한 더 깊은 이해가 필요하므로 작품에 대한 이해가 빠르고 문학 요소에 대한 기본적인 학습이 잘 되어 있는 어린이가 하는 것이 좋다. 문학 작품이 장편이거나 다소 어려운 내용이라면 교사가 미리 '이야기 박사' 어린이들과 예비 학습을 하는 것도 좋다.

'기록자'는 집단 구성원들이 하는 이야기를 잘 듣고 토의 내용을 정리하여 기록한다. '단어 마법사'는 작품에 나오는 어려운 단어나 낯선 단어를 미리 조사하여 언제든지 알려줄 수 있다. '발표자'는 전체 토의 시간에 소집단 토의에서 일어난 의견을 정확한 발음으로 바르게 전달하는 역할을 한다.

어린이들은 이렇게 각자의 역할을 갖고 토의에 참여하면서 자신이 토의에 꼭 필요한 사람이라는 책임감을 느낄 수 있고 토의에 즐겁게 참여하게 된다.

187) 이 때의 질문과 답은 중재자가 묻고 그 외의 학생들이 대답하는 것이 아니라, 학생들 상호간의 토의가 활발히 이루어지면 사회자가 적절한 선에서 정리를 한 뒤 다음 질문을 하고 또 토의를 하는 것이다.

교사는 문학 토의를 위한 구조를 결정하는 중요한 역할뿐만 아니라, 다른 사람이 의미를 표현하는 능력을 확장하는 과정을 안내해 주는 핵심적인 역할을 한다. 어린이들은 어떻게 수준 높은 문학 토의에 참여하는지를 배운 후에 그들 스스로 이야기할 수 있다. 또한 교사의 참여가 토의 수준을 끌어올리는 데 필수적이다.

다음으로는 문학 토의에서의 교사의 역할에 대해 알아보도록 하겠다. 교사의 역할은 다음과 같이 나눌수 있다.[188]

188) Fountas, I. C. & Pinnell, G. S.(2001), Guiding Readers and Writers, Heineman.

첫째, 교사는 보조자이다. 교사는 전체 토의 활동시 사회자로서의 역할을 수행하면서 어린이들에게 소집단 토의를 어떻게 하는지 시범을 보여준다. 또 소집단 토의를 지켜보면서 어린이들의 대화가 주제에 벗어나지 않도록 중재를 한다.

둘째, 교사는 참가자이다. 교사는 단순히 토의 활동 바깥에 있는 사람이 아니라 전체 토의가 이루어질 때는 직접적인 참가자이며, 소집단 토의에서도 틈틈히 토의 활동에 참여하여 어린이들과 함께 대화하며 올바른 토의가 일어나고 다양한 생각을 할 수 있게 도움을 준다. 교사는 토의가 수월하게 진행될 수 있도록 도와주며, 다양한 반응이 나올 수 있도록 적절한 질문을 하기도 한다. 어린이들은 이때 교사가 자신들보다 항상 위에 있고 멀리 있다는 거리감을 버리게 되고 자신들과 함께 대화를 나눌 수 있는 친밀감을 얻게 된다.

셋째, 교사는 안내자이다. 교사는 필요에 따라서 어린이들이 가야할 길을 안내한다. 토의를 하면서 어린이들은 의문이 생기거나 토의하면서 발생하는 문제점들을 교사에게 물을 수 있고 교사는 비계(scaffold)를 통해 어린이들에게 방법을 안내한다.

넷째, 교사는 관찰자이다. 그러나 단순한 관찰자가 아니다. 왜냐하면 어린이들이 토의에 잘 참여하는지, 어려운 점은 없는지 체크하고 기록하면서 반성하고 계획하기 때문이다. 어린이들에 대한 평가는 이와 같은 교사의 의미 있는 관찰로 이루어진다.

앞의 논의처럼 문학 토의를 하는 동안 교사는 보조자이며 참가자이고, 안내자이며 관찰자이다. 이 역할은 독립적으로 순서대로 하는 것이 아니라 상황에 따라 달라진다. 또 토의가 이루어지는 동안에만 나타나는 것도 아니다. 어린이들이 문학 작품을 읽고, 쓰고, 정리를 하는 시간에도 교사의 이런 역할들은 필요하다. 교사는 어린이들이 문학 작품의 의미를 구성하고 확장하도록 지원을 아끼지 않아야 하며, 토의를 성공적으로 하도록 도와주어야 한다. 특히 어린이들끼리 소집단 토의를 하는 동안 교사의 역할이 없을 것 같고, 어린이들 역시 교사를 찾지 않을 것 같지만 그 시간이 교사에게는 가장 바쁘고, 어린이들도 가장 교사를 필요로 하는 시간이다.

이렇게 교사의 적극적인 지원이 있는 수업을 통해 어린이들은 자신의 생각을 어떻게 가치있게 하는지, 자신의 의견을 어떻게 표현하는지를 학습하고, 다른 사람들과 그 사고를 공유하기도 한다.

효과적인 대화가 될 수 있도록 교사는 어린이들의 소집단이 지켜야 하는 "기본 원칙"를 가르쳐야 한다. 기본원칙은 단순하다. 즉 '모든 아이디어는 가치가 있다.' 라는 것이다. 교사는 학년 초에 어린이들에게 어떻게 토의를 시작하고 계속해 나가는지와 같은 기본적인 소집단 상호작용 기술을 가르칠 필요가 있다. 즉, 말하는 사람 처다보기, 예의 바른 듣기처럼 어린이들은 항상 누군가가 말한 것을 존중해 주어야 하고 결코 웃어서는 안 된다.

또한 반 전체가 토의를 잘 하기 위해 어떻게 해야 하는지를 이야기한다. 그리고 【표 21】의 예시 자료처럼 좋은 토의의 특징을 목록화하고 계속 검토하여 어린이들이 가장 중요하다고 생각하는 10가지를 요약하여 차트에 적는다. 이 차트를 내내 걸어두고 토의를 평가하고 반성할 때 이것을 사용하도록 한다.[189]

189) Fountas, I. C. & Pinnell, G. S.(2001), Guiding Readers and Writers, Heineman.

【표 21】 좋은 토의 방법의 예

1. 토의를 준비한다.
2. 모든 학생이 서로 볼 수 있게 앉는다.
3. 오른쪽 방향으로 순서를 정한다.
4. 말하고 있는 사람을 쳐다본다.
5. 이해하면서 듣는다.
6. 더 잘 이해하기 위해 질문한다.
7. 너무 크게 말하지는 말고 분명하게 말한다.
8. 말하는 사람이 다 말할 때까지 기다린다.
9. 내가 말하고 싶으면 신호를 보낸다.
10. 모든 사람이 순서를 지킨다.
11. 다른 사람의 아이디어를 지지한다.
12. 각자 다른 사람의 아이디어를 존중한다.
13. 주제에서 벗어나지 않는다.
14. 생각에 대한 근거를 제시한다.

교실에서 토의를 유발하기 위한 몇 가지 전략을 소개하면 다음과 같다

1. 텍스트에 의존하면서 다음과 같이 질문한다.

"어떤 것이 특별히 흥미 있었니? 깜짝 놀라거나 이해하기 어려웠던 부분은 무엇이니? 친숙하게 보인 것은? 불가사의하게 보인 것은?"

어린이들은 이러한 반응을 일으키는 문학 작품의 특정 부분을 말하고 자기의 실제 생활 경험을 비교하여 말한다.

2. 어린이들은 가장 기억나는 사건, 등장인물, 또는 책의 배경에 관해 이야기한다. 그때 이야기를 듣거나 읽은 후 가장 명료하게 상기되는 문학 작품의 특정한 부분을 서로 이야기한다.

3. 이야기의 어떤 부분이나 가장 생생하게 기억하는 등장인물에 관해 말하도록 다음과 같이 질문한다.

"이야기의 이 부분에서 그 등장인물이 어떻게 느꼈지?"

"너도 이렇게 느꼈던 적이 있었니?", "네가 있었던 상황을 이야기해보렴."

4. 이야기의 처음을 읽어 준다. 그리고 읽는 동안 그들 머릿속에 일어났던 것 - 그림, 기억, 생각—을 즉시 메모하게 한다. 그때의 반응을 나누고 특이한 반응과 공통되는 반응을 구별한다.

5. 다음과 같은 질문을 한다.

"등장인물, 배경, 사건에 대해 마음에 와 닿는 그림은 무엇인가?"

"만약 등장인물 '영대'가 지금 문을 통하여 들어올 수 있다면, 그는 어떻게 생겼을 것 같은가?"

"만약 이야기가 일어났던 곳에 네가 간다면 무엇을 보았겠는가?", "왜 그렇게 생각하니?"

"이 등장인물, 이 배경, 이 사건에 관해 어떻게 느끼는가? 이유는?"

"이 등장인물, 이 배경, 이 사건, 이야기가 말해진 방법에 대해 네가 가지는 견해는 어떤 것인가? 이유는?"

다. 반응 프로젝트

어린이들은 책에 대한 해석과 즐거움을 확장하는 활동을 할 때 자기가 흥미 있는 반응 프로젝트를 선택한다. 읽기, 쓰기, 말하기, 드라마, 조사, 다른 문학 반응

프로젝트 등을 통해 반응을 확장하는 것이다. 【그림 6】은 시를 감상하고 난 후에
할 수 있는 프로젝트 유형들이다.

190) 국어교육을 위한 교사 모임(2000), 『아이들과 함께하는 시 수업』, 우리교육.

【그림 6】 문학 감상을 위한 활동 전략―시[190]

1. 시를 그려봐요	시를 그림으로 표현하기
2. 주인공을 찾아	시 속 주인공의 상황이나 성격 예상하기
3. 시인과 만남	시인의 모습을 예상하여 그림이나 글쓰기
4. 내 맘에 쏙 드는 표현	비유적 표현 중 맘에 든 것과 안든 것 찾기
5. 몸으로 쓰는 시	시의 느낌을 신체로 표현하기
6. 시로 짠 생각 그물	시를 듣고 떠오르는 것, 생각 그물 짜기
7. 불만 있는데요	시에 대한 불만 말하기
8. 조금만 고쳐볼게	시의 일부분 바꾸기
9. 나는 꼬마 시인	시를 읽고 시를 다시 써 보기
10. 시 이야기	시의 내용을 이야기로 꾸미기
11. 시 낭송은 즐거워	여러 방법으로 낭송하기
12. 시화 만들기	생활 속의 시 맛보기
13. 시와 노래하자	노래로 표현하기
14. 직접 만나 이야기 합시다	역할 맡아 인터뷰하기
15. 우리같이 시를써요	시 돌려쓰기
16. 광고를 만들어 봐요	시 알리는 광고 만들기
17. 제목을 내 마음대로	제목 알아 맞추기
18. 만화로 읽는 시	만화로 나타내기
19. 생각나는 대로 써봐	읽으면서 느낌 쓰기
20. 수수께끼 만들기	시의 비유적 표현 알기
21. 시 낭송 테이프 만들기	운율 살려 시 낭송하기
22. 무대를 만들어 보자	시의 장면 삼각 무대 모형 만들기

23. 바로 이 장면이에요	———————————— 시에 표현된 장면 사진 찍기
24. 비슷한 시를 모아봐	———————————— 제목, 주제가 비슷한 시 찾기
25. 추억의 앨범 만들기	———————————— 경험(사진) 시로 표현하기
26. 나무에 시가 열렸어요.	———————————— 교실 벤자민 나무나 트리에 시화 매달기
27. 시들만의 세상	———————————— 시 게시판 설치하기

어린이들의 반응은 쓰기, 말하기와 같은 언어적 활동에만 국한한 것이 아니라, 가드너(Gardner)가 제안한 다중지능 이론에 비춰 다양화하는 것이 좋다. 다음 【표 22】[191]는 다중지능을 활용한 동화 반응 프로젝트를 지능별로 나누어 제시한 것이다. 반드시 지능과 관련하여 활동을 할 필요는 없겠으나, 쓰기, 말하기와 같은 언어적 표현 활동을 뛰어넘는다는 의미에서 분류해 보았다. 실제 지능과 활동은 중복되거나 통합될 수 있다.

191) '박경옥(2005), 다중지능을 활용한 문학 교수 · 학습 방안 연구, 교원대 석사 논문' 과 '국어교육을 위한 교사 모임(2000), 『아이들과 함께하는 동화 수업』, 우리교육.' 을 참고로 정리하였다.

【표 22】다중 지능을 활용한 동화 반응 프로젝트

	나는 성우	성우처럼 읽어 테이프에 녹음하기
언어적지능	바꿔!바꿔!	이야기 제목 바꾸기
	새 옷 입기	갈래 바꾸어 쓰기
	이야기 기차 여행	이야기 이어 말하기와 쓰기
	나는 작가	등장인물, 배경을 바꾸어 새로운 이야기 만들기
	편지는 느낌을 싣고	등장인물, 작가에게 편지 쓰기
	나는 이야기 특파원	상상으로 이야기 장면 취재하기
	두루마리 퀴즈	작품 정독하여 내용 파악하기
	채널 69뉴스의 광장	상황을 뉴스로 꾸미기
	이야기, 이야기	인물의 성격, 배경이 같거나 다른 작품 찾기
	인터뷰하기	배역 맡아 인터뷰하기
	삼행시 짓기	주제나 등장인물의 이름으로 ○행시 짓기
논리 · 수학적지능	나와 너	두 인물의 성격 벤다이어그램으로 나타내기
	주인공의 인생항로	등장인물의 위기나 삶 추측하기
	이야기 퀴즈 탐험	○×퀴즈, 릴레이 퀴즈, 스피드 퀴즈, 두루마리 퀴즈, 스무고개, 주사위 놀이
	이야기 퍼즐	이야기 순서에 맞게 조각난 이야기 맞추기
	열린 공간, 열띤 토의	인물, 사건에 대해 분석 · 비평하기
	이야기 피라미드	인물, 배경, 사건 요약 · 정리하기

음악적지능	나는 작사가	작품의 분위기와 어울리는 노래 가사 바꾸기
	랩과 창은 통해요	언어 리듬을 살려서 랩이나 창으로 만들기
	나는 DJ	작품과 어울리는 배경음악 선정하기
	노래는 느낌을 싣고	주제나 주인공과 관련된 노래 찾기
신체·운동적지능	손가락 연극하기	손가락에 등장인물 그려 대화하기
	몸으로 말해요	무언극하기
	나 혼자하는 연극	한사람 선택하여 독백극(2~3분)하기
	즉흥극으로 꾸며 보기	이야기 듣고 즉흥적으로 드라마 꾸며보기
	나도 연극인	작품을 극본으로 바꿔 연극하기
	현장 학습	서점 가기, 문학 여행하기, 도서관 활용하기
	뮤지컬처럼	안무 만들거나 챈트에 맞춰 몸으로 표현하기, 노래에 맞추어 춤추기, 뮤지컬로 표현하기
자기성찰적지능	어! 이건 내 얘기잖아	자기와 같은 등장인물 소개하기 등장인물 되기-상상해서 인물의 유언 남기기 내가 만일~ 라면, 등장인물의 자서전 쓰기
	그래, 선택했어!	TV 인생극장, 이어질 내용 상상하기
	내 마음 속 종이비행기	등장인물이 되어 소원을 적은 비행기 날리기
	일기로 나타내면	등장인물의 느낌을 자기화 하기, 입장 바꿔 일기 쓰기
공간적지능	그림으로 표현하기	등장인물 그리기, 등장인물의 캐릭터 그리기, 사건이나 배경 그리기, 독서 감상화 그리기, 벽화 그리기, 포스터 그리기, 시화 그리기, 이야기 장면 그림 · 숨은 그림 그리고 찾기, 만화나 만평으로 그리기, 엽서 꾸미기
	소설가 로댕	찰흙으로 작품 분위기 나타내기, 등장인물, 캐릭터 만들기, 동화 속 인물 모빌 만들기, 인물 · 소품 · 주변 환경을 찰흙으로 만들기
	나만의 책!	책표지 만들기, 책 팜플렛 만들기, 작품과 어울리는 작은 책 · 큰 책 만들기
	한눈에 알아보게	인물의 심리변화 그래프(감정표), 줄거리 그림, 마인드 맵, KWL 차트, 연대표로 내용 정리하기
	책 사세요	동화책 판매원 놀이
	광고 디자이너	잡지를 오려 책 광고문 만들기
	작품 꼴라쥬	잡지를 활용해 인물, 사건, 배경 꼴라쥬하기
	건축 설계사가 되어	주인공이 살았을 집 · 평면도 그리기
	지도를 그려요	문학지도, 인물지도 그리기
대인관계적지능	주인공의 별명	등장인물의 성격에 적합한 별명 짓기
	나는 만물 수집가	등장인물이 호주머니, 가방에 넣고 다닐 물건 알아보기
	표창장(고소장)	등장인물에게 상(또는, 고소장) 주기
	주인공이 우리 곁에	작품 속의 인물과 현실의 인물 비교하기
	우리가 연 청문회	청문회식으로 등장인물 비평하기
	재판정에 선 주인공	모의재판 꾸미기
	당신이 설 자리는	모의선거하기

〈부록 : 예시 자료〉[192]

『세상에서 제일 힘센 수탉』

1) 작품 소개

『세상에서 제일 힘센 수탉』을 쓴 작가는 이호백님이고, 그림은 이억배님이 그렸다. 책은 전체적 색채에서 우리나라 전통적인 느낌을 느낄 수 있다. 또한 이 책의 구어체적인 표현은 시골 안방에서 할머니로부터 구수한 입담어린 이야기를 듣고 있다는 느낌이 들게 한다. 그리고 책을 읽다보면 엄숙한 분위기의 화면에서 풍기는 해학성이 책을 읽는 독자로 하여금 은근히 미소를 짓게 한다.

특히, 이 책의 수탉 그림은 우리가 평소에 이용하지 않는 닭이라는 캐릭터를 이용하여 아름답고 인상적으로 표현하였다. 우리나라 토종인 장닭의 씩씩함과 아름다움이 잘 나타나 있다. 또 수탉의 붉은 벼슬과 주황색, 푸른색, 갈색이 잘 어우러진 그림은 민화에서 볼 수 있는 화려함과 토속적인 정감을 맛보게 해 준다.

그 외에도 손자들이 노는 모습(책가방을 내던지고 말타기 하는 모습), 자식들의 힘 자랑 대회, 환갑 잔치와 가족 사진을 찍는 포즈의 마지막 장면까지 시종일관 아이들의 시각으로 풀어가고자 한 작가의 성실한 노력이 드러난다. 이를 통하여 다소 무거운 주제를 익살적인 분위기로, 추상적인 이미지를 구체적인 이미지로 시각화하고자 하였다.

2) 작품 내용

화창한 봄날 병아리 한 마리가 태어났어요. 보기에도 튼튼해 보이는 수평아리입니다. 태어나서 시간이 좀 지나자 다른 병아리보다 이 수평아리는 좀 다르다는 것을 느낄 수가 있었어요. 무서움도 없고 씩씩하고 용감하고, 아무튼 그렇게 동네에서도 가장 힘센 병아리도 통하였답니다.

울음소리뿐만 아니라 덩치도 아주 컸어요. 힘을 자랑하는 대회에서도 당당히 일등하고 주변의 수탉들에게도 부러움을 받았어요. 그렇지만 자신보다 더 힘이 센 수탉이 나타납니다. 그렇다보니 좀 위축이 되는 것 같기도 합니다. 그 뒤 수탉은 제일 술을 잘 마시는 수탉이 되어버립니다. 점차 더 세월이 흘러 수탉은 점점 늙어갔지요. 이런 자신을 보며 수탉은 절망에 빠졌어요. 이때 아내가 다가와 실의에 빠진 수탉을 위로 해주었어요. 그의 자녀들이 그 만큼 씩씩하게 자라고 있다는 사실을 알게되지요. 이를 통해서 예나 지금이나 그가 세상에서 제일 힘세고 행복한 수탉임을 깨닫습니다.

　수탉의 환갑 잔치 때 그의 아들, 딸, 손자, 손녀들이 모두 모여 잔치를 열고 그를 축복해 주었습니다. 그리고 그는 자신의 멋진 꼬리 깃털을 활짝 폈어요.

3) 질문 전략

- 이 글에 나오는 사람들은 누구누구인가요?
- 이 글의 배경(시간적 배경, 공간적 배경)을 말해 보세요.
- 이 글의 인물들의 성격을 알아봅시다.
- 가장 감동적인 부분은 어느 부분인가요?
- 그 부분이 감동적이었던 이유는 무엇인가요?
- 내가 힘센 수탉이었다면 어떻게 했을까요?
- 이 글이 주는 교훈은 무엇인가요?
- 읽고 나서 느낀 점을 간단히 적어봅시다.

4) 후속 활동

- 등장 인물에게 편지 쓰기
- 닭싸움을 통해서 '우리반 제일 힘센 닭' 찾기, 팔씨름을 통해서 '우리반 제일 힘센 닭' 찾기
- 등장인물 인터뷰하기
- 갈래 바꾸어 쓰기
- 수탉의 성장과정에 관련된 인물이야기 작성해 보기
- 닭에 관련된 노래 불러보기
- 닭에 관련된 또 다른 이야기 찾아보기
- 뒷 이야기 꾸며보기
- 이야기를 친구들과 분담에서 녹음하고 함께 들어보기
- 주인공이 만약 '세상에서 제일 약한 수탉이었다면?' 이야기 만들어 보기

- 책을 소개하는 독서 우편 엽서, 광고문 쓰기
- 느낀 점을 글이나 만화로 나타내기
- 주제가 드러나게 책표지 만들기
- 배역을 정하여 역할 놀이하기
- 이야기 책 만들어 보기
- 인형 놀이하기
- 학급 책 만들기
- 힘센 수탉의 집과 가족 만들어보기

『아툭』

1. 작품 내용

　『아툭』은 이별과 미움, 사랑을 주제로 삼은 그림책이다. 에스키모 소년 아툭은 다섯 살 생일에 타룩이라는 개를 선물 받는다. 둘은 함께 놀고 함께 쉬고 늘 같이 지내는 좋은 친구이다. 어느 날 사냥하는 아버지의 썰매를 끌고 떠난 타룩은 돌아오지 않는다. 늑대에게 물려 죽은 것이다. 아버지는 새 개를 주겠다고 하지만 아툭은 거절한다. 아이는 깊은 슬픔에 잠기고 늑대에게 복수하겠다고 맹세한다. 늑대를 죽이려면 힘이 세고 용감해야 한다. 여러 가지 사냥 기술도 익혀야 한다. 아툭은 열심히 노력한다. 마침내 늑대를 죽이지만 그래도 마음은 풀리지 않는다. 늑대는 죽었지만 타룩도 죽었기 때문이다. 죽은 타룩을 돌아오게 할 수는 없다. 툰드라에 봄이 와도 아툭의 마음은 계속 겨울이다. 얼어붙은 마음은 언 땅 속에서 겨울을 견디고 피어난 작은 꽃과 친구가 되고 나서야 풀린다.

　책머리에 붙인 말에서 윤구병은 이렇게 말한다. '아이들이 밝고 재미있는 이야기만 좋아한다고 생각해서는 안 된다. 아이들에게 슬픈 이야기, 어두운 이야기를 들려주어서는 안 된다는 생각도 편견이다. 어른들과 마찬가지로 아이들도 어떤 때는 기뻐하고 어떤 때는 슬픔에 잠긴다. 또 어떤 때는 무서움에 사로잡히고 어떤 때는 화가 나서 어쩔 줄을 모르기도 한다. 아이들의 마음에 오가는 이런 여러 느낌들을 존중하고 바른 길로 이끌기 위해서는 밝고 환한 색깔로 그려진 그림책 못지않게 어둡고 가라앉은 색깔로 그려진 그림책도 필요하다. 만남의 기쁨과 생기찬 삶의 모습을 그린 글도 필요하지만, 이별의 슬픔과 죽음의 어두운 모습을 그린 글도 있어야 한다.'

죽음이나 이별을 다루는 책 가운데 비슷한 학년에서 쓸 수 있는 것으로는 『할머니가 남긴 선물』, 『수호의 하얀 말』이 더 있다. 『할머니가 남긴 선물』은 죽음을 맞이하는 할머니의 담담한 모습과 할머니가 돌아가신 뒤 성숙한 아이의 모습이 감동을 주는 책이다. 특히 수채화로 그린 그림이 아주 아름답다. 『수호의 하얀 말』은 몽고를 배경으로 한 작품인데 지배자의 압제 때문에 사랑하는 말이 죽은 뒤에, 꿈에 나타난 말이 한 말대로 말의 몸으로 악기를 만들어 그를 추모한다는 이야기이다. 황토색 배경과 인물들이 독특한 개성을 발휘한다.

2. 문학 체험과 반응의 실제

1) 텍스트 : 『아툭』

2) 대상 학년 : 3~4학년

3) 학습 목표

- 등장인물의 심리를 이해한다.
- 삶에서 비슷한 경험을 이끌어내고 주인공의 감정과 견주어 말하거나 쓸 수 있다.

4) 지도의 실제

가능하다면 수업을 여러 날에 걸쳐 나누어 하지 말고 한 번에 이어서 하는 것이 좋다. 초등학교의 경우 교사 한 명이 하루 대부분을 책임지고 수업하므로 시간을 융통성 있게 쓰기 쉬울 것이다. 지나간 시간에 읽은 것을 다시 이끌어내 반응하고 표현하는 것보다 이어서 하는 편이 더 깊이 있는 반응을 이끌어내는데 좋다. 따라서 이 지도 실제에서는 차시 구분은 하지 않았다. 다소 이상적일 수 있으나 읽기와 쓰기 혹은 읽기와 드라마 만들기 같은 수업은 한 시간으로는 부족하다.

① 그림책 읽어주기

- 그림책에 대한 간단한 정보 전달하기-이 작품은 외국 작품이다. 에스키모에

게 개는 아주 중요한 생존수단이라는 것을 짧게 전달한다.

- 모든 학생들이 그림을 볼 수 있는 위치를 선정한다.

- 교사가 책을 읽을 때 그림을 보여준다.

- 목소리 연기를 하면서 읽어준다.

- 학생들과 눈을 맞춘다.

- 책 읽기가 끝난 다음에는 읽은 내용에 대해 이야기 나누는 시간을 가진다. 이 과정을 통해 작품에 대한 잘못된 이해를 교정할 수 있어야 한다. 이 때 대화는 작품 내용의 바른 이해에 초점을 둔다.

② 드라마 만들기

드라마를 만들 때는 소집단별로 장면을 정해 각기 활동하고 함께 볼 수 있는 발표 시간을 갖는다. 한 장면을 정해서 여러 소집단의 다른 해석을 보는 것도 재미있고 각기 다른 장면을 드라마로 꾸며 보는 것도 좋다. 되도록 삶에서 자신들이 겪은 경험을 이끌어내는 데까지 가도록 유도한다. 이 정도 나이라면 한두 가지 이별의 경험이 있을 것이고 그 경험을 드라마를 통해 드러내도록 한다면 문학과 삶의 거리를 좁히고 문학의 파장을 크고 넓게 할 수 있을 것이다. 결국 삶과 동떨어진 문학이란 공허할 뿐이다. 아툭의 이야기와 비슷한 자기 경험을 친구들과 나누고 드라마로 만들도록 한다.

〈드라마로 만들어 볼 수 있는 장면들〉

- 타룩이 늑대에게 죽었다는 소식을 전해 듣는 장면 : 이때 아버지는 다른 개를 주겠다고 한다. 아툭은 거절한다. 아무도 타룩을 대신할 수 없다.

- 아툭이 사냥 나갔다가 푸른 여우를 만나는 장면 : 푸른 여우는 친구가 있어서 외롭지 않다고 하고 아툭은 여우를 놓아주고 돌아온다. 그는 친구가 없어서 외롭다.

- 아툭이 늑대를 죽인 뒤에 외톨이로 지내다가 꽃과 친구가 되는 장면 : 친구가 생긴 아툭은 이제 외롭지 않다.

드라마 상연 뒤에 꼭 토의가 이어져야한다. 자유로운 반응과 문학 작품에 대한 정확한 이해와는 거리가 있을 수 있기 때문이다. 아이들이 만들어낸 장면과 해석이 어떻게 문학 작품과 일치하는지, 어떻게 다른지, 혹은 잘못 해석되었는지 교사와 어린이들 사이에서 자연스러운 토의를 통해 해결하고 넘어가야 한다. 그러나 이 단계에서는 작품 내용에 대한 이해보다 학생들의 경험에서 우러나온 반응에 초점을 둔다.

③ 생각과 느낌 쓰기

드라마 만들기가 문학 작품의 정확한 해석과 재연에 치우쳤다면 꼭 이 과정을 거쳐야 한다. 문학 감상의 반응이란 자기 경험과 연결시키는 것을 통해 깊어지고 생생해지기 마련이다. 문학 작품과 꼭 같은 경험을 하지는 않지만, 작품에 나오는 비슷한 경험에 견주어 자기 경험을 정리하고 다른 이와 입장을 바꾸어 생각해볼 수 있는 힘을 기를 수 있기 때문이다. 어린이의 이해 수준에 따라 다를 수 있겠으나 자기 경험을 정리할 수 있도록 도와주어야 한다. 다 쓴 뒤에는 함께 나눌 수 있는 기회를 갖도록 한다. 함께 모인 자리에서 읽어도 좋고 게시판이나 문집을 이용해도 좋을 듯하다.

작품 안내 ➡ 그림책 읽어주기 ➡ 대화를 통한 내용 이해 ➡ 드라마 만들기 ➡ 상연 ➡ 토의하기 ➡ 생각과 느낌 쓰기 ➡ 읽기

『나비를 잡는 아버지』

1. 작품 소개

현실을 벗어나 꿈과 상상 속으로 도피하려 하지 않고 현실의 문제를 똑바로 바라보고 이해하려 했던 저자 현덕의 시각이 잘 드러나는 작품이다. 뚝심 있으면서도 때묻지 않은 순수함이 보이는 주인공의 내면세계를 섬세한 대나무펜 터치와 화면의 점층적 변화로 담아내어 미묘하고 다양한 심리 변화를 적절히 표현하고 있다. 마치 오래 된 흑백 가족 사진에서 발견할 수 있는 소박한 아름다움을 김환영 선생님의 모노톤 작업을 통해 만날 수 있다. 먹색과 황색을 주조색으로 펼쳐지는 과거 농촌의 풍경과 인물은 보는 이로 하여금 과거의 소박했던 한때를 떠올리게 한다.

2. 작품을 선정한 이유

혼히 '동화'라고 하면 너무 감상적이거나 현실과 동떨어진 듯한 느낌을 많이 주는데 이 작품은 이야기 속 주인공의 일들이 매우 생생하게 현실적으로 묘사되어 있다. 비록 시대적 배경이 현재 시점과 다르긴 하지만 이 책을 읽으며 어린이들이 주인공이 되어 보고, 주인공이 직면한 문제 상황에서 과연 자신이라면 어떻게 했을지 생각해 보게 함으로써 어린이의 사고력 신장과 인성교육에도 많은 도움이 되리라 생각된다. 핵가족 시대라서 어느 집이든 자기 자식이 최고인, 너무나 귀하게 자란 아이들이 품기 쉬운 이기적인 마음을 이 작품을 읽어보며 스스로 비추어 볼 수 있지 않을까 하는 기대도 해 본다.

그리고 이 작품은 동화 중에서도 글이 많은 편에 속하는데, 그림 위주의 책에서 글 위주의 책으로 옮겨가야 하는 시기의 어린이들에게 책 읽는 재미를 느끼게 하는 좋은 다리 역할을 할 수 있는 작품이라 생각된다. 그림 위주로 된 책을 보다가 바로 글만 빽빽한 책을 보여 준다면 아무리 내용이 좋아도 어린이의 흥미를 끌기는 힘들 것이다. 그러므로 그림과 글이 적절히 섞인 이런 류의 책이 많은 도움이 될 것이다.

어린이들이 이 책을 읽으면서 어떤 느낌, 어떤 생각을 갖게 될지 모를 일이지만 하나만큼은 동일하지 않을까 싶다. 그것은 바로 '가족애'이다. 작품의 결말 부분에서 아버지가 나비를 잡는 장면... 이 작품의 제목이 왜 '나비를 잡는 아버지'인지 알게 되는 그 순간 마음이 찡해지는 감동을 느끼게 된다.

3. 작품 내용 및 목소리 설정 — 이야기 카드로 구성

<table>
<tr><td colspan="4" align="center">**이야기 카드**</td></tr>
<tr><td>제목</td><td>나비를 잡는 아버지</td><td>지은이</td><td>현덕</td></tr>
<tr><td>청중
자료</td><td colspan="3">초등학교 5학년 어린이
실물 화상기</td></tr>
<tr><td>목소리
설정</td><td colspan="3">• 바우 : 오빠 목소리 - 우직한 성격이 느껴지는 약간 굵은 목소리
• 경환 : 오빠 목소리 - 얄미운 말투로
• 아버지 : 아버지 목소리 - 약간 탁하고 굵은 목소리(힘있게)
• 어머니 : 어머니 목소리 - 자상하면서도 걱정스러운 목소리
• 경환이네 부업일 하는 소녀 : 언니 목소리</td></tr>
<tr><td>줄
거
리</td><td colspan="3">소학교를 졸업하고 서울로 유학갔던 경환이(마름집 아들)가 여름 방학을 맞아 고향에 돌아온다. 중학교에 진학하지 못하고 시골에 있는 신세가 억울했던 바우(소작농의 아들)는 동네 아이들을 몰고 다니며 나비를 잡고 다니는 경환이가 얄밉기만 하다. 그러던 중 나비 때문에 경환이와 바우사이에 다툼이 일어나고, 약이 오른 경환이는 나비를 날려버린 바우에게 복수를 하기 시작한다. 바우네 참외밭을 발로 짓이겨 놓고, 부모님께 거짓 고자질 하는 등… 그리하여 급기야 경환이네 부업떼기가 바우네에 찾아오고, 집안은 나비 사건 때문에 난리가 난다. 별 잘못도 없이 야단만 맞은 바우는 나비를 잡아다 바치라는 아버지의 명령이 야속하기만 하다. 그래서 계속 고집을 부리다가 바우가 소중히 여기는 그림책을 아버지가 태워 버리고 아무도 자기 마음을 몰라준다는 생각이 들자 밥도 먹지 않고 집을 나선다. 동구 밖 나무 아래 누워 집을 나와서 독학이라도 해볼까 하는 생각을 하다 벌떡 일어선 바우는 산 아래로 내려오다가 나비를 잡는 사람을 발견한다. 처음엔 경환이네 머슴이겠거니 하며 비웃다가 나비 잡는 사람이 자신의 아버지인 것을 알고는 울음이 터질 것 같은 격한 마음을 참으며 아버지를 부른다.</td></tr>
<tr><td>생
각
해
보
기</td><td colspan="3">• 바우는 왜 나비를 잡고 있는 아버지를 보고 울고 싶었을까?
• 만약 내가 바우와 같은 상황(나비를 잡아서 줘야 하는 상황)이었다면 어떻게 했을까?
• 바우와 경환이가 다투게 된 근본적인 이유는 무엇이었을까?
• 친구에게 이야기 할 때 주의해야 할 점에는 어떤 것이 있을까?
• 바우가 만약 혼자서 생각한대로 집을 나갔다면 그 후에 어떤 일이 일어났을까?
• 가족들이 자신의 마음을 몰라주기 때문에 가출하겠다고 하는 것을 타당하다고 할 수 있을까?</td></tr>
</table>

4. 적절한 질문

작품의 줄거리 및 내용 파악에 관련된 질문도 해야 하겠지만, 심미적 질문을 많이 하여 각자 나름의 반응을 형성할 수 있도록 한다. 그리고 각자의 감상을 자유롭게 이야기할 수 있도록 하고, 작품에 대한 주관적 해석에 의해 오류를 범하지 않도록 토의할 수 있게 하는 것이 좋을 것 같다.

- 읽어 주기 전 : 표지를 보여주고 그림을 보고 이야기 예상해 보기
  - 왜 제목이 '나비를 잡는 아버지' 일까?
  - 소년의 표정을 보니 기분이 어떤 것 같니?
  - 그림에서 느껴지는 분위기가 어때?

- 읽어 주면서 : 상황에 따른 주인공 및 등장인물의 마음이 어땠을지 생각해 보기
  - 바우는 왜 경환이가 얄미웠을까?
  - 바우에게 그림 그리는 책은 어떤 의미가 있을까?
  이야기 전개와 관련하여 그림을 보여주며 질문한다.
  이야기 속의 주인공의 심리를 잘 이해할 수 있도록 질문을 하도록 한다. 단, 너무 많은 질문을 하여 이야기의 흐름이 끊어지지 않도록 주의한다.

- 읽어준 후 : 이야기 속의 갈등 상황에 대한 해결 방법 및 여러 가지 가치문제에 관한 질문을 하여 어린이의 사고력을 신장시킬 수 있도록 한다.

5. 읽어주기에 적절한 전략

초등학교 고학년 어린이를 대상으로 한 것이므로 과장된 표현보다는 오히려 담백하게 읽어 주는 것이 좋을 것 같기도 하지만, 작품에 더 빠져들 수 있도록 하기 위해 교사의 실감나는 대사(연기)가 필요할 것 같다.

그리고 학년을 낮추어 적용할 경우 손가락 인형을 사용하여 대사와 어울리는 몸동작을 손가락으로 표현해 준다면 아이들이 더 재미있어 할 것 이다.

6. 어린이들이 할 수 있는 후속 활동

- 읽은 후 느낌 및 생각 이야기하기 ─작품 전체, 등장인물에 대한 자신의 느낌 및 생각을 이야기로 표현하여(말하기) 자신이 주인공이었다면 어떻게 했을지를 고민해 볼 수 있는 계기를 제공한다.

- 독후감 쓰기 −기존의 독후감 형식 그대로 쓸 수 도 있지만 ① 다른 친구에게 책 소개하는 글 쓰기, ② 작품 속의 인물에게 편지 쓰기, ③ 자신의 경험에 비추어 깨달은 점 쓰기 등 다양한 형식으로 쓰기 활동을 할 수 있다.

- 역할 놀이 −작품에 대한 이해를 바탕으로 직접 주인공이 되어 본다. 이 활동을 통해 공감능력이 향상될 수 있다. 그리고 주인공에게 맞는 목소리 및 행동을 설정하여 연기해 봄으로써 이야기를 듣기만 하는 것이 아니라 동화구연 활동을 직접 해볼 수 있게 된다.

- 이어질 내용 상상하기− 이야기의 결말로 끝맺는 것이 아니라 이후의 이야기를 상상해서 말하거나 써보는 활동은 어린이의 창의력 신장에 도움이 될 것이다.

7. 주의할 점

책을 읽어주고 나서 옳고 그름에 대한 가치를 주입시키려 하지 않아야 한다. 교훈을 주입시키는 수업이 되기보다는 스스로 느끼고 반응할 수 있도록 하고, 그런 반응이 일어날 수 있도록 허용적이고 자유로운 분위기를 만들어 주는 것이 중요하다. 그리고 이야기 자체가 도덕적인 내용과 관련된 것이 많으므로 도덕과 수업과 관련지어 보는 것도 좋을 것 같다. 비록 교과서에 없는 것이라 하더라도 수업에 좋은 자료가 되므로 활용해봄직 하다.

참고 문헌

강문희 · 이혜상(2001), 『아동문학교육』, 학지사.

경규진(1993), "반응중심 문학교육의 방법 연구", 서울대 대학원 박사학위 논문.

곽춘옥(2002), "심미적 듣기를 통한 문학 교수 · 학습 방안 연구, 한국교원대 석사 논문.

곽춘옥(2004), "문학 교수 · 학습의 변인에 대한 고찰", 〈청람어문교육〉 29집, 청람어문교육학회.

구인환 외 공저 (1996), 『문학교육론』, 삼지원.

권혁준(1997), "문학비평 이론의 시교육적 적용에 관한 연구", 한국교원대박사학위 논문.

권혁준(1997), 『문학이론과 시교육』, 박이정.

김녹촌 엮음(2000), 『일본 어린이시 - 개미야 미안하다』, 온누리.

김녹촌(1999), 『어린이시 쓰기와 시 감상지도는 이렇게』, 온누리.

김대행 외 공저 (2000), 『문학교육원론』, 서울대학교출판부.

김동섭(2005), "독자의 이미지 형상화를 돕는 시 수업 모형 연구", 한국교원대 석사논문.

김상욱(1996), 『소설교육의 방법 연구』, 서울대학교 출판부.

김상욱(2001), "초등학교 아동문학 제재의 위계화 연구", 〈국어교육학연구〉 12, 국어교육학회.

김선배(1998), 『시조문학 교육의 통시적 연구』, 박이정.

김순규(2005), "문학적 상상력의 형상화 방법 연구", 한국교원대학교석사논문.

김중신(1994), 『소설감상 방법론 연구』, 서울대학교출판부.

김중신(1997), 『문학교육의 이해』, 태학사.

김창원 · 정재찬 · 최지현(2000), "문학교육과 상상력", 〈독서연구〉 5, 한국독서학회.

류덕제(1995), "소설 텍스트의 문학교육 방법 연구-수용 이론의 적용을 중심으로", 경북대 대학원 박사학위 논문.

박민수(1993), 『아동문학의 시학』, 양서원.

박인기(1996), 『문학교육과정의 구조와 이론』, 서울대학교출판부.

박태호(1995), "반응중심 문학 감상 전략과 교수-학습 방법", 〈청람어문학〉 제13집, 청람어문학회.

박희진(2004), "반응 활성화를 위한 문학 토의 방법 연구", 한국교원대 석사논문.

선주원(2001), "패러디를 활용한 허구적 글쓰기 교육", 〈국어교육학연구〉 13, 국어교육학회.

신헌재 역(1992), 『아동 문학교육론』, 범우사.

신헌재 외(2004), 『학습자 중심의 초등문학교육방법』, 박이정.

신헌재(2004), "아동문학 중심의 초등 국어과 교육 연구", 〈학습자중심교과교육연구〉 7호, 학습자중심교과교육학회.

염창권(2002), "초등학교 문학수업의 문화기술적 연구-교과서 활용 양상을 중심으로", 〈문학교육학〉 제9호, 한국문학교육학회.

유영희(1999), 〈이미지 형상화를 통한 시 창작교육 연구〉, 서울대 대학원 박사학위논문.

유정아(2003), "인터넷 활용 문학교육에 대한 초등학교 교사 및 학습자들의 인식 분석", 〈문학교육학〉 11호, 한국문학교육학회.

유창근(1991), 『현대아동문학론』, 동문사.

이경화(1997), "문학작품을 보는 관점과 읽기의 두 가지 방향", 〈청람어문학〉 17집, 청람어문교육학회.

이규원(2000), 『동화구연의 이론과 실제』, 유아문화사.

이상구(1998), "학습자중심 문학교육 방안 연구", 한국교원대 대학원 박사학위 논문.

이상섭(2002), 『역사에 대한 불만과 문학』, 문학동네.

이상현(1987), 『아동문학강의』, 일지사.

이성은(2003), 『아동문학교육』, 교육과학사.

이오덕(1984), 『어린이를 지키는 문학』, 백산서당.

이오덕(1993), 『어린이 시 이야기 열두 마당』, 지식산업사.

이오덕(1993), 『우리 모두 시를 써요』, 지식산업사.

이오덕(1997), 『시정신과 유희정신』, 창작과 비평사.

이은실(2005), "문학 수업의 비계 설정에 따른 반응 양상 연구", 한국교원대 석사논문.

이재철(1993), 『아동문학개론』, 서문당.

이희정(1999), "초등학교의 반응중심 문학교육 방법 연구", 한국교원대 석사논문.

임원재(2000), 『아동문학교육론』, 신원문화사.

주강식(2003), "초등학교 시조 쓰기 지도에 관한 연구", 〈어문학교육〉 제27집, 한국어문교육학회.

진선희(2004), "초등학교 시 교재 선정 기준 탐색", 〈청람어문교육〉 28집, 청람어문교육학회.

최경희(1994), "동화의 교육적 응용에 관한 연구", 한국교원대학교 대학원 박사학위 논문.

최경희(1998), "문학교재의 감상지도", 〈초등교육연구〉 9집, 전주교육대학교 초등교육연구소.

최경희(1998), "아동문학교수-학습 전략-동화교재를 중심으로", 〈문학과교육〉 5호, 문학과교육연구회.

최경희(2003), "감성 신장을 위한 동화 지도 방법 연구", 〈한국초등국어교육〉 제23집, 한

　　　　국초등국어교육학회.

최미숙(2003), "어린이 책의 출판과 국어교육", 〈국어교육학연구〉 17집, 국어교육학회.

최영환(1999), "국어과 교수·학습 모형의 체계화 방안", 〈국어교육학연구〉 9, 국어교육
　　　　학회.

최지현(1998), "문학 감상 교수·학습 모형 탐구", 〈선청어문〉 26집.

최현섭 외 공저(2002), 『국어교육학개론』, 삼지원.

한명숙(1996), "창의적 사고를 수용한 초등문학교육 연구", 교원대 석사논문.

한명숙(2003), "독자가 구성하는 이야기 구조 교육에 관한 연구", 교원대 박사논문.

한철우 외(2001), 『문학중심 독서지도』, 대한교과서주식회사.

한희정 외(2000), 『문학수업 방법』, 박이정.

황정현(1999), "총체적 언어교육 방법론으로서의 교육연극의 이해", 〈한국초등국어교육〉
　　　　15, 한국초등국어교육학회.

황정현(2001), 『창의력 계발을 위한 동화교육 방법론』, 열린교육.

Fountas, I. C. & Pinnell, G. S(2001), Guiding Readers and Writers, Heineman.

Hancock, M.R.(1993), Exploring and extending personal response through literature
　　　　journals, The Reading Teacher, Vol. 46, No. 6.

Nancy L. Roser & Miriam G. Martinez(1995), Book Talk and Beyond , IRA.

Ruddell, R.B.(2002), Teaching Children To Read and Write : Becoming an Influential
　　　　Teacher, Allyn & Bacon.

Sipe, L.R.(2000), The construction of literary understanding by first and second graders in
　　　　response to picture storybook read-alouds, IRA vol 35. NO 2.

Tompkins, G.E. & Hoskisson, K.(1995), Language Arts; Content and Teaching Strategies.
　　　　Prentice － Hall, Inc.

Vacca, J.A.L., Vacca, R.T. & Gove, M.K.(2000), Reading and Learning To Read. Addison-
　　　　Wesley Educational Publishers Inc.

Wollman-Bonilla, J.E. & Werchadlo, B.(1999), Teacher and peer roles in scaffolding first
　　　　graders' response to literature, IRA vol 52. NO 6.